Appels vallen niet

Van dezelfde auteur

Het geheim van mijn man
Grote kleine leugens
Bijna echt gebeurd
Drie wensen
Wat Alice vergat
Negen volmaakte vreemden
Nog een keer feest

Liane Moriarty

Appels vallen niet

A.W. Bruna Uitgevers

Oorspronkelijke titel
Apples Never Fall

Vertaling
Anna Livestro
Omslagbeeld
Getty Images: VICUSCHKA
Omslagontwerp
bij Barbara

ISBN 978 94 005 1444 7
NUR 302

Voor mijn moeder,
met liefs

Proloog

De fiets lag langs de kant van de weg onder een eik, het stuur stak omhoog in een vreemde hoek, alsof iemand hem met woeste kracht van zich af gesmeten had.

Het was zaterdagochtend, de vijfde dag van een hittegolf, en het was nog vroeg. Door de hele staat woedden meer dan veertig hardnekkige bosbranden. Zes steden hadden acute evacuatiewaarschuwingen uitgevaardigd, maar hier, in de buitenwijken van Sydney, was er alleen gevaar voor astmapatiënten, die het advies kregen om binnen te blijven. De rooknevel die de stad omhulde was boosaardig geel-grijs van kleur, zo dik als Londense mist.

Het was stil in de lege straten, los van het dreinen van krekels. Mensen sliepen nog, na rusteloze, hete nachten vol verwarrende dromen, terwijl vroege vogels geeuwend met hun duim over het schermpje van hun telefoon scrolden.

De afgedankte fiets was splinternieuw. Het was er een van het type dat in advertenties 'vintage damesfiets' werd genoemd: mintgroen, zeven versnellingen, een bruinleren zadel en een witte rieten mand. Het soort fiets dat thuishoort in de koele, frisse lucht van een Europees bergdorp, met op je hoofd een zachte baret in plaats van een veiligheidshelm, en een stokbrood onder je arm.

Vier groene appels lagen verspreid in het droge gras onder de boom alsof ze uit de mand van de fiets waren gerold.

Een familie zwarte bromvliegen zat op verschillende punten op de zilveren spaken van de fiets, zo stil dat ze wel dood leken.

De auto, een Holden Commodore vs, vibreerde op het ritme van jarentachtigrock toen hij vanaf de kruising naderde, ongepast snel in deze kinderrijke buurt.

De remlichten flitsten en de auto reed met piepende banden achteruit tot hij naast de fiets stilstond. De muziek stopte. De chauffeur kwam naar buiten, met een sigaret in zijn mond. Hij was mager, blootsvoets en met ontbloot bovenlijf, en droeg niets anders dan een blauwe voetbalbroek. Hij liet het bestuurdersportier openstaan en liep op zijn tenen, bevallig als een ballerina, via het al hete asfalt het gras op, waar hij neerhurkte om de fiets te bestuderen. Hij streelde de lekke voorband van de fiets alsof het de poot van een gewond dier was. De vliegen zoemden, plotseling tot leven gebracht en verontrust.

De man keek de lege straat op en neer, nam turend een trekje van zijn sigaret, haalde zijn schouders op, greep toen met één hand de fiets vast en stond op. Hij liep ermee naar zijn auto en legde hem in zijn kofferbak alsof hij hem net had gekocht, behendig het voorwiel los wippend met de snelspanhendel zodat de fiets paste.

Hij stapte weer in de auto, sloeg het portier dicht en reed weg, het ritme van AC/DC's 'Highway to Hell' mee tikkend op zijn stuur, in zijn sas met zichzelf. Gisteren was het blijkbaar Valentijnsdag geweest, en hij geloofde niet in die kapitalistische shit, maar hij zou de fiets aan zijn vrouw geven en zeggen: 'Beetje laat, maar fijne Valentijnsdag, schat,' met een ironische knipoog, en dan had hij het weer goedgemaakt. Dus dikke kans dat hem vanavond een beloning wachtte.

Maar helaas wachtte hem geen beloning. Integendeel. Twintig minuten later overleed hij, op slag dood bij een frontale botsing. Een chauffeur van een oplegger die van de snelweg kwam zag het stopbord niet, want dat ging schuil achter een overhangende tak van een amberboom. Buurtbewoners klaagden er al maanden over. Het was wachten op een ongeluk, zeiden ze, en nu was het dan zover.

De appels rotten snel weg in de hitte.

1

Twee mannen en twee vrouwen zaten achter in een hoek van een restaurantje onder de ingelijste foto van zonnebloemen bij zonsopgang in Toscane. Ze waren lang als basketballers en ze hingen over het ronde tafeltje met het mozaïekblad, waarbij hun voorhoofden elkaar bijna aanraakten. Ze spraken met zachte, intense stemmen, alsof ze het over een internationale spionagezaak hadden, wat vreemd zou zijn in dit kleine zaakje in een buitenwijk op een aangename, zomerse zaterdagochtend, met de geur van versgebakken bananen- en perencake in de lucht en zachte rockmuziek die loom uit de stereo kwam om het ijverige gesis en gemaal van de espressomachine te begeleiden.

'Volgens mij zijn het broers en zussen,' zei de serveerster tegen haar baas. De serveerster was enig kind en geïntrigeerd door het fenomeen broers en zussen. 'Ze lijken ontzettend veel op elkaar.'

'Ze moeten opschieten met bestellen,' zei haar baas, die uit een gezin met acht kinderen kwam en broers en zussen totaal niet intrigerend vond. Na de hevige hagelbui van vorige week had het goddank bijna een week geregend. Nu de branden onder controle waren, was de rook tegelijk met de gezichten van de mensen opgeklaard en waren er eindelijk weer klanten, met geld om te verbrassen, dus wilde hij dat mensen snel bestelden en weer weggingen.

'Ze zeiden dat ze nog niet op de kaart hadden gekeken.'

'Ga nog maar eens vragen.'

De serveerster liep opnieuw naar het tafeltje en merkte op dat ze allemaal op dezelfde kenmerkende manier zaten, met hun enkels om de voorpoten van hun stoelen gehaakt, alsof ze wilden voorkomen dat ze weggleden.

'Pardon?'

Ze hoorden haar niet. Ze waren allemaal tegelijk aan het praten, hun stemmen vielen samen. Ze waren absoluut familie. Ze klónken zelfs hetzelfde: lage, diepe stemmen, een tikje hees. Mensen met keelpijn en geheimen.

'Technisch gezien wordt ze niet vermist. Ze heeft ons dat appje gestuurd.'

'Ik kan gewoon niet geloven dat ze haar telefoon niet opneemt. Ze neemt anders altijd op.'

'Papa zei dat haar nieuwe fiets weg is.'

'Wat? Dat is bizar.'

'Dus... ze is gewoon de straat uit gefietst, de ondergaande zon tegemoet?'

'Maar ze had haar helm niet bij zich. Wat ik heel vreemd vind.'

'Volgens mij wordt het tijd dat we haar toch als vermist opgeven.'

'Het duurt nu al ruim een week. Dat is te lang.'

'Ik zeg toch net dat ze technisch gesproken niet...'

'Als wij niet weten waar ze is, dan wordt ze dus automatisch vermist.'

De serveerster verhief haar stem tot een punt dat gevaarlijk dicht in de buurt kwam bij onbeschoft. 'Zijn jullie al klaar om te bestellen?'

Ze hoorden haar niet.

'Is er al iemand thuis geweest?'

'Pa vroeg of ik alsjeblieft niet langs wilde komen. Hij zei dat hij het "erg druk" heeft.'

'Erg drúk? Waar heeft hij het dan zo druk mee?'

De serveerster stond naast hen te schuifelen, tussen de stoelen en de muur, zodat een van hen haar misschien zou zien.

'Weet je wat er zou kunnen gebeuren als we haar als vermist zouden opgeven?' Het was de knappere van de twee mannen die dit zei. Hij droeg een linnen overhemd met lange mouwen die tot aan zijn ellebogen waren opgerold, een korte broek en schoenen zonder sokken. Hij was begin dertig, vermoedde de serveerster, met een sikje en een beetje van de charismatische charme van een realityster of een makelaar. 'Dan verdenken ze pa dus meteen.'

'Dan verdenken ze pa waarvan?' vroeg de andere man, een wat sjofeler, grovere, goedkopere versie van de eerste man. Hij had geen sikje, maar moest zich wel nodig scheren.

'Dat hij... je weet wel.' De broer in de duurdere versie zwaaide met zijn vinger langs zijn nek.

De serveerster hield zich muisstil. Dit was het beste gesprek dat ze had gehoord sinds ze als serveerster was begonnen.

'Jezus, Troy.' De goedkopere versie ademde uit. 'Dat is niet grappig.'

De andere man haalde zijn schouders op. 'De politie zal vragen of ze ruzie hadden. Volgens pa hádden ze inderdaad ruzie.'

'Maar...'

'Misschien heeft pa er wel echt iets mee te maken,' zei de jongste van de vier, een vrouw in een korte oranje, met margrieten bezaaide jurk over een zwempak dat in de nek was vastgestrikt. Haar haar was blauwgeverfd (precies in de kleur die de serveerster zelf ook zo graag wilde) en was bij elkaar gebonden in een natte, warrige lage knot. Er lag een fijn waas van zanderige zonnebrandcrème op haar armen, alsof ze net van het strand was gelopen, ook al waren ze minstens veertig minuten rijden bij de kust vandaan. 'Misschien was het de druppel voor hem. Misschien was het eindelijk de druppel.'

'Hou op, jullie allebei,' zei de andere vrouw, van wie de serveerster zich nu realiseerde dat ze een vaste klant was: extra grote, extra hete flat white, met sojamelk. Haar naam was

Brooke. Brooke met een 'e' op het eind. Ze schreven de namen van de klanten op hun koffiedeksel en deze vrouw had er ooit op een bedeesde maar vastberaden manier, alsof ze zich niet kon inhouden, op gewezen dat er een 'e' aan het einde van haar naam moest staan.

Ze was beleefd, maar niet spraakzaam en over het algemeen een beetje gestrest, alsof ze al wist dat het niet haar dag zou worden. Ze betaalde met een briefje van vijf dollar en deed dan altijd het wisselgeld van vijftig cent in de fooienpot. Ze droeg elke dag hetzelfde: een donkerblauw poloshirt, een korte broek en gympen met sokken.

Vandaag was ze gekleed voor het weekend, in een rok en een topje, maar ze zag er toch nog steeds uit als een soldaat buiten diensttijd, of een gymleraar die er niet in trapte als je met een smoesje kwam over buikkramp.

'Papa zou mama nóóit iets aandoen,' zei ze tegen haar zus. 'Nooit.'

'O mijn god, natuurlijk niet. Dat meende ik helemaal niet serieus!'

Het meisje met het blauwe haar hield haar handen omhoog en de serveerster zag de gerimpelde huid om haar ogen en mond en realiseerde zich dat ze helemaal niet jong was, ze ging alleen jong gekleed. Ze was iemand van middelbare leeftijd in een vermomming. Van een afstand zou je haar op twintig schatten; van dichtbij leek ze eerder veertig. Het voelde als een truc.

'Pa en ma hebben een geweldig huwelijk,' zei Brooke met een 'e', en iets in de verontwaardigde eerbied in haar stem deed de serveerster vermoeden dat ze, ondanks haar verstandige kleding, misschien wel de jongste van de vier was.

De knappere broer keek haar verwonderd aan. 'Zijn we wel in hetzelfde huis opgegroeid?'

'Geen idee, zeg het maar? Ik heb namelijk nooit iets van geweld gezien... Ik bedoel, kom óp!'

‘Hoe dan ook, ik ben niet degene die het suggereert. Ik zeg dat andere mensen het misschien suggereren.’

De blauwharige vrouw keek op en zag de serveerster staan. ‘Sorry! We hebben nog steeds niet gekeken!’ Ze pakte de geplastificeerde menukaart op.

‘Geeft niet,’ zei de serveerster. Ze wilde meer horen.

‘We zijn namelijk allemaal een beetje afgeleid. Onze moeder wordt vermist.’

‘O nee. Dat is... zorgwekkend?’ De serveerster wist niet goed hoe ze moest reageren. Ze leken niet echt bezorgd. Deze mensen waren allemaal een stuk ouder dan zij – zou hun moeder dan niet écht oud zijn? Een oud dametje? Hoe kan een oud dametje vermist raken? Dementie?

Brooke met een ‘e’ kromp ineen. Ze zei tegen haar zus: ‘Dat zeg je toch niet tegen mensen.’

‘Neem me niet kwalijk. Onze moeder is mógelijk vermist,’ verbeterde de blauwharige vrouw zichzelf. ‘We weten even niet waar we haar hebben gelaten.’

‘Dan moet je je stappen nagaan,’ zei de serveerster, die het grapje meespeelde. ‘Waar hebben jullie haar voor het laatst gezien?’

Er viel een ongemakkelijke stilte. Ze keken haar allemaal aan met identieke donkerbruine ogen en nuchtere gezichtsuitdrukkingen. Ze hadden allemaal van die wimpers die zo donker waren dat het leek alsof ze eyeliner op hadden.

‘Je hebt nog gelijk ook. Dat is precies wat we moeten doen.’ De blauwharige vrouw knikte langzaam, alsof ze deze onzinnige opmerking serieus nam. ‘Onze stappen nagaan.’

‘We willen allemaal graag de appelkruimel met slagroom proberen,’ onderbrak de dure broer. ‘En dan laten we je weten wat we ervan vinden.’

‘Goeie.’ De goedkopere broer tikte met de rand van zijn menukaart tegen de zijkant van de tafel.

‘Als ontbijt?’ zei Brooke met een ‘e’, maar ze glimlachte

wrang, alsof ze een of andere privégrap deelden over appelkruimel, en ze overhandigden allemaal hun menukaarten op die opgeluchte 'dat is dan geregeld'-manier waarop mensen vaak een menukaart teruggaven, blij dat ze ervanaf waren.

De serveerster schreef *4x app.kr.* op haar notitieblok en legde de stapel menukaarten recht.

'Luister,' zei de broer in de goedkopere versie. 'Heeft iemand háár al gebeld?'

'Koffie?' vroeg de serveerster.

'We willen allemaal een grote zwarte koffie,' zei de dure broer en de serveerster maakte oogcontact met Brooke met een 'e' om haar de kans te geven te zeggen: 'Nee, zo drink ik mijn koffie niet, ik heb altijd een extra grote, extra hete flat white met sojamelk,' maar ze was bezig haar broer de les te lezen. 'Natuurlijk hebben we haar gebeld. Een miljoen keer. Ik heb geappt. Ik heb gemaild. Jij niet dan?'

'Dus vier grote koffie, zwart?' vroeg de serveerster.

Niemand reageerde.

'Oké, dus vier grote koffie, zwart.'

'Niet mama. Háár.' De goedkopere broer legde zijn ellebogen op tafel en drukte zijn vingertoppen tegen zijn slapen. 'Savannah. Heeft iemand al geprobeerd met haar in contact te komen?'

De serveerster had geen excuus meer om te blijven hangen en hen nog verder af te luisteren. Was Savannah een andere zus? Waarom was die hier niet vandaag? Was zij soms de verschoppeling van de familie? De verloren dochter? Was dat de reden waarom die broer haar naam zo onheilspellend liet vallen? En hád iemand haar inderdaad gebeld?

De serveerster liep naar de toonbank, drukte met haar vlakke hand op de bel en legde hun bestelling met een klap neer.

2

Afgelopen september

Het was bijna elf uur op een kille, winderige dinsdagavond. Lichtroze kersenbloesems schoten op en wervelden door de lucht terwijl de taxi langzaam langs gerenoveerde historische huizen reed, elk met een middenklasse luxe sedan op de oprit en een ordelijk trio van verschillend gekleurde kliko's op de stoep. Een koeskoes schoot over een zandstenen muurtje, gevangen in de koplampen van de taxi. Een kleine hond kefte één keer en viel toen stil. De lucht rook naar houtkachels, gemaaid gras en langzaam gegaard lamsvlees. De meeste huizen waren donker, op het waakzame knipperen van beveiligingscamera's na.

Joy Delaney, op nummer negen, ruimde haar vaatwasser in terwijl ze luisterde naar de laatste aflevering van *The Migraine Guy Podcast* op de mooie nieuwe draadloze koptelefoon die haar zoon haar voor haar verjaardag had gegeven.

Joy was een kleine, slanke, energieke vrouw met glanzend, schouderlang, wit haar. Ze kon zich nooit precies herinneren of ze nou achtenzestig was of negenenzestig en soms hield ze zelfs rekening met de mogelijkheid dat ze zevenenzestig was. (Ze was negenenzestig.) Op dit moment droeg ze een spijkerbroek en een zwart vest over een gestreept T-shirt, met wollen sokken. Ze zag er zogenaamd 'geweldig uit voor haar leeftijd'. Jongeren in winkels zeiden dat vaak tegen haar. Ze wilde dan altijd zeggen: 'Je weet mijn leeftijd niet, gek, dus hoe weet je dat ik er geweldig uitzie voor mijn leeftijd?'

Haar man, Stan Delaney, zat in zijn ligstoel in de woonkamer, met op elke knie een icepack, en keek naar een documentaire over 's werelds mooiste bruggen terwijl hij een zakje zoete chilizoutjes soldaat maakte die hij stuk voor stuk door een bakje roomkaas haalde.

Hun bejaarde staffordshireterriër, Steffi (vernoemd naar Steffi Graf, omdat ze als puppy al zo hard kon lopen), zat op de keukenvloer naast Joy en kauwde stiekem op een stukje krant. Het afgelopen jaar was Steffi obsessief gaan kauwen op elk papier dat ze in huis kon vinden, wat een psychische aandoening bij honden scheen te zijn, mogelijk veroorzaakt door stress, al wist niemand waar Steffi gestrest over zou kunnen zijn.

Maar goed, Steffi's papierverslaving was in elk geval acceptabeler dan de verslaving van Otis, de kat van haar buurvrouw Caro, die ineens allerlei kledingstukken jatte uit de huizen aan hun hofje, inclusief, vernederend genoeg, ondergoed, wat Caro te gênant vond om terug te geven, behalve aan Joy natuurlijk.

Joy wist dat ze er met haar gigantische koptelefoon uitzag als een buitenaards wezen, maar dat kon haar niet schelen. Na jarenlang haar kinderen om rust te hebben gesmeekt, kon ze die rust nu juist niet meer verdragen. De stilte gierde door haar zogeheten lege nest. Dat nest was al jaren leeg, dus ze had er inmiddels aan gewend moeten zijn, maar vorig jaar hadden ze hun bedrijf verkocht en het voelde alsof alles abrupt tot stilstand kwam. In haar zoektocht naar rumoer was ze verslaafd geraakt aan podcasts. Vaak ging ze naar bed met haar koptelefoon nog op, zodat ze in slaap werd gewiegd op het slaapliedje van een spraakzame, gezaghebbende stem.

Zelf had ze geen last van migraine, maar haar jongste dochter wel, dus luisterde Joy naar *The Migraine Guy Podcast* voor nuttige tips die ze aan Brooke zou kunnen doorgeven, maar ook als een soort boetedoening. De afgelopen jaren was ze bijna ziek van spijt geworden vanwege de afwijzende, ongeduldige manier waarop ze in eerste instantie had gereageerd op Brookes kinderhoofdpijn, zoals ze het vroeger noemden.

'Spijt' zou sowieso het thema van mijn memoires kunnen zijn, dacht ze, terwijl ze probeerde de kaasrasp naast de braadpan in de vaatwasser te schuiven. *Een spijtig leven*, door Joy Delaney.

Gisteravond was ze naar de eerste sessie geweest van een cursus 'Dus je wilt je memoires schrijven?' op de avondschool in de buurt. Joy wilde helemaal geen memoires schrijven, maar Caro wel, dus hield ze haar daar gezelschap. Caro was weduwe en verlegen en wilde niet alleen gaan. Joy zou Caro aan een vriendin helpen (ze had al een geschikt iemand op het oog) en dan zou ze afhaken. Hun leraar had uitgelegd dat je het proces van het schrijven van memoires begon door een thema te kiezen en daarna was het gewoon een kwestie van anekdotes vinden om het thema te ondersteunen. 'Misschien is jouw thema "Ik ben voor een dubbeltje geboren, maar moet je me nu eens zien",' zei de leraar en alle dames met hun keurige pantalons en pareloorbellen knikten plechtig en noteerden *voor een dubbeltje geboren* in hun gloednieuwe schriftje.

'Nou, voor jou is het tenminste duidelijk wat het thema van je memoires moet worden,' zei Caro op weg naar huis tegen Joy.

'O ja?' zei Joy.

'*Tennis*. Jouw thema is tennis.'

'Dat is geen thema,' zei Joy. 'Een thema is meer zoiets als "wraak" of "succes tegen alle verwachtingen in" of...'

'Je zou het *Game, Set and Match, het verhaal van een tennisgezin* kunnen noemen.'

'Maar dat is... We zijn geen tennissterren,' zei Joy. 'We hadden gewoon een tennisschool en een tennisclub. Wij zijn de familie Williams niet.' Om de een of andere reden vond ze Caro's opmerking irritant. Verontrustend, zelfs.

Caro keek perplex. 'Waar heb je het over? Tennis is de passie van jullie gezin. Mensen zeggen altijd: "Volg je passie!" En dan denk ik bij mezelf: goh, hád ik maar een passie. Zoals Joy.'

Joy was op een ander onderwerp overgestapt.

Nu keek ze op van de vaatwasser en herinnerde zich Troy, als jonge jongen, hier in deze keuken, zijn racket vastgegrepen als een wapen, gezicht rood van woede, zijn mooie bruine ogen vol verwijt en tranen die hij weer inslikte, al schreeuwend: 'Ik haat tennis!'

'Oei, heiligschennis!' had Amy gezegd, omdat het haar rol als oudste was om elke familieruzie van commentaar te voorzien en moeilijke woorden te gebruiken die de andere kinderen nog niet begrepen, terwijl Brooke, nog zo klein en schattig, in onvermijdelijk huilen was uitgebarsten en Logan een uitgestreken, onnozel gezicht opgezet had.

'Je haat tennis helemaal niet,' had Joy tegen hem gezegd. Het was een bevel. Wat ze bedoelde was: je mág tennis niet haten, Troy. Wat ze bedoelde was: ik heb de tijd of de kracht niet om jou toe te staan tennis te haten.

Joy schudde licht met haar hoofd om de herinnering van zich af te zetten en probeerde haar aandacht weer op de podcast te richten.

'*... zigzaglijnen die door je gezichtsveld zweven, glinsterende vlekken of sterretjes; mensen met aurasymptomen bij hun migraine zeggen dat...* '

Troy had niet echt een hekel aan tennis. Sommige van hun gelukkigste familieherinneringen speelden zich af op de tennisbaan. De meeste. Sommige van hun naarste herinneringen speelden zich daar ook af, maar kom op, Troy speelde nu nog steeds. Als hij echt zo'n hekel had gehad aan tennis, zou hij nu hij in de dertig was niet nog altijd de baan op gaan.

Was tennis echt het thema van haar leven?

Misschien had Caro gelijk. Zij en Stan hadden elkaar misschien nooit ontmoet zonder tennis.

Inmiddels meer dan een halve eeuw geleden. Een verjaardagsfeestje in een klein, overvol huis. Hoofden die op de maat mee knikten van 'Popcorn' van Hot Butter. De achttienjarige Joy greep de dikke groene steel van haar wijnglas, dat tot de rand gevuld was met warme moezel.

'Waar is Joy? Je moet Joy ontmoeten. Ze heeft net een of ander groot toernooi gewonnen.'

Dat waren de woorden die de nauwe halve kring van mensen die de jongen die met zijn rug tegen de muur stond omringden uit elkaar deed gaan. Hij was een reus, bizar lang en met brede schouders, met een dikke bos lang krullend zwart haar in een paardenstaart, een sigaret in de ene hand, een blikje bier in de andere. Atletische jongens in de jaren zeventig rookten soms nog als een schoorsteen. Hij had een kuiltje in zijn wang, dat pas verscheen toen hij Joy zag.

'We moeten een keer een balletje slaan,' zei hij. Ze had nog nooit zo'n stem gehoord, niet bij een jongen van haar leeftijd. Het was een stem die zo diep en zo loom klonk dat mensen er grappen over maakten en probeerden hem te imiteren. Ze zeiden dat Stan klonk als Johnny Cash. Hij deed het niet met opzet. Zo praatte hij nou eenmaal. Hij sprak niet veel, maar alles wat hij zei klonk belangrijk.

Ze waren niet de enige tennissers op dat feest, maar wel de enige kampioenen. Het was het lot, zo onvermijdelijk als een sprookje. Als ze elkaar die avond niet hadden ontmoet, zouden ze elkaar uiteindelijk toch wel tegengekomen zijn. Tennis was een kleine wereld.

Dat weekend speelden ze hun eerste wedstrijd. Zij verloor met 6-4, 6-4, en verloor toen meteen ook maar haar maagdelijkheid aan hem, al had haar moeder haar nog zo gewaarschuwd dat je nooit met een jongen naar bed moest gaan als je hem echt leuk vond: 'Waarom zouden ze de koe kopen als ze de melk gratis kunnen krijgen?' (Haar dochters gílden om die uitspraak.)

Joy zei tegen Stan dat ze alleen met hem naar bed ging vanwege zijn service. Het was een mágnifieke service. Ze bewonderde hem nog steeds, wachtend op die fractie van een seconde als de tijd stilstond en Stan een standbeeld van een tennisser werd: rug gebogen, bal hangend in de lucht, racket achter zijn hoofd, en dan... bám.

Stan zei dat hij alleen met haar naar bed ging vanwege haar doelgerichte volley, en toen zei hij, met die lage, lome stem vlak bij haar oor: 'Nee, dat is niet waar, je moet nog wel werken aan die volley, je komt te dicht naar het net, maar ik wilde met je naar bed, omdat ik, toen ik die benen zag, meteen wist dat ik die om mijn rug wilde hebben.' En Joy lag helemaal in katzwijm, zo geweldig en poëtisch vond ze dat, al stelde ze de kritiek op haar volley niet op prijs.

'*... hierdoor komen neurotransmitters vrij...*'

Ze keek naar de rasp. Die zat onder de wortel, die de vaatwasser er niet vanaf kreeg. Ze spoelde hem af in de gootsteen. 'Waarom sta ik jouw werk te doen?' zei ze tegen de vaatwasser en ze dacht aan zichzelf in de tijd van voor de vaatwasser, staande bij deze zelfde gootsteen, met huishoudhandschoenen in heet afwaswater en een wolkenkrabber van vuile borden naast haar.

Haar verleden botste de laatste tijd steeds met haar heden. Gisteren was ze in paniek wakker geworden uit een dutje, in de waan dat ze vergeten was een van de kinderen van school te halen. Het kostte haar een dikke minuut voor ze zich herinnerde dat al haar kinderen inmiddels volwassen waren: volwassen, met rimpels en hypotheken, diploma's en reisplannen.

Ze vroeg zich af of ze soms dement werd. Haar vriendin Linda, die in een verpleegtehuis werkte, zei dat er elke dag een golf van rusteloosheid door het huis ging rond de tijd dat de scholen uitgingen en de oudere dames opgewonden raakten, ervan overtuigd dat ze zich moesten haasten om kinderen op te halen die allang groot waren. Toen ze dat hoorde, schoten de tranen Joy in de ogen en nu was haar precies hetzelfde overkomen.

'Het zou kunnen dat mijn superieure intellect de symptomen van mijn dementie maskeert,' had Joy tegen Stan gezegd.

'Ik heb er anders niks van gemerkt,' zei Stan.

'Van mijn dementiesymptomen? Of van mijn superieure intellect?'

'Nou, je bent altijd een beetje raar in je hoofd geweest,' had hij gezegd, en toen slenterde hij weg, waarschijnlijk om een ladder te beklimmen, omdat zijn zonen tegen hem hadden gezegd dat zeventig te oud was om ladders te beklimmen, dus zocht hij steeds een excuus om die ladder op te gaan.

Gisteravond had ze geluisterd naar een zeer informatieve podcast, *This Dementia Life*.

De kaasrasp weigerde om naast de koekenpan in de vaatwasser plaats te nemen. Ze bestudeerde de twee dingen. Het voelde als een puzzel die ze moest kunnen oplossen.

'*... veroorzaken een verandering in de grootte van de bloedvaten...*' zei de Migraineman.

Wat? Nu moest ze de podcast een stuk terugspoelen.

Ze had gehoord dat de hersenfunctie snel achteruit kon gaan na je pensioen. Misschien was dat het. Dat haar frontale kwab aan het verschrompelen was.

Ze hadden gedacht dat ze er klaar voor waren om met pensioen te gaan. De tennisschool verkopen leek de voor de hand liggende volgende stap in hun leven. Ze konden niet eeuwig blijven coachen en geen van hun kinderen had er interesse in om het bedrijf over te nemen. Sterker nog, het was beledigend, zo ongeïnteresseerd als ze waren. Jarenlang koesterde Stan de hoop dat Logan zich zou willen inkopen in Delaneys: dat ouderwetse idee dat de oudste zoon zijn trotse opvolger zou worden. 'Logan was een geweldige coach,' mompelde hij. 'Hij snapte het. Hij snápte het echt.'

De arme Logan had verschrikt gekeken toen Stan beschroomd had geopperd dat hij het bedrijf misschien wel zou willen kopen. 'Hij is niet erg gedréven, hè?' had Stan tegen Joy opgemerkt en Joy had tegen hem gesnauwd omdat ze kritiek op haar kinderen niet kon velen, vooral niet als die kritiek terecht was.

Dus hadden ze de boel verkocht. Aan prima mensen voor een prima prijs. Ze had dat gevoel van verlies niet zien aankomen. Ze had zich niet gerealiseerd hoe hun identiteit werd bepaald door Delaneys Tennis Academy. Wie waren ze nu dan? Gewoon weer zo'n stel boomers.

Goddank speelden ze zelf nog wel. Hun meest recente trofee stond, zwaar en trots, op het dressoir, klaar om mee te pronken als iedereen thuiskwam voor Vaderdag. Stans knieën moesten het wel bezuren, maar het was een dikke overwinning op twee technisch uitstekende spelers geweest: zij en Stan hadden veel het net opgezocht, de aanval ingezet vanuit het midden en waren kalm gebleven. Ze hadden het nog.

Behalve in toernooien, speelden ze nog steeds in de clubcompetitie op maandagavond die Joy jaren geleden had opgericht, hoewel dat de laatste tijd wel wat deprimerend was omdat er de hele tijd maar mensen overleden. Zes maanden geleden was Dennis Christos omgevallen op de baan toen hij met zijn vrouw Debbie een partij speelde tegen Joy en Stan, wat verschrikkelijk traumatisch was geweest. Joy vermoedde dat het hart van die arme Dennis de opwinding niet aankon bij het idee dat hij Stans service kon doorbreken. Ze gaf Stan er stiekem de schuld van dat hij Dennis had laten geloven dat dat kon. Hij had het opzettelijk op 40-love laten komen, voor zijn eigen plezier. Het kostte haar veel wilskracht om niet te zeggen: 'Jij hebt Dennis Christos vermoord, Stan.'

De waarheid was dat zij en Stan niet geschikt waren om met pensioen te gaan. Hun zes weken durende droomvakantie naar Europa was al een ramp geweest.

Zelfs Wimbledon. Vooral Wimbledon. Toen het vliegtuig weer in Sydney landde, waren ze allebei dol van opluchting, en dat hadden ze aan niemand toegegeven, niet aan hun vrienden en niet aan hun kinderen. Zelfs niet aan elkaar.

Soms probeerden ze dingen te doen die hun gepensioneerde vrienden deden, 'een heerlijk dagje strand', bijvoorbeeld. Joy sneed haar voet aan flarden toen ze op een oesterschelp ging staan en ze kregen een parkeerbon. Het deed haar denken aan die keren dat ze het in haar hoofd had gehaald om met Stan en de kinderen gezellig te gaan picknicken en ze zo haar best had gedaan te doen alsof ze het soort gezin waren dat dat soort dingen deed: gezellig picknicken. Maar er ging onvermijdelijk iets mis. Altijd was er wel iemand in een slecht humeur, of ze verdwaalden, of het regende net toen ze aankwamen en de rit naar huis verliep in hatelijke stilte, op het regelmatige snuiven na van welk kind ook maar het idee had dat het onterecht op zijn of haar kop had gekregen.

'We zijn eigenlijk best romántisch geworden sinds we met pensioen zijn,' zei een irritant opgewekte vriendin tegen haar, zodat Joy wel kon kokhalzen. Maar laatst kocht ze twee bananenmilkshakes in de *food court*, bij wijze van leuk gebaar omdat zij en Stan die altijd kochten als ontbijt in ontbijtsalons in kleine stadjes, toen ze in de beginjaren van hun huwelijk samen de regionale toernooien afgingen. Toen ze het geld voor motels uitspaarden door in de auto te slapen. En seks hadden op de achterbank.

Maar het was duidelijk dat Stan zich hun bananenmilkshakes niet eens herinnerde en op weg naar huis trapte hij plotseling en onnodig op de rem toen iemand voor hen invoegde, en Joys milkshake vloog in het rond. Dus nu hing de permanente en weerzinwekkende stank van zure melk in hun auto: de zure geur van mislukking. Stan rook niks, zei hij.

Om genadig en met verve hun pensioen te vieren zoals hun vrienden, hadden ze anders in elkaar moeten zitten. Hadden ze minder chagrijnig moeten zijn (zoals Stan) en een grotere verscheidenheid aan interesses en hobby's moeten hebben naast tennis. Ze hadden kleinkinderen nodig.

Kleinkinderen.

Het woord alleen al vervulde haar met het soort onmetelijke, gecompliceerde emoties dat voorbehouden is aan jonge mensen: verlangen, woede en het ergste van alles: intense, bittere afgunst.

Ze wist dat één klein kleinkind genoeg was om die brullende stilte te stoppen, om haar dagen weer zo'n beetje tot leven te laten komen, maar je kon je kinderen niet om kleinkinderen vragen. Zo vernederend. Zo burgerlijk. Ze vond zichzelf er te interessant en verfijnd voor. Ze was een feministe. Een sportvrouw. Een zeer succesvolle zakenvrouw. Ze weigerde om aan dat specifieke cliché te voldoen.

Het kwam vanzelf wel. Ze moest gewoon geduld hebben. Ze had vier kinderen. Vier kansen in de loterij, hoewel twee van haar vier kinderen vrijgezel waren, dus misschien telden die nog niet als loten. Maar twee van hen hadden solide relaties, al heel lang. Logan en zijn vriendin Indira waren nu vijf jaar samen. Ze waren dan wel niet getrouwd, maar dat deed er niet toe. Indira was geweldig en de laatste keer dat Joy haar zag, had ze echt zo'n mysterieuze, geheimzinnige blik, bijna alsof ze Joy iets wilde vertellen, maar nog even wilde wachten: misschien tot ze de twaalf weken had gehaald?

Brooke en Grant waren gelukkig getrouwd, hadden een hypotheek op een heus huis en een gezinsauto, en Grant was ouder, dus het zou snel aan de orde kunnen zijn. Had Brooke maar niet haar eigen fysiotherapiepraktijk geopend. Het was bewonderenswaardig – Stan gloeide gewoon van trots als iemand erover begon – maar je eigen bedrijf runnen was stressvol en migrainelijders moesten juist hun stress in toom houden. Brooke was te gedreven. Maar ze zou zeker snel een baby willen. Brooke was altijd op de hoogte van de laatste medische richtlijnen, dus ze wist heus wel dat je niet te lang moet wachten.

Joy hoopte stiekem dat haar kinderen een creatieve manier zouden vinden om haar over hun zwangerschap te vertellen, zoals de kinderen van andere mensen altijd deden op YouTube. Ze zouden bijvoorbeeld een foto van de echo kunnen inpakken en dan Joys reactie filmen als ze hem uitpakte: verbijstering gevolgd door een vallend kwartje, hand voor haar mond slaan, tranen en knuffels. Dat zouden ze dan op hun social media kunnen zetten. *Joy komt erachter dat ze oma wordt!* Zou viraal kunnen gaan. Joy kleedde zich tegenwoordig altijd extra mooi als haar kinderen op bezoek kwamen, voor het geval dat.

(Ze ging die fantasie natuurlijk nooit met iemand delen. Zelfs niet met de hond.)

De Migraineman sprak verleidelijk in Joys oren: '*We moeten het eens hebben over magnesium.*'

'Vind ik ook. Laten we het daar eens over hebben,' zei Joy.

De koekenpan en de rasp pasten met geen mogelijkheid naast elkaar. Het lukte gewoon niet. De rasp kon er niet meer bij. Maar hij was toch al schoon. Ze kwam weer overeind en ontdekte dat haar man recht voor haar stond, alsof hij zichzelf had geteleporteerd.

'Wel ver... Godsamme... Wat de fuck!' gilde ze.

Ze duwde haar koptelefoon in haar nek en legde haar hand op haar bonkende hart. 'Wil je me niet zo besluipen!'

'Waarom klopt er iemand op de deur?' Stans lippen waren oranje van de chilizoutjes. Er zaten vochtige kringen op de knieën van zijn spijkerbroek van de smeltende icepacks. Ze trok het niet om naar hem op te kijken, vooral omdat hij met zo'n beschuldigende uitdrukking op haar neerkeek, alsof zij er iets aan kon doen dat er aangeklopt werd.

Steffi ging naast Stan zitten, haar oren gespitst en alert, ogen stralend van de glorieuze mogelijkheid dat ze misschien mee uit mocht.

Joys blik gleed naar de klok aan de keukenmuur. Voor een bezorger of een marktonderzoeker was het veel te laat. En het was ook te laat voor een vriend of familielid om langs te komen, en trouwens, dat deed niemand meer zonder eerst te bellen.

Joy bekeek haar man. Misschien was híj degene met dementie. Ze wist uit haar onderzoek dat men de demente echtgenoot geduldig en vriendelijk moest behandelen.

'Ik heb niets gehoord,' zei ze dan ook geduldig en vriendelijk. Ze zou een uitstekende verzorger zijn, al zou ze hem zo snel mogelijk op de wachtlijst zetten voor een fijn verpleegtehuis.

'Ik hoorde geklop,' hield Stan vol en zijn kaak bewoog heen en weer om zijn ergernis te uiten.

Maar toen hoorde Joy het ook: *bons, bons, bons.*

Alsof iemand met een gebalde vuist op hun voordeur sloeg. Hun deurbel was al jaren kapot en mensen klopten vaak ongeduldig aan nadat ze eerst de bel hadden geprobeerd, maar dit bonzen had veel weg van een noodgeval.

Haar ogen ontmoetten die van Stan en zonder een woord te zeggen liepen ze allebei naar de voordeur, niet rennend maar wel snel, door de lange gang, vlug, vlug, vlug. Steffi draafde naast hen voort, hijgend van opwinding. Joys sokken gleden over de plankenvloer en ze voelde dat ze alle drie, man, vrouw en hond, een verkwikkend gevoel van urgentie deelden. Iemand had hen nodig. Er was vast een soort crisis. En zij zouden die crisis oplossen, want er mochten dan geen kinderen meer bij hen thuis wonen, ze hadden nog steeds die mentaliteit: *wij zijn de volwassenen. Wij regelen het wel.*

Misschien hadden ze juist wel zo'n plezier in dat snelle loopje naar de deur omdat het alweer een poos geleden was dat een van de kinderen om geld of advies had gevraagd, of zelfs maar om een lift naar het vliegveld.

Bonk, bonk, bonk.

'We komen eraan!' riep Stan.

Flarden van herinneringen flitsten door Joys hoofd: Troy die thuiskwam van school toen hij een jaar of acht of negen was, op de deur bonkend en schreeuwend: 'FBI! Doe open!' Hij deed dit jarenlang elke keer als hij ergens voor de deur stond, zo grappig vond hij het. Amy drukte verwoed op de bel, toen die het nog deed, omdat ze haar huissleutel weer eens was kwijtgeraakt en altijd haast had om naar de wc te gaan.

Stan was haar voor. Hij klikte het veiligheidsslot met een efficiënte draai van zijn pols om en gooide de deur open.

Een snikkende jonge vrouw tuimelde naar binnen alsof ze daar met haar voorhoofd tegen de deur had gestaan en viel regelrecht in Stans armen, als een dochter.

3

'Nou zeg, hallo,' zei Stan verbluft. Hij klopte onhandig op haar schouder.

Een fractie van een seconde dacht Joy dat het ook echt een van hun dochters was, maar dit meisje kwam nauwelijks tot borsthoogte bij Stan. Joys kinderen waren lang: de jongens waren dik een meter vijfennegentig, Amy een tweeëntachtig en Brooke een vijfentachtig. Ze hadden allemaal brede schouders, donker haar, een olijfkleurige huid, een rode blos en kuiltjes in hun wangen, net als hun vader. ('Die kinderen van jullie zien er allemaal uit als gigantische Spaanse matadors,' zei Joys moeder altijd spottend, alsof Joy ze van een winkelschap had geplukt.)

Dit meisje was klein en tenger, met warrig, peper-en-zoutkleurig haar en een blauwgeaderde, vlekkerige witte huid.

'Het spijt me.' Het meisje deed een stap achteruit, haalde huiverend adem, snoof en probeerde haar mond in de vorm van een glimlach te plooien. 'Het spijt me heel erg. Wat gênant, dit.'

Ze had een kersverse diepe snijwond net onder haar rechterwenkbrauw. Het bloed trok glanzend natte sporen over haar gezicht.

'Het geeft niet, kindje.' Joy greep de broodmagere bovenarm van het meisje stevig vast voor het geval ze zou flauwvallen.

Ze zou haar 'kindje' blijven noemen totdat ze zich haar naam herinnerde. Aan Stan had ze niks. Ze voelde dat zijn blik die van haar zocht: *wie is dit in godsnaam?*

Het meisje had een piepkleine piercing in haar neus, net een zaadje, en een tatoeage van een groene wijnrank die zich om haar bleke onderarm krulde. Ze droeg een tot op de draad versleten shirt met lange mouwen met wat ingetrokken vetvlekken aan de voorkant en een spijkerbroek met scheuren. Om haar nek hing een zilveren sleutel aan een ketting. Haar blote voeten waren paars van de kou. Ze kwam Joy vaag, heel in de verte, maar toch niet helemaal bekend voor.

Het zou handig zijn als het meisje haar naam noemde, maar jonge mensen gingen er altijd van uit dat je je hen wel zou herinneren. Dat gebeurde zo vaak. Dan kwam er een jonge vreemdeling op hen af, verrukt zwaaiend: 'Meneer en mevrouw Delaney! Hoe is het met u? Dát is lang geleden!' Joy moest zich dan door het gesprek bluffen en tegelijkertijd door haar mentale kaartenbak bladeren: een tennispupil? Het volwassen kind van een clublid? Een vriendin van een van de kinderen?

'Wat is er met jou gebeurd?' Stan gebaarde naar het oog van het meisje. Hij keek geschrokken, oud opeens. 'Is daar iemand?' Hij tuurde over haar schouder naar de straat. Het zou nooit bij Joy zijn opgekomen dat er nog iemand zou zijn.

'Nee, niemand,' zei het meisje. 'Ik ben met de taxi gekomen.'

'Het komt goed, lieverd. Kom, dan gaan we je eerst eens oplappen,' zei Joy.

Dit was erg verwarrend, maar het zou vast allemaal duidelijk worden. Stan wilde altijd overal meteen opheldering over.

Joy vermoedde dat het meisje achter in de twintig was, even oud als Brooke, maar ze zag er niet uit als een van Brookes vrienden, want dat waren allemaal keurige jonge vrouwen met drukke levens en veel aan hun hoofd. Dit meisje had zo'n armoedig uiterlijk waar Amy ook van hield, dus het leek Joy heel waarschijnlijk dat ze een vriendin van Amy was. Dat maakte het lastig, want Amy bewoog zich in allerlei nogal uiteenlopende kringen. Iemand van die amateurtheatergroep waar Amy al zeker een week zo enthousiast over was? Een studievriendin? Van de eerste studie waar ze mee gestopt was? De tweede?

'Hoe kom je aan die wond?' vroeg Joy.

'Ruzie met mijn vriend,' zei het meisje. Ze wankelde op haar benen en drukte de muis van haar hand tegen haar bloederige oog. 'Ik ben gewoon het appartement uit gerend, de straat op, en toen ben ik in een taxi gesprongen...'

'Heeft je vríénd je dit aangedaan?' vroeg Stan. 'Bedoel je dat hij je heeft geslagen?'

'Zoiets,' zei het meisje.

'Zoiets? Wat wil dat zeggen?' vroeg Stan. De man kon soms zo uit zijn slof schieten. 'Heeft hij je nou geslagen of niet?'

'Het is ingewikkeld,' zei het meisje.

'Nee dat is het niet. Als je bent mishandeld, moeten we de politie bellen,' zei Stan.

'Nee.' Het meisje maakte zich los uit Joys greep. 'Echt niet. Ik wil niet dat de politie erbij gehaald wordt.'

'We hoeven de politie niet te bellen, kindje, niet als jij dat niet wilt,' zei Joy. 'Het is aan jou. Maar kom, ga even zitten.'

Als het meisje de politie niet wilde bellen, vond ze dat prima. Ze wilde geen politie over de vloer.

Toen ze onder een van de ganglampen door liepen, zag Joy dat het meisje ouder was dan ze eerst had gedacht. Begin dertig misschien? *Denk, denk, denk.*

Zou ze een ex van een van de jongens kunnen zijn? Er waren jaren geweest waarin het moeilijk was geweest om bij te houden wie toch al die jonge meisjes waren die door hun huis hopsten. Beide jongens hadden lang verkering gehad met een gebruinde blonde jongedame op witte gympies die Tracey heette. Stan kon de beide Traceys nooit uit elkaar houden. Allebei de Traceys eindigden bij verschillende gelegenheden huilend aan Joys keukentafel, terwijl Joy uien stond te snipperen en woorden van troost mompelde. Logans Tracey stuurde nog steeds kerstkaarten.

Maar dit meisje zag er niet uit als een van die vriendinnetjes. Troy ging voor glossy prinsesjes en Logan voor sexy bibliothecaressen en dit meisje was geen van beide.

'Toen realiseerde ik me dat ik geen geld had,' zei het meisje terwijl ze de keuken binnenliepen, en ze bleef staan en kantelde haar hoofd om het hoge plafond te bestuderen alsof het een kathedraal was. Joy volgde haar blik terwijl die door de ruimte naar het dressoir vol met ingelijste familiefoto's en ornamenten gleed, waaronder het afgrijselijke paar vals kijkende porseleinen katten dat van Stans moeder was geweest, en bleef hangen op de schaal met vers fruit die op tafel stond: glanzend rode appels en felgele bananen. Had het kind soms honger? Wat haar betrof at ze al die bananen op. Joy wist niet waarom ze die nog steeds kocht. Ze lagen er alleen voor de sier. Meestal werden ze papperig en zwart en dan schaamde ze zich als ze ze weg moest gooien.

'Ik had echt helemaal niets bij me. Geen portemonnee, geen telefoon, geen geld: niets.'

'Ga zitten, kindje.' Joy trok een stoel onder de keukentafel uit. Stan was goddank gestopt met zijn geblafte vragen. Stilzwijgend pakte hij de verbanddoos uit de kast boven de koelkast waar Joy nooit bij kon zonder op een stoel te gaan staan. Hij zette hem op tafel en deed het deksel open, want Joy had altijd moeite met het slotje. Toen liep hij naar de gootsteen en gaf het meisje een glas water.

'Laat me eens even kijken.' Joy zette haar bril op. 'Doet het erg pijn?'

'O, gaat best. Ik heb een hoge pijngrens.' Het meisje tilde het glas water met trillende hand op en dronk. Haar vingernagels waren gerafeld. Een nagelbijter. Amy kloof vroeger ook altijd haar nagels af. Vreselijk. De kille avondlucht sloeg van de huid van het meisje terwijl Joy de wond schoonmaakte met ontsmettingsmiddel.

'Dus je realiseerde je dat je je portemonnee niet bij je had,' drong Joy aan toen Stan ging zitten, zijn ellebogen op het tafelblad plantte, zijn handen in elkaar vouwde en zijn neus over zijn knokkels wreef, zwaar fronsend.

'Ja, dus ik raakte in paniek en dacht: hoe ga ik de rit betalen, en de chauffeur was niet zo'n heel erg vriendelijke taxichauffeur, snapt u, dat zag ik meteen. Hij zag eruit als het type dat gemeen kon zijn, agressief zelfs. Dus we reden gewoon maar wat rond, en...'

'Je reed gewoon maar wat rond?' onderbrak Stan haar. 'Maar welke bestemming heb je de chauffeur dan gegeven toen je in de taxi stapte?'

Joy keek hem streng aan. Soms besefte hij niet hoe hij op mensen overkwam.

'Ik heb hem geen adres opgegeven. Ik dacht helemaal niet na. Ik zei: "Rij maar naar het noorden." Ik probeerde tijd te winnen terwijl ik probeerde te bedenken waar ik heen moest.'

'Zag die chauffeur dan niet dat je gewond was?' vroeg Joy. 'Hij had je rechtstreeks naar het dichtstbijzijnde ziekenhuis moeten brengen zonder je een cent te laten betalen!'

'Ik weet niet of hij het heeft gezien. Maar als dat zo was, deed hij of zijn neus bloedde.'

Joy schudde verdrietig haar hoofd. De mensen van tegenwoordig.

'Maar goed, om de een of andere reden, ik weet niet waarom, stak ik mijn hand in de zak van mijn spijkerbroek en ik kon het niet geloven! Er zat nog een biljet van twintig dollar in! Echt zo random! Ik vind nooit zomaar geld in mijn zak!'

Het gezicht van het meisje lichtte op van kinderlijk plezier toen ze terugdacht aan het moment dat ze dat geld had gevonden.

'Dan heb je een beschermengel,' zei Joy. Ze knipte een stuk gaas van de rol.

'Ja, weet ik, dus toen het tarief dichter bij de twintig dollar kwam, begon ik de taxichauffeur willekeurige aanwijzingen te geven. Hier linksaf. Tweede rechts. Ik weet niet, ik was een soort van uitzinnig. Ik ging gewoon mijn neus achterna. Wacht. Of verzin ik dat nou? Je neus achternagaan. Nu ik het zeg klinkt het raar. Hoe doe je dat, je neus achternagaan?'

Het meisje keek op naar Joy.

'Ja, zo zeg je dat,' zei Joy. Ze tikte tegen haar eigen neus. 'Je neus achternagaan.'

Ze keek naar Stan. Hij trok aan zijn onderlip, wat hij altijd deed als hij iets afkeurde. Hij ging nooit zijn neus achterna. Je hebt een strategie nodig, kind. Je slaat niet maar gewoon tegen de bal in de hoop dat je gaat winnen, je hebt een strategíé voor hoe je gaat winnen.

'En toen de meter op twintig dollar stond, riep ik: "Stop!" Dus ik ben hier net uitgestapt. Het is zo koud buiten vanavond, ik had geen idee!' Het meisje rilde hevig. 'En ik ben op blote voeten.' Ze tilde haar vuile voet op en wees naar haar tenen. 'Ik stond daar maar in de goot. Mijn voeten voelden aan als ijsblokken. Ik dacht: jij idioot, jij stomme, stomme idioot, en nu dan? En toen werd ik ineens duizelig en ik keek naar de huizen en dat van jullie leek me het vriendelijkst en er brandde nog licht, dus...' Ze trok aan de mouwen van haar shirt. 'Dus nu zit ik hier.'

Joy bleef even onbeweeglijk staan en het verbandgaas bleef in de lucht hangen. 'Dus... Maar... Dus je wilt zeggen dat wij niet, dat jij niet...' Ze probeerde een elegantere manier te bedenken om het uit te drukken, maar het lukte haar niet. 'Dus je kent ons niet?'

Ze zag nu wel dat ze zichzelf voor de gek had gehouden door te denken dat het meisje een bekende van hen was. Ze kwam Joy alleen bekend voor zoals iedereen haar tegenwoordig bekend voorkwam. Ze hadden net een wildvreemd iemand hun huis binnenlaten.

Ze keek of ze criminele neigingen zag bij het meisje, maar zo op het oog leek het van niet, hoewel ze niet precies wist waar je dat soort neigingen aan moest herkennen. De neuspiercing was echt heel schattig. (Amy had een paar jaar geleden een afschuwelijke lippiercing gehad, dus Joy vond een neuspiercing niet echt verontrustend.) Een tatoeage van een groene wijnrank was niet bepaald intimiderend. Ze leek wel oké. Een tikje labiel, misschien. Maar ze was lief. Dit meisje was echt niet gevaarlijk. Daar was ze te klein voor. Zo gevaarlijk als een muis.

'Heb je dan geen vrienden of familie waar je naartoe kon gaan?' vroeg Stan.

Joy keek hem nog een keer aan. Goed, ze had dezelfde vraag willen stellen, maar dat kon toch best vriendelijker?

'We zijn nog maar net van de Gold Coast hierheen verhuisd,' zei het meisje. 'Ik ken niemand in Sydney.'

Stel je voor, dacht Joy. Je bent helemaal alleen, zonder geld, in een vreemde stad en je kunt niet terug naar huis. Wat kun je dan anders dan je overgeven aan de genade van vreemden? Ze kon zich niet voorstellen dat zij zich ooit in zo'n situatie zou bevinden. Er waren altijd mensen die haar konden opvangen.

Stan zei: 'Wil je misschien... iemand bellen? Je familie?'

'Er is op dit moment niet echt iemand... bereikbaar.' Het meisje liet haar hoofd zakken, zodat Joy haar arme, weerloze, dunne witte nek tussen het klitterige haar kon zien.

'Kijk me eens aan, kindje.' Joy drukte het gaas op de snee. 'Hou je vinger er maar even op.' Ze begeleidde de hand van het meisje naar het gaasje, plakte het op zijn plaats met een stukje leukoplast en zuchtte tevreden. 'Zo dan. Geregeld.'

'Bedankt.' Het meisje keek Joy aan met heldere, lichtgroene ogen omlijst door de mooiste wimpers die Joy ooit had gezien. Het leek wel alsof ze met goud waren bestrooid. Joys kinderen hadden allemaal van die donkere matadorwimpers. Joys eigen wimpers waren doodgewoon. Het meisje was onverwacht mooi nu het bloed was weggeveegd. Zo mooi, en zo vreselijk mager en vies en moe. Joy voelde een overweldigend verlangen om haar te voeden, haar een bad te geven en in bed te stoppen.

'Ik ben Savannah,' zei het meisje en ze stak haar hand uit naar Joy.

'Savannah. Dat is een mooie naam,' zei Joy. 'Ik heb een vriendin die Hannah heet. Daar lijkt het wel wat op! Of nou ja, niet echt. Savannah. Waar ken ik die naam toch van? Ik weet het al, volgens mij heeft prinses Anne een kleindochter die Savannah heet. Een snoezig klein meisje, een beetje ondeugend. Volgens mij is die Savannah geen prinses, ik geloof niet dat ze een adellijke titel heeft. Niet dat jou dat iets kan schelen. Ik ben altijd al heel geïnteresseerd geweest in de koninklijke familie. Ik volg ze op Instagram.'

Ze kon maar niet stoppen met praten. Dat was altijd zo als ze wat van streek of geschokt was, en ze besefte dat ze op dit moment mogelijk wat van streek en geschokt was door het bloed en het gewelddadige verhaal dat ze net had gehoord. Ze zag dat ze het ijskoude handje van het meisje nog steeds vasthield en kneep er even geruststellend in voordat ze het losliet.

'Er is nog een Savannah, bedenk ik me, naast die koninklijke, ik weet het zeker... O, ik weet het al! Mijn jongste dochter, Brooke, heeft een vriendin die net een baby heeft gekregen en ik weet voor negentig procent zeker dat ze haar Savannah hebben genoemd, of misschien Samantha. Dat kan ook.'

Maar ineens wist ze weer dat de baby eigenlijk Poppy heette, wat helemaal niet op Savannah of Samantha leek, dus dat was gênant. Maar het was niet nodig om het te zeggen. 'Brooke is zelf nog niet toe aan een baby, want ze is net haar eigen fysiotherapiepraktijk begonnen, dus dat is best spannend.'

Dat was helemaal niet spannend, het was irritant, maar zoals haar grootvader altijd al zei: 'Je moet een goed verhaal nooit verpesten met de feiten.'

'Dus daar is ze heel druk mee. Delaneys Fysiotherapie heet

het. Ik heb wel ergens een kaartje. Ze is echt heel goed. Brooke, bedoel ik. Mijn dochter. Heel rustig en geduldig. En zo gek, want we hadden nooit gedacht dat...'

'Joy,' onderbrak Stan haar. 'Doe eens rustig.'

'We hadden nooit gedacht dat we een medisch iemand in de familie zouden hebben...' Joy viel even stil. Ze legde haar hand in haar nek en voelde de koptelefoon die daar nog steeds hing, als een gigantische statementketting. 'Ik was net naar een podcast aan het luisteren,' verklaarde ze sullig. Ze kon zelfs de blikkerige, verre stem van haar podcastpresentator nog horen. Die kletste er nog steeds lustig op los, zich niet bewust van het feit dat Joy niet meer luisterde.

'Ik ben dol op podcasts,' zei Savannah.

'We hebben ons nog helemaal niet voorgesteld! Ik ben Joy!' Joy deed de koptelefoon uit en legde hem op tafel. 'En dit is mijn knorrige echtgenoot, Stan.'

'Bedankt voor het verband, Joy.' Savannah gebaarde naar haar gezicht. 'Ook al kom je dan niet uit een medische familie, ik vind dat je het tiptop hebt gedaan!'

Tiptop. Wat een grappig woord. Echt iets van vroeger.

'O, dank je wel,' zei Joy. 'Ik zou nooit... Nou ja.' Ze dwong zichzelf te stoppen met praten.

'Ik had een goed gevoel bij dit huis.' Savannah keek om zich heen. 'Meteen toen ik het zag. Het voelde gewoon heel warm en veilig.'

'Het is hier ook veilig,' zei Joy. Ze keek expres niet naar haar man. 'Wil je iets eten, Savannah? Heb je honger? Neem een banaan! Of anders heb ik nog wel een restje van het avondeten dat ik kan opwarmen.' Ze gaf het meisje geen tijd om het aanbod aan te nemen en haastte zich alweer naar het volgende. 'En dan blijf je hier natuurlijk overnachten.'

Ze was zo blij dat haar schoonmaakster, die goeie ouwe Barb, vandaag was geweest en dat ze samen Amy's oude slaapkamer hadden afgestoft en gestofzuigd.

‘O,’ zei Savannah. Ze keek ongemakkelijk naar Stan en toen weer naar Joy. ‘Ik weet niet, hoor. Ik kan ook gewoon...’ Maar het was duidelijk dat ze nergens anders heen kon op dit uur van de avond en dat Joy dit tengere kind onder geen beding weer op blote voeten de kou in zou sturen.

4

Nu

'We proberen dat meisje op te sporen dat vorig jaar bij mam en pap heeft gelogeerd.'

De schoonheidsspecialiste, gekleed in smetteloos wit, knielde aan de enorme voeten van haar cliënt terwijl ze die voorzichtig in een voetbad stopte dat gevuld was met geurig warm water, waarin rozenblaadjes dreven en gladde ovale kiezelstenen lagen die zo gevormd waren dat het leek alsof ze uit een bergbeek kwamen.

'Ze stond zomaar ineens bij hen op de stoep. 's Avonds laat.'

De cliënt, die een Deluxe Power Pedicure had geboekt, 'een luxe ervaring voor de drukke manager', wiebelde met zijn voeten tegen de stenen en praatte maar door, gelukkig met een acceptabel volume. Hij had de schoonheidsspecialiste beleefd gevraagd of ze het erg vond als hij wat telefoontjes pleegde terwijl hij zijn pedicure onderging. De meeste mensen begonnen gewoon zonder vragen te tetteren.

'Ze zal er wel niets mee te maken hebben,' zei hij. 'Maar we bellen gewoon iedereen die mam kent.'

De telefoon van de cliënt zat in de zak van zijn zachte, losse witte overhemd. Hij droeg AirPods. De vader van de schoonheidsspecialiste zei dat mensen die AirPods droegen eruitzagen als onderkruipers. (Haar vader was pas vijftig geworden en het was schattig dat hij dacht dat zijn mening er nog toe deed.)

De klant zag er niet uit als een onderkruiper. Hij was heel knap.

'Het is gewoon niks voor mam om zo lang geen contact op te nemen. Normaal belt ze me binnen twee minuten terug, helemaal buiten adem en vol afschuw dat ze mijn oproep heeft gemist.'

De schoonheidsspecialiste wreef een scrub op basis van abrikozenpitten over de hiel van zijn rechtervoet en masseerde in stevige, krachtige cirkeltjes.

'Weet ik, maar het is niet alsof ze zonder een woord verdwenen is. Ze heeft ons allemaal op Valentijnsdag geappt.' Hij bleef even stil. 'Ik lees even precies voor wat er stond. Wacht.'

Met zijn duim scrolde hij door zijn telefoon. 'Hier heb ik hem.' Hij las hardop voor: '"Even een piisje OFF-GRID! Ik doerry 21 dau champagne om een eind te maken aan lamler bok linseten! Spinder me! Liefs, mama." Hartje-emoji. Vlinder-emoji. Bloemen-emoji. Emoji met lachend gezichtje. "Off-grid" stond in hoofdletters.'

De moeder van de schoonheidsspecialiste gebruikte ook veel emoji's in haar appjes. Moeders waren dol op emoji's. Ze vroeg zich af wat al dat 'champagne'-gedoe kon betekenen.

'Het betekent alleen dat ze haar bril niet op had toen ze appte,' zei de cliënt tegen degene die hij aan de telefoon had, en die zich dat moest hebben afgevraagd... 'Haar appjes hangen altijd aan elkaar van vreemde willekeurige woorden.'

De schoonheidsspecialiste probeerde zijn kuitspier te masseren. Het was alsof ze graniet probeerde te kneden. Hij was vast een hardloper.

'Ja,' zei hij. 'Ik ga daar nu heen om met papa te praten. Om te zien of ik meer aan de weet kan komen. Niet dat hij me iets zal vertellen...'

Op dat moment verkrampte zijn voet ineens; de tenen stonden in een onnatuurlijke hoek gespreid.

'Kramp!' riep hij uit. De schoonheidsspecialiste trok haar hoofd nog net op tijd opzij.

5

Afgelopen september

Joy sloot hun slaapkamerdeur met een zachte, verontschuldigende klik, alsof Savannah het zou horen en zou weten dat ze hem alleen maar dichtdeden omdat zij er was. Ze hadden hun hele huwelijk altijd met de deur wijd open geslapen: zodat kleine angstige kinderen na een nachtmerrie meteen bij hen in bed konden klimmen, zodat ze tieners door het huis konden horen banjeren, dronken maar gelukkig weer levend en wel thuis, zodat ze snel advies en troost konden bieden, zodat ze elke ochtend uit bed konden springen en regelrecht de actie van hun drukke, belangrijke leven in konden duiken.

Ooit was het sluiten van de slaapkamerdeur een signaal geweest dat iemand seks misschien een goed idee vond. Nu was het een teken dat ze een gast hadden.

Een onverwachte gast.

Savannah lag hopelijk warm en comfortabel in Amy's oude slaapkamer, in een van Amy's oude pyjama's. Amy, hun oudste, hun 'vrije geest' zoals Joy haar graag omschreef, hun 'probleemkind' zoals Stan haar noemde, zou volgend jaar veertig worden. Ze woonde officieel al twintig jaar niet meer thuis, maar ze gebruikte haar oude slaapkamer nog steeds als een soort opslagruimte, omdat ze zich nooit lang genoeg op één adres leek te vestigen om haar bezittingen goed te verhuizen. Het was weliswaar vreemd gedrag voor iemand van bijna veertig, en er was een tijd geweest dat Joy en Stan hadden gesproken over op hun strepen gaan staan, want vrienden hadden gesuggereerd dat ze dat moesten doen. Alsof je er met pure wilskracht voor kon zorgen dat Amy ineens een gewoon mens werd. Amy was Amy, en op dit moment had ze een baan en een telefoonnummer, haar vingernagels waren over het algemeen schoon en haar haar (hoewel momenteel blauwgeverfd) leek niet van de luizen te krioelen, en dat was alles wat Joy zich wat haar betrof wenste, al zou het fijn zijn als ze en toe eens een kam door dat haar haalde.

'Ligt ze in bed?' vroeg Stan terwijl hij de badkamer uit liep, in zijn boxershort en een wit T-shirt met V-hals waar wit borsthaar uit sprong. Hij was nog steeds een grote, gespierde, heerszuchtige man, maar Joy vond dat hij er in zijn pyjama altijd kwetsbaar uitzag.

'Ik denk het wel,' zei Joy. 'Ze leek slaperig na haar bad.'

Ze had erop gestaan een bad te laten vollopen voor Savannah. De kranen hadden een gebruiksaanwijzing. Ze had wat van het naar perzik geurende badschuim toegevoegd dat iemand haar voor Moederdag had gegeven en twee van de zachtste handdoeken die ze kon vinden klaargelegd, en het was zo fijn geweest om Savannah uit de badkamer te zien komen, met roze wangen, gapend, de punten van haar haar nat en Amy's badjas achter zich aan slepend over de grond.

Joy hoorde de ronde tonen van tevredenheid in haar eigen stem. Het was die oeroude bevrediging van het voeden en wassen van een hongerig, vermoeid, gedwee kind, en dan dat schone, in pyjama geklede kind in bed te stoppen.

'Amy's badjas was veel te lang voor haar...' Joy zweeg ineens. Wat was dit? Haar mond viel open.

'Nee, hè,' zei ze. 'Dit meen je niet.'

Een stapel willekeurige voorwerpen stond schots en scheef op hun ladekast: Stans oude laptop waarvan ze vrij zeker was dat hij kapot was, haar iPad, die ze nog nooit had aangeraakt, hun desktopcomputer, inclusief de monitor, hun tien jaar oude televisie, een rekenmachine en een oude pot waar op zijn hoogst tien dollar aan munten van twintig cent in zat.

'Ik ben gewoon voorzichtig,' zei Stan ter verdediging. 'We weten niets over haar. Straks steelt ze vannacht alles wat losen vastzit en dan voelen we ons morgenochtend als we de politie bellen ontzettend dom. "Inderdaad, agent, we hebben haar te eten gegeven, in een bubbelbad gestopt, haar naar bed gebracht, en toen werden we vanmorgen wakker en waren al onze spullen ineens verdwenen."'

'Ik kan niet geloven dat je door het huis bent geslopen om al die spullen van hun plek te halen.' Ze streek met haar vingers over de kluwen van stoffige elektriciteitssnoeren die van de ladekast bungelden.

Nee hè, daar stond zijn geliefde lamineermachine, die Troy hem afgelopen kerst had gegeven en waarmee Stans obsessie was begonnen om alles wat hij in zijn vingers kreeg te plastificeren: de gebruiksaanwijzing van de afstandsbediening van de tv (al was dat best handig), het artikel in de plaatselijke krant over de verkoop van Delaneys, inspirerende sportcitaten van internet die hij uitprintte en wilde bewaren. Hij zou Joy nog plastificeren als hij de kans kreeg.

'Wacht, is dat de dvd-speler? Stan. Ze zou heus onze dvd-speler niet meenemen. Niemand gebruikt nog een dvd-speler.'

'Wij wel,' zei Stan.

'Mensen van haar leeftijd kijken geen dvd's,' zei Joy. 'Die streamen allemaal.'

'Je weet niet eens wat streaming betekent,' zei Stan.

'Wel waar,' zei Joy. Ze liep naar de badkamer om haar tanden te poetsen. 'Het is gewoon Netflix kijken op tv. Dat is toch streaming?'

Hij had niet het recht om te doen alsof hij superieure kennis van technologie had. Hij was een man die geen mobiele telefoon bezat, uit principe, en vanwege zijn koppige trots. Hij vond het geweldig als mensen geschokt waren als ze erachter kwamen dat hij er nog nooit eentje had gehad en er ook nooit eentje zou hebben. Hij dacht echt dat hij daardoor moreel superieur was, wat Joy tot woede dreef, want sorry hoor, maar dat was hij dus echt niet. Zoals hij altijd sprak over zijn 'standpunt' over mobiele telefoons zou je denken dat hij de enige in de menigte was die weigerde de Hitlergroet te brengen.

Voor hun pensionering zei hij tegen mensen: 'Ik heb geen telefoon nodig, ik ben tenniscoach, geen chirurg. Er zijn geen noodgevallen in het tennis.' Maar er waren dus wél allerlei tennisnoodgevallen en in de loop der jaren was ze meer dan eens woest geweest als ze hem niet kon bellen en ze een lastige situatie bij de hand had die meteen zou zijn opgelost als hij wel gewoon een telefoon had gehad. Zijn principes weerhielden hem er ook niet van om vrolijk de vaste lijn te gebruiken en Joy op haar mobiel te bellen als ze boodschappen aan het doen was, om te vragen hoe lang ze nog weg zou blijven, en of ze alsjeblieft nog wat chilizoutjes wilde kopen, maar als Stan weg was dan was hij ook echt weg, en als ze daar te veel over nadacht en over alles wat dat betekende zou ze een enorme bron van woede aanboren, dus dacht ze er maar niet over na.

Dat was het geheim van een gelukkig huwelijk: nooit boos worden.

Ze trok haar mooiste pyjama aan aangezien er een gast in huis was, en kroop naast Stan in bed. Haar bewegingen voelden theatraal, alsof er iemand naar haar keek. Ze bleven even zwijgend liggen, plat op hun rug, de deken onder hun ellebogen, als brave kinderen die wachtten op een verhaaltje voor het slapengaan. Het licht was uit, de lampjes op hun nachtkastjes waren nog aan. Op Joys nachtkastje stond een ingelijste trouwfoto. Meestal keek ze er dwars doorheen, alsof het een meubelstuk was, maar soms, zomaar ineens, kon ze er een blik op werpen en wist ze nog precies hoe ze zich voelde op het moment dat die foto werd genomen: de kriebelende kanten halslijn van haar jurk, Stans hand dringend, ongepast laag tegen haar rug, de achteloze verwachting dat dit woeste geluk altijd zou blijven bestaan, omdat ze deze jongen aan de haak had weten te slaan, de jongen met de lage stem en sterke service, en dat daarna trofeeën, baby's, picknicks en chique restaurants bij speciale gelegenheden zouden volgen, en misschien een hond. In die tijd stond alles bol van de seks: het tennis, de training, eten, zelfs de wolken in de lucht.

Jarenlang had ze er niks van gesnapt als mensen zeiden dat ze zich de dag waarop hun baby's werden verwekt nog exact herinnerden. Hoe konden ze dat nou weten? Ze had altijd gedacht, schattig genoeg, dat elk stel elke dag seks had.

Ze kon zich wel precies de dag herinneren dat haar jongste dochter werd verwekt.

Tegen die tijd begreep ze het wel.

Joy wachtte tot Stan zijn boek oppakte of de radio aanzette of het licht uitdeed, maar dat deed hij allemaal niet, dus nam ze aan dat hij zin had om te kletsen.

'Ik ben blij dat ik nog wat van die kip overhad voor haar. Ze leek wel uitgehongerd.'

Savannah had gegeten als een vluchteling in oorlogstijd. Halverwege haar maaltijd was ze in huilen uitgebarsten – een hevig, krampachtig snikken, maar zelfs toen de tranen over haar wangen stroomden, at ze door. Het was schrijnend en verontrustend om te zien. En vervolgens had ze niet één, maar twee bananen gegeten!

'Het was niet eens een echt lekkere ovenschotel. Hij had meer... smaak nodig, vond ik.' Joy kookte haar kip altijd te gaar. Ze was bang voor salmonella. 'Ik heb nog wel genoeg over voor Steffi's ontbijt.'

Joy bracht Steffi liever niet in verlegenheid door haar hondenvoer te geven, want Steffi leek niet door te hebben dat ze een hond was. Ze praatte elke ochtend na het ontbijt uitgebreid met Joy en maakte vreemde, langgerekte jammerende geluiden waarvan Joy wist dat het haar helaas onverstaanbare pogingen tot mensentaal waren. De enige keer dat ze haar hadden meegenomen naar het hondenpark in de buurt, was Steffi geschokt geweest en bleef ze aan hun voeten zitten met een hooghartige uitdrukking op haar snuit, alsof ze een societydame was in de McDonald's.

Stan sloeg op zijn kussen en legde het achter zijn hoofd. 'Steffi heeft liever een exemplaar van de *Sydney Morning Herald* als ontbijt.'

'Ze doet me denken aan het meisje met de zwavelstokjes,' mijmerde Joy.

'Wie, Steffi?'

'Nee, Savannah.'

Stan dacht even na en zei toen: 'Wie is dat ook alweer, het meisje met de zwavelstokjes? Ken ik haar? Iemand van de tennisclub?'

Joy snoof honend. 'Dat is een sprookje over een klein meisje dat op een ijskoude nacht lucifers probeert te verkopen. Mijn moeder las het me altijd voor. Ik geloof dat het kind uiteindelijk doodvroor.'

'Typisch iets voor jouw moeder, een sprookje vertellen met een lijk op het eind.'

'Ik vond het een schítterend verhaal,' zei Joy.

Stan pakte zijn leesbril en boek. Hij was geen lezer, maar hij probeerde de roman te lezen die Amy hem met kerst had gegeven, omdat ze steeds maar vroeg: 'Wat vind je van het boek, pap?' Stan had Joy toevertrouwd dat hij steeds opnieuw moest beginnen omdat hij er niets van snapte.

'Het is verschrikkelijk dat haar vriend haar pijn doet,' zei Joy. 'Verschrikkelijk, gewoon. Stel je voor dat het een van onze meisjes was.'

Hij gaf geen antwoord en ze vermaande zichzelf omdat ze had gesuggereerd dat hij zich zijn eigen dochters in zo'n situatie zou moeten inbeelden. Toen Stan veertien was, had hij gezien hoe zijn vader zijn moeder door de kamer smeet en haar bewusteloos sloeg. Het was zogenaamd de eerste en enige keer dat zijn vader zoiets had gedaan, maar het moet verschrikkelijk zijn geweest voor een tiener om het te zien. Stan weigerde over zijn vader te praten. Als de kinderen ooit naar hun grootvader vroegen zei hij: 'Ik kan het me niet herinneren.' Uiteindelijk waren ze gestopt ernaar te vragen.

Stan zei: 'Onze meiden zijn sportvrouwen en ze zijn opgegroeid met broers. Ze zouden het niet pikken.'

'Ik geloof niet dat het zo werkt,' zei Joy. 'Het begint met iets kleins. Je verdraagt de kleine dingen in een relatie en dan... dan worden de kleine dingen langzaamaan groter.'

Hij antwoordde niet en haar woorden bleven te lang boven hun bed zweven. *Je verdraagt de kleine dingen in een relatie en dan... dan worden de kleine dingen langzaamaan groter.*

'Als een kikker die langzaam dood gekookt wordt,' zei Stan.

'Wat?' hoorde Joy zichzelf een beetje hysterisch zeggen.

Stan bleef in zijn boek kijken. Hij sloeg een pagina om in de verkeerde richting en even dacht ze dat hij haar niet zou antwoorden, maar toen zei hij, met zijn blik op de bladzijde gericht: 'Je kent die theorie toch wel: als je een kikker in warm water stopt en het vuur langzaam steeds hoger zet springt hij niet uit de pan, omdat hij niet doorheeft dat hij langzaam dood wordt gekookt.'

'Dat is toch zeker een broodje aap. Ik zal het eens googelen.' Ze pakte haar telefoon en bril.

'Als je maar in stilte googelt,' zei Stan. 'Ik moet me concentreren. Deze kerel hier heeft net drie bladzijden lang gezanikt over zijn herinnering aan iemands glimlach.'

'Laat mij het anders lezen,' zei Joy. 'Dan vat ik het wel voor je samen.'

'Dat is valsspelen,' zei Stan.

'Het is geen test, of zo,' verzuchtte Joy, maar Stan leek te denken dat het wel degelijk een test was, bedacht door Amy, en dat hij er zijn liefde mee moest bewijzen. Amy had hen in de loop der jaren aan veel tests onderworpen waarmee ze hun liefde moesten bewijzen.

Joy nam niet de moeite om de arme gekookte kikker te googelen. Ze scrolde door haar appjes en dacht erover om een of alle kinderen te appen om hun te laten weten dat er zomaar een meisje voor de deur had gestaan, maar ze had het gevoel dat dit nieuws met afkeuring of zelfs ontzetting zou worden ontvangen. Sinds ze de tennisschool hadden verkocht, waren hun kinderen zich steeds duidelijker gaan uitspreken over hoe Joy en Stan volgens hen hun leven zouden moeten leiden. Ze lieten suggesties vallen over georganiseerde reizen, woonoorden voor pensionado's, cruises, multivitaminen en sudoku. Joy tolereerde deze inmenging terwijl zijzelf nooit het opvallende gebrek aan kleinkinderen in haar leven te berde bracht.

Er was een nieuw appje van Caro eerder op de avond: *Heb je je huiswerk gedaan?* Ze bedoelde het huiswerk voor de cursus memoires schrijven. Ze moesten een 'elevatorpitch' schrijven: hun levensverhaal in een paar alinea's. Ze moest wel, ook al zou ze de cursus niet afmaken. Ze wilde die opgewekte kleine leraar niet op zijn opgewekte kleine teentjes trappen. Het had geen zin om Caro nu nog een antwoord te sturen; die sliep allang. Savannah zou Caro's huis nooit als een veilige haven hebben uitgekozen, omdat daar de lichten elke avond stipt om negen uur uitgingen.

In plaats daarvan klikte Joy op een artikel waarvan haar telefoon voorspelde dat het haar zou 'interesseren': *Veertig lieve vader-zoonmomenten tussen prins William en prins George.*

Ze was bij het zevende lieve moment tussen prins William en prins George beland toen Stan het boek met een diepe zucht opgaf en de iPad oppakte die Troy hem een paar maanden geleden voor zijn verjaardag cadeau had gedaan. Iedereen ging ervan uit dat Stan hem uit principe niet zou gebruiken, omdat een iPad verdacht veel leek op een iPhone. Nou, blijkbaar niet. Stan was net zo dol op de iPad als op zijn lamineerapparaat. Hij las elke dag het nieuws op zijn iPad omdat hij het lettertype lekker groot kon maken, wat met een echte krant niet kon. Troy was heel erg in zijn nopjes met het succes van zijn cadeau. Hij wilde altijd graag de wedstrijd om het beste cadeau winnen.

Joy keek over Stans schouder om te zien wat hij aan het lezen was en scrolde door dezelfde nieuwssite op haar telefoon, zodat ze dezelfde artikelen zou hebben gelezen en hem de les zou kunnen lezen als hij zou proberen haar over een bepaald punt de les te lezen.

'Hou op met *mansplainen*, pa,' zei Amy een keer tijdens een familiediner.

'Hij is aan het Stansplainen,' had Joy gezegd, en daar kreeg ze de lachers mee op haar hand.

Haar duim stopte.

Deze specifieke lettercombinatie was zo vertrouwd dat hij van het scherm sprong alsof het haar eigen naam was: *Harry Haddad.*

Ze wachtte. Het duurde eeuwen. Ze vroeg zich af of hij het zou missen. Maar toen, eindelijk, voelde ze zijn lichaam stil worden.

'Heb je dit gezien?' Hij hield de iPad voor haar omhoog. 'Over Harry?'

'Ja,' zei Joy. Ze zei het op neutrale toon. Het was van belang om net te doen alsof hun voormalige sterpupil, Harry Haddad, geen gevoelig onderwerp was, totaal niet, en dat ze niet probeerde ergens anders over te beginnen of, God verhoede, troost of medeleven uit te spreken. 'Ik zag het ook net.'

'Ik wist het,' zei Stan. 'Ik wist dat deze dag zou komen. Ik wist dat hij nog niet klaar was.'

'O ja?' Als dat waar was, wat Joy betwijfelde, had hij er in elk geval nooit iets over gezegd, maar dat zei ze niet. 'Hm. Nou ja. Dat wordt heel... interessant.'

Ze wachtte even en legde toen haar telefoon voorzichtig met het scherm omlaag op haar nachtkastje, naast haar koptelefoon. Haar glimmende metalen telefoonhoesje, ook een cadeau van Troy, glinsterde als een discobal onder het bedlampje.

Ze gaapte. Het begon nep en eindigde echt. Ze rekte haar armen uit boven haar hoofd. Stan sloot zijn iPad af en zette zijn bril af.

'Ik vraag me af hoe laat Savannah wakker wordt,' zei ze terwijl ze haar lampje uitdeed en op haar zij ging liggen. Goddank had dit arme jonge meisje ervoor gekozen om uitgerekend vanavond op hun deur te kloppen. Nu kon ze afleiding bieden van die vervloekte Harry Haddad. 'Leek ze jou een ochtendmens?'

Stan zei niets. Hij legde zijn iPad neer, deed zijn lampje uit, rolde op zijn zij en nam zoals gewoonlijk de dekens mee. Zoals gewoonlijk trok zij ze met moeite terug. Zijn rug voelde warm en geruststellend tegen die van haar, maar ze voelde de spanning die hem in zijn greep hield.

Toen gaf hij eindelijk antwoord. 'Ik heb geen idee of ze een ochtendmens is of niet, Joy.'

*

Verderop lag hun onverwachte gast plat op haar rug in het keurig opgemaakte eenpersoonsbed, klaarwakker en met droge ogen in het duister te staren, de handen gevouwen als die van een lijk of een braaf meisje, haar slaapkamerdeur wijd open alsof ze wilde laten zien dat ze voor hen helemaal niets te verbergen had.

6

Nu

Barb McMahon stofte somber de ingelijste foto van Joy en Stan Delaney op hun trouwdag af en bedacht wat een knap stel ze vroeger waren. Joys jurk had een hoge halslijn en ballonmouwen. Stan droeg een overhemd met ruches en een brede kraag en een paarse broek met soulpijpen.

Barb was bij die bruiloft geweest. Het was een enorme, rumoerige aangelegenheid. Sommige gasten vonden de bruid en bruidegom een vreemd stel: Stan de reusachtige, langharige pummel en Joy, de kleine blonde feeënprinses, maar volgens Barb waren die mensen waarschijnlijk gewoon jaloers op de duidelijk seksuele chemie tussen het paar, zo duidelijk dat het bijna onfatsoenlijk was. Niet dat iemand destijds de term 'chemie' zou hebben gebruikt, want ze was er vrij zeker van dat die was uitgevonden door de mensen achter *The Bachelor*.

Barb was een jaar na die bruiloft met Darrin getrouwd en ze kon zich niet veel chemie herinneren, alleen een serieus gesprek over spaardoelen. Nadat Darrin tien jaar geleden was overleden aan een beroerte, was Barb gaan schoonmaken voor wat extra geld. Ze maakte over het algemeen alleen schoon voor vriendinnen, mensen zoals Joy, uit haar eigen kring en generatie. Barbs dochter vond dat vreemd. 'Vind je dat dan niet ongemakkelijk, mam?' Maar ze vond het helemaal niet ongemakkelijk. Waarom ook? Barb vond het juist het fijnst om schoon te maken bij vriendinnen en bij vriendinnen van vriendinnen, het soort vrouwen dat nog nooit een schoonmaker had gehad en zich schaamde voor die luxe, dus werkten ze graag met je mee en kletsten ze ondertussen gezellig, en dat vond Barb ook fijn, omdat de tijd dan vloog.

Maar Joy was er niet vandaag, dus de tijd vloog niet. 'Ze is weg,' had Stan gezegd.

Hij zag er verschrikkelijk uit nu Joy er niet was om voor hem te zorgen. Hij kon waarschijnlijk nog geen ei koken. Zijn kaak ging schuil onder sneeuwwitte stoppels en er liepen twee lange krassen, als een spoorlijn, langs de zijkant van zijn gezicht.

'Weg?' Joy was nooit 'weg'. Waar zou ze heen zijn? 'Wanneer is ze dan weggegaan?'

Volgens Stan was het op Valentijnsdag. Acht dagen geleden. 'Ze heeft helemaal niet gezegd dat ze wegging,' zei Barb.

'Het was een lastminutebeslissing,' had Stan kortaf gezegd, alsof Joy de gewoonte had om op het laatste moment beslissingen te nemen.

Heel vreemd.

Barb zette de ingelijste foto met een spijtige zucht terug, stopte de stekker van de stofzuiger in het stopcontact en probeerde zich te herinneren of ze alweer onder het bed moest stofzuigen. Hoe lang was het geleden? Joy wilde altijd graag dat ze minstens één keer per maand het bed opzijduwden en dan flink onder het bed zogen.

Ze ging op handen en knieën zitten en tuurde onder het bed. Niet veel stof. Ze zou het laten tot Joy terug was. Ze stond op het punt weer op te staan toen iets haar aandacht trok. Een schittering. Ze ging plat op haar buik liggen en reikte met haar vingertoppen. Ze had een goed bereik. Tenminste, dat had Joy tegen haar gezegd toen ze samen in de middagcompetitie voor dames speelden.

Ze trok het voorwerp naar zich toe. Het was Joys mobiele telefoon. Ze herkende hem meteen aan het glinsterende telefoonhoesje. Het had wat weg van zo'n Glomesh-avondtas waar ze in de jaren zeventig allemaal zo dol op waren.

Ze stond weer op en ging op het bed van Joy en Stan zitten, een beetje puffend van de inspanning. De telefoon stond uit.

Dus Joy was weggegaan zonder haar telefoon? Ze werd er een beetje misselijk van.

Ze liep naar de keuken, waar Stan met zijn zoon Troy aan tafel zat. Ze waren niet aan het praten. Ze zagen eruit als twee vreemden die gedwongen werden een tafel te delen in een food court, hoewel er geen kopjes thee of eten op tafel stonden.

Troy hield Joys geliefde koptelefoon vast, wat Barb een vreemd, kil gevoel gaf. Het voelde te intiem, alsof hij een stukje van zijn moeder vasthield: een pruik of een kunstgebit.

'Hoi, Barb,' zei Troy opgewekt. 'Lang niet gezien. Mooi, dat nieuwe kapsel. Hoe gaat...'

'Ik heb net de telefoon van je moeder gevonden.' Ze hield hem omhoog. Troys glimlach verdween alsof ze hem een klap had gegeven, zo snel. Zijn ogen schoten naar zijn vader.

Stan zei niets. Geen woord. Hij keek niet eens verrast.

Hij stond gewoon op en stak mat zijn hand uit naar de telefoon.

'Ik moet zeggen dat ik Stans reactie nogal eigenaardig vond,' zou Barb later aan mensen vertellen. Dan bleef ze even stil en liet haar wangen zakken om de gruwelijke ernst van wat ze diep vanbinnen wist. 'Je zou zelfs kunnen zeggen: verdacht.'

7

‘Troy heeft net gebeld om te zeggen dat Barb mama’s telefoon onder het bed heeft gevonden.’

De stem van de fysiotherapeute dreef galmend naar de plek waar haar patiënte een tijdschrift over gezondheid en fitness zat te lezen. Het was het derde revalidatiebezoek van de patiënte na een operatie vanwege een gescheurde enkelband na een onhandige val tijdens het hardlopen. De patiënte had niet gebeld bij de receptie toen ze een kwartier te vroeg arriveerde, voor het geval dat Brooke – zo heette de fysio; ze was heel aardig, heel zorgzaam en rustig – een andere patiënt had.

Ze wilde haar behulpzaam zijn omdat ze wist dat Brooke nog maar net was begonnen en nog geen receptioniste had.

Bij hun eerste consult hadden ze meteen een band gekregen vanwege hun gedeelde ervaring met gruwelijke migraine.

Brooke Delaney zei dat ze had besloten fysiotherapeut te worden nadat ze er als kind bij eentje was geweest. ‘Hij zei dat hij me misschien met mijn migraine zou kunnen helpen als die werd veroorzaakt door spanning boven in de nek,’ zei ze. ‘Mijn nek bleek niet de boosdoener, maar toch voelde het alsof hij een van de weinige medici was die me serieus nam. Je weet toch wel hoe mensen denken dat je je pijn overdrijft? Vooral als je een klein meisje bent.’

Nou, daar wist de patiënte alles van.

Ze sloeg een bladzijde van haar tijdschrift om en probeerde niet te luisteren naar wat duidelijk een privégesprek was.

‘Dus dat verklaart waarom mama onze telefoontjes niet beantwoordt.’ Brookes stem klonk losser en luider en op de een of andere manier ook jonger dan de rustgevende, kalme toon die ze gebruikte als ze haar patiënten toesprak. ‘We hebben gewoon het gevoel dat dit ernstiger is dan we eerst dachten.’

Allemachtig. De patiënte sloeg haar tijdschrift dicht. Had ze nou toch maar gebeld.

‘Ik weet het. Off-grid is off-grid, maar ik vind het niks voor haar om haar telefoon niet mee te nemen.’

Stilte.

‘Tuurlijk, maar je hebt toch zelf gezegd dat mama en jij de laatste keer dat jullie het erover hadden ruzie hadden?’

Stilte.

'Ja. Ja, weet ik, pa, maar ik vroeg me gewoon af... ik vroeg me gewoon af, was het heel erg, die ruzie?’

Er klonk een seismische trilling van emotie door in het woord ‘erg’.

De patiënte stond op. Ze gooide het tijdschrift terug in de mand. Dit was geen telefoontje dat afgeluisterd zou mogen worden.

Iedereen had geheimen. Zo was de patiënte helemaal niet aan het hardlopen toen ze haar enkelband scheurde. Ze had nog nooit in haar leven hardgelopen. Ze was uit een taxi gevallen na twee glazen champagne en drie espresso-martini’s tijdens een lunch voor haar vijftigste verjaardag. Ze vermoedde dat Brooke Delaney wel wist dat ze niet had hardgelopen en ze waardeerde het dat ze verder niet aandrong.

De patiënt stond stilletjes op en verliet de praktijk. Ze zou over een kwartier wel weer terugkomen. Ze hoefde niets te weten van de mogelijk vreselijke familiegeheimen van haar aardige fysiotherapeute.

8

Afgelopen september

Brooke Delaney reed maandagochtend naar haar werk met de ontbijtradio zachtjes aan en de zonnekleppen omlaag. Af en toe kreunde ze zacht, voor het effect. Voor wie ze dat deed, wist ze niet. Voor zichzelf, vermoedelijk. Ze droeg een gepolariseerde zonnebril, maar het ochtendzonlicht dat door haar getinte autoruiten naar binnen viel, deed toch nog pijn, op een manier die ze niet goed kon uitleggen, als een lichte belediging door een onbekende.

Ze stopte bij een zebrapad om een schoolmeisje te laten oversteken. Het meisje zwaaide grotemenserig naar haar en liep toen haastig en dankbaar verder. Platvoeten. Ze brak Brookes hart. *Met jou is alles oké*, zei Brooke bij zichzelf terwijl haar ogen zich vulden met tranen en ze haar voet op het gaspedaal zette. *Je voelt je vreemd en huilerig en breekbaar en onwerkelijk, maar met jou is alles verder oké.*

Ze raakte haar voorhoofd aan. *De pijn is slechts de herinnering aan de pijn, niet de pijn zelf.*

De migraine had zaterdagochtend vroeg toegeslagen met een brute klap tegen haar rechteroog. Ze was erop voorbereid. Ze wist dat die klootzak eraan zat te komen, dus had ze haar plannen in afwachting ervan geannuleerd. Ze had het weekend alleen in haar slaapkamer doorgebracht, de jaloezieen naar beneden, een koude doek op haar voorhoofd. Alleen zij en haar migraine, verder niemand.

Het was haar eerste migraine sinds Grant zes weken geleden was vertrokken. Niemand om haar icepacks of glazen koud water te brengen, niemand die even bij haar kwam kijken of haar kwam verzorgen of een stevige hand op haar voorhoofd kwam leggen. Maar ze had zich erdoorheen geslagen. Een migraine was geen bevalling. Hoewel ze een onderzoek had gelezen waaruit bleek dat vrouwen die met allebei ervaring hadden hun migrainepijn als de ergste van de twee beoordeelden, iets wat haar wonderlijk vrolijk stemde.

Ze herinnerde zich haar vriendin Ines, die vertelde dat ze na haar scheiding in haar eentje een IKEA-bureau in elkaar had gezet met 'I Am Woman' op de achtergrond, maar toen ze ermee klaar was, wilde ze alleen maar haar ex bellen om het hem te vertellen.

Brooke voelde datzelfde verlangen om Grant te bellen en hem te vertellen dat ze in haar eentje een migraineaanval had doorstaan. Zo sneu. Haar migraine interesseerde hem niet meer. Misschien had het hem überhaupt nooit geïnteresseerd.

'Ben je nu *postdroom*, lieverd?' zou haar moeder zeggen als ze haar vanmorgen zou zien, want tegenwoordig, dankzij haar podcasts, herkende ze de symptomen en gebruikte ze het jargon met opgewekt gemak.

Brooke wilde haar toesnauwen: Je hebt het recht niet het jargon te gebruiken als je nog nooit migraine hebt gehad, mama.

Maar dan zou haar moeder heel berouwvol zijn en dat kon Brooke niet uitstaan. Ze wist dat haar moeder van haar schuld ontslagen wilde worden en ze geloofde niet dat ze haar dat met opzet ontzegde, maar ze gaf Joy ook zeker niet haar zin.

'Het punt is,' zei Joy dan altijd, 'ik had het zo druk, dat jaar dat de hoofdpijn begon, ik bedoel de migraine, toen je migraine begon. Het was een heel slecht jaar voor het gezin, een verschrikkelijk jaar, ons "annus horribilis", zoals de koningin zou zeggen. Misschien spreek ik het verkeerd uit, mijn knorrige oude leraar Latijn, meneer O'Brien, zou wel weten hoe je het moet uitspreken. Die arme man is verdronken op Avoca Beach, het schijnt dat hij niet tussen de vlaggen is gebleven toen hij ging zwemmen en toen kwam hij in een mui terecht, dus hij heeft het volkomen aan zichzelf te wijten, maar toch. Hoe dan ook, dat jaar, dat vreselijke jaar, er was gewoon zoveel... en we dachten dat we de zaak zouden verliezen en állebei je grootmoeders waren heel erg ziek en ik had geen idéé wat jij doormaakte...' En Brooke kapte haar dan altijd af, want ze had dit allemaal al zo vaak gehoord, inclusief de verdrinking van de leraar Latijn.

'Geeft niet, mam. Het is al zo lang geleden.'

Haar moeder had te veel vrije tijd. Dat was het probleem. Ze werd een beetje halfzacht. Ze bracht uren door met oude foto's bekijken en belde dan haar kinderen om hun te vertellen hoe klein en schattig ze waren geweest en dat ze het zo erg vond dat ze dat toen helemaal niet doorhad.

Terwijl Brooke zich niet eens herinnerde dat haar moeder geringschattend had gedaan over haar migraine. Ze had geen herinnering aan de 'onvergeeflijke' tijd waarin Joy tegen Brooke schreeuwde omdat ze weer eens migraine had, terwijl ze al zo laat waren voor het een of ander.

Wat ze zich herinnerde was de onvoorstelbare, verbijsterende pijn, en haar woede over haar moeder omdat die het niet had verholpen. Ze verwachtte niet dat haar vader of de dokters het zouden verhelpen. Ze verwachtte dat haar móéder het zou verhelpen.

Brooke had haar migraine tegenwoordig in toom: efficiënt, vakkundig, zonder wrok. Wees alert op de symptomen. Snel aan de medicatie. Dit was de eerste in zes maanden. Ze was verantwoordelijk voor het achter slot en grendel houden van een monster en soms brak dat monster los uit zijn boeien.

'*Afgelopen dinsdag onthulde gepensioneerde tennisster Harry Haddad dat hij van plan is om...*'

De woorden van de radiopresentator gleden haar bewustzijn binnen. Ze zette het volume hoger.

'... *volgend jaar terug te keren als professioneel tennisser. De drievoudig grandslamkampioen stopte vier jaar geleden vanwege een ernstige schouderblessure. Hij maakte zijn plannen afgelopen dinsdag bekend op social media en postte vandaag een foto van zichzelf tijdens een training onder leiding van zijn nieuwe coach, voormalig Wimbledon-kampioen Nicole Lenoir-Jourdan. Haddad, die naar verluidt binnenkort zijn autobiografie uitbrengt, hoopt natuurlijk op een spannend laatste hoofdstuk voor het verhaal van zijn ongelooflijke carrière.*'

'O, Harry, kom nou toch,' zei Brooke.

Ze zette de radio op een andere zender om blijk te geven van haar afkeuring. Dit was heel dom van hem. Het zou nooit meer helemaal goed komen met die schouder en Nicole paste niet bij hem. Voormalige tennisgrootheden waren niet per se geweldige coaches. Nicole Lenoir-Jourdan was een mooie, doelgerichte speler, maar Brooke vermoedde dat ze niet het geduld had om iemand te coachen.

Ze tikte met haar vingers tegen het stuur en mompelde tegen het stoplicht: 'Kom op, kom op.' Haar vader had ook geen geduld met stoplichten, of met kinderen die er te lang over deden om hun schoenen aan te trekken, of romantische scènes in films, maar als coach had hij alle geduld van de wereld.

Brooke herinnerde zich hoe hij naar een pupil keek en die analyseerde, zijn ogen tot spleetjes geknepen tegen de felle zon – hij weigerde altijd om een zonnebril te dragen op de baan; het was een historisch moment toen hij Brooke er eentje liet dragen in een vruchteloze poging om haar migraine te bestrijden – en dan gebaarde hij de speler naar het net te komen en stak een vinger op terwijl hij stond te denken: wat moet ik zeggen of doen zodat dit kind het snapt? Hij gaf nooit twee keer dezelfde les.

Brookes moeder was altijd goed in de groepslessen en liet de kleine kinderen rondrennen en lachen (ze droeg een glamoureuze oversized zonnebril tijdens het coachen, maar nooit tijdens het spelen), maar ze had niet de passie of het geduld voor een-op-eencoaching. Zij was de zakenvrouw, het brein achter Delaneys, degene die de pro-shop, het café, de vakantiekampen had opgericht.

Joy verdiende het geld en Stan maakte de sterren, maar hun grootste ster van allemaal waren ze kwijtgeraakt: Harry Haddad.

Stan had Harry naar de top kunnen brengen en nog veel verder, hoewel sommige mensen beweerden dat drie grand slams het hoogst haalbare voor hem was. Zo niet haar vader. Hij geloofde dat Harry even hoog had kunnen vliegen als Federer, dat Harry de Australiër zou zijn die eindelijk een eind zou maken aan de droogte van de Australian Open. Maar ze zouden nooit weten wat er had kunnen gebeuren in het parallelle universum waarin Harry Haddad bij zijn jeugdcoach, Stan 'the Man' Delaney, was gebleven.

Het licht sprong op groen en ze trapte het gaspedaal in, denkend aan haar arme ouders en hoe die zich zouden voelen bij dit nieuws. Ze wisten het vast. De aankondiging was afgelopen dinsdag gedaan. Als ze het niet op het nieuws hadden gezien, dan had iemand uit de tenniswereld het hun wel verteld. Gek dat haar moeder niet had gebeld om erover te praten en om haar zorgen te uiten over Brookes vader en hoe die zich zou voelen als hij Harry weer op de baan zou zien.

Het was pijnlijk om te zien hoe haar vader naar Harry Haddad keek op televisie. Hij trilde met nauwelijks ingehouden spanning bij elk punt, zijn schouders omhoog, zijn gezicht een hartverscheurende combinatie van trots en pijn. Het hele gezin had ingewikkelde gevoelens bij hun meest gevierde pupil. Meerdere spelers van de Delaneys Tennis Academy hadden het goed gedaan binnen het circuit, maar Harry was de enige die het Beloofde Land had bereikt. De enige die dat magische stuk zilverwerk had mogen kussen: de Gentlemen's Singles Championship Trophy op Wimbledon. Niet één keer, maar twee keer.

Brookes vader had Harry ontdekt. De jongen had nog nooit een racket vastgehouden, maar op een dag won Harry's vader een privétennisles van een uur bij Delaneys Tennis Academy in een loterij voor het goede doel en die besloot de les aan zijn achtjarige zoon te geven. De rest, zoals Brookes moeder graag mocht zeggen, was geschiedenis.

Inmiddels was Harry niet alleen een geliefd sporticoon, maar ook een spraakmakende filantroop. Hij was getrouwd met een mooie vrouw en had drie prachtige kinderen, van wie er een ernstig ziek was geweest: leukemie. Daarna was Harry een hartstochtelijk pleitbezorger geworden voor onderzoek naar kinderkanker. Hij haalde er miljoenen voor op. Hij redde levens. Over zo'n man kon je toch geen kwaad woord zeggen?

Maar Brooke kon dat best, want Harry was niet altijd een heilige geweest. Als kind, toen Brooke en haar broers en zus hem kenden, was hij een stiekeme, strategische valsspeler. Hij gebruikte dat valsspelen als tactiek: niet alleen om punten te scoren, maar ook om zijn tegenstanders in de gordijnen te jagen. Haar vader geloofde het nooit. Hij had altijd last van tunnelvisie waar het Harry betrof, maar ja, bijna alle volwassenen hadden vroeger tunnelvisie waar het Harry betrof. Het enige wat ze zagen was zijn sublieme talent.

Toen hij een keer een wedstrijd speelde tegen Brookes broer Troy, toen ze tiener waren, bleef Harry schaamteloos roepen dat ballen uit waren die overduidelijk in waren. Uiteindelijk was Troy door het lint gegaan. Hij gooide zijn racket weg, sprong over het net en deelde een paar rake klappen uit. Er waren twee volwassen mannen voor nodig om Troy van Harry af te trekken.

Troy mocht zes maanden niet spelen, wat beter was dan hij verdiende, volgens hun vader, die het Troy pas na lange tijd kon vergeven dat hij hem zo te schande had gemaakt.

En toen, krap twee jaar later, pleegde Harry Haddad verraad aan Stan Delaney toen hij die als coach dumpte nadat hij de Australian Open Boys' Singles had gewonnen. Brookes vader had het totaal niet zien aankomen. Hij had alle reden om aan te nemen dat hij Harry zou blijven begeleiden. Hij hield van hem alsof hij zijn eigen zoon was. Misschien nog wel meer dan van zijn eigen zonen, want Harry twijfelde nooit aan een oefening, kwam nooit in opstand, zuchtte nooit, rolde nooit met zijn ogen en sleepte nooit met zijn voeten als hij de baan op liep.

Het was vermoedelijk niet Harry's, maar diens vaders beslissing om weg te gaan bij Delaneys. Elias Haddad, Harry's fotogenieke, charismatische vader, was zijn manager en bij elke wedstrijd zat hij in de spelersbox met weer een nieuwe beeldschone vriendin aan zijn zijde. Brooke en haar broers en zus hadden nooit geloofd dat Harry niet betrokken was bij de beslissing om hun vader te dumpen, ondanks de roerende kaart die hij hun vader stuurde, of de ernstige, onoprechte manier waarop hij in kruiperige tijdschriftprofielen meldde hoe dankbaar hij zijn allereerste trainer was. Haar vader wilde nooit meer zo nauw betrokken zijn bij een speler. Hij was geliefd bij zijn pupillen en hij gaf hun alles, behalve zijn hart. Dat was in elk geval Brookes theorie.

Brooke reed de drukke parkeerplaats van The Piazza op, zoals haar plaatselijke winkelcentrum heette na de recente verbouwing. Anderen mochten graag de spot drijven met het thema 'Toscaans heuvelstadje', maar het boeide Brooke niet zo. De nieuwe Italiaanse delicatessenwinkel was geweldig, het restaurant had een paar mooie foto's van Toscane aan de muur, de hangmanden vol kunstbloemen leken net echt, als je niet te dichtbij kwam, en achter de nepkinderkopjes bleef je tenminste hangen met je hakken zoals bij echte kinderkopjes.

'Hoewel een verzwikte enkel zo hier en daar goed zou zijn voor je bedrijf, knipoog, knipoog, toch, Brooke?' had het plaatselijke parlementslid vorige maand op de dag van de opening gezegd, nadat hij het ceremoniële lint had doorgeknipt met een gigantische schaar. Hij was zo'n man die alles wat hij zei een vaag seksuele lading gaf.

Als deze proefscheiding zijn momentum zou behouden en in een echtscheiding zou uitmonden, waar het alle schijn van had, zou Brooke moeten gaan daten. Dan moest ze lippenstift opdoen en praatjes met een vage seksuele lading bij de koffie moeten dulden.

Ze reed naar haar favoriete parkeerplaats, zette de motor af en keek naar haar naakte linkerhand aan het stuur. Geen inkepingen die haar ontbrekende trouw- en verlovingsringen markeerden. Ze droeg ze sowieso nooit naar haar werk en vaak vergat ze ze in het weekend om te doen, wat misschien iets zei, maar waarschijnlijk niets. Ze zocht naar signalen die ze had gemist.

Brookes praktijk, Delaneys Fysiotherapie, was een kantoorruimte met twee kamers die ze huurde, tussen het restaurant en de groentezaak. De vorige huurder was een tarotkaartlezeres geweest, wier klanten soms nog steeds langskwamen in de hoop op een 'noodsessie'. Vorige week had een man in een paisleyshirt en een strakke broek gezegd: 'O, nou ja, als je mijn kaarten niet kunt lezen, kun je net zo goed eens kijken naar die krakkemikkige knie van me.' Brooke zag dat er voor hem een operatie in de kaarten te lezen stond.

'*Brrr! Het voelt zeker nog niet aan als lente*,' zei de weerman op de radio.

Brooke haalde een verdwaalde wimper weg in haar achteruitkijkspiegel. Haar ogen waren rood en waterig. Ze zou de patiënten van vandaag zeggen dat ze allergisch was. Op een fysio met migraine zat geen mens te wachten.

Op een echtgenote met chronische migraine zat ook niemand te wachten. Of op een dochter of een zus met migraine. Of zelfs een vriendin met migraine. Al die afgezegde afspraken! Brooke liet het draadje van haar zelfmedelijden een stukje uitrollen maar knipte het toen kordaat af.

'*Wie heeft er ook zo'n zin in die laatste weken van het sneeuwseizoen?*' vroeg de weerman.

'Ik,' zei Brooke. Skiën in de lente betekende gescheurde en verrekte kniebanden, rugblessures, polsbreuken.

God, zorg alstublieft voor veel blessures. Net genoeg om die cashflow op gang te brengen.

God antwoordde op dezelfde gekwetste manier waarop Brookes moeder de telefoon opnam als haar kinderen niks van zich hadden laten horen: 'Hallo, ken ik u?'

Laat maar, dacht Brooke. Ze zette de radio uit, maakte haar veiligheidsgordel los en bleef even zitten. Haar maag knorde. De dag na een migraineaanval was ze altijd een beetje misselijk. Kom op, zei ze tegen zichzelf, alsof ze een peuter was. Stap eens uit.

Zelfs op een goede dag, als ze niet postdroom was, voelde ze altijd een soort weerstand om uit de auto te komen als ze ergens was aangekomen waar ze eigenlijk heel graag wilde zijn. Het was een beetje vreemd, maar het was verder geen probleem. Gewoon een eigenaardigheid. Niemand die er ooit iets van merkte. Of nou ja, Grant merkte het wel als ze al laat waren, maar vérder niemand. Het stamde nog uit haar dagen als competitiespeler. Dan kwam ze aan bij een toernooi en raakte ze vervolgens verlamd door haar verlangen om in de warme, muffe cocon van de auto te blijven. Maar uiteindelijk kwam ze altijd in beweging. Het was geen ding, of zo. Ze was haar zus niet.

Geen haast. Ze had nog een halfuur voor haar eerste afspraak.

Ze legde haar armen om het stuur en keek naar hoe voor

het postkantoor een dikbuikige man een zware doos oppakte zonder zijn knieën te buigen. Toe maar, vriend, zet je rugspieren maar lekker onder druk.

Toen ze het huurcontract voor haar praktijk had ondertekend, wist ze van de geplande verbouwing en kreeg ze als gevolg daarvan een aanzienlijk lagere huur aangeboden, maar ze had niet verwacht dat er maanden overheen zouden gaan met de ene vertraging na de andere. Iedereen had minder handel. De veel te dure patisserie moest na veertig jaar zijn deuren sluiten. Het huwelijk van de kappers liep op de klippen.

Het was stressvol en Brooke moest die stress in toom zien te houden om haar migraine in toom te houden. Migrainepatiënten moesten eigenlijk geen nieuw bedrijf starten of scheiden van hun echtgenoot en ze moesten het al helemaal niet allebei tegelijkertijd doen. Ze horen behoedzaam te leven, alsof ze een dwarslaesie hebben. Brooke was er ternauwernood in geslaagd om haar prille praktijk overeind te houden, maar het had niet veel gescheeld. Er was een periode geweest waarin ze drieëntwintig dagen achter elkaar geen enkele patiënt had. De woorden 'je hebt meer geld nodig, je hebt meer geld nodig, je hebt meer geld nodig' gonsden als tinnitus in haar oren.

Maar inmiddels waren de renovaties voltooid. De graafmachines, vrachtwagens en drilboren waren weg. De parkeerplaats stond elke dag vol. In het restaurantje dat in de plaats was gekomen van de patisserie was het altijd druk. De kappers waren weer bij elkaar en zaten zes weken vooruit volgeboekt.

'Het is nu of nooit,' had haar accountant haar gezegd. 'Dit komende kwartaal wordt het erop of eronder.'

Haar accountant deed haar aan haar vader denken. Hij pakte haar vroeger altijd bij de schouders en keek haar in de ogen. *Laat het allemaal achter op de baan, Brooke.*

Ze kon naast haar huwelijk niet ook nog haar bedrijf laten mislukken. Dat waren te veel mislukkingen voor één iemand.

Ze liet alles achter op de baan. Ze gaf alles. Ze deed haar stinkende best. Ze schreef gratis artikelen voor de plaatselijke krant, ging folderen, bestudeerde haar Google Analytics, nam contact op met mogelijke verwijzende artsen, nam contact op met iedereen die ze kende, zelfs met God, in godsnaam.

'Als het niet lukt, staat de deur altijd voor je open,' had haar oude baas gezegd toen ze haar ontslag indiende. Nieuwe praktijken mislukten aan de lopende band. Brooke had twee vrienden die hun verlies hadden moeten pakken en hun zaak hadden moeten sluiten: de een opgewekt en de ander verbitterd.

Ze legde haar hand op het portier van de auto. *Hop, eruit jij.*

Ze deed de deur open en haar telefoon ging. Op dit moment van de dag moest het wel zakelijk zijn. Vrienden en familie belden niet voor negenen.

Ze nam op en op hetzelfde moment registreerde ze de naam op het schermpje: *Amy*. Te laat.

'Hoi,' zei ze tegen haar zus. 'Ik heb nu geen tijd.'

Brooke had ooit een vriendje dat altijd kon horen welk familielid ze aan de telefoon had, gewoon door de toon van haar stem. Amy, zou hij geluidloos zeggen als hij haar nu zou horen. 'Als het Amy is, klink je altijd hooghartig en vermoeid,' zei hij tegen haar. 'Alsof je de rectrix bent.'

'Alles goed?' Ze deed haar best om niet te klinken als de rectrix.

Het probleem was dat ze zich helemaal niet als de rectrix voelde als ze met Amy sprak; ze voelde zich de baby van het gezin, degene die altijd Amy's bevelen opvolgde, omdat Amy de gerespecteerde, aanbeden baas van het gezin was en iedereen altijd naar haar pijpen danste, zelfs de jongens. Dat was nog niet zo erg toen ze kinderen waren, toen Amy de beste was in spelletjes bedenken en mazen vinden in de regels van hun ouders, maar nu waren ze volwassen, of in elk geval was Brooke volwassen, en ze volgde geen bevelen op van iemand zonder loopbaan, zonder rijbewijs, zonder vast adres en met een precaire geestelijke gezondheid. Maar zodra Brooke Amy's stem hoorde, voelde ze die onwillekeurige reflex, even onweerstaanbaar en onmiskenbaar als een kniereflex, om haar grote zus te plezieren en indruk op haar te maken, en daardoor klonk ze uiteindelijk toch weer als de rectrix, in een vruchteloze poging weerstand te bieden aan die neiging.

'Waarom nam je dan op? Als je het druk hebt?' Amy klonk buiten adem.

'Dat was per ongeluk.' Brooke leunde achterover tegen het portier van de auto. 'Moest je rennen om de bus te halen of zo?'

'Ik ben net klaar met hardlopen.'

'Goed zo. Heb je wel eerst gerekt?'

Ze kende de hamstrings van haar zus even goed als die van zichzelf. De lichamen van haar gezinsleden waren de eerste waar ze op had geoefend als student. Ze voelde zich heel erg betrokken bij al hun lichamelijke problemen: Amy's hamstrings, haar vaders knieën, Logans schouder, Troys kuitblessures, de knopen in haar moeders onderrug.

'Zeker,' zei Amy.

'Leugenaar.' Met de telefoon aan haar oor liep ze in de richting van het restaurant. Ze was zich bewust van een irrationeel maar intens gevoel van concurrentie omdat Amy hardgelopen had en Brooke dit weekend niet had gesport vanwege de migraine. Het sloeg nergens op. Brooke was jonger en fitter dan Amy.

Maar zodra ze hoorde dat haar zus aan het hardlopen was geslagen, voelde Brooke een intens verlangen om ook te gaan hardlopen: sneller, langere afstanden.

'Hoe is het met jou?' vroeg Amy. Brooke hoorde het krijsen van een zeemeeuw. Ze had over het strand gerend. Verdomme. Zo typisch. Brooke stond op een parkeerplaats in een buitenwijk en maakte zich zorgen over haar cashflow en Amy was lekker aan het hardlopen op een strand, waarschijnlijk op het punt om Eggs Benedict te eten als ontbijt.

‘Het gaat goed,’ zei Brooke. ‘Nou, niet geweldig. Ik had migraine, dit weekend.’

Er liep een vrouw het restaurant uit met een kartonnetje vol bekertjes koffie. Ze tilde het kartonnetje onhandig op en Brooke zwaaide terug. Pijn in de rechterheup. Brooke keek hoe ze liep, maar helaas, niks aan de hand. De patiënten die ijverig hun oefeningen deden werden weer beter en hadden haar niet meer nodig.

‘Wat rot voor je,’ zei Amy. ‘Heeft Grant voor je gezorgd?’

‘Hij was weg. Kamperen. De Blue Mountains. Met een paar oude vrienden uit; gewoon een paar oude vrienden.’ Ze hield haar mond. Het scheen dat de truc was dat je niet te veel onnodige details moest geven als je weg wilde komen met een leugen.

‘O nee! Had mij dan gebeld. Ik had je soep kunnen brengen! Mijn Chinese afhaal heeft de beste kippensoep met maïs die je ooit hebt geproefd!’

‘Geeft niet. Ik heb me gered. Maar goed, wat is er?’ Brooke stak haar sleutel in het slot van de glazen deur. De aanblik van haar logo op de deur gaf haar een complex gevoel van plezier, trots en angst. Het waren twee poppetjes van een vrouw en een man die de naam ‘Delaneys Fysiotherapie’ als een spandoek boven hun hoofd hielden. Logans vriendin Indira, die grafisch ontwerper was, had het voor haar gemaakt en Brooke vond het geweldig. Ze stelde zich voor dat iemand haar logo van de deur zou schrapen en het optimistisch verving door een gloednieuw logo van zijn gedroomde bedrijf.

‘Sorry,’ zei Amy. ‘Ik heb niet lang nodig. Heb je vandaag patiënten?’

‘Ja,’ zei Brooke kortaf. Ze zou nooit toegeven aan Amy dat ze in de rats zat over haar praktijk. Zo’n soort relatie hadden ze niet. Ze had het altijd nodig gehad dat haar grote zus zag dat dít het leven was van een volwassene, en Amy was altijd diep onder de indruk, al had die bewondering een zekere afstandelijkheid, alsof Brookes volkomen normale keuzes (een diploma halen, trouwen, een huis kopen) voor haar gewoon niet mogelijk waren.

'O, nou, dat is geweldig, goed hoor. Luister, dus ik hoorde net pas van...'

Brooke onderbrak haar.

'Van Harry's comebackplannen? Ja, ik hoorde het ook net. Ik neem aan dat papa en mama het al weten, al verbaast het me dat ik niets van hen heb gehoord. Ik denk niet dat hij nog even mobiel zal zijn als...'

'Nee, ik heb het niet over Harry. Ik heb het over dat meisje.'

Brooke bleef even stil. Welk meisje? Nog een voormalige tennispupil?

'Ik kon er vannacht niet van slapen,' zei Amy. Ze sprak met die irritante zangerige stem die betekende dat ze op het punt stond te huilen of in schreeuwen uit te barsten of een soort meltdown te krijgen. 'Heb je haar al ontmoet? Ik weet niet, ik heb er gewoon een heel raar gevoel bij, jij niet? De hele situatie is zo... random, toch?'

Terwijl Brooke naar haar zus luisterde, deed ze de lichten aan. Er stonden een receptiebalie en een leeg bureau klaar voor de officemanager die ze zich nog niet kon veroorloven. De muren waren geschilderd in een bemoedigend, kalmerend blauw: Sea Breeze. Ze had uren besteed aan de keuze tussen Sea Breeze en Deep Ocean Blue, alsof de juiste kleur op de muren effect op haar behandeling zou hebben. Ze had passpiegels gemonteerd zodat patiënten hun houding konden bekijken als ze hun oefeningen deden, hoewel dit betekende dat ze ook steeds haar eigen spiegelbeeld kon zien. Als er patiënten waren was dat niet zo erg. Maar als ze alleen was, vond ze het vreselijk om haar eigen gezicht te zien. De nieuwe gehuurde apparatuur stond klaar voor gebruik en kostte haar handenvol geld: een hometrainer, drie medicijnballen, handgewichten en weerstandsbanden. Ingelijste posters van atleten die zwaarbevochten triomfen vieren: op hun knieën, voorhoofd op de grond, gouden medailles kussend. Er was maar één foto van een tennisser en dat was de enige foto waarop de sportvrouw in kwestie geen feest vierde. Het was een zwart-wit-foto van Martina Navratilova die zich uitstrekte voor een backhand op Wimbledon, haar gezicht verwrongen, haar haar in een matje dat opvloog rondom haar zweetband. Het zou erg vreemd zijn geweest als Brooke geen tennisser had opgehangen, alsof ze een punt wilde maken, en haar ouders hadden het vast gemerkt als ze langskwamen.

'Die goeie ouwe Martina,' zei haar vader liefdevol toen hij de foto zag, alsof hij en Martina oude vrienden waren.

'En wat als die vriend bij hen op de stoep staat?' vroeg Amy. 'En als het dan uit de hand loopt?'

'Ik volg je even niet,' zei Brooke. Haar gedachten waren afgedwaald. Ze had blijkbaar een essentieel deel van het gesprek gemist.

'Wat als hij een wapen heeft?'

'Wat als wie een wapen heeft?'

'Dat gewelddadige vriendje!'

Ze zei: 'Amy, ik heb geen idee waar je het over hebt.'

Het bleef even stil. Brooke ging bij de receptie zitten en zette haar computer aan.

'Serieus?' zei Amy. 'Weet je het echt niet? Ik wist zeker dat jij het wel zou weten.'

De computer kwam zoemend tot leven.

'Dat ik wat zou weten?' drong ze aan. 'Ik heb zo een afspraak.' Ze keek naar de aantekeningen op haar computerscherm. *Achtenveertig jaar oud. Denkt dat ze een tenniselleboog heeft.* 'Weet je nog dat Logan dacht dat hij een tenniselleboog had en dat papa...' Ze zweeg. Soms, als ze zich iets grappigs uit hun gedeelde jeugd herinnerde, bleek het bij nader inzien toch niet zo grappig te zijn.

'Brooke, ik heb het over mama en papa en hun vreemde... logeetje.'

Brooke haalde een klembord en een nieuwe vragenlijst voor patiënten uit de bovenste la.

'Dus er logeert iemand bij hen? Op jouw oude kamer? Is dat het probleem?'

Amy verhuisde zo nu en dan terug naar het ouderlijk huis, als het weer niet gelukt was met haar nieuwe baan of nieuwe opleiding of nieuwe vriend.

'Ik neem aan dat ze in mijn kamer logeert, inderdaad,' zei Amy langzaam.

Er klonk een gekrenkte, licht agressieve toon door in haar stem. 'Maar dat geeft niet. Ik heb mijn eigen huis, Brooke. Ik woon hier nu al bijna zes maanden.'

'Weet ik,' zei Brooke. Ze woonde op kamers.

'En ik heb een vaste baan. Afgelopen week heb ik ruim veertig uur gewerkt.'

'Wauw,' zei Brooke en ze deed haar best om niet neerbuigend te klinken.

Amy had dus een keer een volledige werkweek gewerkt. Dat mocht in de krant. 'Sorry. Ik ben gewoon afgeleid door mijn praktijk.' *En mijn 'proef'-scheiding.*

Waar werkte Amy ook alweer? Was het een supermarkt? Of nee, wacht, een bioscoop? Nee. Was ze geen *food taster?* Ja, dat was het. Ze hadden het hele verhaal van het sollicitatiegesprek gehoord. 'Het was net een examen,' had Amy gezegd. 'Heel stressvol.' Ze had tien kopjes vloeistof in volgorde van zoutheid moeten zetten en daarna nog eens tien kopjes in volgorde van zoetheid. Ze kreeg kleine potjes met wattenbolletjes en ze moest de geur ervan identificeren. De basilicum en de munt had ze goed, maar de peterselie niet. Dat peterselie een geur had, wie wist dat nou? Haar laatste taak was om een alinea te schrijven waarin ze een appel beschreef aan iemand die er nog nooit eentje had gegeten.

'Ik geloof niet dat ik een appel zou kunnen beschrijven,' had Brooke zomaar gezegd en haar moeder had blijmoedig gereageerd: 'Nou, dan denk ik niet dat jij deze baan zou hebben gekregen, Brooke!'

En Brooke, die een vierjarige opleiding en twee jaar klinische praktijk had gedaan om fysiotherapeut te worden, voelde zich plotseling een loser omdat ze niet in staat was *een appel te beschrijven.*

Amy zei: 'Heb je echt niets gehoord over dat meisje dat bij mama en papa logeert?'

'Nee,' zei Brooke. 'Wie is dat dan?' Ze hoorde de pompeuze rectrix in haar stem want, allemachtig, wat een dramatisch gedoe allemaal. Waarom maakte ze zo'n poeha over een logee? Haar ouders kenden ontzettend veel mensen. Het was vast een voormalige pupil. Veel van hen hielden contact. Als kinderen hadden de Delaneys het weleens moeilijk met de tennispupillen. Het waren de andere kinderen van hun ouders, met betere manieren, betere backhands, een betere mentaliteit. Maar daar waren ze nu te oud voor. Nu lachten ze erom, plaagden hun ouders en elkaar ermee. Wel typisch iets voor Amy om er ineens zo moeilijk over te doen.

'Ze heet Savánnah,' zei Amy somber.

'Aha,' zei Brooke afwezig. 'Draait Savannah mee in het circuit?'

'Ze is niemand, Brooke! Ze is gewoon een verdwaald meisje dat ineens bij hen op de stoep stond.'

Brooke liet haar handen plat op het toetsenbord vallen. 'Ze kennen haar helemaal niet?'

'Ze is een vréémde.'

Brooke draaide haar stoel weg van haar computer. De herinnering aan de migraine van het weekend trok over haar voorhoofd.

'Ik snap het even niet.'

'Afgelopen dinsdagavond laat klopte er een vreemde vrouw aan bij onze ouders.'

'Laat? Hoe laat? Lagen mama en papa al in bed?' Ze zag voor

zich hoe haar ouders wakker werden en hun bril van hun nachtkastje pakten. Haar moeder in dat oversized pyjamashirt met de mouwen die zo lang waren dat ze over haar polsen hingen. Haar vader in zijn boxershort en schone witte T-shirt, met zijn enorme borstkas en tanige benen. Hij deed alsof hij dertig was, maar zijn vanwege zijn artrose gereconstrueerde knieën waren er vreselijk aan toe.

'We winnen nog steeds toernooien, lieverd,' zei haar moeder, terwijl ze op haar hand klopte als Brooke haar bezorgdheid uitte.

Dat was waar. Haar ouders wonnen nog steeds, ondanks het feit dat de chirurg na de laatste knieoperatie tegen haar vader had gezegd: 'Rennen doe je alleen nog als je leven ervan afhangt.'

'Begrepen,' zei Stan. 'Niet meer rennen.' Hij stak zijn duim op naar de chirurg. Brooke zag het hem doen. Drie maanden later stond haar idiote, onnavolgbare vader weer op de baan te serveren als een krijger. Te rennen alsof zijn leven ervan afhing.

'Ik weet niet of ze in bed lagen,' zei Amy. 'Ze blijven tegenwoordig laat op. Het enige wat ik weet is dat zij bij hen aanklopte en dat ze haar binnenlieten en dat ze haar de nacht daar lieten doorbrengen.'

'Maar wat... Waarom zouden ze dat doen?' Brooke stond op van achter haar bureau.

'Nou, ik denk omdat ze een soort van gewond was. Mama moest haar wond verzorgen. Haar vriendje had het gedaan. Mama noemt haar steeds een "slachtoffer van huiselijk geweld", op zo'n amechtig, opgewonden toontje.' Amy zweeg even. Toen ze weer iets zei had ze duidelijk net een hap van iets genomen. 'Niet te geloven dat je dit nog helemaal niet wist.'

Brooke kon het zelf ook niet geloven. Haar moeder belde vaak, altijd met de slapste smoesjes. Begin vorige week had ze drie keer op één dag gebeld: één keer om haar iets te vertellen wat ze in een podcast over migraine had gehoord, één keer om zichzelf te corrigeren (omdat ze het stuk papier had gevonden waarop ze die informatie had opgeschreven) en één keer om haar te vertellen dat de cyclaam die Brooke haar voor Moederdag had gegeven uitgebloeid was. (Amy had haar de cyclaam gegeven, maar Brooke verbeterde haar moeder niet toen ze haar de eer gaf.)

'Wat ben je aan het eten?' vroeg ze stekelig.

'Ontbijt. Muffin met sinaasappel en maanzaad. Citrusachtig. Niet genoeg maanzaad.'

Brooke ging weer zitten en dacht na. Haar ouders waren intelligente mensen. Ze zouden nooit een dubieus of gevaarlijk type in huis halen. Ze waren oud, maar ook weer niet zó oud; ze hadden nog geen last van dementie of verwardheid, alleen van kapotte knieën en maagzuur, en soms wat slapeloosheid naar het scheen. Ze leken allebei wat stuurloos en verloren nu ze de tennisschool hadden verkocht. 'De dagen zijn zo lang,' had haar moeder tegen Brooke verzucht. 'Vroeger waren ze zo kort. Maar goed! Heb je tijd voor koffie? Ik trakteer!' Maar Brookes dagen waren nog kort en ze had geen tijd voor koffie.

'Nou, ik denk dat papa en mama genoeg mensenkennis hebben,' begon ze.

'Dit meen je toch niet echt?' zei Amy. 'Mensenkennis? Moet ik soms alle valsspelende, leugenachtige snotapen opnoemen die hen om de tuin hebben geleid? Te beginnen met die vervloekte Harry Haddad en hoe die pa's arme, tere hartje heeft gebroken?'

'Oké, oké,' zei Brooke snel. 'Dus ze hebben haar naar de politie gebracht?'

'Ze wil geen aangifte doen,' zei Amy, weer met volle mond. 'En ze kan nergens anders heen, dus laten ze haar daar logeren totdat ze "weer op eigen benen kan staan".'

'Maar kan ze dan niet naar een... weet ik veel, een vrouwenopvang of zo?' Brooke pakte een pen en begon erop te kauwen. 'Dat klinkt naar, dat weet ik wel, maar zij is toch niet hun probleem? Er zijn plekken waar zo iemand terechtkan voor hulp.'

'Volgens mij willen mama en papa gewoon graag helpen.' Amy klonk nu luchtig en filantropisch. Brooke voelde hoe ze behendig van mening wisselde. Ze had altijd al het beste voetenwerk van het gezin gehad. Nu Amy de verantwoordelijkheid had overgedragen, moest Brooke de rol van bezorgde, gestreste dochter op zich nemen en kon Amy de help-de-daklozen-lieverd zijn, een rol die veel beter bij haar paste.

'Zei je nou dat ze dinsdagavond kwam opdagen?' zei Brooke. 'Dus dat meisje logeert al bijna een week bij hen?'

'Ja,' zei Amy.

'Ik bel mama meteen.' Misschien had Amy het allemaal verkeerd begrepen.

'Ze neemt niet op,' zei Amy. 'Ze is met Savannah naar Narelle.'

'Narelle?'

'Mama's kapper, Brooke, al dertig jaar. Let eens een keer op. Narelle met de eeneiige tweeling en de allergie die kanker bleek te zijn, of de kanker die een allergie bleek te zijn, dat weet ik niet meer precies, maar inmiddels is ze weer in orde. Narelle heeft over ons allemaal een mening. Ze vindt dat Logan en Indira een baby moeten krijgen. Ze vindt dat jij in de plaatselijke krant moet adverteren. Ze vindt dat Troy op date moet met haar gescheiden zus. O, en ze denkt dat ik bipolair ben. Dus nu luistert mama naar een podcast, *Living with Bipolar*.'

Amy praatte veel te snel, met die rare manische stem die ze soms opzette, waardoor Brooke zich afvroeg of ze misschien inderdaad bipolair was. Ze deed het met opzet. Ze vond het leuk als mensen dachten dat ze gek was, omdat ze daar nerveus van werden. Het was een intimidatietactiek.

‘Natuurlijk, Narelle. Hoe dan ook. Dan bel ik papa wel.’

‘Hij is ook weg. Hij is auto’s aan het kijken. Voor Savannah.’

‘Papa gaat een áúto kopen voor dat meisje?’

‘Ik weet het niet honderd procent zeker,’ zei Amy. ‘Maar je weet hoe fijn hij het vindt als iemand een nieuwe auto nodig heeft.’

‘Mijn hemel,’ zei Brooke. Het uiteinde van de pen gleed los en viel in haar mond. Ze spuugde het uit in de palm van haar hand. ‘Weten de jongens dit al?’

‘Ik denk het niet,’ zei Amy.

‘Heb je Troy dan niet gebeld?’

Amy en Troy waren het meest close van hun vieren.

Brooke wist dat ze hem als eerste zou hebben gebeld.

‘Ik heb hem geappt,’ zei Amy. ‘Maar hij reageerde niet. Je weet toch dat hij vandaag terugvliegt uit New York?’

Brooke kon Troys internationale glamourleven niet bijhouden. ‘Ja, wist ik.’

‘En Logan neemt zijn telefoon nooit op. Volgens mij heeft hij een fobie. Of hij doet het alleen bij ons. Want met zijn vrienden praat hij wel.’

Brooke haalde de pen uit haar mond. Zonder er erg in te hebben was ze er weer aan gaan zuigen en nu was haar mond gevuld met de bittere smaak van inkt.

Ze was de laatste die Amy had gebeld.

‘Hoe dan ook, ik moet hangen,’ zei Amy ineens, alsof Brooke degene was die haar drukke schema had onderbroken, alsof ze op het punt stond een bedrijf te gaan runnen en niet op een strand een muffin zat te eten. ‘Bel me later nog maar.’

Deze instructie werd gegeven op de doe-wat-ik-zeg-toon van haar oudste zus. Het betekende: *Bel me maar als jij dit allemaal hebt opgelost*.

Brooke bekeek zichzelf in de spiegelwand en zag dat haar fronslijn dieper was dan ooit en dat haar lippen een donkere Deep Ocean Blue-tint hadden.

9

Nu

‘Heb jíj die krassen dan gezien?’

De Uber-chauffeur, een student elektrotechniek, keek in zijn achteruitkijkspiegel en nam aan dat zijn passagier (Amy, heette ze; hij had het niet meer zo op die naam sinds hij kort iets had gehad met een ontzettende bitch die ook Amy heette) het tegen hem had over de krassen op zijn achterbank (nou en, boeien, *Amy*), maar toen zag hij dat ze aan het bellen was en het helemaal niet tegen hem had. Dus ze was meteen van wal gestoken zonder de moeite te nemen om hallo te zeggen.

‘Die krassen op papa’s gezicht,’ zei ze. ‘Hij zegt dat het komt doordat hij in een heg was geklommen om er een tennisbal uit te vissen.’

Stilte.

De Uber-chauffeur luisterde met een half oor, zijn gedachten bij het examen van morgen en de Tinder-date van vanavond.

‘Het punt is dat de politie ervan uit zal gaan dat het verdedigingswonden zijn, volgens Troy.’

Dus dit kon toch weleens interessant zijn. Ze was op weg naar het politiebureau.

‘En Brooke wil ineens per se dat we die aangifte van vermissing uitstellen.’

Stilte.

‘Omdat pá haar heeft gezegd dat het niet nodig is haar als vermist op te geven. Je kent Brooke. Vaderskindje.’

De Uber-chauffeur zag zijn passagier flauw glimlachen. Ze had in een korte broek gestoken supermodelbenen, slordig, geverfd haar, meerdere oorpiercings en er ging op de een of andere manier zowel een strandsfeer als een stadse sfeer van haar uit. Ze was oud, misschien zelfs eind dertig, maar hij zou het absoluut doen met haar.

'Ja, ik vind dat we papa moeten negeren en haar toch als vermist moeten opgeven, voor de zekerheid. Het is nu meer dan een week geleden, dus het is... waarschijnlijk tijd. Ik heb een mooie foto van mama. Heb ik net uitgeprint. Het is er eentje van toen zij en papa die dag naar het strand gingen, weet je nog, toen ze probeerden als een stel gelukkige gepensioneerden in de zon te dartelen? Maar goed, luister, we gaan ze natuurlijk wel over Savannah vertellen, toch? Of nou ja, misschien niet elk detail.'

Stilte.

'Ja hoor, ik doe normaal want ik bén normaal.'

Stilte.

'Nee. Ik ben niet beledigd, Logan, ik ben nooit beledigd. Ik zie je daar.'

Ze hing op en ontmoette zijn blik in de achteruitkijkspiegel toen ze stopten voor een rood licht.

'Mijn moeder wordt vermist,' zei ze opgewekt.

'Wat akelig,' zei de Uber-chauffeur.

'O, ik weet zeker dat er verder niks met haar aan de hand is,' zei de passagier. Ze draaide haar gezicht naar het raam en sprak zachtjes, bijna tegen zichzelf. 'Er is helemaal niks aan de hand.'

10

'Joy Delaney. Negenenzestig jaar oud. Het laatste contact was negen dagen geleden, toen ze een onbegrijpelijk appje stuurde waarin stond dat ze "off-grid" ging. Ze heeft haar telefoon niet meegenomen.'

Inspecteur Christina Khoury las haar aantekeningen voor terwijl Ethan hen naar de man van de vermiste vrouw reed om die te verhoren. Ethan was officieel 'agent in burger' Ethan Lim, maar zijn kleding was bepaald niet burgerlijk. Het overhemd van vandaag leek van moerbeizijde te zijn. (Zou het echt zijde zijn?) Zijn schoenen glansden als een concertvleugel. Christina bewoog haar eigen schoenen weer uit het zicht. Die konden wel een poetsbeurt gebruiken.

Ze zei: 'De telefoon is door de schoonmaakster onder het bed gevonden.'

'Als je off-grid gaat dan is het normaal dat je je telefoon achterlaat, lijkt me.' Ze hoorde dat hij het vraagteken probeerde in te slikken.

Ze was nog maar een paar weken Ethans rechercheur en ze probeerde nog steeds het goede ritme te vinden voor hun werkrelatie. Hij leek nerveus van haar te worden en ze wist niet of ze dat moest omarmen – houd dat joch scherp! – of dat ze haar best moest doen hem op zijn gemak te stellen.

Dat kon ze niet zo goed, mensen op hun gemak stellen. Haar hele leven kreeg ze al te horen dat ze niet genoeg lachte en ze had een hekel aan slap geklets. Haar verloofde, Nico, handelde nu al het slappe geklets af en sprak met gemak met praatgrage taxichauffeurs en praatgrage tantes. Christina maakte zich soms zorgen dat ze niet genoeg inbracht. 'Een relatie is geen rekening waarvan je ieder de helft betaalt,' zei Nico altijd tegen haar. Maar dat zag hij verkeerd. Want dat was juist precies wat het was. Ze zou het in de gaten houden.

Toen ze in Ethans schoenen had gestaan, had haar rechercheur een soort vaderlijke aanpak waarbij niemand hoefde te twijfelen aan waar ze stonden. 'Wat was ook weer je ABC?' vroeg hij, zo vaak dat het irritant werd.

'Accepteer niks. Beter te weinig dan te veel geloven. Controleer alles,' antwoordde Christina dan.

Maar zij bevond zich niet in een positie om vaderlijk te doen. (Was er überhaupt een vrouwelijke versie van het woord?) 'Wees gewoon jezelf,' zei Nico tegen haar. Hij zei: 'Die jongen wil van je leren.' Nico had er nooit moeite mee om iemand anders te zijn dan Nico.

'Twee van Joys volwassen kinderen hebben haar gisteren als vermist opgegeven,' vervolgde ze. 'Er is een agente bij de man van de vermiste vrouw langs geweest om hem te ondervragen en zij zag krassen op zijn gezicht.'

Ethan kromp ineen.

'De man werkt mee, maar zegt niet veel. Hij bevestigde wel tegenover de agente dat hij en zijn vrouw ruzie hadden gehad toen ze elkaar voor het laatst spraken. Dus.' Ze slaakte een zucht. Haar keel voelde kriebelig. 'Dat voorspelt natuurlijk niet veel goeds.'

Ze kon nu niet ziek worden. Naast deze klus met de mogelijk verdachte vermissing had ze nog een straatroof, twee gevallen van huiselijk geweld, een gewapende overval op een tankstation, een schooljongen met de ambitie om brandstichter te worden, een inbraak en bruidsmeisjesjurken die gepast moesten worden.

Dat passen van die bruidsmeisjesjurken was vandaag na het werk en als je naging hoe haar vier nichtjes ruziemaakten over tailles en halslijnen leek een derde geval van huiselijk geweld niet onmogelijk. Haar huwelijk was pas over zes maanden, maar volgens haar nichtjes, die gespecialiseerd waren in bruiloften, was dat dus heel weinig tijd. Christina dacht altijd ze stressbestendig was, totdat ze een bruiloft moest organiseren.

'Hou het gewoon klein en ongedwongen,' zeiden haar vrienden die niet tot een enorme Libanees-Australische familie behoorden en daarom niet snapten dat dat echt niet kon.

'Dropje nodig?' vroeg Ethan.

'Nee,' zei Christina. Ze schraapte haar keel. 'Nee, dank je.' Ze haalde een pluisje van haar jasje en controleerde discreet of de knopen van haar blouse niet openstonden. Haar cupmaat paste niet bij haar persoonlijkheid of beroep, maar ze stamde uit een lange lijn van korte, bitse, rondborstige vrouwen en dus was dit haar lot. Als de politie eind jaren negentig de lengte-eisen niet had afgeschaft, zou de kleine Chrissie Khoury, tijdens haar hele schoolcarrière het kleinste kind op elke klassenfoto, deze baan nooit hebben gekregen.

Geen pluisjes op Ethans pak, uiteraard. Een maatpak, zo op het oog. Hij scheen oud geld te zijn. Kostschooljongen. Christina probeerde het hem niet aan te rekenen. Ze was geen oud geld en ook geen nieuw geld, maar nooit-genoeg-geld.

Bij een stoplicht stopten ze achter een SUV met drie kinderfietsen achterop gebonden, het nummerbord verantwoord zichtbaar. Deze lommerrijke straten met hun verzorgde gazons hadden weinig gemeen met de buurt in het westen van de stad waar zij was opgegroeid, op de dooie vleermuis die aan de hoogspanningskabel boven hen hing na. Toch was ze blij dat ze niet in haar oude buurt werkte, zoals toen ze net begon en bij mensen langs moest gaan die ze kende. De allereerste die ze ooit arresteerde, had naast haar gezeten bij biologie. 'Kleine Chrissie Khoury arresteert me!' had hij dronken en verrukt uitgeroepen toen ze hem in de boeien sloeg.

'Heeft ze iets meegenomen?' vroeg Ethan.

'Haar portemonnee, haar huissleutels en verder niets. Geen bagage. Geen kleren. Geen tekenen van activiteit op haar bankrekeningen of social media.'

Christina haalde de kleurenfoto van Joy Delaney tevoorschijn die ze van de familie had gekregen. Een op het oog lieve, kleine dame, die jonger leek dan negenenzestig, glimlachend op een strand, één hand op haar hoofd om te voorkomen dat haar strohoed door de wind zou wegvliegen.

Een foto van iemand met een hoed was niet geweldig voor identificatiedoeleinden. Ze zou de familie vragen om er nog een te geven. Of minstens twee of drie. Op deze droeg Joy een T-shirt over een zwempak. Het T-shirt was wit met drie bloemen op een rij over de borst: rood, geel en oranje. Gerbera's waren het. Christina wist pas sinds kort wat namen van bloemen. Het bruidsboeket was het volgende puntje op haar lijst. Eerlijk gezegd loste ze liever een moord op dan dat ze een bruidsboeket moest kiezen.

'Ziet eruit als een vriendelijke dame,' zei ze tegen Ethan, terwijl ze met de foto tegen haar knie sloeg.

'Is er weleens aangifte gedaan van huiselijk geweld?' vroeg hij.

'Nee,' zei Christina.

Ze reden de oprit van een groot, goed onderhouden huis op. Zilverkleurige Volvo op de oprit. Borders boordevol roze, paarse en witte bloemen (hortensia's, wist ze nu). Een kleine grijze kat schoot over het gazon en door een hek. De witte rand van een envelop stak uit een smeedijzeren brievenbus waar het huisnummer, het woord 'POST' en een gravure van twee vogels op stonden, snavel aan snavel, alsof ze elkaar kusten. Dit was een buurt van huisdieren en tuinsproeiers, afgeloste hypotheken en niet te luide stemmen.

Ze zei: 'Maar dat het nu toevallig nooit is gemeld...'

'Betekent niet dat het ook niet is gebeurd,' eindigde Ethan.

Hij luisterde. Zeldzaam voor een kostschooljongen.

'Weet je het ABC nog?' zei ze plotseling in een opwelling, toen Ethan de motor afzette.

Zonder aarzelen zei hij: 'Accepteer niks. Beter te weinig dan te veel geloven. Controleer alles.'

Daar klaarde haar humeur van op. Misschien hadden ze dan toch hun ritme gevonden.

Ze gaf hem een vaderlijk duimpje, opende het portier van de auto, stapte uit, trok haar jas recht en trok stevig aan haar blouse.

Ergens in de verte speelde een ijscowagen zijn vertrouwde rinkelende akkoorden.

*

Twee uur later zag het huis er niet meer zo goedaardig uit. Blauw-wit geblokt politielint hing aan de brievenbus en eindigde bij het zijhek.

Christina had een verzoek voor een huiszoekingsbevel ingediend en het huis onmiddellijk na haar verhoor van de heer Stanley Delaney verzegeld.

Dat verhoor had haar zowel niets nieuws opgeleverd als alles wat ze moest weten. Ze zouden het vanavond bij het passen van de bruidsmeisjesjurken zonder de bruid moeten stellen. Haar telefoon trilde van boze appjes van boze nichtjes.

Het kon Christina niets schelen. Zelf was ze boos om mevrouw Joy Delaney, want haar man was een leugenaar.

11

Afgelopen september

Het was halverwege de ochtend toen Logan Delaney de straat van zijn ouders in reed, iets boven de snelheidslimiet, zijn hoofd gebogen om oogcontact met vriendelijke buren die hun auto stonden te wassen of hun hond uitlieten te vermijden.

Als de Volvo op de oprit stond, zou hij misschien een rondje over het hofje draaien en doorrijden, want hij was niet in de stemming om in zijn eentje met zijn ouders in gesprek te gaan. Hij had liever zijn broers en zussen erbij om ook wat kastanjes uit het vuur te halen. Enig kind zijn moest een hel wezen.

De Volvo stond niet op de oprit, dus parkeerde hij er. Hij stapte uit en schermde zijn ogen af terwijl hij naar de dakgoten van het huis keek, die vol lagen met bladeren van de amberbomen.

Hij controleerde de vintage brievenbus – een cadeau van Troy, uiteraard – om te zien of er post was om mee naar binnen te nemen.

Hij droeg een trainingsbroek met verfvlekken, een oud T-shirt en gympen. Hij had zich niet geschoren en hij was het type dat eruitzag als een crimineel als hij zich niet schoor. Zijn haar stond in pieken overeind. Zijn moeder zou zeggen dat hij erbij liep als een zwerver. Hij was een grote, stevige man en hij wist dat hij zich fatsoenlijker zou moeten kleden omdat vrouwen soms de straat overstaken als hij 's avonds achter hen liep. Dan wilde hij altijd zijn verontschuldigingen aanbieden. 'Ja, dat moet je vooral doen, Logan. Of beter nog, je moet achter ze aan rénnen en schreeuwen: "Ik wil u geen kwaad doen, schone jonkvrouw!"' had zijn zus Amy een keer gezegd, en toen had ze zo gelachen om haar eigen grap, dat hij moreel verplicht was geweest haar in het zwembad te gooien. Het zwembad op het dak van Troys huis: een infinitypool, natuurlijk.

Zijn moeder had hem gevraagd om de dakgoten schoon te maken zonder het echt te vragen.

'O jee, Logan, je zou de bladeren eens moeten zien bij deze wind! Wat is er toch aan de hand? Is het de klimaatverandering? Ze komen met bákken naar beneden,' had ze vorige week aan de telefoon gezegd.

'Wil je misschien dat ik de dakgoten doe?' had Logan gevraagd. *Klimaatverandering*. Zijn moeder strooide willekeurig met termen zodat iedereen wist dat ze op de hoogte was van de actualiteit en naar podcasts luisterde.

'Je vader wil het best zelf doen, zegt hij.'

'Ik kom volgende week wel even langs,' had hij gezegd.

Toen Logans vader zijn zeventigste verjaardag had gevierd met een gescheurde enkelband en een gecompliceerde knie-reconstructie, begon het gezin te spelen met het idee dat Stan 'een bejaarde' was. Het was een verpleegkundige die die term voor het eerst in de mond nam. 'Bejaarden kunnen na een narcose verward raken en hun kortetermijngeheugen kwijtraken,' had ze gezegd terwijl ze de bloeddruk van hun slapende vader opnam, en Logan zag al zijn broers en zussen hun hoofd schudden bij deze gedeelde schokkende verandering van perspectief.

'Het is alsof je Thor in een ziekenhuishemd ziet liggen,' had Amy gefluisterd. Hun vader had nooit iets gemankeerd, afgezien van zijn slechte knieën, en het was verontrustend om hem verzwakt en berustend in dat ziekenhuisbed te zien liggen, hoewel hun vader plotseling zijn ogen opende en heel duidelijk met zijn bizar lage stem tegen de geschrokken verpleegkundige zei: 'Met mijn geheugen is niets mis, schat.'

Hij was er volledig van hersteld en won alweer toernooien met hun moeder, maar het idee van een 'bejaarde' was blijven hangen. *Pa moet maar geen ladder meer op. Pa moet zijn beperkingen onder ogen zien. Pa moet letten op wat hij eet.* Logan wist niet zeker of ze niet op de zaken vooruitliepen. Misschien genoten ze er stiekem wel van. Misschien gaf het hun allemaal het gevoel dat ze eindelijk volwassen waren nu ze zich zorgen maakten om hun bejaarde vader die helemaal niet op hun bezorgdheid zat te wachten. Misschien had het zelfs wel iets lekkers: Thor was eindelijk geveld. Al zou het Logan niet verbazen als zijn vader hem nog steeds kon verslaan bij het armpjedrukken en hij twijfelde er geen moment aan dat hij hem nog steeds kon verslaan op de baan. Zijn vader kende zijn sterke punten, zijn zwakke plekken, zijn strategieën. Logan stond machteloos tegenover al die kennis. Op de baan was hij weer tien jaar oud: bezwete handen, bonzend hart. Jezus, wat had hij zijn vader graag willen verslaan.

Het was twee jaar geleden dat ze voor het laatst samen op de baan hadden gestaan. 'Sla weer eens een balletje met je vader,' opperde zijn moeder steevast als hij op bezoek kwam, en dan verzon Logan altijd een smoes. Het opstandige idee dat hij misschien wel nooit meer zou spelen begon de kop op te steken. Dat voelde als verraad en toch, wie zou er om malen, wie zou het überhaupt merken?

Hun moeder merkte het.

Sinds de operatie van zijn vader was Logan begonnen met klussen in en om het huis als hij dacht dat hij ermee weg kon komen zonder dat zijn vader er kwaad om werd. Hij glipte het huis in en uit als een ninja. Hier en daar een gloeilamp vervangend. De ladder op met de kettingzaag om de overhangende takken rond de tennisbaan weg te halen.

Hij wist niet precies wat zijn vader ervan vond. 'Dat hoef jij niet te doen, vriend,' had hij gezegd de laatste keer dat hij Logan had betrapt toen die een van de lampen bij de baan verving. Hij had hem een klap op de schouder gegeven. 'Ik ben nog niet dood.'

Die dag had Logan een kater en zag zijn vader er inderdaad een stuk frisser uit dan hij, met blozende wangen en heldere ogen en alweer een nieuwe dubbeltrofee op het dressoir.

Later diezelfde dag had zijn vader gevraagd hoe het vorderde met zijn 'carrièreplannen' en Logan, die geen specifiek carrièreplan had behalve dan dat hij zijn huidige baan niet kwijt wilde, voelde zich net een stotterend kind. Zijn vader leek Logans leven altijd te observeren zoals hij zijn tennisspel vroeger observeerde. Logan voelde Stans verlangen om hem naar het net te roepen om hem op zijn zwakheden te wijzen, om hem haarfijn te vertellen waar hij steken liet vallen en waar hij zichzelf nog kon verbeteren, maar hij leverde nooit kritiek op Logans levenskeuzes; hij stelde alleen vragen en keek dan teleurgesteld bij de antwoorden.

Het dichtslaan van zijn autoportier galmde luid door de stille straat. Hij hoorde het geroep van eksters en het sarcastische gekras van kraaien uit het bushlandreservaat dat grensde aan de tennisbaan van zijn ouders. Het deed hem denken aan het ritme van de gesprekken tussen zijn ouders. Zijn moeder babbelde en af en toe klonk er een uitgestreken reactie van zijn vader.

Logan ging niet naar binnen. Hij liep regelrecht langs de zijkant van het huis om de ladder uit de schuur te halen, langs de regenpijp waar ze altijd allemaal moesten staan om hun opgooi te oefenen. Honderd keer achter elkaar, dag in dag uit, totdat ze allemaal een opgooi hadden die zo kaarsrecht omhoogging dat je er een liniaal langs kon leggen.

Hij vroeg zich af waar zijn ouders waren, hoe lang hij nog had voor ze terugkwamen en of zijn vader boos of opgelucht zou zijn als hij zou zien dat dit specifieke klusje was geklaard.

Troy wilde mensen inhuren om hun ouders te helpen. Een tuinman. Een schoonmaker. Een huishoudster.

'Je bedoelt... een stel bedíénden?' zei Amy. 'Gaan mama en papa dan rinkelen met zo'n belletje, als de dame en heer des huizes?'

'Ik betaal wel,' zei Troy, met die blik die hij altijd had als hij over geld sprak: geheimzinnig, beschaamd en trots. Geen van hen begreep precies wat Troy deed, maar het was duidelijk dat hij op een niveau van onvoorstelbare rijkdom was beland waar je anders alleen maar terecht kon komen door heel hard aan je tennis te werken. Troy was zijn eigen weg gegaan en had een andere manier gevonden om in luxeauto's rond te kunnen rijden en een luxeleven te kunnen leiden, en nu speelde hij tennis voor de gezélligheid, met bankiers en advocaten en zonder, zo leek het, enige nare bijsmaak. Alsof hij een van de kinderen was die privélessen kregen bij Delaneys, niet omdat ze talent of liefde voor de sport hadden, maar omdat het er nu eenmaal 'bij hoorde'.

Hun vader vroeg Troy nooit naar diens *carrièreplannen*.

Logan deed de schuur open en pakte de emmer, handschoenen, schraper en ladder. Alles stond op zijn plek. Zijn vriend Hien zei dat het eerste hartverscheurende teken van de alzheimer bij diens vader was dat hij zijn gereedschap niet op de juiste plek teruglegde, maar de schuur van Logans vader zag er even onberispelijk uit als een operatiekamer.

Zelfs het glas van het kleine raam van de schuur schitterde, waardoor de Japanse esdoorn te zien was die aan de zijkant van de tennisbaan net in bloei kwam. In de herfst kleurden de bladeren rood-goud. Logan zag zichzelf als kind door een zacht, knisperend tapijt van bladeren op zoek naar een verdwaalde tennisbal, want tennisballen kosten geld. Hij zag zichzelf langs die boom stormen op de dag dat hij voor het eerst van Troy verloor, dezelfde dag dat zijn vader hem zei dat hij moest kijken naar Harry Haddad die de kickservice voordeed die Logan nog niet onder de knie had, en misschien wist hij toen al dat hij die ook nooit onder knie zou krijgen: hij had gewoon niet dat instinctieve balgevoel. Hij was die dag zo over zijn toeren dat hij zijn racket wegsmeet terwijl hij naar het huis liep en bijna een arm kind raakte dat op haar les stond te wachten en dat met een kreetje van schrik opzij moest springen.

Dat was de dag dat Logan begreep dat zijn jongere broer weleens beter zou kunnen zijn dan hij en, belangrijker nog, dat Harry Haddad een wonderkind was en iets essentieels en uitzonderlijks had dat bij alle Delaney-kinderen ontbrak.

Hij schudde zijn herinneringen resoluut van zich af en draaide zich weer om naar de smetteloze werkbank van zijn vader.

Troy was gek als hij dacht dat ze iemand konden betalen om klusjes in huis te komen doen die hun vader altijd zelf had geklaard. Stan zou het vernederend, extravagant, onmannelijk vinden. Logan had een keer met zijn vader in de auto gezeten toen ze langs een man in pak reden die aan de kant van de weg nonchalant door zijn telefoon stond te scrollen, terwijl een man van de wegenwacht op zijn knieën de band van de Mercedes van die man verwisselde. Stan was zo beledigd door de aanblik dat hij het raam opendeed en brulde: 'Wat ben jij nou voor watje! Verwissel zelf je band!' Toen had hij het raam weer dichtgedaan, schaapachtig gegrinnikt en gezegd: 'Niet tegen je moeder zeggen.'

Logan zou ook nooit een andere man een band voor hem laten verwisselen, maar Troy absoluut wel en hij zou er nog van genieten ook. Hij zou vriendelijk met de man staan praten terwijl die voor hem bezig was. De laatste keer dat ze allemaal bij elkaar waren, voor Amy's verjaardag, vroeg iemand aan Troy wat hij die dag had gedaan en hij zei zonder een spoor van schaamte: 'Ik was bij de pedicure.' Het bleek, tot ieders verbazing, dat hij regelmatig zijn voeten liet doen.

'Maar schat, ík had je nagels toch gratis voor je kunnen doen, dat had je geld bespaard!' had hun moeder gezegd, alsof Troy moest besparen, en het was niet eerlijk maar iedereen moest keihard lachen bij het idee dat hun moeder op haar knieën Troys teennagels zou zitten te knippen, alsof Troy haar dat ook echt gevraagd had.

Troy was de enige Delaney die ooit naar de pedicure ging. Hun vader zou nog liever willen dat je spelden in zijn ogen stak, Joy kon niet tegen kietelen, Amy vond pedicures elitair en Brooke zei dat je er bacteriële infecties van kreeg.

Het kon Troy niet schelen. Troy voer op zijn eigen kompas.

Niemand zou Troy ooit voor 'passief' uitmaken, ook al was hij degene die passief zijn teennagels liet doen, als een fucking keizer.

'Je hebt niet eens geprobeerd me tegen te houden,' had Indira gezegd toen ze Logan had gebeld vanaf het vliegveld.

'Ik dacht dat dit was wat je wilde,' zei Logan. Ze had gezegd dat ze 'zo niet verder kon'. Wat ze precies met 'zo' bedoelde, was hem niet duidelijk.

'Maar wat wil jíj, Logan? Je bent zo verdomd... passief!' Ze huilde terwijl ze dat zei, heel hard, en hij was zo in de war, hij begreep niet wat er aan de hand was. Zij was degene die het had uitgemaakt, niet hij.

Toen had ze opgehangen, dus het woord 'passief' was het laatste woord dat ze tegen hem had gezegd en het bleef nagalmen in zijn hoofd totdat hij er geobsedeerd door raakte. Hij onderzocht het woord en de implicaties ervan vanuit elke hoek. Hij had zelfs de definitie ervan opgezocht in het woordenboek en kende die nu uit zijn hoofd. Af en toe mompelde hij hem zachtjes: *accepteren of toestaan wat er gebeurt of wat anderen doen zonder actieve reactie of weerstand.*

Wat was precies het probleem met accepteren en toestaan wat er gebeurde of wat anderen deden? Was dat niet juist zen, een verstandige manier om je leven te leiden? Indira's vorige vriendje was volgens haar 'dominant' geweest. Logan domineerde nooit. Hij hield Indira nooit tegen als ze iets wilde doen: zelfs bij hem weggaan, als ze dat wilde, als dat haar gelukkig maakte. Hij wilde dat ze gelukkig was.

Dus misschien was er wel niemand die Indira gelukkig kon maken. Hij ging niet éísen dat ze bleef.

'Je wilt me niet genoeg,' had ze op een gegeven moment gezegd, misschien een week voordat ze vertrok, en hij kon niet praten door het bonkende gevoel op zijn borst en dus had hij niets gezegd, alleen maar naar haar gekeken, tot ze zuchtte en wegliep.

'Je wilt het niet genoeg, vriend,' had zijn vader een keer tegen hem gezegd op weg naar huis in de auto nadat Logan voor het eerst een wedstrijd had verloren van Harry fucking Haddad. Logan herinnerde zich dat hij stil op de passagiersstoel zat, geen woord zei, maar bij zichzelf dacht: *dat zie je verkeerd, pa, dat zie je helemaal verkeerd.*

Er was duidelijk iets mis met de manier waarop hij zijn eigen verlangens communiceerde, wat ironisch was aangezien hij mensen communicatieve vaardigheden aanleerde.

Ik wilde het juist te graag, pa.

Hij deed de handschoenen en de schraper in de emmer en hees de ladder onder zijn arm. Hij knipperde met zijn ogen tegen het zonlicht toen hij de duisternis van de schuur verliet.

'Goeiemorgen,' zei een vrouwenstem en hij liet de ladder bijna vallen. Even dacht hij dat het Indira was, alsof hij haar tevoorschijn had getoverd door alleen maar aan haar te denken, maar het was Indira natuurlijk niet.

Er zat een vreemde vrouw op de rand van de veranda achter het huis van zijn ouders, haar handen om een beker met iets heets geklemd. Ze blies erin terwijl ze naar hem opkeek.

Ze had steil, blond haar dat in scherpe hoeken was geknipt die langs een mager, spits gezicht vielen. Haar spijkerbroek was zo lang dat ze hem bijna helemaal tot aan de knieën moest oprollen. Ze droeg Uggs die een paar maten te groot voor haar leken. Ze zakten losjes om haar enkels, als een kind dat de schoenen van een volwassene aanhad. Haar grijze hoody had een roze logo op de voorkant.

'Ik wilde je niet laten schrikken,' zei ze. Ze streek haar haar achter haar oren en twee steile lokken sprongen meteen weer los, zodat de bovenkant van haar oren tussen het haar door stak.

'Wie ben jij?' Van schrik was hij even onbehouwen en grof als zijn vader.

'Ik ben Savannah.' Ze wuifde met haar hand, alsof ze werd voorgesteld terwijl ze met zijn vrienden aan een tafel in een kroeg zat.

Hij bestudeerde haar. Een klein sieraad in haar neus ving het zonlicht op. Hij voelde een vertrouwd kinderlijk gevoel van ongenoegen dat hij onmiddellijk probeerde te onderdrukken. Zo was het altijd geweest: vreemden die door zijn achtertuin liepen met hun rackets en designerschoenen alsof ze hier thuishoorden. Maar je moest beleefd en vriendelijk zijn, want zij betaalden hun rekeningen. Op een keer betrapte Brooke een kind dat in haar schooltas stond te neuzen die ze op de veranda had gedumpt en daar toen de banaan uit haalde die Brooke niet had opgegeten in de pauze.

'Wie ben jij?' Het meisje imiteerde zijn toon, met haar hoofd schuin.

'Ik ben Logan,' zei hij. Hij liet de ladder tegen zijn been rusten. 'Dit is het huis van mijn ouders.' Hij probeerde niet kinderachtig defensief te klinken, alsof hij moest bewijzen dat hij veel meer recht had om hier te zijn dan zij.

'Hoi, Logan.'

Hij wachtte af.

'Ik logeer bij je ouders,' zei ze ten slotte.

'Was je hier een leerling?' vroeg Logan.

'Je bedoelt tennis?' zei Savannah. Ze lachte. 'Nee. Ik ben totaal niet *sportief*.'

Ze zette er een vreemd bekakt accent bij op toen ze 'sportief' zei, alsof ze zei: 'Ik eet geen *kaviaar*.'

'Dus jij...'

'Je ouders zijn een nieuwe bril gaan halen voor je vader,' zei Savannah. 'Een bifocale. Die konden ze eigenlijk gisteren al halen, maar ze hadden geen tijd meer omdat je moeders afspraak bij de huisarts uitliep en toen kwamen ze vast te zitten in de file.'

Weer kon hij niet duiden wat ze eigenlijk zei. Waarom gaf ze hem al die details? Dreef ze soms de spot met Logans moeder, die elk gesprek overlaadde met de meest uiteenlopende details? Haar daarmee plagen was voorbehouden aan haar kinderen.

'Nou, leuk je te ontmoeten,' zei Logan. 'Ik ga aan de slag.'

Als ze niet wilde zeggen wie ze was, kon het hem verder niets schelen. Hij tilde de ladder op. 'Ik ga de dakgoten leeghalen.'

'Ga ervoor,' zei het meisje plechtig. Ze hield haar hoofd achterover om te genieten van het zonlicht op haar gezicht.

Logan draaide zich om en liep naar de zijkant van het huis. Toen bleef hij staan en keek haar nog eens aan. 'Hoe lang blijf je hier?'

'Voor onbepaalde tijd,' zei ze, zonder haar ogen te openen. Ze grijnsde.

Hij voelde een schok van verbazing, angst, bijna. 'Voor *onbepaalde tijd*?'

Ze opende haar ogen en keek hem bedachtzaam aan. 'Dat was een grapje. Ik bedoelde alleen dat ik hier wel altijd zou willen blijven. Het is hier zo vredig.' Ze wees met haar kin naar de tennisbaan. 'Ik neem aan dat jullie allemaal tenniskampioenen zijn geworden?'

'Niet echt.' Logan schraapte zijn keel.

'Jullie hadden anders wel mazzel met een tennisbaan in je achtertuin.'

Hij nam aan dat haar harde ondertoontje iets te maken had met geld hebben.

Tegenwoordig hadden alleen rijke mensen tennisbanen in hun achtertuin.

'In de jaren zestig had elk huis in deze straat een tennisbaan,' zei hij en hij hoorde hoe hij zijn pa napraatte, behalve dat zijn vaders punt was dat het tragische verdwijnen van tennisbanen in de achtertuin om plaats te maken voor appartementengebouwen het einde van de gouden tennistijd van Australië had ingeluid. Want het betekende dat arbeiderskinderen zoals Stan hun jeugd niet langer doorbrachten met balletjes slaan, maar in plaats daarvan over hun schermpjes gebogen zaten.

Logans punt was: *waag het niet te denken dat ik rijk en bevoorrecht ben opgegroeid, alleen maar omdat deze bush-buurt tegenwoordig doorgaat voor een chique wijk.*

Logans vader was in dit huis opgegroeid en ze wisten niet veel over zijn jeugd, behalve dat die niet gelukkig was geweest en dat hij uren alleen doorbracht met het oefenen van zijn opslag op de tennisbaan die zijn eigen vader, Logans grootvader, had aangelegd voordat Logans grootmoeder hem 'het huis uit had geschopt'. Telkens als ze dat zei, zag Logan een grappig beeld voor zich, als een illustratie uit een kinderboek: een beeld van een opa in een schommelstoel, met een open mond van verbazing, handen op zijn knieën, door de lucht vliegend. Maar hij nam aan dat het in werkelijkheid niet zo komisch was.

Voordat Logan werd geboren, trok zijn grootmoeder bij haar oudere zus in om op haar sterfbed voor haar te zorgen, wat onaangenaam lang duurde. Blijkbaar heeft oma dit huis vervolgens aan Logans ouders verkocht voor 'een heel schappelijk prijsje'. Die prijs bleek alleen helemaal niet schappelijk te zijn, omdat Logans moeder toen permanent het gevoel had bij haar schoonmoeder in het krijt te staan en ze Logans vader nooit kon overtuigen om het paarse bloementapijt in de woonkamer weg te doen omdat oma dan beledigd zou zijn. Zelfs niet toen oma allang dood was.

Toen de tennisschool geld begon op te leveren, behoorlijk veel zelfs, dankzij de ondernemerszin van Logans moeder, werd het huis gerenoveerd en uitgebreid. De oorspronkelijke groezelige, kleine Federation-bungalow werd een lichte eengezinswoning, maar het paarse tapijt bleef een onophoudelijk twistpunt. Joy keek ervan weg als ze het stofzuigde. De rest van het huis was ingericht in de door Logans moeder geliefde arts-and-crafts-stijl. Veel hout en koper. ('Het is verdomme net alsof je in het huis van een houthakker woont,' zei zijn vader ooit.)

'Wij waren de enigen in deze straat die onze tennisbaan niet hebben vervangen door een zwembad,' zei hij tegen het meisje, dat alleen het respectabele heden zag, niet het gecompliceerde verleden.

'Had je dan liever een zwembad gehad?' vroeg ze, met haar hoofd schuin.

Er waren tijden dat ze allemaal liever een zwembad hadden gehad, vooral omdat het een gravelbaan was en hij en Troy uren zoet waren met het onderhoud van het vervloekte ding: besproeien, rollen.

Ze zei: 'Maar ja, je ouders konden tenminste wel gewoon de achterdeur uit lopen en dan waren ze al op hun werk, toch? Dat moet het leven gemakkelijk hebben gemaakt.'

Wat het betekende was dat Delaneys Tennis Academy hun hele leven had opgeslokt.

'Ja, maar toen de tennisschool echt van de grond kwam, huurden ze vier banen en het clubhuis om de hoek. Dat gebouw met die tennisbal met een smiley erop...'

Hij onderbrak zichzelf. Die smiley-tennisbal boeide haar totaal niet. Het was duidelijk dat ze geen voormalig tennispupil of clublid was. En als er geen tennisconnectie was, wie was ze dan wel? 'Sorry, maar waar ken je mijn ouders precies van?'

Ze trok een gezicht alsof ze zich het juiste antwoord probeerde te herinneren.

'Ben je een vriendin van Amy?' gokte hij. Dat moest het zijn.

'Ik heb haar kleren aan!' Ze tilde een gestrekt been op om de te lange spijkerbroek te laten zien. 'Ze is véél langer dan ik.'

'We zijn een lang gezin,' zei Logan. Hij voelde zich beschermend ten opzichte van zijn zusje, alsof dit meisje de draak stak met Amy's lengte. Zij was de kleinste van het gezin.

'Behalve je moeder,' zei Savannah. Er bleef een lok haar in haar mond kleven en ze blies hem weg met een geïrriteerd pufje. 'Je moeder en ik zijn precies even lang.' Ze haalde een elastiekje van haar pols en trok haar haar met één geoefende beweging naar achteren in een paardenstaart. 'Ik word knettergek van dat haar. Ik heb het gisteren laten knippen. Het is zo glad en glibberig. Je moeder had een afspraak voor me gemaakt bij haar kapper.'

'Het ziet er mooi uit,' zei Logan automatisch. Hij was goed afgericht. *Zussen.*

'Het was hartstikke duur,' zei Savannah. 'Je moeder heeft betaald, wat heel aardig van haar was.'

'Oké,' zei Logan. Wilde ze weten hoe hij op deze informatie zou reageren? Het kon hem niet schelen of zijn moeder wilde betalen voor het kapsel van een of ander meisje. Het viel hem nu op dat het kapsel erg op dat van zijn moeder leek, alsof haar kapper met een sjabloon werkte.

'Heb je een dag vrij van je werk?' vroeg ze.

'Ik werk onregelmatige uren,' zei hij.

'Drugsdealer?'

Hij glimlachte goedmoedig. 'Ik geef les op een school voor volwasseneneducatie.'

'Waar geef je les in?'

'Zakelijke communicatie.' Hij wachtte op de onvermijdelijke reactie.

Ze trok haar wenkbrauwen op. 'Ik zou eerder denken dat je lesgaf in... ik weet niet, een of ander ambacht, huizen schilderen of zo.'

Hij keek naar zijn broek. De gele spetters waren van toen hij en Indira hun keuken opnieuw hadden geverfd in een zonnig geel dat ze uiteindelijk geen van beiden mooi vonden. De blauwe spetters waren van toen hij had geholpen om Brookes praktijk te schilderen. Waar de groene vlekjes vandaan kwamen wist hij niet meer.

Nadat hij het tennis had opgegeven had hij inderdaad een paar jaar als huisschilder gewerkt. En toen als stukadoor. En daarna als dakdekker. 'Zou je niet eens aan een *carrière* gaan bouwen?' had zijn vader hoopvol gevraagd, in een poging om al die verschillende banen om te vormen tot iets wezenlijkers. Hij zou het niet erg hebben gevonden als Logan huisschilder was gebleven, maar hij kon er niet tegen dat Logan voor andere mensen bleef werken. Als je indruk wilde maken op zijn vader, moest je eigen baas zijn.

'En wat denk je anders van een studie, lieverd?' had zijn moeder gezegd. Zijn ouders hadden beiden geen diploma. Zijn moeder sprak het woord 'studie' met zoveel respect en nederigheid uit dat het zijn hart brak.

Toen Logan zeventien was, had hij een tennisbeurs van een Amerikaanse universiteit afgewezen. Hij vroeg zich vaak af waarom eigenlijk. Was het omdat hij wist dat zijn vader een Amerikaanse beurs niet zag als een geëigend pad naar een succesvolle tenniscarrière? 'Als je van tennis je beroep wilt maken, focus je dan op je tennis, niet op een studie.' Of was het angst? Angst voor andere mensen? Als tiener was hij verlegen geweest. Hij herinnerde zich dat hij vond dat hij niet enthousiast genoeg was voor Amerika. Hij sprak te langzaam. Hij was te Australisch. Hij leek te veel op zijn vader.

Uiteindelijk ging hij een parttimeopleiding communicatie doen. Joost mocht weten waarom. Maar dat diploma was genoeg om hem zijn huidige baan als leraar zakelijke communicatie te bezorgen en hij vond het wel prima zo. Hij had geen bijzondere interesse in het onderwerp zelf, maar hij genoot van het lesgeven. En het was fijn, een vaste baan met goede werkuren. Eerlijk gezegd zag hij zichzelf dit wel de rest van zijn leven doen.

'Heb je plezier in je werk?' vroeg Savannah. Lachte ze hem nou uit? En ontweek ze met opzet zijn vraag over waar ze zijn ouders van kende of was ze gewoon afgeleid geraakt? Hij zou haar niet de lol gunnen het nog een keer te vragen.

'Ja hoor,' zei hij. 'Maar goed. Ik moet maar eens aan de slag.'

'Heb je hulp nodig?' Ze zette haar beker met een klap op de tegels naast zich neer en hij kromp ineen omdat het de lievelingsbeker van zijn moeder was, degene waar op stond: ZOALS HET KLOKJE THUIS TIKT, TIKT HET NERGENS. BEHALVE BIJ OMA!

'Doe voorzichtig met die beker,' zei hij. 'Dat is mijn moeders lievelingsbeker.'

Savannah pakte de mok overdreven voorzichtig op, stond op en zette hem op de tafel waar Logans vader op zaterdagochtend altijd de kruiswoordpuzzel deed.

'Sorry,' zei ze. 'Ik heb hem gewoon maar uit de vaatwasser gepakt.' Ze pakte hem weer op en bestudeerde hem. '*Behalve bij oma*. Maar je moeder is toch helemaal geen oma?'

'Hij is van mijn grootmoeder geweest,' zei Logan. Troy had de beker als kerstcadeau aan de moeder van hun moeder gegeven en die was er dol op geweest. Uiteraard. Troy kocht altijd de beste cadeaus, daar stond hij om bekend. Haar liefde voor de beker was onverklaarbaar, want de moeder van hun moeder was nooit echt zo'n oma-type. Als ze bij haar op bezoek kwamen, wilde ze altijd graag van tevoren weten hoe laat ze weer zouden vertrekken.

Het meisje stapte van de veranda het gras op en liep naar hem toe. Ze kwam iets te dichtbij staan en Logan deed een stap achteruit. Amy noemde mensen die dat deden 'Space Invaders'. De Delaneys waren geen aanrakerige types. Op hun moeder na. Ze was een knuffelaar, een armenklopper, een ruggenwrijver, maar Joy was altijd de uitzondering op de Delaney-regel geweest.

Savannah keek met te veel belangstelling naar hem op. Haar wimpers waren lang en bijna wit, als die van een klein inheems diertje. Ze had een spitse neus met sproeten, dunne, gesprongen lippen en een vleeskleurige pleister boven een van haar wenkbrauwen. Logan was langer en forser dan de meeste mensen, maar dit meisje was zo klein en fragiel dat hij zich enorm en lomp voelde, als een soort voetbalmascotte.

'Wil jij kinderen?' Ze keek hem aan met een intense blik. Was ze misschien niet helemaal goed snik?

'Ooit, misschien,' zei hij. Hij deed nog een stap naar achteren. 'Hoe kom je daaraan?' Hij wees naar de pleister.

'Mijn vriend heeft me geslagen,' zei ze op vlakke toon.

Hij dacht dat het een alledaagse reden zou hebben – het antwoord interesseerde hem niet eens, hij vroeg het alleen om de aandacht af te leiden – dus reageerde hij geschrokken en zonder erbij na te denken.

'Waarom?' Hij had het woord al gezegd voordat hij het kon inslikken. *Waarom?* Het was net alsof hij vroeg: *Waar heb je dat aan te danken?* Zijn zussen zouden geen spaan van hem heel laten. *Victim-blaming!* 'Sorry. Dat was een domme vraag.'

'Geeft niet. Nou, hij kwam thuis van zijn werk, wanneer was het? Afgelopen dinsdagavond.' Ze stak haar handen in de zakken van Amy's spijkerbroek en trok een cirkel in het gras met de neus van haar laars. 'Hij was die dag eigenlijk best goedgehumeurd.'

'Je hoeft het me niet te vertellen,' zei Logan. Hij stak een hand op in een poging haar te stoppen. Hij wilde geen details, alsjeblieft zeg.

'Het geeft niet, ik wil het je best vertellen,' zei ze, en hij was nu eenmaal zo dom geweest de vraag te stellen, dus voor straf moest hij het pijnlijke antwoord aanhoren.

'We waren tv aan het kijken, gewoon aan het chillen, en toen was er ineens een heel lang item op het nieuws over huiselijk geweld, weet je wel. Ik dacht: geweldig, daar gaan we. Die verhalen...' Ze schudde haar hoofd. 'Ik weet niet waarom ze die verhalen de hele tijd willen uitzenden. Het helpt niet. Het maakt het alleen maar erger!' Haar stem haperde.

Logan kneep zijn ogen tot spleetjes en probeerde te begrijpen wat ze zei. Beweerde ze nou dat een verhaal over geweld tegen vrouwen dat geweld juist aanwakkerde?

'Hij raakt altijd in een vreselijk humeur door dat soort verhalen. Misschien dat hij zich schuldig voelt, ik weet het niet. Dan zegt hij: "O, dus het is altijd de schuld van de man? Nooit de schuld van het meisje! Altijd ligt het aan hem."' Ze zette een lage, stoere stem op om haar vriend te imiteren. Logan zag de man bijna voor zich. Hij kende het type.

'Maar goed, dus ik zette zo snel mogelijk een andere zender op en ik zei iets van: "O, ik heb zin om *Survivor* te kijken!" en hij zei niets en toen kon ik het voelen, hij zat gewoon te wachten tot ik iets verkeerd deed. En de minuten tikten voorbij en ik begon te ontspannen, want ik dacht: o, het is weer goed. En toen was ik zo stom, zo ontzettend dom om te vragen of hij de kentekenregistratie van de auto al had betaald.' Ze schudde haar hoofd om haar eigen stupiditeit. 'Ik wilde er helemaal geen punt van maken. Echt niet.' Ze keek door haar zandkleurige wimpers op naar Logan alsof ze hem van haar onschuld probeerde te overtuigen. 'Ik zei alleen maar: "Heb je het al betaald?"'

'Lijkt mij een redelijke vraag,' zei Logan. Hij had nog nooit fysiek geweld meegemaakt in een relatie, maar hij wist hoe een vraag verkeerd kon worden opgevat, hoe een eenvoudig verzoek om informatie uit de hand kon lopen.

'Nou, hij werd woedend,' zei Savannah. 'Blijkbaar was ik passief-agressief.' Ze haalde haar schouders op en legde haar vingertoppen op de pleister boven haar oog. 'Dus toen liep het allemaal een beetje uit de hand, zoals gewoonlijk, en binnen de kortste keren stond hij te schreeuwen en ik te huilen... Sneu gewoon, echt. Gênant.' Ze keek opzij, haar handen op haar heupen. Ze rook naar goedkope parfum, haarlak en sigaretten, zoals de meisjes die hij vroeger altijd zoende op zomervakantie, achter het doucheblok op caravanpark Central Coast. De geur veroorzaakte een golf van gevoelens waarvan Logan hoopte dat het nostalgie was, geen verlangen naar dit meisje. Het was ongepast om na te denken over het kussen van dit kleine, fragiele, misbruikte meisje. Hij voelde zich ineens even schuldig als die zak van een vriend van haar.

'Maar goed... Whatever... Dat is dus wat er is gebeurd.' Savannah hees Amy's spijkerbroek weer om haar middel. 'Ik ben klaar met hem. Ik ben vertrokken, heb een taxi aangehouden en ik ga nooit meer terug.'

'Mooi,' zei Logan en toen vielen er ineens een paar kwartjes.

Hij zei: 'Weet je vriend dat je hier bent?' Hij stelde zich voor dat zijn moeder de voordeur opengooide zoals altijd, zo blij met gezelschap, een glimlach op haar gezicht, en dat ze dan overvallen werd door een of andere ruziezoeker die nog een appeltje met haar te schillen had. Hij wachtte niet op antwoord. 'Waar kende je mijn ouders eigenlijk van?'

'Ik kende ze niet,' zei Savannah. 'Ik heb zomaar bij hen aangeklopt.'

'Wat zeg je nou?'

'Logan!' Zijn moeder schoof de glazen pui naar de veranda open en bracht haar handen naar haar wangen, alsof ze niet kon geloven dat hij er was, alsof ze zijn auto niet op de oprit had zien staan en dus al genoeg reden had om aan te nemen dat hij hier was. Haar stem had dat iets chiquere accent dat ze altijd gebruikte bij niet-familieleden. Het was nog erger dan normaal, zelfs. Ze klonk bijna dronken van opwinding. 'Wat doe jíj hier nou?'

'Ik kom de dakgoten doen, mam,' zei Logan. 'Had ik toch gezegd.'

'O, maar dat hoef jij toch helemaal niet te doen,' zei zijn moeder. 'Je vader heeft het onder controle.' Ze liep naar hen toe en legde haar hand op Savannahs rug terwijl ze sprak. 'Ik zie dat je Savannah hebt ontmoet.' Ze keek naar Savannah en toen weer naar Logan. Haar ogen straalden. 'Ze logeert een poosje bij ons. Ze logeert bij ons zo lang ze maar wil.' Ze klopte Savannah zachtjes op de rug op het ritme van haar woorden.

Ze stopte met kloppen en zei: 'Hoe gaat het met Indira?' met een indringende blik, alsof ze iets vermoedde over de breuk. Maar hoe kon ze dat weten?

Logan zei: 'Prima, hoor. O, ze wilde dat ik je dit gaf.'

Hij haalde het kleine, inmiddels nogal haveloos uitziende cadeau uit zijn zak. Indira had hem weken geleden al gevraagd om het aan zijn moeder te geven en hij vergat het steeds.

'O, Logan!' Zijn moeder bracht een hand naar haar borst en leek dolenthousiast.

'Het is niks...'

'Wilde ze er niet bij zijn?' vroeg Joy. Ze keek om zich heen alsof ze verwachtte dat Indira van achter een heg tevoorschijn zou komen. 'Als ik het openmaak?'

'Het is gewoon maar een klein...'

'Logans vriendin is een heel bijzonder meisje,' zei Joy tegen Savannah. 'Heel bijzonder. Ik wou dat ze er ook was!' Ze voelde aan haar haar en keek opnieuw achterdochtig de achtertuin rond voordat ze het papier eraf scheurde. 'O!' Haar gezicht betrok. 'Het is een... koelkastmagneet.'

Ze draaide de magneet rond en bekeek hem alsof ze op zoek was naar een geheime boodschap. Er zat een gele bloem op. Logan had geen idee waarom Indira hem voor zijn moeder had gekocht of waarom zijn moeder er zo gekweld naar had gekeken. Wat had ze dan gedacht dat het zou zijn?

'Het is zo schitterend,' zei ze tegen Logan met een opgewekte blik. 'Indira weet dat ik dol ben op gele gerbera's en die stomme magneet die we in Londen gekocht hebben valt steeds van de koelkast! Daarom heeft ze deze gekocht. Ze is zo attent. Bedank haar alsjeblieft. Ach, ik zie haar zondag, dus ik kan haar zelf bedanken!'

Je gaat haar zondag niet zien, dacht Logan, maar hij was natuurlijk niet van plan om zijn moeder te vertellen dat het uit was in het bijzijn van dit vreemde meisje. Hij begon snel ergens anders over. 'Ik hoor net dat... Savannah bij jullie heeft aangeklopt?' Hij schraapte zijn keel. 'Zomaar? Dat is...' Wist Bróóke hier al van? Brooke was de jongste van het gezin, maar de verstandigste en stelligste.

'Ze zei dat ze een goed gevoel had bij dit huis,' zei Joy. Ze glimlachte argeloos naar Logan. 'Ze zei dat het veilig voelde. Is dat niet lief?'

'Ja, dat is lief. Ik wilde Savannah net vragen of haar ex weet waar ze is.' Logan keek zijn moeder aan. Joy mocht graag doen alsof ze een beetje onnozel was, maar ze was niet op haar achterhoofd gevallen.

'Hij weet niet waar ze is,' zei Joy. 'En daar kan hij ook op geen enkele manier achter komen.'

'Maak je geen zorgen,' zei Savannah. 'Hij kan me hier niet vinden. Ik had niet eens mijn telefoon bij me toen ik wegging.'

'Ja, en we gaan een keer naar Savannahs appartement om haar spullen op te halen als hij aan het werk is,' zei Joy. Ze zei het alsof ze een lunchafspraak aan het plannen was.

'Jij gaat daar niet heen, mam,' zei Logan.

'O jawel, ik blijf waarschijnlijk in de auto. Je vader gaat met Savannah naar binnen. Voor de zekerheid.' Zijn moeder keek opgewekt en sluw naar hem op en Logan merkte dat hij onvermijdelijk een stap zette op de weg die zijn moeder al voor hem had uitgestippeld.

'Ik vind dat papa ook niet moet gaan,' zei Logan. Hij zuchtte. Er was geen uitweg. Hij keek naar Savannah en probeerde vriendelijk en niet nukkig te klinken. 'Ik ga wel mee.'

'Er hoeft niemand mee,' zei Savannah. 'Echt niet.'

'Je broer mag ook mee,' zei Joy tegen Logan. 'Met meer man is wel zo veilig. Lijkt me een goed idee.' Ze zei het op een toon alsof ze Logan van harte feliciteerde met zijn goede idee. 'Jij en Troy kunnen Savannah helpen om daar snel haar boeltje te pakken en weer weg te wezen en dan is het klaar!'

Zou het dan echt klaar zijn? 'Zit Troy niet in Amerika?' vroeg Logan.

'Hij is vanmorgen teruggevlogen,' zei zijn moeder. 'Jullie kunnen morgen met z'n drietjes naar Savannahs huis gaan, als hij over zijn jetlag heen is.'

Troy zou het vreselijk vinden. Logans humeur verbeterde een fractie bij die gedachte.

'Jullie kunnen het best rond elf uur gaan, denk ik. Dan zit je niet in de spits. Je hebt nog wel tijd als je om twee uur 's middags voor de klas moet staan.'

Logan wilde zeggen: Misschien doe ik morgenochtend wel iets anders, mam. Maar dan zou zijn moeder om details vragen.

'Nee. Hoeft echt niet. Ik waardeer het aanbod, maar ik ga alleen,' zei Savannah en Logan wilde lachen omdat ze geen idee had hoe zinloos het was om weerstand te bieden als zijn moeder eenmaal had besloten dat iets moest gebeuren. 'Als je moeder eenmaal op stoom is, kan niemand haar verslaan,' zei Stan altijd, en hij had het over tennis, maar alles wat Logans vader over tennis zei, kon je ook op het leven toepassen.

'Ik ga alleen,' zei Savannah.

'Nee, kindje,' zei Joy. Staal in haar stem.

Game voor mama, dacht Logan.

12

Nu

'Hoe zou je het huwelijk van je ouders omschrijven?'

Inspecteur Christina Khoury sloeg de bladzijde van haar notitieboekje om en bestudeerde de man tegenover haar: Logan Delaney. De tweede van Joy Delaneys vier volwassen kinderen. Zevenendertig jaar oud. De slungelige houding en ontspannen lijdzaamheid van een *surf dude*, maar de waakzame ogen van iemand met een agenda. Zag eruit als een tuinman, maar gaf blijkbaar les in iets als bedrijfskunde. Zij en Ethan verhoorden hem in de lobby van de school voor volwasseneneducatie waar hij werkte. Hij zei dat zijn volgende les over twintig minuten begon.

Ze zaten tegenover Logan in lage vinyl kuipstoelen met een kleine ronde tafel tussen hen in. Op een prikbord achter Logans hoofd werd reclame gemaakt voor avondcursussen: *Dus je wilt leren stofferen? Dus je wilt je memoires schrijven? Dus je wilt een ster worden in koetjes en kalfjes? Dus je wilt trouwen?* Waren er echt mensen die een cúrsus trouwen deden? Dat moest ze zeker aan Nico vertellen. Of misschien niet. Misschien wilde hij die cursus dan wel doen. Hij liep vaak onverwachts warm voor bizarre activiteiten.

'Ik zou hun huwelijk als normaal omschrijven,' antwoordde Logan.

'Mooi zo.' Hij draaide zijn rechterschouder naar voren en toen weer naar achteren. 'Ze zijn bijna vijftig jaar getrouwd.'

'Problemen met je schouder?' Christina deed alsof het haar iets kon schelen. Ze wilde weten wat er met de moeder van deze man was gebeurd.

'Nee, niks aan de hand.' Hij hield zijn schouder stil en ging rechtop zitten.

'Dus ze zijn bijna vijftig jaar getrouwd. Dat is een flinke poos.'

'Zeker.'

'Elk huwelijk kent natuurlijk zijn ups en downs, zijn conflicten,' zei ze en ze wachtte.

Een tel.

Nog een tel.

Hij trok een wenkbrauw op. Zei nog steeds niets. Hij leek erg op zijn vader. Hij haastte zich niet om de stiltes te vullen.

'Ben je zelf getrouwd, Logan?'

Hij keek naar zijn linkerhand, alsof hij het wilde controleren. 'Nee. Ben ik niet. Nooit getrouwd geweest.'

'Heb je een relatie?'

Hij glimlachte vermoeid. 'Het is een beetje complex.'

'Zou je zeggen dat je ouders een complexe relatie hebben?'

'Nee,' zei hij. 'Ze hebben een uitstekende relatie. Ze zijn kampioenen in de dubbel. Je moet goed kunnen communiceren om succesvol te dubbelen.'

'En buiten de tennisbaan?'

'Ze hebben samen dertig jaar lang een heel succesvol bedrijf gerund.'

'Dus hun huwelijk heeft niet af en toe wat...' Ze keek naar haar aantekeningen. '... hobbels gekend?'

'Elk huwelijk heeft zo zijn hobbels.' Hij tuurde naar haar alsof hij probeerde te zien wat ze had opgeschreven. 'Heeft iemand dat dan tegen je gezegd?'

'Ik geloof dat je zus de agenten heeft verteld dat het de laatste tijd wat... hoe zei ze het ook weer... "onrustig" was geweest.'

'Welke zus?' Hij hief zijn hand op om te voorkomen dat ze

antwoordde. 'Ik weet al welke.' Hij leek tot een plotseling besluit te komen.

'Luister. Mag ik iets vragen? Zien jullie mijn vader als verdachte?'

Natuurlijk, vriend. Dat weet jij donders goed.

Ze nam aan dat Logan de genezende krassen op zijn vaders gezicht had gezien. Stan Delaney zei dat hij die had opgelopen toen hij door een heg moest klimmen om een tennisbal op te halen. Maar wat Christina betrof waren het typische verdedigingswonden.

De huiszoeking bij Joy en Stan Delaney had weinig interessants opgeleverd. Het huis was schoon en netjes. Het was opvallend schoon en netjes. Geen sporen van een worsteling, op één ding na: een lichte barst die over het glas van een ingelijste foto in de gang kronkelde. Op de foto stond een kind dat een tennistrofee vasthield.

'Wat is hier gebeurd?' had Christina aan Stan Delaney gevraagd en hij zei: 'Geen idee.'

Dat was een leugen. Net zoals het verhaal over het zoeken naar een tennisbal in de heg een leugen was. Ze hadden de ingelijste foto in beslag genomen in de vage hoop dat er bloed of haar aan zou kleven.

Stan Delaney had gisteren al haar vragen beantwoord met weinig tot geen details. Hij zei ja, hij en zijn vrouw hadden ruzie gehad, maar hij weigerde te zeggen waar de ruzie over ging. Hij zei ja, het was niks voor zijn vrouw om zomaar weg te gaan. Hij zei ja, het was inderdaad vreemd dat ze geen tandenborstel of schone kleren had meegenomen, voor zover hij kon zien. Hij was duidelijk een slimme man. Hij wist dat hij niet beleefd hoefde te zijn en dat hij niet gedwongen kon worden iets te zeggen wat hij niet wilde zeggen. Hij was goed. Hij was verdomd goed. Maar Christina was beter.

'Je moeder wordt vermist en ik heb vernomen dat dat niets voor haar is,' zei ze tegen Logan. 'Dus in dit stadium zijn we alleen informatie aan het verzamelen.'

'Pa maakt zich zorgen. Hij slaapt niet meer en hij eet niet meer. Het gaat niet goed met hem.'

Christina tikte met haar pen tegen het notitieblok. 'Jíj lijkt je niet zo druk te maken om je moeder, Logan, als ik het zeggen mag.'

Hij trok zijn wenkbrauwen op. Wachtte de vraag af.

'Toch waren jij en je zus het die haar als vermist hebben opgegeven.'

Weer wachtte hij op de vraag.

'Zoals je weet, houden we later vanmiddag een persconferentie. We steken veel tijd en moeite in het vinden van je moeder.'

Ze zag dat hij overschakelde op zijn goede manieren. 'Bedankt. We zijn dankbaar. We zijn bang dat ze een ongeluk heeft gehad. Of dat ze misschien een soort van... ding heeft gehad.'

'Een soort van ding?' Christina dook er bovenop. 'Bedoel je soms dat er iets mis is met haar geestelijke gezondheid?'

'Zoiets, ja.' Hij verschoof op zijn stoel.

'Vertoonde ze tekenen van een depressie?'

'Niet echt,' zei hij. Hij kromp ineen en zei toen voorzichtig: 'Misschien een beetje.'

'Kun je me daar meer over vertellen?' vroeg Christina.

'Ze is niet echt zichzelf.' Hij keek langs Christina's hoofd. 'Ze was misschien een beetje... down.'

'Waarover?'

'Nou,' zei hij en ze zag hem nadenken en het werkelijke antwoord parkeren. 'Ik weet het niet precies.'

'Dus ze stuurde een appje naar elk van haar kinderen dat ze wegging, maar liet geen bericht achter voor je vader. Vond je dat vreemd?'

Hij haalde zijn schouders op. 'Ze hadden ruzie. Dat weet je.'

Dat wist ze zeker.

'Mijn vader heeft geen mobiele telefoon, dus ze kon hem uiteraard niet appen.'

'Ze had hem kunnen bellen op de vaste lijn, ze had een briefje kunnen achterlaten, ze had toch zeker wel een andere manier kunnen vinden om met hem te communiceren?' merkte Christina op. *Het meest voor de hand liggende antwoord is meestal het goede antwoord.*

'Ik snap hoe dit er voor een buitenstaander uitziet,' zei Logan. 'Maar je hebt het mis.'

Niemand wil geloven dat zijn ouders in staat zijn elkaar te vermoorden, ongeacht wat ze met eigen ogen hebben gezien.

Christina drong verder aan. 'In het appje van je moeder stond niet: laat je vader alsjeblieft weten dat ik wegga.'

'Haar appje sloeg nergens op,' bracht Logan haar in herinnering.

Christina zei niets. Ze wachtte. Soms bestond haar werk uit wachten.

Logan sloeg met de knokkels van een vuist op de rand van zijn stoel alsof hij ongeduldig op een gesloten deur klopte. Hij zei: 'Je denkt toch niet serieus dat mijn zeventigjarige vader mijn moeder heeft vermoord, het lichaam heeft verstopt en ons allemaal een onbegrijpelijk appje vanaf haar telefoon heeft gestuurd om ons op een dwaalspoor te zetten? Jezus christus. Dat slaat nergens op. Dat is gewoon... niet mogelijk.'

'Uit onze gegevens blijkt dat je vader nooit geprobeerd heeft de mobiele telefoon van je moeder te bellen,' zei Christina.

Haar eerste moordzaak betrof een man die oprecht panisch klinkende telefoontjes pleegde naar meer dan twintig vrienden en familieleden, maar geen enkel telefoontje naar zijn zogenaamd vermiste vrouw. Waarom zou hij die ook bellen? Hij wist dat ze niet zou opnemen.

'Dat moet je hem zelf maar vragen,' zei Logan.

'Dus waar denk jij dat je moeder is, Logan? Wat denk je dat hier aan de hand is?'

Logan vervolgde zijn eerdere gedachtegang, alsof hij probeerde om het zelf uit te dokteren. 'Dus hij stuurt die nep-app en dan verstopt hij de telefoon onder hun bed? Uitgerekend daar? Denk je niet dat hij die telefoon dan zou vernietigen? Als hij in staat is om iemand te vermoorden, denk je dan niet dat hij slim genoeg is om een telefoon te vernietigen?'

Christina zei: 'Misschien dacht hij niet helder na.'

'Ik weet niet waar ze is en je hebt het mis, ik maak me wel degelijk zorgen, want je hebt gelijk, het is vreemd en het is niks voor haar.' Logan schoof wat heen en weer op zijn stoel en zwaaide afgeleid naar iemand die een klaslokaal uit was gelopen. 'Maar tegelijkertijd heb ik het gevoel dat ze misschien even een poosje weg moest, of dat ze een punt wilde maken, misschien.'

Christina zei: 'Waarom zou je moeder een punt moeten maken?'

Hij hief zijn handen op.

'Wat voor punt zou ze willen maken?'

Hij schudde zijn hoofd. Hij keek naar een plek op de muur en blies lucht uit alsof het een lange dunne stroom sigarettenrook was.

Ze liet een vleugje agressie doorklinken in haar stem. Het rookgordijn begon haar te irriteren. 'Dat slaat nergens op. Je zegt dat je ouders een perfecte relatie hadden en nu zeg je dat je moeder misschien is verdwenen om een punt te maken.'

'Ik heb nooit gezegd dat het een perfecte relatie was. Er waren problemen. Zoals in elke relatie. Zoals je zelf net al zei.'

'Kun je wat specifieker zijn over die problemen, alsjeblieft?'

'Niet echt.' Hij slaakte een zucht. 'Hoe goed kun jij het huwelijk van jouw ouders analyseren?'

'Mijn ouders zijn gescheiden,' zei Christina kortaf.

Ze zou de problemen in dat huwelijk heel precies kunnen aanwijzen. Ze waren gescheiden om een bord. Nadat hij met pensioen was gegaan, maakte haar vader er een gewoonte van om elke dag om elf uur een broodje hummus met tomaat voor zichzelf klaar te maken. Christina's moeder vroeg hem om het bord af te spoelen en in de vaatwasser te zetten. Hij weigerde. Het ging op de een of andere manier tegen zijn principes in. Dit ging jaren zo door totdat Christina's moeder op een dag het bord uit de gootsteen pakte, het als een frisbee naar het hoofd van haar vader gooide en zei: 'Ik wil scheiden.' Haar vader was verbijsterd en gewond. (Niet fysiek gewond. Hij was weggedoken.) Uiteindelijk kwam hij tot de conclusie dat Christina's moeder 'gestoord' was en hertrouwde binnen een jaar. Ondertussen begon Christina's moeder aan hot yoga en *The Handmaid's Tale*. 'Onder zijn oog,' zei ze duister, telkens als Christina haar belde om het te hebben over de voorbereidingen voor haar bruiloft. Ze zei dat ze het prima vond als de tweede vrouw van Christina's vader op de bruiloft kwam, zolang ze 'nooit binnen haar gezichtsveld kwam'.

'Hoe zit het met het huishouden?' vroeg ze Logan. 'Zijn daar misschien problemen?'

'Het huishouden?' Logan knipperde met zijn ogen zoals mannen de neiging hadden met hun ogen te knipperen als vrouwen banale huiselijke problemen ter sprake brachten in serieuze situaties. Het was maar een bord, zei haar vader steeds tegen Christina.

Hij had nooit begrepen waar dat bord voor stond. Gebrek aan respect. Veronachtzaming. Minachting.

'Mijn moeder deed het huishouden,' zei Logan. 'Dat was nooit een probleem tussen hen. Het was in die zin een traditioneel huwelijk. Ze is... van die generatie.'

'Maar hielp ze ook niet mee met het runnen van de tennisschool?'

Logan keek ongeduldig. 'Ik zeg niet dat het eerlijk was.'

Ze wachtte.

Hij zei: 'Wat ik zeg is dat ik ze nog nooit heb zien kibbelen over het huishouden.' Krulde zijn lip onbewust op bij het woord 'huishouden'? Schoot zijn blik net naar Ethan voor wat mannelijke steun? *Toch niet te geloven, deze chick?* Of projecteerde ze haar eigen onbewuste vooroordelen? Ze had haar ouders ook nooit ruzie zien maken over het huishouden en toch maakte dat bord in de gootsteen een einde aan hun huwelijk. *Hij negeert me gewoon, Christina. Ik vraag het heel vriendelijk en hij negeert me gewoon.* Niemand was te oud of te welgemanierd voor een plotselinge uitbarsting van woede.

'Waar hadden ze dan wel ruzie over?'

Hij keek weg. 'Mijn vader was niet altijd even gemakkelijk. Hij is nu anders.'

Dat schoot tenminste op. 'Was hij ooit gewelddadig tegen je moeder?'

'Jezus. Nee. Nóóit.' Hij keek weer naar haar op, schijnbaar geschokt. 'Je begrijpt het niet.'

Toch zag ze een flikkering van iets: een vraag, een gedachte, een herinnering. Het was weg voordat ze erop kon duiken.

'Nooit?' vroeg ze door.

'Nooit,' zei hij. 'Het spijt me als ik die indruk heb gewekt, want dat klopt dus echt niet. Pa kan gewoon... humeurig zijn. Dat is het enige wat ik bedoelde. Hij klapte dicht als hij van streek was. Zoals veel mannen van zijn leeftijd. Maar hij was dol op mijn moeder.' Hij mompelde iets onverstaanbaars.

'Sorry, dat verstond ik niet.'

Hij glimlachte ongemakkelijk. 'Ik zei, hij ís dol op mijn moeder. Nog altijd.'

Nog even en hij zou zelf ook dichtklappen.

Christina gooide het over een andere boeg: 'Wat kun je me vertellen over die vrouw die vorig jaar een tijdje bij je ouders heeft gewoond? Dat klopt toch? Allebei je zussen hebben het over haar gehad.'

'Savannah,' zei hij moeizaam. 'Ja, nou ja, over ingewikkeld gesproken. Dat was een poosje heel erg ingewikkeld.'

'In welk opzicht?'

'In elk opzicht.'

13

Afgelopen september

'Dus het is gewoon totdat ze woonruimte vindt,' zei Joy tegen Brooke, met de telefoon tussen haar oor en haar schouder geklemd terwijl ze de woonkamer afstofte met een groene 'microvezelstofdoek' die ze op zo'n afgrijselijk feestje had gekocht. Zo eentje waar ze verschillende 'productdemonstraties' had moeten doorstaan van een heel aardige vrouw wier drie kinderen Joy en Stan jarenlang privéles hadden gegeven zonder dat er ooit schot in kwam, en daarom had Joy zich verplicht gevoeld om drie stofdoeken te kopen, voor ieder kind één.

Joy had de regel dat ze ging afstoffen als een van haar kinderen belde (zelfs als het Logan was, wiens telefoontjes gemiddeld dertig seconden duurden).

Ze was in een goede bui vandaag. Afgelopen nacht hadden zij en Stan seks gehad. Verrassend uitstekende seks. Als ze nog zwanger kon worden, zou ze vannacht geheid zwanger zijn geraakt. (Ze zei altijd dat Stan alleen maar naar haar hoefde te kijken of ze was in verwachting, wat een zeer gênant misverstand met Brooke had veroorzaakt toen die zes was en op een dag de lieve kleine Philip Ngu ervan beschuldigde dat hij haar tijdens het speelkwartier zwanger had willen maken.)

Het was voor het eerst in maanden. Joy had zich eigenlijk afgevraagd of het voorgoed voorbij was en ze was er niet eens verdrietig om, wat op zich al iets was om verdrietig om te worden. Ze vermoedde dat het op de een of andere manier met Savannah te maken had. Misschien kwam het wel doodgewoon door het feit dat ze de slaapkamerdeur weer dichtdeden, wat vroeger het signaal voor seks was, of misschien werd Stans libido geholpen door de aanblik van een knap jong meisje dat door het huis fladderde.

Het kon Joy eerlijk gezegd niet schelen of dat het geval was. Ze had zelf ook weleens redenen verzonnen om door haar eigen voortuin te dwalen als Caro's volwassen zoon Jacob de tuin deed in zijn blote bast. Ze kende die jongen al sinds hij een klein kind was, maar hij was opgegroeid tot een jonge Robert Redford en Joy was nog niet dood.

Het was echt heel goede seks geweest voor mensen van hun leeftijd, vond Joy. Ze moest de neiging onderdrukken om Brooke te vertellen hoe goed haar ouders gisteravond in de slaapkamer hadden gepresteerd, alsof ze een uitzonderlijk zware tennismatch hadden gewonnen.

'Waarom lach je, mam?' vroeg Brooke.

'Ik lach niet,' zei Joy. 'Ik ben aan het afstoffen. Het kriebelt in mijn neus.'

Brooke had vandaag twee voicemailberichten ingesproken. Ze had eerst van haar zus over Savannah gehoord en blijkbaar had Logan daarna gebeld toen hij vanmorgen bij hen wegging, dus inmiddels was ze behoorlijk over haar toeren. Joy wist dat het stom van haar was geweest om Brooke niet eerder te bellen. Brooke verwachtte dat zij als eerste te horen kreeg over belangrijke ontwikkelingen binnen de familie. De waarheid was dat Joy het belletje voor zich uit geschoven had, omdat ze wist dat Brooke met ongeloof, afkeuring en angst op het nieuws van hun logeetje zou reageren. En dat bleek te kloppen.

'Logan zei dat hij en Troy dat meisje morgen gaan helpen haar spullen uit haar appartement te verhuizen.' Brooke belde handsfree terwijl ze van haar werk naar huis reed. Zo irritant. Haar stem viel steeds even weg.

'Ja, Logan stond erop,' zei Joy. 'Hij wilde niet dat je vader het in zijn eentje zou doen. Hij en Troy rijden morgen met Savannah naar haar appartement en dan halen ze daar haar spullen weg. Dan hoeft ze nooit meer iets met die akelige man te maken te hebben.'

Ze ging naar de woonkamer, stak de hand met de stofdoek uit en begon aan de verzameling tennisballen. Stan bezat drieënveertig tennisballen met handtekeningen in kleine glazen doosjes en het was verbazingwekkend hoe snel die doosjes stof aantrokken. Als hij dood was, zouden die ballen als eerste de deur uit gaan. Sommige waren waarschijnlijk nep. Ze had ooit ergens gelezen dat fraude met sportmemorabilia een hoge vlucht nam.

'Wat als het vriendje ineens opduikt?' vroeg Brooke.

'Dan is het twee tegen één,' zei Joy. 'Dat kunnen je broers wel aan.'

'Wat als hij een... weet ik veel, een mes heeft?'

Joy bleef even stil. Hij zou toch zeker geen mes hebben? 'Moeten ze ook messen meenemen?'

'O mijn god, mam!' Brooke ontplofte. Haar overdreven reactie kalmeerde Joy. Ze stuurde de jongens geen oorlogsgebied in, of zo. Savannah was er vrij zeker van dat het vriendje er niet zou zijn en zelfs al was hij er wel: Troy en Logan waren grote, sterke, intimiderende kerels. Dat zei iedereen. Dus het kwam wel goed. Ze mochten geen messen meenemen. Eerlijk gezegd vertrouwde ze de jongens nog altijd niet met messen, alsof het nog kleine kinderen waren die zichzelf of elkaar zouden kunnen snijden. Ze wist zelf ook wel dat haar redeneringen nogal tegenstrijdig waren.

'Hij zal er niet zijn,' zei Joy. 'Hij is grafisch ontwerper, naar het schijnt. Net als Indira. Ik vraag me af of Indira hem kent. Maar dat zal wel niet. Indira heeft me een mooie nieuwe koelkastmagneet gegeven, had ik je dat al verteld?'

Ze zei steeds maar tegen iedereen hoe blij ze met die magneet was om te verhullen dat ze het ding niet kon uitstaan, omdat ze zo teleurgesteld was toen ze het cadeautje openmaakte. Ze was er dom genoeg van overtuigd dat het een echofoto was en dat Indira zich ergens in de tuin had verstopt om haar reactie te zien. Zo vernederend.

'Nee, mam, je hebt niet gezegd dat Indira je een mooie koelkastmagneet heeft gegeven,' zei Brooke. Joy herkende die toon. Zelf had ze haar eigen moeder ook altijd met zo'n vermoeid-geduldig toontje toegesproken.

'Hoe dan ook, de jongens redden zich wel,' zei Joy.

'Niet te geloven dat we ons met dit soort mensen inlaten,' zei Brooke benauwd.

'"Dit soort mensen?"' herhaalde Joy. 'Hoe bedoel je, "dit soort mensen"?'

Brooke had zich nooit, maar dan ook nooit boven anderen verheven gevoeld. Zo had Joy haar kinderen niet opgevoed. Troy mocht graag pronken als een pauw terwijl hij zijn glimmende zwarte creditcard op tafel gooide in restaurants. 'Ik betaal wel,' zei hij dan, maar dat was juist altijd gráppig.

'Ach mam, je weet best wat ik bedoel,' zei Brooke.

'Nee, ik weet niet wat je bedoelt. Je bent niet opgegroeid op Downton Abbey, kindje.'

'Het heeft niets met geld of sociale klasse te maken. Ik bedoel gewoon mensen met misschien, weet ik veel, een soort, wat is het woord, criminele neigingen?'

'We hebben genoeg criminele neigingen in onze familie! Je eigen broer was drugsdealer!'

'Troy heeft alleen wat wiet verkocht aan kinderen op die dure school. Zoals jij het zegt klinkt het net alsof hij een drugsbaron was. Hij zag gewoon, je weet wel... een gat in de markt.'

'Ik kan je verzekeren dat Savannah een aardig meisje is in een moeilijke situatie,' zei Joy koeltjes.

'Ik geloof best dat ze een aardig meisje is en het is vreselijk wat er met haar is gebeurd, maar ze is een vreemde en ze is niet jullie verantwoordelijkheid. Jullie hebben genoeg op je bord!' Daar had je het weer, dat nieuwe neerbuigende toontje dat in Brookes stem geslopen was sinds Stan zijn knieoperatie had ondergaan, alsof ze gebukt ging onder de zware verantwoordelijkheid om voor haar bejaarde ouders te zorgen. Het was lief, maar ook een tikkeltje irritant.

'Waar heb je het over? We hebben niets op ons bord. Helemaal niets. Onze borden zijn leeg, kindje.'

Joy had niet helemaal door hoe vreselijk Stan en zij zich verveelden totdat Savannah voor de deur stond. Savannah gaf Joy en Stan iets interessants en nieuws om over te praten, en ze was zo lief, dankbaar en mooi.

'En Savannah is geen vreemde meer.' Joy tuurde naar Agassi's krasserig gepende handtekening op de bal terwijl ze die afstofte. 'Iedereen die je ontmoet is eerst nog een vreemde. Je vader was een vreemde toen ik hem voor het eerst ontmoette. Jij was een kleine vreemdeling, toen ik je voor het eerst ontmoette.' Ze zag Brookes verontwaardigde kleine rode gezichtje voor zich toen de dokter haar omhooghield als een dier dat hij uit een val had gered. Verbazingwekkend om te bedenken dat die boze hulpeloze baby nu deze bevooroordeelde jonge vrouw was.

'Papa mocht toch ook niet meteen bij je intrekken toen je hem leerde kennen,' zei Brooke.

'Nee, maar jij wel!' zei Joy, die dat zelf nogal geestig vond, maar Brookes lach klonk hol.

'En trouwens, ze is hier helemaal niet "ingetrokken",' stelde Joy haar gerust. Ze pakte de Navratilova-bal op. 'Dit is tijdelijk. Uiteraard.' Ze sprak met de kordate, zakelijke stem die ze tegen de accountants opzette. 'Gewoon totdat ze weer een eigen woning heeft. Er is echt niets om je zorgen over te maken. Je zult haar leuk vinden als je haar ontmoet. Logan heeft haar vandaag ontmoet en die vond haar ook leuk! Dat kon ik zien. Weet je wat ze nu doet?'

'Je sieraden doorzoeken?' zei Brooke. 'Je identiteit stelen?'
Wat leek ze soms toch veel op haar vader.

'Ik heb geen juwelen die het waard zijn om te stelen,' zei Joy. 'Ze mag ze hebben. Nee. Ze is aan het kóken. Pasta.' De geuren van knoflook en ui kwamen uit de keuken gedreven. 'Dit is de derde keer dat ze kookt! Ze staat erop! Ze is dol op koken, zegt ze! Weet je hoe heerlijk het is als iemand anders voor je kookt? Nou ja, jij wel, want Grant kookt.'

Het bleef even stil en toen zei Brooke klagelijk: 'Ik heb heus weleens voor je gekookt, mam.'

'Natuurlijk,' zei Joy sussend. 'Zo vaak.' Brooke kon prima koken, net als Joy zelf, maar net als Joy had ze er geen zichtbaar plezier in en zette ze somber borden neer met een sloverige zucht. Joys gezinsleden waren altijd grote eters geweest en dat waren ze nog steeds. Haar gezin te eten geven was een nooit eindigende, zware taak geweest en nu Joy en Stan alleen waren, moest ze zichzelf elke avond dwingen de keuken in te gaan, met de gedachte: alweer? Savannah daarentegen kookte alsof het een heerlijk tijdverdrijf was, geen verplicht nummer, en neuriede erbij en maakte ondertussen ook nog eens alles schoon.

Brooke reageerde niet en Joy hoorde het verkeer op de achtergrond, het boze getoeter van iemands claxon, en ze stelde zich haar dochter voor achter het stuur, fronsend, bezorgd om die vervloekte nieuwe praktijk waarvan Joy wenste dat ze niet zo dapper was geweest die te openen, bezorgd om haar ouders die haar zorg nog niet nodig hadden. *Die tijd komt nog wel, lieveling. We gaan zwak en ziek en koppig worden en je maag zal omdraaien van liefde en angst bij elk telefoontje, maar dat komt nog, laten we niet op de zaken vooruitlopen, het is nog niet zover.*

'Het punt is dat ik het verschríkkelijk vind om te koken,' zei Joy. De woorden ontglipten haar zomaar: verraderlijk, giftig. 'Je hebt geen idee hoe verschríkkelijk ik het vind en het houdt nooit op, dat koken, dag in, dag uit. Elke avond om vijf uur, je kunt er de klok op gelijkzetten, zegt je vader: "Wat schaft de pot?" en dan kan ik hem wel wat aandoen.'

Ze zweeg beschaamd.

'Jemig, mam,' zei Brooke. Ze klonk geschokt. 'Dan kunnen we toch zo'n maaltijdservice voor jullie regelen, als je zo'n hekel hebt aan koken. Ik had geen idee! Al die jaren. Je had ons meer moeten laten helpen toen we klein waren, maar je liet ons nooit in de keuken! Ik voel me vreselijk...'

'Nee, nee, nee,' viel Joy haar in de rede. Ze voelde zich zo stom. Het was waar dat ze haar kinderen niet had laten helpen in de keuken. Ze maakten te veel rommel en lawaai en Joy had niet de tijd of het geduld om zo'n moeder te zijn die liefdevol stond te glimlachen bij een kind dat met zijn met bloem bestoven snoet eieren op de grond liet vallen.

(Maar ze zou wél zo'n soort grootmoeder zijn. Kleinkinderen zouden haar een tweede kans bieden om het goed te doen. Nu had ze tijd en eieren te over en voor haar kleinkinderen zou ze er helemaal zijn. Als ze keek naar foto's van haar kinderen toen die klein waren, dacht ze soms: had ik toen wel door hoe mooi ze waren? Wás ik er eigenlijk wel voor hen? Ben ik mijn hele vervloekte leven nooit dieper gekomen dan de oppervlakte?)

'Dat sloeg nergens op, ik heb niet echt een hekel aan koken. Ik vind het gewoon leuk als iemand anders het voor me doet, alsof ik personeel heb! En het is tegenwoordig helemaal niet erg, als het alleen voor je vader en mij is, is het een eitje! En... hoe gaat het met jou, hoe was je weekend?'

'Was leuk,' zei Brooke. 'Rustig.'

Een plotseling instinct, de spanning in Brookes stem en de herinnering dat Brooke had gezegd dat ze misschien dit weekend langs zou komen maar dat nooit had gedaan, terwijl Joy zo druk was met Savannah dat ze het zich nu pas herinnerde, deed Joy zeggen: 'Heb je dit weekend migraine gehad, Brooke?'

‘En, wat heeft die Savannah verder de hele dag gedaan?’ vroeg Brooke tegelijkertijd. ‘Behalve koken?’

‘Rusten,’ zei Joy. ‘Ze had rust nodig. Volgens mij heeft ze een behoorlijk stressvolle tijd gehad.’

De eerste paar dagen had Savannah veel geslapen, alsof ze herstellende was van een ernstige ziekte, en Joy en Stan hadden op hun tenen door het huis geslopen en vragend hun schouders opgehaald naar elkaar. Aanvankelijk had Savannah helemaal niet gepraat, alleen dankbaar gegeten wat haar werd voorgezet. Het was heerlijk om te zien dat haar wangen weer wat kleur kregen. Met het verstrijken van de dagen werd ze spraakzamer en ze leek zo geïnteresseerd in het leven van Joy en Stan. Ze genoot er echt van om hun verhalen te horen en naar familiefoto’s te kijken. Ze wilde alles weten over de tennisschool: hoe kwamen ze erop om die op te richten? Hoe was het in die begintijd? Was het moeilijk om leerlingen te vinden? Speelden ze nog steeds? Wilde geen van hun kinderen het bedrijf overnemen? Het was Stan die al die vragen beantwoordde, die haar vragen leek te wíllen beantwoorden; hij nam steeds als eerste het woord – dat deed hij anders nooit! – alsof hij dit nodig had, alsof haar interesse een soort therapeutische behoefte bevredigde, alsof het hem misschien hielp om het boek te kunnen sluiten.

Savannah knikte en leek nooit ongeduldig te worden als Stan tien minuten nodig had om te bedenken of een bepaald toernooi nu in 1981 of in 1982 had plaatsgevonden.

‘En wat vindt pá hier dan allemaal van?’ vroeg Brooke. Zonder op antwoord te wachten, zei ze plotseling achterdochtig: ‘Is hij al met haar de baan op geweest? Speelt ze tennis?’

Ze was zo doorzichtig. Altijd al een vaderskindje geweest. Het was Stans goedkeuring waar ze zo wanhopig naar verlangde, alsof die haar werd onthouden. Terwijl ze die altijd al gehad had, vanaf het moment dat hij haar voor het eerst vasthield. Brooke was Stans lievelingetje. Iedereen wist het, behalve Brooke. 'Savannah tennist niet,' zei Joy. 'Ze beweert dat ze niet sportief is. Maar je vader vindt haar leuk.' Het was eigenlijk verrassend hoe goed Stan en Savannah met elkaar konden opschieten. 'Er is een of andere televisieserie waar ze allebei fan van zijn en dat schept een band. Ze hebben het over de personages alsof het echte mensen zijn.'

'Welke serie?' vroeg Brooke dringend, alsof het ertoe deed.

'O, god, ik zou het niet weten,' zei Joy. Ze was nooit dol op televisie geweest en hoe ouder ze werd, hoe minder geduld ze ervoor had – ze had last van haar onderrug als ze te lang stilzat – terwijl Stan de andere kant op was gegaan en uren in die ligstoel naar allerlei rotzooi zat te kijken.

'Aha,' zei Brooke.

'Hoe is het met Grant?' vroeg Joy. 'En hoe gaat het met werk? Ik heb je kaartje laatst nog aan iemand gegeven, wie was het nu? Iemand die zei dat hij rugpijn had, net als ik, en ik zei: "Nou, je moet bij mijn dochter langs" en toen zei hij...'

'Amy zei iets over papa die een auto voor haar heeft gekocht?' Brookes stem klonk scherp.

'Voor wie, voor Savannah? Hij koopt geen auto voor haar, we hadden het er alleen over dat we op een gegeven moment wel een auto voor haar zouden moeten regelen en je vader vroeg haar of ze de nieuwe Golf wat vond, dus toen zijn ze een proefrit gaan maken. Je weet toch wel dat je vader dol is op proefritten maken, ook al is hij niet van plan er een te kopen.'

'Waar gaat ze een auto van betalen? Heeft ze überhaupt werk?' vroeg Brooke.

'Volgens mij heb ik je al verteld dat zij en haar vriend nog maar net uit Queensland hierheen zijn verhuisd,' zei Joy.

'Waarom gaat ze niet gewoon terúg naar...'

'Jo-hoy! Eten!'

'Ik moet hangen, dat is Savannah die roept dat het eten

klaar is.' Ze liep naar de keuken, de telefoon aan haar oor.

'Hoe reageerde pa op het nieuws over Harry's comeback?' vroeg Brooke.

'O, nou, Savannah is een goede afleiding geweest,' zei Joy, terwijl ze haar stem dempte, wetende dat Stan al in de keuken was om hun drankjes te regelen. Ze zag Savannah door de deuropening met drie borden op haar onderarmen balanceren als een serveerster. Haar haar zat fantastisch.

'Wel interessant om te zien wat hij over papa gaat zeggen in zijn autobiografie,' zei Brooke. 'Denk je dat pa die gaat lezen? Of grijpt hem dat te veel aan?'

'Zijn autobiografie?' Joy bleef staan. Ze draaide zich met een ruk om zodat ze met haar gezicht van de keuken af stond.

'Daar schijnt hij aan te werken,' zei Brooke. 'Nou ja, waarschijnlijk betaalt hij een ghostwriter om die voor hem te schrijven.'

Zouden ze ooit nog van die jongen verlost worden? 'Dat wist ik niet.'

Ze had het kunnen weten. Alle grote namen in het tennis schreven uiteindelijk hun verhaal op. Iedereen hield van een succesverhaal. Hun leraar van 'Dus je wilt je memoires schrijven?' had gezegd dat 'van de sloppen naar de sterren' en 'dit had niemand ooit verwacht' de populairste thema's waren voor memoires.

Het had iets vernederends dat Joy die domme cursus memoires schrijven van Caro deed, terwijl Harry, een kind van wie ze ooit de bebloede knokige knietjes had verzorgd, échte memoires schreef die mensen serieus zouden willen lezen. Joys hele leven leek ineens zo dom. Het leven van een *vrouwtje*.

'Zou jij het lezen?' vroeg Brooke.

'Ik weet niet,' zei Joy langzaam. 'Waarschijnlijk wel.' Ze hoorde het lage timbre van Stans stem die in de keuken tegen Savannah sprak.

Ze liep naar de bank, ging zitten en pakte een sierkussentje. Ze streelde de zachte franje met kwastjes terwijl ze haar reactie op deze onthulling in de gaten hield. Haar hart was sneller gaan kloppen, maar het was zeker niet aan het racen. Dit was echt geen reden tot ongerustheid. Per slot van rekening vertegenwoordigden zij en Stan slechts één hoofdstuk in Harry's illustere carrière. Harry zou gewoon een wat gedetailleerde versie uitspinnen van het inmiddels sleetse verhaal over de loterij: dat Harry's vader, Elias, de privéles bij Delaneys had gewonnen, de les aan zijn zoon gaf, de eerste keer dat de jongen ooit een racket vasthield, blablabla.

Er zouden geen verdere onthullingen zijn. Harry wist van niets. Hij was nog maar een kind geweest, zijn ogen stevig op zijn toekomst gericht. Zijn lezers wilden horen hoe het was om Wimbledon te winnen. Ze wilden Hárry's geheimen. Niet de geheimen van zijn vader. Niet Joys geheimen.

Ze zag het knappe gezicht van Elias Haddad voor zich: die trage, sensuele knipoog. Ze kreeg er vroeger altijd de rillingen van. Dan zag ze hem op een groot toernooi en dan dacht ze: waag het niet nog een keer naar me te knipogen, Elias. Maar jawel hoor, hij knipoogde naar haar over de hoofden van hun onwetende kinderen heen. Alsof het allemaal maar een grap was. Nou. Ze weigerde om zich zorgen te maken. Ze zou het uit haar hoofd zetten. Het was allemaal al zo lang geleden.

'Nergens voor nodig om in dingen te blijven hangen,' zei haar moeder altijd. Iedereen bleef tegenwoordig veel te veel in dingen hangen.

'Ik moet nu echt gaan, schat,' zei ze kordaat tegen Brooke. 'Ik weet dat je het druk hebt.' Ze kon ruiken dat haar eten op haar wachtte. Ze legde het kussen terug in de hoek van de bank. 'We zien je zondag, op Vaderdag. Dan kun je Savannah ontmoeten.'

'Is die er dan nog?' Er klonk een vleugje van oprecht verdriet door in Brookes stem. 'Op Vaderdag?'

Joy dempte haar stem. ‘Liefje,’ zei ze. In Joys gezin deed een mythe de ronde, eentje die Brooke graag in stand hield, en die mythe was dat hoewel Brooke de jongste was en degene met de slopende aandoening, ze toch de sterkste was van de Delaney-kinderen, de minst gevoelige, degene die haar professionele leven en privéleven op orde had, en dat Amy, de oudste, die daarom de meest verantwoordelijke had moeten zijn, de labiele, fragiele was die voortdurend verdriet aangedaan werd, maar Joy wist wel beter.

Ze wist precies wat er schuilging achter de façades die haar kinderen ophielden voor de wereld. Goed, Amy had zo haar geestelijke problemen, maar in de kern was ze spijkerhard; Logan deed alsof hij nergens om gaf, maar hij gaf om alles; Troy gedroeg zich zo superieur omdat hij zich zo minderwaardig voelde; en Brooke deed zich graag voor als de meest volwassene van allemaal, maar soms zag Joy dat de uitdrukking van een bang kind even over haar gezicht trok. Dat waren de keren dat Joy haar boomlange dochter in haar armen wilde nemen en wilde zeggen: *Mijn kleine meisje.*

‘Savannah heeft voor het weekend echt nog geen woonruimte gevonden,’ zei ze tegen Brooke.

‘Nee. Natuurlijk niet,’ zei Brooke. Ze klonk nu vlak en afstandelijk. ‘Is prima, mam. Het is heel aardig van jullie en ik ben blij dat je even niet hoeft te koken. Ik zie je zondag. Hou van jou.’

‘Ik hou ook van jou,’ zei Joy, maar Brooke had al opgehangen. Joy ging naar de keuken, waar Stan drie wijnglazen op een rijtje op het kookeiland had gezet: wit voor Savannah, rood voor Stan, een spritzer voor Joy.

Savannah zette een grote schaal met een groene salade midden op tafel en legde het glimmende zilveren slacouvert heel precies neer. Jaren geleden had iemand hen dat couvert cadeau gedaan en ze had het nog nooit gebruikt, alsof geen enkele gelegenheid ooit goed genoeg was, zelfs Kerstmis niet.

Maar Savannah gebruikte automatisch elke dag alle mooiste spullen in Joys keuken: de goede placemats, de mooie glazen, het mooie bestek, en dus voelde de maaltijd elke avond feestelijk en gezellig. Ze had een talent voor het dekken van de tafel. Joys moeder had dat talent vroeger ook en Joy had het niet geërfd. Vanavond had Savannah zelfs een takje kersenbloesem geplukt en in een vaasje gezet dat ze achter in een kast had gevonden.

'Muziekje?' Joy hield haar telefoon omhoog en haar hoofd schuin. De vraag gaf haar het gevoel dat ze misschien ergens in de dertig was en een woning met vrienden deelde, net als Amy. (Ze had nog nooit van haar leven op kamers gewoond.)

Logan had haar eeuwen geleden geholpen een Spotify-account te openen, maar net als bij het slacouvert had Joy nooit de juiste gelegenheid gevonden om het te gebruiken totdat Savannah kwam logeren.

'Ja graag.' Savannah schoof behendig achter haar langs om de peper- en zoutmolens van het dressoir te pakken.

'Ziet er heerlijk uit, die pasta, Savannah,' zei Stan. Hij had nog nooit 'Ziet er heerlijk uit, Joy' gezegd over iets wat Joy had gekookt, al gromde hij wel zo nu en dan 'Lekker' als hij zijn vork oppakte. Stans goede manieren waren net als het mooie servies en bestek. Het gaf de avond een mooie glans.

Hij knipoogde naar Joy – gewoon een liefdevolle knipoog van een echtgenoot, zonder bijbedoelingen – en ze dacht aan zijn handen op haar lichaam gisteravond, zijn stem fluisterend in haar oor, en terwijl de eerste tonen van Neil Diamonds 'Sweet Caroline' de keuken vulden, liet Joy alle gedachten aan Harry's memoires en haar zorgen om Brooke verdwijnen terwijl een diep gevoel van tevredenheid zich door haar lichaam verspreidde, even zalig als snelwerkende paracetamol.

14

Nu

‘Hebt u uw vrouw vermoord, meneer Delaney?’

‘Huh?’ De oude man, groot en voorovergebogen, met rode duimafdrukken onder zijn ogen, hief zijn kale hoofd op en leek nogal verbijsterd door de vraag. ‘Wat zegt u nou?’

De journalist met de babyface, in een keurig pak met stropdas, schoof een enorme microfoon voor zijn mond. ‘Hebt u iets te maken met de verdwijning van uw vrouw, meneer Delaney?’

De oude man stond schouder aan schouder met zijn vier volwassen kinderen in de voortuin van zijn huis in een buitenwijk, omringd door een halve cirkel journalisten en cameramensen. De journalisten waren allemaal jong, in felgekleurde smart casual kleding, geen patronen, effen kleuren, scherpe schouders, hun gezichten glad en mat van de make-up. De cameramannen waren ouder, allemaal mannen, met gewone, onbewogen gezichten en kleding die je in het weekend naar de doe-het-zelfzaak draagt: spijkerbroeken en poloshirts.

‘Mijnheer Delaney?’

‘Dat is láster. Laat hem met rust, parasiet die je bent!’ Het was een van de dochters van de oude man die sprak. Ze sloeg naar de microfoon. Een snelle, soepele backhand. Ze was duidelijk een tennisser. Dat waren ze allemaal.

Een van haar broers deed een stap naar voren en hield een beschermende arm voor zijn vaders gezicht.

Maar de andere broer en zus zeiden en deden niets; in plaats daarvan leken ze kleine stapjes bij hun vader vandaan te zetten en het internet zag het.

Mensen trokken hun conclusies: *Twee van zijn kinderen denken dat hij het heeft gedaan.*

15

De bezorgdheid neemt toe om een vrouw uit Sydney die tien dagen geleden voor het laatst is gezien. De politie heeft vandaag een oproep gedaan om informatie te verstrekken over de verblijfplaats van de gepensioneerde tenniscoach Joy Delaney.

De 69-jarige werd als vermist opgegeven door haar volwassen kinderen, en agenten hebben haar niet kunnen vinden. Familieleden zeggen dat ze op Valentijnsdag een WhatsApp-bericht hebben ontvangen dat wordt beschreven als 'niets voor haar'. Er wordt aangenomen dat ze op een groene fiets met een witte rieten mand heeft gereden.

Een zoektocht door het plaatselijke bushland en op fietsroutes met meer dan honderd vrijwilligers uit de buurt heeft geen spoor van haar opgeleverd. De politie verzoekt iedereen die camerabeelden of dashcambeelden heeft zich te melden.

Als onderdeel van het onderzoek is een zilverkleurige Volvo in beslag genomen en deze zal de komende dagen forensisch worden onderzocht.

Onderzoekers willen graag met een voormalige logee van het echtpaar spreken, ene Savannah Pagonis, die mogelijk over belangrijke informatie beschikt.

De politie benadrukte dat mevrouw Pagonis geen verdachte is in deze zaak. 'Elke inlichting, hoe klein of schijnbaar onbeduidend ook, kan op dit moment cruciaal zijn,' zei inspecteur Christina Khoury.

De echtgenoot van de vermiste vrouw, Stanley Delaney, helpt de politie met hun onderzoek.

‘Helpt de politie met hun onderzoek,’ mompelde Teresa Geer terwijl ze het artikel voorzichtig uit de krant van die dag knipte met de grote keukenschaar, zoals ze altijd deed, ook al plaagden haar kinderen haar ermee. Vreemd hoe alledaagse gewoontes als het uitknippen van krantenartikelen ineens ouderwets waren.

Ze wist niet of ze dit knipsel aan haar dochter zou laten zien als die thuiskwam van haar afspraak. Claire zou natuurlijk al gehoord hebben dat de moeder van haar ex-man vermist werd.

Ze zou bezorgd en verward zijn. Niets zo erg als medelijden hebben met mensen die je onrecht hadden aangedaan. Je wilt niet dat je vijanden de loterij winnen, maar je wenst hun ook geen tragedies toe. Want dan winnen ze.

Die vervloekte Delaneys. Teresa was ooit dol geweest op de familie Delaney, maar dat was vijf jaar geleden in een oogwenk veranderd. Ze zou nooit vergeten hoe gebroken Claire eruit had gezien toen ze haar vertelde wat Troy had gedaan.

Niet alleen had hij haar hart gebroken, maar het was ook volledig Troys schuld dat Claire nu getrouwd was met een Amerikaan – een aardige Amerikaan, maar een Amerikaan die in Amérika woonde.

Toen Troy en Claire getrouwd waren, hadden ze zo’n hybride leven gehad waarin ze voortdurend op en neer reisden tussen de vs en Australië, alsof New York en Sydney slechts een busrit van elkaar verwijderd waren. Zo raakte Claire bevriend met een Texaans meisje in New York genaamd Sarah, dat haar uiteindelijk uitnodigde voor haar bruiloft, een jaar nadat Troy en Claire uit elkaar waren gegaan. Daar ontmoette Claire Sarahs gescheiden broer Geoff en er was niets mis met Geoff, behalve dan waar hij woonde. Austin was een erg leuke en gemoedelijke stad, maar dat was Sydney ook! Haar nieuwe schoonzoon glimlachte alleen maar toen ze daarop wees. Hij was niet zo geïnteresseerd in haar als Troy was geweest. Troy had altijd een beetje met haar geflirt. Teresa had genoten van die aandacht. Het maakte haar nu van streek als ze eraan terugdacht. Ze waren allemaal opgelicht. Geoff was geen Troy. Hij had een hekel aan vliegen. Hij wilde geen hybride leven. Hij wilde een leven waarin Claire haar Australische familie misschien één keer per jaar zag. Claire was nu terug in Sydney, in de logeerkamer, wat geweldig was, maar als ze eenmaal weer in dat vliegtuig zat, zou Teresa haar enige dochter misschien maandenlang niet zien.

Dus hartelijk bedankt, Troy Delaney.

Ze duwde de punt van haar schaar tegen de kop van het krantenartikel: GROEIENDE BEZORGDHEID OM VERMISTE VROUW.

Die vervloekte moeder van hem moest natuurlijk uitgerekend nu verdwijnen.

Ze vond Troys ouders altijd aardig. Ze waren een gewoon, nuchter stel, net als Hans en zij. Ze had gedacht dat ze samen grootouders zouden worden. Ze zou het toch zeker gemerkt hebben als er scheuren in dat huwelijk zaten die tot... iets catastrofaals hadden kunnen leiden. Maar dat was vijf jaar geleden en misschien had elk huwelijk verborgen scheuren die in ravijnen konden veranderen.

Ze legde de schaar neer en verfrommelde het zorgvuldig uitgeknipte krantenartikel tot een prop. Ze zou geen woord tegen Claire zeggen over haar voormalige schoonmoeder, tenzij die er zelf over begon, en dan zou ze haar zeggen dat het inderdaad verdrietig was, maar dat ze het zich niet te erg moest aantrekken. Ze hadden niks meer met de Delaneys te maken.

Was het maar waar.

Die rótzak van een Troy Delaney.

16

Afgelopen september

Troy Delaney zag de straten van zijn jeugd voorbijglijden vanaf de passagiersstoel van Logans auto: weelderige gazons, keurig geknipte heggen, met klimop begroeide bakstenen muren. Een postbode op een motorfiets schoof een enkele brief in een sierlijke groene brievenbus, een ekster maakte een snoekduik naar het gehelmde hoofd van een fietser, iemand draafde achter drie kleine designerhondjes aan, een jonge moeder duwde een dubbele kinderwagen. Er was niets mis met dat alles. Er was niets om over te klagen (behalve die ekster, hij had een hekel aan eksters). Het was heel gezellig. Het punt was alleen dat al die gezelligheid hem het gevoel gaf dat hij liefdevol werd gesmoord met een dekbed.

Hij deed zijn ogen dicht en probeerde zich de kakofonie van lawaai en canyonachtige straten van New York voor de geest te halen, waar hij vierentwintig uur eerder nog was, maar het was alsof de buitenwijken van Sydney het bestaan van New York tenietdeden. Nu was er alleen nog plaats voor dit: deze zachte, saaie realiteit, zijn oudere broer achter het stuur, een kleine, zelfvoldane grijns op Logans ongeschoren gezicht, omdat hij wist dat Troy hier niet wilde zijn.

'Mooie sjaal, man,' had hij gezegd toen hij Troy zag, voorspelbaar, want Troy had hem alleen omgedaan om Logan te ergeren. 'Je ziet er echt intimiderend uit, zo.'

'Zuiver kasjmier,' had Troy geantwoord.

'Dit is echt heel aardig van jullie,' zei een zachte vrouwenstem vanaf de achterbank.

'Geen punt.' Troy draaide zich om en glimlachte naar het meisje dat kalm achter hen in de brik van zijn broer zat.

Savannah. Het bizarre liefdadigheidsprojectje van zijn ouders. Ze ging rechtop zitten. Haar haar was naar achteren getrokken in een schoolmeisjespaardenstaart en onthulde zo kleine flapoortjes, zoals die van een elfje. Haar bleke gezicht was vrij van make-up. Ze had het soort magere, pezige lichaam en harde gezicht dat hoort bij verslaving en het leven op straat. Er zat een bijna genezen snee boven haar oog met vage paarsblauwe plekken en Troy probeerde het medeleven te voelen dat ze scheen te verdienen, maar zijn hart was zo hard en achterdochtig als dat van een ex-vriendin.

Troys ouders snapten niet dat je niet automatisch een goed mens bent als je mishandeld wordt. Voor hetzelfde geld was Savannah een kruimeldief, een psychopaat, of gewoon een opportunist die hun grote huis en lieve, bejaarde, onschuldige gezichten had gezien en dacht: kassa!

Hij en Logan waren 'de lijfwachten' voor het geval het vriendje zou komen opdagen. Troy keek even heimelijk naar zijn oudere broer, die niet naar de sportschool ging, maar er toch nog altijd enorm gespierd uitzag, al had hij inmiddels wel een buikje. Hij vroeg zich af welk gewicht Logan zou kunnen bankdrukken als hij ooit kon worden overgehaald om te gaan bankdrukken.

Hoe zouden ze het aanpakken als die kerel daadwerkelijk voor hun neus zou staan? Toen Troy nog in zijn *angry young man*-fase zat, zou hij boven op de kans zijn gesprongen om iemand in elkaar te slaan met het recht aan zijn kant, om een arme vrouw te verdedigen, al die boze energie los te laten, maar hij liep niet meer met opeengeklemde kaken rond, zo strak als zijn vuisten, op zoek naar iemand die hij de schuld kon geven. Dat domme boze joch bestond niet meer. Nu vond hij het idee om betrokken te zijn bij een vechtpartij grotesk.

Hij maakte een vuist en keek naar zijn knokkels. Wist hij nog wel hoe hij iemand moest raken? Wat als het fout liep en hij werd aangeklaagd voor mishandeling? Hij stelde zich voor dat een twintigjarige agent hem in de boeien sloeg en wegleidde, met zijn hand stevig in zijn nek. De controle over zijn leven verliezen, dat zou ondraaglijk zijn.

Als hij gearresteerd zou worden, zou hij niet meer heen en weer kunnen reizen tussen Sydney en New York. Hij wist hoeveel mazzel hij had dat hij geen strafblad uit zijn jeugd had, want dat zou moeilijkheden veroorzaken aan de grenzen, die hij nu zo gemakkelijk en regelmatig passeerde. Het was volledig te danken aan zijn moeder dat hij er met een waarschuwing vanaf gekomen was toen hij in zijn tijd als 'ondernemer' betrapt was met cannabis. Ze was aan komen draven als de cavalerie, na een telefoontje van Troys toenmalige vriendin, en ze had een compleet Joy Delaney-charmeoffensief gestart waarmee ze de oudste van de twee politieagenten helemaal had ingepakt.

Troy had net tien minuten daarvoor een winstgevende deal gesloten met een populaire jongen van een 'elite'-school, wat betekende dat hij veel geld bij zich had en maar een kleine hoeveelheid drugs: klein genoeg om te beweren dat het voor persoonlijk gebruik was. Troy zag wel dat de jongere agent hem graag wilde inrekenen, dat hij iets vertegenwoordigde waar die gast niet tegen kon. 'Je gaat niet altijd zoveel mazzel hebben, jongen,' had hij tegen Troy gezegd, met haat in zijn ogen.

'Ik wil geen woord van je horen, ik wil niet eens dat je naar me kijkt,' had zijn moeder kokend van woede gezegd tijdens de rit naar huis.

Zijn moeder was ook degene die Harry Haddads vader op de een of andere magische wijze had overgehaald om de politie niet te bellen toen Troy het joch in zijn gezicht had geslagen omdat hij valsspeelde.

'Als ik erbij was geweest, had ik zelf de politie voor je gebeld,' had Troys vader gezegd.

'Dat zou je vader natuurlijk nóóit echt hebben gedaan,' had Joy hem heimelijk toevertrouwd. 'Hij is gewoon van streek.'

Maar zijn vader had die woorden uitgesproken en hij had ze nooit teruggenomen.

Naar het scheen zou Harry Haddad volgend jaar een autobiografie uitbrengen. Troy vroeg zich af of hij het verhaal zou opnemen over hoe de zoon van zijn eerste coach over het net sprong en bijna zijn neus brak omdat hij valsgespeeld had. Vermoedelijk niet. Het paste niet bij zijn deugdzame *merk*. Troy zou dat boek van die klootzak hoe dan ook niet lezen. Hij haatte Harry nog meer omdat hij zijn vader had gedumpt dan om dat valsspelen.

Troy verschoof in zijn stoel, schopte naar een oud Subway-papiertje dat op de vloer van Logans auto lag en dat aan de punt van zijn schoen was blijven kleven, en *zomaar ineens* dacht hij na over wat er in New York was gebeurd, ook al had hij zijn hersens geen toestemming gegeven om daarover na te denken – sterker nog, hij had het zichzelf uitdrukkelijk verboden er de komende vierentwintig uur aan te denken.

Hij had er met zijn ex-vrouw afgesproken voor een drankje en die stelde hem voor een ethisch dilemma dat zo ondraaglijk was dat hij dacht dat het hem een acute maagzweer had bezorgd. Krijgen mensen tegenwoordig nog maagzweren? Je hoorde er nooit meer iemand over. Het woord 'maagzweer' paste wel prima bij het gevoel dat hij op dat moment had: alsof er een kleine zweer was gebarsten en zijn maag overspoeld werd met bijtend zuur.

'Het gaat me er niet om je iets betaald te zetten,' had Claire met een beverig lachje gezegd, nadat ze een slok had genomen van een te dure, overdreven versierde cocktail. Ze was speciaal vanuit Austin overgevlogen om met hem te praten.

Logan sloeg de snelweg op en stopte bij het eerste stoplicht. Er hing een dode vleermuis aan de elektriciteitskabel. Telkens wanneer Troy het huis van zijn ouders verliet stond het stoplicht hier op rood en dan dacht hij: ik heb hier altijd rood licht, en dan keek hij omhoog en dacht: hangt die dode vleermuis daar soms altijd? Hij raakte verstrikt in een kringetje van zinloze gedachten.

Verderop was een bus gestopt en een handvol mensen stapte uit. Troy zag een stokoud dametje naar de bushalte wankelen, wanhopig gezicht, arm opgeheven. Ze deed hem denken aan zijn al lang overleden grootmoeder, die te veel dronk en hatelijk was tegen zijn moeder, maar Troy was dol op haar. Ze had een litteken van toen haar man, de grootvader die Troy nog nooit had ontmoet, haar door de kamer had gegooid. Ze droeg het litteken met trots, als een tatoeage die ze voor zichzelf had gekozen. 'Ik heb die klootzak mijn huis uit geschopt,' zei ze tegen haar kleinkinderen. 'Ik zei: "Ik wil die tronie van jou nooit meer zien." En ik heb hem inderdaad nooit meer gezien.'

De laatste passagier stapte uit de bus. De oude dame versnelde haar tempo.

Troy reikte over Logan heen en sloeg met zijn vuist hard op de claxon om de aandacht van de chauffeur te trekken. Te laat. De deuren klapten dicht. De bus vertrok. Fuck.

Logan keek hem zijdelings aan. 'Dan neemt ze toch gewoon de volgende.'

Troy schopte opnieuw tegen het Subway-papiertje. 'Ieuw. Gatverdamme. Dat ding zit vast aan mijn schoen. Ah nee hè, nou krijg ik vlekken van die gele nepkaas.'

'Je was zo te zien toch al toe aan nieuwe schoenen,' zei Logan.

'Dit zijn gloednieuwe suède Armani-loafers!' protesteerde Troy.

Logan grijnsde.

Troy reikte omlaag en greep het Subway-papiertje, kneep het tot een prop en stak het in het zijvak van het portier, dat vol lag met muntgeld, een gratis zonnebril van een tankstation waar een glas uit was, en een cd zonder hoesje. 'Wanneer heb je je auto voor het laatst schoongemaakt? Ergens in de jaren negentig?'

'Troy wil liever niet in mijn auto gezien worden.' Logan keek naar Savannah in de achteruitkijkspiegel. Wacht, zat hij nou naar haar te knipogen? Hij zou nooit flirten, want hij had een vaste relatie met Indira. Indira is véél te hoog gegrepen voor Logan, wat Troy betrof. Het was een raadsel wat die vrouwen in hem zagen.

Het enige waar Logan goed in was, was in het herkennen van de goede vrouwen. Soms zag Logan iets in een vrouw wat Troy niet meteen zag. Tegen het eind van hun tienerjaren waren ze allebei uitgegaan met een meisje dat Tracey heette en Troy was stiekem en beschamend genoeg verliefd geworden op Logans Tracey. Zij was de beste van de twee Traceys! Het ergste was dat Troy Logans Tracey het eerst had ontmoet, dus hij had haar kunnen versieren, maar hij zag pas hoe aantrekkelijk ze was toen Logan het zag.

'Jij hebt een chique auto, Troy,' zei Savannah. 'Wat voor merk is het?' Ze waren met Logans auto omdat hij een grotere kofferbak had voor Savannahs spullen. Troy wilde ook liever niet parkeren voor Savannahs flat, waarvan hij aannam dat hij in een of andere armoedige buurt met goedkope huurwoningen lag. Daar zou zo'n wagen binnen vijf minuten onder de krassen zitten.

'Het is een McLaren 600LT.' Troy probeerde het op een neutrale toon te zeggen en negeerde Logans onvermijdelijke zogenaamd eerbiedige gefluit.

'Hoeveel kost zo'n auto?' vroeg Savannah. 'Of is dat een onbeleefde vraag?'

'Ben je gek,' zei Logan. 'Hij is altijd op zoek naar een excuus om het over zijn rijkdom te kunnen hebben.'

'Rot toch op,' zei Troy, want in werkelijkheid was zijn rijkdom wel het allerlaatste wat hij wilde bespreken in het bijzijn van deze potentiële oplichtster.

'Wat doe jij, Savannah?' Hij draaide zich om en keek haar weer aan. 'Voor de kost? Of is dat een onbeleefde vraag?'

Savannah draaide haar hoofd weg en sprak tegen de autoruit. 'Een beetje van dit, een beetje van dat.' Haar neuspiercing glinsterde. 'Voornamelijk in winkels. De horeca.'

Dus ze had als kassameisje en als serveerster gewerkt.

Ze wendde zich van het raam af en keek hem bedachtzaam aan, haar kin omhoog. 'We waren nog maar net verhuisd naar Sydney, dus ik had nog geen werk geregeld. Maar dat ga ik natuurlijk wel doen, als dit eenmaal...' Ze gebaarde naar haar voorhoofd. 'Ik ben niet van plan om voor eeuwig van je ouders te profiteren, als je dat soms denkt.'

'Dat bedoelde ik niet,' zei Troy, beschaamd en op het verkeerde been gezet, en geïrriteerd dat hij zich zo voelde. Hij keerde zich weer om naar voren en verschoof in zijn stoel terwijl hij probeerde zijn benen te strekken. Hij dacht aan de royale beenruimte op zijn Emirates-vlucht vanaf JFK, de prachtige stewardess die vooroverboog om zijn wijnglas bij te vullen en een wolk verleidelijke parfum achterliet (Baccarat Rouge 540: dat wist hij zeker, maar hij had het haar voor de zekerheid nog een keer gevraagd), en nu was hij hier, in een auto die naar spek rook.

Hij verschoof weer. En nog eens. Hij voelde dat Logan het merkte en besloot zich de komende minuut niet te verroeren. Hij telde af in zijn hoofd. En-dat-is-één, en-dat-is-twee, en-dat-is-drie. Hij haalde de dertig seconden en toen moest hij zich bewegen. Hij was elf jaar oud, de Delaney-jongen die niet stil kon zitten. 'ZIT STIL, TROY DELANEY!' bulderden zijn leraren altijd en soms, als hij de leraar aardig vond, probeerde hij stil te zitten, deed hij écht zijn best, maar zijn lichaam bewoog gewoon uit zichzelf, alsof hij een marionet was en er een kwaadaardige meester aan de touwtjes trok om zijn ledematen te laten schokken.

Hij gaf het op en liet zijn benen wiebelen en trommelde met zijn vingers tegen zijn dijen.

'En wat doe jíj, Troy?' vroeg Savannah. 'Voor de kost?'

'Ik ben een handelaar,' zei Troy.

'Waarin handel je dan?' vroeg ze.

Hij wist dat ze dadelijk haar interesse zou verliezen. Dat gebeurde iedereen altijd. 'Alles wat beweegt.'

'Ik snap niet wat je bedoelt,' zei Savannah bescheiden.

'Niemand snapt het,' zei Logan.

Troy keek hem niet aan. 'Ik handel op de beurs in alles wat volatiel is: rentetarieven, aandelen, valuta, grondstoffen... Daar verdien ik mijn geld mee.'

'Dus je neemt graag risico's,' zei Savannah, en hij keek haar weer aan via de achteruitkijkspiegel en zag dat ze haar hoofd gebogen had en haar vingernagels bekeek.

'Gecalculeerde risico's,' zei Troy. Zijn familie dacht dat hij de hele dag blackjack zat te spelen.

Logan mompelde iets binnensmonds.

'Wat?' Troy keek hem aan.

Logan haalde een schouder op. 'Ik zei niks.'

Hoe kon hij die zelfvoldane grijns hebben terwijl hij in een auto reed die vol lag met Subway-papiertjes?

'Heb jij een... partner?' vroeg Savannah.

'Hij is hetero,' zei Logan. 'Hij doet gewoon graag verwijfd.'

'O ja?' vroeg Savannah aan Troy. Ze had geïnteresseerd opgekeken. 'Doe je graag camp?'

'Dat is wat ze zeggen,' zei Troy.

Het kon hem niet schelen als mensen dachten dat hij homo was. Hij vond het wel leuk. Het hield iedereen scherp. Hij deed het niet met opzet. Of misschien wel. Om zich te onderscheiden van Logan, die een echte mannenman was. Volgens Logan was er maar één manier om een man te zijn: de manier van hun vader.

Het viel stil in de auto terwijl ze over de snelweg reden en elk stoplicht sprong onvermijdelijk op rood zodra ze het naderden. Troy werd er gek van. Logan neuriede binnensmonds, elleboog half uit het raam, hoofd achterover tegen de hoofdsteun, alsof hij een nutteloze tiener was die met zijn vrienden naar het strand ging. Waarschijnlijk ging hij nog steeds naar het strand met zijn vrienden. Ze hadden waarschijnlijk barbecues en speelden cricket. Logan had nog steeds contact met zijn hele kring van middelbareschoolvrienden en dat verachtte Troy – zo burgerlijk, zo ontzettend Sydney – maar hij was er ook jaloers op.

Troy hield van het idee van oude vrienden, maar niet van de realiteit. Als oude vrienden contact met hem probeerden te zoeken, vond hij dat altijd huiveringwekkend. Het was alsof ze iets van hem af probeerden te pakken, een buitenste laag van hem af wilden pellen en iedereen de lompe, boerenkinkel wilden tonen die hij vroeger was. Hij was altijd een beetje verbaasd dat zijn oude vrienden überhaupt nog bestónden.

Logan bleef fluiten. Die gast moest nodig naar de kapper en hij had een scheerbeurt nodig en een douche. Allemachtig, zeg.

Het was hetzelfde toonloze deuntje van twee noten dat Logan neuriede tijdens lange autoritten naar toernooien toen ze klein waren, het deuntje dat zich boosaardig in Troys bewustzijn zou wurmen totdat hij geen andere keus had en zijn toevlucht wel moest nemen tot geweld, want kom óp, hoe vaak moest hij hem vragen om ermee te stoppen?

'Niet doen.' Hij raakte Logans schouder aan. 'Alsjeblieft niet doen.'

Logan stopte abrupt met neuriën. Hij wierp een blik op Troy, zette de radio aan en veranderde onnodig van rijstrook.

Troy deed zijn ogen dicht zodat hij het volgende verkeerslicht niet op rood hoefde te zien springen en het drong tot hem door dat Logans geneurie misschien een nerveuze tic was, en zoals een willekeurige gedachte aan je kindertijd plotseling kan leiden tot een verrassend nieuw volwassen inzicht, zag hij in een flits dat dit inderdaad zo was: *Logan neuriede als hij nerveus was.* Hij had op weg naar toernooien geneuried omdat hij nerveus was en Troy kon het geluid niet verdragen omdat hij zelf ook de zenuwen had gehad voor de wedstrijd.

Dus Logan was nu nerveus.

Het was vast niet zijn eigen veiligheid die hem zorgen baarde, maar de kans dat hij betrokken zou raken bij een ruzie. Logan had een ernstige conflictallergie. Hij zou liever zijn mes en vork oppakken en gaan eten dan dat hij tegen een serveerster zou zeggen: 'Dat heb ik niet besteld.' Zelfs als ze hem iets vegetarisch had gebracht. Als hij tegen de beruchtste valsspelers op het tenniscircuit speelde, trok hij hun mening nooit in twijfel als ze riepen dat een bal uit was. Het was de grootste en, wat Troy betrof, raadselachtigste zwakke plek van zijn broer.

Logans conflictallergie strekte zich natuurlijk uit tot Troy. Die twee hadden altijd gevochten op leven en dood. Troy trok zijn vinger langs de vage witte lijn op zijn onderarm. Zestien hechtingen. Hij en Logan waren tijdens het vechten door een raam en op het gazon aan de voorkant van het huis gerold, als in een scène uit *Die Hard*. Logan had een soortgelijk litteken op zijn dij. Het was een van Troys favoriete jeugdherinneringen: ze hadden elkaar aangekeken met geschokte, opgewonden blikken, bloederige ledematen, glasscherven in hun haar, hun arme moeder die de hele buurt bij elkaar gilde.

Tegenwoordig beconcurreerde Logan Troy door níét te concurreren, wat verdomd geniaal was. Je kon nooit winnen als er maar één deelnemer was aan de wedstrijd.

Savannah zei vanaf de achterbank: 'Ik hoop dat toen ik net zei dat ik geen misbruik van jullie ouders zal maken, ik niet... ondankbaar overkwam.'

Troy opende zijn ogen. 'In het geheel niet.'

Die uitdrukking had hij zich als tiener aangeleerd, nadat hij het iemand op de radio had horen zeggen. Het klonk zo chic, vond hij. Hij had er nog steeds plezier in. Het was een soort accessoire.

Hij zag de haven liggen en zijn hart maakte een sprongetje bij het zien van flatgebouwen, kantoortorens, wolkenkrabbers, de Harbour Bridge: beschaving, al was het dan maar de beschaving van Sydney, geen echte beschaving.

Savannah praatte door. 'Want ik ben jullie allebei heel dankbaar dat jullie dit willen doen, en jullie ouders, jullie ouders zijn super.' *Super.* Vreemde woordkeuze. Als iets uit 1990. 'Ze zijn zeg maar uniek in hun soort. Fantastische mensen. Echt.'

Fantastische mensen. Troy keek naar Logan. Dat hadden ze vaak gehoord in hun jeugd: *Jullie ouders zijn zo cool. Jullie ouders zijn niet zoals andere ouders met saaie kantoorbanen. Hadden wij ook maar zulke ouders als jullie.*

'Het is oké,' zei Troy. 'Helemaal geen probleem.' Hij draaide zich om, om haar zijn meest oogverblindende glimlach te schenken. Ze glimlachte terug. Een meisje had Troy ooit verteld dat hij een 'verwoestende' glimlach had. Dat compliment koesterde hij heimelijk. *Verwoestend.*

'Hier linksaf, toch?' zei Logan.

Troy hief met een ruk zijn hoofd op. Hij had niet de moeite genomen om naar de locatie van Savannahs appartement te vragen, maar hij was ervan uitgegaan dat ze over de brug gingen naar een buitenwijk waar hij nog nooit van had gehoord, ver weg in een of andere uithoek, precies onder een of twee aanvliegroutes. In plaats daarvan zag hij dat ze door een hippe havenbuurt reden waar hij zelf als twintiger had gewoond.

Hij had na het werk altijd een borrel gedronken in die pub daar op de hoek. Hij ging met zijn dates naar dat Thaise restaurantje daar. Dit was een buurt voor IT-gasten in hoody's, junior executives op hoge hakken en kersverse juristen in kersverse pakken. De mensen hier waren te jong en gelukkig, te aantrekkelijk en te rijk om hun vriendin te slaan.

'Bij de rotonde rechtdoor,' zei Savannah. 'En dan is het dat grote flatgebouw daar. Daar is het. Er zijn echt heel veel parkeerplaatsen voor bezoekers.'

Troy rekte zijn hals. 'Je hebt vast een goed uitzicht.' Hij besefte dat hij meer sympathie voor haar voelde, alsof iemand die in deze buitenwijk woonde écht geen gewelddadig vriendje verdiende. Zijn nek werd rood van schaamte.

'Ons appartement kijkt niet uit op de haven,' zei Savannah. 'We hebben maar één slaapkamer. Ze hebben de huur verlaagd omdat het een echt waardeloze keuken en badkamer heeft. Het is het enige niet-gerenoveerde appartement in het gebouw.' Het was alsof ze wilde uitleggen hoe ze zich het konden veroorloven om hier te wonen, alsof ze zijn rode nek had gezien en zijn gedachten had gelezen.

Logan parkeerde en Troy en hij stapten uit de auto en ontspanden hun lichaam van opluchting, zoals mannen met hun lengte altijd deden als ze uit auto's en vliegtuigen werden bevrijd.

Logan haalde een paar kartonnen supermarktdozen die hun moeder hun had meegegeven voor Savannahs bezittingen uit de kofferbak, terwijl Troy zijn handen in zijn zakken stak en met zijn hielen tegen de stoeprand schopte. Hij keek om zich heen op zoek naar snode types, maar de parkeerplaats lag er verlaten bij. Iedereen was naar zijn werk. Dit was geen wijk voor jonge gezinnen.

'Eh... stapt ze nog uit?' vroeg Troy na een tijdje aan Logan.

Logan haalde zijn schouders op. Hij dook naar beneden om te kijken. 'Ze zit daar gewoon nog te zitten.'

'Moeten we haar even de tijd geven?' vroeg Troy.

Logan haalde weer zijn schouders op. Het was zijn standaardgebaar.

Ze wachtten af.

'Hoe gaat het met Indira?' vroeg Troy.

'Prima,' zei Logan met een uitgestreken gezicht.

'Wonen jullie nog steeds...'

'Ja,' zei Logan. Dus ze woonden nog in dat sjofele huis met één slaapkamer in de stad dat Logan tientallen jaren geleden had gekocht. Volgens Troys moeder wilde Indira al een paar jaar geleden verhuizen, maar daar was het klaarblijkelijk niet van gekomen.

'Hoe was New York?' vroeg Logan, duidelijk niet geïnteresseerd.

'Geweldig,' zei Troy.

Voor zover Troy wist, was Logan nog nooit in New York geweest. Stel je voor dat je nog nooit in New York bent geweest en je deed alsof het er niet toe deed. Had Logan eigenlijk wel een paspoort? Het idee alleen al dat hij geen geldig paspoort zou hebben, deed Troy hyperventileren, maar Logan leek zijn leven te leven binnen een kleine straal die zijn werkplek, het huis van hun ouders en de huizen van zijn getrouwde middelbareschoolvrienden en hun gezinnen omvatte. Het spannende avontuur van vandaag, hun tripje naar Savannahs appartement, was misschien wel de grootste afstand die Logan in jaren had afgelegd.

Niet dat hij nooit de kans had gehad: Logan had een tennisbeurs aangeboden gekregen van de Universiteit van Chicago, twee jaar voordat Troy er eentje kreeg van Stanford, maar hij had die afgewezen. Hij had gezegd: 'Nee, dank je, hoeft niet', ogenschijnlijk zonder spijt.

Alle vier de Delaney-kinderen hadden tennisbeurzen aangeboden gekregen aan prestigieuze Amerikaanse universiteiten. Troy was de enige die zo slim was geweest om het aanbod aan te nemen, de enige die inzag wat zo'n kans zou kunnen betekenen voor een leerling van een doodgewone openbare school in Sydney. Hij kon er nog steeds woest om worden. Zijn broer en zussen hadden een totaal ander leven kunnen leiden. Zij dachten dat het om ténnis ging.

Ze snapten niet dat tennis slechts de sleutel was die de deur opende naar een veel grotere, veel spannender wereld. Tennis bracht Troy niet alleen naar Stanford, het was ook de kickstart van zijn carrière. Zijn familie genoot van dat verhaal. Ooit had hij het Logan zelfs horen vertellen: hoe Troy in New York een zomerstage deed en de concurrentie aanging met een groep angstaanjagend gelikte, jonge, pas afgestudeerde lui om een felbegeerde baan en er op een dag een man met grijs haar het kantoor binnenstormde en licht dreigend zei: 'Wie van jullie is de tennisser?' Troy stak zijn hand op en de man zei: 'Ik kom je halen na het werk. Graag netjes in het wit.' Troy moest tijdens zijn kwartiertje lunchpauze Macy's op Times Square in rennen (het was niet Times Square, het was Herald Square, maar hij was ermee opgehouden zijn familie nog te corrigeren, en zijn moeder zei dat Times Square beter klonk) en kocht de eerste de beste witte tenniskleren die hij kon vinden, geen tijd om ze te passen. Een glanzend zwarte auto bracht hen naar een bekakte tennisclub waar ze dubbel speelden tegen twee kerels – een oude en een jonge – die ze genadeloos versloegen: 6-0, 6-0. Het bleek dat de griezelige grijsharige man de topman was van het bedrijf en dat hij een bloedhekel had aan die andere oude man, om een reden die Troy verder nooit te horen kreeg. Er werd die dag veel kil geglimlacht.

Raad eens wie de vaste aanstelling kreeg? Ja, zijn familie was gek op dat verhaal. Ze waren gek op alle verhalen waarin een Delaney een wedstrijd won, of überhaupt iets won. Maar hij wilde zo graag dat zijn broer en zussen zouden zeggen: ik had die beurs moeten nemen, net als jij, Troy, dan zou ik nu een leven leiden als het jouwe. Terwijl ze alle drie in werkelijkheid Troy en zijn keuzes niet met afgunst maar met een soort geamuseerde, afstandelijke superioriteit leken te bekijken, alsof geld en succes glimmend, kinderachtig speelgoed waren, komisch en absurd.

Het was waar dat Brookes leven als tiener werd vergald door de migraine, dus die had geen andere keuze dan helemaal te stoppen met tennis en in Sydney te blijven om te studeren. Amy was Amy. Die kon de stress van competitietennis niet aan. Hij snapte zijn oudere zus pas op de dag dat ze het uitlegde: 'Stel je je allerergste zenuwen voor van voor de wedstrijd. Behalve dan dat er helemaal geen wedstrijd is. Het is gewoon een dinsdagochtend. Zo voelt het om mij te zijn.' Maar Logan had ja moeten zeggen tegen Chicago! Op school was hij slimmer geweest dan Troy en hij had die ongelooflijke forehand. En wat heeft hij nou ooit met dat brein of met die forehand gedaan?

Troy probeerde zich zijn broer voor te stellen in een klaslokaal. Wie waren zijn leerlingen eigenlijk? En wat leerde hij hun precies tijdens 'zakelijke communicatie'? Hoe je een zakelijke brief opstelt? Hoe zou Logan dat weten? Had hij er ooit in zijn leven eentje verstuurd? Mensen mailden tegenwoordig. Hij stelde zich voor dat Logan een goedkope das van Kmart droeg, eentje die hun moeder hem waarschijnlijk voor Kerstmis had gegeven, en dat hij daarmee voor een ouderwets schoolbord met krijt stond te krabbelen: L.S., Hoogachtend, Geachte heer/mevrouw. En dat hij dan zijn schouders ophaalde als een leerling hem een vraag stelde.

Als hij eerlijk was, was Logan waarschijnlijk een goede leraar. Hij was de beste coach geweest van alle vier en de enige die er echt lol in leek te hebben. Hij kreeg precies die strakke, geconcentreerde blik op zijn gezicht als hun vader als hij een kind zag tennissen. Welk kind dan ook. Zelfs de kinderen die er niks van konden. Logan was waarschijnlijk pas veertien toen Troy hem een keer hoorde zeggen: 'Je kijkt steeds op het laatste moment weg van de bal', tegen een klein kind dat Troy zou hebben afgeschreven als iemand die geen oog-handcoördinatie had.

Maar dat was tennis. Logan had toch zeker niet echt zin om zijn dagen te slijten met het onderwijzen van zakelijke communicatie om MKB'ers te helpen een wereld te betreden die Logan zelf totaal niet boeide. Dat... dat klopte gewoon niet. Logan leidde het verkeerde leven en het kon hem niets schelen, dus *waarom kon het Troy in godsnaam iets schelen dat het hem niets kon schelen?*

Toen hij klein was, had hij alleen maar zijn oudere broer willen verslaan, in alles. Zijn hele bestaan draaide erom. Het winnen van zijn eerste wedstrijd tegen Logan voelde als een high van cocaïne, behalve dat hij er, net als van cocaïne, ook misselijk van werd. Hij herinnerde zich altijd, met wrok en verbijstering, hoe misselijkheid zijn overwinning had aangetast, hoe hij was gaan douchen om af te koelen en dacht dat hij in orde was, maar toen uit zijn slof geschoten was tegen een leerling van de tennisschool die door de achterdeur hun huis binnengelopen was. (Hij had er een bloedhekel aan als kinderen dachten dat hun keuken een clubhuis was.)

Het was bijna alsof hij zich schuldig had gevoeld omdat hij zijn broer had verslagen, alsof het feit dat Logan twee jaar ouder was hem levenslang het recht gaf om van Troy te winnen.

Tegenwoordig leek hun vader evenzeer onder de indruk – of evenzeer niet onder de indruk – te zijn van de carrière die ieder van zijn beide zoons hadden gekozen. Brooke was de enige die wel indruk op hun vader maakte, omdat ze zijn lievelingetje was en ze haar 'eigen baas' was. Het ontging Stan blijkbaar dat Troy ook al jaren zijn eigen baas was.

Dat gebeurde dus altijd als Troy zijn gezinsleden zag. Dan had hij een terugval. Dan schoten zijn emoties alle kanten op.

Dan wilde hij Logan verslaan terwijl Logan niet eens de strijd aanging. Dan was hij jaloers op de aandacht die zijn vader zijn kleine zusje gaf vanwege haar fysiotherapiepraktijkje. Hij was toch zeker Amy niet. Het was vernederend.

'Je was toch in New York voor je werk?' vroeg Logan.

'En voor mijn plezier,' zei Troy.

Het had geen zin om over zijn werk te praten. Telkens als Troy probeerde uit te leggen wat hij voor de kost deed, kregen zijn familieleden diezelfde uitdrukking van uitgestreken concentratie, alsof ze probeerden af te stemmen op een radiozender die net niet binnen het zenderbereik viel en ze alleen elk twintigste woord door het geruis heen konden horen. Zijn moeder, die lieverd, had zich zelfs geabonneerd op een podcast, *Chat with Traders*, en maakte aantekeningen terwijl ze er moedig naar luisterde, maar tot op heden begreep ze er nog steeds geen snars van.

'En... nog op de baan gestaan, de laatste tijd?' Troy keek Logan suggestief aan. Het was jaren geleden dat ze tegen elkaar hadden gespeeld.

Logan ademde geïrriteerd uit, alsof Troy hem deze vraag al zo vaak had gesteld, al wist hij vrij zeker dat dat niet zo was. 'Nee. Al een poos niet meer.'

'Waarom niet?' vroeg Troy, oprecht geïnteresseerd. 'Zelfs niet met mama en papa?'

'Geen tijd.' Logan tikte op zijn linkerpols alsof hij op een onzichtbaar horloge wees.

'Geen tíjd,' herhaalde Troy. 'Wat een bullshit. Je stikt van de tijd.'

Logan haalde zijn schouders op. Toen zei hij ineens, alsof hij zich niet kon inhouden: 'Ik snap niet dat jij voor de gezélligheid kunt spelen.'

Hij sprak het woord 'gezelligheid' uit alsof het iets heel smerigs was.

'Ik vind het heerlijk,' zei Troy naar waarheid. Hij had vrienden met wie hij semi-regelmatig speelde, zowel in Sydney als in New York. Het waren allemaal voormalige competitieve spelers zoals hij. Hij won misschien zeventig procent van de tijd. 'Het houdt me fit. Het is niet meer zo belangrijk.'

'Je bedoelt dat het je niet meer uitmaakt of je wint of verliest?'

'Nou ja, ik speel natuurlijk om te winnen,' zei Troy. 'Maar mijn leven hangt er niet van af.'

Ze bekeken elkaar bedachtzaam. Ze waren precies even lang, al mocht Troy graag denken dat hij net een fractie langer was dan zijn oudere broer. Het kwam waarschijnlijk alleen door zijn haar. Hij gebruikte mousse.

Logan zei: 'Ik wil best weer eens een balletje slaan, maar op het moment dat we de score bijhouden, maakt het me toch ineens uit of ik win of verlies, en dan...' Hij bleef even stil. 'Dat trek ik gewoon niet.'

Hij keek Troy behoedzaam aan, alsof hij wachtte tot die hem met deze openbaring om zijn oren zou slaan.

Het bleef even stil en toen zei Troy: 'Maar je volgt het tennis nog wel?'

'Tuurlijk,' zei Logan.

'Ik volg het niet. Kijk niet eens meer naar de finales,' gaf Troy toe. 'Als het op tv is, zet ik het uit, ik trek het niet om ernaar te kijken.'

Er speelden nog een paar jongens die hij en Logan kenden in satelliettoernooien. Jongens die ze hadden verslagen. Logan toonde hem een halve glimlach en een halve grimas om te laten zien dat hij het snapte. Troy begreep waarom Logan niet kon spelen. Logan begreep waarom Troy niet kon kijken.

Tennis was ingewikkeld. Voor hen allemaal.

'En hoe zit het met de meisjes?' vroeg Troy, plotseling nieuwsgierig. Hij zou het moeten weten, maar Logan was meer betrokken bij het wel en wee van hun gezin dan hij.

'Brooke speelt vrij vaak met papa,' zei Logan. 'Van Amy

weet ik het niet. De laatste keer dat ik heb gehoord dat ze een balletje geslagen heeft, was die keer dat ze die beachvolleyballer een pak slaag gaf.'

Ze grijnsden allebei precies even honend. *Beachvolleybal.* Af en toe ging Amy uit met een of andere loser die niet geloofde dat een vrouw een man kon verslaan in sport, ook al speelde hij zelf geen tennis. Ze profiteerde meestal van hun seksisme door er een geldbedrag op in te zetten.

Ze bleven even staan in een ongebruikelijke kameraadschappelijke, broederlijke stilte en Troy overwoog Logan te vertellen wat hem op dit moment werkelijk bezighield. Iets wat verder geen gevolgen had, maar wat toch verbluffend veel betekende, afhankelijk van hoe hij het prisma van zijn perspectief verschoof.

Ik heb Claire gezien in New York, zou hij kunnen zeggen. Logan zou een wenkbrauw optrekken. Hij had Claire altijd wel gemogen. Claire had hem gemogen. Hij zou luisteren, met belangstelling en zonder oordeel. Logan vond het te veel moeite om te oordelen.

Maar nee. Troy was er nog niet klaar voor om erover te praten, en trouwens, Savannah kon elk moment uit de auto stappen en hen onderbreken.

Hij stopte zijn handen in zijn zakken. Zou die chick daar voor eeuwig blijven zitten?

Logan begon toonloos te fluiten en Troy voelde dat hij er klaar mee was: *fuck dit.*

Hij liep naar de kant van de auto waar Savannah zat, opende het portier en bukte zich om haar aan te kijken. Ze had haar gordel nog niet eens losgemaakt. Ze zat met haar handen stevig in het midden van haar buik gedrukt, alsof ze zichzelf net had gestoken. Zijn ongeduld verdween meteen. 'Savannah,' zei hij vriendelijk.

Ze keek naar hem op met tranen in haar ogen. Ze knipperde met blonde wimpers. De tranen begonnen te rollen.

Troy kon er niet tegen om een vrouw te zien huilen.

'Je bent veilig,' zei hij. Hij hurkte naast de auto zodat ze elkaar in de ogen konden kijken. 'Je hebt ons.'

'Weet ik,' zei ze.

Ze veegde haar wangen af en frunnikte aan het zwart uitgeslagen antieke zilveren sleuteltje dat aan een goedkope ketting om haar nek hing. 'Mooie ketting,' zei hij. Dat had hij geleerd van Amy's meltdowns: je moest haar aandacht ergens anders op richten.

'Bedankt.' Ze liet het sleuteltje vallen.

'Staat die wijnrank ergens symbool voor?' Hij wees naar de tatoeage op haar onderarm. Groene ranken krulden om haar paarsblauw dooraderde, broodmagere arm. Hij had geen probleem met tatoeages – Amy had er ook een paar – maar deze, al was hij op zich onschuldig, leek een ontheiliging van haar kinderlijke arm. 'Of vond je het er gewoon mooi uitzien?'

'Het is Jaaps bonenstaak,' zei ze.

'Hm,' zei hij. Hij probeerde zich het sprookje te herinneren. Jaap klimt in de bonenstaak en steelt het goud van de reus? 'Dus... het gaat om het verwezenlijken van je dromen?' Ze leek hem niet het type voor zelfhulpboeken en *vision boards*.

'Het staat symbool voor ontsnappen,' zei ze.

'Aha,' zei hij. 'Hé, nu we het er toch over hebben, laten we hier zo snel mogelijk in en uit gaan.' Hij wilde haar zijn hand geven, maar bedacht zich. Te dominant. Hij liet zijn hand weer vallen, kwam overeind, deed een stap achteruit en zwaaide met zijn hand met een hoofs, overdreven, 'deze kant op, mevrouw'-gebaar. Geef haar de ruimte. Haast haar niet. Probeer haar te begrijpen.

Ze maakte haar veiligheidsgordel los, draaide zich half om en gleed de auto uit, terwijl ze trillend naar hem glimlachte en ze haar duimen in de riemlussen van haar spijkerbroek stak en die weer om haar middel hees.

‘Sorry,’ zei ze. ‘Ik weet dat je niet de hele dag hebt.’

‘Jawel, hoor,’ zei Troy. ‘Het is geen punt.’ Hij hoopte dat het vriendje hier wél was en dat die hem een excuus zou geven om hem bij zijn overhemd te grijpen en hem tegen een muur te smijten, alsof hij een agent in een film was.

‘Voordat we naar boven gaan, moeten we misschien even kijken of zijn auto er staat.’ Ze raakte voorzichtig haar neusgaten aan en snoof.

‘Goed idee,’ zei Troy. Logan zei niets. Troy wipte lichtjes op de bal van zijn voeten. Hij was plotseling, onverwacht in een opperbeste stemming.

Ze volgden Savannah naar de overdekte parkeerplaats. Ze bleef staan en haar schouders zakten omlaag.

‘Het is in orde. Hij is er niet.’ Ze wees naar een lege plek in de verre hoek.

‘Oké, mooi,’ zei Logan. ‘Geweldig.’

Troy voelde zich leeglopen. Ineens was het weer een saaie klus. Hij keek op zijn horloge. Hij had eigenlijk helemaal niet de hele dag de tijd.

‘Er is iets mis met jou,’ had zijn moeder eens tegen hem gezegd toen ze hem van school naar huis reed na zijn zoveelste schorsing. ‘Er is iets heel erg mis met jou.’

Goed hè, had hij toen tevreden gedacht.

Met z’n drieën gingen ze met de lift naar de derde verdieping. Troy keek naar de spiegelwanden en zag honderd reflecties van zichzelf en Logan, ze werden steeds kleiner en kleiner, maar torenden steeds boven Savannah uit.

Ze leidde hen door een met vloerbedekking beklede gang met de bekende citroengeur van luchtverfrisser die in dit soort goed onderhouden, middelhoge flatgebouwen hing, en deed een deur open.

‘Kom binnen,’ zei ze verlegen, alsof ze bij haar op visite kwamen.

Het eerste wat Troy zag, was kunst zonder lijst die tegen de muren leunde: echte kunst. Abstracte werken met heftige verfstreken met zo'n dikke textuur dat ze er nog nat uitzagen. Dat had hij dus niet verwacht, kunst.

'Hij is beeldend kunstenaar.' Savannah volgde Troys blik. 'Als hobby.' Er stonden niet veel meubels: een sjofele leren tweezitsbank stond tegenover een televisie die tegen de muur leunde. Een kitscherige glazen salontafel stond vol met halflege bakjes afhaaleten, eetstokjes rechtop in de nasi gestoken, een opengeslagen krant bevlekt met sojasausvlekken, een half opgedronken fles Corona met een stukje limoen dat in het restje bier dreef. In de hoek van de kamer stond een stapel ongeopende verhuisdozen. Dit was een man die zijn kunst uitpakte voordat hij zijn televisie installeerde. Een man die voorzichtig een stukje limoen sneed om in zijn Corona te doen, maar zijn half opgegeten afhaalmaaltijd op de salontafel liet staan. Een man die zijn vriendin sloeg.

Savannah schudde haar hoofd bij de aanblik van het eten op de salontafel en liep ernaartoe alsof ze overwoog het op te ruimen, maar bleef toen staan.

'Dus deze twee dozen zijn van jou, lijkt me,' zei Logan. Hij knikte met zijn hoofd naar twee verhuisdozen. Op de ene zat een etiket met SAVANNAH – KLEDING en op de andere SAVANNAH – KOOKBOEKEN.

'Ja,' zei Savannah. 'Ja, bedankt. Ik waardeer het zeer.'

Ik waardeer het zeer. Haar ritme en woordkeus schoten heen en weer: het ene moment waren ze die van een twintigjarige, het volgende die van iemand van tachtig.

'Laten we alles hier weghalen en in de gang zetten,' zei Logan.

Troy en hij droegen de dozen. Troy pakte de doos met boeken, waardoor hij wankelde.

'Gaat het, man?' vroeg Logan met een uitgestreken gezicht.

Ze kwamen weer naar binnen en troffen Savannah gehurkt op de grond in de kleine keuken, alle kastdeuren open, terwijl ze een doos vulde met steelpannen, koekenpannen en een blender.

'Ik hou van koken,' zei ze tegen Troy, bij wijze van uitleg.

'Dat had ik al gehoord, ja,' zei Troy. 'Misschien willen mijn ouders je wel voor altijd houden.'

'Wat nog meer?' vroeg Logan.

'In de slaapkamer,' zei Savannah. Ze keek naar hen op. 'De bruidskist aan het voeteneinde van het bed. Die is nog van mijn oma geweest.' Ze keek beschaamd. 'Hij is nogal zwaar.'

Ze liepen de muf ruikende slaapkamer binnen, het bed een wirwar van lakens en dekens en kussens, kleren die over de vloer verspreid lagen.

'Dit moet hem zijn,' zei Logan. Voorzichtig tilde hij een hoek van de mahoniehouten kist aan het voeteneinde van het bed op.

'Wat, verdomme?' Een man met ontbloot bovenlijf schoot overeind uit de kluwen van lakens.

Troys hart maakte een sprongetje. Hij pakte het dichtstbijzijnde ding dat hij kon vinden van een boekenplank en hield het omhoog als een wapen. 'Blijf zitten waar je zit!'

Logan liet de kist met een klap vallen. 'Zitten blijven, vriend,' zei hij, kalm en beheerst als een plattelandsagent en met een stem zo laag en loom als die van hun vader. Mensen zeiden vaak dat Troy en Logan dezelfde stem hadden als hun vader, maar dit was de eerste keer dat Troy zich realiseerde hoeveel Logan qua stem en zelfs uiterlijk op hun vader leek.

De man schoof achteruit op het bed tot hij met zijn rug tegen de muur zat, zijn handen om de lakens geklemd. Hij was mager, bleekwit met veel zwart borsthaar en hij droeg een verschoten geruite boxershort met lubberend elastiek. Troy voelde zo'n intense afkeer dat hij ervan huiverde.

'Ik heb ongeveer honderd contant,' zei de man. Hij reikte naar een portemonnee op zijn nachtkastje en hield die omhoog. 'Dat is alles.' Hij had een Iers accent. Troys eerste vriendin zei ooit dat er niets zo sexy was als een man met een Iers accent en sindsdien was Troy beledigd door het bestaan van Ierland.

'We willen je géld niet,' zei Troy vol afschuw.

'Wat de...' Savannah verscheen in de deuropening.

'Savannah?' De man pakte een bril van zijn nachtkastje en zette die op. Nu leek hij op Harry fucking Potter. Hoe waagde hij het om op Harry fucking Potter te lijken? Harry Potter zou nooit een vrouw slaan.

'Waar was je?' vroeg hij aan Savannah, alsof Logan en Troy niet in de kamer waren. 'Ik was helemaal gek van bezorgdheid.'

'Waarom ben je niet op je werk?' vroeg Savannah.

Haar ogen dwaalden door de kamer. Ze leek doodsbang en haar angst ontstak een vlam van gloeiend hete woede in Troys borst.

'Ik ben zo ziek als een hond,' zei Harry Potter. Hij legde zijn hand op zijn buik en er verscheen een misselijke uitdrukking op zijn gezicht. 'Iets van de Chinees wat niet helemaal oké was.'

'Je auto staat er niet,' zei Savannah.

'Panne op de snelweg. In de regen. Alles is naar de kloten.' Zijn gezicht vertrok van spijt. 'Het spijt me zo, Savannah, lieveling. Van die avond. Dat was onvergeeflijk, ik weet het, maar ik was mezelf niet, ik was boos over... Maar dat is geen excuus, ik weet dat het geen excuus is...' Hij leek zich plotseling de aanwezigheid van Logan en Troy te herinneren. 'Wie zijn deze gasten?'

'Vrienden,' zei Savannah koeltjes. 'Ze helpen me mijn spullen op te halen.'

'Is er nog veel meer?' vroeg Logan haar.

'Vrienden? Waarvandaan?' vroeg Harry Potter.

'Het maakt niet uit waar we vandaan komen,' zei Troy. 'We komen gewoon haar spullen halen en dan zijn we weer weg.'

Savannah pakte een koffer uit de hoek van de kamer, rolde die naar de open, ingebouwde kledingkast en begon hem met kleren te vullen, met kleerhangers en al.

'Maar waar ga je dan naartoe?' vroeg Harry Potter. 'Waar logeer je?' Hij maakte een beweging alsof hij uit bed wilde komen.

'Blijf daar,' zei Logan.

De man keek panisch. 'Savannah?'

'Stop met praten tegen haar. Geen woord meer, verdomme.' Troy liep naar het bed en stak boven die kleine fucker uit met de volle kracht van zijn fitte, gezonde lichaam van een meter vijfennegentig. Zijn neusgaten trilden vanwege de vage stank van braaksel en zweet. 'Ze is je geen uitleg verschuldigd.'

Troy was gedoucht en schoon en droeg een overhemd van negenhonderd dollar en een horloge van Louis Moinet en hij had misschien een paar slechte keuzes in zijn leven gemaakt en hij mocht nu voor een ethisch dilemma van monumentale proporties staan vanwege die ongelukkige keuzes, maar hij had nog nooit een vrouw geslagen en zou dat ook nooit doen. Hij had geen van de schurkerige genen van zijn schurk van een grootvader geërfd en hij genóót van de angst en verwarring op Harry Potters gezicht. Harry Potter verdiende het om angst en verwarring te voelen, omdat hij juridisch, moreel en spiritueel fout zat.

Het gebeurde zo zelden dat je wist dat jij gelijk had en de ander ongelijk; Troy was Spiderman, de Hulk, Captain Amerika. Hij was *Batman*, verdomme.

Hij had zich nog nooit zo goed gevoeld.

17

Nu

'Dus ze stuurt haar zoons om de spullen van dat meisje op te halen. Ze kent dat hele kind niet, maar ze heeft haar bij hen laten intrekken!'

Het was laat in de middag en de overvolle salon gonsde van het geloei van meerdere haardrogers. Senior styliste Narelle Longford luisterde maar half naar haar halve hoofd met highlights van drie uur vanmiddag dat maar doorkletste over Joy Delaney. Bijna al haar klanten hadden de afgelopen week eindeloos over Joy Delaney gekletst. Joy was een bekende in de buurt.

'Dat moet toch iets met elkaar te maken hebben, denk je niet? Dat vreemde meisje en de verdwijning van Joy?'

'Ik weet het niet.' Narelle haalde de handdoektulband van het hoofd van de vrouw. Isabel Norris stond bekend als iemand die moeilijk deed over haar haarkleur.

'Wacht. Doe jij normaal gesproken Joys haar niet?' Isabel draaide haar hoofd om en keek haar aan. 'Dan weet je waarschijnlijk meer dan ik! Heeft de politie al met je gesproken?'

'Nee.' Narelle stopte de haardroger in het stopcontact. 'Steil met een beetje volume?'

'Heeft ze jóú soms verteld dat ze van plan was weg te gaan?'

'Nee, heeft ze niets van gezegd,' zei Narelle.

'Ik hoorde dat Joy en Stan problemen hadden. Ze praatten bijna niet meer met elkaar.'

‘Daar weet ik niets van,’ zei Narelle, die daar alles van wist.

‘Heeft ze je ooit over dat meisje verteld?’

‘Savannah?’ vroeg Narelle.

‘Wacht, heb je haar ontmóét?’

Ze ontmoette Isabels blik in de spiegel. ‘Inderdaad. Ik heb haar haar geknipt.’

‘Echt?’ Isabel zag er geanimeerd uit. ‘Ik heb gehoord dat ze een beetje, je weet wel...’ Ze vormde het woord met haar lippen. ‘Sletterig was.’

‘Ze leek me wel aardig,’ zei Narelle.

‘Op de een of andere manier heeft het allemaal met elkaar te maken,’ zei Isabel. ‘Het is te toevallig. Een vreemd jong meisje trekt in en dan verdwijnt de vrouw. Ik zou niet verbaasd zijn als we te horen krijgen dat Stan toevállig een relatie heeft met dat meisje nu hij Joy uit de weg heeft geruimd... Auw, dat is een beetje heet aan mijn oor.’

‘Sorry,’ zei Narelle, totaal niet berouwvol.

Ze was Joys vertrouwenspersoon en biechtmoeder, net zo verplicht tot geheimhouding als een priester of advocaat, maar als Joy niet kwam opdagen voor haar volgende afspraak, zou Narelle naar de politie gaan en dertig jaar geheimen doorspelen. Ze zou hun over het verraad vertellen. Het verraad waarnaar Joy zijdelings verwees en het verraad waar ze openhartig en in detail over sprak. Ze zou de politie alles geven wat ze nodig hadden om Joys man te veroordelen. Ze zou zeggen: hier is een mogelijk motief en hier is er nog een, want elk huwelijk van zoveel jaar heeft meerdere motieven voor moord. Dat weet iedere politieagent en iedere kapster.

18

Afgelopen september

Het was bijna middernacht en Amy Delaney, oudste dochter van Stan en Joy Delaney, parttime smaaktester, parttime normaal persoon, parttime niet zo'n normaal persoon, zat in kleermakerszit op haar onopgemaakte bed, naakt, haar haar in een parmantige hoge paardenstaart, als die van een cheerleader, en ze keek naar het gedicht dat ze zojuist in haar dagboek had geschreven. Haar slaapkamer bevond zich helemaal boven in de rijtjeswoning in de binnenstad die ze deelde met drie huisgenoten. Rood en blauw neonlicht van het bord boven de minigolfbaan van de buren flikkerde over de pagina terwijl ze las:

Een Vreemd Meisje

Er is
Een Vreemd Meisje
In het huis waar ik ben opgegroeid
Ze slaapt in mijn afgedankte
Bed
Ze draagt mijn afgedankte
Kleren
Ze maakt lasagne voor mijn
Afgedankte
Moeder

En mijn moeder moest hangen
Midden in mijn telefoontje
(ik had nog dingen te zeggen)
Omdat het Vreemde Meisje
Haar naam riep
Met twee lettergrepen
Alsof ze het recht had
Mijn moeders naam is Joy.
En toen ze terugriep naar
Het Vreemde Meisje
Was haar stem vol van
Vreugde

Amy tekende zomaar wat dikke rechthoeken over een paar woorden in haar gedicht, alsof ze een censor was in oorlogstijd, scheurde de pagina uit, verfrommelde hem en at hem op.

Ze kon zich niet specifiek herinneren dat ze al eens eerder papier had gegeten, maar dat moest haast wel, want de smaak en textuur kwamen haar bekend voor. Ze kauwde voorzichtig, slikte. Als ze het op haar werk had moeten beoordelen, zou ze hebben gezegd dat het 'deegachtig, flauw' was, 'hapt niet lekker weg, heeft een chemische nasmaak'.

Blijkbaar had Steffi, de hond van haar ouders, een fetisj voor papier ontwikkeld. Er was een naam voor. Haar moeder had haar er alles over verteld.

Sinds ze met pensioen was, barstte Amy's moeder van de feitenkennis. Ze luisterde naar podcasts, klikte op BuzzFeed-artikelen en googelde. Vervolgens belde ze haar kinderen op en vertelde hun alle nieuwe feiten die ze had geleerd. Het was interessant om de persoonlijkheid van haar moeder te zien veranderen na haar pensionering. Amy had nog nooit iemand gekend die zo druk, ongeduldig en afgeleid was, en ineens was ze zo wonderlijk bespiegelend geworden, bereid om eindeloos lange, wijdlopige gesprekken aan te gaan over onderwerpen die ze vroeger onbelangrijk zou hebben gevonden.

'Mama moet een of andere cursus gaan volgen om haar hersenen bezig te houden,' had Brooke snuivend gezegd.

'Ze doet ook een cursus. Ze leert hoe ze haar memoires moet schrijven,' vertelde Amy haar. 'Ze zegt alleen dat ze die nooit echt gaat schrijven.'

'Godzijdank,' zei Brooke.

'Ik zou ze anders wel willen lezen,' had Amy gezegd.

Amy was altijd geïnteresseerd geweest in wie haar ouders waren voordat ze haar ouders werden: Joy Becker voordat ze mama werd, Stan Delaney voordat hij papa werd. Allebei de ouders van Amy waren nog maar kinderen met mooie, gecompliceerde moeders: moeders die nooit moeder hadden mogen worden. Haar vaders moeder had een litteken dat over haar gerimpelde rechterwang liep, van die keer dat ze door Amy's grootvader door de kamer was gesmeten. Blijkbaar was dat de eerste en enige keer dat Amy's grootvader zijn vrouw pijn had gedaan en Amy's grootmoeder had hem 'meteen het huis uit geschopt' en 'dat was dat', maar Amy vermoedde dat er meer aan de hand was. Ze had haar vader een boek gegeven over een man die eindelijk met zijn oudste dochter over zijn moeilijke jeugd praat in de hoop dat haar vader met zijn oudste dochter (zij dus) over zijn moeilijke jeugd zou praten, maar tot nu toe 'kon hij er geen chocola van maken'.

'Ik snap echt niet dat je dacht dat pá ineens romans zou willen lezen,' had Brooke gezegd, blij dat Amy's plannetje niet had gewerkt, omdat zij vond dat papa van haar was. 'Dacht je soms dat hij lid zou worden van een leesclub als hij met pensioen ging?'

Toen kregen ze allebei de slappe lach bij het idee dat hun reusachtige, zwijgzame vader in een leesclub zat te kletsen over karakterontwikkeling met een lekker glaasje chardonnay erbij.

'Hij kijkt tegenwoordig tv,' had Amy gesteld. 'Hij keek vroeger ook nooit tv.'

'Ik weet het,' zei Brooke. 'Hij vertelde me laatst een of ander lang, ingewikkeld verhaal over een gezin waarvan de jongste zoon omgekomen was bij een auto-ongeluk. Het bleek de hele plot van een film. Ik dacht dat het waargebeurd was.'

Dat was nu een paar maanden geleden. Brooke had het tegenwoordig te druk voor een praatje omdat ze haar eigen fysiotherapiepraktijk was begonnen, wat een grote stap was. En Brooke kennende zou het een degelijk grotemensensucces worden en Amy was trots op haar zusje, al begreep ze er weinig van. Want waarom doe je jezelf dat aan? Had Brooke dan nooit gemerkt hoe het familiebedrijf van de Delaneys hun hele leven had bepaald? De administratie, de stress, het feit dat alle vier de kinderen moesten 'meehelpen'.

Toen Amy een tiener was en op een dag druk aan het leren was voor een geschiedenistoets, een toets waarvoor ze absoluut een onvoldoende zou halen omdat dit de eerste keer was dat ze het leerboek zelfs maar had opengeslagen, was er een kind binnengekomen dat op hoge toon eiste dat Amy een broodje voor haar klaarmaakte. Alsof Amy haar bediende was. En Amy was bijna opgestaan en had het broodje klaargemaakt, voordat ze tot bezinning kwam en tegen het kind zei dat ze moest ophoepelen.

Ze konden er nooit aan ontsnappen. In hun jeugd was er een gezin dat ze kenden, dat met hun drie kinderen een jaar lang met een caravan door Australië was gereisd. Amy was een poosje geobsedeerd door dat gezin. Het leek haar een droom. 'Hij haalt het nooit meer in,' had haar vader gezegd. Hij had het over de middelste jongen van dat gezin, de enige die goed was in tennis en daarom de enige die voor hem bestond. Maar haar vader had het mis. Want het joch kwam terug, hij bleef spelen, en zo slecht deed hij het niet, want hij stond op een gegeven moment in de top tweehonderd. 'We zouden ook eens door Australië moeten gaan reizen,' had Amy tegen haar moeder gezegd en haar moeder was in lachen uitgebarsten alsof ze dat een heel goeie grap vond.

Nu deed Brooke precies hetzelfde als hun ouders: haar zakken vullen met stenen voordat ze het leven in waadde. Brooke moest vanwege haar migraine eigenlijk stress mijden in plaats van die op te zoeken, maar ze was altijd al een martelares geweest. Amy herinnerde zich Brooke als klein meisje, met hoge paardenstaartjes en een zonnebril met spiegelend glas.

'Ze heeft hoofdpijn,' zei Amy dan tegen haar moeder, met een blik op Brooke.

'Wat? Welnee, ze heeft er geen woord over gezegd.'

Maar Amy kon het zien. Er was iets aan de manier waarop Brooke liep als ze hoofdpijn had, alsof haar hoofd dreigde weg te rollen en ze het op haar nek moest zien te houden. En dan kon Amy wel janken om dat arme meisje dat daar liep met het gewicht van al hun verwachtingen op haar schouders, alsof ze al wist dat ze uiteindelijk de laatste hopeloze hoop van de Delaneys zou zijn. Amy's ouders konden het spel van hun kinderen met een perfecte nauwkeurigheid lezen, ze konden elke slag voorspellen, al hun zwakheden benutten, maar verder hadden ze geen idee, verblind als ze waren door hun liefde voor de mooiste sport ooit.

Misschien kwam het door de migraine dat Brooke zo serieus was.

Amy zou willen dat ze haar ervan kon verlossen. Ze dacht aan Brooke toen die nog een baby was, donker krullend haar in een knotje boven op haar hoofd, met nog maar twee hazentandjes. Ze kroop nooit, ze schoof op haar billen. Het was hilarisch om te zien. En moest je haar nu eens zien: zo serieus, zo getrouwd, zulk verstandig schoeisel, zulke beige behabandjes, je zou denken dat ze vijftig was in plaats van negenentwintig. Had Brooke ooit de hele nacht gedanst? Een onenightstand gehad? Brooke zou zeggen dat dit geen voorbeelden waren van een welbesteed leven en misschien had ze gelijk, maar Amy gaf die wrede migraine ervan de schuld dat haar zus ouder leek dan ze was.

Amy gooide haar dagboek op de grond en ging weer liggen in de koude luchtstroom die door haar open raam naar binnen kwam. Haar drie huisgenoten waren allemaal uit. Ze was zes maanden geleden hierheen verhuisd en had gedacht dat ze met drie huisgenoten zelden het huis voor zichzelf zou hebben, maar in werkelijkheid was ze vaak alleen thuis. De huur was laag vanwege het neonlicht dat haar kamer verlichtte als een discotheek.

Het afgelopen jaar had ze de kost verdiend met een aan elkaar geknutselde reeks parttimebaantjes. Ze had eindelijk geaccepteerd dat normaal fulltime werken niets voor haar was. Het was geen kwestie van eindelijk de juiste carrière vinden. De juiste baan bestond niet. Fulltime werk gaf haar een soort claustrofobische angst die groeide en groeide in haar borst totdat er op een dag een vernederende emotionele uitbarsting kwam die resulteerde in haar ontslag – of ze kreeg het, of ze nam het – en in de verdrietige blik van haar ouders als ze hun vertelde dat de nieuwe baan toch niet zo geweldig bleek te zijn.

Tegenwoordig bestond haar regelmatigste werk uit drie diensten van drie uur per week als smaaktester of *sensory evaluator*, mocht ze ooit indruk willen maken, wat ze nooit wilde. Ze deed het werk samen met een groep studenten, jonge moeders en gepensioneerden en proefde en besprak bloedserieus met hen het eten. Ze droeg geen lippenstift of parfum of haarlak. Ze dronk vooraf geen koffie en kauwde geen kauwgom. Ze zat achter een laptop, logde in, draaide zich om op haar stoel en wachtte tot het in het zwart geklede keukenpersoneel dienbladen met geëtiketteerd voedsel kwam brengen. Er was geen goed of fout antwoord, je kon niet winnen of verliezen. Het was heel belangrijk, maar het had geen enkele consequentie. Niemand werd ook boos; er werd hooguit af en toe met de ogen gerold als iemand hartstochtelijk tegen de panelleider bleef drammen over citroengras. En er was een keer een projectleider naar buiten gestormd omdat geen van de smaaktesters de bolognaisesaus lekker vond waar hij een jaar lang aan had gewerkt, maar dat was juist opwindend geweest.

Tussen de smaaktesten door deed ze marktonderzoek en producttestwerk. Vandaag had ze bijvoorbeeld een uur meegedaan aan een groepsdiscussie over toiletpapier. Ze kreeg contant uitbetaald en de broodjes waren uitstekend: dus de lunch was alvast geregeld. Iedereen was superaardig en beleefd als je deelnam aan zo'n groepsdiscussie. Het kon haar niet schelen dat het nep was; het was rustgevend. Ze mocht een mooi, luxueus kantoor in de stad binnenlopen alsof ze deel uitmaakte van het bedrijfsleven in Sydney, en dan bijna meteen weer naar buiten lopen om naar het strand gaan.

Vanmiddag had ze een lange vragenlijst ingevuld over haar gedachten over deodorant en in ruil daarvoor had ze een tegoedbon ontvangen van een warenhuis waarmee ze twee beha's had gekocht die er in de aanbieding waren.

Het was alsof ze iedereen te slim af was, alsof ze in het Engeland van Dickens leefde en het van haar geslepenheid moest hebben.

Ze had zelfs een theorie dat dit soort werk goed was voor haar geestelijke gezondheid omdat het haar dwong om meerdere keuzes te maken *(Heb je liever een spray of roller, met of zonder parfum?)* en als ze ziek was, vond ze keuzes maken onmogelijk. Dan kon ze in een supermarkt staan staren naar een plank, verlamd door besluiteloosheid. Ze had nog geen therapeut gevonden die deze theorie volledig onderschreef.

In april zou ze veertig worden.

Ze snapte ook niet precies hoe dat nou kon. Ze kon zich nog herinneren dat haar moeder veertig werd en dat had haar toen heel oud geleken. Amy had altijd aangenomen dat er vliegende auto's zouden zijn tegen de tijd dat ze veertig werd.

Veertig was te oud om slechte poëzie te eten als avondmaal, om met twintigers op kamers te wonen, om geen spaargeld, meubels en geen vriend te hebben. Zij en Brooke zouden van leven moeten ruilen, behalve dat als Amy getrouwd was met een man die zo gecharmeerd was van zijn eigen vermeende intellect en vermeende humor als Grant Willis, ze 'ja' zou moeten antwoorden op die aloude vraag: 'Heb je weleens suïcidale gedachten?'

Ze bedacht dat ze snel een nieuw vriendje moest regelen, zodat ze niet alleen wakker zou worden op haar veertigste verjaardag.

Zou dat vreemde meisje, die Savannah, op haar veertigste nog steeds in Amy's oude slaapkamer wonen?

Ze luisterde naar de panisch tikkende pootjes van een buidelrat die over de dakpannen boven haar hoofd rende. Haar hart bonsde diep in haar borstkas en haar gedachten schoten even snel en even dwaas als honderd paniekerige buidelratten alle kanten op.

Het is je vecht-of-vluchtreactie, legde iedere nieuwe therapeut vriendelijk en neerbuigend uit, alsof dit een gloednieuw concept voor haar was. Vaak gingen er kostbare minuten van de sessie op aan de uitleg dat holbewoners die vecht-of-vluchtreactie nodig hadden, vanwege de sabeltandtijger, maar nu was er geen sabeltandtijger meer en toch reageerden we alsof er wel eentje was. (Wat waren ze toch altijd enthousiast over die tijger!) En dan dwaalden Amy's gedachten af en dan zag ze voor zich waar je in de moderne wereld écht een tijger zou kunnen tegenkomen. Als je op safari was, bijvoorbeeld, of als er eentje was ontsnapt uit een dierentuin. Of ze dacht eraan dat een verkrachter symbool kon staan voor de tijger en dat ze dan door de steeg moest rennen, en hoe snel ze was – ze kon hard rennen, harder dan de meeste mensen. En dat ze kon ontkomen aan iedere verkrachter of elke tijger, maar dat ze verdomme niet los kon komen van haar gedachten, haar krankzinnige, idiote gedachten. En voor ze het wist was de tijd om. Dat is dan drie ziljoen dollar zesenvijftig alsjeblieft. Over drie jaar hebben we weer een gaatje, zal ik dat voor je reserveren?

Ze deed de vier-zeven-acht-ademhalingstechniek. Adem vier tellen in. Houd zeven tellen vast. Adem gedurende acht tellen uit. Vier tellen in. Zeven tellen vast. Acht tellen uit.

Haar hartslag vertraagde van blinde paniek tot een acceptabel niveau van alertheid, alsof ze niet langer voor de tijger op de vlucht was, maar in een boom was geklommen en hem grommend kon zien rondcirkelen. Ze was al een tijdje niet meer in een boom geklommen, maar vroeger was ze er goed in.

Ze gaapte eens flink. Niet in slaap vallen in de boom, Amy!

Morgen was het Vaderdag. Ze moest slapen. Ze moest vroeg opstaan om brownies te bakken. Haar vader was dol op haar brownies. Als ze de hele nacht wakker zou blijven, wat een reële mogelijkheid was, zou ze kringen onder haar ogen hebben en zou haar moeder het merken en zich zorgen maken. Of misschien niet, omdat ze het zo druk zou hebben met dingen opmerken van en zich zorgen maken om Savannah, die echte problemen had, omdat ze geen huis had en een gewelddadig vriendje.

Ze overwoog haar opties om zichzelf in slaap te krijgen:

Slaappil.

Warm bad.

Warme melk.

Geleide meditatie.

Orgasme.

Heel saai boek.

Een van haar huisgenoten las biografieën, dikke pillen met een harde kaft, van belangrijke mannen en die waren zo saai dat Amy er tranen van in haar ogen kreeg.

Haar vader zei dat hij in gedachten tennis speelde als hij niet kon slapen. Amy zei: ‘Blijf je daar niet juist wakker van?’

Haar moeder stelde voor om te gaan strijken.

Amy kon niets bedenken wat minder rustgevend was dan denkbeeldig tennissen en ze streek nooit. 'Dat was al duidelijk,' zei haar moeder.

Amy rolde op haar zij en trok haar kussen recht.

Misschien zou ze wel dol zijn op dat meisje dat haar ouders van haar probeerde te stelen. Die Savannah van de savanne waar de sabeltandtijger ronddoolde.

Toen ze Troy naar Savannah vroeg, zei hij dat ze 'prima' was, wat het woord was dat hij gebruikte als een ober vroeg: 'Heeft het gesmaakt?' en Troy het niet zo geweldig vond, maar ook weer niet vies genoeg om er Gordon Ramsay-achtig over te doen.

Logan zei dat hij geen mening had over Savannah. Ze kon hem zijn schouders horen ophalen.

Brooke zou Savannah morgen ook voor het eerst ontmoeten, maar toen Amy de laatste keer met haar sprak, zei ze dat ze met mama had gesproken en dat ze zich geen zorgen maakte en dat Amy zich ook geen zorgen moest maken en dat hun ouders iets aardigs deden voor een slachtoffer van huiselijk geweld en dat ze allemaal trots moesten zijn.

Amy had nog nooit een vriendje gehad dat haar sloeg, hoewel ze er wel een paar had gehad die haar neukten terwijl ze te dronken was om ermee in te stemmen, maar dat was voordat instemming in de mode kwam. Vroeger werd dat soort incidenten als 'grappig' beschouwd. 'Hilarisch' zelfs. Hoe rotter je je voelde, hoe harder je erom lachte. Het lachen was nodig omdat je dan weer de touwtjes in handen nam. Je kon je er niets meer van herinneren, dus creëerde je maar een herinnering waarvan je hoopte dat het de waarheid was. Soms kreeg ze verkering met zo'n jongen en overtuigde zichzelf er tijdelijk van dat ze van hem hield, gewoon om dat verhaal te onderstrepen. Nou goed. Laten we dáár nou maar niet meer over nadenken. Haar geest zat vol met catacomben en het was van belang om die dicht te houden, zoals de dicht gekitte open haard in de woonkamer van haar ouders. De stenen haard waar haar grootmoeder tegenaan gesmeten was zodat haar gezicht kapotging, was allang verdwenen.

Ze dacht aan haar grootvader, de vader van haar vader, over wie niemand sprak vanwege hetgeen hij had gedaan. Ze had graag op zijn minst een foto van hem gezien. 'Wat moet je nou met een foto van díé man?' zeiden haar jongere broers en zus, en ze walgden van haar omdat hun grootmoeder een uitzonderlijk lekkere appelkruimel bakte en briefjes van vijf dollar in hun kleverige handjes stopte, alsof ze hun een fooi gaf.

Hij interesseerde haar gewoon. Had hij spijt van wat hij had gedaan? Heeft hij het ook ooit een andere vrouw aangedaan? Ze nam aan dat haar interesse in haar dode, gewelddadige grootvader duidde op het feit dat ze zich ziekelijk aangetrokken voelde tot foute mannen.

Slaap, Amy, slaap.

Ze hoorde beneden een deur dichtslaan, dus een van haar huisgenoten was weer thuis, wat fijn was, want dan hoefde ze zich niet in te beelden dat er dieven met zwarte bivakmutsen door het huis slopen, gefrustreerd omdat ze niets anders konden vinden om te stelen dan biografieën van veertig dollar.

Adem vier in.

Houd zeven vast.

Adem acht uit.

Het scheen dat mensen in het leger de vier-zeven-acht-ademhalingstechniek gebruikten en dan binnen een minuut in slaap waren.

'Laten we eerst het slapen eens aanpakken,' had haar laatste therapeut gezegd. Hij heette Roger en ze was niet zo zeker van zijn kwalificaties. Waarschijnlijk had hij op internet iets gelezen over die ademhalingstechniek. Ze vond het juist wel leuk dat hij iets onbetrouwbaars had. Ze voelde zich meer op haar gemak in zijn ietwat groezelige kantoor dan in de zacht verlichte, met chique vloerbedekking gestoffeerde praktijken van die dure psychiaters en psychologen die haar kapsel en kleding veroordeelden, vermoedde ze.

Ze had niet echt verwacht dat Roger haar zou 'genezen'. Ze ging alleen maar naar hem toe zodat wanneer mensen tegen haar zeiden, wat ze onvermijdelijk deden: 'Ik denk dat je húlp nodig hebt, Amy, professionéle hulp,' zij kon antwoorden: 'Natuurlijk. Maar ik ben ook al in therapie.'

Ze versleet therapeuten in hetzelfde tempo als ze vriendjes versleet. Ze dumpte zowel de vriendjes als de therapeuten als ze haar beledigden, haar kwaad maakten, haar verveelden.

De vriendjes zeiden dat ze gestoord was, knettergek, een dramaqueen, een psychopaat. De therapeuten zeiden dat ze ADHD of een dwangstoornis had, een depressie of angststoornis of hoogstwaarschijnlijk allebei, een zenuwstoornis, een stemmingsstoornis, een persoonlijkheidsstoornis, misschien zelfs een bipolaire affectieve stoornis. Het woord 'stoornis' viel heel vaak.

Er was ooit een man die verkondigde dat er helemaal niets met haar aan de hand was, dat ze alleen van haar stress af moest, en die appte haar de week erop of ze zin had in een borrel, wat volgens hem prima kon nu hij haar niet langer behandelde.

Het feit dat ze ja zei tegen die onethische griezel toonde waarschijnlijk juist aan dat er echt iets heel erg mis met haar was.

'Medische diagnoses stellen valt niet binnen mijn takenpakket,' zei de nieuwe, Roger, gespannen toen Amy vaag geïnteresseerd vroeg aan welke specifieke diagnose hij dacht. 'Ik ben meer een coach. Ik werk naast de medische professie, en jij en ik werken sámen.' Toen glimlachte hij en boog zich naar haar toe, vertrouwelijk, alsof hij een geheim wilde delen, niet langer gespannen: 'Weet je, soms leidt zo'n stempel alleen maar af van de kern. Je bent geen stempel. Jij bent Amy.'

Sukkelig maar lief. Het voelde echt alsof hij schouder aan schouder naast haar zat, in hetzelfde team, in plaats van dat hij haar alleen maar observeerde met de koele, professionele ogen van sommige van zijn collega's.

Ze vond hem leuk. Tenminste, voorlopig.

Ze nam hooguit af en toe de tabletten die de goede psychiaters voorschreven en ze nam hooguit af en toe de pillen die haar slechte vriendjes haar aanboden.

Zo nu en dan haalde ze het hoopvolle, verplichte 'behandelplan' tevoorschijn waar zij en haar huisarts samen aan hadden gewerkt en deed ze haar best om 'strategieën' en 'technieken' in te zetten waardoor ze in de wereld semi-normaal leek: poëzie. Een dagboek bijhouden. Lichaamsbeweging. Mindfulness. De natuur in. Meditatie. Ademhalingsoefeningen. Bessen. Vitaminen. Superfoods. Probiotica. Dankbaarheid. Baden. Gesprekken. Slaap.

Soms werkte het, soms niet.

'Jouw gevoelens zijn gewoon te groot,' zei haar vaders moeder tegen haar toen ze nog een klein kind was en zo lang huilde dat haar ouders hun geduld verloren. 'Groei je wel weer overheen. Mijn gevoelens waren vroeger ook te groot. Neem een glas limonade, lieverd.'

Blijkbaar was haar grootmoeder niet over haar gevoelens heen gegroeid, maar had ze geleerd om ze met alcohol te verdoven. Maar alcohol en limonade versterkten Amy's overdreven gevoelens alleen maar.

'O, Amy is gewoon een zenuwpees,' hoorde ze eens haar andere oma zeggen, de moeder van haar moeder. 'Net als tante Edna. Maak je niet druk, Joy, er is niks aan de hand met haar. Maar mijn hemel, wat werken die zenuwpezen op je zenuwen hè? Zullen we haar vragen om ergens anders te gaan huilen?'

Tante Edna sleet de laatste dagen van haar droevige, nerveuze leven vastgebonden in een stoel, maar maak je vooral niet druk.

‘We laten jou heus niet vastbinden in een stoel, lieverd,’ zei Amy’s moeder altijd. ‘En trouwens, volgens mij heb je meer weg van tante Mary en die werd nooit vastgebonden aan een stoel.’

Tante Mary werd doodgereden doordat ze in de stad voor een tram stapte, maar ze stapte absoluut niet expres voor die tram, wat sommige mensen ook suggereerden. Volgens Amy’s moeder was tante Mary afgeleid geraakt toen ze het strooien hoedje van een klein meisje probeerde te redden, toen een stevige zuiderwind het op een zomermiddag, een week voor Kerstmis, zomaar van haar hoofd blies, wat volgens Amy’s moeder precies het soort roekeloze actie was waar Amy ook toe in staat zou zijn en als ze ooit zoiets deed, zou Joy het haar nooit vergeven. Altijd naar links en naar rechts kijken. Zeker vlak voor de kerstdagen. Maak dáár maar een van je eigenaardige rituelen van. Naar links en naar rechts kijken.

Amy had op dit moment geen gekke rituelen. Tenminste, niet iets wat mensen zouden opmerken. Hoe dan ook, ze hadden allemaal zo hun rituelen en bijgeloof, hun vreemde gewoontes. Troy tikte altijd drie keer tegen zijn neus voordat hij serveerde. Logan droeg altijd zijn rode gelukssokken tijdens een wedstrijd, zelfs toen zijn voeten er te groot voor werden. Brooke had nog steeds moeite om uit de auto te komen als ze ergens aankwam. Brooke dacht dat niemand dat wist. Maar Amy wist het.

‘Er is niets mis met je, lieverd,’ zei haar vader. ‘Het zit allemaal in je hoofd.’

Het zit allemaal in je hoofd. Haar vader was zo schattig en onnozel.

Ze lag stil en ademde terwijl ze kletste met de geesten van tante Edna en tante Mary. Ze had die gekke oudtantes nooit in het echt ontmoet, maar ze vermoedde dat ze het goed met elkaar zouden kunnen vinden.

Ik heb er een slecht gevoel bij, bij dat meisje dat bij mijn ouders logeert.

Ik ook, zei tante Edna.

Ik ook, zei tante Mary.

Lozen, dat kind, zei tante Edna, die een bazig type was.

Het nare gevoel werd intenser, haar maag draaide ervan om. Er ging ergens in de straat een autoalarm af. Iemand klopte op haar slaapkamerdeur.

Amy greep naar de lakens en trok ze omhoog om haar naaktheid te bedekken.

'Wie is daar?' riep ze.

'Sorry!' zei een lage, hese mannenstem. 'Ik ben het maar.' Hij bleef even stil. 'Simon.' Hij schraapte zijn keel. 'Simon Barrington.' Alsof er een paar Simons bij haar in huis woonden.

Ze keek naar het plafond. Ze had min of meer geweten dat dit zou kunnen gebeuren en ze had tegen zichzelf gezegd dat ze het onder geen beding mocht laten gebeuren.

'Ben je wakker?' zei hij door de deur.

'Nee,' riep ze terug. 'Ik ben niet wakker, Simon Barrington.' *Ik lig hier gewoon te kletsen met de geesten van mijn gestoorde overleden tantes, Simon Barrington.*

Verder hield ze haar mond. Het was dom om met je huisgenoten naar bed te gaan. Vooral als ze nog maar in de twintig waren en jij al bijna niet meer in de dertig was. Simons vriendin, met wie hij lang een relatie had gehad, had hem onlangs gedumpt toen ze ergens aan het dimsummen waren. Hij had al iets met haar sinds de middelbare school en het was de bedoeling dat ze volgend jaar zouden gaan trouwen. Hij had het niet zien aankomen en hij was dol op dimsum, wat zijn vriendin wist, dus dat voegde nog een extra laag tragiek toe.

Nu zat hij met een gebroken hart en was hij dronken, en was hij thuisgekomen en herinnerde zich zijn alleenstaande huisgenoot op de bovenste verdieping alsof hij zich herinnerde dat hij nog een restje van een afhaalmaaltijd in de koelkast had staan. En hij had gedacht: hmm. Hij was een aardige vent, lief en beleefd en heel precies in het huishouden, maar hij las die saaie biografieën dus echt helemaal tot het einde en hij had rugby gespeeld en had dus het topzware lichaam van een rugbyspeler (ze hield van lange, slanke, ondoorgrondelijke mannen; er was niets ondoorgrondelijks aan Simon Barrington) en bovendien had hij een saaie baan. Ze kon zich nooit herinneren wat hij ook alweer precies deed; iets met telecommunicatie of vastgoed, of misschien was hij wel accountant. En hij was jonger dan zij en kleiner dan zij en mannen zeiden altijd dat lengte hen niet boeide, maar het boeide hen wel, absoluut wel, en de onderdrukte woede die het opleverde kwam er uiteindelijk altijd een keer uit.

Dus het zou iets eenmaligs zijn en het zou geen goede seks zijn, en dan zou het ongemakkelijk tussen hen zijn, de komende zeven maanden van haar huurcontract. En daarna zou ze ergens anders moeten gaan wonen, terwijl ze het hier naar haar zin had, ze hield van het neonlicht van de midgetgolfbaan, ze hield van de buidelrat met z'n paniekstoornis.

'Sorry!' riep Simon door de deur. 'Echt, sorry! Ik ga al.'

Ze wachtte.

Het bleef stil. Was hij weg? Ze moest hem eigenlijk laten gaan.

Ze stapte uit bed, trok een T-shirt aan en deed de deur open. Hij was op weg naar de trap.

'Simon?' zei ze. 'Simon Barrington?'

Hij draaide zich om. Hij had zijn overhemd uit de tailleband van zijn spijkerbroek getrokken, zijn bril stond scheef, zijn ogen waren bloeddoorlopen en hij moest zich nodig scheren.

Ze stak haar vinger op. Wenkte.

Een impulsbeheersingsstoornis. Die had ze ook.

19

Nu

Een telefoon rinkelde. Een printer bromde. Een toetsenbord tikte. Een man lachte en zei: 'Dat meen je niet!' Een vrouw niesde en zei: 'Gezondheid mezelf!' Het had elke kantoortuin kunnen zijn op een doordeweekse ochtend, met die grijze nylon tapijttegels en beige muren. Maar de mensen die hier werkten hadden voortdurend te maken met het slechtste wat de mensheid te bieden had. Geen wonder dat de hoogste in rang onder hen op dat aangebrande, ongeduldige toontje sprak dat haar partners deed verzuchten: 'Waarom ben je altijd zo cynisch?'

Christina zat aan haar bureau, dronk een dubbele espresso met melk uit de koffiezaak naast het station en dacht aan Nico die vanmorgen had verzucht: 'Waarom ben je altijd zo cynisch, Christina?' toen ze zich afvroeg waarom zijn vriend-van-een-vriend, de trouwfotograaf, vooraf betaald wilde worden.

Joy Delaney had al dertien dagen geen contact meer opgenomen na een ruzie met haar man. Dit was een vrouw wier kinderen zich niet konden herinneren dat ze ooit ook maar één nacht zonder haar man weggeweest was.

Waarom ben je altijd zo cynisch, Christina?

Omdat aardige gewone mensen liegen en stelen en bedriegen en moorden, Nico.

Ze hadden de fotograaf vooraf betaald.

Ze dronk haar laatste restje espresso, sloeg het dossier dat ze voor zich had open en las een printje van een van Joys Word-documenten op haar desktopcomputer:

Dus je wilt je memoires schrijven

Het schrijven van je memoires is een verrijkende ervaring. Zie deze oefening als een warming-up om je creativiteit te laten stromen. Laten we beginnen met je 'elevator pitch' – vertel ons je levensverhaal hieronder in niet meer dan een paar alinea's!

Mijn meisjesnaam is Joy Margaret Becker. Geen familie van de beroemde tennisser Boris Becker, mocht je je dat afvragen! (Maar ik speel wel tennis.) Mijn moeders naam was Pearl en zij was een 'schoonheid', wat de reden is dat ze nooit helemaal bekomen is van de schok dat mijn vader bij ons wegliep toen ik vier was. Hij zei dat hij afgesproken had met een vriend, maar hij vertelde er niet bij dat die vriend ruim tweeduizend kilometer verderop in de Northern Territory woonde!
Mijn vader is overleden na een 'vechtpartij', drie jaar nadat hij ons in de steek liet. Hij was nogal opvliegend. Zelf ben ik ook nogal opvliegend, dat is mij tenminste verteld, maar ik ben nog nooit met iemand op de vuist gegaan! Ze zeiden altijd tegen me dat mijn vader dol op me was, maar dat was dan wel een vreemde manier om dat te laten blijken.
Mijn moeder trok weer in bij haar ouders, mijn grootouders, die meer als ouders voor mij waren en die mij hebben opgevoed. Ik had vooral een hechte band met mijn grootvader, de spraakzaamste man die ik ooit heb gekend. Hij kon een ezel omver kletsen. Er zijn nog altijd allerlei dingen die ik mijn opa zou willen vertellen. Mijn moeder was nogal kritisch en ongelukkig. Daar kon ze niets aan doen. Ze was in de verkeerde tijd geboren. Als ze nu geboren was, zou ze misschien de CEO van een groot bedrijf zijn. Of een weervrouw. Ze was er in elk geval knap genoeg voor en altijd erg geïnteresseerd in het weer.

Mijn grootvader hield van tennis en op een dag, toen ik nog een peuter was, pakte ik zijn grote houten tennisracket met vierkant blad. Het moet heel zwaar zijn geweest voor een kind van drie. Mijn grootvader gooide me, gewoon voor de lol, een bal toe en ik sloeg hem meteen terug. Hij zei dat hij bijna van zijn stoel viel. Ik raakte tien ballen op rij voordat ik er een miste. Volgens mijn oma waren het er maar vijf. Mijn moeder zei dat ze er geen woord van geloofde. Wie zal het zeggen! Ik weet alleen dat tennissen het enige was wat ik wilde doen, als meisje. Ik vond het gewoon heerlijk om die bal te raken.

Harde flat shots vanaf de baseline. Dat is mijn lievelingsslag. (Te veel spin tegenwoordig. Komt door die chique nieuwe rackets.) Ik hield van het geluid. Pok. Pok. Pok. Als paardenhoeven. De geur van nieuwe tennisballen is een van mijn lievelingsgeuren. Ik heb nog nooit drugs gebruikt (los van paracetamol, en paracetamol vind ik best lekker), maar ik denk weleens dat tennis mijn drug is. Als de wedstrijd voorbij is, is het alsof je wakker wordt uit een heerlijke droom.

Op mijn tiende begon ik mee te doen aan toernooien. Op mijn elfde speelde ik tegen een dertienjarig meisje dat moest huilen toen ik haar versloeg. Ik had helemaal geen medelijden met haar. Dat herinner ik me heel duidelijk. Mijn prijs voor het winnen van dat toernooi was een paraplu. (Doorzichtig met een rode bies.) Het was dezelfde dag dat ik een man tegen mijn grootvader hoorde zeggen dat ik het talent had om wereldkampioen te worden. Dat bleef in mijn achterhoofd hangen. Mijn grootvader en ik hadden een plan. Eerst zou ik de plaatselijke juniorkampioenschappen winnen, dan de staatstitels, dan het Australische damesenkelspel, vervolgens zou ik naar het buitenland gaan (ik had nog nooit in een vliegtuig gezeten!) en de Franse en Amerikaanse titels winnen, en uiteindelijk Wimbledon.

Tegen de tijd dat ik twaalf was, moest mijn grootvader een nieuwe plank aan de muur hangen voor al mijn trofeeën.

Ik was vrij jong toen ik trouwde met een lange (boomlange!), don-

kere en knappe jonge tennisser, Stan Delaney genaamd. We waren van plan carrière te maken in het tennis. We reden het hele land door om in toernooien te spelen en probeerden ondertussen ons kostje te verdienen. Het was zwaar maar leuk. Ik volgde na school een opleiding tot secretaresse. Mijn moeder wilde dat ik een 'plan B' had voor het geval 'tennis niet zou lukken'. Haar hoop was dat ik met een 'zakenman' zou trouwen. Ze dacht dat tennis een sprookje was en misschien had ze gelijk, want mijn man kreeg een zeer ernstige blessure toen hij nog maar tweeëntwintig was. Hij scheurde zijn achillespees tijdens de derde set van de kwartfinale van het Manly Seaside Tournament. Zonder die blessure zou hij de wedstrijd hebben gewonnen. Dat was dus zijn achilleshiel! (Zijn achillespéés.) Dus verlieten we het circuit en een paar jaar later begonnen we Delaneys Tennis Academy, die later is uitgegroeid tot een van de succesvolste tennisscholen in de staat, zo niet het land, al zeg ik het zelf! (Ik vertelde mijn moeder dat ik uiteindelijk zelf een 'zakenvrouw' was geworden, maar ze dacht dat ik een grapje maakte.)
We hebben vier kinderen gekregen, twee jongens en twee meisjes. Een dubbele koningswens! Alle vier waren zeer getalenteerde spelers. Ik heb nog geen kleinkinderen.
We hebben onlangs de tennisschool verkocht en nu hebben we de tijd om dingen van onze bucketlist af te vinken! Hadden we nou maar een bucketlist! Ach nou ja.

'Christina?'

Ze keek op en zag Ethan, vandaag in een turquoise overhemd, bij de ingang van haar kantoorhokje, blakend van gezondheid en optimisme. 'Die jonge gasten zijn verdomme net Duracel-konijnen,' had een van de andere rechercheurs verzucht tegen Christina, en hij was weliswaar vijftien jaar ouder dan zij, maar ze wist precies wat hij bedoelde.

'Joy Delaneys online zoekgeschiedenis van de dag dat ze verdween,' zei Ethan, terwijl hij haar een vel papier overhandigde. Hij had relevante stukken geel gemarkeerd.

Joy had de volgende vragen gegoogeld:

Hoe weet je wanneer het tijd is om te scheiden?
Scheiden na je zestigste.
Wat doet een echtscheiding met volwassen kinderen?
Relatietherapie, werkt dat?
Kan whisky bederven?

'Tot zover dat geweldige huwelijk van hen,' zei Christina.

'Inderdaad,' zei Ethan bedroefd, en hij boog even zijn hoofd alsof hij het verlies wilde verwerken, maar toen hief hij het meteen weer op en zei opgewekt: 'Ik heb ook haar telefoongegevens. Een uur voordat ze dat appje stuurde...'

'Als ze dat appje heeft gestuurd,' zei Christina.

'Een uur voordat dat appje werd verzonden,' verbeterde Ethan zichzelf, 'is er een telefoongesprek van veertig minuten gevoerd met ene dr. Henry Edgeworth. Dat is een negenenveertigjarige plastisch chirurg, getrouwd, twee kinderen. Hij is momenteel in het buitenland en heeft ons nog niet teruggebeld.'

'Een plastisch chirurg?' Christina trok haar wenkbrauwen op. 'Wat kunnen we daarmee?'

Daar konden ze niets mee.

'Misschien heeft ze plastische chirurgie geregeld zodat ze een andere identiteit kan aannemen?' opperde Ethan.

'Ja. Omdat ze in aanraking is gekomen met de maffia,' zei Christina.

'Moet ik kijken naar mogelijke connecties met de georganiseerde misdaad?' vroeg Ethan enthousiast.

Ze keek op om te zien of hij een grapje maakte. Ze wist het niet zeker.

Ze zei op vlakke toon: 'We moeten naar alle mogelijke verbanden kijken.'

Ethan knikte. Hij keek naar zijn aantekeningen. ‘Twee dagen na Valentijn was er dat enorme onweer met hagel.’

‘Dus je denkt dat ze door een hagelsteen is geraakt en nu geheugenverlies heeft?’

Hij keek naar haar op. Nu was hij degene die niet kon zien of ze een grapje maakte.

Ze zei: ‘Hoe zit het met die logee van hen?’

‘Die heb ik bijna te pakken.’

‘Mooi,’ zei Christina. ‘Want ik denk dat alle wegen naar haar leiden.’

20

Vaderdag

Op de ochtend van Vaderdag werd Joy laat en goed uitgerust wakker. Ze lag als een kind breeduit en met haar gezicht naar beneden in het midden van het bed. Op het laken zat een cirkeltje speeksel, want ze had een beetje gekwijld. Stan was er niet. De lentezon stroomde door het raam, warm op de huid van haar benen die bloot waren onder haar T-shirt. Ze rook de jasmijn uit de tuin en het spek uit de keuken. Savannah was waarschijnlijk ontbijt aan het maken.

Ze raakte er veel te veel aan gewend dat er iemand voor haar kookte en schoonmaakte. Zo moest het zijn als je een beroemdheid was. Geen wonder dat ze in talkshows zo charismatisch en opgewekt waren. Joy voelde zichzelf ook met de dag charismatischer en opgewekter worden.

Sterker nog, Savannah behandelde Stan en haar als een soort gasten in een talkshow waar zij de presentatrice van was, gefascineerd door alle details van hun leven als beroemdheden. Ze wilde alles van hen weten: hun tennis, de tennisschool, de club, de kinderen. Ze stelde vragen waarvan Joy zeker wist dat haar eigen kinderen nooit de moeite hadden genomen om die te stellen: *Wanneer wisten jullie dat jullie voor elkaar bestemd waren?*

'De eerste keer dat ik haar zag,' zei Stan. Hij zat toen hij dit zei en Joy stond, en hij greep haar bij haar middel en trok haar naar zich toe zodat ze op zijn schoot belandde.

Joy zag hun huwelijk door Savannahs jonge, geïnteresseerde ogen: solide en waardevol, als een stuk antiek, met een patina van ouderdom en wijsheid. Savannah zou waarschijnlijk dolgraag een relatie hebben zoals die van hen. Een relatie waar kinderen uit voortkwamen en een mooi huis en een succesvol bedrijf en planken vol ingelijste foto's van verjaardagsfeestjes, paaslunches en kerstochtenden.

Joy stond onder de douche, kantelde haar gezicht naar de straal en dacht aan de beschamende momenten die nooit op de foto werden gezet: haar eigen gezicht, lelijk van woede, spuugdruppels die uit haar verwrongen mond vlogen, de achterkant van Stans hoofd terwijl hij wegliep, zittend in een auto aan de kant van de weg, vier kinderen stil van schrik achterin, terwijl haar hart in hoog tempo bonsde op de maat van de tikkende richtingaanwijzer.

Ze rilde en kreeg shampoo in haar oog. Die akelige geheimen gingen ze natuurlijk niet met Savannah delen. Er zat een grens aan hun eerlijkheid, wat er verder ook mis mocht zijn met hun verouderende frontale kwabben.

De shampoo prikte als een gek. Ze knipperde verwoed met haar ogen en masseerde de dure volumegevende conditioner in haar haar die ze van haar kapster, Narelle, om de twee dagen moest gebruiken. Narelles aanbevolen haarverzorgingsregime was ingewikkeld, maar Joy kreeg veel complimenten over haar haar en ze hield van Narelle als van een zus, of zoals zussen van elkaar zouden moeten houden. Haar eigen dochters hielden absoluut van elkaar, maar de een was eigenlijk in het algemeen op elk willekeurig moment wel beledigd of woedend of verbijsterd door de ander.

Het prijsstickertje van de shampoo zat nog op de achterkant van de fles. Stan zou zeggen: 'Waar is dit van gemaakt? Goudstof?' Joy trok het eraf met haar nagel, rolde het tussen haar vingers, liet het vallen en duwde het met haar teen in de afvoer. Ja, Savannah hoefde absoluut niet te weten hoe vaak

Joy en Stan elkaar de afgelopen vijftig jaar hadden afgestoten en weer aangetrokken, dat er tijden waren dat Joy Stan zo intens haatte dat ze er misselijk van werd. Dat ze, toen de oudste drie nog heel klein waren, serieus en nuchter, bijna gemoedelijk hadden gesproken over scheiden. Dat Joy ervan overtuigd was geweest dat dat ook zou gebeuren. Dat Brooke een verrassingsbaby was die tijdens hun verrassende verzoening werd verwekt. Dat het toen echt voelde als een gloednieuwe relatie. Dat het feit dat ze elkaar bijna kwijt waren hun iets diepers en rijkers had opgeleverd, maar dat ze toen nog een keer ontspoorden en al die liefde en dat geluk langzaam, onmerkbaar wegvloeiden, alsof er een onzichtbaar lek was.

Amy had ooit tegen Joy gezegd dat ze geen idee had hoe eenzaam het voelde om single te zijn. Joy had haar willen vertellen dat je ook eenzaam kon zijn als je getrouwd was; dat er tijden waren geweest dat ze dag in, dag uit verpletterd door eenzaamheid wakker was geworden en toch nog gewoon het ontbijt voor vier kinderen had klaargemaakt.

Dat zei ze niet tegen Amy. Ze zei: 'Ja, schat, je hebt gelijk. Het moet heel moeilijk zijn.'

Je kon de waarheid van je huwelijk niet met je volwassen kinderen delen. Ze wilden het niet echt weten, ook al dachten ze van wel.

Er was een jaar, echt een heel slecht jaar, waarin zowel haar moeder als Stans moeder ziek werd en vervolgens kwamen ze allebei binnen drie maanden na elkaar te overlijden. Omdat ze enig kind waren, moesten Joy en Stan alleen rouwen. Dat was het moment waarop Joy een geheim plan smeedde om op te stappen. Ze was van plan geweest om te wachten tot Brooke klaar was met de middelbare school en haar taken als moeder erop zaten. Ze had er plezier in om alles te plannen, zelfs om zich de pijn ervan voor te stellen, als een sadomasochistische fantasie.

Maar: toen was Brooke klaar met de middelbare school en

toen was alles weer goed tussen hen. Misschien zelfs beter dan het ooit was geweest. Ze gingen weer dubbelen en wonnen het ene toernooi na het andere. Ze leken op alle gebieden te winnen: hun seksleven, het bedrijf. Joy concentreerde zich op zo veel mogelijk geld verdienen met de tennisschool.

Ze opende het café en de pro-shop, ze begon met de vakantiekampen. Dat was wat er gebeurd was. Een lange reeks waarin ze het gevoel had dat ze geen punt kon verliezen, totdat het ineens voorbij was.

Nu waren ze hier aanbeland. Ze wist niet zeker of Savannah hen trof tijdens een opleving of een neergang, of dat ze eindelijk een evenwicht hadden gevonden dat zou standhouden tot de dood hen scheidde. Soms voelde het alsof hun relatie elke dag een soort eb en vloed was. Zelfs hun gesprekken waren zo. Binnen tien minuten kon genegenheid die ze voelde opgevolgd worden door wrok.

Ze wilde haar dure conditioner uitspoelen en herinnerde zich toen dat Narelle had gezegd dat ze het minstens drie minuten moest laten intrekken. Ze besloot de drie minuten te besteden aan wat enkeloefeningen, met haar ogen dicht. Brooke had haar opgedragen die elke dag te doen om de 'enkelmobiliteit' te verbeteren. Ze was lang niet zo gehoorzaam aan haar dochter als aan haar kapper, maar ze wilde Brooke vandaag naar waarheid kunnen vertellen dat ze haar oefeningen had gedaan. Ze deinde op en neer op één been, ogen dicht, handen gespreid voor het geval ze zichzelf moest redden. (Brooke zou het misschien niet goed vinden dat ze deze oefeningen onder de douche deed.) Als Stan binnenkwam en haar betrapte op haar wiebelige buigingen in haar blootje zou hij keihard moeten lachen.

Zou het vandaag goed gaan? Ze voelde zich er vreemd nerveus over.

De jongens hadden Savannah natuurlijk al ontmoet toen ze haar hielpen haar spullen op te halen en dat was allemaal goed gegaan, al bleek de ex-vriend thuis te zijn, maar die had verder niet moeilijk gedaan en iedereen was teruggekeerd met zijn ledematen intact.

Misschien zouden Savannah en de meisjes bevriend raken. Brooke waarschijnlijk niet. Die had het zo druk met de praktijk en ze kon afstandelijk zijn. Amy daarentegen verzamelde nieuwe vrienden van alle leeftijden, waar ze ook ging. Ze had ooit zo'n hechte vriendschap gesloten met haar Uber-chauffeur dat de chauffeur haar auto parkeerde en samen met Amy en een stel van haar vrienden een avondje ging stappen en via dit aardige Uber-meisje had Amy haar huidige kamer gevonden!

Misschien kon Savannah wel bij Amy in huis komen wonen als er een kamer vrijkwam.

Hoewel Joy eerlijk gezegd niet stond te popelen om haar te zien vertrekken. Joy stopte met haar buigingen, spoelde de conditioner uit en gaf zichzelf een laatste stoot ijskoud water, waardoor haar stamcellen bruin vet zouden vormen in plaats van wit vet, naar het scheen, en bruin vet was blijkbaar goed.

Ze zou Brooke vandaag eens vragen naar bruin vet en Brooke zou haar waarschijnlijk uitlachen en zeggen dat ze er helemaal niks van had begrepen. Joy deed haar best om Brooke zich zo vaak mogelijk slim en medisch gekwalificeerd te laten voelen. Brooke wás slim en medisch gekwalificeerd. Ze had alleen heel veel bevestiging nodig en probeerde wanhopig het verlangen te verbergen dat zo onverholen van haar lieve fronsende snoetje af te lezen was. Als ze nou eens een beetje lippenstift zou dragen...

Joy droogde zich stevig af. Jeetje, ze was helemaal zenuwachtig.

Was ze soms bang dat de kinderen zouden opmerken dat er nogal een verschil was tussen het opgewekte, liefhebbende beeld dat zij en Stan uitstraalden omwille van Savannah en hun ware zelf? De ouders met wie ze waren opgegroeid? Nou ja, kom op zeg, ze wáren voor het grootste deel een gelukkig stel en ze wáren opgewekt en liefdevol, tenminste, Joy wel.

Alle vier haar kinderen geloofden heilig in hun eigen versies van hun jeugd, die vaak niet overeenkwamen met Joys herinneringen en ook niet met die van elkaar trouwens. Soms vertelde een van hen een verhaal over een voorval waarvan Joy zeker wist dat het nooit was gebeurd, of in elk geval niet op de manier waarop het werd beschreven, omdat zij biografische feiten tot haar beschikking had: 'Maar we woonden toen niet eens in het huis aan Fairmont Street!', 'Maar je oma leefde niet meer toen je dertien werd!' En soms hadden ze ruzie over wie van hen de schurk of het slachtoffer, de martelaar of de held was. 'Jij was niet degene die gestoken werd door die bij, omdat je oma hielp toen ze was flauwgevallen op Troys feestje, dat was ik!' En dan dacht Joy: het was Logans feestje, niet dat van Troy, en het was geen bij, het was een wesp, en niemand werd gestoken, Amy dacht alleen maar dat ze gestoken was en niemand van jullie kwam helpen en oma viel niet flauw, ze had te veel gedronken en raakte buiten westen.

Haar kinderen lieten zich niet corrigeren. Dit waren hun herinneringen, dus dit was allemaal echt gebeurd en als hun herinneringen niet overeenkwamen met die van elkaar, hielden ze stevig vast aan hun versie van de verhalen, even koppig als die verdomde vader van hen. Hoewel soms een van hen een starende blik kreeg en dan zag je iets op z'n plek vallen, en dan bekeek hij of zij de gebeurtenis uit hun kindertijd opnieuw met volwassen ogen: 'Wacht even, misschien was oma die dag wel gewoon dronken.'

Joy trok haar badjas aan om naar de keuken te gaan. De eerste paar dagen dat Savannah bij hen logeerde, kleedde Joy zich elke ochtend altijd aan voordat ze haar slaapkamer verliet, maar het was gek hoe snel ze zich op haar gemak was gaan voelen. De meeste logees, hoe gezellig ook, gaven je het gevoel dat de orde een tikje verstoord was, zodat je je pas weer echt kon ontspannen als ze weg waren, maar Savannah sloot zo naadloos bij hen aan.

Het was Joy opgevallen dat Savannah haar slaapkamerdeur 's nachts nooit dichtdeed. Niet eens een beetje. Ze sliep met de deur wagenwijd open, zodat als Joy later naar bed ging dan Savannah het net leek alsof ze langs de slaapkamer van een slapend kind liep. 'Welterusten!' riep ze als Savannah het leeslampje nog aan had. 'Jij ook, Joy!' riep Savannah dan vrolijk terug. 'Slaap lekker!'

Het was met een misselijkmakende helderheid tot Joy doorgedrongen dat het arme kind waarschijnlijk de kunst van het aanpassen had geleerd toen ze opgroeide. Ze had niet zoveel over haar jeugd verteld, maar ze had Joy wel verteld dat ze in pleeggezinnen was grootgebracht. Ze zei dat sommige van haar pleeggezinnen geweldig waren, fantastisch! Maar andere waren niet zo geweldig. Ze was vaak verhuisd omdat er familieleden waren die haar dan wel in huis wilden nemen, maar dat was dan toch geen succes, of ze veranderden van gedachten. Ze zei dat dat eerlijk gezegd niet zulke geweldige situaties waren om in te leven. Savannah wist niets van haar biologische ouders, hoewel ze zich vaag een paar bezoekjes onder toezicht van haar biologische moeder kon herinneren, maar die bezoekjes waren gestopt toen ze nog heel jong was en nu had ze geen idee waar de vrouw uithing en het interesseerde haar ook niet zo erg.

Joy kamde haar natte haar. Ze zou het na het ontbijt föhnen. Ze had trek. Ze bekeek zichzelf in de spiegel. Had Savannah voor Joy en Stan gekookt zodat zij haar lief vonden? Het vreselijke was dat ze haar daardoor ook inderdaad lief vonden.

Was dat weer een haar op haar kin? Ah nee, hè. Waar was de pincet? Ze zette haar bril op, boog zich naar de spiegel toe en verwijderde het haartje met een kort maar stevig rukje dat de tranen in haar ogen deed springen.

Het zou verschrikkelijk zijn als Savannah kookte om hun

genegenheid te winnen. Savannah was hun pleegkind niet. Ze was een volwassen vrouw. Maar toch moest Joy rekening houden met haar achtergrond.

Ze trok de ceintuur van haar badjas aan. Een dag als vandaag zou heel moeilijk zijn voor Savannah. Ze zou moeten aanzien hoe Joys kinderen hun vader in het zonnetje zetten met cadeautjes en grappen, terwijl ze zelf nooit een vader had gehad. Joy had ook nooit een vader gehad, maar ze was opgegroeid in haar ouderlijk huis, met een moeder die van haar hield (zij het op haar eigenaardige, niet bijzonder liefdevolle manier), maar het belangrijkste van alles was dat Joy lieve grootouders had gehad die het gat van de ontbrekende vader ruimschoots hadden opgevuld. Arme Savannah was opgegroeid zonder stabilitéít.

Joy liep de keuken in en zag dat Savannah met één hand een ei in de koekenpan brak.

'Goedemorgen, Stabiliteit!' riep Joy emotioneel. Ze bloosde ervan. 'Ik bedoel Hannah, ik bedoel Savannah!' Lieve hemel.

Stan, die aan tafel spek en eieren zat te eten en de kruiswoordpuzzel deed, keek haar over de rand van zijn leesbril aan. 'Heb je soms een beroerte gehad?'

'Goeiemorgen, Joy!' Met haar vingertoppen haalde Savannah nog een ei uit de doos . 'Een of twee eieren vandaag?'

'O, nou, ééntje is wel heerlijk, maar je weet dat je echt niet elke dag voor ons ontbijt hoeft te maken, hè? Vooral niet omdat je ook nog eens de lunch maakt!' Joy bleef onzeker bij het fornuis hangen. Het voelde niet meer als haar fornuis. Het had nooit zoveel respect voor haar gehad als voor Savannah.

De keuken rook naar baksels. Ze zag iets op een taartplateau staan afkoelen onder een stuk aluminiumfolie.

Ze keek Stan boos aan. 'Ik heb helemaal geen beroerte gehad. Als ik een beroerte zou hebben, moet je me vragen mijn rechterarm op te tillen.'

'Til je rechterarm eens op,' zei Stan.

'Maar ik hou van koken,' zei Savannah oprecht. 'Het is een voorrecht om in zo'n keuken te mogen koken. Dus laat het me alsjeblieft doen.' Haar ogen, met die witte wimpers, zoals die van een konijn, hielden die van Joy vast. Soms vond Joy haar directe oogcontact bijna griezelig. Ze keek als eerste weg.

'Ach, natuurlijk mag je koken. Ik vind het geweldig dat je kookt! Bedankt!'

'Je hebt gesprongen adertjes in je ene oog,' zei Stan tegen Joy. 'Is dat ook een teken van een beroerte?'

'Ik had shampoo in mijn oog gekregen,' zei Joy geïrriteerd. 'Fijne Vaderdag.'

'Dank je,' zei Stan. Hij at zijn laatste hap op, legde zijn mes en vork neer en veegde zijn mond nauwgezet af met het stoffen servet dat Savannah voor hem had klaargelegd, alsof hij verdomme de koning van Engeland was. 'Beste vaderdagontbijt dat ik in mijn hele leven heb gehad.'

'Goh, dat is wel heel veel lof.' Lof die je volwassen kinderen waarschijnlijk niet willen horen. Er flitste een herinnering door Joys hoofd aan Brooke die op haar teentjes bij het fornuis stond, het puntje van haar tong uit haar mond, terwijl ze probeerde de omelet om te draaien die ze voor Stan bakte voor Vaderdag.

'Wat is dit?' Joy tilde de hoek van het vel aluminiumfolie op. De geur was intens, zoet en vertrouwd.

'Brownies,' zei Savannah, en het was dwaas en melodramatisch dat Joys maag ineenkromp, alsof Savannah had gezegd: 'slang!' of 'vuur!' in plaats van 'brownies'.

'Heerlijk,' zei ze. Ze keek Stan niet aan. 'Wat heerlijk.' Ze zocht afleiding door te snel de deur van de koelkast te openen, waardoor die vervloekte souvenirmagneet naar de grond schoot, inclusief een brief van de gemeente over recyclen die Stan meteen had geplastificeerd zodat ze hem tot in de eeuwigheid konden bewaren (in plaats van hem te recyclen). Ze ving de magneet nog net voordat hij de grond raakte. Het was een souvenir van de London Eye en er stond een foto op van Joy en Stan, armen om elkaar heen boven in de Eye, zich voordoend als lachende gepensioneerden op de reis van hun leven (terwijl Stan in werkelijkheid eindeloos had geklaagd over de prijs van de kaartjes).

Toen ze die magneet hadden gekocht, zei Stan dat hij te zwaar was voor een koelkastmagneet. 'Dat ding is niet geschikt voor zijn doel,' had hij misprijzend gezegd, afwijzend, tot Joys grote ergernis, want zij wilde hem zo graag mee terug naar Sydney nemen om hem op hun koelkast te hangen als fotografisch bewijs van het soort vakanties dat ze nooit echt hadden. En het werkte, want ze had gehoord dat Savannah Stan ernaar vroeg en hij vertelde over het magische uitzicht over Londen. Hij had letterlijk dat woord gebruikt: 'magisch'.

Het uitzicht wás ook echt magisch geweest. En wat kon het voor kwaad? Waarom zou je de herinnering niet mogen herschrijven en opslaan als een perfecte dag? Wat had je aan nauwkeurigheid als het om herinneringen ging? Wat zou haar lieve, kleine leraresje memoires schrijven daarover te zeggen hebben?

Ze hing de koelkastmagneet en de brief van de gemeente terug en bedacht dat ze de London Eye-magneet eigenlijk moest weggooien en Indira's mooie bloemenmagneet moest gebruiken, maar ze koesterde een onredelijke wrok tegen die magneet, omdat het niet de echofoto was die ze had verwacht. Ze had hem in een la verstopt, zodat hij haar niet telkens als ze ernaar keek pijn zou doen. Ze was van plan Indira te vertellen dat de magneet veel te mooi was voor de koelkast en dat ze hem op haar kaptafel had liggen. Joy kon uitstekend liegen als er gevoelens op het spel stonden. Indira zou het toch nooit controleren.

Ze opende de koelkast nog een keer en staarde zonder iets te herkennen naar de inhoud. Alles was onbekend omdat Savannah gistermiddag naar de winkels was gegaan en alle boodschappen voor vandaag had gekocht. Joy voelde zich niet zo lekker en het was zo'n opluchting toen Savannah het voorstelde, al zei ze dat ze het niet prettig vond om Joys creditcard mee te nemen. Maar Joy wist dat ze haar kon vertrouwen en had voor de zekerheid al even snel online haar saldo gecheckt en Savannah bleek geen tickets naar Frankrijk voor zichzelf te hebben gekocht.

Ze deed de koelkast weer dicht en draaide zich om naar Savannah. 'Weet je, we hebben vandaag misschien nogal een overvloed aan brownies, want Amy neemt altijd brownies mee voor Stan. Hij is er zo dol op... en het is Amy's specialiteit.'

'O nee!' Savannahs gezicht betrok. 'Haar specialiteit?' Ze tilde het aluminiumfolie op en keek naar haar brownies. Het waren keurige kleine rechthoekjes. Amy's brownies waren altijd misvormd en klonterig, en eigenlijk een beetje te zoet naar Joys smaak, al deed ze altijd mee met de rest van de familie als die Amy erom prees.

'Geeft niks. Ik vries ze gewoon in,' zei Savannah resoluut. 'Geen probleem! Bewaar ze voor een ander keertje.'

'Dat is misschien het beste. Ik vind het wel erg dat je er zoveel werk aan hebt gehad,' zei Joy. 'Maar...'

'Nergens voor nodig,' zei Stan.

Ze draaiden zich allebei om en keken hem aan.

'Je kunt nooit genoeg brownies hebben,' zei Stan.

Nou en of dat kan, dacht Joy.

'We gaan een smaaktest doen, kijken welke het lekkerst zijn.' Hij grijnsde. Hij was in een opperbest humeur. 'Dat is toch tegenwoordig Amy's beroep? Smaken testen? Dan doen we een bake-off!'

'Dat kun je niet menen,' zei Joy.

Stan haalde zijn schouders op, waarmee hij haar aan Logan deed denken. 'Waarom niet?' zei hij.

'Omdat we het over Amy hebben.'

'Ik wil geen problemen veroorzaken.' Savannah veegde haar handen af aan haar schone schort.

Ach, wat was ze toch volwassen. Zoveel volwassener dan Joys eigen dochter, die ouder was dan Savannah en die was opgegroeid met alle privileges.

'Je veroorzaakt helemaal geen problemen,' zei Stan.

'Nou,' zei Joy.

'Amy is achtendertig,' zei Stan. 'Niet acht jaar.'

'Ze is negenendertig,' verbeterde Joy hem.

Stan negeerde haar. 'Nou en, dan hebben twee mensen brownies gebakken. Dat is toch geen halszaak.'

Joy aarzelde. Misschien sloeg het inderdaad nergens op om Savannah haar versgebakken brownies te laten verstoppen. Amy zou het heus wel begrijpen. Ze zou zelfs kunnen lachen om Joy, omdat die zich er zorgen over maakte.

'We mogen niet toegeven aan Amy's grillen,' zei Stan. Hij sprak luchtig, maar Joy had vijftig jaar ervaring met zijn humeur. Ze kende zijn patronen. Ze zag hoe stevig hij zijn tanden op elkaar klemde, parallel aan zijn kaak. Hij had besloten dat hij hier een punt van wilde maken, alsof hij nog een jonge vader was en dit een opvoedkundige beslissing van hem was, en als de man, de vader, het hoofd van het gezin, was zijn woord wet. Alsof ze het gedrag van hun kinderen nog steeds vorm konden geven zoals ze hun tennis vormgegeven hadden, met de juiste combinatie van beloning en straf, en op tijd naar bed. Terwijl Joy al heel lang geleden tot het besef was gekomen dat de karakters van al haar kinderen al bij de geboorte vaststonden.

Stan had altijd zo hard gevochten tegen Amy's psychische problemen. Hij dacht dat hij haar er gewoon mee kon laten stóppen en normaal kon laten doen, puur op wilskracht. 'Ik wil gewoon dat ze gelukkig is,' zei hij dan, alsof Joy dat niet ook wilde. 'We zeggen toch ook niet tegen Brooke dat ze gewoon geen hoofdpijn meer moet hebben,' had ze een keer tegen hem gezegd, maar hij snapte het niet.

Ze herinnerde zich dat Stan Amy vermaande: 'Brei er eens een eind aan!' toen ze als klein meisje een onzinnig verhaal vertelde waar maar geen eind aan kwam, of: 'Doe nou eens rustig!' toen ze helemaal door het dolle was van enthousiasme en ze een woordenvloed over hen uitstortte. Dan betrok Amy's gezicht, sloeg haar humeur in één klap om en stopte ze abrupt met praten, alsof er een kraan was dichtgedraaid.

'Ze leek wel niet helemaal goed bij haar hoofd, ik begreep geen woord van wat ze zei,' zei Stan daarna verdedigend, schuldbewust. Joy had er ook geen woord van begrepen, maar het kon haar niet schelen. Ze probeerde het ook helemaal niet te begrijpen, ze genoot gewoon van het kijken naar Amy's levendige gezicht terwijl ze haar onzin uitsloeg en ze genoot van het feit dat ze voor de verandering een keertje blij was.

Maar het ging nu goed met Amy. Er waren al lang geen 'problemen' meer. Ze 'zat goed in haar vel', zoals men dat tegenwoordig zei. Joy had ook alle vertrouwen in die nieuwe therapeut. *Roger*. Joy had in de klas gezeten met een aardige jongen die Roger heette.

Hoe dan ook, de waarheid was dat Joy nooit precies kon voorspellen waar Amy van over haar toeren raakte. Joy had zichzelf vaak in bochten gewrongen over een kwestie waarvan ze dacht dat die Amy verdriet zou doen, terwijl ze het helemaal bij het verkeerde eind bleek te hebben. De truc met Amy was om haar te laten. Haar gewoon razendsnel te laten praten als ze gelukkig was. Haar verdrietig te laten zijn als ze verdrietig was. Dan moest je de neiging weerstaan om alle redenen op te sommen waarom ze niet verdrietig zou moeten zijn.

'Het komt wel goed, Savannah,' zei Joy. 'Hoe meer brownies, hoe beter!'

Het risico van Stan van streek maken was groter dan het

risico van Amy van streek maken. Het risico van Stan van streek maken was altijd al groter geweest dan het risico van een van de kinderen van streek te maken.

Bijna altijd.

Een warm, zuur gevoel trok door haar borst als brandend maagzuur of een hartaanval; op haar leeftijd kon het allebei, maar ze negeerde het en ging aan tafel zitten wachten tot haar ontbijt voor haar werd neergezet. Ze wendde resoluut haar hoofd af van de porseleinen katten van haar schoonmoeder. Soms leken die haar aan te kijken zoals haar schoonmoeder ooit naar haar keek, volkomen boosaardig.

Ze legde lichtjes haar hand op Stans onderarm en zei: 'Misschien moet je dat blauwe overhemd aantrekken, lieverd. Dat hemd dat Amy je met Kerstmis heeft gegeven.'

'Dat zit te strak aan de achterkant,' zei Stan.

'Weet ik,' zei Joy. 'Maar trek het toch maar aan.'

21

Nu

'Een brownie?' vroeg Joy Delaneys oudste dochter met zo'n gespannen, vurige hoop terwijl ze hun het bord voorhield dat Christina en Ethan er ieder eentje namen.

'Ze komen zo uit de oven,' zei Amy Delaney.

Christina en Ethan zaten naast elkaar op een bank in de voorkamer van Amy's rijtjeshuis in de stad, dat ze blijkbaar deelde met drie huisgenoten. Amy zat tegenover hen, op het puntje van een fauteuil waar zoveel scheuren in zaten dat het leek alsof iemand hem met een mes had bewerkt. Het leek een vrij standaard studentenhuis. De kamer waarin ze zich bevonden stond vol met niet bij elkaar passende meubels en rook een beetje naar cannabis en knoflook. Amy was een kop groter dan zowel Christina als Ethan en ze droeg een losse harembroek die eruitzag als een pyjamabroek en een wit hemdje met de tekst THIS IS HOW I ROLL erop. Ze had haar blauwgeverfde haar voor de persconferentie opgestoken, maar vanmorgen was het drijfnat, alsof ze net uit de douche kwam.

Je zou niet denken dat ze was opgegroeid in die keurige eengezinswoning met de bloemperken en tuinkabouters, afgezien van de precieze manier waarop ze haar gasten onthaalde: dat ze erop stond thee voor hen te zetten en brownies en gebaksschoteltjes en servetten tevoorschijn haalde.

Christina beet op de brownie, die zoet en nootachtig was en die haar meteen een *sugar rush* gaf. Ze was erg gevoelig voor een hoge bloedsuikerspiegel. En voor een lage. Nico gebruikte het in zijn voordeel. Toen hij haar ten huwelijk vroeg, gaf hij haar een diamanten ring en een Caramello Koala.

De salontafel was te ver weg om bij de kopjes thee te kunnen die Amy daar had neergezet.

'O sorry!' zei Amy toen ze dat zag en ze ging op haar knieën zitten en probeerde de salontafel dichter naar hen toe te schuiven. De thee klotste op tafel.

Amy vloekte binnensmonds en leek bijna in tranen.

'Het geeft niet, laat mij maar,' zei Ethan sussend en hij stond op en trok de tafel in één vloeiende beweging dichterbij.

'Bedankt!' Amy friemelde aan de stof van haar broek. 'Deze kamer is niet zo berekend op visite. Maar goed. Fijn dat jullie naar me toe gekomen zijn. Dat was heel aardig van jullie. Ik weet niet of ik jullie nog meer informatie kan geven dan ik al heb gedeeld. Ik bedoel, ik maak me niet echt zoveel zorgen. Ik weet zeker dat alles in orde is met mama. Ze heeft gezegd dat ze off-grid ging. Als ze thuiskomt, is ze vast heel boos op ons omdat we jullie tijd op deze manier hebben verspild! Ze gaat zich rot schamen. Ik vind het ook wel een beetje gênant, om eerlijk te zijn.'

Haar woorden zeiden één ding, maar haar lichaamstaal zei iets heel anders.

'Ik ben wel benieuwd. Als je zo zeker weet dat je moeder in orde is,' herhaalde Christina de vraag die ze ook al aan Amy's broer had gesteld, 'waarom hebben jullie haar dan toch als vermist opgeven?'

'Nou, voor het geval het niet goed met haar gaat, denk ik.' Amy's blik schoot alle kanten op. Ze klemde haar handen tegen elkaar alsof ze wilde voorkomen dat die zouden ontsnappen. Christina bekeek haar met een geoefend oog op zoek naar tekenen van drugsgebruik en vond geen fysieke sporen, behalve haar schichtigheid en de kringen onder haar ogen, die voor hetzelfde geld konden worden toegeschreven aan haar bezorgdheid om haar moeder.

Amy zei: 'Verwacht het beste, maar bereid je voor op het ergste. Ik dacht dat jullie navraag zouden doen in de ziekenhuizen, een opsporingsbericht zouden uitvaardigen, dat soort dingen.'

'Dat doen we ook allemaal,' zei Christina. 'Je was er immers bij, op de persconferentie.'

'Ja, ik weet dat ik erbij was! Dat was een geweldige persconferentie, bedankt! Het was heel... professioneel!' Ze keek wild om zich heen op zoek naar inspiratie. 'Maar eh, wat ik bedoel, geloof ik, is dat ik echt niet had verwacht dat jullie het huis van mijn ouders zouden behandelen als een *crime scene*.'

Christina zei niets. Ze wachtte af.

'Die krassen op mijn vaders gezicht zijn van de heg aan de achterkant van ons huis. Ik kan jullie de haag zo laten zien! Ze zijn niet van mijn moeders nagels.'

Ja, dat zijn ze wel, dacht Christina. Daar wed ik voor een miljoen dollar om.

Amy huiverde zo krampachtig bij de gedachte aan haar moeders nagels dat Christina even dacht dat ze ter plekke een toeval kreeg.

Ethan wierp een ongemakkelijke blik op Christina toen Amy haar ogen sloot, diep ademhaalde en grimassen trok als een gewichtheffer, alsof ze haar lichaam de controle over haar geestesgesteldheid wilde laten overnemen.

Ze opende haar ogen en toen ze weer sprak, klonk haar stem vastberaden. 'Kijk. Het punt is, jullie kennen mijn vader niet. Hij is een vreemde voor jullie. Jullie zien alleen een knorrige oude man. Hij onderdrukt zijn emoties. Dat doen mannen van zijn leeftijd. Daarom komt hij waarschijnlijk schuldig op jullie over.'

In feite gedroeg Stan Delaney zich helemaal niet schuldig. Schuldige mensen legden te veel uit. Ze praatten te veel en gaven onnodige details. Ze waren te beleefd en probeerden te lang oogcontact te houden. Stan beantwoordde hun vragen met een bondig ongeduld, alsof hij nog ergens naartoe moest.

Amy zei: 'Ik bedoel, jullie hebben toch niets gevonden daar in huis? Jullie hebben toch helemaal geen echt... bewijs gevonden, of zo?'

Bij het woord 'bewijs' leek ze even ineen te krimpen, alsof ze haar tong had gebrand.

Christina negeerde de vraag. In plaats daarvan gooide ze haar een brokje informatie toe als aas aan een hengel.

'Amy, wist je dat je vader de dag nadat je moeder vermist was, zijn auto heeft laten wassen en een beurt heeft laten geven?' vroeg ze 'Hij is ermee naar een autowasstraat gegaan waar hij nog nooit was geweest en hij heeft de duurste beurt genomen die ze te bieden hadden. Hun "premium" beurt. Normaal gesproken kiezen alleen mensen met luxeauto's voor die optie. Het kostte hem vierhonderd dollar.'

'Vierhonderd dollar?' Amy's gezicht trok wit weg. 'Zeg je nou dat mijn vader vierhonderd dollar heeft uitgegeven om zijn auto te laten wassen? Weet je dat heel zeker?'

Christina zei joviaal: 'Bedoel je dat dat niks voor hem is?'

Ze hoefde het antwoord niet te horen.

Forensisch gezien had de auto Christina niets opgeleverd. De autowasstraat had uitstekend werk geleverd. Niemand daar herinnerde zich iets ongewoons aan de auto. Ze bevestigden met trots het gebruik van oxiderende reinigingsmiddelen, die alle sporen van bloedvlekken zouden hebben verwijderd.

Maar een man die zijn auto laat schoonmaken de dag nadat zijn vrouw vermist wordt, heeft iets te verbergen.

'Ken je ene dokter Henry Edgeworth?' vroeg ze aan Amy.

'Dokter wie?' zei Amy.

'Edgeworth,' zei Christina. 'Henry Edgeworth. Je moeder heeft een lang telefoongesprek met hem gevoerd op de dag dat ze verdween.'

'Echt?' zei Amy. Ze klaarde op. 'Maar dan moeten we hem bellen!'

Ze leek oprecht te denken dat zij daar nog helemaal niet op gekomen waren.

'We hebben geprobeerd contact met hem op te nemen,' zei Christina. 'Maar hij is het land uit. Een congres.'

'Wacht, denken jullie dat mijn moeder misschien bij hem is?'

'We kunnen geen gegevens vinden die erop wijzen dat je moeder het land heeft verlaten,' zei Christina. 'En we weten bovendien dat ze haar paspoort niet bij zich heeft.'

'Tenzij ze met een vals paspoort reisde?' zei Amy.

Christina kon niet zeggen of ze dat echt meende.

'Lijkt je dat waarschijnlijk?' vroeg Ethan. 'Dat je moeder een vals paspoort zou hebben?'

'Nee,' gaf Amy toe. 'Maar het zou kunnen dat ze een geheim leven heeft waar ik niets van afweet, toch? Ik bedoel, je ouders kunnen je verrassen.'

'Is het mogelijk dat je moeder een affaire had?' vroeg Christina.

Amy's mond viel open. 'Absolúút niet.'

'Je zei net dat het mogelijk was dat ze een geheim leven had.' Christina at het laatste stukje van de brownie op en likte haar vingers af.

Amy krabde zo hard aan een insectenbeet op haar arm dat die ging bloeden. Ze drukte haar duim op de bloedvlek en zei: 'Dat heb ik inderdaad net gezegd, hè? Denken jullie echt dat dat mogelijk is? Dat ze een affaire heeft met die dokter? Nou ja, er gebeuren wel vreemdere dingen, toch? Jullie zien waarschijnlijk een hoop vreemde dingen in jullie werk. Alleen, mijn ouders, mijn ouders...' Ze liet haar duim van haar arm vallen en keek hen aan, haar gezicht open en ernstig. 'Mijn ouders waren de enige ouders die elkaars hand vasthielden op schoolevenementen. Ze zoenden, in het openbaar, de hele tijd! Ze werkten samen, ze speelden samen dubbel. Hun huwelijk is niet perfect, dat zeg ik niet, maar het is een goed huwelijk, dat weet ik zeker. Hun huwelijk is mijn máátstaf.'

Haar kijk op het huwelijk van haar ouders had bijna iets kinderlijks. Christina dacht aan de Google-zoekopdracht van haar moeder: *Wat doet een echtscheiding met volwassen kinderen?* Geen wonder dat Joy Delaney zich zorgen maakte.

'Toen je de vermissing van je moeder aangaf, zei je dat er de laatste tijd "wat gedoe" was geweest tussen je ouders,' bracht Christina haar in herinnering.

'O ja?' zei Amy vaag en, vond Christina, wat spijtig. 'Nou, jullie weten al dat mama en papa ruzie hadden voordat ze wegging. Papa verbergt dat niet voor ons. Hij heeft het ons meteen verteld.'

'Oké,' zei Christina. 'Maar wat bedoelde je toen je zei dat er de laatste tijd wat gedoe was geweest?'

Het bleef even stil. Amy aarzelde. 'Alleen dat ze nogal kattig tegen elkaar deden.'

'Dus geen handje vasthouden,' zei Christina droog en ze zag Amy weer ineenkrimpen, alsof ze haar had gekwetst.

'De laatste tijd niet zoveel,' gaf Amy toe en ze meed oogcontact.

'Nou, we blijven uiteraard proberen om in contact te komen met die dokter Edgeworth. We proberen ook de vrouw op te sporen die vorig jaar bij je ouders logeerde,' zegt Christina. 'Ze blijkt nogal een mysterieuze vrouw te zijn.'

'Savannah,' zei Amy moeizaam. 'Ik had een nummer van haar, maar dat doet het niet meer.'

'Ik probeer te begrijpen wat er met haar is gebeurd.'

'Hoe bedoel je?' vroeg Amy ontwijkend.

'Je broer zei dat ze wat drama's in de familie had veroorzaakt.'

'Zei hij dat?' vroeg Amy. 'Was dat alles wat hij heeft gezegd?' Ze keek Christina argwanend aan.

'Valt er dan nog meer te vertellen?'

'Nee. Ik weet niet.' Ze wikkelde een lange lok blauwgeverfd haar om haar vinger terwijl ze nadacht over haar volgende woorden. 'Volgens mij is het niet relevant. Voor jullie. Ik bedoel voor... dit.'

En of het relevant was. Christina kon de relevantie proeven, zo zoet als suiker.

Ze wachtte. Ethan schraapte zachtjes zijn keel.

'Weet je nog wanneer je haar voor het eerst hebt ontmoet?' vroeg Christina.

'Vorig jaar, op Vaderdag,' zei Amy. 'Ik had brownies gemaakt.' Ze bleef even stil. 'Zij ook.'

22

Vaderdag

Brooke Delaney parkeerde voor het huis van haar ouders en zat met haar handen aan het stuur, terwijl ze zichzelf probeerde over te halen om in actie te komen, haar portier te openen, uit te stappen, naar binnen te gaan en kennis te maken met dat meisje, die Savannah, voor wie ze vriendelijk en gastvrij zou proberen te zijn. Ze had helemaal geen zin om met een wildvreemde een gesprek aan te knopen op Vaderdag, vooral niet op deze specifieke Vaderdag, haar eerste familiebijeenkomst sinds de proefscheiding.

Ze overwoog wat lippenstift op te doen, gewoon om haar moeder een plezier te doen. Brooke hield niet van make-up. Ze had het hele concept altijd vreemd gevonden. Waarom zou je je gezicht beschilderen als een clown?

Ze vond de lippenstift die in de console van haar auto rond gerold had sinds haar moeder hem minstens twee jaar geleden in haar hand had gedrukt. Ze deed hem op, smakte met haar lippen en bekeek zichzelf. Ja. Een clown.

Ze voelde zich uitgehold, helemaal, leeg, en niet alleen dat, er was een fel, gravend gevoel in het midden van haar borst, als een ontsteking van het kraakbeen tussen haar ribben, alsof ze te veel plyo push-ups had gedaan. Maar ze had helemaal geen plyo push-ups gedaan, ze had naar social media zitten kijken.

Daar had ze een foto gezien van haar man, zittend naast een vrouw die ze niet herkende.

Niet dat er meteen iets duidelijk mis was met deze vrouw – en zelfs al was dat zo, dit is een *proefscheiding*, Brooke.

Op dit moment voelde het woord 'proefscheiding' zo hevig en onomkeerbaar aan als een amputatie.

Er was iets met hoe haar man zijn hoofd schuin hield. De hoek van dat hoofd.

De vrouw had een bos lang haar dat over haar schouders hing en ze droeg veel make-up. Echt heel veel. Grant zei altijd dat hij geen 'tuttebel' wilde. Hij wilde een meisje dat kampeerde, van hiking hield en dat niet elke ochtend haar haar hoefde te föhnen. Brooke voldeed bijna aan zijn hele eisenlijst, zei hij op hun tweede date.

Drie maanden nadat zij en Grant begonnen te daten, klommen ze naar de top van de Kilimanjaro. De vorige vriendin van Grant had die klim nooit aangekund, omdat ze niet zo van de buitensport was en omdat ze problemen met haar knie had. De pijn verdween als ze geen gewicht op haar been plaatste. Kraakbeenproblemen, vermoedelijk. Brooke snapte ook niet waarom ze nog altijd de knie van haar mans ex-vriendin diagnosticeerde. Misschien kwam het doordat Lana's knie zo aanwezig was geweest in de begintijd van hun relatie. Brooke vond het fijn om te horen dat ze veel atletischer en gemakkelijker in de omgang en beter in bed was dan Lana. Ze was een Delaney, ze was dol op winnen. Kon het zijn dat deze competitieve rush het momentum van haar hele tienjarige relatie had voortgestuwd? Maar hoe was Grant erin geslaagd zichzélf als de prijs voor te doen?

Zou de volgende vrouw in Grants leven te horen krijgen over Brookes migraine die op de onhandigste momenten de kop opstak, precies zoals Brooke alles te horen had gekregen over Lana's knie die op de onhandigste momenten opspeelde?

Grant had voorbeeldig op Brookes migraine gereageerd. Hij stopte haar in bed in een verduisterde kamer. Hij bracht haar medicijnen en zelfgemaakte soep. Ze kon niet beledigd zijn als hij tegen vrienden grapte, zijn arm liefdevol om haar schouder: 'Ze is gewoon een piepklein beetje gebrekkig.' Dat was niet gemeen bedoeld. Het was gééstig. Het was grappig! Het was de bedoeling dat zij dan zou zeggen hoeveel steun ze altijd had aan Grant als ze migraine had. En dat zei ze ook altijd braaf.

Ze stelde zich voor dat hij aan het kletsen was met die vrouw met de knalrode lippen en lange nepwimpers. Hij zou openhartig en eerlijk zijn. Hij maakte een uitstekende eerste indruk. 'Ik ben nog maar heel kortgeleden gescheiden,' zou hij zeggen. Geen leugens. Hij zou respectvol zijn als hij over Brooke sprak. Hij zou zeggen dat hoewel hij Brookes ambities steunde, hij zelf veel waarde hechtte aan een gezonde balans tussen werk en privéleven. 'Ik vind gewoon dat er meer is in het leven dan werk,' zou hij zeggen en het meisje met de enorme bos haar zou het ermee eens zijn dat er zoveel meer in het leven is dan werken, en dan zouden hun ogen elkaar net lang genoeg ontmoeten...

'Het klinkt riskant,' zei Grant toen Brooke voor het eerst opperde dat ze een eigen praktijk wilde openen, maar hij probeerde haar niet tegen te houden. Hij zei nooit 'Ik zei het toch' als ze zich zorgen maakte over de cashflow. Toen ze zei dat ze op zaterdagochtend niet meer met hem mee kon rijden, omdat ze vrijwillig in het plaatselijke sportpark wilde zijn voor het geval iemand daar een blessures opliep, in de hóóp dat iemand een blessures opliep, omdat dat misschien patiënten en wat naamsbekendheid zou opleveren, klaagde hij nooit, maar keek alleen een beetje verveeld.

Ze voldeed niet echt meer aan de punten op zijn lijstje.

Geen relatietherapie, geen tranen, geen geschreeuw, niks van dat alles. Het was een minnelijke, volwassen scheiding. 'Daar mogen we trots op zijn,' had Grant gezegd. Gek dat hij haar altijd het gevoel had gegeven dat ze winnaars waren als stel, zelfs toen ze uit elkaar gingen.

‘Wil je dat ik de praktijk opgeef?’ had ze hem gevraagd.

‘Natúúrlijk niet,’ had hij geantwoord. ‘Ik denk gewoon dat we een beetje uit elkaar gegroeid zijn en dat we wat tijd nodig hebben om na te denken.’

Nadenken? Waarover? Ze had geen tijd om na te denken.

Als haar familie haar vandaag naar Grant zou vragen, was ze van plan hun te vertellen dat hij ziek thuis lag. Ze zou de scheiding niet op Vaderdag aankondigen, niet met een wildvreemd meisje aan tafel. Dit zou een schok zijn voor zowel familie als vrienden. Zij en Grant waren geen stel geweest dat ooit in het openbaar ruzie had gemaakt, of zelfs maar tegen elkaar had gesnauwd. Ze waren aanhankelijk, maar zonder te overdrijven. (Er was iets verdachts aan mensen die schattig met elkaar waren.) Ze spraken af met mensen en sportten samen. Ze hadden wederzijdse vrienden en vreedzame etentjes. Ze nam aan dat mensen hun huwelijk waarschijnlijk als ‘solide’ zouden betitelen.

Het lag niet in haar aard om mensen te choqueren met ontwikkelingen in haar persoonlijke leven. Dat was meer iets voor Amy. Brooke vloog liever onder de radar. Ze besefte dat ze zich schaamde, alsof ze iets smakeloos en louche deed door van haar man te scheiden, wat nergens op sloeg. Dit was niet de tijd van Jane Austen. Het was de eenentwintigste eeuw. Haar eigen broer was gescheiden. Haar vriendin Ines was gescheiden.

Ze maakte haar gordel los.

Waar is Grant? Die is thuis. Hij is ontzettend verkouden.

Ze was de slechtste leugenaar van het gezin. Ze dacht altijd dat het kwam doordat ze de jongste was en dat iedereen daarom haar halfzachte pogingen tot bedrog dankzij hun superieure kennis van hoe de wereld in elkaar zat kon doorzien.

Ze betrapte zichzelf er soms nog steeds op dat ze keek of haar oudere broers en zus elkaar heimelijke blikken toewierpen, haar oren spitste voor de nuances van het gesprek, alsof ze misschien nog steeds geheimen voor haar verborgen hielden over seks en de Kerstman, de dood en oma. (Haar broers en zus hadden Brooke er ooit van overtuigd dat ze geadopteerd was omdat ze het enige linkshandige lid van het gezin was. Brooke geloofde dat. Maandenlang! 'Gek kind, heb je dan nooit in de spiegel gekeken?' zei Joy toen Brooke eindelijk in tranen vroeg of ze alsjeblieft haar echte ouders kon ontmoeten. 'Jullie zijn allemaal identiek!')

Als ze zich door de vragen over Grant heen zou slaan, zou haar familie vervolgens over de praktijk beginnen en daar zou ze ook al over moeten liegen. De afgelopen dagen had ze vier no-shows en drie lastminuteannuleringen gehad. Echt niet te geloven. Het voelde als een gecoördineerde aanval. Wat was er mis met mensen? Ze had een zorgvuldig geformuleerd annuleringsbeleid op haar website, maar het was moeilijk om patiënten die ze nog nooit had gezien een eerste consult in rekening te brengen.

Als ze het haar ouders zou vertellen, zouden ze zo enthousiast meeleven. Dan zouden ze haar de dames in herinnering brengen die vroeger privétennislessen boekten en vijf minuten van tevoren afzegden. Het was egoïstisch van haar om haar ouders niet de kans te geven om gezellig herinneringen op te halen aan de begintijd van Delaneys, maar Brooke trok het niet om hun nuttige tips te horen, om hun gefronste wenkbrauwen te zien terwijl ze over strategieën zaten te brainstormen. Het extra gewicht van hun hoop op haar succes was te zwaar om te dragen. Ze opende het portier van haar auto een fractie, zette een voet op de grond, ademde de geurige lentelucht in en vroeg zich af of ze Grant moest appen om hem te herinneren aan zijn hooikoortsmedicatie. Deed je zoiets als je 'als vrienden uit elkaar ging'?

Logans auto stond al op de oprit geparkeerd. De anderen zouden elk moment kunnen arriveren. De Delaneys waren buitengewoon stipt, zelfs Amy, die misschien depressief of ziek, zwak of met een kater zou komen, maar wel precies op tijd. Een goede tennisser was punctueel. Je moest je tegenstanders niet op je laten wachten.

Ze zag Logan de voordeur uit komen. Hij glimlachte, stak een hand op en liep naar haar auto. Hij zag er een beetje oud uit vandaag. Zijn grijze bakkebaarden glansden in het zonlicht toen hij zich boog om haar aan te kijken.

'Ben je al op pad gestuurd voor een boodschap?' vroeg ze.

'Mama wil dat ik twee flessen mineraalwater ga halen.' Logan deed haar autoportier helemaal open en deed een stap achteruit. 'Moet ik iets voor je mee naar binnen nemen?'

'We hebben helemaal geen mineraalwater nodig,' zei Brooke. Ze pakte de groene salade die ze had gemaakt en die niemand zou eten van de passagiersstoel, samen met haar vaderdagcadeau: een massagebal voor mee op reis, waarvan haar vader zou zeggen dat hij die altijd al had gewild, maar die haar moeder waarschijnlijk op een dag weer cadeau zou doen aan Brooke. 'We kunnen gewoon kraanwater drinken.'

'Mama zegt dat het haar is opgevallen dat mensen tegenwoordig altijd bruisend water verwachten,' zei Logan terwijl ze uitstapte, de slakom onder haar arm, het cadeautje balancerend op de plasticfolie.

'Er komen geen ménsen. Alleen wij.'

'Alleen wij.' Logan zweeg even. 'En Savannah. Onze nieuwe vriendin.' Hij keek weer naar de auto. 'Waar is Grant?'

Die is heel erg verkouden. Die heeft de griep. Die is erg ziek van de griep.

'We hebben een proefscheiding.' Ze moest toch echt die liegspier eens een keertje trainen.

Logan trok wit weg. 'O, jemig, wat erg voor je.' Hij deed een stap naar haar toe alsof hij haar wilde omhelzen, maar ze waren geen knuffelaars in hun familie, dus hij wist niet hoe hij het precies moest aanpakken. 'Dat is verschrikkelijk nieuws. Wat een schok.' Hij streek met zijn handpalm langs de zijkant van zijn kaak. 'Hoe is het dan met jou?'

'Nou ja,' Brooke schoof de slakom op haar heup, 'hij is niet dood.'

'Maar toch. Het is wel een schok.' Hij leek oprecht behoorlijk van streek. 'Ik zag het niet aankomen.'

'Ik ook niet.' Een understatement.

'Ma is dol op hem,' zei Logan. Ze voelde dat hij zijn best deed om niet beschuldigend te klinken, maar het was alsof Brooke een van hun moeders lievelingsdingen had gebroken en hij wilde niet dat ze zich schuldig zou voelen, maar hij vond het rot voor hun moeder.

Het was waar dat Joy en haar enige schoonzoon een speciale band leken te hebben en dat Grant altijd extra charmant deed tegen Joy, en Joy speelde het spelletje mee. Maar Brooke had zich altijd afgevraagd of haar moeder wel echt voor Grants charmeoffensief was gevallen. Haar moeder was, in tegenstelling tot Brooke, een goede actrice. Ze had al die jaren dat ze te maken had met de ouders van de tennispupillen hun altijd het gevoel gegeven dat hun kinderen stuk voor stuk heel bijzonder waren.

Brooke zette de salade en het cadeau op de motorkap van haar auto zodat ze geïrriteerd aan haar neus kon krabben.

'Het is maar een proefscheiding. Misschien komen we weer bij elkaar, dus ik vertel het nog aan niemand. Ik wil mama en papa niet onnodig van streek maken.'

'Goed idee.' Logan stak zijn handen in de zakken van zijn spijkerbroek en wiegde heen en weer op de bal van zijn voeten, terwijl hij op de binnenkant van zijn lippen kauwde, zoals hij altijd deed voor een wedstrijd.

'Hoe is het met Indira?' vroeg Brooke.

'Ja, dat is dus het punt,' zei Logan ongemakkelijk.

'Hoe bedoel je, "dat is dus het punt"?'

Ze keek naar hem door half dichtgeknepen ogen. Toen viel het kwartje. Ze hadden het allemaal moeten zien aankomen.

Vijf jaar was precies goed. Lang genoeg om de familie Logans reputatie als seriële monogamist te doen vergeten, lang genoeg voor het meisje om deel uit te gaan maken van de familie, en hij had altijd geweldige vriendinnen.

Daarom was hij zo van streek over haar en Grant. Hij wilde niet dat hun moeder te maken kreeg met twee relatiebreuken tegelijk. Want dan zouden ál haar kinderen single zijn. Alle mogelijke kleinkinderen in één klap van tafel geveegd. En die klap zou heel hard aankomen.

'O, Logan,' zei ze. 'Dat méén je niet.'

'Moet jij nodig zeggen,' zei Logan.

'Ik kan dat prima zeggen want ik ben al tien jaar samen met Grant. Wij zijn getróúwd.'

'Precies,' zei Logan. 'Des te erger. Bij jullie was het heel serieus.'

'En bij jullie niet,' zei Brooke. 'Is dat wat Indira wilde? Zat ze te wachten tot je een aanzoek zou doen?'

'Dat denk ik niet,' zei Logan. 'Ik heb haar een keer gevraagd of ze wilde dat ik een aanzoek deed en toen begon ze alleen maar te lachen.'

'Het is niet de bedoeling dat je een voorstel voor een aanzoek doet, je moet gewoon... een áánzoek doen.'

'Ze is een feministe.'

'Nou én? Wilde ze kinderen?'

'Geen idee. Ik denk van niet.'

'Je dénkt van niet?' Brooke wierp haar armen in de lucht. 'Ik durf te wedden dat ze iets wilde wat jij haar niet gaf.'

Logan haalde zijn rechterschouder op. Om gek van te worden.

Er viel geen ruzie te maken met Logan, omdat het hem niet boeide. Hoe bozer jij werd, hoe rustiger hij werd. Zijn vriendinnen waren waarschijnlijk de eerste vijf jaar gecharmeerd van die relaxte levenshouding, maar op een dag werden ze er stapelgek van.

Stom genoeg vulden Brookes ogen zich met tranen. 'Ze heeft al die prachtige ontwerpen voor me gemaakt en ik mocht er geen cent voor betalen.' Ze had er meer op moeten aandringen.

'Ze deed het met plezier,' zei Logan. En daar gingen die schouders omhoog. Alweer.

'Daar gaat het niet om, Logan.' Ze verraste zichzelf door hem plotseling met de muis van haar hand heel hard in het midden van zijn borst te duwen, alsof ze weer een klein kind was. Hij kwam geen centimeter van zijn plek. Zijn *core strength* was uitstekend, ook al trainde hij nooit. Misschien had hij geweten dat het eraan zat te komen, ook al wist zij dat zelf niet.

'Is dat alles wat je in huis hebt?' vroeg hij. Het leek hem op te vrolijken.

'Ik ben verdrietig,' zei ze. 'Ik ben heel verdrietig om Indira.'

'Ja, nou, ik ben ook verdrietig om Indira en ook om Grant. Maar het leven gaat door. En er komt altijd weer een volgende wedstrijd.'

Dat zei hun vader altijd als ze verloren. Niemand vond dat echt heel motiverend.

Logan tilde zijn sleutels op om aan te geven dat hij weg wilde, maar herinnerde zich toen ineens iets. 'Raad eens wat Savannah voor vandaag heeft gebakken.'

'Nou?'

'Brownies.'

'Och hemeltje,' zei Brooke. Het was een van de favoriete uitdrukkingen van haar moeder.

'Het is niet grappig,' zei Logan. 'Mam siste net tegen me: "Logan, dit is niet grappig."' Hij keek over zijn schouder. 'Daar heb je Troy. Moet je opletten hoe hij mijn auto klemzet.'

Zoals voorspeld parkeerde hij zijn prachtige, glimmende McLaren met een soepele draai aan het stuur met één hand pal achter Logans auto. Hij zag zijn broer en zusje staan en schonk hun die stralende glimlach waar hij alles mee wist te regelen: vrouwen, geld, vergiffenis.

Brooke glimlachte hulpeloos terug toen Troy uit de auto sprong met het spetterende zelfvertrouwen van een filmster die bij de première van zijn eigen film aankwam. Hij droeg een fles wijn en een klein, prachtig verpakt cadeau.

'Mooi, die nieuwe auto,' zei ze. Ze was niet jaloers op Troys leven, behalve op de luxeauto's, die met dezelfde regelmaat werden vervangen als de luxe vriendinnen.

Ze keek balend naar haar tuttige oude Ford Focus. Hij had een hardnekkig probleem met de airconditioning en liet sinds kort een diepe, pijnlijke kreun horen telkens als ze aan het stuur draaide, maar een nieuwe auto kon ze zich op dit moment totaal niet veroorloven.

Troy bewoog met zijn kin bij wijze van groet aan Logan en streek Brooke zachtjes over haar achterhoofd. 'Hoe gaat het met je, baby Brooke? Je ziet er goed uit. Heb je lippenstift op? Zal mama dolblij mee zijn. Het is hier misschien een beetje vlekkerig.' Hij wees naar haar lip.

Ze vloekte, likte aan haar duim en veegde het weg.

'Hoe gaan de fysiotherapiezaken?' vroeg Troy.

Ze bewoog haar hand in een 'zo zo'-beweging. 'Waarom zie jij er zo goed uit?' vroeg ze. 'Je straalt. Irritant.'

'Gewoon gezond leven, Brooke,' zei Troy. 'Beetje microdermabrasie. Beetje tennis om in beweging te blijven. Zou je ook eens moeten proberen. Geweldige sport.' Hij keek naar Logans sleutels. 'Moet je ergens naartoe?'

'Mama vindt dat ik mineraalwater moet halen,' zei Logan. 'Waarschijnlijk voor jou, bedenk ik me nu.'

'Top. Wil je Voss halen?' zei Troy. 'Die heb ik het liefst, qua bubbelwater.'

Logan nam niet eens de moeite om voluit met zijn ogen te rollen. 'Ik kan er nu toch niet uit. Je hebt me geblokkeerd. Ga zelf je lievelingsbubbelwater maar halen.'

'Hoe gaat het met het nieuwste lid van de familie?' Troy keek naar het huis. 'Heb je haar al ontmoet, Brooke? Savannáh?' Hij sprak het uit als een exotisch buitenlands woord.

'Raad eens wat ze vandaag heeft gebakken.' Brooke stal het moment van Logan. Ze had zo zelden de kans om samen met haar broers vals te doen. Normaal gesproken zaten Amy en Troy in een hoek en maakten ze gemene opmerkingen, met verwijzingen naar obscure popcultuurverschijnselen.

Troy dacht na over de vraag. Zijn gezicht betrok. 'Nee, niet brownies.'

'Nu we het daar toch over hebben,' zei Logan. Ze keken allemaal naar een onbekende auto die langzaam het hofje op cirkelde met Amy op de voorbank, geanimeerd pratend met de bestuurder van de auto: een jonge man die uitbundig lachte en niet echt zijn blik op de weg hield.

'Heeft ze weer een nieuw vriendje?' vroeg Brooke.

'Het is een Uber.' Logan wees naar het bordje op de achterruit. 'Maar misschien is hij nu een nieuw vriendje. Heeft ze de laatste niet ontmoet toen hij haar bediende bij JB Hi-Fi?' zei Troy. 'Die ene die mama's computer had gerepareerd? Die vond ik wel leuk. Aan hem had je wat.'

De auto bleef staan, de bestuurder stapte uit en rende om de auto heen om Amy's portier te openen alsof hij haar privéchauffeur was en Amy kwam tevoorschijn, met warrig haar en een vrolijk gezicht, gekleed alsof ze net terug was van een smerig maar heerlijk muziekfestival. Ze was beladen met spullen: een vreemd gevormd, slecht verpakt cadeau, een bos zonnebloemen, een bakplaat met een wapperend stuk aluminiumfolie en een heliumballon met daarop FIJNE VADERDAG die boven haar hoofd dreef.

'Hallo!' riep ze naar haar broers en zus terwijl ze de Uber-chauffeur omhelsde ten afscheid. Haar broers en zus omhelsde ze nooit, alleen haar Uber-chauffeurs. De man had waarschijnlijk iets heel persoonlijks met haar gedeeld wat hij nog nooit aan iemand had verteld. Mensen hadden altijd het gevoel dat Amy hun verlossing kon bieden.

'Heeft ze een kater?' mompelde Logan. 'Want als ze een kater heeft, is het nog erger.'

'Ga haar helpen die brownies te dragen.' Troy gaf Brooke een por.

'Ik ga weg,' zei Logan. 'Ik wil er niet bij zijn als ze erachter komt.' Hij stak zijn hand uit naar Troy. 'Geef me je sleutels maar.'

'Ik rij wel,' zei Troy. 'Ik vind het eng. Ze ziet er weer zo breekbaar uit.'

'Waag het niet te vragen of ze gestopt is met haar medicijnen,' zei Logan tegen Troy.

'Dat heb ik al in geen jaren meer gevraagd,' zei Troy beledigd. 'Niemand, trouwens.' Hij kromp ineen. 'Denk jij dat dat ze ze niet meer slikt?'

'Laat me hier niet alleen achter,' zei Brooke. Het was ineens niet meer zo grappig, nu ze kon zien hoe Amy haar dienblad met kostbare brownies droeg. Nu was het eerder een beetje stressvol en gemeen, en Brooke voelde zich persoonlijk verantwoordelijk.

Waar het Amy betrof zwaaide ze heen en weer als de slinger van een klok. Toen ze nog jong waren, vonden haar broers en zij Amy altijd een dramaqueen, die dezelfde dingen voelde als iedereen maar die alles opblies tot iets veel groters. Ze lachten haar uit. Soms werden ze boos op haar als ze hen ophield of als ze de aandacht van hun moeder stal. Want hoe kon je weten wat er werkelijk in haar hoofd omging? Brooke was ook soms depressief, of angstig, maar ze slaagde er toch elke dag in om uit bed te komen. Dan was het toch zeker een kéúze? Het was toch helemaal niet nodig dat Amy zich zo aan haar gevoelens overgaf? Maar toen kreeg een studievriendin de diagnose depressie en zij beschreef het aan Brooke als een soort half verlamd zijn, alsof ze al haar spiermassa kwijt was, en

Brooke herinnerde zich plotseling dat Amy in slow motion haar ontbijt at, heen en weer zwaaiend als zeewier onder water, en ze besefte dat ze deze vriendin meer medeleven en begrip bood dan ze haar eigen zus ooit had gegeven. Tegenwoordig deed ze haar best om Amy met een objectieve, meelevende blik te bekijken, maar het viel niet mee, want Amy was nog altijd haar grote zus, haar bazige, charismatische zus, die Brooke vroeger haar 'horige' noemde.

'Wat staan jullie daar nou allemaal te lummelen?' Hun moeder deed de voordeur open en riep vanaf de veranda. Ze droeg een bloemenjurk met een vestje, alsof ze een tuinfeest gaf, en ze was in die hectische 'we hebben visite'-modus, compleet met roze wangen. 'Kom binnen, jullie allemaal! Laat dat mineraalwater maar zitten, Logan; Savannah zegt dat we het niet nodig hebben.'

Troy zei: 'O, nou, als Savannáh zegt dat we het niet nodig hebben.'

'Snel!' Joy wenkte ongeduldig. 'Je vader vroeg zich al af waar jullie allemaal bleven! Komt Grant apart, Brooke? Ik mag hopen dat hij al onderweg is. Volgens mij is Savannah klaar om alles op te dienen.'

'Wat hebben we niet nodig?' vroeg Amy op zangerige toon.

'Brownies,' zei Troy.

Amy's glimlach verdween. 'Sorry?'

Er verscheen een bekende constellatie van knipperende stipjes aan de zijkant van Brookes gezichtsveld.

23

'Nou, dit was een heel bijzondere Vaderdag,' zei Joy. 'Heel speciaal.'

Ze zat aan het hoofd van haar prachtig gedekte eettafel, als een vrouw in een tijdschrift of een televisieprogramma. Savannah had gele fresia's uit de tuin geplukt en in een waterkan gezet en ze zagen er schitterend uit.

Joy was een beetje licht in haar hoofd. Misschien had ze tijdens de lunch meer wijn gedronken dan ze gewend was, dacht ze. Savannah bleef ieders glazen bijvullen, als een serveerster. Sterker nog, Savannah was het grootste deel van de lunch druk bezig geweest, hoe vaak iedereen ook zei dat ze moest gaan zitten of ze haar aanboden om te helpen. Uiteindelijk gaven ze het op en lieten ze zich door Savannah een ongelooflijk lekkere lunch serveren: gebraden kip met citroen en rozemarijn, gebakken aardappelen en een groene salade met walnoten en geitenkaas. (Vergeleken daarmee zag de salade van die arme Brooke er verlept uit.) Het was nogal opmerkelijk dat dit kwaliteitsniveau in Joys keuken was bereid. Wat moest haar oven wel niet denken? Savannah had hun lunch efficiënt opgediend, zonder dat wervelende, koortsachtige 'O, was ik bijna de broodjes vergeten', en dat geren en gevlieg van Joy als zij zelf de gastvrouw was. En Joys gulzige gezin had alles opgesmikkeld en nog een keer opgeschept.

Nu zat iedereen met een kopje thee of koffie voor zich, naast hun glazen wijn, en stonden er twee schalen met brownies op tafel. Iedereen aan tafel was zo eerlijk om van elke concurrerende schaal een brownie te nemen.

Zelfs Steffi werd door Savannah bediend als een van de corgi's van de koningin. Ze lag nu opgekruld in de hoek van de kamer op een oud kussen dat Savannah voor haar had neergelegd, haar kop op haar poten, af en toe haar lippen likkend en met haar staart kwispelend bij de heerlijke herinnering aan alle stukjes en kruimels die Savannah haar had gegeven om haar ervan te overtuigen dat ze beter smaakten dan papier.

Stan zat in een vreemde zijwaartse hoek tegenover Joy aan het andere eind van de tafel en probeerde de deinende vaderdagballon te ontwijken die Amy aan de rugleuning van zijn stoel had vastgebonden. Af en toe veegde het ding langs zijn gezicht en dan sloeg hij hem weg als een vlieg, iets waar hij normaal gesproken uiteindelijk zijn geduld door zou verliezen, maar hij was nog steeds in een opmerkelijk goed humeur en vrij spraakzaam. Het was óf de heropleving van hun seksleven óf de verandering in zijn eetpatroon sinds Savannah het koken had overgenomen. Als Savannah niet was komen opdagen, zou hij deze Vaderdag waarschijnlijk stiekem over de comeback van Harry Haddad hebben zitten piekeren.

Joys kinderen waren daarentegen niet op hun best. Joy wilde tegen Savannah zeggen: Normaal zijn ze veel leuker!

Ze had ernaar uitgekeken dat Savannah haar kinderen allemaal samen zou zien, wat ze altijd had als een nieuwe vriendin haar kinderen zou ontmoeten. Maar vandaag had niemand veel te zeggen, hoewel ze, godzijdank, beleefd en complimenteus waren geweest over het eten; ze zaten er allemaal precies hetzelfde bij, met hangende schouders, hun rug gebogen, vooral in vergelijking met Savannah, die zo kaarsrecht zat als een klein, braaf kind. Haar houding was prachtig.

Joy keek vorsend naar haar kinderen.

Amy zat te mokken over de brownies en deed alsof dat niet zo was en ze moest nodig haar haar eens borstelen.

Logan leek in een soort dissociatieve toestand te zijn beland en staarde vaag in de verte. Als hij zich te vaak zo zou gedragen, zou Indira weleens haar geduld kunnen verliezen en hem verlaten. Joy wenste dat Indira er vandaag bij was. Zíj was een verademing en ze zou beleefd zijn geweest tegen Savannah. Troy, normaal gesproken de gangmaker en degene die Amy uit een sombere stemming wist te lokken, leek vandaag ergens anders door in beslag te worden genomen en hij zag er ook niet zo knap uit.

Ondertussen zag Brooke lijkbleek en droeg een slecht aangebrachte lippenstift in een kleur die helemaal niet bij haar paste. Joy maakte zich zorgen dat er een migraineaanval dreigde en trouwens, waar was Grant in godsnaam? Brooke zei dat hij grieperig was, maar het leek wel heel toevallig dat zowel Indira als Grant ziek was, en voor zover Joy zich kon herinneren, had die man nog nooit zelfs maar een verstopte neus gehad. Hij dronk altijd van die vreselijke groene smoothies.

Brooke kon absoluut niet liegen. Zou Grant er soms met een andere vrouw vandoor zijn gegaan? Joy had altijd een geheime, nooit geuite angst gehad (behalve tegen haar kapper, Narelle) dat Grant vreemdging. Hij was niet bijzonder knap, maar hij was wel heel charmant en praatgraag, en Brooke wilde per se haar kapsel zo kort houden. Narelle was het ermee eens dat een langer kapsel Brookes scherpe trekken zou verzachten.

'Wat is er dan zo bijzonder vandaag, mam?' vroeg Brooke.

Het was bijzonder, want Joy had niets anders hoeven doen dan haar creditcard overhandigen en op komen dagen, maar ze was natuurlijk niet van plan om dat tegen haar kinderen te zeggen.

'Ik weet het niet,' zei Joy. Ze nam een hap van Amy's brownie, legde die op haar bord en nam toen een even grote hap van Savannahs brownie. Die van Savannah was lekkerder, helaas. 'Het voelt gewoon bijzonder.'

'Misschien komt het door de overvloed aan brownies,' zei Troy.

Zijn vader grinnikte en Troy was in zijn sas met zichzelf.

'Troy.' Joy bracht een waarschuwende vinger naar haar mond en wierp een snelle blik op Amy.

'Mam, kom op. Ik bén helemaal niet boos dat Savannah brownies heeft gemaakt,' zei Amy. 'Godsamme, zeg.' Ze hield haar hoofd achterover en dronk de laatste druppels van haar (tweede) glas rode wijn en veegde haar hand over haar mond als een klein kind dat een glas melk op heeft. Ze keek de tafel rond. Ze begon een beetje met een dubbele tong te praten. 'Denken jullie dat allemaal? Dat ik boos ben vanwege die brównies?'

'Absoluut, maar dan ook absoluut niet.' Troy ging rechtop zitten en keek zogenaamd serieus. 'Waarom zouden we nou denken dat je boos bent vanwege die brownies?'

'Maar ik ben echt helemaal niet boos!' riep Amy, met een erg boze blik. 'En trouwens, Savannah, je brownies zijn heerlijk. De zoetheid is gewoon... *perfecto*!' Ze kuste haar vingertoppen. 'Als we deze brownie op het werk zouden beoordelen, zou het een *hero product* zijn, zoals we dat in onze business noemen.'

'Amy proeft eten voor de kost,' zei Joy, in de hoop dat ze het ergens anders over konden hebben. Het verbijsterde haar hoe Amy erin was geslaagd mensen zo te misleiden dat die haar betaalden om te eten. Op 'pastadagen op het werk' at Amy geen ontbijt of lunch. 'Dus ze weet waar ze het over heeft.'

'Ik vind jouw brownies ook erg lekker,' zei Savannah tegen Amy. Ze nam een piepklein hapje. Ze at als een muis. Die eerste avond, toen ze dat enorme bord met overgebleven ovenschotel en twee bananen had gegeten, was een uitzondering op de regel geweest. 'Veel lekkerder om op te kauwen. Ik heb de mijne te lang in de oven laten staan.'

'Dank je, Savannah. Maar in tegenstelling tot wat mijn familie je op de mouw wil spelden, hangt mijn gevoel voor eigenwaarde niet af van mijn vermogen om brownies te bakken,' zei Amy. 'Jullie schijnen allemaal te denken dat ik zo volwassen ben als een kind van vier.'

'Nou, je was behoorlijk volwassen toen je vier was,' zei Joy. 'Toen je naar de kleuterschool ging, noemde je juf jou "een bijzonder kind".'

'Wacht even hoor, ik dacht dat ik dat was,' zei Brooke. 'Was ik niet dat bijzondere kind?'

Joy dacht even na. O jee. 'Nou ja, misschien was jij het inderdaad,' gaf ze toe. 'Maar Amy was ook bijzonder. Jullie waren allemaal bijzonder.'

Troy grinnikte en wiebelde op de achterste poten van zijn stoel, iets wat hij al deed sinds hij klein was en wat ze hem al die tijd al probeerden af te leren. Maar hij was een volwassen man. Als hij zijn nek wilde breken ging hij zijn gang maar, dacht Joy. Als hij maar niet dacht dat zij voor hem zou zorgen!

'Stop in vredesnaam met dat gewiebel!' snauwde ze, want ze zou uiteindelijk heus wel voor hem zorgen, hoe oud hij ook was, en hij zou een vreselijke patiënt zijn.

Troy stopte. 'Sorry, mam.'

'Ben ik niet van de kleuterschool gestuurd?' vroeg Amy. 'Omdat ik altijd maar huilde? En omdat alle andere kinderen dat gejank beu waren?'

Dat klopte ook. Verlatingsangst was het allereerste etiketje dat ze op Joys oudste kind hadden geplakt, het eerste van vele etiketten die ze in de loop der jaren opgeplakt zou krijgen, maar bij dat eerste etiket had Joy geen akelig voorgevoel gekregen. Gek genoeg was ze juist trots geweest: mijn kind kan het niet verdragen van mij gescheiden te zijn! Zoveel houdt ze van me. Amy klemde zich altijd als een koalabeertje aan haar vast, met haar gezichtje tegen Joys sleutelbeen gedrukt.

'Ik vond het fijn om je bij me thuis te hebben,' zei Joy. Tegen Savannah zei ze: 'Toen Amy nog maar drie jaar oud was, draafde ze al over de baan om ballen te verzamelen terwijl ik lesgaf, zo graag wilde ze meedoen met de training.'

'Dat was vast heel schattig,' zei Savannah bemoedigend. Ze was altijd zo geïnteresseerd in de familie van Joy. Echt leuk.

'Weet je nog toen ze voor het eerst een racket vasthad?' zei Stan tegen Joy. 'Dat ding was groter dan zij.'

'Ze was beter dan kinderen die twee keer zo oud waren als zij,' zei Joy.

'Ze waren alle vier beter dan kinderen die twee keer zo oud waren als zij,' zei Stan.

'Wauw,' zei Savannah. 'Een hoop talent binnen één gezin.'

Niemand verroerde zich en niemand zei een woord, maar Joy voelde de sfeer in de kamer veranderen: alsof iemand ineenzakte of zuchtte. Het was net alsof haar kinderen opgeblazen speelgoed waren dat langzaam leegliep. Wat was er toch mis met hen?

'Nou ja, ik weet niets van tennis, maar ik neem aan dat jullie allemaal... toernooien hebben gespeeld, of hoe dat ook heet,' zei Savannah, terwijl ze met haar vingers nog een kruimel van Amy's brownie oppakte en die op het puntje van haar tong legde.

'Ze zaten allemaal op enig moment in de top vijf van het land,' zei Stan.

'Wat geweldig,' zei Savannah.

'Bij de junioren,' verbeterde Brooke haar vader snel. 'De top vijf bij de junioren.'

'Maar toch,' zei Savannah.

'Maar geen van ons heeft het ooit verder geschopt,' zei Amy. 'We hebben het nooit écht gemaakt in het tennis.'

'Wat bedoel je daarmee?' vroeg Joy. 'Jullie hebben het allemaal heel goed gedaan!' Ze was verrast en teleurgesteld te merken dat er een intense golf van prikkelbaarheid door haar heen ging die het heerlijke gevoel wegspoelde dat ze had sinds ze vanmorgen wakker werd. Ze kon haar slechte humeur voelen als een fysieke sensatie: een hevige koorts van ergernis die haar gezicht opwarmde.

Amy trok neerbuigend een wenkbrauw op. 'Ik bedoel dus precies wat ik zeg, mam, we hebben het nooit echt gemaakt. We kwamen er allemaal zo dichtbij dat je dacht dat het ging gebeuren en toen mislukten we stuk voor stuk.'

Feitelijk klopte dat, sterker nog, ze sloeg de spijker verontrustend op zijn kop, maar het was niet nodig om het op zo'n harde, bittere toon te zeggen. Joy en Stan hadden hun teleurstelling nooit aan hun kinderen laten blijken en toonden hun alleen hun trots. Dit was iets wat ze niet eens echt aan elkaar hadden toegegeven.

Joy dacht terug aan hun reis naar Wimbledon van vorig jaar. Hun eerste keer. Een droom die ze al hun hele leven koesterden. Ze stuiterden van de voorpret. Dit was het eigenlijke doel van hun grote reis: niet naar Buckingham Palace of de Tower of London of een ritje in die veel te dure London Eye. Het doel van de reis was Wimbledon. Na al die jaren hadden ze eindelijk de tijd en het geld en wáren ze er. Hun kinderen en hun vrienden hadden hun geappt: *stuur foto's!*

Ze had het moment gezien waarop het tot Stan doordrong: het besef dat ze nooit hadden moeten komen, niet op deze manier, niet als doodgewone fans, als doodgewone mensen, omdat Stan nooit echt had geloofd dat zij doodgewoon waren wat tennis betrof. Als hij dan niet zelf op Wimbledon kon spelen, dan hoorde hij daar te zijn als coach van een van zijn kinderen, en als het niet een van zijn kinderen was, dan een van zijn pupillen, en als dat allebei niet kon, dan zat hij liever thuis in zijn fauteuil met zijn chilizoutjes en zijn roomkaas en zijn hond.

'Ik voel me niet zo lekker,' had hij gefluisterd, met een krijtwit gezicht. Het was de halve finale van de heren. De kaartjes hadden hun zesduizend dollar per stuk gekost. Ze dacht: hartaanval. Net als die arme Dennis Christos. Hij zei: 'Blijf jij maar.'

Maar ze was natuurlijk niet van plan om hem weg te laten gaan om in zijn eentje een hartaanval te krijgen.

Zij had er ook van gedroomd om ooit op Wimbledon te spelen en ze had ervan gedroomd een van haar kinderen of een van haar pupillen te zien spelen op Wimbledon en ze had ervan gedroomd, veel redelijker en haalbaarder, om op een dag toeschouwer te zijn op Wimbledon. Maar bij haar waren het dromen en ze vond niet, zoals Stan, dat ze er recht op had, want ze was een vrouw en vrouwen weten dat baby's en echtgenoten en zieke ouders je dromen kunnen laten ontsporen, op elk moment kunnen ze je uit je bed sleuren, je carrière om zeep helpen, je van je peperdure zitplaats op Wimbledon beroven bij een wedstrijd die later als 'episch' zou worden omschreven. Ze dacht dat ze een ambulance moest bellen of met hem naar een ziekenhuis moest! Ze dacht aan de reisverzekering en hoe ze het de kinderen moest vertellen en hoe zouden ze zijn lichaam weer thuis krijgen?

Maar het was geen hartaanval. Hij zei dat het voedselvergiftiging was. Ze geloofde het niet.

Joy bekeek de wedstrijd op televisie en stuurde leugenachtige appjes over hoe geweldig Wimbledon was, 'Een droom', 'Niet te geloven dat we hier echt zijn', terwijl Stan op zijn zij en met opgetrokken knieën in hun kingsize bed lag, zijn ogen dicht, zijn voorhoofd gefronst, en hij leek zoveel op Brooke tijdens een migraineaanval dat Joy zich had afgevraagd of ze hetzelfde moest doen wat ze altijd bij Brooke deed: haar hand tegen zijn voorhoofd drukken. Heel stevig, zoals Brooke het altijd wilde. *Harder, mama, harder*. Maar het was nooit hard genoeg om het te laten verdwijnen.

De volgende dag stond Stan op en zei 'Het spijt me zo' en hij kon haar niet aankijken.

Ze zei: 'Je hoeft niet te zeggen dat het je spijt,' want dat hoefde hij echt niet. En als ze zouden gaan zeggen dat ze spijt hadden, waar zou het dan beginnen en waar zou het eindigen? Ze liepen snel naar het ontbijtbuffet van het hotel en zwegen in de lift en hadden het er verder nooit meer over.

'We waren altijd zo trots op jullie!' zei Joy nu tegen haar kinderen. 'Jullie waren allemaal ongelooflijk getalenteerd en jullie hebben allemaal je best gedaan... en meer konden we niet van jullie vragen!'

Troy snoof. Joy keek hem boos aan.

Stan zei tegen Savannah: 'Al mijn kinderen waren goed genoeg om op het centre court van Wimbledon te spelen...'

'Behalve dan dat we dat dus duidelijk niet waren,' viel Amy hem in de rede.

'Wel waar!' Stan sloeg met zijn vuist op tafel, zo hard dat het servies rammelde. De vaderdagballon draaide verwoed rondjes.

Joy keek naar haar kinderen: Brooke leunde met haar elleboog op tafel, haar voorhoofd rustte op haar hand, Logan keek naar het plafond, Troy zat daar met die wezenloze grijns van hem en Amy trok een lok blauwgeverfd haar voor haar gezicht en zoog erop; een kinderlijke gewoonte waardoor Joy wel kon gillen.

Kwam het doordat geen van hen die dag een partner bij zich had dat het leek alsof ze terug gezogen was door de tijd naar de eettafel uit hun kindertijd? Of was het dat plotselinge explosieve geluid van Stans vuist op tafel? Hij had er het recht niet toe. Ze waren volwassen. Besefte die stomme kerel dan niet dat hij niet langer de macht had om iemand naar zijn kamer te sturen? Ze konden opstaan en vertrekken wanneer ze maar wilden. Ze konden in een andere staat of in een ander land gaan wonen. Ze konden ervoor kiezen om nooit op bezoek te komen, nooit meer te bellen, nooit kinderen te krijgen.

De kinderen hadden nu alle macht.

En wat ongepast om je zo te gedragen waar Savannah bij was. Straks deed Stans vuist op tafel haar denken aan eerdere pleeggezinnen met gewelddadige vaders. Joost mocht weten hoe dat kind geleden had.

Stan leunde over tafel, zijn schouders enorm en gespierd in het overhemd dat Amy hem had gegeven, een maat te klein.

'Die daar speelde práchtig tennis.' Stan wees naar Amy, zijn blik op Savannah gericht. 'Onberispelijke lange slag. De bal spatte gewoon van haar racket. Het was een genoegen om haar te zien spelen.'

En dat was ook zo. Het wás een genoegen om Amy te zien spelen. Joy en Stan keken elkaar altijd glimlachend aan als hun dochter met haar paardenstaart heen en weer gleed over de baan, toen ze een jaar of acht, negen was en ze nog een 'grappig type' was en niet 'iemand met een mogelijke geestelijke aandoening'. (Joy zou het de huisarts die die specifieke verwijsbrief had geschreven nooit vergeven.)

'Vroeger noemden we haar de Comeback Queen,' mijmerde Stan. 'Weet je nog?'

Hij keek over de tafel naar Joy.

'Ik weet het nog,' zei Joy voorzichtig, want dat was veel later en dat was niet zo'n fijne herinnering. Ze vermoedde dat Amy, naarmate ze ouder werd, met opzet punten of games begon te verliezen, alleen maar om een gevecht te moeten leveren om de overwinning te behalen. Amy vond het heerlijk om de underdog te zijn. Tegen de betere spelers was dat een gevaarlijke, domme strategie. Want betere spelers pakten die punten en lieten haar er nooit meer tussen komen. Amy had wedstrijden verloren die ze had moeten winnen omdat ze te laat was voor een comeback.

'Ze verloor een keer negen games op rij en won toch nog,' blikte Stan terug. 'Ongelooflijk.'

'Maar?' zei Amy luchtig.

'Heeft iemand nog zin thee of koffie?' vroeg Joy.

‘Maar toen werd ze veertien of vijftien en toen begon ze te verkrampen,’ zei Stan. ‘Zo simpel is dat.’

Het was niet om aan te zien. Amy schrééuwde tegen zichzelf. Ze vocht niet tegen haar tegenstander maar tegen zichzelf, tegen de stem in haar hoofd. *Amy! Stomme idioot!* Soms had Joy het gevoel dat dat het hele leven van Amy samenvatte: een constante machtsstrijd met een wrede onzichtbare vijand.

‘Verkrampte?’ vroeg Savannah.

Amy deed alsof ze in een heel erge kramp schoot.

‘Dat is een sportterm,’ legde Stan uit aan Savannah. ‘Het wil zeggen dat je gemoedstoestand je ervan weerhoudt je potentieel waar te maken.’

‘Stan,’ zei Joy. Het voelde alsof hij zich in het openbaar uitkleedde. Of dat hij zijn familie uitkleedde. Het voelde intens persoonlijk. Dit waren gesprekken die ze over hun kinderen hadden gevoerd in de beslotenheid van hun slaapkamer. Amy was inderdaad verkrampt. Als ze bij de wedstrijd serveerde, kon je er vergif op innemen dat ze een dubbele fout zou slaan.

‘Joy,’ zei Stan.

Hij was niet te stuiten. Het was alsof je voor een truck met oplegger stond die recht op je af kwam rollen.

Hij zei: ‘Amy verloor de wedstrijd in haar eigen hoofd voordat ze zelfs maar de baan op was gelopen en haar moeder en ik, we wisten maar niet hoe we...’

‘Me moesten repareren,’ maakte Amy de zin af.

‘Nee,’ zei Stan. ‘Niet repareren. Hoe we je moesten helpen.’

‘Nu iemand anders, pap,’ zei Amy. Ze trok haar haar in een warrige knot, plantte haar ellebogen op tafel en sloeg haar handen in elkaar. Joy wist dat het maar een verdedigingsmechanisme was, maar Amy’s spottende filmsterrenglimlach deed Joy denken aan Stans moeder. Joy haatte het als Stans vervloekte moeder een gastoptreden deed op de gezichten van haar geliefde kinderen. ‘Laten we eens horen waarom de anderen mislukt zijn.’

'Niemand is mislúkt.' Joys maag draaide zich om. 'En Savannah is hier vast en zeker niet in geïnteresseerd.'

'O nee, het is juist heel interessant,' zei Savannah opgewekt, alsof ze de spanning in de kamer niet kon voelen. Het was voor het eerst dat Joy zich ook maar het minste beetje aan haar ergerde.

Stan wees met een knikje naar Logan. 'Die daar was een sportman van formaat. Jezus, wat een sportman. Niet dat je dat er nu nog aan afziet, natuurlijk.'

'Goh, bedankt, pa.' Logan hief zijn wijnglas alsof hij een spottende toost uitbracht.

'Hij had een van de krachtigste forehands die ik ooit heb gezien. Uitzonderlijk.'

'Krachtig, ja, maar om nou te zeggen dat hij kon mikken?' vroeg Troy met een zijdelingse blik op zijn oudere broer en Logan stak zijn middelvinger naar hem op, alsof ze weer kleine jongens waren.

'Logan was zo fit.' Stan negeerde Troy. Hij zat op zijn praatstoel. Het was jaren geleden dat hij de kans had gehad om met iemand te praten die geen voorkennis had en die zo duidelijk geïnteresseerd was in de tennisloopbaan van zijn kinderen.

'Hij kon uren spelen en eruitzien alsof hij net de baan op was gelopen. Ik herinner me een wedstrijd waarin Logan het opnam tegen een jongen die gold als dé grote belofte in het tennis.' Stans ogen straalden bij de herinnering aan die dag in januari, lang geleden. 'Logan heeft dat joch volkomen afgemat. Elk punt was het deuce, advantage, deuce, advantage, deuce, advantage. Elke rally was een marathon. Dan heb ik het over rally's van tien, vijftien slagen. Een uur later was die andere jongen, deze zogenaamde aanstaande ster, helemaal kapot.' Stan maakte met zijn handpalmen een zijdelings snijdende beweging. 'Ondertussen...' Hij wees met zijn duim naar Logan. '... was deze hier nog zo fris als een hoentje. Hij zweette nauwelijks.'

Joy was niet bij die wedstrijd geweest, maar ze had het verhaal honderd keer aan moeten horen en elke keer als Stan het met zoveel plezier vertelde, ging zijn hoofd onbewust heen en weer als een tennistoeschouwer terwijl hij scandeerde: 'Deuce, advantage, deuce, advantage.'

'Maar,' Logan nam nog twee brownies, van elk bord één, 'nu is het mijn beurt voor de "maar".'

'Logan heeft zich nooit echt honderd procent voor de sport ingezet. Hij wilde het gewoon niet genoeg. Hij had nooit dat intense verlangen. Het was hem om het even, leek het wel, en hij was ook...'

'Passief?' vroeg Logan met een vreemde uitdrukking op zijn gezicht. 'Is dat het woord dat je zoekt, pa?'

'Ik wilde zeggen dat je gewoon te aardig was,' zei Stan. 'Ik heb me weleens afgevraagd of je het wel leuk vond om te winnen. Je vond het vreselijk om het andere kind te zien verliezen.'

'Ik vond het heus wel leuk om te winnen,' mompelde Logan. Hij zat agressief de achterkant van zijn nek te masseren. 'Verdomme, pa, hoeveel van mijn kindertijd heb ik op de baan doorgebracht? En dan zou ik me nooit honderd procent hebben ingezet? Wat had ik dan nog meer moeten doen?'

'Ja, maar zoals ik al zei, je had dat verlangen gewoon niet.' Stan was klaar met de arme Logan en richtte zijn blik op Troy. 'Kijk, Troy, die had het verlangen, want voor hem ging het maar om één ding en dat was jou en Amy verslaan. Jongere broers en zussen worden altijd de betere spelers. Kijk maar naar Venus en Serena. Maar weet je wat het probleem was met Troy?' Stan schudde zijn hoofd en klakte met zijn tong. 'Troy was een showpony.'

'Is-ie nog steeds,' zei Logan.

Troy hinnikte. Brooke giechelde. Savannah glimlachte onzeker.

'Het ging hem allemaal om de show,' zei Stan. 'Hij ging voor slagen waar Federer nooit voor zou gaan. Showslagen, en soms lukten die, maar dan zei ik tegen hem...'

'"... je wint de wedstrijd niet met alleen spektakel"', vulde Troy aan. Hij pakte zijn glas. 'Kan iemand mij de wijn even geven?'

'Precies.' Stan maakte een plotselinge beweging toen de vaderdagballon langs zijn gezicht streek. 'Je wint de wedstrijd niet met alleen spektakel. Je spel moet ook inhoudelijk goed zijn.' Hij duwde de ballon voorzichtig weg alsof het een klein kind was dat over zijn schouder probeerde te kijken.

Als Joy en Stan dit gesprek samen hadden gevoerd, zou ze hem gezegd hebben dat het helemaal geen bal met inhoud te maken had. Het ging om je focus. Troy kon zich maar heel even concentreren en dan was het weer klaar. Dát was het grote probleem met die jongen. Dan was hij anderhalve set aan het spelen en dan zag Joy hem ineens dromerig naar de lucht staren of naar een aantrekkelijk meisje op de tribunes. Die show voerde hij alleen maar op zodat hij zelf geïnteresseerd bleef.

'Zie hier, een man zonder inhoud.' Troy maakte er een zwierig gebaar bij.

'En dan was er nog die ruzie met Harry,' zei Stan.

Hou je mond, dacht Joy. Hou in godsnaam je mond, sukkel.

'Ben ik nog niet aan de beurt?' vroeg Brooke snel.

'Daarna is het nooit meer echt goed gekomen met jou,' zei Stan tegen Troy.

'Ik heb wel een tennisbeurs gekregen van Stanford,' vertelde Troy aan Savannah. 'Maar dat betekende niets voor mijn ouders.'

'Dat betekende wel degelijk iets!' zei Joy. *Het betekende dat je naar de andere kant van de wereld ging en dat je een totaal ander mens was toen je terugkwam.* Na Amerika was het alsof hij onder een laag vernis schuilging. Je kon met je vingertop tegen dat glanzende, harde, vrolijke oppervlak tikken.

'Troy kon zijn drift niet beheersen,' zei Stan. 'Heeft de opvliegendheid van zijn moeder geërfd.' Hij grinnikte, alsof hij van een van de meest schrijnende gebeurtenissen uit de geschiedenis van hun gezin een grappige anekdote kon maken om met nieuwe vrienden te delen. 'Hij smeet met rackets. We moesten zijn racket aan zijn pols vastbinden.'

'Niet wij,' zei Joy. 'Jij. Ik vond dat het zijn grip zou verpesten.'

'Maar dat gebeurde niet, of wel soms?' zei Stan. 'Zijn grip was niet het probleem.'

'Ik weet dat het vandaag jouw dag is, pap,' zei Amy. 'Maar kunnen we het ergens anders over hebben?'

'Laat maar, Amy,' zei Troy terwijl Brooke hem zwijgend de wijn aanreikte. 'Het kan me niet schelen.'

'Hoe dan ook, ik dacht dat we zijn drift onder controle hadden. Hij was dertien toen het gebeurde,' zei Stan tegen Savannah. 'Hij werd zes maanden geschorst. En dat was volkomen terecht.'

Hij was veertien, dacht Joy. Hij was de dag ervoor veertien geworden.

'Hij speelde tegen een leerling van Delaneys, Harry Haddad.' Stan zweeg even en gaf Savannah de ruimte om even haar adem in te houden omdat ze de naam herkende, maar Savannah keek hem alleen maar wezenloos aan.

'Beroemde Australische speler. Voormalig nummer één van de wereld... Twee keer Wimbledon gewonnen... Een paar jaar geleden nog de US Open gewonnen...' Het ging Stans begrip te boven dat ze de naam niet kende.

'O! Ja! Natuurlijk. Ik heb weleens van hem gehoord,' zei Savannah, die duidelijk deed alsof. Joy bedacht hoe verfrissend het was om iemand in huis te hebben met zo weinig interesse in tennis dat ze niet eens van Harry Haddad had gehoord.

'Hij was een voormalig pupil van mij,' zei Stan. Hij wierp een blik op Joy en verbeterde zichzelf. 'Voormalig pupil van ons. Hij was net nog in het nieuws omdat hij nu aan het trainen is om een comeback te maken. Maar goed, terug naar het verhaal. Troy speelde tegen hem en deed het niet zo best...'

'Papa,' zei Amy. 'Alsjeblieft. Laten we het niet over Harry Haddad hebben. Dat is niet goed voor mijn geestelijke gezondheid. En ik heb het gevoel dat het ook niet goed is voor de jouwe.'

'Je moet er misschien even bij vertellen dat Harry Haddad een vieze vuile valsspeler was,' zei Troy terwijl hij zijn wijnglas bestudeerde.

'Nooit zien gebeuren,' zei Stan kalm, maar met dat randje in zijn stem: dat randje dat nog altijd scherp genoeg was om zijn kinderen te laten bloeden.

Zelfs na al die jaren snapte hij het nog steeds niet. Hij zag nooit dat hij Troy verraadde elke keer als hij dat zei.

'Wat niet wil zeggen dat het niet is gebeurd,' zei Troy op vlakke toon.

'Hoe kun je dan valsspelen?' vroeg Savannah. 'Is er niet zoiets als een... scheidsrechter?'

'Er zijn geen umpires op de lagere niveaus,' zei Brooke. 'De spelers geven zelf aan of de bal in of uit is. Voor sommige kinderen is het moeilijk om... ethisch te blijven.'

'Voor sommige volwassenen ook,' zei Joy. Ze had zo vaak spelers op de club dubieuze beslissingen zien nemen. 'En umpires kunnen ook partijdig zijn.'

Ze dacht aan de eerste keer dat ze meedeed aan de kampioenschappen onder de dertien jaar in White City, op gras. Haar grootvader had het die dag druk en dus bracht haar moeder haar. Haar moeder, die zich verveelde, zat in een *Vogue* te bladeren terwijl Joy speelde. Joy begreep niet waarom de umpire steeds maar oordeelde dat haar ballen uit waren en die van haar tegenstander in. Ze ontdekte later dat de umpire de moeder van haar tegenstander was. 'Nou en, jij bent veel knapper dan zij,' zei haar moeder op weg naar huis, alsof het daarom ging. (Het hielp wel een beetje.)

'Kijk eens naar zijn talent, Troy. En kijk eens hoe ver hij het geschopt heeft. Hij hoefde helemaal niet vals te spelen.' Stan had het nog steeds over Harry. Hij zou het voor eeuwig over Harry blijven hebben. Hij greep het touwtje van de ballon en trok dat los van de stoel, zodat de ballon naar het plafond zweefde.

'O,' zei Amy bedroefd terwijl haar ogen hem volgden.

'Goed om te zien dat je nog steeds zo loyaal aan hem bent, pa,' zei Troy. 'Als je bedenkt hoe loyaal hij aan jou is geweest.'

Brooke zoog lucht tussen haar tanden door alsof ze haar teen had gestoten.

Stan trok zo woest aan de stof van zijn te strakke shirt dat Joy moest denken aan de Hulk die uit zijn kleren barstte als hij zijn geduld verloor. Troy was dol op dat programma. Misschien vanwege zijn eigen onverwoestbare humeur.

'Het was Harry's vaders beslissing om me te laten vallen.' Stan sprak kalm. Hij was niet van plan om te ontploffen en in de Hulk te veranderen. 'Om ons te laten vallen.'

Hij richtte zijn aandacht op Savannah. 'Harry's vader besloot een andere coach te nemen.' Hij haalde zijn schouders op. Het was volkomen nep. 'Die dingen gebeuren nu eenmaal. Tennisouders zijn een uniek ras. Hun kind krijgt een beetje succes en ze gaan meteen op zoek naar iets groters en beters. Zo is het leven voor een coach.'

Misschien was het toch niet nep, dat schouderophalen. Zijn onverschilligheid leek bijna geloofwaardig. Stond hij er nu echt zo in? Was hij eroverheen?

'Maar je moet vast nog steeds heel trots zijn dat je hem hebt ontdekt,' zei Savannah.

'We zijn wel trots, ja,' zei Stan. 'Dat zeker.'

Hij keek onzeker de tafel rond. 'Waar was ik?' Zijn blik viel op Brooke en zijn gezicht verzachtte. 'De kleine.'

'De kleine die een centimeter langer is dan ik,' merkte Amy op, haar blik nog steeds op de ballon gericht.

'Brooke was de slimste van het stel,' zei Stan.

'Bedankt pa.' Troy legde zijn vinger tegen zijn voorhoofd.

'Op de baan,' zei Stan. 'Ze was de slimste en meest strategische op de baan. Dat moest wel, want ze speelde veel tegen jullie en jullie waren allemaal zoveel groter en sneller dan zij. Ze analyseerde de zwakke punten van haar concurrent op een leeftijd dat de meeste kinderen alleen maar bezig waren om de bal over het net te krijgen.'

Het was waar dat Brooke slim was op de baan, maar Joy had er nooit zo van genoten om haar te zien spelen als bij de anderen, omdat Brooke zelf geen plezier in het spelletje leek te hebben. Die permanente frons verscheen voor het eerst toen Brooke ongeveer acht was. Zelfs nog vóór de hoofdpijn.

'Maar Brooke lijdt aan migraine,' zei Stan. 'Dat was zo verschrikkelijk zonde.'

Hij schudde zijn hoofd zo spijtig en verdrietig dat je zou denken dat hij het over Brookes voortijdige dood had in plaats van het vroegtijdig stoppen met tennis.

Joy herinnerde zich de dag dat Stan en Brooke uren te vroeg thuiskwamen van een toernooi.

'Wat doen jullie hier?' had Joy gevraagd. Ze had haast, want ze moest invallen voor een van de trainers die zich ziek had gemeld. Ze had in die tijd altijd haast.

'Ze is klaar,' zei Stan. 'Het is voorbij.'

'Wat is er gebeurd?' vroeg Joy terwijl Brooke langs haar heen liep en zonder een woord te zeggen linea recta naar haar kamer ging, maar de blik die ze Joy toewierp leek zo beschuldigend, en toen ze naar Stan keek, zag ze dezelfde beschuldiging in zijn ogen: *jij hebt gefaald*. Omdat de medische zorg voor de kinderen haar verantwoordelijkheid was en zij Brookes hoofdpijn niet had kunnen genezen.

'Die dokter waar je haar naartoe brengt heeft er helemaal geen verstand van,' had Stan gezegd en Joy had toen tegen Stan moeten zeggen dat hij die les van haar over moest nemen, want ze had Brooke moeten troosten. Maar ze was zo kwaad op Stan om de taal die hij tegen haar uitsloeg, omdat hij haar de schuld had gegeven, dat ze daar niet eens aan gedacht had. Ze vertrok gewoon en sloeg de deur achter zich dicht.

'Als we het juiste medische advies hadden gekregen, was het misschien anders gelopen,' zei Stan nu en Joy voelde die frustratie van lang geleden opkomen alsof het gisteren was.

Savannah pakte Amy's schaal met brownies op. 'Iemand misschien...'

'Ik ben met haar bij de ene dokter na de andere dokter geweest!' zei Joy.

'Niemand geeft jou de schuld, mam,' zei Brooke terwijl de hond begon te janken.

'Nou, het lijkt er anders wel...'

'Indira is bij me weg,' zei Logan en de kamer viel meteen stil.

24

Logan zat rechtop en stoïcijns na zijn aankondiging, zijn onderarmen op zijn armleuningen alsof hij aan de elektrische stoel zat vastgebonden. Zelfs de hond leek geschrokken en staarde strak naar de muur alsof ze hem duidelijk wilde maken dat zij niets met deze vreselijke zaak te maken wilde hebben.

'Hè? Wat zeg je nou?' zei Stan verward.

'Ik dacht, ik kan het net zo goed nu maar vertellen,' zei Logan.

'O, Lógan.' Amy wendde haar blik af van de ballon. 'Maar we hóúden van haar.'

Toen Logan vandaag was aangekomen en zei dat Indira ziek thuis was, had Joy een gedachte, een krankzinnig hoopvolle gedachte: misschien is ze misselijk omdat ze zwanger is.

Die geheimzinnige blik op Indira's gezicht toen Joy haar voor het laatst zag, had dus niet geduid op een bijzondere geheime aankondiging waarmee ze nog wachtte tot ze veilig de twaalf weken doorgekomen was. Het was omdat ze op het punt had gestaan om haar biezen te pakken. De bloemenmagneet, waarvan Joy zo had gehoopt dat het een echofoto zou zijn, was een áfscheidscadeau geweest.

'Ik hield ook van haar,' zei Logan.

'Wist ze dat?' vroeg Amy.

'Je had haar een ring moeten geven.' Troy schudde schijnbaar wanhopig zijn hoofd.

'Moet jij nodig zeggen,' zei Logan.

'Ik ben getrouwd geweest.'

'Je bent niet getrouwd gebleven.'

Brooke deed haar mond open alsof ze iets wilde zeggen en sloot toen even haar ogen.

'Krijg je weer migraine, Brooke?' vroeg Joy. Ze voelde weer die kramp in haar onderbuik. Ze onderdrukte een kreun. 'Als dat zo is mag je niet zelf naar huis rijden. Je mag nooit autorijden als je een migraineaanval hebt.'

'Ik breng haar wel thuis,' bood Savannah aan.

'Ik heb geen migraine!' snauwde Brooke. 'We hebben het vandaag nu wel genoeg over migraine gehad.'

Joy geloofde haar niet. Ze zag er echt niet goed uit. 'Als het zo is, moet je misschien hier blijven. Aan Grant heb je niks als hij ook ziek is.'

'Grantenikzijnookuitelkaar.' Brooke sprak zo snel dat Joy even nodig had om de woorden van elkaar te scheiden.

'Wat zeg je nóú?'

Brooke ademde uit en haar schouders zakten omlaag. 'Het lucht op om het te zeggen.' Ze keek naar haar vader. 'Het spijt me dat ik je Vaderdag verpest.' Ze keek Logan aan. 'Al is Logan ermee begonnen.'

'Het geeft niet, lieverd,' zei Stan intens verdrietig. Hij klopte Brooke op haar schouder voordat hij achterover zakte op zijn stoel. 'Die dingen gebeuren nou eenmaal.'

Joy zei: 'Je bedoelt dat je gaat schéíden?'

'Voorlopig is het nog maar een proefscheiding, maar...' Brooke kneep haar ogen tot spleetjes alsof er plotseling een fel licht scheen. 'Het ziet er wel naar uit.'

Joy had moeten beseffen dat dit meer was dan migraine. Het arme kind zag er mat, bleek en afgepeigerd uit, met donkere kringen onder haar ogen en haar haar hing er ook zo slap bij.

Troy sloeg zijn arm om zijn zus. 'Hoe lang al?' vroeg hij.

'We zijn nu zes weken uit elkaar.'

‘Zes wéken?’ Joy bedoelde het niet vermanend, maar hoe kon Brooke al zes weken gescheiden zijn zonder er ook maar een woord over te zeggen tegen haar ouders?

‘Kwam het soms door alle druk die je jezelf oplegt met die verdómde praktijk?’ Nu gaf ze per ongeluk weg hoe erg ze die praktijk haatte. Ze pakte het helemaal verkeerd aan. Dit was een van die cruciale momenten in het leven aan het worden die ze over zou willen doen zodat ze de juiste dingen kon zeggen. Ze legde haar vingertoppen tegen haar haarlijn. Ze zweette. Voedselvergiftiging? Savannahs gebraden kip was zo heerlijk mals geweest! Was dit de prijs die je moest betalen voor malse kip? Dat was dan een veel te hoge prijs!

‘Ik had meer moeten helpen met de praktijk,’ zei ze tegen Brooke. Dat was ook zo! Grant voelde zich waarschijnlijk verwaarloosd. ‘Ik had erop moeten aandringen.’

‘O, mam,’ zei Brooke vermoeid.

‘Ik kan niet geloven dat je me er nooit iets over verteld hebt,’ zei Amy.

‘Kan dit misschien een keer niet over jou gaan, Amy?’ zei Brooke.

Amy’s gezicht vertrok. ‘Ik bedoelde alleen dat ik je had kunnen helpen.’

‘Oké, bedankt, maar met mij gaat het prima.’ Brooke masseerde haar voorhoofd met kleine cirkeltjes van haar vingertoppen. ‘Het spijt me. Ik was er gewoon nog niet aan toe om het erover te hebben. Ik dacht dat we er misschien nog wel uit zouden komen. Jullie hoeven niet boos te worden.’

Savannah had haar servet tot een keurig vierkant gevouwen, met daarin verstopt haar grotendeels niet opgegeten brownie. Wat zou ze wel niet denken van hen allemaal? Het was gênant om te bedenken dat ze zich er zorgen over had gemaakt dat Savannah misschien jaloers zou zijn op Joys liefhebbende, stabiele gezin.

‘Nou!’ zei Joy tegen Savannah. ‘Ik hoop dat dit niet te ongemakkelijk voor je is. Al die verdrietige aankondigingen op Vaderdag!'

'Sorry pa,' zei Logan berouwvol. 'Het was niet mijn bedoeling om Vaderdag te verpesten.'

'Die van mij ook niet,' zei Brooke. 'Sorry pa.'

'Niemand hoeft spijt te hebben,' zei Stan. Hij keek naar de ballon die boven zijn hoofd zweefde, greep naar het uiteinde van het touwtje en trok hem naar beneden. Hij greep de ballon vast als een kind in een kinderwagen die over een kermisterrein wordt geduwd.

'Wat doe je nou?' vroeg Joy hem.

'Ik hou mijn ballon vast,' zei Stan.

'Zal ik jullie anders wat privacy geven?' vroeg Savannah. 'Ik kan best naar mijn kamer gaan...' Ze verbeterde zichzelf ineens gegeneerd en wierp een blik op Amy. 'Niet míjn kamer.'

'We hebben geen privacy nodig,' zei Stan. 'Er is niks aan de hand. Die dingen gebeuren. Daar heeft niemand schuld aan.'

'Natuurlijk heeft niemand er schuld aan,' zei Joy twijfelend, al zou ze graag willen weten wiens schuld het precies was dat deze twee relaties stukgelopen waren.

'Heeft iemand zin in...' begon Savannah.

'Nee, we hebben niks nodig,' onderbrak Stan haar.

Het bleef even stil. Stan zat daar maar sullig met zijn ballon. Joy wist niet precies wat er uit haar buik opsteeg: woede of misselijkheid. Stond ze op het punt te braken of te schreeuwen, flauw te vallen of te huilen? Het leek allemaal mogelijk.

Troy zei: 'Aangezien curveballen van alle kanten kunnen komen, heb ik er misschien ook nog eentje.'

'Geweldig,' zei Joy knarsetandend. 'Doe maar lekker, Troy. Kom maar op met je curvebal. Gooi hem maar naar me toe, schat.'

'Oké, goed dan, ma,' zei Troy. Hij zag er vrij gespannen uit. Het kon niet nóg een relatiebreuk zijn. Hij zou niet de moeite nemen om daar iets over te vertellen. Hij had aan de lopende band relaties die aan en weer uit gingen. 'Ik wilde het eigenlijk geheimhouden, maar wat maakt het ook uit. Ik heb jullie advies nodig.' Hij schoof zijn glas opzij en er klotste rode wijn op het witte tafelkleed. Was hij dronken? Was Joy zelf dronken? Ze voelde zich wel echt heel vreemd.

Hij zei: 'Goed, herinneren jullie je Claire nog?'

'Kom nou toch, Troy, ja, natuurlijk herinneren we ons Claire nog,' zei Joy.

Claire was de ex-vrouw van Troy, ooit een geliefd lid van de familie, net als Indira en, in mindere mate, Grant. Elke keer dat haar kinderen het uitmaakten met iemand was het alsof er een dode te betreuren viel en door de jaren heen waren er vele, vele doden geweest.

(Dat zou ze in haar memoires schrijven: *Als ik terugkijk op het afgelopen decennium is het alsof ik naar een slagveld kijk dat bezaaid is met de lijken van alle geweldige jonge mannen en vrouwen die een mislukte relatie hebben gehad met mijn vervelende, ondankbare kinderen.* Wat zou de kleine onschuldige lerares daarvan vinden? Hoewel ze had gezegd dat je moest proberen kleurrijk te zijn.)

Troy zei: 'Nou, ik heb Claire dus gezien toen ik in de Verenigde Staten was...'

'Zijn jullie weer bij elkaar?' Amy keek hem onzinnig hoopvol aan.

'Natuurlijk zijn ze niet weer bij elkaar,' zei Joy, om haar eigen onzinnige hoop te verhullen. Natuurlijk niet. Was Claire niet naar Texas vertrokken of zo – een oord dat je aan cowboys deed denken – en getrouwd met een Amerikaanse cardioloog? Een vriend van een vriend uit de tijd dat Troy en Claire samenwoonden in de vs?

'Nee, ze is gelukkig getrouwd en ze blijft voorgoed in de vs wonen,' zei Troy. 'Ze wil graag een kind.'

'Nou, dat verbaast me niet. Ze wilde jaren geleden al graag een kind met jóú,' zei Joy bitter. Claire en Troy waren bezig met ivf toen hun huwelijk stukliep. Blijkbaar was Troy vreemdgegaan en Joy was destijds zo kwaad op hem dat ze hem zeker zes maanden niet in de ogen had kunnen kijken. Ze huiverde hevig. Het was te warm of te koud, hierbinnen.

'Nou, zij en haar man proberen het nu al een hele tijd en blijkbaar is het niet gelukt,' zei Troy.

'O nee,' zei Brooke. 'Je gaat me toch niet vertellen dat ze gebruik wil maken van...'

'Ja,' zei Troy. Hij keek zijn zus aan, die blijkbaar iets geraden had wat Joy zich niet eens kon voorstellen. 'Ja, dat wil ze inderdaad.'

'Gebruik wil maken van wat?' vroeg Stan.

'Nou, we hebben onze embryo's al die tijd ingevroren gehouden. Van toen wij ivf deden. Claire heeft al die tijd de kosten voor de opslag daarvan betaald. Hoe dan ook, nu vraagt ze dus wat ik ervan zou vinden als ze... het met een van die embryo's zou proberen.'

Joy had het gevoel dat ze door het donker strompelde op zoek naar een lichtknop. 'Bedoel je dat Claire een kind van jou wil? Maar ik snap het niet, waarom kan ze geen ivf doen met haar nieuwe echtgenoot? Waarom kan ze niet een paar nieuwe... embryo's maken?'

Ze struikelde over het woord 'embryo's'. Toen zij zelf zwanger werd, waren er alleen baby's of geen baby's.

'Ze had al heel weinig eitjes over toen ze ivf met Troy deed,' zei Brooke, die de medische voorgeschiedenis van iedereen had opgeslagen. 'Ze heeft nu waarschijnlijk helemaal geen eitjes meer.'

'Maar dan zou jij de vader van dat kind zijn,' zei Joy, en ze zag Troy voor zich als baby: de schattigste en stoutste van al haar kinderen. Als hij wakker werd huilde hij altijd zo hard dat je dacht dat hij doodging en dan kwam Joy aangerend, elke keer voor niks, en zodra ze hem oppakte stopte het huilen alsof er een schakelaar was omgedraaid en dan zette hij die hartverscheurende glimlach op, de krokodillentranen nog nat op zijn dikke, roze wangen.

'Ze wil dat haar man het kind formeel adopteert zodra het geboren is,' zei Troy en Joy hoorde hem struikelen over het woord 'echtgenoot' zoals zij zelf net was gestruikeld over 'embryo'.

'Maar zou je erbij betrokken kunnen zijn? Als je dat zou willen?' vroeg Amy.

Troy haalde zijn schouders op. 'Ze zegt dat het aan mij is, maar wat heeft het voor zin als ik om de paar maanden opduik en het kind meeneem naar McDonald's als zo'n treurige gescheiden vader? Het is beter als hij denkt dat de cardioloog zijn vader is, vinden jullie niet?'

Joy zat op een boot die heen en weer geslingerd werd op een stormachtige zee.

Ze ontmoette Stans blik. Hij keek verbluft. Ze zag wel dat hij het niet echt begreep. De gloednieuwe mogelijkheden en dilemma's die de moderne technologie, de moderne wetenschap en het moderne denken met zich meebrachten, gingen hem boven de pet.

'Vind jij dit een goed idee?' vroeg Logan.

'Nee, ik vind het helemaal geen goed idee,' zei Troy en daar had je het: een flits verdriet. 'Ik vind het eerlijk gezegd een afschuwelijk idee.'

'Nou, dan, man, je bent niet verplicht om...'

'Maar het zou weleens Claires enige kans kunnen zijn op een kind dat biologisch van haar is.' Troy hief zijn handen in een hopeloos gebaar van overgave. 'Haar enige kans. Ooit. Hoe kan ik die van haar afpakken? Terwijl die embryo's daar gewoon liggen? Het zou zo wreed zijn.' Zijn stem klonk nu zachtjes en hij bewoog zijn wijnglas in cirkels over de rode wijnvlek op het tafelkleed, alsof hij hem zo weg kon wrijven, wat niet het geval was. Die vlek zou er voor altijd blijven zitten.

Met een berouwvol stemmetje voegde Troy eraan toe: 'Vooral na wat ik haar heb aangedaan.'

Ach, kom nou toch.

Dit was precies hoe Joy zich altijd voelde toen Troy zich als kind in de nesten had gewerkt en hij daar voor haar en Stan zat, met gebogen hoofd, handen bungelend tussen zijn knieen, zo verdrietig, berouwvol en perplex, alsof de dingen die hij had uitgevreten niet zijn keuze waren geweest, niet echt, maar hij wel weer met de gevolgen ervan opgescheept zat.

'Ik denk dat ik het moet doen, hè?' Hij keek op van de tafel naar Joy. 'Toch, mam?'

Joy slaakte een zucht. Ze bracht haar hand weer naar haar brandende wang en huiverde. Ze had het ijskoud.

'Vind je niet, mam?' zei Troy. 'Dat ik het moet doen?'

Hij had een antwoord nodig. Voor antwoorden op de morele dilemma's waar hij voor stond had hij altijd bij haar aangeklopt, niet bij zijn vader.

Ik heb een cd gestolen, mam, en nu voel ik me er schuldig over. Moet ik hem gewoon terugbrengen naar de winkel en het hun vertellen? Maar ik heb er een kras op gemaakt, per ongeluk.

'O, Troy.'

Joy dacht aan Claires ouders. Zij en Stan hadden hen maar een paar keer ontmoet, maar ze mochten hen graag. Ongecompliceerde en vriendelijke mensen. Ze hadden zelfs nog tegen hen gedubbeld. De moeder, Teresa, had een mooie dubbelhandige backhand. Joy had zich doodgeschaamd toen haar zoon het hart van Teresa's dochter had gebroken. Ze had haar gebeld en gezegd dat het haar speet en dat ze zich schaamde voor Troy, en Teresa was aardig en hoffelijk geweest. Als de rollen omgekeerd waren geweest, zou Joy ook welgemanierd zijn geweest, maar koeltjes en kattig. Nu zou die aardige vrouw Joys kleinkind krijgen en Joy zou het niet mogen zien, vasthouden of leren kennen. Wat als de baby Troys glimlach had?

En Claires mooie rode haar? Joy had zo graag een roodharig kleinkind gehad!

'Ja,' zei ze tegen Troy. 'Je hebt gelijk. Je moet het doen. Dat is de juiste keuze.'

'Nou, ik weet het niet,' begon Stan ongemakkelijk.

'Het is de *juiste keuze*,' siste Joy tegen hem.

Hij hield zijn mond.

Ja, dit was de juiste keuze, maar het was ook de verkeerde keuze.

Wat als het kind, dat lieve kleine roodharige kind van wie ze nu al hield maar dat ze misschien nooit zou ontmoeten, Joys enige kleinkind zou blijken te zijn?

Ineens zei ze: 'Misschien moeten jullie allemaal maar naar huis gaan.'

Iedereen staarde haar aan.

'Ik voel me niet zo lekker,' zei ze. 'Ik heb het gevoel dat ik iets onder de leden heb.'

Ineens herkende ze de combinatie van symptomen die ze de afgelopen dagen had gehad. Wat een dom oud mens was ze toch. Ze had blaasontsteking, verdomme, net als ze op haar huwelijksreis had gehad, vanwege de ongebruikelijke seksuele activiteit van de laatste tijd.

Ineens was ze woedend op Stan, die daar als een stille, domme monoliet met zijn ballon aan het eind van de tafel zat en niets anders bij te dragen had dan een blaasontsteking! Op haar leeftijd! Ze pakte haar glas en nam een grote slok water, al kwam dat duidelijk te laat. Ze had antibiotica nodig en het was zondag, dus ze kon niet naar haar lieve huisarts, Susan. Ze moest naar een dokterspost en ze zou een of ander pas afgestudeerd kind over haar seksleven moeten vertellen.

'Verdomme,' zei ze tegen Stan.

'Pardon?' zei Stan. 'Wat kijk je naar me? Wat heb ik gedaan?'

'Nou, om te beginnen heb je Dennis Christos vermoord!' riep ze en het was zo vreemd want ze had niet eens aan die arme Dennis gedácht, met alles wat er speelde, maar de beschuldiging had de afgelopen zes maanden liggen wachten in haar onderbewustzijn op precies het perfecte moment.

'Dennis Christos is overleden aan een hartaanval!' Stan reageerde onmiddellijk, zonder spoortje verwarring, wat overtuigend bewijs was van zijn schuld.

'Je liet hem in de waan dat hij je service ging doorbreken en zijn arme hart kon het niet aan!'

'Hij dacht heus niet echt dat hij mijn service kon doorbreken,' schamperde Stan.

'Je liet het love-veertig worden!' riep Joy.

'Nou, het spijt me,' zei Stan, die helemaal niet berouwvol klonk.

'Dan hoef je mij je excuses niet aan te bieden! Bied ze maar aan die arme verdrietige Debbie Christos aan!'

'Nooit aansprakelijkheid erkennen, pa,' zei Troy. 'Dat is mijn tip.'

'Dat zal best, ja,' zei Logan.

'Dennis Christos heeft ooit een zeer ongepaste opmerking tegen mij gemaakt,' merkte Amy op. 'Misschien dat je je daardoor wat beter voelt, mam. Echt zeer ongepast.'

'Moeten we papa onze cadeaus niet nog geven voordat we gaan?' vroeg Brooke bezorgd.

'Wat heb ik verkéérd gedaan?' De woorden schoten uit Joys mond zonder haar toestemming.

Iedereen gaapte haar aan als een school domme vissen.

'Je hebt niets verkeerd gedaan, ma,' zei Amy sussend.

'Hoe kan het dan dat geen van jullie een normale relatie heeft? Hebben je vader en ik jullie soms geen goed voorbeeld gegeven? Van een goed huwelijk?'

Haar kinderen lieten allemaal hun hoofd zakken alsof ze had gevraagd wie er wilde helpen bij een onaangenaam klusje.

'Je vader en ik waren niet perfect, nou en,' zei ze. 'Maar zo sléćht waren we toch ook weer niet? Willen jullie ons soms ergens voor straffen? Waarvoor dan? Dat we jullie gedwongen hebben om te tennissen? We hebben jullie niet gedwongen! Nooit! Jullie waren dol op tennis! Jullie waren allemaal zo getalenteerd!'

'We straffen jullie niet,' zei Troy. 'Dat slaat nergens op, ma.'

'Het is gewoon pech,' zei Brooke. 'Slechte timing.' Ze keek boos naar Logan. 'Ik kon het niet geloven toen ik hoorde dat Logan en Indira ook uit elkaar waren.'

'Mam,' zei Amy. 'Je wordt heus nog weleens oma. Ik bedoel... ik krijg zelf natuurlijk geen kinderen, maar een van hen wel.' Ze wees naar haar zus en broers. 'Een van hen krijgt echt wel kinderen! Op de normale manier. Niet zoals wat Troy nu doet. Wat natuurlijk raar en verdrietig is. Maar je krijgt een echt kleinkind. Dat beloof ik je.'

'Hoe kun je me dat nou beloven, Amy? Je broers en zus zijn het blijkbaar niet met je eens, zo te zien! En hoe bedoel je dat je zelf natuurlijk geen kinderen krijgt? Hoezo niet? Trouwens, waarom heb je het überhaupt over kleinkinderen? Heb ik het dan over kleinkinderen gehad? Ooit? Niet één keer!' Joys hele lichaam brandde en trilde van het onrecht van dit alles. 'Nooit! Of wel soms? Nou, heb ik het er weleens over gehad?'

Als ze niet beloond zou worden voor haar geduld, dan moesten ze het op zijn minst erkennen.

'Nee nooit, mam,' zei Brooke en ze klonk zo verdrietig, alsof ze op het punt stond in huilen uit te barsten, en ook bang, alsof Joy dronken of gestoord of ziek was.

'Net zoals je ook nooit hebt gezegd hoe graag je wilde dat we zouden winnen,' zei Troy zacht.

Joy stond op. Haar benen waren wiebelig. De enige die haar aankeek was haar verdomde echtgenoot.

Ze zag wel wat die nu wilde doen. Ze zag het over hem heen komen: een dodelijke onbeweeglijkheid, of stilte, alles stopte. Het was twintig jaar geleden dat hij het voor het laatst had gedaan, maar ze herkende de tekenen nog steeds. Ze wist altijd precies wanneer het zou komen. Ze had het eerder door dan de kinderen en als ze snel ingreep, kon ze de crisis nog afwenden. Het was een gevoel alsof je moest rennen om iets te vangen voordat het in gruzelementen viel, alleen je mocht niet rennen. Misschien was dit hoe mensen van de Explosieven Opruimingsdienst zich voelden.

Maar ze was niet langer bedreven in het onschadelijk maken van explosieven. Ze was er te oud voor en ze kon niet geloven dat ze het überhaupt ooit had geaccepteerd.

'Waag... het... niet.' Ze wees naar hem met een trillende vinger. 'Als je het maar laat.'

Ze stond te tollen op haar benen. De pijn van het verdriet en de vernedering verspreidde zich niet alleen door haar buik, maar helemaal naar boven langs haar linkerkant.

Het was Savannah die het eerst bij haar was en haar ondersteunde met een verrassend sterke greep.

'Stuur ze naar huis,' zei Joy tegen haar. 'Stuur ze allemaal naar huis.'

25

Nu

Het was nu vijftien dagen geleden dat Joy Delaney voor het laatst door haar familie was gezien.

‘Mijn moeder werd erg ziek op Vaderdag,’ zei Brooke Delaney. ‘Ze zakte in elkaar. Ze bleek een nierinfectie te hebben. We moesten een ambulance bellen.’

‘Daar waren jullie allemaal vast erg van geschrokken,’ zei Christina.

Christina en Ethan ondervroegen Joy Delaneys jongste dochter in haar fysiotherapiepraktijk, omringd door fitnessapparatuur. Er waren maar twee stoelen. Ethan had Brookes aanbod aangenomen om op de balansbal te gaan zitten, wat hij met groot zelfvertrouwen deed, ijverig aantekeningen makend. Christina zou ervanaf zijn gevallen.

Ze hadden Brooke al ontmoet tijdens de persconferentie, maar het had een paar dagen geduurd voordat dit gesprek ingepland kon worden. Christina wist niet zeker of Brooke opzettelijk de boel traineerde. Nu leek ze erop gebrand mee te werken, of in elk geval om die indruk te wekken. ‘Nou ja, we waren er wel van geschrokken,’ zei Brooke. ‘We wisten eerst niet wat er aan de hand was. Mama gedroeg zich zo vreemd. We dachten dat het was omdat ze boos was, niet ziek.’

‘Waar was ze boos over?’

‘Ik voelde me vooral schuldig,’ overpeinsde Brooke. ‘Omdat

ik degene ben met een medische opleiding. Ze had koorts. Ik had het moeten zien.'

'Ze was ergens boos over?' drong Christina aan.

'Gewoon, familiedingen,' zei Brooke. 'Mijn broer en ik hadden een eind gemaakt aan onze relaties. O, en papa vond het wel een goede gelegenheid voor een uitgebreide analyse van onze mislukte tenniscarrières.' Ze glimlachte flauwtjes.

'En wat was je indruk van Savannah?' vroeg Christina. Ze brandde haar tong toen ze nipte van de kop te hete thee die Brooke voor haar had neergezet.

'Gewoon een lieve, rustige meid. Ze had heel veel eten voor ons gekookt, maar vervolgens ging ze ons bedienen, in het huis van onze ouders. Dat was vreemd en ongemakkelijk. Als een soort Assepoester. Zelf at ze nauwelijks iets en allebei mijn ouders waren een soort van... verliefd op haar. Afhankelijk van haar. Het was alsof ze daar was gekomen om een probleem op te lossen waarvan we niet eens wisten dat het bestond.'

'Wat voor probleem was dat?'

Brooke dacht na over de vraag. 'Ik denk misschien het kookprobleem... Of het pensioenprobleem... Mijn ouders zijn niet het soort mensen dat droomde van hun pensioen. Ze werkten graag.'

'Vertoonde je moeder de laatste tijd tekenen van een depressie?'

'Absoluut niet,' zei Brooke. Ze knipperde met haar ogen. 'Het ging de laatste tijd niet geweldig, maar mama is niet het type dat depressief wordt.'

'En je vader dan? Is híj het type dat depressief wordt?'

'Hij kan chagrijnig worden,' zei Brooke voorzichtig. 'Maar nooit gewelddadig. Als je dat soms bedoelt.'

'Ik wil niets suggereren,' zei Christina. 'Ik verzamel alleen informatie over de gemoedstoestand van je ouders.'

‘Ik wou dat je kon zien hoe mijn vader een kind lesgaf,’ zei Brooke. ‘Zelfs een kind zonder talent. Voorál een kind zonder talent. Hij was zo zachtaardig en geduldig, met zoveel passie voor het tennis, hij wilde gewoon altijd dat iedereen net zoveel van tennis hield als hij.’

Dit zei Christina verder niets. Vriendelijke mensen konden ook uitvallen. Mensen die onder bepaalde omstandigheden geduldig en vriendelijk waren, waren in andere situaties wreed en gemeen.

‘Maar hij geeft geen les meer, toch? Je ouders zijn met pensioen en je zei dat ze graag werkten. Dus ik neem aan dat ze niet van hun pensioen genoten...’

‘Ze zijn een beetje stuurloos,’ zei Brooke. ‘Ze hebben reizen geprobeerd, maar ze wisten niet hoe dat moest, vakantie vieren. We gingen nooit echt op vakantie als gezin.’

‘Jullie gingen nooit op vakantie?’

‘Jawel. Elke zomer gingen we een week naar een camping aan de Central Coast,’ gaf Brooke toe. ‘Wat best leuk was.’ Ze fronste. ‘Of eigenlijk niet echt.’ Ze zuchtte. ‘Maar er was nooit echt tijd voor vakanties, omdat we allemaal competitietennis speelden. We waren óf op reis naar een toernooi óf we waren voor een toernooi aan het trainen, en mijn ouders probeerden tegelijkertijd de school te runnen.’

‘Was het een gelukkige jeugd?’ vroeg Christina. Ze had nog niet echt grip op dit gezin. Op het eerste gezicht leken ze liefdevol en opgewekt, maar ze kon de ellende onheilspellend voelen borrelen onder hun sportieve, nuchtere houding.

‘Ik weet het niet,’ zei Brooke. Ze pakte een balpen, kauwde erop en leek zichzelf toen te vermanen, haalde hem uit haar mond, legde hem weer voor zich op het bureau en duwde hem van zich af. ‘Ik bedoel, ja, die was gelukkig. Het was heel druk. Alles stond in het teken van tennis. Tennis kaapt je jeugd. Er is geen tijd voor iets anders.’

‘Vond je het vervelend dat je jeugd werd gekaapt?’

‘Helemaal niet. Ik was dol op tennis. We waren allemaal dol op tennis.’

‘Speel je nog steeds?’ Christina keek naar de ingelijste print van een tennisster aan de muur.

Brookes neusvleugels trilden. ‘Niet competitief. Ik speel af en toe tegen mijn vader. Voor de lol.’

‘Dus toen jullie opgroeiden, hebben je ouders jullie toen erg onder druk gezet om te winnen?’

‘We zetten onszelf onder druk,’ zei Brooke. ‘We wilden allemaal winnen.’ Ze volgde Christina’s ogen naar de foto van de tennisster, die zich uitstrekte voor een backhand alsof er een leven van afhing. ‘Het is moeilijk om iets zo graag te willen en alles te geven en het dan niet te krijgen. Mensen doen alsof je alleen maar in jezelf hoeft te geloven, maar de waarheid is dat we niet allemaal een Martina kunnen zijn.’

‘Martina?’ Christina controleerde haar aantekeningen. Was dat de oudere zus?

‘Navratilova,’ zei Ethan. Hij wees naar de poster.

‘O, natuurlijk,’ zei Christina. De enige tennisser die ze kende was die ene boze uit de jaren tachtig. McEnroe. Ze had een oom die vroeger met Amerikaans accent zijn driftbuien kon imiteren: ‘*You cannot be serious*.’

Ethan vroeg aan Brooke: ‘Toen je zei “de laatste tijd ging het niet geweldig”, was dat omdat er wat problemen waren ontstaan naar aanleiding van die vaderdaglunch?’

Scherpe vraag. Christina keek naar Brookes lichaamstaal terwijl die antwoord gaf. Haar schouders gingen omhoog en ze rekte haar nek op een schildpadachtige manier om ze weer te laten zakken.

‘Er waren geen problemen,’ zei ze beslist. ‘Er werden die dag alleen een paar dingen hardop uitgesproken die nog nooit hardop uitgesproken waren, meer niet. En toen lag mama ziek in het ziekenhuis en concentreerden we ons daar allemaal op.’

Was dat de waarheid? Of was dat het moment waarop de wrijving was begonnen?

'Goed, dus waarom denk je dan dat "het de laatste tijd niet geweldig ging"?' vroeg Christina.

Brooke bleef even heel stil. 'Ik weet het niet,' zei ze en ze gaf verder geen krimp.

Daar had je de leugen. Precies op dat moment. Christina zou hem kunnen aanwijzen zoals een dokter een breuk op een röntgenfoto aanwijst. Ze wist het honderd procent zeker wél.

Christina wachtte.

'Weet je dat heel zeker?' vroeg ze vriendelijk. 'Weet je zeker dat je het niet weet?'

Er verschenen twee rode vlekken op Brookes wangen. 'Ja, ik weet het zeker.'

'Dus weer even terug naar de logee van je ouders,' zei Christina. 'Die was alleen met je vader? Terwijl je moeder in het ziekenhuis lag?'

'Ja,' zei Brooke. 'Dat was maar voor twee nachten.'

'Juist,' zei Christina. Dat was lang genoeg. Ze wachtte. Brooke gaf nog steeds geen krimp.

'Toen kwam je moeder uit het ziekenhuis naar huis en bleef Savannah daar.'

'Ja,' zei Brooke. 'We waren blij omdat ze kookte.'

'Volgens mij heeft je broer Logan rond die tijd iets onaangenaams over Savannah ontdekt.'

Deze keer zag ze Brooke wel degelijk ineenkrimpen. Had ze niet verwacht dat deze informatie zou worden doorgegeven? En zo niet, waarom niet?

Brooke herpakte zich snel, hoewel het haar te veel moeite kostte om oogcontact te houden.

'Heeft Logan je dat verteld?'

'Zeker,' zei Christina. Logan was er plotseling over begonnen, vlak voordat hij snel naar zijn leslokaal moest. 'Kun je me er wat meer over vertellen?'

'Nou,' zei Brooke en ze sprak voorzichtig, alsof ze zich op haar tenen een weg door glasscherven baande. 'Logan zat op een dag gewoon thuis toen hij iets over Savannah ontdekte waar we allemaal een beetje...' Ze verbrak het oogcontact om het juiste woord te kunnen vinden.

Ethan wiebelde op zijn balansbal.

'... nerveus van werden,' besloot Brooke.

26

Afgelopen oktober

Het was midden op de dag, midden in de week, midden in zijn leven. Logan had die ochtend vroeg lesgegeven en nu zat hij weer thuis, op zijn groenleren bank, in zijn halflege huis, op een heldere, zonovergoten dag vol vogelgezang, grasmaaiers en bladblazers, en het geluid van zijn buurvrouw die op haar cello zat te oefenen. Ze had hem al met een briefje gewaarschuwd: *Ik leer cello spelen, bedankt voor je geduld!*

Logan zat te zappen, dronk lauw bier en at restanten koude pizza bij wijze van lunch, en deed zijn best te voorkomen dat zijn ogen steeds afdwaalden van de televisie naar alle lege ruimtes in het appartement die door Indira achtergelaten waren.

Er was een lege ruimte voor hem waar Indira nu had moeten staan, met de handen in haar zij: *Je beseft toch wel dat de zon buiten schijnt?*

Ze vond dat het verboden was om televisie te kijken als de zon scheen. Dat kwam doordat zij en haar familie op haar twaalfde uit Engeland waren geëmigreerd en ze de Australische zonneschijn nog steeds waardeerde zoals Logan, die opgroeide met de zon in zijn ogen, dat nooit zou kunnen. Hij zag zonlicht als een risico, een obstakel dat je moest overwinnen op de baan, zoals de wind. Zij zag het als een dagelijks wonder.

Ze had ook letterlijk lege plekken achtergelaten, zoals de vage rechthoek aan de muur waar ze dat verschrikkelijke abstracte schilderij had opgehangen dat ze van een kunstenaar op een markt in Hobart had gekocht, en het platgelopen tapijt bij de voordeur waar haar zinloze vintage hoedenrek vroeger stond, dat toch niet zo zinloos bleek, want Logan wilde er nog steeds van alles op gooien, zoals zijn hoody, maar elke keer opnieuw was het er niet – en die afwezigheid was verrassend consistent, zoals de vaalgrijze pluisjes die nog troosteloos ronddwarrelden op de plek in het washok waar ooit Indira's bamboe wasmand had gestaan.

Ze had haar wasmachine achtergelaten. Elke keer dat hij die wilde gebruiken, keek die hem woedend aan. Het was een kleine, onhandige voorlader met te veel verschillende wasprogramma's. Indira had altijd al hun was gedaan. Vond ze fijn. Ze had hem soms zijn sokken van zijn voeten getrokken om ze te wassen.

De koelkast hield tenminste nog wel van hem. Hij had hem al jaren. Het ding stond daar nog steeds, plechtig en flegmatiek, zachtjes in zichzelf neuriënd tijdens elke relatiebreuk terwijl de kuipjes Griekse yoghurt en de bakjes aardbeien verdwenen om weer plaats te maken voor pizzadozen en een paar sixpacks bier.

Die ouwe trouwe koelkast.

Allemachtig, hij leek zijn moeder wel: een beetje zijn huishoudelijke apparaten als mensen behandelen.

Hij staarde naar de lege rechthoek aan de muur alsof het een dichtgemetseld raam was en hij zocht vruchteloos naar een uitzicht dat allang verdwenen was, naar een verklaring die er niet was.

'Het is prachtig,' zei ze altijd over dat verschrikkelijke schilderij. 'Het geeft me het gevoel dat ik leef.'

'Het is foeilelijk,' zei hij dan en hij had de echo van zijn ouders in hun grappenmakerij gehoord, tenminste, hij dacht dat hij die hoorde. Misschien hoorde Indira er iets anders in. Haar ouders hadden een ongelukkig huwelijk. Dus misschien hoorde ze de echo's van iets heel anders. Hij dacht dat hij grappig was en flirterig, maar misschien vond zij dat hij gemeen deed. Misschien had ze een hekel aan de was doen. Misschien leefden ze zij aan zij in totaal verschillende realiteiten.

Het wás echt een afschuwelijk schilderij, maar hij miste het, net zoals hij haar vragen miste, haar parfum, het feit dat zij erop stond dat hij bananen at (voor de kalium, want ze was geobsedeerd door kalium), haar hardloopschoenen bij de voordeur, haar piepende niesbuien, het onpeilbare plezier dat ze beleefde aan het vangen van Pokémon die schijnbaar onzichtbaar in hun appartement rondhingen (zouden die er nog zijn, hoopvol wachtend tot zij er weer een met haar telefoon zou vangen?), haar zachte kusjes in zijn nek op een zondagochtend vroeg, haar... Jezus.

Stop hiermee.

Hij pakte zijn telefoon en belde zijn vriend Hien, want Logan wás verdomme niet passief. Hij hield dagelijks een lijst bij van zijn niet-passieve daden. Hij was de enige in zijn kring van oude schoolvrienden die ooit de telefoon opnam en de vrouwen van al zijn vrienden merkten dit op en zeiden tegen hun echtgenoten: 'Jullie hebben allemaal zoveel mazzel dat jullie Logan hebben.'

'Heb je er al over nagedacht?' vroeg Hien zodra hij opnam.

'Huh?' Logan had nergens over nagedacht. 'Waar moet ik over nagedacht hebben?'

Maar toen herinnerde hij zich dat Hien meende dat zijn zesjarige zoon de volgende Nadal was en hij wilde dat Logan hem ging coachen, en het kon hem niet schelen dat Logan niet meer had gecoacht sinds zijn tienerjaren, toen hij had bijgesprongen bij Delaneys. Logan vond het coachen leuker dan al het andere werk dat ze er moesten doen, maar hij hoefde het nu niet meer te doen.

'Ik heb je al gezegd dat ik geen coach ben,' zei Logan. 'Ik heb je een lijst met namen gegeven.'

‘Kom nou gewoon een keer naar hem kijken als hij speelt,’ zei Hien. ‘Eén keer maar. Ik kwam altijd naar al je wedstrijden.’

‘Helemaal niet.’

‘Nou, één keer dan,’ zei Hien. ‘Je was écht goed.’

‘O, echt?’ zei Logan. ‘Mijn ranking was...’

‘Ja, whatever, gast, die ranking van je boeit me niet, die tijd is voorbij, maar hij zou jouw toekomst kunnen zijn. Je zult het zien. Als jij en Indira nou komen lunchen, dan gaan we hier naar de tennisbaan om te zien wat je ervan vindt.’

‘Hien,’ zei Logan.

‘Ik wil dat jij hem coacht. En niemand anders. Zelfs niet je vader. Dat is een gunst. Denk er nou nog maar eens over na. Ik moet hangen.’

Logan gooide de telefoon op de bank en moest er een beetje om lachen. Zelfs die onvermurwbare Hien was een typische tennisouder geworden, verblind door de liefde voor zijn kind.

Hiens vrouw en Indira waren goede vriendinnen. Maar Indira had haar blijkbaar nog niet verteld dat ze uit elkaar waren.

Zijn vrienden zouden precies zo reageren als zijn familie op Vaderdag. Mensen vonden Indira leuker dan hem. Dat wist hij altijd al en dit was voor het eerst dat het hem iets kon schelen. Hij voelde zich onterecht verguisd. Zelfs Tróy had verdomme gedaan alsof hij gestoord was dat hij haar had laten gaan.

Hij dacht aan de woorden van zijn moeder vlak voor ze zo dramatisch instortte: *Hebben je vader en ik jullie soms geen goed voorbeeld gegeven? Van een goed huwelijk?*

Hij had het huwelijk van zijn ouders nooit gezien als iets waar hij een oordeel over kon hebben. In zijn hoofd was het niet iets wat je met iets anders kon vergelijken. Het was er gewoon. Hij vermoedde dat hij een onbewust, kinderlijk geloof had dat zijn ouders niet echt twee individuen waren, maar een eenheid. Ze waren tenslotte al een halve eeuw bij elkaar en ze werkten samen, speelden samen tennis. Hij zag de één zelden zonder de ander. Hádden ze een goed voorbeeld gegeven van een goed huwelijk? Het was voor het eerst dat hij echt nadacht over die vraag.

Hij vond het leuk zoals zijn ouders elkaar plaagden. Het was alsof je ze een spel zag spelen en toen hij en zijn broer en zussen klein waren, hadden ze de regels van dat spel niet begrepen, maar ze wisten wel dat het een leuk spel was. Hij wilde uiteraard liever niets weten van hun seksleven, maar hij vond het leuk dat ze elkaar altijd aanraakten, omhelsden en zoenden: meer dan de ouders van andere mensen. Zijn vader was zo groot en zijn moeder zo klein; hij kon haar onder haar oksels optillen en ergens anders neerzetten als hij dat zou willen. En zelfs als kind kon Logan wel zien dat zijn moeder het leuk vond als hij dat deed, ook al stribbelde ze tegen, maar dat hoorde bij het spel.

Logan zou dat bij Indira nooit doen. Ze kon totaal niet tegen kietelen. Ze zou hem waarschijnlijk een kopstoot hebben gegeven als hij ooit had geprobeerd om haar op te tillen. Ze vond ook dat ze te zwaar was om opgetild te worden. Ze had problemen met haar lichaam. Hij hield van haar lichaam, maar hij moest heel voorzichtig zijn met wat hij zei. Indira deed liever alsof ze helemaal geen lichaam had. In het begin complimenteerde hij haar en dan keerde ze zich tegen hem: *Je liegt, je zegt maar wat, hoe kun je dat nou zeggen, ik weet dat je dat niet meent, mijn benen zijn walgelijk, mijn armen zijn walgelijk.* Dan bevond hij zich ineens in de positie dat hij haar lichaam moest verdedigen tegen een wrede aanvaller en hij wist niet hoe lang of hoe krachtig hij moest terugvechten omdat zij zelf die aanvaller was, dus uiteindelijk gaf hij zich over. Hij zei nooit meer iets. Elke relatie heeft zo zijn wonderlijke spelregels. En daar had je je gewoon aan te houden. Hij kon alleen nog zijn handen laten spreken, die probeerde hij alles te laten zeggen wat hij niet hardop mocht uitspreken. Ze hadden een relatie met veel aanraken, niet alleen in de slaapkamer: ze hielden elkaars hand vast op straat, ze lagen naast elkaar op deze bank als ze tv-keken. Hij had gedacht dat al die aanrakingen betekenden dat alles wat gezegd moest worden gezegd was.

Nu hij er zo over nadacht, realiseerde hij zich dat hij misschien als kind bepaalde aspecten van het huwelijk van zijn ouders niet zo leuk vond. Hij vond het vreselijk als zijn moeder achter de rug van zijn vader om gezichten trok en bittere opmerkingen mompelde, zo zacht dat alleen haar kinderen het konden horen: *Ik hád nog gezegd dat dit ging gebeuren maar denk je dat hij naar me luisterde? Nee, natuurlijk luisterde hij niet.*

Hij had het niet leuk gevonden als zijn vader het laatste woord had als ze ruzie hadden, niet door te schreeuwen, maar door weg te gaan.

Ik haatte het als mijn vader wegging.

Hij werd overspoeld door een golf van herinneringen, alsof hij een lang vergeten geur uit zijn jeugd had geroken. En ineens had hij zo'n vreemd gevoel in zijn maag, alsof hij struikelde in een droom. Daar had hij in geen jaren meer aan gedacht. Misschien had hij er sowieso nooit echt bij stilgestaan. Op een gegeven moment was zijn vader ermee gestopt en was de herinnering verdwenen, zoals oude kleren verdwenen en je vergat dat ze ooit hadden bestaan, totdat een oude foto je eraan herinnerde: o ja, ik was gek op dat T-shirt.

Op een dag keerde zijn vader terug en deed het daarna nooit meer, en jaren en jaren stapelden zich boven op die specifieke herinneringen, waardoor ze uit het zicht verdwenen. Zijn moeder trok geen gezichten meer en maakte geen bittere opmerkingen meer en zijn vader ging niet meer weg.

Zijn telefoon ging en hij schrok. Hij pakte hem op en zag

dat het Indira was. Hij bestudeerde haar naam en overwoog om op 'Niet opnemen' te drukken.

Indira wilde per se 'vrienden blijven'. En ze praatte tegenwoordig heel anders tegen hem, zonder een spoor van emotie. Ze klonk als een vriendelijke medewerker van de klantenservice. Ze was een bijna perfecte kloon van zijn Indira, behalve dat er iets essentieels en moois ontbrak.

Hij zette de televisie op stil en nam op.

'Hoi Logan,' zei ze met haar vriendelijke telemarketingstem. 'Hoe is het ermee?'

'Goed, Indira. Hoe gaat het met jou?' Hij imiteerde haar toon niet helemaal, maar het kwam in de buurt.

Ze zweeg even en zei toen op een iets minder vriendelijke maar wel normalere toon: 'Ik dacht: ik bel even om te vragen of je moeder al is ontslagen uit het ziekenhuis.'

Ze had kunnen appen: *Hoe gaat het met je moeder?* Dat is wat hij zelf zou doen. Of ze had net als andere ex-vriendinnen gewoon uit zijn leven kunnen verdwijnen, maar ze hield contact en bleef zich plichtsgetrouw op de hoogte stellen van nieuws over zijn familie. Hij wilde haar zeggen dat dat niet nodig was. Als hij haar warme lichaam niet naast zich in bed kon krijgen, dan wilde hij haar kil-vriendelijke stem niet in zijn oor.

'Ze is weer thuis,' zei hij. 'Ze hebben haar daar maar twee nachten gehouden.'

'O mooi. Dat is mooi. En is dat meisje daar nog steeds?'

'Ja,' zei Logan. 'Die is er nog. Ze kookt voor hen. Ma vindt het geweldig. Het is...' Het is vreemd. Het is aardig. Het is geruststellend. Het is een tikje angstaanjagend. Hij wist niet wat hij over Savannah moest zeggen of denken. Blijkbaar waren beide ouders blij met haar. Hoe kon hij daarover klagen? Hij keek naar de lege plek boven de televisie. 'Hoe gaat het met jou?'

Indira was in Perth, waar haar ouders een jaar geleden naartoe waren verhuisd. Ze kon niet goed opschieten met haar ouders. Toch was ze bereid om aan de andere kant van het land bij hen te logeren. Zo graag wilde ze geen relatie meer hebben met Logan.

'Vanmorgen hebben mijn ouders tien minuten lang tegen elkaar staan schreeuwen over een waterglas,' zei ze en ze vergat haar kloonstem op te zetten. 'Het lijkt wel alsof ze niet eens doorhebben dat ze schreeuwen. Dat is gewoon hun standaardhouding.'

'Dat vind ik rot voor je,' zei hij. *Waarom ben je bij me weggegaan?*

'Maar goed, ik ga vanmiddag bij een woning kijken die er veelbelovend uitziet.' Daar was de vriendelijke kloonstem weer.

'Wij schreeuwden nooit tegen elkaar,' zei Logan en hij hield zijn adem in omdat praten over hun relatie in strijd was met hun onuitgesproken spelregels. *Kom thuis. Hang alsjeblieft dat afgrijselijke schilderij weer aan de muur.*

Er viel een lange stilte.

'We hebben nooit echt ruzie gehad,' zei Logan. 'Toch?' *Waarom ben je weggegaan? Kun je nu alsjeblieft weer naar huis komen?*

'Het heeft geen zin om daar nu nog over te praten,' zei Indira. 'Ik moet...'

Logan sprak snel. 'Op Vaderdag, vlak voordat ma instortte, werd ze heel boos omdat jij en ik uit elkaar zijn, en Brooke en Grant ook...'

'Brooke is beter af zonder die vent,' zei Indira, die altijd al iets tegen Grant had gehad, ook al had Logan dat nooit echt begrepen.

Logan ging door. 'Maar goed, ze vroeg of zij en papa ons niet het goede voorbeeld hadden gegeven. Van een goed huwelijk.'

'Je ouders hebben een geweldige relatie,' zei Indira. 'Ze zijn zo schattig samen. Ik bel je moeder vandaag wel even.' Hij hoorde pijn in haar stem. Ze hield van Logans ouders. Ze had hen de afgelopen vijf jaar waarschijnlijk vaker gesproken dan Logan zelf. Met zijn ouders praten was een soort huishoudelijke taak die hij aan haar had overgedragen omdat zij er zo goed in was. Zoals zij de badkamer aan hem had overgelaten omdat hij zo goed was in het streeploos schoonmaken van de douchedeurtjes.

'Ze hebben een geweldige relatie,' beaamde Logan. 'Hoewel, het is grappig, maar toen je belde, zat ik net te denken aan dat mijn vader vroeger altijd...' Hij kon niet op juiste woord komen voor wat zijn vader vroeger altijd deed en hij wist ook niet zeker of hij het er wel echt over wilde hebben.

'Aan dat je vader altijd wat?' vroeg Indira, alsof ze het echt wilde weten en als dit een manier was om haar aan de telefoon te houden en haar normale stem te horen, dan greep hij die kans aan.

'Iets wat hij altijd deed toen we nog klein waren... Misschien een keer of drie of vier per jaar. Niet zo vaak. Het was verder niet belangrijk.' Maar het was wel degelijk nogal belangrijk. 'Ik heb je het vast al een keer verteld,' zei hij.

'Je hebt het me nooit verteld,' zei Indira. Haar stem klonk iets luider in zijn oor, alsof ze net rechtop was gaan zitten, en dus ging hij ook rechtop zitten.

'O,' zei Logan. 'Nou ja. Als mijn vader echt kwaad was om het een of ander, dan... liep hij gewoon weg.'

'Je bedoelt dat hij conflicten uit de weg ging,' zei Indira. Er waren bepaalde lettergrepen waar hij nog een spoor Engels accent van lang geleden kon horen. Zoals de 'con' in 'conflict'.

'Dat was het, denk ik,' zei Logan. 'Maar het voelde niet alsof hij conflicten uit de weg ging, het voelde als een straf. Omdat je nooit wist hoe lang het zou duren voordat hij terugkwam.'

'Maar... ik snap het niet helemaal. Waar ging hij dan naartoe?'

'Dat wisten we nooit.' Wat zou er gebeuren als hij het hem nu zou vragen?

Waar ging je heen, pa? Waarom deed je dat nou altijd?

'Dus hij ging niet zomaar de kámer uit. Hij ging ook echt het huis uit.'

'Ja,' zei Logan. 'Een keer hadden Troy en ik ruzie achter in de auto op weg naar een toernooi en toen parkeerde mijn vader de auto op een zesbaanssnelweg, stapte uit, liep weg en we zagen hem pas de volgende avond weer terug.'

'De volgende avond!' gilde Indira.

Het klonk best vreemd nu hij het hardop zei. Hij herinnerde zich dat ze allemaal in de auto hadden zitten kijken naar hoe hun vader wegliep: hij liep zonder haast, alsof hij precies op tijd was voor een belangrijke afspraak. In de auto was het warm en benauwd en alle lucht leek eruit weggezogen. Het enige geluid was het suizen van langsrijdend verkeer en het eentonige *tik, tik, tik* van de richtingaanwijzer die hun vader had laten aanstaan toen hij stopte.

Dat was de dag dat Brooke haar eerste migraineaanval kreeg, of in elk geval de eerste die Logan zich herinnerde, en de dag dat hun moeder na twintig minuten botweg zei: 'Hij komt niet meer terug', uit de auto stapte en achter het stuur kroop om hen naar het toernooi te rijden, waar Logan met 6-2, 6-1 verloor van die trol van een gast van de Central Coast die totaal geen techniek had. Hij herinnerde zich niet hoe de wedstrijden van de anderen waren gegaan.

Pa moet een lift hebben gekregen, dacht Logan nu voor het eerst. Dat kan niet anders. Er was toen geen Uber om te bellen. Er waren geen mobiele telefoons. Niet dat zijn vader nu een mobiele telefoon had.

Hij had waarschijnlijk zijn duim opgestoken, een lift gekregen en de nacht in een goedkoop hotel doorgebracht. Geen groot mysterie. Het had allemaal zo angstaanjagend mysterieus geleken toen ze nog klein waren, alsof hij in het niets was verdwenen.

Hij dacht erover om zijn vader nu op te bellen en te vragen:

En? Logeerde je soms in een motel? Groot gelijk, man. Geen punt, pa.

'Hij is weleens vijf nachten weggebleven. Dat was het langst,' zei Logan.

Hij had de nachten geteld. Het was nadat Troy over het net was gesprongen en Harry Haddad in elkaar had geslagen, dus het hele gezin was boos op Troy.

'Vijf nachten! Maar dan was je moeder toch helemaal over haar toeren!' zei Indira. 'Heeft ze de politie toen niet gebeld?'

'Ik geloof niet dat ze dat ooit heeft gedaan,' zei Logan. Hij wist niet of ze ooit de politie had gebeld of niet. Hij nam aan van niet. 'Omdat hij altijd weer terugkwam. Ze wist dat hij terug zou komen.'

Hij herinnerde zich dat Brooke boven haar spaghetti bolognaise huilde terwijl hun moeder haar troostte, alsof dit net zo erg was als dat de Parmezaanse kaas op was. *Papa komt wel weer terug, domme meid, maak er nou toch niet zo'n ophef over! Hij moet gewoon zijn hoofd leegmaken.*

Als hij weg was, maakte hun moeder geen bittere opmerkingen over hun vader, maar kwam ze alleen met geruststellende woorden, dat hij terug zou komen, maak je geen zorgen, hij kon elk moment terugkomen en dan konden ze het verder vergeten. Je moest gewoon geduld hebben.

'Hebben jullie dan nooit gevraagd waar hij heen ging?' vroeg Indira.

'Je mocht er niet naar vragen. Je moest doen alsof er niets was gebeurd. Dat was gewoon... de regel.'

'Ik kan niet geloven dat je moeder dat accepteerde,' zei Indira. Ze bleef even stil. 'Maar Amy vroeg toch zeker wel waar je vader uithing?'

Er flitste ineens een verontrustende herinnering door Logans hoofd: Amy die door de gang rende en zich tegen hun vader lanceerde als hij een keer terugkwam, met kleine vuisten op zijn borst kloppend, schreeuwend: 'Waar was je nou, stomme, stoute papa, waar wás je nou?' en dat hun moeder achter haar aan schoot, haar losmaakte van hun vader, die er zo ongevoelig en uitdrukkingsloos bij stond als een boom.

Was dat die keer dat zijn vader zich omdraaide en weer vertrok? Of was dat een andere keer?

'Hij deed het ook op mijn verjaardagsfeestje toen ik negen werd,' zei Logan. 'Nog voordat we "Happy Birthday" voor me hadden gezongen.'

'Dat is verschrikkelijk,' zei Indira. 'Dat is echt verschrikkelijk. Stán! Die lieve Stan. Ik dacht dat hij gewoon een grote gezellige beer was.'

'O, nou ja,' zei Logan. 'Er zijn wel ergere dingen en hij bleef die dag niet zo lang weg. Hij was op tijd terug om me in bed te stoppen.'

Die keer had zijn vader een Crunchie-reep voor hem gekocht. Hij herinnerde zich de gouden glans van de verpakking toen zijn vader die onder de dekens naast hem legde. Dichter bij zijn excuses aanbieden was hij nooit gekomen. En de smaak van de verboden chocolade in bed, die hij niet met zijn broer of zussen hoefde te delen, nadat hij zijn tanden al had gepoetst... Hij wist objectief dat zijn vader zich die dag had misdragen, dat hij zelfs wreed was geweest, maar de herinnering aan de Crunchie-reep glom nog steeds als goud in zijn herinnering, als een bewijs dat zijn vader van hem hield.

'Op een gegeven moment stopte hij ermee,' zei Logan. 'Ik weet niet meer precies wanneer. Ergens in mijn tienerjaren, denk ik. En toen hebben we het er nooit meer over gehad.'

'Maar toch, dat moet je behoorlijk gevormd hebben,' zei Indira.

'Welnee,' zei Logan.

Hij was ineens intens geïrriteerd. Indira's ouders waren allebei psycholoog en hij haatte het als ze dit soort simplistische oorzaak-en-gevolgpsychologie op hem probeerde toe te passen. Want zij was grafisch ontwerper, dus wat wist zij er nou van? En haar ouders konden onmogelijk góéde psychologen zijn, want als ze dat wel waren zou je denken dat ze zichzelf hadden geanalyseerd en vastgesteld hadden dat ze vreselijk waren, en dan zouden ze misschien hebben gemerkt dat hun prachtige dochter haar prachtige lichaam haatte.

'Het was niet vormend. Het was gewoon een rare gewoonte van mijn vader en hij is eroverheen gegroeid. Het heeft mij niet gevormd. Heb ik jou dit ooit aangedaan? Heb ik jou ooit zomaar verlaten?'

Indira gaf geen antwoord.

'Indira, je weet heel goed dat ik dat nooit heb gedaan. Nooit.'

Er was zich iets aan het opbouwen vanbinnen.

'Je bent fysiek nooit weggegaan,' zei Indira langzaam. 'Maar als we het ergens over oneens waren, dan... verdween je wel degelijk.'

'Dan verdween ik?' zei Logan. 'Wat bedoel je daar in godsnaam mee?'

Nu kon hij de echo van zijn moeder horen, behalve dat zijn moeder zou zeggen: *Wat bedoel je daar in vredesnaam mee?*

Hij wachtte niet op een antwoord. Wat maakte het nu nog uit? Indíra was degene die was vertrokken, die zonder uitleg was verdwenen.

'Ik moet ophangen,' zei hij.

'Ja,' zei Indira koeltjes. 'Dat zal best.'

Wat bedoelde ze dáár nou weer mee? Hij wachtte niet tot hij erachter kwam. Hij hing op en smeet zijn telefoon met een klap neer op de houten armleuning van de bank. Hij bleef even zitten, met een snelle hartslag. Hij herinnerde zich de keren dat hij tijdens zijn relatie met Indira het verlangen had gevoeld om precies dat te doen wat zijn vader had gedaan: om op te staan en de kamer te verlaten, een blokje om te gaan om tot bedaren te komen na een meningsverschil, een beschuldiging, een kwestie die haar blijkbaar van streek maakte, maar dat had hij nooit gedaan.

Het had hem al zijn zelfbeheersing gekost om zichzelf te dwingen te blijven en vaak was juist Indira degene geweest die plotseling haar handen in de lucht had gegooid, weg was gegaan, de deur achter zich had dichtgeslagen. En nu deed ze alsof dat wees op een soort weeffout in je karakter. Hij was niet gaan schreeuwen zoals zijn moeder. Hij was niet weggegaan zoals zijn vader. Hij had zeker niet iets onvergeeflijks gedaan zoals zijn grootvader, wiens gewelddadigheid als een beschamende lijkwade over hun gezin hing. Als kind had Logan ooit achter in een lade een kleine zwart-witfoto gevonden van een man met een gleufhoed en bretels, en toen zijn vader hem betrapte toen hij die stond te bestuderen, had hij de foto uit zijn handen gegrist alsof het porno was. Stan hoefde niet te zeggen dat de man met de gleufhoed zijn vader was. Logan had de intense schaamte van zijn vader wel gevoeld en hij deelde die. Hij accepteerde het als een deel van zijn erfenis, zoals zijn lengte en zijn haar.

Telkens als er conflicten waren tijdens zijn relaties, deed hij heel erg zijn best om de fouten uit het verleden niet te herhalen. Dan spande hij zijn lichaam heel erg aan en wachtte tot die mogelijk catastrofale gevoelens voorbij zouden gaan, wat uiteindelijk altijd gebeurde. Maar er was nooit erkenning of lof of goedkeuring voor wat hem zoveel moeite had gekost.

Het maakt niet uit hoe hard je je best doet, je zult nooit goed genoeg zijn.

Wat tennis betrof klopte dat. Het klopte voor alles. Hij zou altijd gemiddeld zijn. Precies in het midden van welke schaal dan ook. Goed genoeg om een meisje als Indira te krijgen, niet goed genoeg om haar te houden.

Zijn hartslag vertraagde. Hij was er klaar mee. Hij zag het nu heel scherp. Hij was klaar met relaties. De opluchting en de absolute juistheid van zijn beslissing deden hem denken aan de beslissing om te stoppen met competitietennis. Geen strijd meer. Geen falen meer. De absolute gelukzaligheid van de gedachte: *ik zal nooit meer verliezen.*

Hij zou vrijgezel blijven. Zijn koelkast zou nooit meer een bak yoghurt zien. Hij zou geen schilderijen aan zijn muren hebben, geen kapstok, geen sierkussens op zijn bed.

Het kwam wel goed met hem. Beter dan goed, zelfs.

Zijn telefoon ging weer.

Hij pakte hem op en zag dat er een spinnenweb van scheuren over zijn schermpje liep, alsof er met een miniatuurkogel op was geschoten. Als het Indira was die terugbelde, zou hij haar negeren, maar hij zag dat het het hoofd van zijn afdeling was, dus nam hij op met zijn zakelijke stem.

'Hé Logan,' zei Don Travis. Hij had een lage, lome stem, zoals Logans vader, maar hij was een relaxte Queenslander en als er ooit een woord was dat op geen van Logans ouders van toepassing was, dan was het wel 'relaxed'.

'Hé, man, ik vroeg me af of je momenteel misschien problemen hebt met... eh, ex-vriendinnen?'

'Ex-vriendinnen?' Logans hoofd schoot zo snel naar achteren dat het pijn aan zijn nek deed. 'Wat bedoel je? Hoezo?'

Hij keek wild om zich heen door zijn appartement. Werd hij soms afgeluisterd? Hoe kon Don überhaupt iets over Indira weten? Logan hield zijn privéleven volledig gescheiden van zijn werk. Hij ging nooit naar kantoorfeesten of borrels. Er was een jaarlijks kerstfeest dat Logan nog nooit had bijgewoond.

'We hebben een anonieme telefonische klacht over je gekregen.'

'Wat voor klacht?' Logan was erg geliefd bij zijn studenten. Hij kreeg nooit klachten. Hij kreeg bedankbrieven.

'Nou, ze suggereerde iets van seksuele intimidatie, hoewel het niet echt duidelijk was wat ze bedoelde.'

'Wat de...?' Logan kwam overeind.

'Ja, ik weet het, Logan, ik weet het. Je hebt een onberispelijke staat van dienst. Daarom vroeg ik me af of je misschien onlangs een relatiebreuk hebt meegemaakt.'

'Ik ben net uit elkaar met iemand,' zei Logan. 'Maar zij zou nooit zoiets doen. In geen miljoen jaar.'

'Weet je het zeker, man? Want mensen doen weleens gekke dingen na een relatiebreuk.'

'Ik weet het honderd procent zeker.' Hij zou het zweren op zijn leven.

'Nou, we hebben het proces uitgelegd en wat ze moet doen als ze een officiële klacht wil indienen, maar toen hing ze op,' zei Don. 'Het is nu een week geleden en aangezien ze geen naam heeft genoemd en zelfs niet heeft gezegd welke cursus ze heeft gevolgd, laten we het er verder bij. Ik wilde je alleen even waarschuwen dat er misschien iemand is die wraak wil nemen.' Hij schraapte zijn keel. 'Je hoeft je nergens voor te schamen. Ik had een ex die me ooit bakken problemen bezorgde, dus ik leef met je mee. Of misschien was het gewoon een willekeurige gek. Die dingen gebeuren.'

Logan bedankte hem en hing op.

Hij dacht aan de ex-vriendinnen vóór Indira.

Nee. Nee. Nee.

Helemaal terug tot aan Tracey, toen Troy ook verkering had met een Tracey. Troys Tracey zou misschien tot zoiets in staat zijn, maar Logans Tracey niet.

Logan koos altijd goede vriendinnen. Hij werd altijd uitgenodigd op hun bruiloft. (Zou hij ook ooit een vrolijke uitnodiging voor Indira's bruiloft krijgen? Het idee dat hij Indira met iemand anders zou zien trouwen was net alsof hij zich de dood van een geliefde inbeeldde.)

Het moest dus wel een 'willekeurige gek' zijn geweest, zoals Don had geopperd. Maar toch was het verontrustend. Deze hele dag was erg verontrustend.

Hij pakte zijn bier en de afstandsbediening, zette de televisie aan en begon weer te zappen: een aflevering van *Friends*, een aflevering van *Seinfeld*, een aflevering van de *Antiques*

Roadshow. Op dit moment van de dag was alles een herhaling.

Hij stopte bij een mooie vrouw met bruin krullend haar die met een interviewer stond te praten.

De camera kwam dicht naar haar gezicht toe terwijl ze smekend zei: 'Ik weet niet waarom ze die programma's op televisie uitzenden, ze helpen niet. Het maakt het alleen maar erger!'

Hij moest het eerder hebben gezien. Hij herkende haar niet, maar de manier waarop haar stem haperde bij het woord 'erger' kwam hem zo bekend voor.

Ze ging verder. 'Hij raakt altijd in een vreselijke humeur door dat soort verhalen. Misschien dat hij zich schuldig voelt, ik weet het niet. Dan zegt hij: "O, dus het is altijd de schuld van de man? Nooit de schuld van het meisje! Altijd ligt het aan hem."'

Logan stond in de achtertuin van zijn ouders en Savannah vertelde het verhaal van haar vriend die haar sloeg. Hij was er bijna zeker van dat sommige woorden identiek waren aan de woorden die Savannah had gebruikt: Het is altijd de schuld van de man, nooit de schuld van het meisje.

Hij zette zijn bier neer, zette het geluid harder.

Het meisje zei: 'Dus ik zette zo snel mogelijk een andere zender op en ik zei iets van: "O, ik heb zin om *The Bachelor* te kijken!"'

Niet helemaal hetzelfde verhaal. Zei Savannah niet dat ze naar een ander programma was gezapt? Was het niet *Survivor?*

Het moest een raar toeval zijn.

'Ik begon te ontspannen,' zei het meisje met het krullende haar. De camera zoomde in op ogen die vol stonden met tranen. 'En toen dacht ik: o, het is weer goed. En toen was ik zo stóm om hem te vragen of hij de kentekenregistratie van de auto al had betaald.'

Ze had gevraagd of hij de kentekenregistratie van de auto al had betaald. Dat had Savannah ook gezegd. Hij was er absoluut zeker van dat ze dat had gezegd. Dit kon toch zeker geen toeval zijn? Dat twee incidenten van huiselijk geweld voorafgegaan werden door een vraag over een kentekenregistratie?

'Ik wilde er helemaal geen punt van maken. Maar blijkbaar was ik passief-agressief. En toen ging hij helemaal los. Hij brak mijn kaak. Drie ribben. Ik heb langer in het ziekenhuis gelegen dan dat hij in de gevangenis zat.'

Een oude foto van de vrouw vulde het scherm. Logan huiverde en keek weg. Het gezicht van het meisje was onherkenbaar: als gekneusd, zwart geworden fruit.

Had Savannah het pijnlijke verhaal van iemand anders gejat?

Er was wel íéts met Savannah gebeurd. Haar verwonding was echt, ook al was hij maar klein en nauwelijks te vergelijken met de afschuwelijke verwonding die deze arme vrouw had opgelopen.

Hij keek weer naar de televisie. Een andere vrouw in een witte jas met een stethoscoop om haar nek zat achter een bureau en sprak met amechtige expertise over de plaag van huiselijk geweld waarvan ze persoonlijk getuige was geweest.

Logan herinnerde zich dat Savannahs ex-vriend rechtop in bed zat en naar zijn bril greep. Er klopte iets niet, vond hij toen al. Die man was gewoon zo perplex. Maar Logan had zichzelf toen streng toegesproken. Zijn instincten waren verkeerd en slecht. Hoe durfde hij het verhaal van een vrouw over mishandeling in twijfel te trekken, alleen maar omdat de man er niet uitzag als 'het type' om zoiets te doen?

Logan pakte zijn telefoon, bladerde door zijn contacten en overwoog wie hij moest bellen. Hij wilde Brooke niet storen op haar werk en ze had op dit moment genoeg aan haar hoofd met haar scheiding. Hij zou Troy kunnen bellen, maar Troys eerste impuls zou zijn om geld tegen het probleem aan te smijten. Zou hij Savannah geld aanbieden om ervoor te zorgen dat ze opduvelde? Misschien was dat niet eens zo'n slecht idee. Behalve dat ze hun ouders zo gelukkig leek te maken.

Hij zou Amy bellen. Hij realiseerde zich dat hij Amy altijd al belde, want ondanks alles had zij nog steeds de leiding. Ze was hun gekke koningin aan wie ze nog steeds allemaal hun levenslange trouw zwoeren.

'Waar zit je mee?' zei Amy toen ze opnam, met haar grote-zussen-stem.

'Savannah,' zei Logan.

'Hou maar op,' zei Amy blij. 'Ik mag haar totáál niet.'

27

Nu

'Het blijkt dat de man de gewoonte had om de deur uit te lopen en te verdwijnen als het gezinsleven hem te veel werd,' zei Christina tegen haar baas.

Ze was in zijn kantoor om hem een update te geven van het onderzoek naar Joy Delaney.

'Slimme vent,' zei haar baas, hoofdinspecteur Vince Oates. Hij had vier kinderen onder de vijf jaar. Hij dronk Red Bull alsof het water was.

'Sommige leden van het gezin denken dat dit is om hem dat betaald te zetten,' zei Christina. 'Dat het nu de beurt van de vrouw was om weg te lopen.'

'Wat denk jij?'

'Ze is nu zestien dagen weg. De man is nooit langer dan vijf nachten weggebleven en dat was ruim twintig jaar geleden.'

'Het laatste wat we dit jaar nodig hebben, is nog een moord zonder lijk,' zei Vince somber. Hij schudde met zijn lege Red Bull-blikje.

'Hou maar op,' zei Christina. Er was net een spraakmakende zaak mislukt. Te veel media-aandacht. Geen resultaat. Ontmoedigend voor alle betrokkenen. 'Ik wil nu echt een lijk.' Ze bleef even stil. 'Ik bedoel, ik wil natuurlijk niet echt een lijk.'

'Behalve als ze dood is.'

'Behalve als ze dood is,' beaamde Christina.

Als ze van weddenschappen had gehouden, zou ze er heel wat om verwed hebben dat Joy Delaney dood was.

28

Afgelopen oktober

Zodra Amy haar telefoontje met Logan had beëindigd liep ze de trap af, gekleed in niet meer dan een T-shirt, en botste ze regelrecht tegen Simon Barrington op, die op dat moment aan het werk had moeten zijn. Het huis hoorde tijdens kantooruren van haar te zijn. Haar jonge huisgenoten hadden allemaal verstandige jongemensenbanen in het bedrijfsleven en dat beviel haar goed.

'Sorry!' Simon drukte zich dramatisch tegen de muur aan en wendde zijn blik af, alsof ze afgelopen weekend geen seks hadden gehad. Dat was dus het probleem als je met je huisgenoten naar bed ging. Het verstoorde het hele ritme en gezien alles wat er op dit moment met haar familie aan de hand was, wilde ze dat het ritme intact bleef.

'We hebben van het weekend seks gehad,' bracht ze hem in herinnering, om hem op zijn gemak te stellen. De seks was heftig en gezond geweest, zoet en heerlijk als appelkruimel. Ze dacht niet dat ze ooit met zo'n nétte man naar bed was geweest. Zelfs toen hij slonzig en dronken was, rook hij naar zeep en schone was.

Dit leek hem juist totaal niet op zijn gemak te stellen. Hij bloosde. Hij bloosde serieus. Wat een schatje.

'Ja, het spijt me,' zei hij. Hij bleef even stil. 'Tenminste, eigenlijk heb ik er helemaal geen spijt van.' Hij schraapte zijn keel. 'Hoor ik er spijt van te hebben?'

Amy slaakte een zucht. 'Waarom ben je nu niet aan het werk, Simon Barrington?'

'Ik heb ontslag genomen,' zei hij. 'Ik ben een paar dingen drastisch aan het omgooien in mijn leven.'

'Dus je wordt geen accountant meer?'

Hij leek ontsteld bij de gedachte. 'O nee, ik blijf wel een accountant. Alleen niet binnen die specifieke praktijk. Ik ga een paar maanden vrij nemen. Mijn hoofd leegmaken. Misschien op reis.'

Er trok een schaduw van een frons over zijn gezicht.

'Reis je graag?' vroeg ze.

'Niet echt,' zei hij. 'Maar goed.' Hij haalde diep adem en klapte schattig geeky in zijn handen. 'Wat ben jij aan het doen?'

'Ik haal mijn spijkerbroek uit de droger en dan ga ik naar mijn ouders. Er woont nu een vreemde vrouw bij hen in. Mijn broer denkt dat ze iets in haar schild voert.'

'Denken jullie dat ze een oplichter is?' vroeg Simon.

'Nou, tot nu toe heeft ze alleen nog maar heerlijk voor ze gekookt,' gaf Amy toe.

'Maar je probeert erachter te komen wat haar eindspel is,' zei Simon.

'Precies,' zei Amy. 'Mijn ouders zijn extreem onnozel.'

'Alle ouders zijn onnozel,' zei Simon. 'Mijn ouders waren bijna in die zwendel met de belastingdienst getrapt. Dat geloof je toch niet?'

'Nee hè,' zei Amy, die er zelf ook bijna in getrapt was. Gelukkig had ze Troy gebeld toen ze op weg was naar de bank om geld op te nemen om haar zogenaamd nog niet betaalde belasting te betalen. *Dat is oplichterij, gek!* riep hij vanuit Amerika.

'Als je wilt, kan ik je wel even naar het huis van je ouders brengen,' bood Simon aan. 'Je rijdt niet, toch?'

Hij vroeg het geïnteresseerd, niet verkapt kritisch. Sommige mensen konden maar niet begrijpen dat ze geen rijbewijs had. Het was net als met haar vader die weigerde een mobiele telefoon te nemen. Mensen vatten het persoonlijk op.

'Ik heb nog nooit achter het stuur van een auto gezeten,' zei Amy. 'Ik weet bijna zeker dat ik in een vorig leven omgekomen ben bij een auto-ongeluk. Iets met een brug, misschien.'

Dat dacht ze echt. Ze had flarden van herinneringen aan een crash. Water. Glas. Geschreeuw. Het kon ook goed uit een film afkomstig zijn geweest.

'Zat jij achter het stuur?'

'Wat?'

'In je vorige leven,' zei Simon. 'Zat jij toen achter het stuur?'

'O,' zei Amy. 'Ik geloof van wel.'

'Dus je hebt weleens achter het stuur van een auto gezeten,' zei Simon. 'Alleen niet in dit leven.'

'Klopt,' zei Amy. 'Jij bent heel... precíés, hè?'

Hij was inderdaad heel precies geweest, zelfs toen hij dronken was.

'Ik heb oog voor detail,' zei Simon. 'Ik ben grondig.'

'Dat ben je zeker,' zei Amy met een uitgestreken gezicht. 'Jouw aandacht voor detail is ongekend.'

Hij hield haar blik net lang genoeg vast om te laten zien dat hij het snapte en toen zei hij: 'Ik zou je mijn nauwgezette mening kunnen geven over die potentiële oplichtster.'

'Je nauwgezette accountantsmening?' vroeg Amy.

'Inderdaad,' zei Simon. 'Ik heb nu toch niets anders te doen en een van mijn doelen voor de komende weken is om te werken aan mijn spontaniteit.'

'Waarom?' vroeg Amy geïnteresseerd. Ze had zelf altijd het advies gekregen om eens wat minder spontaan te zijn.

'Weet je dat ik eigenlijk in april zou gaan trouwen? Toen mijn verloofde uitlegde waarom ze had besloten de relatie te beëindigen, had ze een hele lijst met... nou ja, dingen over mij die wat haar betrof niet werkten. En één daarvan was mijn gebrek aan spontaniteit.'

‘Ze heeft een lijst opgesteld met dingen die niet werkten voor haar?’ vroeg Amy.

‘Ze hield van lijstjes,’ zei Simon. ‘Dat hadden we met elkaar gemeen.’

‘Ze klinkt echt geweldig,’ zei Amy.

‘Je lijkt mijn zus wel,’ zei Simon.

Amy keek hem aan. Hij straalde gezondheid uit, alsof hij na het hardlopen net onder een verkwikkende koude douche vandaan kwam. Zijn T-shirt was fris en schoon.

‘Strijk jij je spijkerbroeken?’ vroeg ze. Hij was zo exótisch.

‘Natuurlijk,’ zei hij.

‘Oké,’ zei ze.

‘Is het oké dat ik mijn spijkerbroeken strijk?’

‘Nee, dat is absoluut niet oké. Ik bedoel, oké, je kunt met me mee om de oplichtster te ontmoeten. De mogelijke oplichtster. Voor hetzelfde geld is ze een aardige meid die een beetje pech heeft gehad. Het is aan ons te beslissen hoe het precies zit.’

‘Ik zal er open in gaan.’ Hij leek in zijn sas.

‘Dan trek ik nu even mijn niet-gestreken spijkerbroek aan,’ zei ze.

‘Geen probleem.’ Hij wuifde hoffelijk met zijn hand om haar op de trap te laten passeren.

Ze was een kop groter dan hij, dus nu ze op de trede onder hem stond, stonden ze oog in oog. Hij had de borstelige wenkbrauwen van een oude man en oprechte, eerlijke, belastingbetalende ogen.

‘Voordat ik dat doe,’ zei Amy. Ze kwam een klein stukje dichterbij.

‘Voordat je dat doet,’ herhaalde Simon en zijn stem haperde even.

Het was dezelfde voldoening die het gaf als je een lucifer meteen na één keer strijken deed ontbranden. Ze zag het begrip vonken en glanzen in zijn ogen.

‘We zouden aan je spontaniteit kunnen werken,’ zei ze.
‘Dat zouden we kunnen doen,’ zei Simon.
‘Gewoon even snel,’ zei Amy.
Dus dat deden ze.

*

Een uur later stond Amy bij de voordeur van haar ouders en drukte op de bel die het niet deed, voor het geval die toch ineens gerepareerd was, en klopte toen – zonder te wachten, omdat ze wist dat hij nooit gerepareerd zou worden – hard met haar knokkels.

Ze keek naar haar nette, verrukkelijke huisgenoot, die naast haar stond in zijn witte T-shirt en zijn bijpassende witte tanden, met zijn korte kapsel en brede schouders en zijn bril, als een huis-aan-huis missionaris of de nerdy beste vriend in een vampierfilm voor tieners. Haar moeder zou Simon veel indringende vragen stellen en Simon zou het type zijn dat die beleefd en uitgebreid zou beantwoorden en haar moeder zou zich die uitgebreide details nog jaren herinneren, lang nadat Amy het bestaan van Simon Barrington al was vergeten.

Hij bood afleiding van het hoofddoel van het bezoek, namelijk het op subtiele wijze verzamelen van zo veel mogelijk biografische gegevens over Savannah, vooral omdat het verband hield met de *vermeende aanslag*.

Had je je huisgenoot meegenomen? Waarom? Ze kon haar zus en broers gewoon horen, op die voorzichtige, geduldige toon die ze soms aansloegen, alsof ze een explosief was dat elk moment kon ontploffen.

‘Ben je hier opgegroeid?’ vroeg Simon terwijl hij om zich heen keek.

‘Ja,’ zei ze.

‘Gelukkige jeugd?’ vroeg Simon. Hij keek naar de grote potten met bloemen, de glanzend schone terracotta tegels en de stenen beeldjes in de zorgvuldig onderhouden bloemperken. ‘Het ziet eruit als het decor voor een gelukkige jeugd.’ Hij raakte met de punt van zijn sneaker de voet van het beeld bij de voordeur aan. Het was een klein meisje met lege ogen en een mutsje, met een lege mand.

‘Wat is er met haar ogen gebeurd?’

‘De kraaien hebben ze eruit gepikt,’ zei Amy.

‘Ze lijkt zo wel een demonenkind,’ merkte Simon op.

‘Ja!’ zei Amy. ‘Dat denk ik nou ook altijd!’ Misschien waren zij en de accountant wel zielsverwanten.

De deur ging op een piepklein kiertje open.

Een lage, hese stem vroeg: ‘Kan ik je helpen?’

Even vroeg Amy zich af of ze op de een of andere manier bij het verkeerde huis terechtgekomen was – alles kon – maar toen zwaaide de deur tot aan de lengte van de veiligheidsketting open en daar stond Savannah, niet in Amy’s oude kleren maar in een paisley blouse met lange mouwen en een driekwart zwarte broek, waarvan Amy vrij zeker wist dat die van haar moeder was. Het was erger om Savannah te zien in de afdankertjes van haar moeder dan in die van haarzelf.

‘O, hallo, Amy,’ zei ze. ‘Hoe gaat het? Je moeder ligt momenteel te slapen.’

Toen Joy op Vaderdag in elkaar zakte, was het Savannah geweest die haar opving en haar voorzichtig op de grond had gelegd. Joys hoofd was uiteindelijk op Savannahs schoot beland en je kon moeilijk zeggen: *Ga aan de kant, vreemd meisje, dat is mijn moeder, haar hoofd zou op mijn schoot moeten rusten.*

‘Geeft niet.’ Amy had een paar keer met haar moeder gesproken sinds die uit het ziekenhuis was ontslagen en ze wist dat ze steeds dutjes deed. ‘Ik zal haar niet wakker maken. Wat is papa aan het doen?’ Ze wachtte tot Savannah nu snel de veiligheidsketting zou losmaken.

‘Die is voor de televisie in slaap gevallen,’ zei Savannah en ze stak haar onderlip uit alsof ze wilde zeggen: *Ah, is dat niet schattig?* 'Ik denk dat hij erg geschrokken is toen je moeder vorige week naar het ziekenhuis moest, dus ze hebben allebei wat in te halen.'

'O,' zei Amy. Haar vader was een doorgewinterde dutter. Hij dommelde altijd in voor de televisie. Hij kon elk moment weer wakker worden. 'Nou ja. Ik kom gewoon even binnen en...'

'Het komt niet echt uit nu,' zei Savannah.

Het komt niet echt uit nu? Zei ze dat nou echt?

Amy voelde op een gemiddelde dag veel emoties: verlangen naar foute mannen, nostalgie om een verleden dat nooit echt had plaatsgevonden, enorme golven van geluk en verdriet, vlagen van intense paniek en sluimerende angst, maar woede was een emotie waarmee ze niet vertrouwd was, dus het kostte haar even om het gevoel te herkennen dat nu door haar aderen gierde.

Was dit meisje serieus van plan om haar tegen te houden om haar eigen ouderlijk huis binnen te gaan?

'Hoi.' Simon stak zijn hoofd voor Amy langs. 'Ik ben Amy's vriend. Sorry dat ik zo vervelend ben, maar mag ik binnenkomen om even gebruik te maken van het toilet? Ik zal heel stil zijn als iedereen slaapt.'

Hij dacht toch niet serieus dat hij haar vriend was omdat ze toevallig twee keer met elkaar naar bed waren geweest? Ze wierp hem een blik toe. Hij knipoogde.

Er ging een moment voorbij. Savannah wist natuurlijk dat Amy single was. Ze wist alles over Amy's familie, hoewel zij vrijwel niets over haar wisten. Savannah tikte met een vingertop tegen haar onderlip, bijna als een parodie op Joy, die hetzelfde deed om haar scepsis duidelijk te maken.

Als Savannah Amy's 'vriend' dit valide, doodgewone verzoek zou weigeren, zou ze de deur intrappen.

'Kom binnen.' Savannah schoof de veiligheidsketting open met een opwaartse beweging van haar vinger, opende de deur en deed een stap naar achteren, alsof ze daar woonde, wat technisch gezien ook zo was, maar tijdelijk. Zogenaamd.

Er was gewoon niets gastachtigs aan haar gedrag.

Steffi, de verraderlijke hond, zat aan Savannahs voeten alsof ze Savannahs geliefde huisdier was en hield beleefd haar kop schuin naar Amy, alsof ze elkaar voor het eerst ontmoetten.

Opnieuw registreerde Amy dat het huis, net als op Vaderdag, duidelijk, maar aangenaam, anders aanvoelde. Het was alsof het door een slimme makelaar was gestyled voor een bezichtiging door potentiële kopers. Er stonden bloemen op het dressoir in een vaas die Amy nog nooit eerder had gezien. Alle familiefoto's aan de muur waren hetzelfde, maar ze waren rechtgetrokken, of afgestoft, of gepoetst, zodat al die vertrouwde foto's uit hun jeugd plotseling in scherp reliëf afstaken.

Simon stak zijn hand uit naar Savannah.

'Hoi. Ik ben Simon Barrington,' zei hij met een luide, pocherige stem die totaal niet leek op zijn eigen stem. 'Zo leuk om je te ontmoeten.'

Ze pakte zijn hand. 'Hoi. Ik ben Savannah.'

'Savannah...?' Hij bleef haar hand vasthouden, wachtend op haar achternaam, als een gênante oom.

'De wc is deze kant op,' zei Savannah.

'Ik laat hem zelf de wc wel zien,' zei Amy en ze wist dat ze klonk alsof ze dertien was. Toen vroeg ze: 'Hé, maar Savannah, wat ís je achternaam eigenlijk?'

Want hoe konden ze haar nou stiekem onderzoeken als ze haar achternaam niet eens wisten? Wisten haar ouders die eigenlijk wel? Ze hadden het misschien niet eens gevraagd en waarschijnlijk nooit de moeite genomen om haar te googelen, ze geloofden gewoon argeloos elk woord dat ze te zeggen had.

'Pagonis,' zei Savannah. 'Savannah Pagonis.'

De snee boven haar oog was helemaal genezen en ze droeg

een klein beetje make-up, en ze straalde een soort soepel maar rotsvast zelfvertrouwen uit, alsof ze haar eigen kleren droeg in haar eigen huis en Amy en Simon ongenode gasten waren die ze zo snel mogelijk weer het huis uit zou bonjouren. De kleren van Amy's moeder stonden haar niet verkeerd. Ze zagen er precies goed uit. Ze was een jongere versie van Joy. Ze zou Joys dochter kunnen zijn. Joy had waarschijnlijk gedroomd van zo'n mooi vrouwelijk dochtertje. Amy en Brooke hadden het er in de loop der jaren weleens over gehad: dat ze zich soms zo gigantisch voelden naast hun moeder, als grote, lompe orang-oetans.

'O, wat bijzonder. Hoe spel je dat, Savannah?' vroeg Simon. Het was alsof je een accountant zag optreden bij het amateurtoneel. Hij was verschrikkelijk, maar zo schattig toegewijd.

'P-a-g-o-n-i-s,' antwoordde Savannah met opgetrokken wenkbrauwen.

'Hm,' zei Simon. 'Is dat, laat me raden, Grieks?'

'Dat lijkt me duidelijk,' zei Savannah kortaf.

'Savannah Pagonis,' herhaalde Simon. 'Dat kunnen mensen vast nooit correct spellen. Ik hoop dat je tweede naam iets simpels is. Zoiets als Anne? Marie?'

Amy keek hem bewonderend aan. Hij bracht het nog altijd geforceerd en theatraal, maar op zijn strategie viel niets aan te merken.

'Goed geraden, het is Marie,' zei Savannah. 'Wil je dat ik dat ook voor je spel?'

Had hij het echt zo snel kunnen raden? Of ging Savannah er gewoon in mee om hem de mond te snoeren?

'Zo heet mijn moeder ook,' zei Simon. 'Marie is erg populair als tweede naam.' Hij opende zijn mond om nog een vraag te stellen en Amy nam hem bij de arm. Hij wilde haar vast vragen naar haar geboortedatum en burgerservicenummer. Als Savannah snode plannen had, wilde Amy niet dat ze zich gedwongen voelde om die in versneld tempo uit te voeren.

'De wc is deze kant op,' zei ze.

'Wacht, ben jij dit?' vroeg Simon met zijn gewone stem. Hij was blijven staan voor een foto van Amy, waarop ze triomfantelijk met beide handen een kleine trofee omhooghield, een racket tegen haar dijbeen leunend, een grote glimlach alsof ze Wimbledon had gewonnen, ook al waren het maar gewoon de regionale kampioenschappen voor meisjes onder de negen.

'Ja, dat ben ik,' zei Amy.

'Wat was je schattig,' zei Simon. Hij bleef naar de foto staan kijken. 'Ik wist niet dat je tennis speelde!'

'Yep,' zei ze.

'Ik speel alleen een beetje tennis voor de gezelligheid,' zei Simon. 'We moeten een keer een wedstrijd doen. Je zou me waarschijnlijk verslaan.'

'Ik zou je zeker verslaan,' zei Amy. Ze wees door de gang. 'Tweede deur links.'

Simon keek haar wezenloos aan en was zijn list om naar binnen te komen alweer vergeten. 'De wc?' bracht Amy hem in herinnering.

'Ach ja! Dank je, Amy!' Hij zette zijn luide, overdreven gearticuleerde stem weer op.

Toen hij wegliep, keken Amy en Savannah elkaar aan. Het was zo'n wonderlijk gevoel. Amy was in het huis waar ze was opgegroeid, met foto's aan weerszijden van haar die dit bevestigden, en toch had ze het gevoel dat ze bij Savannah te gast was. Ze kon blijkbaar niet de juiste balans vinden tussen twee onbetwistbare feiten: Savannah zou Amy dankbaar moeten zijn omdat haar familie haar onderdak had gegeven in tijden van nood. Amy zou Savannah dankbaar moeten zijn omdat ze voor haar ouders zorgde en dat beter deed dan de echte kinderen dat ooit zouden of kunnen doen.

'Ik steek even mijn hoofd om de deur en kijk of mama nog slaapt,' zei Amy.

Er trok een ingewikkelde uitdrukking over Savannahs gezicht. 'Prima. Ik ga weer naar de keuken. Ik ben minestronesoep aan het maken. Gil maar even als Joy iets nodig heeft.'

Gil maar even als Joy iets nodig heeft.

Omdat ik degene ben die je moeder alles kan geven wat ze nodig heeft.

'Gil maar even' was een uitdrukking die Joy altijd gebruikte. Dit kind was een mini-Joy.

De verliefde hond liep achter Savannah aan.

Amy draaide resoluut haar hoofd de andere kant op terwijl ze langs haar oude slaapkamer liep waar Savannah nu sliep. *Egoïstisch! Kinderachtig! Niemand anders in het gezin beschouwt een kamer in dit huis nog als 'hun slaapkamer'!* Ze hoorde het toilet doorgetrokken worden terwijl Simon zijn nep-toiletbezoekje afrondde.

Ze duwde de deur van de slaapkamer van haar ouders open. Het rook er zoals altijd: een geruststellende mengeling van het parfum van haar moeder, de deodorant van haar vader en het ouderwetse meubelpoetsmiddel dat die goeie ouwe Barb en Amy's moeder nog steeds gebruikten als ze samen schoonmaakten.

Haar moeder lag op haar zij, met haar rug naar de deur, de dekens tot over haar schouders opgetrokken. Haar haar – dat haar altijd zoveel complimentjes opleverde – lag warrig op het kussen. Amy liep op haar tenen naar het voeteneinde van het bed. Haar moeder sliep en ademde regelmatig, een hand opgekruld tegen haar lippen zodat het leek alsof ze haar knokkels kuste. Ze had haar kinderen verteld dat dit kwam doordat ze als kind op haar duim had gezogen en het haar nog steeds troost bood om haar verboden duim dicht bij haar mond te hebben.

De rimpels op Joys gezicht leken op groeven. Amy ademde snel toen die oude vertrouwde angst haar in zijn greep nam. Alle kinderen waren bang dat hun ouders zouden sterven. Alleen was Amy ooit zo verteerd door die angst dat ze ervan ging hyperventileren en in een papieren zak moest ademen en de babysitter Joy en Stan moest bellen om hun te vragen snel weer thuis te komen omdat dit kind ráár was.

Ze vroeg zich af wat er zou zijn gebeurd als haar moeder inderdaad was overleden toen Amy nog een kind was. Hoe kon de realiteit van verdriet erger zijn dan haar verbeelding als ze het zich al zo verschrikkelijk zwaar had voorgesteld? Hoe zou ze er nu mee omgaan, nu haar ouders onvermijdelijk daadwerkelijk zouden overlijden, zoals ouders onvermijdelijk deden, en je er zo volwassen en verstandig mee om moest gaan? Hoe gingen mensen eigenlijk om met een gewone voorspelbare tragedie? Het was toch zeker niet te doen.

'Amy?'

Haar moeder opende haar ogen en ging rechtop zitten. Ze pakte haar bril van haar nachtkastje, streek haar haar glad en glimlachte. 'Amy? Je hebt me betrapt, ik deed een dutje.'

'Het is goed dat je een dutje doet, mam.' Amy ademde langzaam in en uit. Haar moeder zou nog lang niet doodgaan. 'Je hebt in het ziekenhuis gelegen! Dan hoor je te rusten.'

Joy wuifde afwijzend met haar hand. 'Ik heb mijn laatste antibioticapil vanochtend ingenomen. Ik ben weer helemaal de oude. Ik word gewoon moe midden op de dag. Kom hier.' Ze klopte op de zijkant van het bed. 'Geef me eens een knuffel.'

Amy ging naast haar zitten en haar moeder omhelsde haar stevig.

'Wat zie je er vandaag prachtig uit, lieverd. Ik was eerst niet zo dol op dat blauwe haar, maar nu vind ik dat het je ogen echt mooi doet spreken.'

'Bedankt, mam, hoewel ik denk dat ze nog meer zouden spreken als ze zelf blauw waren. Jij zou je haar blauw moeten verven.'

'Narelle is de baas over mijn haar en ik denk niet dat ze dol is op blauw.' Haar moeder onderdrukte een geeuw. 'Waarom ben je hier eigenlijk? Waar is Savannah? Waar is je vader?'

Savannah vóór pa.

'Savannah is soep voor je aan het maken en papa is in slaap gevallen voor de televisie.'

'Hij denkt zelf dus dat hij nooit een dutje doet,' zei haar moeder. 'Hij doet "alleen eventjes zijn ogen dicht". Wil je me alsjeblieft mijn borstel even aangeven?'

Amy stond op en reikte haar de zware zilveren haarborstel met reliëf aan die altijd op de kaptafel van haar moeder had gelegen, al sinds Amy een kind was. Haar moeder had hem gekregen toen ze als tiener een districtstoernooi won, toen een 'borstel en kam'-set nog een veelvoorkomende prijs was voor vrouwelijke deelnemers, terwijl de mannen sigarettenkokers kregen. Amy zou die borstel nog steeds zo graag zelf willen hebben. Hij zag eruit als iets wat een prinses zou gebruiken.

'Je bent toch al in het ziekenhuis op bezoek geweest. Je hoefde nog niet een keer op bezoek te komen.'

Haar moeder maakte snelle bewegingen om haar haar weer in de gladde witte bob te borstelen, zodat de tengere oude dame verdween om te worden vervangen door Amy's verzorgde bejaarde moeder, gekleed in een kersenrode trui met lange mouwen. Ze sloeg de dekens terug om haar kwetsbare beentjes in trainingsbroek te onthullen. 'Heb je Brooke nog gezien? Hoe vind jij dat ze omgaat met de scheiding? Ik kon er niet veel van zeggen toen ze op bezoek was. Denk je dat Grant haar heeft verlaten voor een andere vrouw?'

'Nee,' zei Amy. 'Maar ik denk dat hij wel binnen de kortste keren iemand anders heeft.'

'Weet je nog toen Brooke een klein meisje was?' zei haar moeder. 'En ze elk jaar verliefd werd op weer een andere jongen in haar klas?'

'Ja, dat weet ik nog wel,' zei Amy. 'Ze was zo schattig.' Brooke schreef liefdesbrieven aan jongens. Dat kon je je nu moeilijk voorstellen.

'Daar lag ik net aan te denken,' zei Joy. 'Om de een of andere reden. Ze was zo gepassioneerd en toen was het net alsof ze naarmate ze volwassen werd steeds... vlakker werd. Die verdomde migraine ook.' Ze fronste, legde een hand naast haar mond en fluisterde: 'Ik heb het gevoel dat Grant haar ook een beetje vlakker heeft gemaakt.'

Amy legde een hand naast haar eigen mond en fluisterde: 'Ik ook, mam.'

'Misschien krijgen we haar wel weer terug,' fluisterde Joy.

'Misschien wel,' fluisterde Amy.

Joys ogen fonkelden en ze sprak weer op haar normale volume. 'Maar goed. Fijn dat je gekomen bent. Ik weet hoe druk je het hebt, maar je hoeft je om mij geen zorgen te maken, want ik heb Savannah!'

'Ja, dat is zo,' zei Amy moedeloos.

'Ze doet alles! Ik hoef geen vinger uit te steken. Ik trakteer haar morgen op een dagje shoppen om haar te bedanken.'

'Een dagje shoppen.' Amy huiverde bij de gedachte. 'Dat is aardig van je.'

'Het is niet aardig van me... Het is wel het minste wat ik voor haar kan doen. Weet je... ik kan me niet herinneren wanneer ik voor het laatst zelf heb gekookt.'

Ze zei het alsof het iets was om je over te verbazen.

Amy kon zich ook niet herinneren wanneer ze voor het laatst zelf had gekookt, tenzij het opwarmen van een restje Uber Eats in de magnetron ook telde als koken.

Brooke had al gezegd dat hun moeder geobsedeerd was door het feit dat ze niet meer hoefde te koken.

'Het is net alsof ze al die jaren stiekem een vreselijke afkeer had van koken,' had Brooke gezegd. 'Als Savannah eenmaal het huis uit is, moeten we iets doen om haar te helpen.' Toen had ze even gezwegen. 'Als Savannah ooit het huis uit gaat.'

'Hoe lang denk je dat Savannah nog blijft?' vroeg Amy aan haar moeder.

'O, god, daar denken we nu niet eens aan. Ik heb haar nodig,' zei haar moeder. 'Wie zou er bijvoorbeeld voor je vader hebben gekookt toen ik in het ziekenhuis lag!?'

Alsof dat – de voedingsbehoeften van haar vader – het belangrijkste probleem was van haar verblijf in het ziekenhuis.

Amy zei: 'Nou, ik denk dat wij dat dan zouden hebben gedaan. Of hij had ergens iets te eten kunnen halen, of hij had misschien zelfs wel voor zichzelf gekookt.'

'Heel grappig,' zei Joy. 'Hoe dan ook, ik neem aan dat ze binnenkort zelf weg wil. Ik wil geen misbruik van haar maken. Ze doet nu zoveel dat ik vind dat we haar eigenlijk een soort loon moeten betalen.'

'Je bedoelt als inwonende huishoudster?' zei Amy.

'Dat zou toch geweldig zijn,' zei haar moeder dromerig.

'Het punt is dat áls je een inwonende huishoudster in dienst zou nemen, je referenties zou vragen, dus ik zat te denken...'

'Ja, ik zou natuurlijk nooit echt een inwonende huishoudster nemen!' zei Joy.

'Ik bedoel alleen dat we niet zoveel weten over Savannah,' zei Amy en ze dempte haar stem en keek naar de deur.

'Ik weet anders heel veel over haar,' zei Joy. 'We hebben lange gesprekken gevoerd tijdens mijn herstel. Weet je... en ik vind dit dus interessant, zo fascinerend!' Joy begon helemaal te stralen. 'Savannah heeft iets wat ze een *superieur autobiografisch geheugen* noemen.' Ze tikte elk woord op haar vingers af terwijl ze het zei. 'Ze kan zich hele dagen van haar leven herinneren met een mate van detail die jij en ik, gewone mensen, niet voor mogelijk houden.'

'O ja?' zei Amy sceptisch. Ze baalde van het gemak waarmee ze op één hoop was gegooid met de categorie 'gewone mensen'. En trouwens, zij kon zich ook gebeurtenissen uit haar leven tot in de kleinste details herinneren. 'Heeft ze die diagnose ooit echt gekregen?'

'Nou, dat weet ik niet, ik weet niet of je de diagnose wel

kunt krijgen want ik geloof niet dat het een ziekte is, hoewel ze wel zei dat het zowel een zegen als een vloek is. Want hoewel het leuk is dat je je de fijne dingen kunt herinneren, herinnert ze zich ook de nare dingen en, zoals we weten, heeft ze geen normaal, gelukkig leven gehad... Dat arme kind.'

'Hm,' zei Amy.

Ze pakte de haarborstel die haar moeder op het bed voor haar had laten liggen en legde die voorzichtig terug op de kaptafel. Toen deed ze stilletjes de deur dicht en ging weer zitten.

'Wat is er?' Haar moeder ging rechtop zitten en legde een kussen achter haar rug. 'Wat is er gebeurd? Is er iets ergs gebeurd?' Er trok paniek over haar gezicht. 'Verdorie, ik dacht dat je echt iets had aan die nieuwe therapeut. Ik dacht dat het nu góéd met je ging!'

'Het gaat ook goed met me, mam,' zei Amy geïrriteerd. Waarom ging haar moeder er altijd van uit dat er een of andere crisis in Amy's leven speelde? Het geërgerde 'verdorie' dat gepaard ging met haar moeders paniek was haar niet ontgaan. Haar moeder zou nooit roepen: 'Doe niet zo belachelijk, Amy, verman je toch eens!' zoals ze altijd deed toen Amy nog jong was – ze kende tegenwoordig alle moderne dingen die je moest zeggen om iemand met geestelijke problemen te steunen. Maar Amy wist dat er een onbewust deel van haar bestond dat zich nog steeds afvroeg of Amy inderdaad niet eens moest ophouden met dat belachelijke gedoe en dat ze zichzelf maar eens bij de kladden moest pakken. Amy was een soort defect huishoudelijk apparaat dat nooit vervangen zou worden, maar waarvan iedereen wist dat het op de meest ongelegen momenten haperde.

'Wat is er dan?'

'Logan belde me vandaag. Hij zag een herhaling van een documentaire op televisie en die ging over huiselijk geweld. En het meisje in die documentaire vertelde bijna exact hetzelfde verhaal dat Savannah hem over haar vriend had verteld; hij zei dat het bijna woord voor woord hetzelfde was.'

Haar moeder trok verbijsterd haar wenkbrauwen op. 'Dus wat wil je daarmee zeggen. Ik snap niet...'

'Het is gewoon allemaal wat al te toevallig,' zei Amy.

'Maar ik begrijp het nog steeds niet. Wil je soms zeggen dat dat meisje op televisie Savannah kent?'

'Wat? Nee! Ik zeg dat Savannah dat programma misschien zelf een keer heeft gezien en dacht: dat is een bruikbaar verhaal, en als ze echt zo'n "superieur geheugen" heeft, kon ze het zich daarom zo goed herinneren, denk ik.'

'Het was geen "verhaal", Amy,' zei Joy koeltjes. Ze was woedend en leek totaal niet meer op de hulpeloze slapende oude dame van zo-even, maar meer op de moeder uit Amy's jeugd die 'helemaal klaar met jou' en 'aan het eind van haar Latijn' was. 'Ik heb die wond zelf verzorgd.'

'Ik zeg niet dat haar verwonding niet echt was, maar misschien de oorzaak ervan...'

'Je beschuldigt een vrouw ervan te liegen over huiselijk geweld.' De ogen van Amy's moeder stonden fel. 'Dat is schandalig. Je bent een feministe! Heb je weleens gehoord van de *I believe her*-beweging?'

God, ze was zo goed geïnformeerd en toch zo naïef.

Amy zei: 'Mam, het is gewoon wel héél toevallig... dus.'

'Dat arme meisje staat nu in mijn keuken mijn lievelingssoep te koken,' zei Joy. 'Weet je hoeveel moeite het kost om minestrone te koken? Hoeveel je moet snijden? Het is ongelooflijk arbeidsintensief! Ik zal je dit wel vertellen, Amy, I believe her.'

Ze was bereid om mee te lopen in een protestmars, met een bord in haar hand. Op de een of andere manier hadden ze stuivertje gewisseld. Amy was de cynicus van middelbare leeftijd, haar moeder de hartstochtelijk idealistische tiener.

De slaapkamerdeur zwaaide open en daar stond haar vader met een beker met iets dampends in zijn hand.

'Hé, lieverd,' zei hij tegen Amy. 'Zeg, die jonge kerel die in de keuken zit, hoort die bij jou?'

29

Nu

'Heb je die moeder ooit ontmoet?' vroeg Liz Barrington aan haar jongere broer, die bij haar aan haar keukentafel zat om haar belastingaangifte voor haar te doen.

Simon keek niet op van de stapel bonnetjes. 'Die vermiste moeder,' verduidelijkte Liz.

Hij fronste bij een vervaagde bon. 'Ik kan dit niet lezen.'

'De vermiste moeder van je huisgenote,' zei Liz. 'Amy's vermiste moeder.'

Het was allemaal dankzij Liz dat Amy überhaupt bij Simon in huis was komen wonen. Liz was Amy's Uber-chauffeur geweest. (Inmiddels reed ze niet meer voor Uber, omdat ze haar eigen, veel bevredigender mobiele spraytan-zaak had: Tan-at-Home-with-Liz.)

De avond dat Liz Amy oppikte, raakten ze aan de praat en Amy haalde haar over om de auto te parkeren en wat te gaan drinken met haar vrienden, wat wel leuk was geweest, maar Amy's vrienden waren wel een bij elkaar geraapt zooitje. Een van hen was rond de zéstig, serieus, zéstig. Als Liz zin had in een gesprek met iemand van zestig, dan ging ze wel bij haar moeder langs. Kom op, zeg.

Die avond zei Amy dat ze een woning zocht en Liz vertelde haar dat de huisgenoot van haar broer net was verhuisd. Dus zo waren haar broer en haar Uber-passagier met elkaar in contact gekomen.

'Ze heet Joy. Ik heb haar ontmoet,' zei Simon. 'En haar vader heb ik ook ontmoet.'

Liz was in haar nopjes. 'En, wat denk je? Is hij schuldig? Iedereen denkt blijkbaar dat de vader het heeft gedaan.'

'Ik weet het niet,' zei Simon.

'Ken je Amy goed?' vroeg Liz. 'Ze zal wel heel erg verdrietig zijn. Moet je je indenken dat ónze moeder vermist werd en iedereen papa ervan beschuldigde. Ik bedoel, ik kan me er niet eens een voorstelling van maken.' Ze dacht er even over na. 'Het omgekeerde zou ik me wel heel goed kunnen voorstellen. Mama zou prima in staat zijn het bewijs weg te werken, denk je ook niet? Ze wist ook altijd haar zoekgeschiedenis, wat eigenlijk best verdacht is.'

Simon zei niets.

'Hoe goed ken je haar? Die Amy?'

'Ik ken haar vrij goed,' zei Simon. Hij tuurde naar het volgende bonnetje. 'Dacht je nou echt dat wimperextensions fiscaal aftrekbaar waren?'

Liz haalde haar schouders op. 'Ik heb wimpers nodig voor mijn werk.'

'Nee, dat heb je niet.'

'Nou, dan zijn we het daar dus niet over eens.'

Hij pakte het volgende bonnetje.

'Dus je kletst weleens met haar?' vroeg Liz.

Hij boog zijn hoofd weer over haar bonnetjes.

'O, mijn god, Simon,' zei ze. Ze voelde een golf van liefde voor haar onwetende kleine broertje. Eerst breekt die trut van een verloofde zijn hart en vervolgens slaat die rare oudere huisgenoot haar klauwen in hem. Je moest uitkijken voor die cougartypes die zich verkleedden als twintigers. Jongens hadden niet door dat ze botox namen. Hoewel Liz er vrij zeker van was dat Amy geen botox zou nemen. Daar was ze te hippieachtig en te new age voor. Maar ze kleedde en gedroeg zich wel jonger dan de leeftijd waarvan de rimpels getuigden.

‘Amy moet een jaar of... wat zal het zijn... vijftien ouder zijn dan jij?’

‘Twaalf jaar ouder,’ zei hij. 'Twaalf jaar, drie maanden en vierentwintig dagen.’

30

Afgelopen oktober

'Ik neem de appelkruimel,' zei Joy tegen de serveerster in het restaurantgedeelte van David Jones, waar ze tegenover Savannah zat, omringd door een triomfantelijke hoeveelheid stijve, glanzende tasjes met stoffen handvatten die uitgestald waren aan hun voeten.

'Met ijs of met slagroom?' vroeg de serveerster.

'Met allebei,' zei Joy resoluut.

Het was een familietraditie om altijd de appelkruimel te proberen als die ergens op de kaart stond, in de ijdele hoop dat ze ooit een appelkruimel zouden vinden die net zo lekker was als die van Stans moeder. Het was haar specialiteit, net zoals Amy's brownies. Iedereen behalve Joy kreeg een wazige blik als ze appelkruimel aten en dan zeiden ze: 'Niet zo lekker als die van oma.' Terwijl Joy bij zichzelf dacht: typisch iets voor dat ouwe wijf om haar geheime recept nooit met iemand te delen. Op een dag zou iemand ontdekken wat het ontbrekende ingrediënt was en dan pas zou ze echt dood zijn.

'Mag ik alstublieft ook de appelkruimel?' zei Savannah op die grappige, bijna kinderlijke welgemanierde manier van haar. 'Ook met ijs en slagroom.'

'Hetzelfde als je moeder dus.' De serveerster klapte haar notitieblokje dicht. Het was de tweede keer die dag dat ze voor moeder en dochter werden aangezien terwijl ze winkelden en kleren pasten in aangrenzende kleedkamers. 'Wilt u zien wat uw dochter ervan vindt?' had een winkelbediende aan Joy gevraagd toen ze een zwierige bloemenjurk met lange mouwen paste in een kleur die ze normaal nooit zou dragen.

Savannah had Joy ervan overtuigd om de jurk te kopen. 'Staat je echt prachtig,' had ze met half toegeknepen ogen gezegd. 'En hij is twintig procent afgeprijsd. Zo te zien is hij goed gemaakt.' Ze was naast Joy op haar knieën op de grond gezakt en had de zoom van de jurk omgevouwen om het haar te laten zien. 'Moet je die stiksels op de voering zien. Dat is echt oerdegelijke kwaliteit.'

Dat is echt oerdegelijke kwaliteit.

Die zin was bij Joy blijven hangen. Hij klonk vreemd uit de mond van een meisje van Savannahs leeftijd. Het was meer iets wat de moeder uit *Het kleine huis op de prairie* zou zeggen. En toch was het een van die momenten waarop Joy het gevoel had dat ze de echte Savannah zag, alsof haar interesse in de jurk haar zichzelf even deed vergeten en er een sluier werd opgelicht. Savannah was zo dienstbaar, net een hotelconciërge, altijd maar weer hoffelijk en geïnteresseerd in je plannen, dat Joy zichzelf er soms aan moest herinneren zich niet in die belangstelling te koesteren als een of andere zelfingenomen hotelgast. Ze deed haar best om Savannah over zichzelf te laten praten, maar dat lukte maar mondjesmaat. Ze had gemerkt dat het hielp als het wat later op de avond was en ze met z'n tweeën waren, vooral als Joy een lekker glaasje cognac voorstelde. Het was op zo'n moment dat Savannah haar had verteld over haar 'superieure autobiografische geheugen'.

Ze hadden het gehad over Joys cursus memoires schrijven en dat er bepaalde perioden in Joys leven waren die ze zich nog maar vaag herinnerde.

'Ik zou willen dat mijn herinneringen een beetje vervaagden,' had Savannah gezegd, terwijl ze in haar glas staarde. 'Ik herinner me alles. De details vervagen nooit.'

Joy schoof haar bestek op het tafeltje in het restaurant opzij om met de kin op haar handen op tafel te leunen en Savannah eens goed te onderzoeken. Ze zag er beslist beter uit dan toen ze voor het eerst bij hen voor de deur stond. Joy wou dat ze kon zeggen dat het kwam doordat ze zo goed voor haar had gezorgd, maar het tegenovergestelde was het geval: Savannah had juist geweldig voor háár gezorgd.

'Ben je moe?' vroeg Savannah haar.

'Helemaal niet,' zei Joy, al was ze het best een beetje. 'Nog bedankt dat je me ervan hebt overtuigd om die jurk te kopen.'

Savannah glimlachte. 'Ik weet zeker dat Stan hem prachtig vindt.'

'Hij vindt de korting in elk geval geweldig,' zei Joy.

'Het is een mooie jurk,' zei Savannah.

Joys moeder zou het op prijs hebben gesteld dat Savannah op haar knieën was gegaan om de voering van de jurk te controleren. Dat soort dingen deed ze vroeger: de stiksels van de naden controleren, aan de zomen trekken. Haar neus ophalen als het niet naar haar zin was.

Joy vond het altijd heerlijk om een dagje te winkelen met haar moeder. Het was zwaar toen de kinderen klein waren en het tennis alles in beslag nam, maar eens per jaar hadden zij en haar moeder zo'n dag. Het was zo fijn, zo gezellig om winkel in, winkel uit te gaan, op koopjesjacht, accessoires te zoeken bij een outfit, te beseffen dat het blauw in die nieuwe blouse perfect paste bij het blauw van die rok, en dan even pauze te nemen in een restaurant zoals dit om je pijnlijke voeten wat rust te gunnen en te bespreken wat je nog meer nodig had.

Joys dochters hadden allebei een hekel aan winkelen. Amy begon altijd over commercie en felle lichten en 'zich een rat voelen die gevangenzit in een doolhof' of zoiets, terwijl Brooke doelgericht te werk ging, met haar voeten tikkend, haar hand op Joys rug om haar haastig voort te duwen: 'Hup, mam, hoe sneller we hier weg zijn hoe beter.'

Brooke winkelde tegenwoordig alleen nog online ('Moet je echt eens proberen, mam, klik, klik en je bent klaar!') en Amy graaide haar kleren blijkbaar bij elkaar in bakken met kleding voor het goede doel, dus was Joy ermee gestopt hun voor te stellen een dagje te gaan shoppen.

Maar toen Joy had geopperd om Savannah te trakteren op een dagje naar een chique winkelcentrum om haar te bedanken voor alles wat ze had gedaan toen Joy in het ziekenhuis lag, was Savannahs gezicht opgelicht, ook al zei ze snel: 'O, dat is nergens voor nodig.'

'Het zou míj een genoegen zijn,' had Joy naar waarheid gezegd, want vandaag was het alsof ze een vergeten deel van zichzelf herontdekt had: het deel dat misschien alleen bestond als ze bij haar moeder was, die geen interesse had in Joys tennis en eerlijk gezegd ook niet zo in Joys kinderen, maar die wel diep doorvoelde meningen had over welke kleuren en halslijnen Joys lichaam zouden flatteren. Joy had aangenomen dat haar dochters op zijn minst een beetje interesse in mode zouden hebben, maar ze vonden het allebei frivole onzin, bijna verachtelijk, net als spelen met poppen, wat ze ook geen van beiden hadden gedaan. Joy had als kind urenlang met poppen gespeeld.

'Ik weet precies wat voor ketting bij je jurk zou passen,' zei Joy tegen Savannah. 'Een lange met een zware hanger tot hier.' Ze wees naar haar sleutelbeen. 'Al draag je bijna altijd die ketting met het sleuteltje, hè? Heeft die emotionele waarde voor je?'

Savannahs jonge gezicht bevroor heel even en ze leek wel dertig jaar ouder. 'Die heb ik gekregen van een vriendin voor mijn eenentwintigste verjaardag.' Ze tilde het sleuteltje van haar hals en tikte ermee tegen haar kin. 'Ze zei dat het symbool stond voor "deuren die opengaan naar een betere toekomst".' Ze glimlachte cynisch naar Joy. 'Ik wacht nog steeds tot die deuren inderdaad opengaan.'

'Ik weet zeker dat er heel veel deuren voor je opengaan!' zei Joy. Ze herkende de enthousiasmerende toon die ze tevergeefs gebruikte als Amy 'dat nare gevoel' kreeg.

'Nou ja, jij hebt je deur voor me geopend.' Savannahs gezicht verzachtte. 'Dus dat is een begin! Misschien kan ik een groene hanger kopen.' Ze boog zich naar de tassen, trok een hoekje van de jurk tevoorschijn en wees naar de stof. 'In de kleur van die kleine vierkantjes. Wat vind jij?'

'Perfect,' zei Joy en haar ogen vulden zich met onverwachte tranen toen ze een ijle maar toch felle, wonderlijk aangename steek van verdriet voelde om haar moeder, die dit zo'n heerlijke dag zou hebben gevonden, en die het misschien zoveel gemakkelijker had gevonden om een band aan te gaan met zo'n soort kleindochter. Haar moeder was al ruim twintig jaar geleden overleden en Joys verdriet was destijds vrij ingewikkeld en vreemd geweest.

Haar moeder was niet echt een heel goede moeder geweest en als grootmoeder was ze nog erger: ze vond haar kleinkinderen te luidruchtig en te groot, en het waren er ook zo buitensporig véél. 'Waarom wil je er in vredesnaam nóg eentje?' had ze tegen Joy gezegd toen die haar vertelde dat ze zwanger was van Brooke.

Toen ze stierf, slechts drie maanden nadat Stans moeder was overleden, bleef Joy in de tegenovergestelde richting draaien steeds als ze geconfronteerd werd met haar verdriet, dat van haar en van haar alleen was, omdat ze geen broers en zussen had en haar kinderen hun andere grootmoeder veel leuker vonden, omdat die hun heel stiekem geld toestopte en vanwege die vervloekte appelkruimel.

Het was heel goed mogelijk om verdriet uit de weg te gaan als je vier kinderen had die allemaal competitietennis speelden en bijna honderd andere tennispupillen die je aandacht nodig hadden en een man die om zijn eigen moeder rouwde en zijn eigen verdomde midlifecrisis doormaakte en wanneer jouw relatie met je eigen moeder altijd al verstrikt was geweest in teleurstelling en liefde. Dus Joy draaide en ze draaide ervan weg tot haar verdriet haar op een dag inhaalde, toen ze de was deed en ze een verpeste blouse uit de wasmachine trok. Een blouse waarvan haar moeder haar had gezegd dat ze die alleen met de hand in koud water moest wassen.

Het was alsof pas op dat moment tot Joys onderbewustzijn doordrong wat ze rationeel allang wist: dat ze haar moeder echt nooit meer zou zien. Haar moeder zou nooit meer op een ongelegen moment bellen met een onredelijk verzoek. Ze zou Joy nooit meer vertellen hoe erg ze februari haatte. Of hoe vreselijk ze augustus vond. Of november. (Alleen april sprak haar aan.) Pearl Becker zou nooit het geluk vinden dat haar voortdurend was ontglipt en hun relatie zou voor altijd een onopgeloste puzzel blijven. Die dag had Joy zich op de vloer laten zakken met haar rug tegen de wasmachine, haar verpeste blouse een druipende bal op haar rok, en ze had gesnikt, hevig en schokkend, en toen had ze beschaamd tegen een tennispupil geschreeuwd die onverwacht de deur van het washok had geopend en haar daar betrapte. (Het was een wonder dat ze geen klacht had gekregen van de moeder van dat kind.)

Maar het verdriet dat ze nu voelde leek zo natuurlijk, gezond en ongecompliceerd, alsof ze na al die jaren eindelijk rouwde zoals normale dochters rouwden om hun moeders: zoals ze zou willen dat haar eigen dochters op een dag om haar zouden rouwen. Zonder de kleren van hun moeder koeltjes in een grote zwarte vuilniszak te proppen, zoals Joy had gedaan de dag na de begrafenis van haar moeder, zonder een traan te laten, of zelfs maar een tedere gedachte te hebben. Maar ook zonder weken later te huilen op de vloer van het washok tijdens die vreemde uitbarsting van verdriet die haar moeder zo gênant zou hebben gevonden. ('Sta op!' zou Pearl hebben geroepen, Joy bij de elleboog omhoogtrekkend. 'Straks ziet iemand je nog!')

‘Bedankt.’ Joy leunde achterover toen de serveerster hun appelkruimel kwam brengen. Ze zei tegen Savannah: ‘Ik weet precies de goede winkel voor die ketting. We gaan er meteen hierna naartoe.’

‘Nou, alleen als... als dat oké is,’ zei Savannah, die er opeens ongemakkelijk uitzag. ‘Je hebt al heel wat aan me uitgegeven. Je kinderen vinden dat misschien niet goed.’

‘Kindje, ik zou je een salaris moeten betalen,’ zei Joy. ‘Je bent een soort fulltime kok! En een huishoudster! Dit is wel het minste wat ik kan doen.’

‘Nou, maar vergeet niet dat ik gratis bij jullie woon,’ zei Savannah.

‘Ik ben degene die hier mazzel heeft,’ zei Joy flink. Ze dacht aan Brooke, vanmorgen aan de telefoon: ‘Mam, als je dat kind echt als huishoudster in dienst wilt nemen of hoe je het ook wilt noemen, dan moet je het goed doen.’

Natuurlijk kon Joy Savannah niet in dienst nemen als fulltime kok of huishoudster. Ze kende niemand met een huishoudster. Dat was voor filmsterren en Amerikanen. Of misschien voor mensen uit de buitenwijken. In het oosten van de stad. Niet voor gewone mensen zoals zij en Stan. Maar gisteravond had ze bedacht dat ze Savannah misschien als een soort kamerbewoner konden laten blijven. Waarom niet? Dan zou Savannah een baan kunnen zoeken, ergens in de buurt, en in Amy’s kamer blijven, en een klein bedrag aan huur betalen, of helemaal geen huur zelfs, als ze bleef koken.

Maar Stan had daar helemaal niet zo’n zin in. Toen ze gisteravond in bed lagen, met de deur dicht, zei hij dat ze er nu al ruim zes weken was en dat het tijd werd dat Savannah eens op zoek ging naar een eigen woonruimte.

‘Maar waarom die haast?’ had Joy verbaasd gevraagd. Ze dacht dat hij net zoveel van Savannahs gezelschap genoot als zij, maar sinds ze teruggekomen was uit het ziekenhuis, was hij terughoudender geworden wat Savannah betrof. Al dat gebabbel was gestopt. Hij zocht excuses om niet mee te eten aan tafel. Hij en Savannah leken ook niet meer samen naar die televisieserie te kijken. Dat was zo jammer.

'Is er soms iets gebeurd toen ik in het ziekenhuis lag?' had Joy hem gevraagd.

'Zoals?' vroeg Stan gespannen.

'Ik weet het niet,' zei ze. 'Je lijkt gewoon niet meer zo blij met Savannah als in het begin.'

'Ik zeg alleen dat ze hier nu wel lang genoeg is gebleven,' zei Stan. Het was zo vreemd geweest.

Even later had ze gezegd: 'Heb je soms met de kinderen gepraat?' De kinderen waren zo ontzettend kinderachtig over Savannah. Ze kon niet geloven dat Amy Savannah ervan had beticht het verhaal over haar vriend te hebben verzonnen, vanwege een documentaire die Logan zogenaamd had gezien met een soortgelijk verhaal. Alsof mensen niet hetzelfde soort ervaringen konden delen.

Stan had niets gezegd en ze weigerde hem de voldoening te geven van het onschuldig, idioot herhalen van de vraag, net wat luider, zoals ze zou hebben gedaan toen ze twintig was. Of door te schreeuwen: 'Geef antwoord!' zoals ze zou hebben gedaan toen ze veertig was.

Ze wist heel zeker dat ze gelijk had: de kinderen hadden hem in hun greep en dat was de reden waarom hij ineens zo koel deed tegen Savannah. Hij werd meer beïnvloed door hun mening dan hij graag voorwendde. Dan kon hij heftig ruziemaken over een bepaalde kwestie met een van hen en dan, na nog geen maand, kwam hij ineens met precies hetzelfde argument dat door een van de kinderen was aangevoerd, alsof hij het zelf had bedacht, en dan ontkende hij categorisch dat hij ooit iets anders had beweerd of gedacht.

Stan kon makkelijk zeggen dat Savannah daar lang genoeg was geweest. Hij was niet degene die elke dag om vijf uur 's middags in de keuken moest staan, wanhopig en verveeld naar de inhoud van de koelkast starend, de groentelade open- en dichtschuivend, open en dicht, hopend op inspiratie.

Zoals ze het haatte om te koken, dat moest toch staan voor iets anders, want waarom zou je je er nu, na al die jaren, nog zo druk om maken? Er was een tijd dat Joy elke dag om vijf uur opstond, de ene na de andere lesgaf, de was afhandelde, de hond, de accountant, het huiswerk van de kinderen, haar moeder, haar schoonmoeder, en dan moest ze ook nog koken voor een gezin van zes man (mínimaal, want er waren altijd wel mee-eters), en dat deed ze altijd zonder klagen of bewuste wrok.

Nu alleen zij en Stan thuis waren, zou koken een makkie moeten zijn. Ze had hele dagen de tijd om te plannen en voorbereidingen te treffen, om zich, als ze zou willen, in kookboeken te verdiepen, zoals Savannah haar geliefde kookboeken (zoveel voor zo'n jong meisje!) met zoveel aandacht en plezier bestudeerde, haar mond een beetje open alsof ze een roman aan het lezen was. Joy had tijd om rond te dwalen in speciaalzaken op zoek naar ongebruikelijke ingrediënten, maar ze moest al huilen van verveling bij het idee. Wat was er toch mis met haar? Ze dacht aan Brookes kordate, verbaasde voorstel om een maaltijdbezorgservice te proberen, of, als ze een huishoudster wilde, er eentje in te huren! Volgens haar kinderen kon alles online worden opgelost. Ze zochten altijd naar antwoorden op hun telefoon, er gingen nog geen vijf minuten voorbij zonder dat ze iets opzochten. *Ik zoek het wel even op, mam. Ik heb het al gevonden. Ik heb al gereserveerd. Ik heb het besteld.* Ze tikten met hun duim en klaar. Aan haar bejaarde geredder hadden ze helemaal geen behoefte.

'Ik wilde je nog bedanken dat je voor Stan hebt gezorgd toen ik in het ziekenhuis lag,' zei Joy nu tegen Savannah. 'Ik hoop dat hij niet al te knorrig was? Hij kan soms nogal knorrig zijn.'

'Het was geen moeite,' zei Savannah. Joy kon haar gezichtsuitdrukking niet peilen. Was hij nou knorrig tegen haar geweest? Of had hij gewoon vreemd gedaan? Hij kón ook vreemd doen en jonge mensen hadden geen geduld met vreemdheid. Ze wilden overal een duidelijke verklaring voor, inclusief waarom mensen zich gedroegen zoals ze zich gedroegen. Ze hadden nog niet geleerd dat er soms geen antwoorden waren.

'Mijn dochters zouden zeggen dat hij niet iemand nodig zou moeten hebben om voor hem te zorgen,' zei Joy. 'Maar hij is van een andere generatie. In de keuken heb je helemaal niks aan hem.' Ze zweeg, dacht na. 'Hij is goed in potten openen.'

Ze vroeg zich af hoe Debbie Christos het moest stellen zonder Dennis om potten te openen. Debbie had elegante polsen. Joy moest haar eigenlijk zeggen dat ze Stan kon bellen als ze een pot had die open moest. Wanneer ze daar maar behoefte aan had. 'Hoe is de appelkruimel?' vroeg Savannah, omdat ze wist dat de familie altijd op zoek was naar iets wat in de buurt kwam van oma's appelkruimel.

'Het is een goeie,' zei Joy. 'Maar ik mis toch nog iets.' Ze likte aan haar lepel. 'Eerlijk gezegd komt het niet eens in de buurt. Ik weet niet waarom ze zo'n goede kruimel kon maken. Want verder kon ze niks bakken. Ze was een akelige oude dronkenlap.'

En toch, om de een of andere reden, smaakte haar appelkruimel naar liefde. Het was een mysterie.

'Misschien is het geheime ingrediënt een soort alcohol,' zei Savannah. 'Whisky?'

Joy richtte haar lepel op haar. 'Kijk, dat klink logisch. Slim.'

'Ik zal het dit weekend eens proberen,' zei Savannah en Joy kon zien dat ze haar blij had gemaakt door haar slim te noemen. 'Ik ga het appelkruimelgeheim van de familie Delaney ontrafelen.'

Joy zag dat Savannah haar lepel met het puntje van haar tong aanraakte en weer neerlegde. Ze at niet echt. Het enige wat ze deed was koken. Ze was te mager. Joy wilde tegen haar zeggen dat ze te mager was, maar ze had geleerd dat je voorzichtig moest zijn met wat je zei. Amy en Brooke hadden Joy ooit horen zeggen: 'Mijn dochters hebben enorme voeten,' en dat had ze geweten. Ze had er niets verkeerds mee bedoeld! Ze hádden ook enorme voeten.

'Je eet niet veel, hè?' zei ze tegen Savannah. Dat was toch zeker niet beledigend? 'Voor iemand die zo graag kookt, bedoel ik.'

'Als kind had ik een enorme eetlust.' Savannah stak haar lepel in haar appelkruimel en draaide hem rond. Dacht ze soms dat Joy niet doorhad dat ze niet echt aan het eten was? 'Ik had altijd honger.'

Ze keek Joy aan met een strak, bijna opstandig gezicht en Joy hield haar mond er verder over. Misschien had ze haar per ongeluk 'gebodyshamed'. Er waren zoveel nieuwe regels in het leven en ze kende ze nog niet allemaal. Haar kinderen, die volkomen onbeschaafd ter wereld waren gekomen en al hun goede manieren van haar hadden geleerd, riepen soms: 'Mám! Zoiets kun je echt niet zeggen!' Dan lachte ze altijd alsof het haar geen bal kon schelen, maar in werkelijkheid raakte ze van streek door zulke onbedoelde overtredingen en schaamde ze zich ervoor.

'Hoe lang had je al iets met die jongen?' vroeg ze aan Savannah. 'Degene die...' Ze raakte haar eigen wenkbrauw aan op de plek waar Savannahs verwonding had gezeten.

'Ongeveer een jaar.' Savannahs gezicht bleef onbewogen. Ze haalde een lepel schuim van haar cappuccino.

'Had hij je ooit eerder pijn gedaan?'

Ze vroeg het niet om haar verhaal te controleren. Absoluut niet. Ze stelde gewoon wat vragen om te proberen haar te begrijpen.

Savannah legde haar lepel neer en zei: 'Mag ik je een vraag stellen? Over jullie... huwelijk?'

Joy had weer dat vreemde gevoel dat dit de echte Savannah was, die even ontspande, haar ware zelf was, haar masker liet zakken.

'Ga je gang,' zei ze met klem.

'Is een van jullie ooit... ontrouw geweest?'

'O!' zei Joy. Ze veegde haar mond af met haar servet en leunde achterover.

'Het is een heel persoonlijke vraag, ik weet het,' zei Savannah.

Het wás een persoonlijke vraag, maar Joy had Savannah net ook persoonlijke vragen gesteld over haar relatie, dus waarom zou zij dat dan niet ook doen?

'Nee,' zei ze en ze had er geen enkel probleem mee om dat wazige, beschamende beeld van de lippen van een andere man die zich naar de hare bewogen weg te wuiven.

'Voor zover je weet,' zei Savannah.

Joy keek verbaasd.

'Daar bedoel ik verder niks mee, hoor,' zei Savannah.

'Natuurlijk niet,' zei Joy. 'Je hebt gelijk: voor zover ik weet.'

'Je hebt geluk gehad,' zei Savannah bedachtzaam, 'dat je je... zielsverwant vond op zo'n jonge leeftijd.'

'Zielsverwant,' herhaalde Joy. 'Dat weet ik niet. Hij was maar gewoon een jongen. Hij is niet perfect. Ik ben niet perfect. Als je jong bent, maak je je zo druk om dingen waarvan je denkt dat je ze nooit zou kunnen vergeven, zoals, nou ja...'

'Verjaardagen?' Savannah pakte een kruimel van de appelkruimel op en wreef die tussen haar vingertoppen. 'Zoals dat iemand je verjaardag vergeet?'

'Dat soort dingen, ja,' zei Joy, hoewel ze nooit zoveel om verjaardagen of trouwdagen had gegeven. Ze wilde zeggen: *O, lieverd, je hebt geen idee.*

Ze herinnerde zich die dag dat ze allemaal naar de Northumberland Open aan de Central Coast reden en dat de jongens onophoudelijk ruzie hadden zitten maken op de achterbank, en ze voelde dat Stan onnatuurlijk stil werd op de bestuurdersstoel en haar maag zich in gespannen afwachting roerde. En dat ze zich omgedraaid had naar de kinderen en naar de kinderen had gesist, agressief, en dat ze zwijgend haar gezicht had verwrongen in een poging ze te laten stoppen. Het was tijdens het hoogtepunt van de ruzies tussen Logan en Troy, waarop het leek alsof elk strijdpunt tussen hen een kwestie van leven of dood was.

En toen zette Stan zijn richtingaanwijzer aan. Zijn knipperlicht. Zo noemden ze dat toentertijd. Grappig hoe woorden verdwenen, vreemd en belachelijk werden, zoals mode en meningen die je ooit dierbaar waren. Hij parkeerde de auto, zette zijn waarschuwingslichten aan, maakte zijn veiligheidsgordel los, stapte uit, deed het portier dicht en Joy dacht: dit kun je niet menen, Stan. We zitten midden op een snelweg. Maar hij meende het wel. Hij miste de wedstrijden van die dag. De kinderen verloren allemaal. Bizár gedrag.

Maar je had wel ergere echtgenoten! Dat had ze zichzelf altijd voorgehouden. Ze wist dat er mannen waren die sloegen of schopten of die de vreselijkste dingen riepen. Als Janet Higbee een wedstrijd verloor door een dubbele fout, kneep haar man in haar neus en zei: 'Domme gans!' Janet lachte dan altijd vrolijk, maar het was niet grappig. Iedereen kon zien dat het haar pijn deed en vernederde, en die arme Janet was een vervelend mens, maar ze verdiende het niet dat er in haar neus werd geknepen alleen omdat ze haar bal te laag opgooide.

Joy herinnerde zich een ander clublid van jaren geleden, een mooi meisje genaamd Polly Perkins, een felle donder op de baan, niet bang om naar het net te komen, zo agressief als een kerel, maar ze moest elke cent die ze uitgaf in een klein notitieboekje noteren voor haar man, een hotshot van een universiteitsprofessor. Op een keer vertelde Polly Joy over een vreselijke ruzie die zij en haar man de avond ervoor hadden gehad, omdat hij haar geen 'toestemming wilde geven' om een nieuw strijkijzer te kopen. Polly zei dat het oude strijkijzer roestvlekken op haar kleren bleef maken. Ze liet Joy de bruine stippen op haar witte tennisrok zien. Zes maanden later ging Polly weg bij haar man en verhuisde terug naar Nieuw-Zeeland en Joy dacht vaak aan haar als ze aan het strijken was en hoopte dat ze het geluk had gevonden en een nieuw strijkijzer dat geen roestvlekken achterliet.

Een echtgenoot kon vertrekken, zoals Stan, maar een echtgenoot kon ook nooit meer terugkeren, zoals de vader van Joy. Stan kwam altijd terug.

De waarheid was dat Stan meestal geduldiger was en minder snel boos werd dan Joy. Toen de kinderen klein waren, stond haar humeur permanent op een laag standje van sudderende ergernis.

Dacht hij soms dat zij er niet ook van droomde om regelrecht haar leven uit te lopen als ze boos werd? Ze fantaseerde regelmatig over wat haar vader al die jaren geleden had gedaan: de deur uit lopen om 'even bij een vriend langs te gaan' en nooit meer terugkomen. Soms schudde ze haar verantwoordelijkheid van zich af door te fantaseren over ontvoerders die het huis binnenstormden, haar achter in hun busje stopten en haar meenamen voor een lange rustpauze in een fijne, koele, stille kerker.

Maar weglopen was nooit echt een optie. Ze was te hard nodig. Alleen zij wist de schema's van de kinderen, waar alles lag, de naam van de dierenarts, de naam van de huisarts, de naam van de juf.

Terwijl Stan zomaar de deur uit kon lopen.

Soms verliet hij gewoon de kamer en dat was prima. Dat deden normale mensen ook weleens. Soms liep hij een blokje om en misschien deden normale mensen dat ook. Soms ging hij een eindje rijden en kwam hij een uur later weer terug. Twee uur later. Drie. Vier. Hoe langer hij wegbleef, hoe minder normaal het werd. Vijf dagen was het langst.

'Wat je moet doen,' zei Joys moeder toen Joy haar eindelijk in vertrouwen nam over de vreemde, beschamende gewoonte van haar man. 'Zorg dat je lippenstift ophebt en je mooiste jurk aan als hij weer terugkomt. Niet huilen. Niet schreeuwen. Stel geen enkele vraag over waar hij is geweest. Behoud je trots en doe alsof je niet eens hebt gemerkt dat hij weg was.'

Ze had de instructies van haar moeder naar de letter opgevolgd. Als ze diezelfde instructies aan haar dochters zou hebben gegeven, hadden die zich bescheurd van het lachen.

Ze brak de regel van haar moeder maar één keer. Het was laat in de avond en zij en Stan lagen in bed, de deur dicht, beiden nog nahijgend van de seks.

'Waarom doe je dat?' had ze tegen zijn borst gefluisterd. 'Verdwijnen? Weglopen?'

Eerst dacht ze dat hij niet zou antwoorden, maar toen zei hij uiteindelijk: 'Ik kan er niet over praten. Het spijt me.'

'Oké,' had ze gezegd en het was ook oké, maar het was ook niet oké. Er waren kleine zaadjes van bittere wrok geplant, in het midden van haar hart, zoals de kleine bittere zaadjes in het midden van de zoetste appel.

Ze hadden er verder nooit meer over gesproken. Toen ze 'oké' zei, ging ze akkoord met de afspraak. Hij kwam altijd terug en het gebeurde misschien maar één, twee keer per jaar, en toen zijn haar grijs werd en uitdunde en uiteindelijk verdween en zijn kraakbeen afbrokkelde, deed hij het steeds minder, tot ze op een dag besefte dat het iets uit hun verleden was, zoals zijn lange zwarte krullen en zoals haar PMS.

'In een relatie moet je compromissen sluiten,' zei ze tegen Savannah. 'Je moddert maar wat aan.' Ze zweeg omdat ze Savannah zag kijken naar een vrouw en een klein meisje in een lichtroze balletpakje en tutu die aan de tafel naast hen zaten. Het haar van het meisje was naar achteren getrokken in zo'n onvoorstelbaar strak balletknotje.

‘Schattig,’ zei ze tegen Savannah.

‘Ik deed ook aan klassiek ballet.’ Savannahs ogen waren nog steeds op het kind gericht.

‘O ja?’ zei Joy geïnteresseerd. Want al had Savannah gezegd dat ze een ‘superieur autobiografisch geheugen’ had, had ze niet echt veel van de dingen die ze zich in zulk superieur detail herinnerde gedeeld, naar Joy vermoedde omdat het niet zulke goede herinneringen waren. Het was leuk om een nieuw concreet detail te horen. En het was ook logisch. Savannah had die mooie rechte rug en bewoog zich gracieus.

‘Mijn moeder had graag gezien dat ik aan ballet deed. Heeft een van je pleegouders je op ballet gedaan?’ vroeg Joy.

Savannah keek haar met een wazige blik aan. ‘Hm?’

‘Ballet?’ zei Joy. ‘Hoe kwam het dat je aan ballet ging doen?’

Het leek geen typisch tijdverdrijf voor een kind dat van het ene naar het andere pleeggezin was gegaan, vooral niet ‘klassiek’ ballet.

‘O,’ zei Savannah. ‘Ik heb alleen een paar keer een proefles gedaan. Meer niet.’ Ze keek naar het kleine meisje en haar lip krulde op. ‘Ze zou geen cupcake moeten eten als ze ballerina wil worden. Zoveel suiker!’ Ze spuugde de woorden uit met dunne, getuite lippen. Ze klonk weer als iemand anders. Joy vroeg zich af of ze onbewust een of ander akelig iemand uit haar leven imiteerde die zeggenschap over haar had gehad.

Savannah schoof misprijzend haar appelkruimel opzij, alsof iemand haar had gedwongen ervan te eten. ‘Ik heb genoeg gehad.’

‘Ja. Ik ook,’ zei Joy. Ze nipte van haar thee en keek weer naar de kleine ballerina, die haar gebruinde benen liet schommelen terwijl ze vrolijk op haar cupcake kauwde.

Joy voelde zich ineens heel eenzaam, omdat ze wist dat Savannah net tegen haar had gelogen over dat ballet. En Joy wist niet precies wat de leugen was, maar als ze daar al over loog, dan hadden Joys kinderen misschien gelijk over Savannah. En ze wilde zo graag dat haar kinderen ongelijk hadden over Savannah.

'Joy?' zei een bekende stem en Joy nam snel een blik aan van warm medeleven met haar vriendin, de weduwe Debbie Christos, die het restaurant was binnengelopen, wat verontrustend was omdat Joy net nog aan haar elegante polsen had gedacht en ook aan het kussen van haar overleden echtgenoot.

31

Nu

'Ik heb dat meisje ontmoet met wie de politie wil praten,' zei Debbie Christos tegen haar vriendin Sulin Ho. 'Vorig jaar kwam ik Joy tegen in het restaurantgedeelte van David Jones. Ze waren aan het winkelen. Ik weet nog dat ik dacht dat ze net moeder en dochter leken.'

'Ik heb natuurlijk over haar gehoord,' zei Sulin. 'Maar ik heb haar nooit ontmoet.'

Sulin reed Debbie naar het maandagavondtennis, iets wat ze afgelopen maand steeds had gedaan.

Je echtgenoot verliezen was, zoals zoveel mijlpalen in het leven, een interessante vriendschapstest gebleken. Debbie had vriendinnen verloren, zoals degene die haar hooghartig had opgedragen dat ze zich niet 'moest wentelen in haar verdriet' toen ze niet naar het theater wilde, en het had haar vriendschap met anderen verdiept, zoals die met Sulin, die geen weduwe was en toch intuïtief leek te begrijpen hoe Debbie zich zes maanden na het verlies van Dennis voelde: zo rauw en gevoelig dat de lucht hard aanvoelde tegen haar huid.

Sulin had niet gezegd: 'Laat me weten als ik iets voor je kan doen, Debbie.'

Ze had gezegd: 'Ik kom je om zeven uur halen.'

Toen Debbies zoon een toespraak hield op Dennis' begrafenis, zei hij: 'Papa stierf terwijl hij deed waar hij van hield, net nadat hij zijn wedstrijd van het maandagavondtennis had gewonnen.'

Debbie had liever gehad dat hij haar zijn toespraak op feiten had laten controleren. Dennis had het punt gewonnen, maar niet de game en zeker niet de wedstrijd. Ze speelden tegen Joy en Stan, en niemand kon de Delaneys verslaan. Ongeveer twintig mensen die naar die toespraak luisterden, zullen gedacht hebben: dat had je gedroomd, Dennis.

'Hoe was ze?' vroeg Sulin. 'Dat meisje?'

'Ik weet het niet,' gaf Debbie toe. 'Ik heb niet zoveel aandacht aan haar besteed. Had ik dat maar wel gedaan. Ik heb geprobeerd me te herinneren wat Joy zei of deed, of ze ongelukkig of depressief leek, maar er leek niks mis met haar! Tegen mij deed ze in elk geval alsof er niks mis was.'

'O, waar ís Joy dan toch?' zei Sulin plotseling toen ze stopten voor een verkeerslicht. Ze draaide zich om en keek Debbie aan. 'Het is gewoon niks voor haar, toch?'

'Nee,' zei Debbie. 'Het is niks voor haar. Totaal niet. Dat is wat mij zorgen baart.'

Ze was nu al zeventien dagen weg.

Zowel Debbie als Sulin had gisteren deelgenomen aan een georganiseerde zoektocht door het bushland in de buurt van het fietspad dat om het St. Helens-reservaat liep. Het fietspad was het dichtstbijzijnde fietsgebied bij het huis van de Delaneys en Joy had met Kerstmis een nieuwe fiets gekregen van haar zoon Troy, waar ze zogenaamd dol op was, al had niemand haar er ooit op zien rijden.

De vier volwassen Delaney-kinderen hadden deelgenomen aan de zoektocht. Stan Delaney niet. Debbie wist niet wat ze ervan moest denken, al wisten veel andere mensen precies wat ze ervan moesten denken.

'Ik heb zitten denken,' zei Sulin nu, haar ogen op de weg gericht. 'Aan iets wat afgelopen oktober is gebeurd.'

Ze keek bezorgd, alsof ze iets opbiechtte.

'Ik reed van de boekenclub naar huis, rond negen uur 's avonds, en toen zag ik een man in de greppel van Beaumont Road zitten. Ik dacht eerst dat het een dronken tiener was, maar toen schoten de koplampen langs zijn gezicht en ik dacht: dat is Stan Delaney.'

'En hij zat in de greppel?!' Debbie was geschokt. Stan Delaney was niet het soort man om in een greppel te zitten. Daar was hij veel te lang voor.

'Precies! Dus stopte ik en hij zei dat hij aan het wandelen was en gestruikeld was en dat hij zijn knie weer had bezeerd. Ik vond het vreemd omdat hij een spijkerbroek droeg. Hij was zeker niet gekleed om te sporten. Het leek eerder alsof hij het huis uit was gelopen.'

'Jeetje,' zei Debbie.

'Ja, en dan nog iets,' zei Sulin voorzichtig. 'Volgens mij... Ik kan het mis hebben, maar ik ben er vrij zeker van dat hij had gehuild.'

'Gehuild?' zei Debby. Ze probeerde te bedenken wat dat betekende. 'Vanwege zijn knie?' Mannen werden huilebalken naarmate ze ouder werden.

'Er was iets aan de hand,' zei Sulin. 'Dat weet ik zeker, want ik hielp hem in de auto en reed hem terug naar huis en alle vier de kinderen waren daar. Ik had niet het gevoel dat er een feestje gaande was, dat kan ik je wel zeggen. Het was eerder alsof ze verschrikkelijk nieuws te horen hadden gekregen. Er was iets gebeurd... De sfeer! Je weet toch wel hoe je zoiets gewoon aanvoelt? De sfeer was om te snijden.'

'Was dat meisje toen nog bij hen? Die Savannah?' vroeg Debby.

'Ik heb haar niet gezien,' zei Sulin. 'Ik denk dat ze toen al weg was. Ik heb dit trouwens verder aan niemand verteld.' Ze wendde haar ogen van de weg af en wierp Debbie een snelle, angstige blik toe. 'Ik weet niet of ik dat zou moeten doen.'

'Ik weet ook niet of je dat zou moeten doen,' zei Debbie.

Ze dacht aan de roddels en geruchten op de tennisclub. Het huwelijk van Joy en Stan was openbaar bezit geworden. Iedereen had er een mening over. Sommige mensen zeiden dat ze nog nooit een gelukkiger stel hadden gezien, op en buiten de baan. Mensen waren onder de indruk van de manier waarop de Delaneys stilzwijgend communiceerden als ze dubbel speelden en zonder een woord van plaats wisselden; het was alsof ze een telepathische band hadden. Nooit slaakten ze de gekwelde kreten die je bij andere getrouwde stellen hoorde: 'Jouw bal!', 'Nee de jouwe!', 'Ik zei toch mijn bal!' Als ze wonnen, wat ze erg genoeg steevast deden, tilde Stan Joy op alsof ze een kind was, zwierde haar rond en kuste haar vol op de mond.

Anderen wilden maar al te graag uitleggen dat het allemaal een façade was. Mensen hadden het met elkaar over de subtiele tekenen van huwelijksproblemen, geweld, ongeluk, ontrouw en financiële ellende die ze in de loop der jaren hadden gezien. Sinds eind vorig jaar kwam Joy ineens alleen naar maandagavondtennis. Het kwam vermoedelijk door Stans meest recente knieblessure, maar tóch. En toen kwam Joy zelf ergens rond Kerstmis ook niet meer. Het voelde als een afschuwelijke inbreuk op hun privacy om mensen te horen praten over het huwelijk van de Delaneys. Het was alsof mensen aan het rondneuzen waren in de slaapkamer van Joy en Stan, en sterker nog: iedereen wist dat Barb McMahon Joys telefoon onder het echtelijke bed had gevonden. Debbie was daar vreemd genoeg heel boos om en ze wist dat dat iets te maken had met alle meningen die mensen tegenwoordig hadden over háár leven en keuzes. Toen Dennis nog leefde, maakte ze deel uit van een solide, respectabele, onaantastbare eenheid: de heer en mevrouw Christos. Maar vanaf het moment dat hij overleed, was ze stuurloos. Een oudere dame in haar eentje. Ze was kwétsbaar, zei haar zoon. Ze moet zo éénzaam zijn, zei haar dochter. Ze zeiden het allemaal uit liefde voor haar, maar soms kon ze wel gillen.

Godzijdank was Sulin er, die haar nog steeds als een normaal mens behandelde.

'We gaan er vanavond hard tegenaan,' zei Sulin. 'Voor Joy. Om onszelf af te leiden.'

'Ja,' zei Debbie. Ze zag het oude kneuterige bord met DELANEYS en de lachende tennisbal erop al hangen. Iedereen noemde de tennisclub nog steeds 'Delaneys', ook al hadden Joy en Stan de tennisschool ruim een jaar geleden verkocht. Niet dat de Delaneys ooit eigenaar waren geweest van de banen. Die huurden ze van de gemeente, maar het was wel waar dat Joy en Stan degenen waren die het voortouw hadden genomen bij het lobbyen bij de gemeente om ze überhaupt te laten aanleggen.

Debbie en Dennis waren bij die eerste vergadering met de gemeente geweest. Joy was het meest aan het woord. Met z'n vieren hadden ze de tennisclub opgericht. Ze waren zo jong, en hadden geen enig idee hoe jeugdig en mooi ze waren.

Stan was jarenlang voorzitter en Dennis penningmeester, en Joy en Debbie smeerden de broodjes. Dit leek tegenwoordig schandalig. Joy had voorzitter moeten worden en Debbie had penningmeester moeten zijn (ze was nota bene boekhouder!) maar indertijd stonden ze daar helemaal niet bij stil.

Door Dennis' dood stonden die beginjaren haar ineens weer zoveel scherper voor de geest. Of kwam dat alleen door de slideshow die haar dochter voor de begrafenis had gemaakt? Er zat een foto van hun viertjes tussen, op een feestje in het clubhuis, waar ze allemaal behoorlijk dronken waren van Joys zelfgemaakte Hawaïaanse punch. Het was zo vreemd om in die kille kerk te zitten, vierenzeventig jaar oud, met steunkousen, en zichzelf in haar oranje minirokje op het scherm te zien. Ze kon letterlijk de ziekelijk zoete punch proeven en de stof van die minirok tegen haar dijen voelen. Het leek alsof het er allemaal nog was, die tijd van hun leven, ergens metafysisch, toegankelijk via een of ander magisch vervoermiddel, niet alleen het geheugen.

Joy had op die foto zijdelings naar Dennis geglimlacht over haar glaasje punch, terwijl Dennis, met een enorme snor, suggestief naar haar terugkeek, en Debbie en Stan nietsvermoedend naar de camera glimlachten. Debbie was vergeten wat een stoot Joy vroeger was. (Was dat niet het woord dat Dennis ooit gebruikte voor Joy? Die stoot van Delaney?)

Debbies dochter had helemaal niet door dat ze voor de slideshow een foto van haar vader had gekozen waarop hij flirtte met een andere vrouw. (Ze was meer geïntrigeerd door de hapjes uit de jaren zeventig: kaas en zure uitjes op prikkertjes die in sinaasappels waren gestoken, die er dus uitzagen als egels. 'O mijn god, mama, wat zijn dat voor dingen?')

Was Debbie de enige op die begrafenis geweest die die foto voorbij zag flitsen en zich had afgevraagd of er ooit iets tussen Dennis en Joy was gebeurd?

Het was heel goed mogelijk.

Dennis was geen lieverdje. Debbie was zelf ook een beetje wild geweest. Ze hadden allebei 'avontuurtjes' gehad in de eerste jaren van hun huwelijk, voordat de kinderen werden geboren. Niets ergs. Ze zou het woord 'affaire' er niet op willen plakken. Het was gewoon voor de lol. Er was niemand gekwetst, of in elk geval niet heel erg gekwetst. Ze waren zelfs een keer naar een sleutelfeest geweest. 'Waar haalden we de energie vandaan?' vroeg ze zich verwonderd af toen ze eenmaal in de vijftig waren. Ze hadden het hun kinderen nooit verteld. Jongeren waren tegenwoordig vreemd puriteins over seks, ook al stonden ze met getuite lippen op de foto en pronkten ze online met hun billen.

'Wat is er gebeurd met topless zonnebaden?' had Dennis somber gezegd tijdens een van hun laatste uitstapjes naar het strand. Debbie, die hem ter wille had willen zijn, had gewezen op een groep meisjes in G-string bikini's. 'Neuh, dat ziet er gewoon dom uit,' had Dennis gezegd. Hij was een borstenman. Joy had op die foto een laag uitgesneden topje gedragen. Het ging Dennis niet om Joys mooie ogen, zoveel was zeker.

Debbie zou niet boos zijn op Joy als ze met Dennis naar bed was gegaan. Niet dat ze haar een bedankkaartje zou sturen, maar ze zou het haar niet kwalijk nemen.

Het was allemaal zo lang geleden. Het had toch zeker niets te maken met Joys verdwijning?

Tenzij het een aanwijzing was dat Joy aan de lopende band vreemdging.

En ze er met een minnaar vandoor gegaan was.

Wie had daar nou nog zin in, op hun leeftijd? Joy, misschien. Ze was altijd zo energiek geweest.

Sulin parkeerde de auto en Debbie voelde even een scheut in haar rug toen ze uitstapte, om haar eraan te herinneren dat ze geen dertig meer was, ook al leken haar herinneringen nog zo vers.

'Zet je maar schrap,' zei Sulin terwijl ze de auto op slot deed. 'Daar heb je Mark Higbee.'

Mark Higbee nam de maandagavondcompetitie bloedserieus. Hij liet de bal ongeveer vierhonderd keer stuiteren als hij serveerde en stopte tussen de games om zijn voorhoofd af te vegen alsof het de Australian Open was. Hij had ook de afschuwelijke gewoonte om in de neus van zijn arme vrouw te knijpen, waardoor Debbie zin had om op die van hem te stompen.

'Wat een sukkel is het toch, die man,' zei Sulin binnensmonds en Debbie wierp haar een verbaasde blik toe omdat Sulin normaal gesproken nooit een kwaad woord zei, over wie dan ook.

Hij liep naar hen toe, lang, mager en met een grijze baard, een gigantische rackettas over zijn schouder geslagen. 'Gegroet, dames!' zei hij met een geamuseerde glimlach. Hij zag vrouwen als lieve, kleine, inferieure wezentjes. 'Hebben jullie het laatste nieuws over Joy al gehoord?' Zijn gezicht glom van het plezier in die heerlijke, schokkende roddels.

'Nee,' zei Sulin op kille toon.

'Jullie weten toch wel dat ze vermist wordt?' vroeg Mark.

'Allemachtig, natuurlijk weten we dat,' snauwde Sulin. 'We hebben gisteren allebei geholpen met zoeken.'

'Stan is dus hun "hoofdverdachte",' zei Mark, zich niet bewust van haar bitsheid. Hij streelde zijn bebaarde kin met duim en wijsvinger, alsof hij een in gedachten verzonken professor parodieerde. 'Maar zonder lichaam... zijn ze zwaar de pineut.'

'Zonder lichaam?' zei Debbie. 'Je bedoelt toch niet Jóys lichaam?'

'Ja, natuurlijk bedoel ik dat,' zei Mark, alsof hij nog nooit zoiets doms had gehoord. 'Welk lichaam zou ik anders bedoelen, Debbie?'

Debbie dacht aan Joys beeldschone gebruinde benen. Die vrouw stond nooit stil. Ze was lasagne komen brengen toen Dennis overleden was, in een ovenschaal, maar toen bekende ze meteen dat ze hem niet zelf had gebakken, ze had hem bij de Italiaanse delicatessenwinkel gekocht en toen overgedaan in die ovenschaal zodat het er zelfgemaakt uitzag. Ze had er zo schuldbewust bij gekeken dat Debbie erom moest lachen.

'Je moet de feiten onder ogen zien,' zei Mark vaderlijk. 'Het is niet waarschijnlijk dat ze nog leeft. Stan had krassen op zijn gezicht. Dus wat denk je dan?'

'Dat heeft op allerlei manieren kunnen gebeuren,' zei Sulin, maar haar stem haperde, zo afschuwelijk was het.

'De politie mag het dan een onderzoek naar een vermiste persoon noemen,' zei Mark, 'maar iedereen met een greintje verstand weet dat ze het behandelen als een moordonderzoek.'

'Ze heeft al haar kinderen geappt dat ze wegging,' zei Debbie.

'Zo moeilijk is het niet om een appje te sturen vanaf de telefoon van iemand anders,' zei Mark. 'De telefoon was daar nog in huis. Barb McMahon heeft hem gevonden. Hij was verstopt onder hun bed.'

'Stan weet niet eens hoe hij moet appen,' zei Debbie. 'Als je dat soms bedoelt.'

'Dat zégt hij, ja,' zei Mark.

Debbie zei: 'Stan is onze vriend. Zulke dingen moet je niet zeggen.'

'Ik hoorde dat er sprake was van een affaire,' zei Mark. Zijn ogen fonkelden. Debbie had de man nog nooit zo opgewekt gezien. 'Ze hadden vorig jaar een aantrekkelijk meisje van in de twintig in huis, een zogenaamde "huisvriendin", en ik vermoed dat toen Joy in het ziekenhuis lag de verleiding te groot was voor Stan. Als de kat van huis is, hebben de muizen wel echt de neiging om op tafel te gaan dansen!'

'Hou op,' zei Debbie. 'Stop gewoon met praten. Ik geloof er geen woord van.'

Maar het viel niet mee om dit niet te combineren met Sulins verhaal over Stan die vorig jaar in de greppel had zitten huilen.

Mark stak zijn handen in de lucht. 'Dit kun je mij toch niet kwalijk nemen, Debbie! Hou dit voor je, maar ik heb een theorie over waar hij het lichaam heeft begraven.'

Sulin zei: 'We zijn niet geïnteresseerd in jouw theorie, Mark.'

'Onder hun tennisbaan,' zei Mark. 'Daar hebben ze een nieuwe laag overheen laten leggen. Perfecte plek om een lichaam te verstoppen. Ik zei tegen de politie: jongens, jullie moeten die tennisbaan uitgraven. Dat zullen ze waarschijnlijk wel gaan doen, denk ik. Dus dan weten jullie dat vast.'

'Maar wacht, dat hebben ze al in januari laten doen...' begon Debbie.

Mark liep door. 'En dat niet alleen. Ik heb Stan gezíén, onder het stof, met bloeddoorlopen ogen. Hij kocht chocolademelk bij de mini-super op Hastings Street, twee dagen nadat Joy vermist was. Ik zei: Stan, wat is er met jou gebeurd? Hij negeerde me. Negeerde me letterlijk alsof ik niet bestond. Heb ik ook aan de politie verteld.'

'Denk je dat hij haar lichaam heeft begraven en vervolgens chocolademelk voor zichzelf heeft gekocht?' vroeg Sulin.

'Dat is precies wat ik denk,' zei Mark. 'Een lichaam begraven maakt dorstig!'

'Dat is niet grappig,' zei Debbie.

'Het is ook niet grappig, Debbie, het is een regelrechte tragedie,' zei Mark opgewekt. 'Ik heb de politie ook gezegd dat ze die zoon van hen moesten ondervragen. Degene die rondrijdt in die patserauto's, die zogenaamd al zijn geld verdient met "online handelen". Die handelde vroeger in drugs. Weet ik zeker, want hij heeft ze aan mijn zoon verkocht.'

'Troy?' vroeg Debby. Troy had nog verkering gehad met haar dochter. Ze wist dat Troy met de dochter van veel mensen verkering had gehad, maar ze had nog steeds een zwak voor hem. 'Dat was toen hij een tiener was, Mark, me dunkt dat we dat nu wel achter ons kunnen laten.'

'Ik heb tegen de politie gezegd dat ze moesten kijken naar mogelijke witwaspraktijken, misschien een internationaal syndicaat voor witteboordencriminaliteit, wie weet hoe hij aan al dat geld komt.'

'Dus wacht even hoor, nu zeg je dat je denkt dat Tróy iets te maken heeft met de verdwijning van zijn moeder?' zei Sulin.

'Alles is mogelijk, dames!' Mark hing de rackettas over zijn schouder en slenterde weg. 'Tot zo op de baan!'

'Fuck you, Mark Higbee,' zei Sulin, en Debbie was er vrij zeker van dat dit de eerste keer was dat dat specifieke woord ooit over de lippen van haar vriendin was gekomen.

32

'Denkt u dat de man vreemdging?' vroeg Ethan.

Hij en Christina liepen van de auto over de eindeloze grindoprit van een statig huis om een verklaring op te nemen voor hun zaak van een schooljongen die brand had gesticht, maar ze hadden het, zoals gewoonlijk tegenwoordig, over het onderzoek naar Joy Delaney.

'Met die Savannah? Het is een mogelijkheid,' zei Christina. 'Er is een heleboel wat de familie ons niet vertelt.'

'Om hun vader te beschermen?'

'Dat neem ik aan,' zei Christina. 'Of om zichzelf te beschermen.'

In gedachten zetten ze de vier Delaney-kinderen als mogelijke verdachten op een rijtje.

Amy Delaney: schichtig als een kruimeldief.

Logan Delaney: kalm als een door de wol geverfde crimineel.

Troy Delaney: zo glad als een gladde verkoper. (Behalve dat Christina niet wist wat hij precies verkocht en ze het gevoel had dat hij het misschien zelf ook niet wist.)

Brooke Delaney: omzichtig als een spion.

Zou een van hen verantwoordelijk kunnen zijn voor de verdwijning van hun moeder? Of een paar van hen? Of was het waarschijnlijker dat een van hen hun vader erbij had geholpen?

'Als mijn vader een affaire had met een jong meisje en mijn moeder verdween,' overpeinsde Ethan toen ze een gewelfde zuilengalerij binnenliepen die je zou verwachten voor een prins of een arme, onbegrepen kleine brandstichter en aanbelden, 'dan zou ik hem er meteen bij lappen.'

'Ik ook,' zei Christina. Ze beet op de gescheurde duimnagel, al mocht ze dat met het oog op haar aanstaande bruiloft eigenlijk niet doen.

Dus waarom waren de Delaneys dan zo terughoudend?

Ze zei: 'Heeft hun moeder hen op de een of andere manier teleurgesteld?'

'Dan doen moeders weleens,' zei Ethan en Christina vroeg zich af of hij dat in algemene of specifieke zin bedoelde, en toen deed de moeder van de brandstichter de deur open en de schuld van haar zoon stond op haar prachtig gerenoveerde gezicht te lezen.

33

Afgelopen oktober

Troy kon zich er niet op concentreren en het interesseerde hem allemaal niets. De markt was rustig, maar ook weer niet zó rustig. Zijn hart zat er niet in. Hij had de afgelopen twee uur maar één deal gesloten. Dat was een signaal dat hij voor vandaag moest stoppen, volgens zijn eigen regels, en regel nummer één was: houd je aan je eigen regels.

Hij keek weg van zijn monitoren naar de kamerhoge ramen en zag een eenzame zeemeeuw langs een wolkeloze lichtblauwe lucht voorbij zweven. Het rimpelende water van de haven strekte zich voor hem uit als een landingsbaan. Hij had ooit een 747 op de luchthaven van Salzburg geland. In een vluchtsimulator. Een cadeau voor zijn dertigste verjaardag van zijn ex-vrouw. De instructeur zei dat hij er een uitstekend instinct voor had. Troy had er nu alle vertrouwen in dat hij een vliegtuig kon landen als de piloot in de problemen zou raken en de (prachtige, in paniek geraakte) stewardess uit de cockpit zou komen rennen en iedere passagier met vliegervaring smeekte om naar voren te komen.

Hij had piloot kunnen worden. Had Wimbledon kunnen winnen. Had een getrouwde voetbalvader in een buitenwijk kunnen zijn, die van zijn moeder een grootmoeder maakte, zoals ze verdiende, in plaats van zijn kind aan een andere man te schenken en die andere man de voetbalvader te maken die daar aan de zijlijn stond en Troys kind toejuichte, dat verdomd goed zou zijn in voetbal, want de Delaneys waren goed in alle sporten, niet alleen in tennis.

Troy zou zijn kind elke sport laten spelen die het maar wilde. Alleen niet dit specifieke kind, want dit zou niet zijn kind zijn.

Het sloeg nergens op om sentimenteel te worden. Als hij echt een kind had gewild, kon hij er zo eentje krijgen. Geen probleem. Claire was degene met het probleem geweest. Troy zat goed in z'n zaadcellen en die hadden een uitstekende beweeglijkheid. 'Dat verbaast me niks,' had Claire gezegd toen ze de analyse van zijn sperma las, toen ze nog van hem hield. Hij was opgelucht. Hij had niet geslapen de nacht voordat ze zijn resultaten kregen, doodsbang dat het onderzoek een geheim verborgen tekort zou onthullen. Zijn vader hoefde alleen maar naar zijn moeder te kijken of ze was al zwanger. Uiteraard.

Het overdragen van de embryo's was genereus, aardig, altruïstisch. Hoewel hij nooit kon beweren dat hij een altruïst was, want als Claire hém had bedrogen, zou hij verschrikkelijk wraakzuchtig zijn geweest. Hij zou hebben gezegd: *Laat dat grut maar ontdooien, geef ze aan de wetenschap, gooi ze in de prullenbak.*

Hij betaalde een te hoge prijs voor een niet bijzonder bevredigende seksuele escapade met een meisje van wie hij zich de naam niet eens meer kon herinneren, hoewel hij nog wel wist wat ze voor de kost deed en welk parfum ze droeg: Pharmaceutical Sales Executive en White Linen. Hij had die geur al nooit lekker gevonden, maar nu had hij er zelfs een hekel aan. Hij herinnerde zich dat hij daarna in een taxi naar huis ging, kijkend naar de verregende straten van de stad, en dat hij het raam van de taxi opendeed in een vruchteloze poging om van de stank van haar parfum en zijn spijt af te komen.

Geen spijt. Dat was een van zijn regels in de handel. Je moet nooit tijd verspillen aan nadenken over wat had kunnen zijn.

Hij had Claire zijn antwoord nog niet gegeven. Hij had gehoopt op last minute respijt: een reden om het haar te weigeren. Op dit moment was het etenstijd in Texas. Hij stelde zich voor dat ze met haar man aan tafel zat: 'Nog niks gehoord, schat?'

Ze vonden het vast verschrikkelijk dat hun toekomstdromen van hem afhankelijk waren.

De Texaanse cardioloog zou Claires hart nooit breken. De man was tenslotte een hartspecialíst. Waarschijnlijk behandelde hij Claires hart met de specialistische, liefdevolle tederheid die ze verdiende. Troy hoopte dat echt, ook al wenste hij ergens ook van niet.

Hij wenste dat hij haar niet zo had gekwetst. Hij begreep niet waarom hij het had gedaan, behalve dat hij zijn hele leven overgeleverd was geweest aan een krachtig verlangen: het verlangen om alles kapot te maken.

Wat als ik het topje van mijn vinger op dat fragiele beeldje leg dat ik niet mocht aanraken van mijn moeder en wat als ik het niet alleen aanraak, maar ook omduw? Wat als ik halverwege een saaie aardrijkskundeles opsta en wegloop zonder ook maar een woord te zeggen? Wat als ik van die brug spring waar het bord met de tekst NIET DUIKEN aan hangt? Wat als ik dat pilletje neem? Wat als ik voor die onmogelijke bal ga? Wat als ik een meisje oppik in een kroeg in de stad terwijl mijn vrouw ivf ondergaat om een baby te krijgen die we allebei zogenaamd willen? Het was alsof hij in de greep was van een onzichtbare kracht: *doe het, doe het, doe het.*

Het meisje betekende niets. Ze was gewoon een meisje dat naast hem zat aan een bar, met gigantische tanden en een harde lach. Claire was slimmer, grappiger en mooier, haar tanden waren perfect op maat en haar lach was prachtig.

Zijn acties waren onverklaarbaar. Het was allemaal nogal een puinhoop.

'Je was vast op zoek naar een excuus zodat je bij me weg

kon,' had Claire met een asgrauw gezicht gezegd. En het was waar, hij moet een excuus hebben gewild om uit de relatie te kunnen stappen, hoewel hij zich er niet van bewust was dat hij eruit wilde. Maar waarom had hij het anders gedaan, en vooral: waarom had hij meteen bekend zodra hij thuiskwam, nog voor hij zelfs maar zijn overhemd had uitgetrokken? Terwijl Claire opkeek van haar boek in hun bed en glimlachte en de cellen van hun potentiële kinderen zich vermenigvuldigden en verdeelden in een kliniek in Sydney? Het heette zelfsabotage, volgens Amy, die de enige in zijn familie was die het begreep, omdat ze er zelf de neiging toe had, hoewel zelfs zij lang nodig had om hem te vergeven dat hij het hart van haar geliefde schoonzusje had gebroken.

Genoeg! Troy sloeg met beide vuisten zo hard op zijn bureau dat zijn drie te grote monitoren ervan rammelden. Dit was niet zijn stijl. Wat gedaan was, was gedaan. Hij liep naar de ramen van zijn kantoor aan huis en drukte zijn voorhoofd tegen het glas. Iedereen die ooit in zijn appartement kwam, zei iets over het ongelooflijke uitzicht, behalve zijn broer. Logan was deze kamer binnengelopen, had hardop gelachen, Troy een tik tegen zijn achterhoofd gegeven en gezegd: 'Jezus, man.' Misschien was dat zijn manier om te zeggen dat het ongelooflijk was, maar waarom kon hij niet gewoon zéggen dat het ongelooflijk was? Waarom was het grappig? Godsamme, waarom prees hij hem niet gewoon voor dat uitzicht? Zelfs hun vader had gezegd: 'Verdomd mooi uitzicht.' Al liet die erop volgen: 'Ik hoop dat je het kunt betalen.' Soms wilde hij zijn vader zijn bankafschriften laten zien, als een kleuter die hem een vingerverfschilderij gaf: *Kijk dan, papa. Ik ben rijk geworden zonder tennis, papa.* Maar niet zo rijk als die vervloekte Harry Haddad. Troy hield het vermogen van die lul permanent in de gaten.

Hij ging terug naar zijn bureau, opende zijn e-mail, typte Claires naam in en schreef het bericht snel. *Lieve Claire, ik heb erover nagedacht, het is prima, ga je gang, doe het maar. Ik zal alle formulieren ondertekenen die je nodig hebt. Liefs, Troy.*

Hij drukte op 'verzenden'. Hij keek naar zijn handen, die nog steeds op het toetsenbord rustten. Wat had hij nou gedaan? Die woorden stonden nu op een computerscherm in Texas. Het voelde ongepast futuristisch. Een bericht van deze betekenis had moeten worden verzonden in een handgeschreven brief die er maanden over deed om de oceaan over te steken. Maar alles aan dit morele dilemma was ooit onmogelijk, lachwekkend futuristisch geweest. Microscopische kleine bevroren baby's die lagen te wachten om tot leven te worden gewekt.

Misschien was zij het nu wel aan het lezen. Hij probeerde zich het gezicht van zijn ex-vrouw voor te stellen. Wat zou ze van het woord 'liefs' vinden?

Hij zou nooit ja hebben gezegd als hij niet nog altijd van haar hield.

De gedachte trof hem als een stomp in zijn maag. Hij deed het niet alleen als boetedoening, hij deed het uit liefde. Was de e-mail die hij net had verstuurd zijn allereerste daad van onvoorwaardelijke liefde? De meest onzelfzuchtige daad van zijn leven? Om de meest egoïstische goed te maken?

De bel van zijn appartement ging. Verdwaasd liep hij naar de intercom.

'Wie is daar?' vroeg hij ruw.

Een gezicht doemde op in het scherm. Geschrokken deed hij meteen een stap achteruit.

Het was Savannah. Wat wilde die? Er moet iets met zijn ouders zijn gebeurd. Lag zijn moeder weer in het ziekenhuis? Had zijn vader zijn knie weer bezeerd?

'O, hoi, Troy, ik ben het... eh, Savannah.' Ze boog zich nog dichter naar de camera toe. 'Die... vriendin van je moeder?' Haar stem kraakte door de luidspreker.

Die vriendin van je moeder. Wat een vreemde omschrijving. Hij wachtte.

Hij drukte op de luidspreker en zei: 'Is alles in orde met mijn ouders?'

'Het gaat prima met ze. Mag ik binnenkomen?'

Hij keek rond in zijn appartement. Hij voelde een overweldigend, irrationeel gevoel van weerstand tegen het idee dat Savannah hier binnen zou komen en dat haar konijnachtige ogen heen en weer zouden schieten, evaluerend en oordelend. Hij had geen idee of dat oordeel negatief of positief zou zijn. Het enige wat hij wist was dat ze veel te geïnteresseerd zou zijn in alles wat ze zag.

Maar hij kon moeilijk nee zeggen, nu ze voor zijn ouders had gezorgd, hun maaltijden had bereid en blijkbaar zelfs hun was had gedaan. Ze had die uitzonderlijk goede vaderdaglunch gemaakt: zo lekker had Troy nog nooit te eten gehad in zijn ouderlijk huis. Zij was degene geweest die Troys moeder had vastgepakt en haar veilig naar de grond had begeleid toen die flauwviel. Ze had gezegd 'Bel een ambulance', terwijl Troys familie verstijfde en nog steeds niet in de gaten had wat er aan de hand was. In plaats van dat Savannah bij hen in het krijt stond, voelde de familie zich steeds meer bij haar in het krijt staan en dat gaf iedereen een ongemakkelijk gevoel. Amy, Logan en Brooke hadden onlangs allemaal voicemails achtergelaten voor Troy dat ze dringend moesten bellen over 'de kwestie-Savannah' en hij had nog niet teruggebeld.

Maar nu was Savannah hier. In zijn huis. Waarom niet in dat van zijn broer of zussen? Hij wilde zeggen: *Je hebt de verkeerde. Ik ben bezig. Ik heb andere dingen aan mijn hoofd.*

'Kom maar naar boven. Het is de bovenste verdieping.' Hij drukte op de zoemer.

Hij keek om zich heen en probeerde zijn huis door haar ogen te zien. Troys appartement was bedoeld als minimalistisch maar toch glamoureus, luxueus maar toch ingetogen, maar het zou goed kunnen dat het... pretentieus was?

Een angstaanjagend moment trok er een seismische trilling

van twijfel door hem heen die zijn hele wereldbeeld door elkaar schudde. Zijn hart bonsde. Jezus. Doe normaal. Hij leek zijn zus wel. Voor je het wist moest hij ook in therapie.

Hij opende de deur van zijn appartement en zette zijn meest verwoestende glimlach op.

'Hallo,' zei Savannah toen ze uit de lift kwam. 'Wauw! Heb je deze héle verdieping voor jezelf?'

'Niet helemaal.' Zijn ontwapenende glimlach haperde. Er waren twee appartementen op de bovenste verdieping van het gebouw, hoewel de ligging op het noorden van het zijne de betere was. Wilde ze hem nou een schuldgevoel bezorgen over zijn miljoenenappartement met uitzicht op de haven op het noorden en een infinitypool op het dak?

'Kom binnen,' zei hij. 'Wat een leuke verrassing.'

'O ja?' zei Savannah. Ze zag er anders uit. Ze had zich een soort stijlvolle bohemien-look aangemeten: een yogajuf met geld.

'Je ziet er geweldig uit,' zei Troy. Hij voelde een onverwachte golf van aantrekkingskracht. Ze droeg een lange hanger met een groenige gekleurde steen. Hij complementeerde op de een of andere manier de goedkope sleutelketting die ze altijd om had. Haar haar was half opgestoken, half los, wat hem niet meer zo sterk aan de stijl van zijn moeder deed denken: het was niet meer zo getoupeerd.

'Dit heeft je moeder allemaal voor me gekocht.' Savannah gebaarde naar haar outfit. 'Je moeder is heel aardig voor me geweest.'

'Jij bent ook aardig voor haar geweest,' zei Troy voorzichtig, want blijkbaar wilde ze een punt maken. 'Kan ik iets te drinken voor je maken? Thee of koffie?'

'Nee, ik denk dat ik maar meteen van wal steek,' zei Savannah.

'Oké dan,' zei Troy. Het leek net alsof dit een van tevoren afgesproken zakelijke bespreking was. Hij wees naar zijn speciaal voor hem op maat gemaakte witleren bank. Toen Amy hier de vorige keer was, had ze het gepresteerd om er een chocoladevlek op te maken. 'Ga zitten.'

Ze nam helemaal op het randje van de bank plaats, voeten naast elkaar, rug recht. Ze hing de hanger tussen haar borsten recht.

'Wat een uitzicht.' Ze maakte een snelle, sierlijke zwaai met haar arm, alsof ze even snel de vereiste formele erkenning van dit feit wilde afwikkelen. Ze kéék niet eens naar het uitzicht.

'Wat kan ik voor je doen, Savannah?' Hij zat in de Eames-stoel tegenover haar en glimlachte. Ze glimlachte niet terug, wat verontrustend was. Mensen glimlachten over het algemeen terug als Troy glimlachte.

Als hij had moeten raden, zou hij hebben gezegd dat ze hier was om hem te vragen te investeren in een zinloos zaakje met weinig hoop op winst, iets als een nagelsalon of een veganistisch café. Hoewel, ze kon goed koken, dus misschien zou zij wel winst kunnen maken met een veganistisch café?

Ze zei: 'Toen je moeder in het ziekenhuis lag, waren je vader en ik alleen thuis en hij...'

Ze zweeg, sloeg haar ogen neer en speelde met de groene hanger, draaide hem rond en rond alsof ze overwoog of ze hem wilde kopen.

'Hij wat?'

Ze liet de hanger vallen en keek hem strak aan.

Troys hart stopte. 'Nee.'

Haar blik hield die van hem vast, geduldig, dringend, zacht, als een dokter die wil dat je begrijpt dat de kanker ongeneeslijk is. 'Het spijt me, maar dat heeft hij echt gedaan.'

'Hij heeft toch zeker niet...'

'Hij kwam met een heel specifiek verzoek, dat ik geweigerd heb.'

'Je moet het verkeerd begrepen hebben,' zei Troy.

'Er was geen twijfel over mogelijk,' zei Savannah. 'Ik kan je zijn precieze bewoording wel geven als je wilt.'

Troy deinsde naar achteren, stak zijn handen omhoog en probeerde zijn misselijkheid te bedwingen.

'Ik was er echt kapot van,' zei Savannah. 'Omdat je ouders zo... gelukkig getrouwd lijken en ik hou echt van je moeder. Ik vind haar geweldig. Echt. Je vader vond ik ook geweldig.' Ze zuchtte, trok een grimas. 'Ik heb echt lang geaarzeld over wat ik moest doen.' Ze keek naar het plafond. 'Aan de ene kant vind ik dat ze het verdient om de waarheid te weten...'

'Nee,' zei Troy. 'Dat vind ik niet.'

Het was ondraaglijk. Hij kon zich de pijn van zijn moeder niet voorstellen, haar schok, haar schaamte. Ze zou zich zó generen.

Hoe durfde zijn vader dit te doen: zijn vader die Troys hele leven op de stoel van de umpire had gezeten en alles wat Troy deed aan zijn oordeel onderwierp.

'Ik begrijp niet hoe je zo je zelfbeheersing kunt verliezen,' had Stan gezegd nadat Troy over het net was gesprongen en Harry had aangevallen voor zijn overduidelijke valsspelen, voortgestuwd door zijn kokende woede. Het was alsof Troy in het openbaar de controle over zijn ingewanden had verloren. 'Ik begríjp het gewoon niet.' Troy had zijn hele leven diezelfde walging gezien telkens als hij in de fout ging, behalve dat die nooit meer gepaard ging met ongeloof, alleen met berusting. Alsof het nu eenmaal te verwachten was, alsof Troy weer eens had bewezen dat hij precies zo walgelijk was als zijn vader al wist.

'Je bent niet goed snik,' had zijn vader gezegd toen Troy Claire bedroog. 'Ze was te goed voor je.'

'Ik weet het,' had Troy gezegd. *Daarom deed ik het ook, pa. Voordat zij dat doorkreeg.*

Het verraad van zijn vader voelde als zijn eigen verraad, alsof híj degene was geweest die Savannah had willen versieren. Had Troy niet nog maar een paar minuten geleden een vaag verlangen naar dit meisje gevoeld? Hij zou misschien naar precies hetzelfde verlangen hebben gehandeld als zijn vader, toen zijn jonge gast, jong genoeg om zijn dochter of zelfs zijn kleindochter te zijn, langs hem heen liep in Troys ouderlijk huis. Dacht zijn vader soms dat Savannah zich verplicht zou voelen? Dat hij iets van macht over haar had omdat ze nergens anders heen kon? Omdat ze al een keer door een man in elkaar was geslagen? Was hij vergeten dat hij Stan Delaney was, een gepensioneerde tenniscoach op oudemannenpantoffels, en niet Harvey Weinstein in een badjas? Jezus christus. *Mama is te goed voor je, pa.*

Of dacht hij: ik kan het altijd proberen, toch? Omdat hij tegenwoordig niet meer zo aan zijn trekken kwam? Gatver, nu dacht hij aan zijn ouders die seks hadden en aan zijn vader die seks had met Savannah en het was heel goed mogelijk dat Troys eigen seksleven door dit ene moment onherstelbaar beschadigd was.

Of was dit slechts een onderdeel van een doorlopend gedragspatroon? Was zijn vader al eerder vreemdgegaan? Ergens in zijn achterhoofd had Troy het altijd wel voor mogelijk gehouden dat de reden voor de verdwijning van hun vader al die jaren geleden een andere vrouw of zelfs een ander gezin was.

'Maar het was altijd zo grillig,' zei Amy, de enige keer dat ze het erover hadden gehad, toen ze allebei dronken genoeg waren om de vroegere gewoonte van hun vader ter sprake te brengen. 'Zo willekeurig.'

'Precies,' zei Troy. 'Wij dachten dat het willekeurig was omdat hij een excuus nodig had om naar zijn vriendin te kunnen. We liepen op eieren en probeerden hem niet boos te maken, terwijl hij van tevoren al had besloten dat hij boos zou worden om iets stoms en onnozels.'

'Dat zou toch te wreed zijn,' had Amy gezegd.

'Nou, het wás ook wreed,' zei Troy en hij was verrast en in

verlegenheid gebracht toen zijn stem brak. 'Wat hij deed was wreed.'

Maar dat was allemaal al zo lang geleden, toen alles anders was: hun kleding, hun kapsels, hun lichamen, hun persoonlijkheden. Als hij zichzelf op oude filmpjes zag, kon hij niet geloven dat hij ooit zo'n hoge stem had gehad, of met zo'n lomp, plat accent had gesproken. Zijn ouders waren nu ook die mensen niet meer. Ze waren inmiddels kleiner, zwakker, minder indrukwekkend, waren nergens meer de baas over, zelfs niet van de tennisschool. Een keer was hij te laat gekomen toen hij bij hen zou eten en toen hij daar aankwam, gleden zijn ogen recht langs het bejaarde echtpaar in de hoek en bleef hij maar zoeken naar zijn ouders, zijn boomlange, intimiderende vader, zijn energieke kleine moeder. En toen zag hij het bejaarde echtpaar naar hem zwaaien, overvloeiend in zijn ouders, zoals zo'n optische illusie waar je een oud wijf of een mooi meisje in zag en als je de truc eenmaal doorhad, zag je ze allebei: dan was het een keuze.

Hij kon ervoor kiezen om een akelige ouwe viespeuk een jong meisje te zien aanranden of een zielige bejaarde man die probeerde zijn verloren jeugd terug te winnen. Hij kon ervoor kiezen om de vader te zien die ervoor had gekozen Harry Haddad te geloven in plaats van Troy, of hij kon ervoor kiezen om de vader te zien die als bij toverslag tevoorschijn kwam, groot en harig in zijn boxershort, klaar om het monster te verslaan zodra Troy 'Papa!' had geroepen vanuit zijn bed.

Maar toen groeide hij over zijn nachtmerries heen en het was zijn moeder die hem steeds kwam redden nadat zijn vader hem had opgegeven vanwege Harry fucking Haddad. Het was zijn moeder die schoolhoofden en politieagenten charmeerde. Zij was degene die hem weer op het rechte spoor hielp dat rechtstreeks had geleid tot dit benijdenswaardige leven dat hij nu leidde.

Hij moest ervoor zorgen dat zijn moeder nooit ter ore

kwam wat zijn vader had gedaan. Hij moest haar redden, zoals zijn moeder hem altijd had gered en daarbij zou hij zijn vader de gratie schenken die hij Troy nooit had verleend.

'Je mag het niet aan mijn moeder vertellen,' zei Troy.

'Zoals ik al zei,' Savannah legde haar handen op haar knieen, 'ik ben er nog niet over uit.'

En toen snapte hij het. Waarom ze naar hem toe gekomen was en niet naar een van zijn broer en zussen en waarom ze zich gedroeg alsof dit om een zakelijke transactie ging.

Ze was hier om een deal te sluiten.

34

'Wie kan me uitleggen wat het verschil is tussen actief en passief luisteren?' vroeg Logan aan zijn woensdagmiddagklas.

Passief luisteren: daar had je dat woord weer. Had hij zo naar Indira geluisterd? Passief?

Een bonte mengelmoes van studenten zat achter de halve cirkel van tafels om hem heen: tieners die regelrecht van school kwamen, vrouwen die na jaren op zoek waren naar een baan op een arbeidsmarkt die ze niet meer terug kenden, oudere mannen die hun hele leven in een bedrijfstak hadden gewerkt die niet meer bestond.

'Actief luisteren is de manier waarop ik naar mijn man luister,' zei sterstudent Rani. 'Passief luisteren is de manier waarop hij naar mij luistert.'

Een paar vrouwen grinnikten. De tieners keken even op van hun telefoon en lieten meteen hun hoofd weer zakken, alsof er een magneet op hun voorhoofd zat.

Rani was maar een paar jaar jonger dan Logans moeder en ze was aan het omscholen om weer aan het werk te kunnen nadat zij en haar man al hun geld hadden verloren aan een charmante, frauduleuze financieel adviseur die nu in de gevangenis zat.

'We vonden die man helemaal geweldig,' had Rani aan het begin van het semester verteld in haar presentatie 'Over mij'. 'We hebben een hypotheek op ons huis genomen om hem het geld te laten investeren. Het was alsof we in de ban van hem waren.'

Rani's sprankelende houding deed Logan aan zijn moeder denken en Logan vroeg zich nu af of Joy op een dag Savannah zou omschrijven als iemand die ze ooit 'helemaal geweldig' vonden. Zijn moeder was gefascineerd door Savannah, of in elk geval door haar kookkunsten, maar Joy was kien als het om geld ging. Ze zou echt nooit een hypotheek op het huis nemen voor Savannah. Of wel? In ruil voor een lunch met gebraden kip?

Terwijl Logans leerlingen brainstormden over technieken voor actief luisteren (verbale bevestigingen als 'Ja, ik begrijp het' en non-verbale bevestigingen, zoals hoofdknikken), dacht hij eraan dat Amy had gezegd dat hun moeder woedend was toen ze hoorde van Logans twijfels over Savannahs verhaal. Logan was zelf ook een beetje woedend op Amy. Ze hadden niet afgesproken om het aan hun moeder te vertellen.

'Je zou Savannah mee uit vragen voor een borrel,' bracht Logan haar in herinnering.

'Weet ik,' zei Amy. 'Maar ik kreeg de rillingen van dat mens. Ze wilde me niet eens binnenlaten! Het was alsof zij hun verzórger was.' Logan was vergeten dat je er nooit op kon vertrouwen dat Amy zich aan een plan zou houden.

'En eerlijk is eerlijk, haar minestronesoep is verrukkelijk,' had Amy gezegd. 'Simon en ik hebben ieder twee kommen gehad.'

Simon, zo bleek, was Amy's huisgenoot en om de een of andere onverklaarbare reden was hij ook bij hun ouders thuis geweest. Simon ging Amy helpen een 'grondig onderzoek' te doen naar Savannah.

'Een volledig antecedentenonderzoek,' zei Amy tegen Logan. 'Zoals de FBI zou doen.'

'Juist,' zei Logan.

'Want hij is accountant.'

'En wat hebben we daar precies aan?' vroeg Logan.

'Hij is heel grondig,' zei Amy en toen had ze suggestief gegrinnikt en Logan had opgehangen en Brooke gebeld, die zei dat hij geen tijd meer aan Amy moest verspillen en dat ze zelf weken geleden was begonnen met de aanleg van een 'dossier' over Savannah en dat ze binnenkort weer contact op zou nemen met Logan met wat degelijke informatie. Ze sprak het woord 'dossier' met veel genoegen uit.

Troy had niemand teruggebeld en voor hetzelfde geld was hij het land uit, dus aan hem had je niks. In de tussentijd had hun moeder Savannah vorige week mee uit winkelen genomen en een compleet nieuwe garderobe voor haar gekocht, wat vervelend was voor Amy en Brooke, niet omdat zij zo graag met hun moeder wilden gaan shoppen – ze vonden shoppen verschrikkelijk – maar gezien Savannahs onophoudelijke bakken en haar piepkleine voetjes was het meisje duidelijk van plan zichzelf te transformeren in hun moeders 'droomdochter'.

'Laten we eens een rollenspel spelen met actief en passief luisteren,' zei Logan tegen zijn klas. Hij vroeg niet om vrijwilligers. Hij koos Brian, een Ier die dertig jaar als arbeider in de auto-industrie had gewerkt en die zijn baan was kwijtgeraakt toen Holden zijn deuren sloot, en Jun, een slimme, sprankelende kapster die de baan van haar baas wilde omdat haar baas 'een ontzettende b-i-t-c-h' was. 'Vertel Jun een verhaal, Brian,' zei Logan. 'Maakt niet uit waarover. En Jun, ik wil dat je passief luistert.'

Brian begon met een verhaal over een volledig onterechte parkeerbon, waar Jun niet passief naar kon luisteren, omdat zij op precies hetzelfde kruispunt in de buurt van de universiteit ook een bon had gekregen (net als Logan). Brians Ierse accent werd sterker naarmate hij zich meer opwond en Logan moest denken aan Savannahs vriend met hetzelfde Ierse accent, en hoe die rechtop in bed zat, naar zijn bril reikte met een doodsbang gezicht.

Hij stopte ineens en sloeg met de whiteboardmarker tegen zijn handpalm.

De bron van de waarheid. Of in elk geval een andere versie van de waarheid. Hij zou eens gaan praten met die kleine Ierse klootzak.

*

Later die middag stond Logan voor het gebouw waar Savannah met haar vriend had gewoond. Hij herinnerde zich het nummer van het appartement omdat zijn verjaardag op de vierentwintigste was, dus hij had altijd een voorliefde voor het getal gehad.

'Hallo?' vroeg een stem met een Iers accent.

'Hallo?' Logan raakte in paniek. Hij had dit helemaal niet doordacht! Maar de man zei meteen ongeduldig: 'Kom maar naar boven. Tweede verdieping.'

De zoemer ging en in zijn opluchting duwde Logan zo hard tegen de glazen deur dat die met een klap tegen de muur sloeg.

Toen hij bij het appartement kwam, zag hij dat de deur opengehouden werd met een afgetrapte sneaker.

Logan duwde aarzelend de deur verder open. 'Hallo?'

Niks. Hij hoorde ergens binnen muziek spelen. Norah Jones. Het was alsof de man al het mogelijke deed om goeiig over te komen.

Savannah had zijn naam genoemd, maar Logan wist niet meer wat het was. Iets nietszeggends met één lettergreep.

Hij keek naar het abstracte schilderij dat tegen de muur leunde. Het was foeilelijk. Indira zou het prachtig vinden. Hij herinnerde zich dat Savannah, toen hij en Troy hier de vorige keer waren, had gezegd dat het vriendje de kunstenaar was. Hij bestudeerde de naam op het doek. Stond daar nou David? Was dat de naam van die vent? Dave? Dave.

'Dave?' riep hij.

Een stem riep boven de muziek uit: 'Ja! Bedankt! Zet hem maar ergens neer!'

Hij liep naar de eetkamer. Het was alsof hij een bouwterrein op liep, maar dan met Norah Jones die uit een luidspreker aan het croonen was. Een gigantisch met verf bevlekt zeildoek beschermde het tapijt. De onuitgepakte verhuisdozen stonden opgestapeld in een hoek en de salontafel was op zijn kant tegen de muur gezet. Dave – Logan nam aan dat zijn naam inderdaad Dave was – stond voor een gigantische ezel. Hij was bezig verf uit een tube te persen op een stuk karton dat hij als palet gebruikte. Hij droeg een blauwe monteursoverall. Er zat een klodder verf op zijn bril en nog eentje op zijn oorlel. Op het doek waar hij aan werkte, stonden wervelingen van een misselijkmakend geel, vergelijkbaar met de kleur van Logans keuken. De stemming in het appartement was ijverig en vrolijk. Dit was iemand die helemaal opging in iets wat hij graag deed en Logan merkte dat hij jaloers was.Ooit kon hij helemaal opgaan in tennis en daarna alleen nog in seks en televisie. Nu had hij alleen nog maar de televisie.

Indira wilde schilderen. Misschien zoiets als dit, Logan wist het niet zeker. Dat had ze ongeveer een jaar geleden verteld, alsof ze iets heel persoonlijks en privés opbiechtte. 'Ga ervoor,' had Logan tegen haar gezegd. Ze zei dat ze een plek nodig had om te schilderen en dat ze misschien moesten nadenken over een groter huis, waar ze een atelier zou kunnen hebben. 'Doe het gewoon hier,' had Logan gezegd en hij had de salontafel tegen de muur geschoven. Niet passief luisteren, actief luisteren. Heel erg actief luisteren! Het was een zware salontafel. De vrouw wilde schilderen, de man maakte ruimte voor haar om te schilderen. Maar ze had bedroefd gezegd: 'Nee, dat gaat niet.' En daarna had ze het er nooit meer over gehad.

Als ze echt had willen schilderen, had ze toch zeker wel geschilderd. Moest je deze man eens zien. Dit appartement had de helft van hun leefruimte.

'Ja, hoi, bedankt, had je... verder nog iets nodig?' zei Dave. Hij draaide de dop weer op zijn tube verf.

'Ik ben Logan.' Zijn gedachten waren nog steeds bij Indira.

Logan steunde haar wens om te schilderen volledig. Hij wilde zijn huis in de stad gewoon niet verkopen. *Voor het geval het zou mislopen.* Nee, absoluut niet, dat was niet de reden. Hij was heel serieus over de relatie. Maar soms verloor je, al deed je nog zo je best om te winnen. Het huis stond op zijn naam. Als het misging tussen hen hoefde er niets te veranderen: het meisje vertrok, Logan bleef. En kijk, kijk dan wat er gebeurd was: het meisje was inderdaad vertrokken. Zoals altijd. Zijn strategie deugde.

'Ja, bedankt, Logan,' zei Dave een beetje ongeduldig. 'Waar heb je de pizza...' Hij keek over Logans schouder.

'O,' zei Logan verontschuldigend. 'Ik kom geen pizza bezorgen. Ik hoopte dat je me iets over je vriendin zou willen vertellen. Je ex-vriendin. Savannah. Kan heel kort.' Hij herinnerde zich zijn strategie: om hulp vragen, zich overgeven aan zijn genade. 'Ik heb je hulp nodig.'

Dave deed een stap achteruit. 'Fuck.' Hij legde zijn tube verf neer. 'Jij bent een van die kwaaie gozers die die dag met haar meekwamen.'

Logan had een misselijkmakend gevoel dat de arme man driftig de kamer afspeurde op zoek naar een wapen om zich mee te verdedigen. Hij was nog jonger en kleiner dan Logan zich herinnerde.

Logan stak zijn handen omhoog. 'Ik kom in vrede.' *Waar kwam dat nou weer vandaan?* Hij probeerde wat door zijn knieën te zakken en zijn schouders te ronden om zichzelf kleiner en minder intimiderend te maken. 'Ik wil alleen praten. Savannah logeert bij mijn ouders.'

'Je ouders?' Dave had een penseel opgepakt en hield dat in zijn vuist alsof hij Logan met het puntige uiteinde zou kunnen steken. ‘Ze logeert bij je ouders? Niet bij jou? En is alles goed met haar?’

‘Het gaat goed met haar,’ zei Logan. Hij dacht aan Savannah die met het kapsel van zijn moeder door de keuken van zijn moeder schreed. ‘Prima zelfs.’

‘Waar kent ze jullie familie van?’ vroeg Dave.

‘Ze kent ons niet.’

‘Ik snap het niet.’

‘Op een avond stond ze bloedend bij hen op de stoep. Ze zei dat jij haar had geslagen.’

‘Haar geslágen?’ Daves mond viel open. Hij keek dom van de schok. ‘Zei ze dat echt? Dat ik haar sloeg?’

‘Daarom zijn mijn broer en ik meegekomen om haar te helpen haar spullen op te halen. Maar laatst zag ik iets op tv. Het was een meisje dat precies hetzelfde verhaal vertelde als Savannah mij had verteld. Over jou. Bijna woord voor woord. En toen dacht ik dat ze het misschien verzonnen had en nou ja, dat maakt natuurlijk verder niet uit.’

Het maakte wel degelijk uit als ze het verzonnen had, maar hij wilde duidelijk maken dat hij een relaxte, tolerante vent was. Het enige wat hij wilde was informatie.

‘Ze woont bij mijn ouders en mijn moeder is dol op haar en ik denk dat we het graag willen begrijpen. We hebben...’ Hij voelde zich plotseling overweldigd door de eigenaardigheid van deze hele situatie. Hij was het appartement van een vreemde binnengelopen, net zoals Savannah het leven van zijn ouders was binnengelopen. Zo hoorden mensen zich niet te gedragen. ‘We willen alleen weten of we ons zorgen moeten maken. We snappen het gewoon niet... We snáppen haar niet helemaal.’

Het joch liet zijn schouders zakken. ‘Aha,’ zei hij. ‘Oké.’

Hij zette zijn bril af en veegde de verf van de glazen met een oude lap uit zijn zak. ‘Nou, ten eerste heb ik haar niet geslagen. Ik heb nog nooit iemand geslagen.’ Hij keek op naar Logan. 'Geen man en ook geen vrouw.'

'Oké,' zei Logan. 'Ik geloof je.'

'Is dat waarom jullie twee er die dag uitzagen alsof jullie me wilden vermoorden?' Dave zette zijn bril weer op en tuurde naar Logan. 'Omdat jullie dachten dat ik haar...'

'We wilden je niet vermoorden,' zei Logan ongemakkelijk.

'Je broer wel. Het was doodeng. Net een huisinvasie.'

'Je bood haar je excuses aan. Je bleef de hele tijd maar sorry zeggen tegen Savannah,' herinnerde Logan zich. Hij was op zoek naar verzachtende omstandigheden. 'Je verontschuldigde je voor íéts wat je had gedaan, iets heel ergs.'

'Niet voor dat ik haar had geslágen!' zei Dave. 'Ik bood mijn excuses aan omdat ik haar verjaardag was vergeten. We hadden voor haar verjaardag afgesproken in een restaurant en ik ben nooit komen opdagen. Ze zat helemaal mooi aangekleed in zo'n chique restaurant en ze heeft eindeloos zitten wachten. En de batterij van mijn telefoon was leeg.'

'Wauw,' zei Logan.

'Hou maar op,' zei Dave. Hij schudde berouwvol zijn hoofd. 'Ik kan nog steeds niet geloven dat ik dat heb gedaan.'

'Maar dat verhaal dan dat ze me heeft verteld...'

'Dat had ze waarschijnlijk op tv gezien. Dat doet ze altijd. Ook monologen uit films. Verhalen die mensen haar hebben verteld. Of dingen die ík haar heb verteld. Ze is een soort papegaai. Het is haar feestnummer.'

'Oké,' zei Logan. Mooi feestnummer: doen alsof je slachtoffer bent van huiselijk geweld.

'Waarschijnlijk heeft ze iets wat superieur geheugensyndroom wordt genoemd, of zo. Ze zegt dat ze zich elke dag van haar hele leven kan herinneren. Ik weet eigenlijk niet of dat waar was, of dat dat ook weer iets was wat ze op tv heeft gezien.' Hij keek een beetje moeilijk. 'Ze kon weleens een beetje... losjes met de waarheid omspringen.'

'Dus ze is een leugenaar, zeg je eigenlijk,' zei Logan.

Er werd aangebeld en ze schrokken allebei op.
'Dat is mijn pizza,' zei Dave. 'Ik dacht dat jij mijn pizza was.'
'Ja, dat had ik al door,' zei Logan.
'Vind je het erg als ik hem naar boven laat komen?' vroeg Dave voorzichtig, alsof hij gegijzeld werd.
Logan deed een stap achteruit, hield zijn handpalmen weer omhoog. Zo stom. 'Ik zal niet veel meer van je tijd in beslag nemen.'
Dave drukte de benedendeur open voor de pizzaman en toen keken ze elkaar ongemakkelijk en afwachtend aan.
'Wat voor pizza?' vroeg Logan.
'Mijn favoriet van de pizzeria om de hoek,' zei Dave. 'De Pikante Stripper, heet-ie. Kipreepjes en zoete chilisaus. Heb je honger? Ik kan het toch niet allemaal alleen op.'
'Ik verga van de honger,' zei Logan eerlijk. 'Maar dat hoeft echt niet, ik zal niet...'
'Pikante Stripper voor Dave, extra groot!' riep een lage stem aan de deur en Logan en Dave grijnsden elkaar goedkeurend aan, wat op de een of andere manier de stemming verbeterde, en zo kwam het dat Logan ineens op de vloer van het appartement van Savannahs ex-vriendje zat met een biertje en een superlekkere pizza en dat hij het vreemd genoeg naar zijn zin had.
'Mijn vriendin wil ook dit soort... dingen... kunst schilderen.' Logan gebaarde naar de ezel. 'Mijn ex-vriendin.' Hij keek de kamer rond. 'Ik had gezegd dat ze gewoon in onze woonkamer mocht schilderen, zoals jij doet. Maar zij zei dat ze een atelier nodig had.'
Hij wilde dat Dave zou zeggen: wat een zeurpiet.
'Ja, nou ja, ik doe het alleen maar hier omdat Savannah weg is,' zei Dave. 'Anders zou ik mijn eigen ruimte nodig hebben. Dat is dan weer het positieve van haar vertrek. Ik heb ineens mijn eigen atelier. Je vriendin zou nooit kunnen schilderen als jij te dicht op haar huid zat.'

'Dat zou ik nooit doen,' zei Logan.

'Ze zou het gênant vinden om te schilderen waar jij bij was.' Dave pulkte een stuk kip van zijn pizza en sprak met volle mond. 'Zeker als ze nog maar net begint. Dat is het punt met kunst. Het is zo zichtbaar.'

'O,' zei Logan. 'Dat heeft ze nooit gezegd. Ik had gewoon weg kunnen gaan zodat zij haar gang kon gaan.'

'Tuurlijk,' zei Dave. 'Maar waarschijnlijk had ze het in haar hoofd dat een atelier de manier was om haar angst te overwinnen. Ze wil schilderen, maar ze vindt het eng om te schilderen.'

'Waarom zou ze het eng vinden om te schilderen?'

'Omdat ze er misschien niks van kan,' zei Dave. 'Omdat ze misschien niet in staat is om wat in haar hoofd en hart zit op het doek te krijgen. Misschien is ze bang voor de angst. Dat ze zo verlamd zal zijn van angst dat er niets uit haar vingers komt, dat ze daar gewoon maar wat met haar penseel staat en dat ze zich een bedrieger voelt.'

Logan legde zijn stuk pizza neer, ineens door verdriet overmand. Hij had gedacht dat het maar een voorbijgaande gril was en de waarheid was dat Indira elke keer dat ze erover begon vreemd terughoudend werd, alsof het haar helemaal niet zoveel kon schelen. Dan begon ze erover en krabbelde meteen weer terug. Ze had nooit haar zin doorgezet. Zou het kunnen dat die terughoudendheid voortkwam uit angst?

Hij had moeten begrijpen dat ze misschien gepassioneerde, gecompliceerde gevoelens over kunst had, net zoals hij gepassioneerde, gecompliceerde gevoelens over tennis had. Kunst was voor Indira geen hobby, zoals tennis nooit een hobby voor hem zou kunnen zijn. Als ze door een galerie liep, voelde ze wat Logan voelde als hij naar de grand slams keek: pijn en genot, als bij een onbeantwoorde liefde.

Hij was stom geweest. Ze hadden zich best een groter huis kunnen veroorloven. Waarom wilde hij zo nodig daar blijven wonen? Omdat hij nooit zin had om iets te veranderen: zijn baan niet, zijn adres niet, zijn bank niet, zijn sportschool niet. Jezus. Hoe moeilijk zou het zijn geweest om naar een huis met twee slaapkamers te verhuizen zodat zij die tweede kamer als atelier had kunnen gebruiken? Ze had de deur dicht kunnen trekken zodat ze haar angst onder ogen kon zien. Waarschijnlijk was ze er goed in. Waarschijnlijk beter dan deze gast. Ze was waarschijnlijk geweldig.

'Dus ze heeft je hart gebroken?' vroeg Dave.

'Nee,' zei Logan. 'Het is gewoon zo gelopen.' Hij begon snel weer over de reden van zijn bezoek. 'Hoe lang heb je iets met Savannah gehad?'

'Het was nog maar pril,' zei Dave. 'Een maand of drie.'

'Dan zijn jullie best snel gaan samenwonen,' merkte Logan op.

'Te snel, waarschijnlijk,' beaamde Dave. 'Ik vertelde haar op een van onze allereerste dates dat ik erover dacht om naar Sydney te verhuizen en toen zei ze dat zij dat ook van plan was, maar het was zoveel duurder dan Adelaide...'

'Wacht, ze heeft ons verteld dat jullie van de Gold Coast kwamen.'

'Nee, Adelaide,' zei Dave.

'Waarom zou ze dan hebben gezegd dat het de Gold Coast was?'

Klonk het tragischer en dramatischer als je van de Gold Coast kwam dan als je uit Adelaide kwam? Misschien wel.

Dave haalde zijn schouders op. 'Dat soort dingen deed ze altijd. Een soort gewoonte van d'r. Ze liegt zomaar over dingen, zonder reden. Dingen die er niet toe doen, waar je haar gemakkelijk op kunt betrappen, zoals, weet ik veel, wat ze als lunch had gegeten. Dan zei ik: "Maar, Savannah, ik weet dat dat niet waar is," en dan zei ze: "Nou en? Het is zo triviaal, wat maakt het uit wat ik als lunch heb gegeten?" En dan dacht ik: ja, het is ook triviaal, het boeit me inderdaad verder niet, maar toch vond ik het een beetje gek.'

'Dat snap ik,' zei Logan.

Dave pakte nog een stuk pizza en zei: 'Weet je, ik heb wat onderzoek gedaan. De definitie van een pathologische leugenaar is heel erg van toepassing op Savannah, namelijk *iemand die liegt als er met liegen niets te winnen valt.* Dat is precies wat ze altijd deed. Liegen om het liegen.'

Logan probeerde te doen wat zijn moeder deed: medeleven tonen.

'Misschien dat dat iets te maken heeft met het feit dat ze in pleeggezinnen is opgegroeid?' Hij begon warm te lopen voor het onderwerp. 'Misschien dat ze er zo aan gewend is geraakt om te zeggen wat ze dacht dat mensen wilden horen en...'

'Ja, nee dus,' zei Dave. 'Ze is helemaal niet opgegroeid in pleeggezinnen.'

Logan zakte achterover. 'Nee joh?' Zijn medeleven verdween.

'Nee,' zei Dave. 'Haar vader is overleden toen ze nog een baby was. Ik geloof niet dat ze het breed hadden, maar ze heeft absoluut nooit in een pleeggezin gezeten. Ze heeft vanaf haar zevende steeds in hetzelfde huis gewoond. Ze deed vroeger aan ballet. Ze zegt dat haar moeder al haar trofeeën nog heeft staan, als een soort altaar voor haar balletcarrière. En dat klopt inderdaad, dat weet ik zeker. Ik heb foto's gezien van haar optredens.'

Logan was er misselijk van. Al die onnodige leugens. Had ze de details over haar jeugd in pleeggezinnen gestolen van een arme deelnemer aan een talentenjacht op tv, die daar vertelde van hoe ver ze was gekomen? Dat was allemaal niet nodig om de sympathie van Logans moeder op te wekken. Ze had gewoon kunnen zeggen dat ze een doodgewoon meisje uit Adelaide was met een vriend die haar op haar verjaardag had laten zitten en dan zou Logans moeder haar ook hebben laten logeren, hoewel Logans vader haar misschien de tweede nacht niet had laten blijven.

'Dus die avond toen je haar verjaardag vergat, is ze toen vertrokken?' Er kwam ineens een andere gedachte bij Logan op. 'Hoe heeft ze zichzelf dan verwond? Ze bloedde toen ze bij mijn ouders aankwam.'

'Nou, ik had tot laat gewerkt. Ik ben net nieuw en ik probeer indruk te maken, weet je wel.' Hij bracht zijn bierfles naar zijn mond en nam een grote slok. Hij werd wat losser nu hij zijn flesje bijna leeg had, wat spraakzamer. 'We hadden allebei meteen een nieuwe baan toen we hier kwamen wonen, dus we hadden het druk. Ik werkte fulltime als grafisch ontwerper en Savannah had twee banen en werkte op onregelmatige tijden. We waren allebei doodmoe.'

Savannah had twee banen? Wat was er dan met die twee banen gebeurd? Voor zover Logan wist had Savannah gezegd dat er op dit moment niet veel werk was.

'Ik had in mijn hoofd dat het verjaardagsdiner een week later zou zijn. Dus ik kwam thuis en mijn telefoon was leeg en ik kon die vervloekte oplader niet vinden. We waren nog maar net verhuisd. We moesten nog dozen uitpakken. Ik had honger, want zij kookt altijd.'

Dave keek bedroefd naar zijn stuk pizza. 'Ze is een geweldige kok.'

'Ik weet het,' zei Logan, al voelde het verkeerd om toe te geven dat hij van Savannahs kookkunsten had genoten, terwijl hij hier onderzoek naar haar deed.

'En toen kwam ze eindelijk weer thuis. Ik dacht: yes, avondeten! Maar toen zag ik dat ze helemaal netjes aangekleed was en ik zei: "O, shit, het was toch niet vandaag, hè?" Want nou ja, het was de eerste keer dat we haar verjaardag samen zouden vieren, dus ik had het echt verkloot.' Hij voelde zich er duidelijk nog altijd schuldig over.

'Het was heel vreemd, want ze leek eerst niet zo boos. Wel boos, maar niet gestoord boos. Ze zei dat het niet uitmaakte, dat we een andere keer zouden gaan. En toen maakte ze pasta! We zaten tv te kijken, dronken een glas wijn, niks aan de hand en toen plotseling, uit het niets, ging ze helemaal door het lint. Ze stond op van de bank en zei: "Ik trek dit niet meer." Ze liep heen en weer met haar glas wijn in de hand en het leek wel alsof ze een soort toeval had. En we hadden nog steeds overal dozen en rotzooi staan. Dus toen struikelde ze over mijn gitaarkoffer. Ze had me gevraagd om die weg te zetten, maar dat had ik dus niet gedaan.' Hij keek Logan aan. 'Ik ben officieel de boeman in dit verhaal.'

Logan zoog meelevend lucht tussen zijn tanden door, wat een goed voorbeeld was van een non-verbale bevestiging tijdens actief luisteren.

'Het wijnglas brak toen ze viel en daar sneed ze zich aan.' Hij legde een hand op zijn eigen oog bij de herinnering. 'Ik dacht even dat ze een oog kwijt was. Zoveel bloed. Ik probeerde haar te helpen, maar ze liet me er niet naar kijken, ze draaide rondjes en mompelde in zichzelf. En toen... ging ze gewoon weg. Op blote voeten. Het was een koude avond. Geen geld, geen telefoon. Weg.'

'Waar dacht je dat ze naartoe was?'

'Ik had geen idee. Ik zei: "Waar ga je heen?" En ze zei: "Ik ga daar weer naartoe".'

'Waarnaartoe?' zei Logan.

'Dat vroeg ik ook: "Waarnaartoe?" Ik nam aan dat ze bedoelde terug naar Adelaide. Ik zei: "Je kunt op dit uur van de avond geen vlucht meer krijgen!"'

Logan bestudeerde hem, op zoek naar de gaten in het verhaal die zijn zussen zouden vinden. 'Wat zul je bezorgd zijn geweest.'

'Ik wist niet of ik de politie moest bellen of zo. Ik heb geen oog dichtgedaan. Maar de volgende dag ging ik naar mijn werk, het is een nieuwe baan, dus ik moest wel... En ze had een of ander raar, gefluisterd bericht op mijn voicemail achtergelaten, alsof ze vanuit een bibliotheek belde. Ze zei dat ze bij oude vrienden logeerde, en ik dacht: welke vrienden dan? Ik dacht dat we hier niemand kenden. Ze zei dat ze "me het beste wenste". Ik nam aan dat dat betekende dat het over was.'

Logan huiverde. 'Ze wenste je het beste.'

'Ik weet het,' zei Dave. 'Zo praatte ze soms. Als een oude dame. Of alsof ze een rol speelde. Ik heb het gevoel dat ik haar helemaal niet heb gekend. En weet je, sindsdien heb ik er met mensen over gesproken en ik denk gewoon dat dit zo'n korte relatie is waarop je terugkijkt en denkt: wat wás dat nou allemaal? Want ze was leuk en lief, maar ze was ook raar. Ik denk dat ik er misschien nog goed vanaf gekomen ben.'

'Misschien wel,' zei Logan. Maar zouden zijn ouders er ook zo goed vanaf komen?

'Ik denk niet dat ze gevaarlijk is,' zei Dave. 'Ze is gewoon heel vreemd. Die avond gedroeg ze zich ook zo raar; zomaar uit het niets. Ik weet nog dat ik dacht: dit heeft volgens mij niets te maken met het feit dat ik haar verjaardag was vergeten, toch? Was het iets op tv wat haar van streek maakte? Maar dat kon het niet zijn. We keken niet eens echt. Er was gewoon een of ander nieuwsitem over tennis.'

'Tennis?' vroeg Logan scherp. Hij stond op het punt een slok bier te nemen en de fles sloeg tegen zijn tanden. 'Hoezo tennis?'

'Savannah heeft minder dan nul interesse in sport, dus dat kan het niet zijn geweest.'

'Maar je zei dat er iets op tv was over tennis. Wat dan?'

Dave schudde stellig zijn hoofd en probeerde duidelijk te maken dat Logan daar echt niets achter moest zoeken.

'Het was niets,' zei hij. 'Gewoon iets over die ene speler die een comeback maakt. Hoe heet hij ook alweer?' Hij fronste en knipte toen met zijn vingers. 'Harry Haddad.'

35

Nu

'Ik denk alleen dat als we de politie alles over Savannah vertellen het hen zou kunnen afleiden van het zoeken naar mama,' zei de cliënte in de wachtkamer van Marshall en Smith Strafrechtadvocaten. 'Dan denken ze dat papa misschien...' Ze dempte haar stem. '... een mogelijk motief had.'

De receptioniste, die al meer dan tien jaar bij Marshall en Smith werkte, was gewend om dit soort gesprekken van persoonlijke en soms smeuïge aard af te luisteren. Het was een leuke bijkomstigheid van het werk.

De cliënte, een vrouw die heel kort haar had, maar opvallend láng was – ze leek twee keer zo lang als een gemiddelde vrouw, net iemand die op het punt staat de atletiekbaan op te lopen om daar de gouden medaille op het onderdeel hoogspringen te winnen – was hier voor een eerste afspraak met de senior partner, Chris Marshall. Ze sprak zachtjes in haar telefoon, maar de receptioniste had een uitstekend gehoor, daar kon ze niks aan doen.

'Als ze er zelf achter komen, prima, ik bedoel, wij zijn er ook zelf achter gekomen. Ik mag toch aannemen dat het efficiëntere speurneuzen zijn dan wij. Ik zie gewoon niet in waarom we het ze op zilveren dienblaadje moeten aanreiken. Het doet verder niet ter zake. Het zet papa alleen maar in een kwaad daglicht.'

Het bleef lang stil en toen zei ze plotseling: 'Nou, dat is aan jou, Troy. Ik kan je niet tegenhouden. Maar dat je het weet: ik ga een advocaat voor papa in de arm nemen. Voor de zekerheid.'

Nog een stilte.

'Ja, ik sta achter hem.'

Nog een stilte.

'Nee, ik heb helemaal niet gezegd dat ik achter hem sta *wat er ook gebeurt*.' Haar stem was vol onderdrukte emotie. 'Ik probeer gewoon te doen wat goed is. Ach, rot toch op!'

Ze liet de telefoon op haar schoot vallen en keek recht voor zich uit. De receptioniste sloeg haar ogen neer naar haar toetsenbord. Het was ongemakkelijk als je iemand anders driftig zag worden.

'Brooke Delaney?' Chris Marshall stond met een dure glimlach bij de deur van zijn kantoor.

'Dat ben ik.' De vrouw sprong overeind, met briesende neusgaten, tilde haar kin op alsof ze inderdaad op het punt stond dat record hoogspringen te vestigen en beende zijn kantoor binnen.

36

Afgelopen oktober

Doe een reverse image search, suggereerde het internet toen Brooke vroeg hoe je een antecedentenonderzoek moest doen naar een verdachte persoon die bij je ouders verblijft. *Het is heel eenvoudig!*

Niet als ik geen foto van haar heb, vertelde Brooke aan het internet. Ze klemde haar handen ineen en hief ze hoog boven haar hoofd.

Ze zat achter haar pc, thuis in haar werkkamer, maar het voelde alsof ze in Grants werkkamer zat achter Grants computer in Grants huis. Het was technisch gezien hun gezamenlijke werkkamer geweest, maar Brooke had altijd op haar laptop aan de eettafel gewerkt, alsof Grants carrière de belangrijkste was. Het voelde gewoon altijd belangrijker, al wist ze niet waarom Grants werk als geoloog op de afdeling Geowetenschappen van een ministerie belangrijker zou moeten zijn dan dat van haar als fysiotherapeut.

Waarom zat ze daar nu aan te denken? Grant had nooit gesuggereerd dat zijn werk belangrijker was dan dat van haar. Hij had ook een slechte houding, dus hij had een stoel nodig met een betere lendensteun. Het was honderd procent haar keuze geweest. Ze had er zelfs op aangedrongen.

Haar huwelijk was een gelijkwaardig, modern partnerschap geweest: het leek in niets op het scheve, ouderwetse huwelijk van haar ouders. Het was een schok geweest toen haar moeder had gezegd dat ze een hekel had aan koken. Geen wonder dat haar moeder Grant zo geweldig vond. Grant was een geweldige kok. Ze hadden nog nooit ruzie gehad over wie wat in huis deed. Het was gewoon geen probleem voor hen. Alles was supereerlijk verdeeld.

Brooke leek in niets op haar moeder. In níéts.

Ze verstelde de stoel. Het was een prima stoel. Grants onderrug had hem vast gemist.

Ze zette Taylor Swift wat harder om haar te inspireren. Ze was dol op Taylor Swift. Grant zei dat ze onmogelijk van Taylor kon houden omdat ze geen dertien meer was, maar ze hield wel van haar, heel erg zelfs. Het was een soort van opluchting om niet te hoeven luisteren naar het nieuwste album van een alternatieve rockband die Grant had ontdekt. Je moest het volledige album in de juiste volgorde beluisteren, want zo had de artiest het bedoeld. Brooke luisterde gewoon graag naar haar lievelingsnummer op repeat.

Brooke had Savannah weken geleden gegoogeld, zodra ze haar volledige naam had. Aanvankelijk zei haar moeder dat ze die niet wist. 'Ik heb het niet gevraagd! Waarom zou ik het vragen?' Ja, inderdaad. Waarom zou je de volledige naam vragen van iemand die bij je ingetrokken is? En toen zei haar moeder dat ze Savannah Polanski heette, 'net als die vreselijke filmregisseur', maar 'Savannah Polanski' leverde helemaal geen zoekresultaten op behalve een overlijdensadvertentie. En toen, dagen later, zei ze: 'O, nee, dat had ik verkeerd onthouden, het is niet Polanski, het is Pagonis.' Brooke had opnieuw gegoogeld en er kwam nog steeds niets, behalve een driesterrenrecensie van een sushirestaurant in Byron Bay.

Nu staarde ze leeg en gefrustreerd naar het computerscherm. Ze was eraan gewend dat internet alle antwoorden gaf die ze nodig had.

Wacht, Brooke had wél een foto van Savannah.

Haar moeder had haar eentje gestuurd van hen tijdens hun

dagje shoppen: een selfie van hun tweetjes, stralend in hun nieuwe jurken, met de kaartjes er nog aan, in een kleedkamer. De foto was scherp, dus Savannah had 'm waarschijnlijk genomen en de telefoon stabiel gehouden. Blijkbaar hadden ze zes uur in het winkelcentrum doorgebracht! Ze waren zo lang gebleven dat ze extra hadden moeten betalen voor het parkeren als Savannah niet een of andere maas in de parkeerregels had ontdekt, wat hun zeven dollar had bespaard! Ze hadden appelkruimel gegeten! Best een lekkere!

De foto en het dagje winkelen hadden Brooke geïrriteerd.

Ze zocht de foto op in haar telefoon, sneed hem zo bij dat ze alleen Savannahs gezicht overhield en deed haar eerste reverse image search.

Het internet zei: *dat is niet Savannah Pagonis, dat is Savannah Smith.*

Twee jaar geleden werd 'Savannah Smith' gefotografeerd in een boekwinkel bij de lancering van een nieuw kookboek van een chef-kok. Het was Savannah, zonder twijfel, hoewel haar stijl inmiddels drastisch was veranderd. Haar haar was toen langer en krullerig en ze droeg felrode lippenstift en grote oorbellen.

Maar wat zei dit Brooke? Dat Savannah ooit een andere achternaam en een ander kapsel had? Dat ze getrouwd was geweest? Er was niks schokkends aan dat Savannah bij de lancering van een kookboek was geweest.

Brooke zuchtte. Ze zou eigenlijk niet teleurgesteld mogen zijn. Ze wilde er toch zeker niet achter komen dat haar ouders een seriële oplichter in huis hadden gehaald? Of misschien wilde ze dat juist wel. Misschien hoopte ze op een excuus om daarheen te kunnen rijden en tegen Savannah te schreeuwen: *Nokken met dat aardig zijn voor mijn ouders!*

Ze keek hoe laat het was. Ze vergat steeds dat haar vriendin Ines dadelijk voor de deur zou staan. De scheiding was onlangs bekend geworden (niet dankzij haar, ze had het aan niemand verteld, behalve aan haar familie) en mensen begonnen Brooke hun medeleven te betuigen, alsof Grant dood was. Ines' appje was kort geweest. *Hoorde het net. Ik kom vanavond langs.*

Brooke appte terug: *Ik heb misschien plannen!*

Waarop Ines appte: *Welnee.*

Nou ja. Ines had gelijk. Haar enige plan was geweest om onderzoek te doen naar Savannah en een artikel te schrijven, *Tien tips tegen rugpijn*, in de hoop dat het op een website over vrouwen en gezondheid zou worden geplaatst. Ze probeerde 'meer profiel' te krijgen. Ze moest ook een nieuwe 'intrigerende' post op Instagram plaatsen. Ze bleef 'Savannah Smith' googelen en bekeek talloze Savannah Smiths over de hele wereld, totdat ze uitkwam bij een korrelige zwart-witafbeelding uit een krantenartikel van vijftien jaar eerder. De kop luidde: DE ELFJARIGE SAVANNAH DANST EEN GEWELDIGE TOEKOMST TEGEMOET!

Het was maar een stukje van één alinea uit een plaatselijke krant in Adelaide over dat Savannah Smith de eerste prijs had gewonnen bij *het grootste regionale balletconcours* en dat dat *een enorme sensatie was voor het stille, verlegen, getalenteerde meisje* omdat het *haar droom was om ooit professioneel te dansen.*

De foto op Brookes scherm toonde een klein meisje in een tutu, op haar tenen, haar armen boven haar hoofd in die klassieke ballerinapose. Een heel mager, bijna skeletachtig, intens, serieus uitziend meisje met haar haar zo strak in een knotje dat het er pijnlijk uitzag. Haar elfjesachtige oren staken uit. Ze had niet de juiste oren voor een balletdanseres.

Jaren geleden hadden er soortgelijke overdreven berichten in de krant gestaan over de toekomstige tenniscarrières van Brooke en haar broers en zus. Dat gebeurde zo vaak. Getalenteerde kinderen werden doodgewone volwassenen: vlinders werden motten.

Blijkbaar had haar vader een projectje waarbij hij zorgvuldig al hun oude krantenberichtjes voor het nageslacht plastificeerde, wat Brooke melancholiek maakte. Wat een belachelijke tijdverspilling.

Er was iets met de foto wat in Brookes hoofd bleef zeuren. Het kleine meisje deed haar denken aan iets of iemand in het verleden. Iets wat te maken had met migraine, haar wazige blikveld, de geur van pas gemaaid gras, iemand die schreeuwde.

De deurbel ging en ze schrok op uit haar mijmeringen.

Ines arriveerde met een fles champagne en een overvolle, gerecyclede boodschappentas, die ze aan haar schouder had gehangen.

'Veel te zwaar!' zei Brooke terwijl ze hem snel van Ines overnam en haar meenam naar de keuken, plotseling vervuld van genegenheid voor haar oude vriendin. Ze was haar vrienden niet vergéten, maar het was wel alsof ze nu pas weer aan hen dacht.

'Leuk, die jumpsuit,' zei Ines, wijzend op Brookes blauwe jumpsuit, die ze in een opwelling uit een la had getrokken. 'Heel retro.'

'Hij zit lekker,' zei Brooke. 'Grant zei altijd dat ik er zo uitzie als iemand die in de dierentuin werkt.'

Ze openden de champagne en Brooke vertelde haar alles over Savannah. 'Ze kookt altijd voor hen.'

'Wat een naar wicht.' Ines overhandigde haar een bruisend glas champagne.

Brooke giechelde maar stopte daar abrupt mee, omdat het geluid en het gevoel van dat uitbundige gegiechel haar zowel bekend als onbekend voorkwamen, als iets waarvan ze had gedacht dat ze het voor altijd had weggestopt, samen met haar oude schoolboeken en -uniform. Dit gebeurde steeds vaker naarmate er weken voorbijgingen en Grants aanwezigheid vervaagde. Brooke ontdekte oude gewoonten, oude kleren, oude muziek en nu dus haar oude lach. Absurd om te bedenken dat ze al tien jaar niet meer had gelachen. Ze had natuurlijk heus gelachen, want Grant was grappig. Zó grappig. Hij liet zich voorstaan op zijn intelligente humor. Binnen hun relatie wilde hij graag erkend worden als 'de grappige'.

Ines zei plotseling: 'Het is echt heel leuk je te zien.'

'Ik weet het, ik heb het zo druk gehad met de praktijk...'

Ines viel haar in de rede. 'Ik bedoelde dat het fijn is je zonder Grant te zien.'

'Hoezo? Je vond Grant toch leuk? Iedereen vond Grant leuk!' Brooke keek naar de fles champagne. 'Wacht, is die champagne soms om iets te víéren?'

'Het is niet dat ik een hekel aan hem had,' zei Ines. 'Hij is zo iemand waarvan je denkt dat je hem aardig zou móéten vinden...' Ze zweeg even. 'Maar het voelde gewoon altijd alsof je je de hele tijd op hem concentreerde.'

'Concentreerde?'

'Alsof je je heel erg bewust was van hem.'

'Is dat niet gewoon wat je doet als goede partner? Je bewust zijn van de ander?'

'Tuurlijk. Maar het leek alsof het maar van één kant kwam. Ik had nooit het gevoel dat hij zich ook op jou concentreerde. Het was alsof hij de directeur was en jij zijn toegewijde assistente.'

'Niet,' zei Brooke. Ze was een sterke, intelligente, goed opgeleide vrouw die geen moeite had met lekke banden, spinnen, lampen verwisselen, monteurs die je te veel in rekening brachten of makelaars met kapsones. Ze was diep beledigd. 'Dat is niet waar. Dat is absoluut niet waar.'

'Ach nee,' zei Ines met een uitgestreken gezicht. 'Wat weet ik er ook van?'

Ze dronken zwijgend hun champagne.

'Het spijt me,' zei Ines. 'Dat was stom van me. Wacht, moet je zien wat ik heb gekocht.' Ze hees de boodschappentas op het aanrecht. ‘Ik heb alleen eten dat goed is voor je humeur. Zalm. Bananen. Ik meende me te herinneren dat je op school altijd bananen at.’

‘Ik was dol op bananen,’ zei Brooke. ‘Maar toen zei een arts een keer dat ik die niet meer moest eten, omdat ze misschien mijn migraine veroorzaakten, dus toen ben ik daarmee gestopt.’

Ze nam de tros knalgele bananen over van Ines. ‘Suikerbananen,’ zei ze vaag toen een herinnering uit haar kindertijd bovenkwam en het beeld langzaam duidelijker werd, als een foto die werd ontwikkeld.

Ze had haar winterse schooluniform aan, liet haar schooltas op de veranda achter het huis vallen en rende weg om een tennisbal te redden uit de bek van hun extreem ondeugende zwarte labrador. Toen ze terugliep om haar tas weer op te halen, stond er een vreemd kind op de veranda, wat op zich niets nieuws was. Er waren altijd vreemde kinderen in hun achtertuin die de aandacht van hun ouders opeisten. Maar dit kind was in Brookes tas aan het spitten en had er een banaan uit gehaald: een niet-gekneusde banaan die Brooke niet had opgegeten op school omdat ze er geen tijd voor had gehad, maar die ze absoluut nog wel had willen eten. En er waren lichtflitsen voor Brookes ogen die ze nog niet begreep, maar telkens als ze haar moeder erover vertelde, had die het te druk om te luisteren, te druk met andere kinderen zoals dit kind, en hoe dúrfde dit stomme vreemde kind Brookes tas te doorzoeken en haar banaan te stelen? Brooke voelde zich woedend, misselijk, het kind had aan háár spullen gezeten.

Ze had geroepen: ‘Hé! Jij daar! Blijf af! Dat is mijn tas! Dat is mijn banaan!’

Brooke was nooit een schreeuwer geweest. Ze was eerder een mokker. Het was bijna opwindend geweest te weten dat ze zo hard kon schreeuwen, zo oprecht woedend. Het kleine meisje keek op. Haar haar zo strak naar achteren, weg van haar voorhoofd, dat haar ogen tot kattenogen werden getrokken. Elfachtige oren. Verontwaardigd gezicht. Ze had de banaan laten vallen. Was weggerend.

Daarom had Brooke het gezicht van dat kleine meisje herkend in dat artikel. Ze had Savannah als kind een keer ontmoet. Het was geen toeval dat ze bij haar ouderlijk huis op de stoep had gestaan: ze was er al een keer geweest.

37

Nu

'Dus de banánen brachten die herinnering weer boven,' zei Ines Lang tegen haar moeder terwijl ze aan de balie bij de herenkleding wachtten om een nieuwe stropdas voor haar vaders verjaardag af te rekenen. 'Het was vlak nadat zij en Grant... Grote god, als je het over de duivel hebt.' Ines kon het niet geloven. 'Niet omkijken.' Ze sloeg haar blik neer, maar het was al te laat. Hij liep op hen af, zich een weg banend langs de kledingrekken. 'Ines! Ik dacht al dat jij het was.' De ex van Brooke, Grant Willis, was een doodnormale man met een terugtrekkende haargrens en grote oren, maar hij gedroeg zich alsof hij een sekssymbool was, en daardoor kwam hij bijna zo knap over als hij zelf vond dat hij was.

Vrouwen gaven een man extra punten voor zelfvertrouwen. Mannen waren niet zo genereus om datzelfde ook voor vrouwen te doen.

'Ha, Grant,' zei Ines. Niet onbeleefd, maar wel ijzig. 'Mam, dit is de ex-man van Brooke.'

'Nou, nou, rustig, we zijn nog niet gescheiden,' zei Grant.

'Maar dat zit er wel aan te komen,' zei Ines. Tegen haar moeder zei ze: 'Dat zit er wel aan te komen.'

'Het is nu even niet waar onze aandacht ligt,' zei Grant. 'Met de vermissing van Brookes moeder.' Hij keek even onzeker. 'Ik ben echt dol op Joy. We waren heel close.'

'Woon jij tegenwoordig niet in Melbourne, Grant?' vroeg

Ines. Brooke had haar verteld dat hij begin dit jaar in Melbourne was gedetacheerd. Ines en Brooke waren het erover eens dat dit goed nieuws was. Het was beter als je ex de staat verliet, zo niet het land of de planeet. Dus waarom hing hij dan toch rond in Sydney?

'Ben hier voor mijn werk,' zei Grant. Hij deed een stap dichter naar haar toe. 'Brooke belt me steeds niet terug.'

'Ze heeft veel aan haar hoofd.'

'Dat weet ik ook wel! Alleen... Ik dacht dat de politie inmiddels toch wel contact me mij zou hebben gezocht.'

'Waarom zouden ze contact met jou moeten zoeken?' vroeg Ines.

'Ik heb heel lang deel uitgemaakt van die familie.'

'Natuurlijk... Maar dat is alweer een poosje geleden.'

'Zo lang nu ook weer niet,' zei Grant. 'Ik heb informatie.'

'Ach, kom nou toch.' In een vlaag van irritatie liet Ines alle beleefdheid vallen. 'Als je echt informatie hebt die de politie misschien kan helpen Joy te vinden, bel ze dan gewoon zelf, Grant!'

'Dat moest ik misschien maar doen,' zei Grant. 'Ik vind gewoon dat het mijn verantwoordelijkheid is om ervoor te zorgen dat íémand de politie vertelt dat Joy ooit...' Hij likte langs zijn lippen. '... over de schreef is gegaan.'

Ines keek in haar moeders wijd opengesperde ogen. 'Over de schreef?'

'Precies. Het is al heel wat jaren geleden gebeurd, maar als Stan het op de een of andere manier heeft ontdekt, nou, dan is dat uiteraard een motief.'

Dan is dat een motief. Die vent was geoloog, geen advocaat.

'Ik weet zeker dat de familie alle informatie heeft doorgegeven die de politie nodig heeft,' begon Ines.

'Brooke is de enige in dat gezin die van dit specifieke incident afweet en ze is altijd een vaderskindje geweest. Ik vermoed dat ze het niet aan de politie zal vertellen.'

'Aha,' zei Ines. Ze was er misselijk van. Hoe durfde hij?

'Ik bedoel, Brooke dekt haar vader natuurlijk in en dat begrijp ik,' zei Grant. 'Maar ik ben van Team Joy en als Stan haar iets heeft aangedaan, zal ik er wel voor zorgen dat hij achter de tralies belandt.'

38

Afgelopen oktober

‘Het blijkt dat je potentiële oplichter een echte oplichter is,’ zei Simon Barrington tegen Amy terwijl die aan de eettafel zat om de kazigheid van een nieuwe hartige kaascracker te beoordelen.

Simon nam een cracker toen hij tegenover haar ging zitten. ‘Best kazig,’ zei hij.

‘Té kazig?’ vroeg Amy.

‘Ik zou zeggen perfect kazig.’

Toen pas drongen zijn woorden tot haar door. ‘Dus Savannah is inderdaad een oplichter? Echt waar?’

Ze merkte op dat, hoewel haar hart absoluut de snelheidslimiet overschreed, het dat op een gecontroleerde manier deed en dat het op zijn rijstrook bleef. Haar therapeut, Roger, gebruikte veel autometaforen.

Simon sloeg een kartonnen map open. ‘Ik heb een ASIC-zoekopdracht gedaan.’

‘Slim!’ Amy probeerde zich te herinneren waar ASIC ook alweer voor stond.

‘De Australian Securities and Investments Commission. Ze staat op de lijst van onbevoegd verklaarde bedrijfsleiders. Drie jaar geleden was ze directeur van een bedrijf dat vervalste tennismemorabilia verkocht.’

‘Wacht. Frauduleuze tennismemorabilia,’ zei Amy. ‘Dat is…’

‘… wel heel erg toevallig,’ beaamde Simon ernstig.

Ze keken elkaar aan. Amy dacht aan de kostbare verzameling gesigneerde tennisballen van haar vader. Ze had zich altijd afgevraagd of die spelers die zelf van een handtekening hadden voorzien.

'Denk je dat ze het specifiek op mijn ouders gemunt had?' vroeg Amy.

'Dat denk ik wel,' zei Simon. 'Ik denk dat we daarheen moeten.' Hij hield het dossier omhoog en zwaaide ermee. 'Om Savannah hiermee te confronteren. Eens kijken wat ze zegt.'

'Nou,' zei Amy. 'Ik ben je hier heel dankbaar voor, maar...' Ze aarzelde. Dit zou dan de tweede keer zijn dat hij naar haar ouderlijk huis ging. Hij gedroeg zich als een vriendje: een lief jong vriendje dat een even lief jong vriendinnetje verdiende. Ze zou zijn toch al gebroken hart breken.

'Oké,' zei ze, want één blik in zijn heldere bruine ogen was even louterend voor haar ziel en kalmerend voor haar hartslag als een halve lorazepam weggespoeld met een half glas wijn.

39

Nu

'Drie jaar geleden verkocht die Savannah Pagonis, die op enig moment Savannah Smith heette en misschien nog andere aliassen heeft, vervalste tennismemorabilia via internet,' zei Ethan tegen Christina.

'Oké,' zei Christina. Ze leunde achterover in haar stoel en tikte met haar pen tegen haar tanden. 'Tennismemorabilia. Ze heeft het huis dus duidelijk niet willekeurig gekozen, zoals ze beweerde.'

'Was ze van plan hen op te lichten?' gokte Ethan. 'Iets met de tennisschool?'

'Zou kunnen,' zei Christina. 'En misschien is dat haar gelukt, want telkens als ik de naam "Savannah" hoor van iemand in die familie, krijg ik het gevoel dat ze een soort emotionele impact heeft gehad.'

'Alsof ze boos op haar zijn?' vroeg Ethan. Christina dacht na over zijn vraag.

'Nee,' zei ze uiteindelijk. 'Eerder verdrietig en misschien... schuldbewust?'

40

Afgelopen oktober

Joy stond voor Savannahs slaapkamer en duwde aarzelend tegen de halfgeopende deur.

Toen Amy nog klein was en dit haar slaapkamer was, had Joy niet geaarzeld om wat speurwerk te doen als Amy veilig op school was, op zoek naar aanwijzingen die het mysterie van haar dochter zouden oplossen. Ze vond nooit veel: een pakje gewone sigaretten, een 'pret'-sigaret, een fles crème de menthe die Amy uit het huis van haar grootmoeder had gestolen. (Geen van deze dingen kwam ook maar in de buurt van wat ze allemaal onder Tróys bed aantrof.)

Joy had zich veel meer zorgen gemaakt over de verwarrende, onsamenhangende dagboekaantekeningen die zo moeilijk te ontcijferen waren, omdat Amy de gewoonte had om over de belangrijkste woorden heen te krabbelen: ik maak me echt zorgen over krabbeldekrabbel en krabbel. Ik wou dat ik nooit had gekrabbel met krabbel.

Maar Savannah was haar gast en Joy had geen ouderlijke rechten die haar acties konden rechtvaardigen. Het enige wat ze kon aanvoeren, waren Logans bizarre beschuldiging over de televisiedocumentaire die hij onlangs op tv had gezien en de zacht rinkelende alarmbellen in haar eigen hoofd.

Savannah was op dat moment niet thuis. Ze had eerder vandaag aangekondigd dat ze 'weg' ging.

'Waar ga je heen?' had Joy gevraagd. 'Heb je een lift nodig?'

Blijkbaar was Savannah uit eten met 'een vriend' en had ze geen lift nodig, ze zou naar het station lopen en de trein naar de stad nemen.

Joy kon zich inhouden en had niet gevraagd: Hoe laat ben je thuis?

Savannah had Joy en Stan voorgesteld om het restje cottage pie van de avond ervoor te eten en ze had zelfs een salade van erwten, venkel en feta klaargemaakt voordat ze vertrok, waarbij ze het mooie slacouvert gemakshalve op het strakgespannen plasticfolie over de slakom had gelegd. Alsof Joy en Stan haar kinderen waren, niet in staat om het juiste bestek in hun eigen huis te vinden. Zo lief.

Het was vreemd zonder haar in huis. Voor zo'n klein, rustig iemand was Savannahs afwezigheid merkwaardig merkbaar. Joy had het gevoel alsof er een betovering was verbroken. Er klonk een soort gezoem in haar oren, alsof ze uit een intense film of van een luid feest was weggelopen.

Ze geloofde niet echt dat Savannah uit eten was met een vriend. Ze kon zich niet eens voorstellen dat ze een vriend had. Wat voor vriend dan? Dat was het probleem. Ze was zo dol op Savannah, maar ze begreep haar niet. Ze kende haar niet echt. Het enige wat ze had waren deze kleine puzzelstukjes van een persoonlijkheid die niet in elkaar pasten: liefde voor koken en een hekel aan eten, klassiek ballet en pleegzorg, grootmoederlijke manieren en een tatoeage van een wijnrank.

Joy was niet boos of bang, maar ze wilde wel de feiten boven tafel, voordat haar kinderen haar die zelfgenoegzaam kwamen presenteren, want die konden niet wachten, vermoedde ze. Brooke had er zo'n halszaak van gemaakt dat Joy aanvankelijk had gezegd dat Savannahs achternaam Polanski was in plaats van Pagonis, wat iedereen kan overkomen. Ze had gedaan alsof Joy een verwarde oude dame was. Joy had haar eraan herinnerd dat Brooke tot haar zestiende had geloofd dat het 'de schelpen vallen je van de ogen' was en Brooke had gezegd: 'Dat was toch een volkomen logische aanname, mam.'

Opmerkelijk genoeg kregen ze op dat moment allebei de slappe lach. Het was leuk om Brooke te horen lachen. Ze kon heerlijk lachen. Grant was heel gevat, heel ad rem, maar hij leek Brooke nooit zo aan het lachen te maken.

Ze had een opgevouwen lichtgewicht dekbed onder haar arm, als excuus voor het onwaarschijnlijke geval dat Savannah plotseling zou verschijnen en haar zou zien rondsnuffelen. 'De nachten worden warmer,' zou ze dan zeggen. Het was ook voor het geval Stan haar betrapte. Ze wilde niet dat hij wist dat ze zich zorgen maakte over Savannah. Hij leek zich toch al tegen het meisje te hebben gekeerd.

Toen ze de kamer binnenkwam, ging de huistelefoon en ze hapte naar adem alsof er een explosie was geweest. Allemachtig.

'Neem jij even op?' riep ze toen de telefoon halverwege stopte met rinkelen en ze het zachte gebrom van Stans stem hoorde. Mooi zo. Dan hoefde ze zich over hem ook niet meer druk te maken. Het was vast voor hem of het was een marktonderzoeker of zo, maar niet iemand voor Joy. Iedereen belde haar op haar mobiel, want ze was modern.

Savannahs kamer was brandschoon, in schril contrast met de nasleep van een cycloon waar het hier altijd op leek toen Amy hier woonde, zowel als kind als toen ze met tussenpozen weer introk als volwassene. Savannahs bed was opgemaakt, strak als dat van een soldaat, en de vensterbanken en plinten glommen op een manier die Joy noch die goeie ouwe Barb ooit voor elkaar hadden gekregen.

Amy's oude bureautje was aan kant, op een ingebonden dagboek in A5-formaat na, dat precies in het midden van het bureau lag, met een pen ernaast. Nou, als het een dagboek was, zou Joy het natuurlijk niet lezen. Geen sprake van. Zo'n grove inbreuk op de privacy kon alleen door de beugel als het je eigen kinderen betrof. Maar wacht eens, had Savannah niet gesuggereerd dat het probleem was dat ze zich te veel herinnerde van haar verleden? Dan zou ze dus geen dagboek bij hoeven houden, als alles permanent in haar geheugen was gegrift.

Joy keek over haar schouder en liep naar het bureau. Ze zou er niet in kijken. Het had geen zin om er in te kijken. Het was geen dagboek. Als Savannah iets te verbergen had, zou ze het daar heus niet in het zicht laten liggen.

Ach, waarom hield ze zichzelf zo voor te gek? Natuurlijk ging ze erin kijken.

Ze sloeg het boek open. De bladzijden waren volgeschreven in een klein, stijf handschrift. Ze legde haar vingertoppen op de pagina. Het oppervlak was bobbelig. Joys moeder schreef zo, die drukte altijd zo hard met haar pen dat het een afdruk op de bladzijde achterliet, alsof ze probeerde haar woorden er voor altijd in te graveren.

Ze kneep haar ogen tot spleetjes. Ze had haar leesbril nodig. Potjandorie. De kamer uit gaan om haar bril te halen, liet het allemaal veel te berekenend voelen. Misschien als ze het even heel snel deed... Ze schoot de kamer uit, vloog door de gang. Ze hoorde Stan nog aan de telefoon. Zijn stem ging omhoog. Ze hoopte maar dat hij niet een of andere arme telemarketeer, die alleen maar probeerde de kost te verdienen, de mantel uitveegde. Ze pakte de bril van de keukentafel en rende terug door de gang. Hij was nu echt aan het schreeuwen. Ze aarzelde.

Moest ze erheen gaan en proberen het op te lossen?

Maar het volume van zijn stem daalde, werd verzoenend. Zo was Stan. De telemarketeer zou nu zelfs een koop kunnen sluiten.

Ze ging terug naar Savannahs kamer, zette haar bril op en pakte het boek. Goed dan. Ze las:

Zondag
Kwart appel
Vijf rozijnen
1x toast. Geen korsten. Geen boter.
Pasta Bolognaise. Elf lepels.
Halve sinaasappel.

Zo ging het verder, dag in, dag uit. Gedetailleerde lijsten van kleine porties voedsel. Ze bladerde naar de laatste pagina en zag het begin van het bericht van die dag. Het enige wat er stond was: *Acht lepels chia-yoghurtpudding*. Savannah had die chia-yoghurtpudding gisteravond gemaakt. Hij was heerlijk. Joy moest minstens honderd lepels hebben gehad.

Ze sloeg het boek dicht en legde het voorzichtig terug op de plek waar het had gelegen. Al die tijd was Savannah bezig met goddelijk lekker eten maken en dan ging ze vervolgens terug naar haar kamer en noteerde elke hap tot in het somberste, strengste detail. Het plezier dat ze Joy en Stan had bezorgd met haar kookkunsten. Het was bijna vernederend hoezeer Joy ervan genoten had, vooral als je het afzette tegen deze gedisciplineerde transcriptie.

Ze ging op Savannahs perfect opgemaakte bed zitten en drukte haar handpalmen tegen de strakgetrokken lakens. *Ach lieverd. Wat gaat er toch om in dat hoofd van je?*

Het was geen verrassing. Niet echt. Ze had gezien hoe Savannah dezelfde lepel met eten ronddraaide op haar bord, neerlegde en weer oppakte. Leed ze aan een serieuze eetstoornis? Of was het gewoon een vreemde, dwangmatige gewoonte om alles wat ze at vast te leggen en gaf dat haar soms het gevoel dat ze grip had op haar leven?

Joys eerste ingeving was om hier iets aan te doen: Savannah moest professionele hulp krijgen. Alsof dat zou helpen. Het was precies zoals ze zich had gevoeld toen Amy groter werd. Ze stonden maanden en maanden op allerlei wachtlijsten voor alweer een hulpverlener. Al die verschillende diagnoses die ze kregen aangeboden, met wisselende mate van zekerheid. Ze herinnerde zich die aardige, vermoeide psycholoog die, toen Joy zei: 'Jullie blijven maar van gedachten veranderen!' antwoordde: 'Onze wetenschap is geen exacte wetenschap, Joy. Het is niet alsof ze hoofdpijn heeft.' En Joy had verontwaardigd gedacht: nou, hoofdpijn kan verdomme ook al niemand genezen!

'Waar ben je?' riep Stan. Ze hoorde zijn zware voetstappen door het huis bonzen.

'In Savannahs kamer!' riep ze terug.

'Je bedoelt Amy's kamer,' zei hij woedend in de deuropening

'Amy woont hier niet,' zei Joy. Ze keek naar hem op. Zijn gezicht was wit, zijn ogen rood. Hij was duidelijk woest.

'Wat is er?' vroeg ze. 'Wie was dat aan de telefoon?'

'Dat was Troy. Die was zo vriendelijk om me te laten weten dat hij Savannah zojuist een exorbitant bedrag heeft betaald om niet aan jou te vertellen dat ik haar heb lastiggevallen.'

'Je hebt haar lástiggevallen?' Joy keek hem wezenloos aan en probeerde het te begrijpen. Haar eerste verwarde, irrationele gedachte was dat hij haar had lastiggevallen om haar aan het tennissen te krijgen, zoals vroeger met de kinderen.

'Haar seksueel lastiggevallen,' zei Stan. 'Die idioot van een zoon van je geloofde het nog ook. Hij geloofde het echt.'

Joy stond op. Ze sloeg haar armen over elkaar. 'Wat is er gebeurd?'

'Nou, ik heb haar verdomme niet seksueel lastiggevallen als je dat soms bedoelt!'

'Ach, natuurlijk niet,' verzuchtte Joy.

Ze waren geen van beiden altijd even netjes geweest. Er waren feesten geweest. Het waren de jaren zeventig. Ze omarmden niet bepaald de beweging van de vrije liefde, maar er werd wel geflirt. Ze was er vrij zeker van dat Brooke haar ooit had betrapt toen ze met Dennis Christos aan het zoenen was op de kerstborrel van Delaneys, in de keuken van het clubhuis na te veel glazen punch. Dennis had een heel beroerde service, maar zoenen dat die man kon! Joy had het jaren later aan Stan bekend en hij was er niet blij mee, maar hij maakte er geen probleem van, hoewel die arme, oude Dennis wel steeds verschrikter keek door Stans harde services als hij tegen hem speelde.

Stan was misschien ook weleens vreemdgegaan. Het was niet meer dan redelijk om te veronderstellen dat hij dat misschien in dat slechte jaar had overwogen toen ze echt dachten dat ze uit elkaar zouden gaan. Vrouwen vonden hem aantrekkelijk. Joy had de vraag nooit gesteld, omdat ze het antwoord niet wilde horen. Ze wist dat het mogelijk was om door een andere man te worden gekust en dat dat helemaal niets betekende, behalve dat ze te veel gin in de punch had gedaan en Dennis een buitensporige flirt was. Hoewel ze nog steeds niet twijfelde aan zijn liefde voor Debbie.

Er waren wel ergere dingen, als het om verraad ging.

Maar er was geen sprake van dat Stan zich ongepast zou hebben gedragen naar Savannah toe. Hij was zich altijd extreem bewust geweest van wat hem in zijn positie betaamde als het om kinderen en jonge meisjes ging. Joy had gezien hoe hij met Savannah omging. Hij beschouwde haar als een dochter of een pupil.

'Heb je misschien iets gezegd wat Savannah verkeerd opgevat heeft?' vroeg Joy hem. Dat had misschien kunnen gebeuren als zij er niet was om de zaken recht te zetten en aan Savannah uit te leggen wat haar onwetende echtgenoot eigenlijk bedoelde. 'Dat je grappig wilde doen, of zo? Want je moet tegenwoordig zo voorzichtig zijn met...'

'Alsjeblieft zeg, ik wilde helemaal niet grappig doen,' zei Stan. 'Als je het weten wilt, toen jij in het ziekenhuis lag, gaf zij míj bepaalde signalen...'

'Wat?' Joy schoot in de lach. 'Nee, lieverd, echt niet, dat zou ze nooit doen. Dat heb je verkeerd begrepen.'

'Ik denk van niet.' Hij perste zijn lippen op elkaar zoals hij deed als Joy een ovenschotel met tonijn serveerde waarvan de geur hem vermoedelijk misselijk maakte, dus maakte ze hem alleen als ze niet zo blij met hem was. 'Ik geloof niet dat ik iets verkeerd opgevat heb. Niet nu ze dit heeft geflikt. Niet nu ze Troy geld afhandig heeft gemaakt.'

Joy keek de nette kamer rond, naar het boek op Amy's bureau, vol met haar kleine aantekeningen over eten. Ze had geen idee wie deze persoon was. Haar hartslag versnelde. Ze had haar huis opengesteld voor een vreemde.

'Vertel maar.' Ze schraapte haar keel. 'Vertel me wat er gebeurd is.'

'Het was subtiel,' zei Stan. 'Zo subtiel dat ik eerst dacht dat ik me het verbeeldde. Gewoon, je weet wel... oogcontact, en een hand op mijn arm, en op een dag kwam ze rechtstreeks vanuit de douche de keuken in met alleen een handdoek om en ze bleef tegen me praten en ik wist niet welke kant ik op moest kijken en ik dacht: ach nou ja, de meisjes liepen vroeger ook altijd in handdoeken rond...'

'Dat zijn je dochters!'

'Ja, ik weet het!' zei Stan ter verdediging. 'Ik ben als een haas de keuken uit gegaan. Ik voelde me ontzettend... ongemakkelijk.'

'Waarom heb je het me niet verteld?' vroeg Joy.

'Ik dacht dat je me zou uitlachen,' zei Stan en Joys maag kromp ineen van liefde en schuldgevoel, want hij had gelijk, ze zou hebben gelachen. Het zou ondenkbaar zijn geweest. Het voelde nog steeds ondenkbaar. Hoe ver zou Savannah zijn gegaan als Stan er wel op ingegaan was?

'Daarom wilde je dat ze wegging,' zei Joy.

'Ik was er misselijk van.'

'O, Stan,' zei Joy. Ze liep op hem af, sloeg haar armen om

hem heen en legde haar gezicht tegen zijn borst.

Hij bleef even staan en sloeg toen zijn armen om haar heen.

'Maar Troy, dat is toch niet te geloven?' zei Stan. 'Hij heeft haar dat geld gegeven voordat hij zelfs maar aan mij heeft gevraagd of het waar was. Hij dacht dat ik hem dánkbaar zou zijn. Ik zei: "Ben jij helemaal van de pot gerukt?"'

Joy deed een stap achteruit, uit zijn armen. Hij gaf Troy nooit het voordeel van de twijfel. Van de pot gerukt. Dat zeg je toch niet tegen je eigen zoon die alleen maar probeerde te helpen?

Ze zei: 'Stan. Hij dacht natuurlijk dat hij je zo in bescherming nam. En mij.'

Troy dacht dat hij hun een geschenk gaf. Ze dacht aan Troys hoopvolle gezicht als hij een van zijn familieleden een van zijn attente cadeautjes zag openen.

'Hoeveel geld heeft hij haar gegeven?' vroeg Joy. Ze ging weer op Savannahs bed zitten.

'Hij zei dat het niet zoveel was,' zei Stan. 'En zoveel kan het ook nooit geweest zijn. Het was geen zwijggeld omdat ze getuige was van moord, of zo.'

'Heeft hij een cheque voor haar uitgeschreven?' vroeg Joy. 'Kan hij die nog tegenhouden?'

'Volgens mij heeft hij geen chequeboek. Niemand schrijft tegenwoordig nog cheques uit.' Stan ging naast haar op de rand van het bed zitten. 'Ik denk dat hij het rechtstreeks op een of andere rekening heeft gestort. Het toppunt van domheid. Weet je wat Troy tegen me zei toen ik hem er eindelijk van had overtuigd dat hij opgelicht was? Hij zei dat het hem niets kon schelen. Want hij kan het zich veróórloven.'

'Hij wil alleen maar indruk op je maken,' verzuchtte Joy.

'Ja, nou, dit maakt dus echt geen indruk op me. Het was dom. En respectloos. Ten opzichte van jou en mij. En ons huwelijk. Dat hij dacht dat ik... in ons eigen huis...'

Zijn stem trilde en haar hart verzachtte weer. Zo was het

altijd met Troy en Stan. En zij zat er altijd precies tussenin en haar sympathie vloog heen en weer als een bal.

Ze legde haar hand op zijn dij en ze bleven even zwijgend zitten.

'Wat gaat er nu gebeuren? Waar is Savannah?' vroeg Joy.

'Ik weet niet waar Savannah is,' zei Stan. 'Maar ik heb tegen Troy gezegd dat hij zijn broer en zussen moest bellen en dat ze hiernaartoe moesten komen om de vervolgstappen te bespreken.'

De vervolgstappen te bespreken. Hij sloeg de gezwollen taal uit die paste bij de morele verhevenheid van een man die onrecht aangedaan is. Een man die zélden onrecht werd aangedaan.

'We moeten ervoor zorgen dat er verder niemand zijn zuurverdiende geld afstaat,' vervolgde Stan. 'We moeten de politie erbij halen, uiteraard.'

'O, ik weet niet of dat nou zo nodig is.'

'Je moet onze bankrekeningen controleren. Ze heeft waarschijnlijk meer dan genoeg kansen gehad om je portemonnee te doorzoeken en al je creditcardgegevens te stelen toen je de kamer uit was.'

Joy besloot niet te vermelden dat Savannah niet alleen meer dan genoeg kansen had gehad om dat te doen, maar dat ze haar creditcard letterlijk meerdere keren aan Savannah had meegegeven.

'Al haar spullen liggen hier.' Joy keek om zich heen naar de keurige kamer. 'Die laat ze hier toch niet zomaar achter.' Ze pakte Savannahs kussen op en drukte het tegen zich aan. 'Volgens mij heeft ze een soort eetstoornis.'

'Een eetstoornis?' Stan sprak het woord uit alsof het een nieuwe, vreemde modegril was. 'Wat maakt het uit of ze een eetstoornis heeft? Ze heeft net onze zoon gechanteerd!'

'O, nou ja,' zei Joy, terwijl ze zich probeerde voor te stellen wat ze in hemelsnaam tegen haar moesten zeggen. Ze voelde zich niet zozeer boos als wel overrompeld. Ze had het idee dat er een andere verklaring moest zijn.

'O, nou já? Joy, zei je nou serieus: o, nou já?'

'Het gaat duidelijk niet goed met dat meisje,' zei Joy. 'Waar zit je hart?' Ze voelde dat Stan en zij weer teruggleden in hun oude opvoedrollen als reactie op Savannahs acties. Hoe bozer Stan werd op een kind, hoe groter de kans dat Joy hem of haar zou verdedigen en hoe erger de overtreding, hoe kalmer Joys reactie. Zij was meer geneigd te schreeuwen over vuile was die op de grond werd gegooid in plaats van in de wasmand dan over een ernstig telefoontje van het schoolhoofd.

Als ze niet zelf getuige was geweest van de misdaad, wilde ze bewijs, of in elk geval eerst horen wat haar kind er zelf over te zeggen had. Stan was altijd te snel bereid om een vernietigend vonnis te vellen voordat ze al het bewijs hadden gehoord. Ze moest met Savannah praten. Ze moest met Troy praten. Ze geloofde Stans kant van het verhaal, maar ergens was ze nog steeds van mening dat dit een gruwelijk misverstand moest zijn dat alleen zij kon oplossen.

'Joy, in godsnaam, begrijp je dan niet wat de implicaties hiervan zijn? Als ze dit soort beschuldigingen openbaar zou maken? In deze tijd?'

'Nou, ze was heus niet van plan om het openbaar te maken,' zei Joy ongemakkelijk. 'En dit is natuurlijk allemaal erg schokkend, maar...'

'Maar wat?'

'Waag het niet te zeggen dat ik van de pot gerukt ben.' Joy gooide het kussen van zich af en stond op. Haar blik viel op Savannahs bruidskist. De jongens hadden moeite om die naar binnen te dragen, die dag dat ze haar spullen hadden opgehaald.

Ze tilde het zware scharnierende deksel op. Er zat niet veel in: een stapel ingebonden dagboeken zoals die op Amy's bureau en een handvol oude, gehavende fotoalbums. Zulke fotoalbums maakte niemand meer, tegenwoordig. Iedereen liet van die professioneel ogende gebonden boeken drukken.

Joy pakte het eerste album, met zo'n spiraal bij elkaar gehouden, en bladerde erdoorheen. Het was duidelijk een kinderalbum. De foto's waren er scheef in gestoken en sommige waren zo onscherp dat alleen een kind ze de moeite waard zou vinden om te bewaren. De randen van de foto's lieten los van de plakkerige achterkant. Ze keek naar een bladzijde met foto's van twee kinderen die onder een kerstboom zaten. Het had een scène uit haar eigen albums kunnen zijn: de ouderwetse zomerpyjama, warrig haar, overal inpakpapier.

'Stan,' zei ze zachtjes.

'Wat?'

Ze ging naast hem op het bed zitten en dumpte het opengeslagen album op zijn schoot.

'Wat?' vroeg hij nog eens.

'Kijk dan wie dat is,' zei ze.

'Dat is zij,' zei Stan. 'Savannah. Lijkt me duidelijk. Als kind.'

'Ja, maar kijk eens wie die jongen is.' Joy schoof haar vinger naar het kind dat naast Savannah zat: de grote ogen, de bolle wangen en de bos haar.

Stan verstijfde. 'Dat is niet... Maar dan kan toch niet? Hoe kan dat nou?'

'Hij is het,' zei Joy. 'Het is Harry Haddad.'

'Maar wat doet Savannah dan bij Harry?' vroeg Stan.

'Ze is Harry's zus,' zei Joy.

'Ik herinner me geen zusje,' zei Stan.

'Je hebt me ook maar één keer ontmoet,' zei een stem en ze keken op en zagen Savannah bij de slaapkamerdeur staan.

41

Heel even leken de man en de vrouw ineen te krimpen, hun gerimpelde gezichten slap van de schrik, terwijl ze opkeken naar Savannah vanaf waar ze zaten, naast elkaar op haar bed, in haar slaapkamer. Behalve dat het natuurlijk niet meer haar bed of haar slaapkamer was. Dit was niet langer haar kamer. Niet langer haar huis. Wat had ze dan gedacht? Dat ze dit heerlijke leven met een hamer te lijf kon gaan en het toch magisch intact zou blijven? Het was altijd al de bedoeling dat het maar tijdelijk zou zijn. Alles was altijd maar tijdelijk.

Nadat Troy het geld had overgemaakt (ze zou ook de helft hebben geaccepteerd) had ze overwogen nooit meer terug te komen en haar bezittingen achter te laten, maar ze had een krankzinnig verlangen gevoeld om hier nog een laatste nacht door te brengen, om de Savannah te zijn die Joy in haar zag, om nog een laatste keer haar intense dankbaarheid te ervaren als Savannah haar een maaltijd voorzette. Eten was nooit alleen maar eten voor Savannah en het was duidelijk ook niet alleen maar eten voor Joy.

Joy herpakte zich als eerste en rechtte haar rug.

'Jij bent Harry's zusje,' zei ze. 'Ik was vergeten dat er nog een zus was.'

Joy keek haar met behoedzame, onderzoekende ogen aan, alsof ze haar echt probeerde te zien, en Savannah voelde haar persoonlijkheid wegglippen en stond aan de afgrond van die verschrikkelijke eindeloze leegte.

Ze was niets
geen gevoelens
geen gedachten
geen naam
een plastic paspop van een meisje.

Maar net voordat ze in de leegte verdween, voordat ze verdampte als droog ijs, stond er een nieuwe persoonlijkheid handig op.

Ze had duizenden uren televisie tot haar beschikking. Honderden personages. Talloze dialogen. Gezichtsuitdrukkingen en bruikbare gebaren. Een hoop manieren om te lachen. Een hoop manieren om te huilen.

'Joh, daar hoef je je niet schuldig om te voelen,' zei ze. 'Iedereen vergeet dat er nog een zus was.'

Ze was een nieuwe Savannah. Eentje zonder achternaam. Een droge, sarcastische, coole meid. Misschien de heldin, misschien de slechterik. Misschien degene die de boel redt, misschien degene die de bank berooft. De kijker wist niet precies wat ze van plan was.

Joy zei, bijna bij zichzelf: 'Ik wist dat ik je ergens van kende! Meteen die avond al!' Ze keek naar het fotoalbum dat op Stans schoot lag en toen weer omhoog. 'We hebben de moeder maar een paar keer ontmoet.' Ze corrigeerde zichzelf. 'Ik bedoel... jouw moeder.'

Joys ogen onderzochten haar gezicht. 'Je ouders zijn gescheiden, toch? Jij ging met haar mee. Harry bleef bij zijn vader.'

Ook mijn vader.

Even was ze Savannah Haddad, met een moeder en een vader en een broer, maar vanaf het moment dat haar broer voor het eerst een tennisracket vasthield, veranderde alles. Het gezin Haddad was netjes doormidden gesneden als door een zwaard.

Joy zei met een verbijsterd glimlachje: 'Ik neem aan dat je

die avond niet op onze deur hebt geklopt omdat je "een goed gevoel had bij dit huis"?'

'Het was mijn verjaardag,' zei Savannah.

'O ja?' Joy legde een hand op haar hart alsof ze taart had besteld als ze het had geweten en Savannah dacht aan het dressoir vol ingelijste foto's van verjaardagen, alsof elke verjaardag een feestje waard was.

Ze zag een meisje dat zich zo belachelijk had opgedoft voor een verjaardagsdinertje in een chique restaurant in Sydney, wachtend op haar vriend die nooit kwam opdagen, die nooit zijn telefoon opnam. Dat meisje wist dat haar vriend het gewoon was vergeten. Hij raakte afgeleid. Hij hield meer van zijn kunst dan van haar, net zoals haar broer meer van zijn tennis hield dan van haar en haar vader meer van Harry's tennis hield dan van haar, en haar moeder meer van haar verzameling bittere wrok hield dan van haar, en niets zou ooit haar honger stillen. Ze zou altijd hongerig blijven. Altijd.

Toen ze die dag terugkeerde naar het appartement, deed ze haar nette jurkje uit en trok ze de oudste, smerigste kleren aan die ze kon vinden. En ze maakte pasta voor Dave en het was geen punt, ze vergaf het hem, ze zei: 'Ik had je er vanmorgen aan moeten herinneren,' hoewel ze hem er de vorige avond al aan had herinnerd.

Ze dronk haar wijn en omdat ze de hele dag niet had gegeten vanwege de speciale maaltijd in het restaurant, steeg het haar regelrecht naar haar hoofd en zweefde ze, zoals ze vaak deed, los van haar lichaam en dacht: wie is dat meisje dat daar bij die jongen zit?

Toen kwam het nieuwsbericht op de televisie en de pasta bleef steken in haar keel toen het gezicht van haar broer het scherm vulde.

Harry Haddad kondigde op haar verjaardag zijn comeback aan.

Drie jaar eerder was hij overal. Ze kon de televisie niet aanzetten zonder zijn gezicht te zien. Dan stapte ze in de auto, zette de radio aan en hoorde zijn stem. Ze zag een keer beelden van hem waarop hij een tennisbal signeerde voor een fan en dacht: die handtekening heeft hij VAN MIJ. Zij was degene die, toen ze nog klein waren, had bedacht hoe ze de twee H's van Harry Haddad met een flamboyante krul kon verbinden. Het was in feite haar handtekening. Ze had het recht om hem te gebruiken. Ze was een bedrijf begonnen dat tennisballen, T-shirts en petten verkocht die waren gesigneerd door Harry Haddad en dat liep prima totdat Harry's 'managementteam' er lucht van kreeg en alles in de soep liep.

Sinds hij gestopt was met tennis begon haar broer uit het publieke bewustzijn te verdwijnen, uit haar bewustzijn. Tenzij ze hem opzocht, hoewel ze had geleerd dat het beter was dat niet te doen, bestond hij niet, maar als hij weer professioneel zou spelen, zou hij weer overal opduiken: op haar telefoon, op haar televisie, op haar computerscherm. Ze botste steeds maar weer tegen haar verleden op, alsof ze met haar hoofd tegen een muur sloeg, alsof ze tegen een gesloten deur trapte.

Jij bent de mislukkeling, hij is het succes, je vader heeft de goede gekregen, je moeder kreeg de blindganger, wij zijn de arme sloebers, zij zijn de rijke stinkerds, we zitten aan de grond, zij zijn de hoogvliegers.

Ze was zo dom geweest te denken dat ze ooit een normaal meisje kon zijn dat op haar verjaardag naar een chique restaurant in Sydney kon gaan met haar Ierse kunstenaarsvriendje.

De pijn was in haar buik begonnen en straalde uit. Het enige wat ze had gewild was ontsnappen aan de pijn en toen was ze over die verdomde gitaarkoffer gestruikeld en had haar hoofd gestoten en het had echt pijn gedaan en er zat bloed in haar oog. De pijn was overal en de herinneringen weigerden veilig in hun hok te blijven, maar stroomden als gif door haar lichaam en hersenen, en het enige wat ze kon bedenken was dat ze weg moest uit het appartement en weg van die dozen en die jongen, en ze bedacht dat ze terug moest gaan naar waar het begon. Alsof ze terug kon reizen in de tijd en kon voorkomen dat Harry die eerste les zou nemen, en zo niet, dan op zijn minst zou gaan begrijpen wat er was gebeurd, en zo niet, dan die familie op zijn minst kon laten boeten voor wat zij had aangericht.

Toen ze beneden was, zette een taxi een gelukkig, dronken waggelend stel af bij het flatgebouw en ze was ingestapt en had de chauffeur gevraagd haar naar de Delaneys Tennis Academy te brengen, waarvan ze wist dat die net een eindje van het huis vandaan was waar haar broer zijn privélessen had gehad. Zodra ze het bord met de tennisbal met het lachende gezicht had gezien, had ze de taxichauffeur zonder aarzelen naar het huis kunnen leiden.

Dat wat ze had gezegd over het geld dat ze in de zak van haar spijkerbroek had gevonden was bijna waar. Het was een creditcard. Niet eentje die van haar was. Het was een souvenir van een eerder incident.

Ze wist niet zeker of hij zou worden geaccepteerd, maar ze hield hem tegen het betaalapparaat van de taxichauffeur en het woord GOEDGEKEURD verscheen. Het leek wel magie.

'Ik wilde misschien een baksteen door jullie raam gooien,' zei ze tegen Joy. Ze had gedacht dat een klein beetje vandalisme misschien wel een goed idee was. Helend. In het verleden had het gewerkt. 'Maar ik kon geen baksteen vinden. Ik kon niet eens een kiezel vinden.'

'Wát?' zei Joy.

'Nou ja, het was geen vastomlijnd plannetje,' zei Savannah.

Joy zag eruit alsof ze in tranen zou uitbarsten.

'Je moet weg,' zei Stan. Hij stond op. Hij was nog steeds een grote intimiderende man. 'Je moet ons huis uit.'

‘Ik heb het niet echt gedáán,’ zei Savannah. ‘Ik dacht er alleen aan, maar het was zo koud daarbuiten, op straat, en ik bloedde en ik voelde me echt duizelig, dus toen dacht ik: wat kan mij het ook schelen, en ik klopte bij jullie aan en ik voelde me nogal slapjes en toen... nou, toen waren jullie allebei zo aardig tegen me. Zo vreselijk aardig. Het was heel gek.’

Ze waren zo vriendelijk en liefdevol en gastvrij. Ze behandelden haar alsof ze een dochter was die weer thuisgekomen was. Ze werd gevoed en gebaad en naar bed gebracht, en omdat ze haar behandelden als een meisje dat hulp nodig had, wérd ze een meisje dat hulp nodig had en het verhaal van een ander meisje uit een documentaire over huiselijk geweld gleed haar geheugen in en werd de waarheid.

‘Maar waarom?’ zei Joy. ‘Waarom zou je een baksteen door ons raam willen gooien? Wat hebben we jou ooit aangedaan? Ik begrijp het niet.’

Ze was wat aangekomen sinds Savannah haar was gaan voeden. Stan ook. Het was leuk om te zien hoe hun gezichten glad werden doordat Savannah hun calorie-inname verhoogde. Ze was als de boze heks in *Hans en Grietje*, die hen vetmestte voordat ze hen opat.

‘Ik haatte dit huis gewoon zo erg,’ zei Savannah. ‘Ik haatte jullie allemaal zo erg.’

Joys adem stokte van verblufte pijn, alsof ze zich had gebrand.

‘Hier hoeven we niet naar te luisteren,’ zei Stan.

‘Stil, Stan, hier moeten we juist wel naar luisteren,’ zei Joy fel.

Ze was zo piepklein, maar ze had die gigantische man meteen onder de duim met haar snelle, scherpe opmerkingen. Savannah vond haar inspirerend. Ze wist al dat ze een paar van haar uitdrukkingen zou bewaren voor toekomstig gebruik: *potjandosie! Ach hemeltje! Gunst!*

‘Leg het me dan uit,’ zei Joy tegen haar. ‘Begin maar bij het begin.’

Savannah haalde diep adem. Was het überhaupt mogelijk om de veelheid aan herinneringen te ontwarren die geleid hadden tot dit specifieke moment in deze slaapkamer?

'Ik was degene die het lot had gekocht,' zei ze. Daar was het allemaal mee begonnen.

'Het lot?' Joy fronste. 'Je bedoelt het lot voor de gratis privéles? Die ene die Harry's vader, jouw vader, had gewonnen?'

'Dat had ik hem voor Vaderdag gegeven,' zei Savannah. 'Ik had het met mijn eigen geld in een winkelcentrum gekocht. Mijn broer zei nog: "Wat een stom cadeau." Je zou denken dat mijn vader mij de privéles zou hebben gegeven toen dat het winnende lot bleek, niet mijn broer. Stel je voor. Harry had misschien nooit een racket opgepakt als ik dat lootje niet had gekocht.'

'Geef je ons de schuld van de scheiding van je ouders?' vroeg Joy. 'Is dat wat je probeert te zeggen?'

'Het is welletjes. Ik wil dat je weggaat,' zei Stan. 'Je hebt tegen Troy gelogen. Over mij.'

Mensen beschuldigden je altijd zo triomfantelijk als je had gelogen: alsof ze het spelletje hadden gewonnen door de leugen aan te wijzen, alsof je je kapot zou schamen. Alsof ze zelf nooit logen, alsof mensen niet aan de lopende band logen, tegen zichzelf, tegen iedereen.

'O ja?' zei Savannah veelbetekenend en geamuseerd. Je kon altijd twijfel zaaien. De meeste mannen droegen de schuld van hun geslacht. Je hoefde alleen maar een vlammetje bij het aanmaakhout te houden. Ze had de angst over zijn gezicht zien schieten toen ze in niets dan haar handdoek door het huis liep. Hij voelde zich gecompromitteerd meteen toen hij naar haar had gekeken.

'Hou hiermee op!' riep Stan. De leugen van een vrouw kon angstaanjagend zijn, maar de schreeuw van een man ook. Ze wilde ineenduiken en haar handen tegen haar oren houden.

Ze zette door. 'Weet je nog wat je tegen me zei?'

Hij had geen ongepast woord in de mond genomen, hij was onfeilbaar vriendelijk geweest, hij was bijna net zo vaderlijk als Joy moederlijk was geweest, maar Stans vaderschap was een dunne façade die Savannah met gemak kon laten barsten. Niet met een baksteen, maar met een leugen, dus dat deed ze, om te bewijzen dat het niet echt was. Kijk dan hoe gemakkelijk ze zijn genegenheid in haat had doen omslaan. Liefde was nooit echt, hoe oprecht het ook leek.

Ze zei: 'Weet je nog wat je me vroeg?'

(Niet hij, maar een andere man, niet zij, maar een ander meisje. Aan haar gruwelijke leugen lag de gruwelijke waarheid van een ander meisje ten grondslag.)

Hij torende boven haar uit, witheet van woede. '*Hou op, hou op, hou op!*'

42

Nu

'Hou op, hou op, hou op!'

Hou op waarmee? Caro Azinovic was er honderd procent zeker van dat dat de woorden waren die een man – het had geklonken als Stan Delaney – afgelopen lente op een frisse avond eindeloos vaak schreeuwde. Caro had haar gele kliko met glas en plastic naar de stoep gesleept en ze kon het geschreeuw boven het geratel en het geschraap van haar kliko uit horen en was een beetje geschrokken blijven staan.

Ze wist niet waarom ze opeens aan die avond moest denken, al die maanden later, terwijl ze een vaas met dode tulpen van haar eetkamer naar haar keuken droeg.

Moest ze de politie vertellen over die avond? Toen de politie haar verhoorde, had ze verteld dat haar buren een aardig, gewoon, gelukkig getrouwd stel waren. Dat was absoluut waar en absoluut niet waar. Er bestond niet zoiets als een aardig, gewoon, gelukkig getrouwd stel. Maar het was duidelijk dat die politieagenten veel te jong waren om dat te begrijpen.

Het was ongebruikelijk dat er überhaupt geluid uit het huis van de Delaneys kwam. Jaren geleden, toen al die gigantische kinderen nog thuis woonden, waren de Delaneys natuurlijk het luidruchtigste huis van de straat geweest. Ooit had Caro Joy een keer opgebeld omdat ze een soort maniakaal geschreeuw had gehoord, alsof er mensen werden vermoord, maar het bleek dat ze gewoon een uit de hand gelopen bordspel aan het spelen waren. Het waren enorm competitieve lui. Toen de kinderen Delaney een keer bij hen kwamen om in hun zwembad te zwemmen, kwamen Caro's eigen kinderen naar binnen en gingen televisiekijken. 'Ik ben een beetje bang voor ze,' had haar dochter tegen haar gezegd.

Caro bestudeerde de ooit felgele bloemen van haar tulpen, die nu over de rand van de vaas hingen, als door wanhoop overmand.

Toen ze die avond naar het huis van de Delaneys had gekeken, was ze gerustgesteld toen ze de vertrouwde figuren van Logan en Brooke onder het licht van de veranda bij de voordeur van hun ouders zag staan. Ze was snel terug naar binnen gegaan voordat ze haar zouden zien en zich zouden schamen omdat hun ouders zo luidruchtig ruziemaakten dat de hele straat het kon horen.

Ze was ervan uitgegaan dat het maar een ruzie was. Caro wist dat het stressvol kon zijn na je pensioen. Geen routine. Alleen met z'n tweeën vastzitten in je huis, vastzitten in je ouder wordende lichaam. Een ruzie over een natte handdoek die op het bed lag kon dagen duren en dan bleek vaak dat de ruzie helemaal niet over die natte handdoek ging, maar over iets kwetsends wat dertig jaar geleden was gezegd en je gevoelens over je schoonfamilie.

De krantenartikelen stonden vol toespelingen. 'Er was geen geschiedenis van huiselijk geweld.' *Tot nu toe*. Dat werd geïmpliceerd.

Had Joy een vriendin nodig gehad en was Caro er niet voor haar geweest zoals Joy er wel altijd voor Caro was geweest?

Caro's zoon Jacob, die was gekomen om het gras te maaien, was op dat moment aan het praten met een jonge journaliste van de plaatselijke krant die voor het huis van de Delaneys geparkeerd stond.

'Ik zal eens kijken wat ik te weten kan komen,' had hij Caro beloofd.

Caro wedde dat als Joy jong en mooi was geweest, de straat had gewemeld van de verslaggevers.

Joy wás zo jong en mooi geweest toen Caro al die jaren geleden tegenover de Delaneys kwam wonen. Ze kon zich nog herinneren dat ze haar buren voor het eerst zag. Ze was dozen aan het uitpakken in haar voorkamer toen ze wat commotie hoorde en haar gordijn opzijtrok en daar op straat een gezin zag rondlopen. (De Delaneys deden altijd alsof het pleintje hun eigen eigendom was.) Een gigantische man, die natuurlijk Stan bleek te zijn, stond te praten met een jonge vrouw die een heel korte broek droeg, haar lange haar in een paardenstaart. Een mollige baby stuiterde en lachte op haar heup, terwijl drie oudere kinderen tikkertje speelden alsof het de Olympische Spelen waren. Caro dacht eigenlijk dat Joy hun babysitter was totdat Stan haar kuste. Caro kon zich nog herinneren hoe hij aan haar paardenstaart trok, zodat haar hoofd achterover kiepte toen hij haar een zoen gaf. Caro vond het verbluffend erotisch, een man die zijn vrouw zo kuste, zomaar midden op straat, maar misschien had ze de tekenen van een gewelddadige relatie verkeerd opgevat. Caro had stiekem nogal genoten van *Vijftig tinten grijs*, maar haar dochter had uitgelegd dat het boek over een gewelddadige relatie ging en toen had Caro zich heel dom gevoeld, omdat haar dochter, die altijd moeite had gehad om te leren lezen, nu was afgestudeerd in Engelse literatuur, dus zij had gelijk en Caro had ongelijk en ze had niet mogen genieten van dat boek. Zo gênant.

Het verleden kan er heel anders uitzien, afhankelijk van hoe je ernaar kijkt. De dikke baby die op Joys heup stuiterde, bleek Brooke te zijn, die nu Caro's ischias behandelde.

'Hou eens op!' snauwde Caro toen de kat in haar broekspijp klauwde. Otis liep diep beledigd weg. Ongetwijfeld zou hij over een poosje weer terugkomen met een willekeurig kledingstuk in zijn bek. Blijkbaar stelen katten stukken wasgoed om aandacht te krijgen. Caro herinnerde zich hoe zij en Joy hadden gelachen toen Caro de kanten beugelbeha terugbracht die Otis van haar waslijn had gestolen.

'Dat is een heel sexy beha, Joy,' had Caro gezegd en Joy had geantwoord: 'Nou ja, ik ben ook een heel sexy vrouw, Caro.'

Hoe kon Caro hier wonen zonder Joy aan de overkant? Hoe kon ze hun cursus memoires schrijven afmaken? Hoe moest ze zich redden op het jaarlijkse buurtfeest?

'Ze hebben een lichaam gevonden,' zei Jacob achter haar.

De vaas met tulpen gleed pardoes uit Caro's handen en viel in scherven op de keukenvloer.

43

'Er komen berichten door dat er een lichaam is gevonden in het bushland ten noorden van Sydney,' zei de nieuwslezer op de radio.

Sulin Ho trapte op de rem van haar auto. Een auto achter haar toeterde woedend.

'De politie behandelt de dood als verdacht nadat een *bushwalker* gisteravond laat de gruwelijke ontdekking deed.'

Sulin stak haar hand op om zich te verontschuldigen tegenover de persoon achter haar, zette haar auto aan de kant van de weg en deed haar waarschuwingslichten aan.

'Er is een plaats delict vastgesteld en forensische experts zijn bewijsmateriaal aan het verzamelen. Er is in dit stadium geen verdere informatie beschikbaar.'

'Dat is heel droevig nieuws,' zei de shockjock op de overdreven zwaarwichtige toon die hij gebruikte om aan te geven dat hij het nu serieus meende, dus mensen, luister. 'We vragen ons natuurlijk allemaal af wat dit betekent en we zijn bang dat het die arme vermiste oma is en niemand weet of dat het geval is, maar hoe dan ook, er is hoe dan ook een gezin voor wie dit heel droevig nieuws is.'

'Ze is geen oma, stom ei!' schreeuwde Sulin naar de radio en toen barstte ze in tranen uit, want als het Joys lichaam was, zou ze dat ook nooit meer worden.

44

Afgelopen oktober

Logan was de eerste die arriveerde voor de 'familiebijeenkomst' die door hun vader was belegd om het over Savannah te hebben. In zijn achteruitkijkspiegel kon hij Brookes auto achter zich zien stoppen.

'We moeten allemaal op één lijn zitten,' had Stan aan de telefoon gezegd, toen hij belde net toen Logan Daves appartement verliet, vol met lekkere pizza en informatie. Zijn vader klonk boos, maar hij stond ook duidelijk in standje crisis oplossen. De Man des Huizes zou dit varkentje weleens even wassen. (Hoe kwam je eigenlijk aan dat Man-des-Huizes-zelfvertrouwen? Kwam dat gewoon automatisch met het vaderschap?)

Logan wachtte tot Brooke uit de auto stapte, wat ze met ongebruikelijke haast deed.

'Het is geen toeval dat Savannah hiernaartoe is gekomen,' zei ze terwijl ze haar portier achter zich dichtsloeg.

'Ik weet het,' zei Logan. 'Ik was net in het appartement van haar ex-vriend. Er is een of ander verband tussen haar en tennis.'

'Echt? Heb je met het vriendje gepraat? Wat ben je te weten gekomen?' Ze wachtte niet op een antwoord. Ze sprak snel, ademloos. Ze klonk als Amy. 'Dit is allemaal zo vreemd. Toen pa belde, had ik letterlijk nét een herinnering. Ik keek naar die bananen die Ines... laat maar, wat denk je dan van Tróy?

Die gelóófde serieus dat papa Savannah wilde versieren! Dat is zo walgelijk. Ze is jonger dan ik.'

Ze liepen naar de voordeur van hun ouders. Logan hoorde Caro aan de overkant van de straat haar kliko's naar de straat trekken.

'Ze bracht het waarschijnlijk heel geloofwaardig,' zei Logan. Hij was niet van plan om Troy voor de voeten te werpen dat hij in Savannahs verhaal was getrapt.

Brooke klopte op de deur terwijl Logan zich omdraaide om over zijn schouder te kijken. 'Denk je dat ik moet gaan aanbieden om Caro te helpen met haar...'

'*Hou op, hou op, hou op!*'

Ze schrokken allebei. Het was de stem van hun vader, verheven in een soort doodsbange razernij waarvan Logan niet dacht dat hij die ooit eerder had gehoord.

Brooke had als eerste haar sleutel uit haar tas. Ze opende snel de voordeur en schreeuwde tegen hun ouders: 'Ma! Pa!'

'Hier!' riep Joy vanuit Amy's oude slaapkamer.

Tegen de tijd dat Logan en Brooke de slaapkamer binnenkwamen, was het geschreeuw opgehouden en zei niemand een woord.

Logans vader en Savannah stonden tegenover elkaar, zijn moeder tussen hen in: haar klassieke positie om een ruzie tussen twee broers of zussen te stoppen. Ze had een hand op Stans borst gelegd, de andere op Savannahs schouder. Logans vader hijgde snel en woedend alsof hij zojuist een lange rally had verloren, terwijl hun moeder die blik van beheerst ongeduld had die ze altijd kreeg als haar kinderen ruzieden en ze geen tijd had om uit haar slof te schieten omdat ze dingen te doen had.

Alleen Savannah zag er sereen uit. Een licht geamuseerde glimlach speelde om haar lippen. Ze stapte bij Joy vandaan en liet haar handen langs haar armen glijden, terwijl ze haar mouwen glad trok.

'Kijk eens wie we daar hebben,' zei ze. 'Verwachten jullie allemaal dat jullie kunnen mee-eten? Als we samen delen, moet het wel lukken.'

'Wat is hier aan de hand?' vroeg Brooke.

'Ja, inderdaad, wat is hier aan de hand?' Het was Troy, die naar binnen was geslenterd door de voordeur die ze open hadden gelaten. Hij zag eruit als een gast op een cocktailparty, niet als een slachtoffer van oplichting. Misschien moest Logan het hem toch maar voor de voeten werpen.

'Ze is de zus van Harry Haddad,' zei Stan. Er viel een stilte toen ze dat allemaal tot zich door lieten dringen.

'Ik wist niet dat er een zus was,' zei Logan wezenloos.

'Wacht, wás er wel echt een zus?' vroeg Brooke.

'Het is een leugen,' zei Troy honend. 'Het is gewoon weer een leugen.'

'We weten vrij zeker dat het waar is, maar je hebt gelijk, met al die leugens weet je het maar nooit.' Logans vader plofte neer op Amy's vroegere bed.

'Misschien moeten we met z'n allen naar de woonkamer gaan en gaan zitten,' zei Joy. 'Om het uit te praten.'

Savannah zei: 'Ik kan anders wel even wat opwarmen...'

'Genoeg!' schreeuwde Joy. Logans moeder was een staaf dynamiet met een heel lange lont, maar dan ineens, *boem*. 'Je kunt niet met al die vreselijke beschuldigingen komen en dan ineens voor ons koken. Ben je wel goed bij je hoofd? Je liegt! Je wéét dat je liegt! En als je ons zo haat, waarom blijf je ons dan te éten geven? Ik begrijp niet waarom je dat doet!' Haar armen vlogen in het rond als de wieken van een windmolen. Ze stampte met haar voet. Haar kinderen deden allemaal automatisch een paar stappen achteruit. 'Waarom? We herinneren ons jou niet eens meer!'

'Ik herinner me jullie allemaal,' zei Savannah. Ze liet haar kin zakken en frunnikte aan de zware groene hanger om haar nek. 'Ik ben maar één keer in dit huis geweest. Mijn moeder en ik haalden Harry op van zijn les. Normaal deed mijn vader dat. Tennis was zijn domein.' Logan kreeg het gevoel dat ze onbewust iemand uit haar verleden napraatte: Tennis was zíjn domein.

'Maar mijn vader kreeg zijn auto niet gestart. Dus haalden mama en ik Harry op. Mama bleef in de auto. Ze wilde niets te maken hebben met Harry's tennis. Ze vond tennis saai.'

Logan zag zijn beide ouders schrikken van het terloopse denigreren van de mooiste sport ter wereld.

'Ik herinner me alles van die dag,' zei Savannah. Ze hief haar hoofd op. 'Je schreeuwde die dag ook tegen mij, Joy. Precies zoals net.'

Logans moeder deinsde terug. 'Wat? Waarom zou ik tegen je hebben geschreeuwd?'

'Je droeg een spijkerrok en een paisleyblouse met korte pofmouwen en je had oorbellen in de vorm van veertjes die bij het rood van de blouse pasten. Je zag er erg mooi uit.'

Logan zag het gezicht van zijn moeder veranderen. 'Bedoel je dat jij dat kind was dat het huis binnen probeerde te komen? Door de wasruimte?'

'Jij bent het kind dat in mijn schooltas zat te snuffelen,' viel Brooke haar in de rede.

'Ja.' Savannah wendde zich tot Brooke. 'Jij schreeuwde ook tegen mij. Diezelfde dag.'

'Nou, je was mijn banaan aan het stelen,' zei Brooke ter verdediging.

'Ik was uitgehongerd,' zei Savannah.

'Dat gaf je nog niet het recht om...'

'Je snapt het niet,' zei Savannah. 'Ik was létterlijk uitgehongerd.'

Haar afgemeten toon legde hun allemaal het zwijgen op. Er leek ruimte om haar heen te ontstaan.

'Wat bedoel je?' zei Joy aarzelend.

'Precies dat.'

‘Maar ik begrijp het niet,’ zei Joy. ‘Hoe kon jij nou honger hebben? Ik weet zeker dat je broer goed at. Hij moest wel, om op dat niveau te spelen.’

‘Mijn broer woonde bij mijn vader,’ zei Savannah. ‘Ik woonde bij mijn moeder. Harry at elke dag biefstuk en aardappelen. Als hij op Wimbledon zou gaan spelen, dan zou ik bij het Royal Ballet optreden. Dat zei mijn moeder. Mijn broer moest sterk zijn, ik moest superdun zijn.’

Haar lip ging omhoog bij het woord ‘superdun’.

‘Maar... hoe zat het dan met je vader?’ vroeg Joy. ‘Heb je hem dan niet verteld dat je... honger had?’

‘Heb ik geprobeerd,’ zei Savannah. ‘Ik heb het mijn broer ook proberen te vertellen. Maar mijn moeder zei tegen hen dat ik het verzon. Dat ik een dramaqueen was. Ik ging maar één avond per week naar mijn vader. Dat moest een doordeweekse avond zijn, want in het weekend had Harry zijn *tennisverplichtingen*.’

Ze sprak ‘tennisverplichtingen’ uit zoals iemand de naam van de nieuwe partner van zijn ex uitspreekt.

‘Vroeger propte ik mezelf die ene avond in de week bij mijn vader thuis helemaal vol. Daar heb ik mijn vreetbuien geperfectioneerd.’ Ze schonk hun een griezelige grijns. ‘Maarrr goed.’

‘O, Savannah.’ Joy trok haar vingertoppen over haar wangen. Al die laaiende woede leek even plotseling te verdwijnen als hij was komen opzetten. Ze zag er verdrietig en uitgeput en oud uit, en Logan herinnerde zich het gevoel van ongeloof, alsof hij getuige was van een natuurramp, toen zijn moeder op Vaderdag door haar hoeven zakte. Hij kwam dichterbij. Deze keer zou hij er klaar voor zijn.

Joy zei: ‘Ik herinner me alleen dat jij en je moeder in Zuid-Australië woonden.’

‘Een jaar na Harry’s eerste les bij jullie zijn we daarheen verhuisd,’ zei Savannah. Ze was als een praatgrage gast op een etentje die even snel haar levensverhaal met hen deelde. 'Ik zag mijn vader en broer nooit meer. Het was alsof ze waren vergeten dat ik bestond. Papa stuurde nog wel geld. Ik was gewoon een vervelende rekening die hij moest betalen. Zoals de elektriciteitsrekening.'

'Wat vreselijk.' Joys handen wapperden hulpeloos.

'Nee joh, geeft níks,' zei Savannah, alsof Joy zich had verontschuldigd dat ze was voorgedrongen in een rij. 'Ik bedoel, het wáren inderdaad een paar heel beroerde jaren in Adelaide...' Ze zweeg. Niet langer de spraakzame gast.

Ze haalde diep adem, maakte haar schouders breed, duwde ze omlaag en naar achteren, alsof ze wachtte tot de muziek begon.

Ze zei: 'Maar toen stopte ik met ballet. De beste in de buurt, een van de besten in de staat, maar ik was nooit een buitengewone ballerina, zoals Harry een buitengewone tennisser was. Toen mijn moeder zich eindelijk realiseerde dat ik nooit zo goed in ballet zou zijn als Harry in tennis, was ze niet meer zo in me geïnteresseerd. Dus geen voedseltekort meer... Hoera!'

Logan en Brooke wisselden een blik. Hij zag zijn eigen twijfel weerspiegeld in haar gezicht. Klopte er überhaupt iets van dit bizarre verhaal?

Logan wist dat Savannah het verhaal dat ze hem had verteld van die documentaire had. Hij wist dat ze tegen Troy had gelogen over zijn vader. Was het dus niet mogelijk dat ze dit verhaal van een uitgehongerd kind in hun midden ook ergens anders vandaan had gehaald? Deed dat er eigenlijk nog wel toe?

De feiten glibberden steeds uit zijn greep. Savannah proberen te zien was alsof je een weerspiegeling probeerde te vangen in een doolhof van spiegels op een kermis. De cadans van haar stem, haar gebaren, haar houding: hij zag nu hoe ze voortdurend veranderde in verschillende soorten mensen. Het ene moment was ze een deftige dame van middelbare leeftijd en het andere moment was ze een ruige tiener met een grote bek.

Logan probeerde de touwtjes in handen te krijgen op basis van de feiten die hij had verzameld, de feiten waarvan hij wist dat ze waar waren. 'Savannah, ik ben naar je vriendje geweest. Dave. Dat verhaal van jou over dat hij je sloeg, dat is nooit gebeurd.'

Savannah keek trots. 'Tuurlijk zegt hij dat.'

'Je hebt tegen ons gelogen,' hield Logan vol. Hij had haar nodig om de juistheid van dit feit te bevestigen, want dat zou hem vaste grond onder voeten geven en dan konden ze vooruit komen. 'Ik wéét dat het een leugen was.'

'Nee hoor,' zei Savannah doodleuk.

'Nee, joh, die bal was uit,' zei Savannahs broer altijd, zo onschuldig en overtuigend, zo kalm, als zijn oordeel in twijfel werd getrokken. Harry Haddad was een natuurtalent op de baan en ook een ras leugenaar. Zijn overduidelijke bedrog dreef Troy tot waanzin, zo kwaad was hij, terwijl het Logan verbijsterde en uit het lood sloeg. Hij zag met eigen ogen dat de bal in was, maar Harry beweerde dat hij uit was. Dat trok alles in twijfel: goed en kwaad, de wetten van de natuurkunde.

Liegen zat duidelijk in de familie.

Stan keek Logan aan en hief wanhopig zijn handen op. Logan dacht niet dat hij zijn vader ooit zo weerloos had gezien, zelfs niet toen hij in het ziekenhuis lag voor zijn knie.

'Jij was er die dag ook, Logan.' Savannah keek hem koel aan en zijn hart sloeg over.

'Ik heb je nooit ontmoet,' zei Logan. Daar was hij honderd procent zeker van.

'Je gooide je racket naar mijn hoofd,' zei Savannah. 'Alsof ik een zwerfhond was.'

'Niet,' zei Logan. 'Waarom zou ik dat doen?' Troy was de racketwerper. Alweer een leugen.

'Ik zou nooit...'

Hij zweeg. Hij zag zichzelf van de baan lopen, de dag dat hij voor het eerst verloor van Troy, dezelfde dag dat zijn vader hem opdroeg om eens naar Harry's kick service te kijken, de dag dat hij begreep dat als hij kon verliezen van zijn jongere broer en als er spelers in de wereld waren zoals Harry, het waarschijnlijk niet veel zin had om nog door te gaan, al deed hij dat wel, nog vijf jaar.

'Wacht even, ik mikte helemaal niet op jou,' zei hij zwakjes. Hij was het voordeel kwijt. Hij had zich altijd rot gevoeld over dat kleine meisje dat voor zijn racket opzij had moeten springen.

'Dus jij herinnert je me wel,' zei Savannah liefjes.

Ze had het vermogen van haar broer om aanvallend te spelen en de tegenstander steeds verder naar achteren te dwingen.

Ze richtte haar aandacht op Troy. 'En jij, Troy? Herinner jij me nog?'

'Het kan me niet schelen of ik je toen ontmoet heb,' zei Troy vlak.

'Iemand had de schuifdeur aan de achterkant van het huis open laten staan,' zei Savannah dromerig.

Dat moest Logan geweest zijn. Hij kreeg altijd op zijn kop omdat hij die schuifdeur niet goed dichtdeed, want die deur klemde.

'Ik liep door de achterdeur naar binnen en ging naar de keuken,' zei Savannah. 'Ik dacht... al kan ik maar een glas melk krijgen. Wat dan ook. Ik had zo'n honger. Ik had al vierentwintig uur niets gegeten. Ik was pas negen. Ik voelde me zo beroerd en duizelig. Het enige waar ik aan kon denken was eten. Ik was geobsedeerd door eten en er was overal eten, er waren mensen aan het eten, overal, overal om me heen, mensen die over straat liepen en ijsjes aten, die bij een bushalte zaten en een saucijzenbroodje in hun mond propten, maar ik had geen geld. *Ik kon geen eten kopen.*'

Logans moeder sloeg een hand voor haar mond. 'Mijn hemel, Savannah.'

Laat dit alsjeblieft het verhaal van iemand anders zijn, dacht Logan, want zijn familieleden waren geen slechte mensen. Ze zouden een hongerig kind te eten hebben gegeven. Ze doneerden geld voor hongerige kinderen aan de andere kant van de wereld. 'Denk aan de arme kinderen in Afrika die honger hebben,' zei hun moeder altijd als ze hun groenten niet lustten en dan werd Amy helemaal ontroostbaar en snikte ze om de arme hongerende kinderen in Afrika en kreeg geen hap meer door haar keel, en dan slaakte Logans vader een zucht en prikte haar broccoli aan zijn vork.

Savannah zei tegen Troy: 'Je hebt me de keuken uit gejaagd alsof ik een bedelaar was. Je kwam net uit de douche. Je was helemaal nat, je had een blauwe badhanddoek om je middel. Je noemde me een áásgier.' Haar lip ging weer omhoog bij het woord 'aasgier'.

'Als ik dat heb gezegd, had ik gelijk, want dat is precies wat je bent, een aasgier,' zei Troy. Hij was nooit een verdedigende speler geweest. Als hij werd aangevallen, sloeg hij terug, twee keer zo hard. 'Je hebt net heel veel geld van me gestolen.'

'Ik heb niets gestolen,' zei Savannah. 'Je hebt me dat geld uit vrije wil gegeven.'

'Onder valse voorwendselen!'

'Wat heb ík misdaan, Savannah?' vroeg Logans vader. 'Wat was mijn rol?'

'Niets,' zei Savannah. 'Jij keek dwars door me heen. Het enige wat je zag was Harry. Ik bestond niet eens voor jou, omdat ik niet aan tennis deed.'

'Dus dit is allemaal om wraak te nemen?' zei Troy. 'Omdat onze vader een tennisster heeft gemaakt van jouw broer? Omdat niemand van ons je iets te eten gaf? Maar waarom heb je het toen niet gewoon gevraagd?'

'Ze heeft het wel gevraagd,' zei Amy vanuit de deuropening. 'Ze liep de eetkamer binnen en vroeg me een broodje voor haar te maken.'

Toen deed ze iets wonderlijks, iets wat alleen Amy zou doen, of zelfs maar zou bedenken.

Ze liep regelrecht op Savannah af en sloeg haar armen om haar heen.

'Het spijt me,' zei ze. 'Het spijt me zo dat we die dag allemaal zo vreselijk tegen je deden. Het spijt me dat we dat hongerige meisje niet hebben geholpen. We hadden je moeten helpen.'

Savannah bleef even verstijfd staan, haar armen langs haar zij en toen legde ze haar voorhoofd tegen Amy's borst, als een kind dat getroost wordt door haar moeder.

'Het was een vrij beroerde dag,' zei ze met gedempte stem.

'O mijn god, dat is vreselijk, dat is echt vreselijk.' Joy drukte haar vingertoppen tegen elkaar tot een torenspits boven haar neus. Brooke wendde zich af met haar hand tegen haar voorhoofd. Troy keek naar het plafond en hun vader keek naar de vloer. Een vreemde jongeman in een intens wit T-shirt schraapte zijn keel bij de deur. Hij ving Logans blik en stak zijn hand uit.

Zachtjes zei hij: 'Simon Barrington. Amy's nieuwe vriendje.'

'Dat is hij niet,' zei Amy over Savannahs hoofd heen, maar Logan zag iets van een glimlach.

Hun vader stond op, zijn armen zwaar langs zijn lichaam hangend. 'Ik wil haar mijn huis uit.' Hij gebaarde met zijn kin naar Savannah. 'Nu.'

'Pa,' zei Amy. 'We hebben haar vreselijk behandeld.'

Savannah deed een stap bij Amy vandaan. 'Het geeft niet.'

'Het kan me echt niet schélen dat we op een heel beroerde dag in je heel beroerde jeugd geen boterham voor je hebben gesmeerd, verdomme,' zei Stan. Hij priemde met zijn vinger naar haar gezicht. 'Er zijn zoveel mensen die een beroerde jeugd hebben gehad. En die gaan gewoon door met hun leven.'

'Pá,' zei Amy. 'Zulke dingen moet je niet zeggen! Hou op!'

Stan negeerde haar. 'Als je zo jaloers bent op het succes van je broer, ga hém dan oplichten, ga leugens over hém verspreiden, ga stenen door zijn raam gooien. Wij hebben geen geld aan hem verdiend! Wij hebben niks gehad aan jouw familie. Je vader heeft ons gedumpt zodra Harry...'

'Maar het was niet mijn vaders beslissing dat Harry wegging bij Delaneys,' viel Savannah hem in de rede. Logan zag het gezicht van zijn moeder, wild van angst.

Zijn maag kromp ineen.

Savannah stond als onder een schijnwerper, haar hielen tegen elkaar, haar tenen naar buiten gericht.

Al die tijd had ze een granaat in haar zak gehad. En nu gooide ze hem.

'Dat was de beslissing van je vrouw.'

45

Nu

'Raad eens wat ik eindelijk heb gevonden,' zei Christina. Ze legde haar telefoon met een triomfantelijke klap weer op haar schoot.

Zij en Ethan reden naar het bospad waar het lichaam was gevonden. Hoogstens tien minuten rijden van waar Joy en Stan Delaney woonden. Alle puzzelstukjes vielen op hun plaats.

'Nou, wat dan?' vroeg Ethan.

'Het motief.'

46

Afgelopen oktober

Stans adem stokte niet en hij vloekte niet om Savannahs onthulling. Hij vroeg niet om opheldering of bewijs, maakte haar niet uit voor leugenaar. Hij leek meteen te weten dat Savannah deze keer de waarheid sprak. Misschien had hij het altijd al vermoed, hoewel hij Joy er nooit naar had gevraagd of van had beschuldigd.

Hij zei: 'Neem me niet kwalijk,' tegen Amy's verliefde jongeman, die in de deuropening van haar oude slaapkamer had gehangen en gekeken had naar hoe deze drama's zich hadden ontvouwen, en die gehoorzaam opzijstapte zodat Stan stil en statig kon vertrekken.

Ze hoorden de voordeur dichtvallen.

Vreemd hoe vertrouwd het aanvoelde voor Joy na al die jaren; de tijd spoelde soepeltjes terug en haar kinderen waren weer haar kinderen en wilden nog steeds dat zij de daden van hun vader zou verklaren zodat die normaal en acceptabel leken. Ze voelde al die oude zinnetjes automatisch uit haar mond rollen. *Maak je geen zorgen. Hij komt wel weer terug. Je weet hoe hij is. Als je vader boos en overstuur is, moet hij weg om zijn hoofd leeg te maken. Het is niets om verdrietig over te worden. Kom, dan gaan we een ijsje halen!*

'Is dat waar, mam?' Logan was de eerste die iets zei. 'Heb jij tegen hen gezegd dat ze moesten vertrekken?'

'O,' zei Joy afwezig. Ze dacht aan Stan. Het was allemaal leuk toen hij dertig, veertig en zelfs vijftig was, maar hij was te oud om dramatisch de nacht in te lopen nu hij zeventig was. Hij had zijn medicijnen nodig. 'Ja, nou ja, klopt inderdaad. Maak je geen zorgen, hij komt er wel overheen, maar heeft iemand van jullie op de oprit geparkeerd? Je vader krijgt zijn auto er anders niet uit.' Het was een frisse nacht. Hij was niet warm genoeg gekleed. Hij droeg een spijkerbroek en pantoffels.

'Waarom heb je dat papa aangedaan?' vroeg Brooke aan Joy. Haar ogen brandden door dit verraad van haar geliefde vader. 'Papa was degene die Harry ontdekt heeft. Hij had zijn coach moeten zijn. Hoe kon je hem dat afnemen?'

'Wie zou jóú hebben gecoacht? Als je vader met Harry het internationale circuit zou afreizen?'

'Jij zou ons hebben gecoacht,' zei Brooke onzeker.

'Wanneer dan? Hoe dan?' Als haar kinderen ooit kinderen kregen, zouden ze misschien op z'n minst een idee hebben van hoe Joy zich door die moeilijke jaren had geworsteld onder het juk van haar verantwoordelijkheden.

'Maar het was papa's droom,' zei Brooke. 'Je hebt hem zijn droom afgepakt.'

'En jullie dromen dan?' Joy stak haar handen uit om alle vier haar kinderen aan te duiden.

'Die deden er niet toe, die zouden we toch nooit waarmaken,' zei Brooke.

'Maar dat wist je toen nog niet!' riep Joy. 'Dat lijken jullie allemaal te vergeten. Jullie wilden het allemaal. Jullie doen nu net alsof jullie het voor ons deden, maar dat was dus helemaal niet zo.' De woede welde op in haar borst. Ze kende haar kinderen beter dan zij zichzelf kenden en ze zag hun jeugd zoveel scherper dan zij hem konden zien. 'Jullie wilden het allemaal. Dat weet ik zeker. De óffers die jullie allemaal hebben gebracht.'

Haar stem brak. Ze herinnerde zich de natte blaren in Amy's rechterhandpalm ('Het lijkt wel alsof ze zware árbeid heeft verricht!' zei Joys moeder walgend); de trieste, complexe berusting op Logans gezicht toen hij Hien vertelde dat hij zijn achttiende verjaardagsfeest moest missen omdat hij deelnam aan een toernooi in Alice Springs; Troy die toen hij twaalf was met zijn wang op de placemat aan de eettafel in slaap was gevallen in afwachting van het toetje; Brooke, klein en vastberaden op de baan in haar pyjama, op gympen, even oefenen voor het ontbijt.

De pijn, de uitputting, het meedogenloze reizen; de feesten, dansavonden en schoolevenementen die ze allemaal hadden gemist: wat als haar kinderen dat allemaal hadden doorstaan en hun vader aan de zijde van een andere speler hadden gezien die de grandslamtitels won waar ze allemaal van droomden?

Dat zou ondraaglijk zijn geweest.

Destijds was het een keuze tussen het geluk van haar kinderen en de droom van haar man, en ze was moeder, dus het was geen echte keuze. Ze koos voor haar kinderen.

Als ze terugdacht aan de dag waarop ze het had gedaan, was het alsof ze zich de dag herinnerde waarop ze een misdaad had gepleegd, een piepkleine misdaad zonder wapen, snel en eenvoudig als het doven van de vlam van een kaars tussen haar duim en haar vinger: een felle, schrijnende tinteling van pijn en het was gebeurd.

Ze had de telefoon gepakt toen er niemand thuis was en had Harry's vader, Elias Haddad, gebeld. Elias had alles ingezet op het tennis van zijn zoon. Hij had zijn baan opgezegd om zijn manager te kunnen worden. Hij leefde van zijn spaargeld.

Harry's moeder en zus speelden toen geen rol in Joys overwegingen. Voor haar hadden die nooit bestaan.

'Elias, ik moet je iets strikt vertrouwelijk vertellen, iets wat mijn man je nooit zelf zou zeggen,' had ze gezegd en ze sprak snel, zonder hem de kans te geven iets te zeggen, haar blik gericht op een grappige foto op haar bureau, eentje van haar zonen, neus aan neus, grappig omdat ze elkaar boos aankeken als twee boksers.

Ze kon het altijd goed vinden met Elias. Hij was spraakzaam en charmant op zo'n typisch Europese manier. Ze had hem weten over te halen om niet naar de politie te stappen toen Troy Harry had aangevallen. Ze zei dat het geen zin zou hebben en dat het Harry's trainingstijd in beslag zou nemen. Ze verontschuldigde zich uitgebreid namens Troy. Ze deed alsof het kwam doordat die jaloers was en dat leek hij te slikken.

Nu zei ze: 'Als Harry en jij serieus zijn over zijn tenniscarrière, en ik weet dat je dat bent, dan moet je weg bij Delaneys.'

'Weg bij júllie?' zei hij, en de verbazing en schrik in zijn stem werden haar even te veel, maar ze zette door.

'Ja, ga weg. Verhuis naar Melbourne. Ik kan je de naam geven van iemand bij Tennis Australia. Bel haar zodra je hebt opgehangen. Ze heeft Harry zien spelen. Daar zullen ze hem opmerken. Daar krijgt hij de wildcards voor de Australian Open. Daar gaan ze hem op handen dragen. Hij zal een van de uitverkorenen zijn. Het is allemaal een kwestie van politiek, Elias.'

Zij en Stan hadden de kinderen altijd verteld dat er helemaal niet zoiets bestond als de 'uitverkorenen' en dat het er niet om ging wie je kende of wie je ouders kenden. Dat hoe je speelde het enige was wat telde – maar er was wel degelijk sprake van politiek in het tennis. Alles draaide altijd om politiek.

'En wat nog belangrijker is: hij moet de coaching krijgen die hij nodig heeft en die kunnen wij hem niet bieden. We zouden hem natuurlijk dolgraag willen houden, en vertel het alsjeblieft niet aan Stan, want ik ben bang dat mijn man hier niet objectief over kan zijn. Hij wil het beste voor Harry, maar hij wil ook het beste voor zichzelf en dat is Harry bij zich houden. Maar de waarheid is dat Delaneys hem afremt, Elias, en ik kan niet niks zeggen en toestaan dat dat met je zoon gebeurt. Het is tijd voor de volgende stap.'

Ze wist dat Elias instinctief zou begrijpen wie hij moest charmeren en wanneer, net zoals zijn zoon in staat was van die briljante strategieën te bedenken op de baan. Elias zou misschien zelfs wel zelf tot de beslissing zijn gekomen om Harry bij Delaneys weg te halen als zij het niet had voorgesteld.

Elias deed alles wat Joy hem opgedragen had en hij speelde het perfect. Hij zei nooit een woord tegen Stan over Joys verraad. Telkens als hij Joy zag gaf hij haar een knipoog, alsof ze een geheime afspraak hadden. Het gaf haar het gevoel alsof ze inderdaad met hem naar bed was geweest.

Later hoorde ze dat Elias een flirt was die er vaak meerdere mooie vrouwen tegelijk op na hield, dus geheimen bewaren ging hem gemakkelijk af.

Lange tijd had ze aangenomen dat Stan zelf achter de waarheid zou komen en ze was er klaar voor geweest, klaar om zich te verdedigen. Maar het gebeurde nooit en na een tijdje liet ze haar schuldbesef (geen spijt, ze had er nooit spijt van gehad) voorzichtig oplossen in het niets, als de kleine zwarte rookpluim van een gedoofde kaars.

Ze was bang dat haar geheim in Harry's memoires zou worden onthuld. Het was nooit bij haar opgekomen dat haar logeetje, dat zo overtuigend had gedaan alsof ze Harry's naam niet eens herkende, het zou onthullen.

'Hoe wist je dit?' vroeg ze aan Savannah.

'Van mijn moeder,' zei Savannah. 'Pa kon zes maanden lang geen alimentatie sturen. Hij zei dat het veel geld kostte om naar Melbourne te verhuizen en mijn moeder zei: "Waarom doe je dat dan?" En hij zei: "Joy Delaney zei dat het beter was." Ik herinner het me woord voor woord. Mama moest een tweede baan zoeken om mijn balletlessen te kunnen betalen.'

'Joy Delaney zei dat het beter was,' herhaalde Amy. 'Wauw, mam. Dat is...' Ze schudde haar hoofd. 'Wauw.'

Na al die jaren was het niet Stan maar hun dochter die haar beschuldigend aankeek. Ze wilde schreeuwen: *Maar ik deed het voor jullie!* Ze probeerde redelijk te blijven, maar het lukte haar niet om de emotie uit haar stem houden. 'Ik was niet van plan om jullie te laten toekijken terwijl je vader een ander kind aan de top bracht!'

'Beter een ander kind dan helemaal niemand,' zei Logan. 'Harry zou inmiddels meer grandslamtitels hebben gewonnen als hij bij papa was gebleven. Roland Garros heeft hij nooit gewonnen.'

'Harry had nooit het geduld voor gravel,' zei Joy opstandig.

'Pa zou hem het geduld hebben aangeleerd. Hij is nooit zo consistent geworden zoals hij had moeten zijn,' zei Logan. 'Hij had pa nodig.'

'Júllie hadden hem nodig,' zei Joy. 'Jullie allemaal.'

'Nee,' zei Logan. 'Ik niet.'

Godallemachtig, ze kreeg het hem maar niet aan zijn verstand gebracht. Hij bekeek dit vanuit het perspectief van de zevenendertigjarige man die zijn tenniscarrière achter zich had gelaten, niet de zeventienjarige jongen die tennis nog voor zich zag als zijn toekomst.

'Goed dan, ík had hem nodig,' zei Joy. 'Ik had vier kinderen die allemaal competitietennis speelden en ik had een bedrijf te runnen. Ik kon het niet alleen. Jullie weten toch ook best hoe het toen was?'

Maar ze kon aan hun gezichten zien dat ze geen flauw idee hadden hoe het toen was.

Ze dacht aan een avond waarop Troy helemaal in Homebush had gespeeld in een toernooi dat zo ver achterliep op schema dat hij pas om middernacht de baan op kon. Stan was bij Troy, Joy was thuis bij de andere kinderen. Logan had zorgwekkend hoge koorts. Ze deed die nacht geen oog dicht. De volgende dag bakte ze dertig cupcakes voor Brookes verjaardag, tussen het verzorgen van Logan door, deed drie wasjes, werkte de boekhouding bij en maakte Troys geschiedenisopdracht over de Chinese Muur. Ze kreeg een zeven voor die opdracht. (Daar was ze nog steeds boos over; ze had een negen verdiend.) Als ze terugdacht aan die lange nacht, dan was het zoiets als een extreem zwaar potje tennis dat ze had weten te winnen. Alleen was er geen trofee en geen applaus. De enige erkenning die je kreeg voor het overleven van zo'n nacht kwam van andere moeders. Alleen zij begrepen de heldhaftige aard van je onbeduidende prestaties.

Wat had het allemaal voor zin gehad?

En toch, wat had ze anders kunnen doen?

Als het ging om tennis op het niveau waarop haar kinderen speelden, dan stopte je of je ging ervoor, en zíj wilden ervoor gaan. Het was gemakkelijker geweest als ze allemaal wat minder getalenteerd en wat minder gedreven waren geweest, als ze misschien nummer één van de regio waren geworden, maar meer niet.

'Hoe dan ook, mag ik jullie eraan herinneren dat jullie allemaal een hekel hadden aan Harry Haddad?' zei Joy. 'Een bloedhekel zelfs.' Ze wierp een blik op Savannah, die het deksel van de houten kist die al haar geheimen bevatte had gesloten en er nu bovenop zat, alsof ze op de bus zat te wachten. 'Sorry, Savannah, maar ze haatten je broer.'

'O, geeft niks, ik haatte hem ook,' zei Savannah. 'Jarenlang, telkens als zijn gezicht op de televisie verscheen, begon ik te gillen.'

'Letterlijk?' vroeg Amy geïnteresseerd.

'Letterlijk,' zei Savannah.

'Ik haatte Harry niet,' zei Logan. 'Ik was jaloers op hem, maar ik heb hem nooit gehaat. Ik had graag gezien dat pa hem was blijven coachen.'

'Dat zeg je nu, Logan,' zei Joy ongeduldig. 'Maar als tiener dacht je daar heel anders over.'

'Ik haatte hem wel,' zei Troy. Hij leunde tegen de muur, zijn hoofd gevaarlijk dicht bij de scherpe hoek van de ingelijste poster van een huilende zeemeermin die altijd in Amy's kamer had gehangen en die Joy deprimerend vond, maar waar Amy dol op was. Troy richtte zijn woede en venijn op Savannah. 'Ik denk dat je er goed aan hebt gedaan, mam, want deze charmante mensen hebben er duidelijk geen probleem mee om vals te spelen, te liegen, de boel op te lichten...'

'Oké, zo is het genoeg,' zei Joy.

'Hoezo? Moeten we háár dan netjes behandelen?'

Troy had hartstochtelijke maar nogal veranderlijke opvattingen over rechtvaardigheid en normen en waarden. Zijn drugsimperium in zijn tienerjaren was volkomen acceptabel, maar dat Savannah hem had opgelicht was dat niet; valsspelen bij tennis was een onvergeeflijke zonde, maar hij had wel zelf zijn lieve vrouw bedrogen.

'Luister, als je er zo mee zit, dan boek ik het wel weer terug naar je rekening,' zei Savannah tegen Troy. 'Ik had gewoon wat geld nodig om de boel weer op de rit te krijgen.' Ze deed alsof ze het met haar eigen broer had over een lening die ze niet had terugbetaald. Was dit haar manier om toe te geven dat ze tegen Troy had gelogen toen ze die vreselijke beschuldigingen over Stan uitte? Wat als Troy had geweigerd te betalen? Wat zou ze nu dan hebben gedaan?

Had Savannah de kracht begrepen van Joys geheim dat ze zojuist had gedeeld? Zou Joy hebben betaald als ze had geprobeerd háár te chanteren? Misschien.

Joys hoofd tolde. Ze kon Savannah de sluwe afperser niet verenigen met de Savannah die Joy zo liefdevol had verzorgd toen ze thuisgekomen was uit het ziekenhuis.

'Hou het vooral,' zei Troy venijnig. 'We willen gewoon dat je uit ons leven verdwijnt.'

'Dat was mijn bedoeling ook,' zei Savannah. Ze stond op en pakte haar handtas, de nieuwe die Joy voor haar had gekocht, die je ook overdwars kon dragen. 'Ik bedoel, om uit jullie leven te verdwijnen. Dit zou altijd maar tijdelijk zijn.'

Ze klonk alsof ze haar best deed om niet te gaan huilen en Joy wist heel goed dat het een nep-emotie kon zijn, of de emotie van iemand anders die ze voor haar eigen doeleinden naspeelde, maar toch brak het haar hart.

Dit zou altijd maar tijdelijk zijn. Had dit kind haar hele leven al zo geleefd? Dit kind in hun midden dat zo hongerig was geweest en dat ze afgesnauwd hadden, genegeerd, dat ze niet hadden willen helpen. Joy herinnerde zich dat ze met haar voet de deur van de wasruimte had dicht geschopt. Ze zag het gezicht van het kind niet meer voor zich, alleen de contouren van een klein meisje – haar gelaatstrekken waren wazig, maar ze kon zich absoluut nog de wreedheid herinneren waarmee ze de deur in het gezicht van een kind had dichtgegooid.

Ze hadden niet geweten dat ze honger had. Hoe hadden ze dat ook kunnen weten? Maar Joy was altijd zo trots op haar opmerkzaamheid. Kon ze maar teruggaan in de tijd en alle dingen doen die het soort mens dat ze meende te zijn zou hebben gedaan: het kind te eten geven, naar haar luisteren, haar redden van haar vreselijke jeugd.

'Nou,' zei Joy. 'Je hoeft niet metéén weg.'

'Mam,' zei Brooke. 'Ik denk dat het beter is als ze wel meteen gaat.'

'Ja,' zei Savannah. Ze keek naar Joys kinderen. 'Het was gezellig, jongens.'

'Waar ga je heen?' vroeg Amy.

'Maak je om haar maar geen zorgen,' zei Troy kortaf. 'Ze heeft geld.'

'Maak je om mij maar geen zorgen,' zei Savannah. 'Ik kom nog weleens terug om mijn spullen op te halen.' Ze glimlachte stralend naar Joy en nu was ze een gast op een dinertje die afscheid nam. 'Heel erg bedankt voor je gastvrijheid.'

'Het was me een genoegen,' zei Joy automatisch, maar naar

waarheid, want tot vanavond was het haar genoegen geweest. Een groot genoegen.

Een ondraaglijk moment lang bleven ze allemaal staan waar ze stonden, alsof ze acteurs waren in een slechte theaterproductie en iemand zijn tekst was vergeten. Het had Joy niet verbaasd als ze nu een toeschouwer had horen hoesten.

'Het spijt me heel erg,' zei Savannah plotseling, haar ogen fonkelend van de niet-vergoten tranen. Joy zou nooit weten of die echt of nep waren, of ze echt spijt had of niet, want Savannah klopte plotseling resoluut op de zijkant van haar handtas, ging staan en verliet de kamer, het huis, het podium, precies zoals Stan. Ze verdween in de donkere avond waaruit ze ooit was gekomen.

47

Nu

'Dat was de laatste keer dat ik Savannah heb gezien,' zei Troy Delaney.

'Heeft ze het geld nog teruggegeven?' vroeg Christina.

Inspecteur Christina Khoury was in wat haar moeder zou omschrijven als een 'prikkelbare' bui.

Ze had geen lichaam, zoals ze de dag ervoor nog had gedacht. Bijna meteen had ze het bericht ontvangen: *Niet de jouwe. Skeletresten.*

Deze vrouw was minstens dertig jaar eerder overleden, toen Christina nog een kind was en nog niet kon beslissen of ze later politieagent of mariene bioloog wilde worden, en waarom had ze het eigenlijk niet bij mariene biologie gehouden? Dan zou ze nu misschien ergens ronddobberen om zeesterren te bekijken.

Bovendien had een lid van Joy Delaneys tennisclub, ene Fiona Reid, net gebeld met het geweldige nieuws dat ze Joy gistermiddag uit de trein had zien stappen bij Central en dat ze er gezond en wel uitzag, hoewel ze helaas haar naam niet leek te horen toen Fiona haar riep.

Omdat zij het niet wás, idioot, dacht Christina.

Ondertussen had een paranormaal begaafde zojuist het nieuws naar buiten gebracht dat haar gevoel was dat Joy leefde, maar gevangen werd gehouden, ergens in de buurt van water, of mogelijk in de woestijn.

Maar Christina had wél nog steeds haar motief. Joy Delaneys kapper, Narelle Longford, had contact opgenomen met de politie zodra ze hoorde over de ontdekking van het lichaam van gisteren en ze had alle informatie gedeeld die haar klant ooit met haar had gedeeld, inclusief het verhaal van een tientallen jaren oud geheim, vorig jaar onthuld door hun logeetje, die dus helemaal geen willekeurige vreemdeling bleek te zijn.

Stans kinderen hadden om precies te zijn helemaal niets van dit alles met Christina gedeeld. Ze wisten dat hun vader er gekleurd op stond en hadden ervoor gekozen om hun mond te houden, tot nu toe.

Christina bestudeerde de tweede zoon van Joy Delaney, een knappe man die geschraagd werd door geld en succes, ongetwijfeld aanbeden door zijn moeder, maar een man die met absurd gemak was gevallen voor de chantage door een jonge vrouw.

Zij en Ethan zaten met hem te praten in zijn luxeappartement. Het oogverblindend mooie uitzicht vanuit de enorme ramen irriteerde haar, als storend luide muziek. Ze merkte dat ze wilde zeggen: 'Kun je dat niet wat zachter zetten?'

'Ze heeft het geld inderdaad teruggegeven,' zei Troy. 'Ze stuurde me een cheque per post. Ik heb hem verscheurd. Heb hem nooit geïnd.' Hij verschoof een beetje in zijn stoel, die er, vond Christina, iel en goedkoop uitzag, als een bureaustoel uit de jaren vijftig, maar blijkbaar iets was om van onder de indruk te raken, volgens Ethan. Want die had Troy gevraagd of het een echte weet-ik-veel was en het was inderdaad een echte weet-ik-veel. Alsof je dat nog moest vragen. Troy was het soort man dat er trots op was voor alles te veel te betalen. Zelfs voor chantage. 'Ik vermoed dat hij toch niet te innen viel, maar dat weet ik niet zeker.'

'Waarom heb je hem niet geïnd?' vroeg Christina.

'Toen ze eenmaal weg was, begon ik medelijden met haar te

krijgen,' zei Troy. Hij tikte met een prachtig gemanicuurde duimnagel tegen zijn tanden. 'Ze had duidelijk een moeilijke jeugd gehad en wij waren allemaal wreed tegen haar geweest toen ze als kind een keer bij ons huis was. Onbewust wreed, maar toch, en hoe meer ik aan haar dacht, hoe meer ik besefte hoeveel we met elkaar gemeen hadden.'

'Wat hadden jullie dan gemeen?'

'Harry Haddad was voor allebei onze vaders belangrijker dan wij,' zei Troy. Hij glimlachte wrang, alsof hij de indruk wilde wekken dat het er nu niet meer toe deed, maar het lukte hem niet helemaal; de kinderlijke pijn was nog steeds zichtbaar. 'Ze zei iets over hoe pijnlijk het was als Harry op televisie kwam en ik voel precies hetzelfde: ik zap altijd naar een andere zender als ik dat zelfvoldane gezicht van die vent zie.'

'Voor de duidelijkheid: heeft iemand binnen jullie familie nog contact met Harry Haddad?' vroeg Christina.

'Niet dat ik weet,' zei Troy met een duidelijke afkeer op zijn gezicht.

'En deze Savannah heeft ook geen contact meer met haar broer? Voor zover je weet?'

'Voor zover ik weet. Ik zou denken dat als ze nog wel contact had met haar broer, ze naar hém toe gegaan zou zijn voor geld.'

Dat hoefde niet per se. Christina noteerde: *gesprek met Harry Haddad.*

Het zou hun waarschijnlijk niets opleveren en het duurde altijd heel lang voor beroemdheden de tijd namen om hun telefoontjes te beantwoorden, maar het was toch iets wat moest worden afgevinkt.

'Dus Savannah is vertrokken... en je ouders hebben nooit meer iets van haar gehoord?'

'Ongeveer een maand nadat ze was vertrokken, kwam er een jong stel in een busje opdagen met de mededeling dat

Savannah hen had gestuurd om haar spullen op te halen. Volgens ma waren het "hippietypes". Ze zei dat ze amper een woord zeiden en dat ze als de dood leken voor haar, dus god weet wat voor raar verhaal Savannah die lui op de mouw heeft gespeld.'

'En dat was het? Verder geen contact meer met haar?'

'Voor zover ik weet niet,' zei Troy. Zijn knieën trilden. Hij drukte zijn handen tegen zijn dijen om ze stil te krijgen, alsof ze van iemand anders waren.

'Ik neem aan dat er ruzie moet zijn geweest na die onthulling over wat je moeder had gedaan. Vermoedelijk voelde je vader zich...' Ze zweeg even, in de hoop dat hij het woord zou invullen. Maar hij zei niets, dus gaf ze hem wat opties. 'Boos? Gekwetst?'

Troy koos er geen. Hij zei behoedzaam: 'Zou kunnen.'

'Het moment dat hij het voor het eerst hoorde,' zei Christina. 'Wat deed hij toen? Verloor hij zijn geduld? Ging hij vloeken? Tieren?'

'Mijn vader schreeuwt nooit als hij echt kwaad is,' zei Troy. 'Hij ging weg. Hij liep gewoon weg. Dat is zijn... eh, manier om met dit soort dingen om te gaan, geloof ik.'

'Waar ging hij naartoe?'

'Nou, deze keer kwam hij niet ver. Hij was te voet gegaan. Ongeveer tien minuten van huis. Toen is hij gevallen. Een kuil. Heeft hij zijn knieschijf ontwricht. Zijn meniscus gescheurd. Gelukkig reed er iemand die we kenden langs en die heeft hem weer thuisgebracht. Hij had al problemen met zijn knieën, dus dat... was niet best.'

'Geen tennis meer?' vroeg Ethan.

'Hij mag minstens zes maanden niet tennissen, zeiden ze.' Troy legde onbewust een hand op zijn eigen knie. 'Al tart hij altijd de verwachtingen.'

'Daar moet hij toch behoorlijk kwaad om zijn geweest,' zei Christina.

‘Tennis is zijn leven,’ zei Troy hartgrondig.

‘Dus ook geen tennis meer voor je moeder,’ zei Christina, terwijl ze dacht aan hoeveel mensen haar hadden verteld van het wonderbaarlijke huwelijk van de Delaneys, omdat ze dubbel speelden.

‘Nou, eigenlijk is mijn moeder toen gaan enkelen,’ zei Troy.

‘Zonder je vader,’ zei Christina.

‘Mijn moeder was een topspeler in het enkelspel, als tiener al,’ zei Troy onbewust. De symboliek leek hem te ontgaan. ‘Ze deed mee aan haar eerste Australische kampioenschap toen ze nog maar veertien was, ze versloeg Margaret...’

‘Ja, ja,’ zei Christina, voordat ze het volledige cv van de vrouw moest aanhoren. ‘Dus je moeder was gaan tennissen terwijl je vader thuiszat en niets deed, niet in staat was om de sport te beoefenen waar hij zo van hield, en hij voelde zich verraden door zijn vrouw: ik neem aan dat het daar in huis niet bepaald gezellig was.’

‘Ik neem aan van niet,’ zei Troy. ‘Ik weet het niet, ik was bezig met mijn eigen leven.’ Hij keek even naar het plafond en toen weer naar Christina. ‘Ik had gedacht dat alles weer bij het oude was, al moet ik toegeven dat...’

Hij zweeg en ze zag hem slikken: een onwillekeurige, krampachtige slik.

‘Op eerste kerstdag dacht ik wel, en ik schrok er een beetje van dat ik het dacht...’

Hij viel weer stil en Christina klemde haar kaken op elkaar. Tot nu toe had hij haar vragen op een soepele, hoffelijke manier beantwoord, als een succesvolle man die wordt geïnterviewd voor een tijdschriftprofiel, maar nu was zijn laagje vernis verdwenen. Ze wilde hem het liefst bij zijn stijlvolle linnen overhemd grijpen en schreeuwen: ‘Vertel het me nou maar! Je vader heeft het gedaan! We weten allemaal dat hij het heeft gedaan!’

Hij had zijn handen in elkaar geslagen alsof hij in gebed

was. ‘Voor het eerst in mijn leven dacht ik...’

Hij keek haar smekend aan, alsof hij haar goedkeuring nodig had.

‘Wat dacht je?’ zei Christina met een autoritaire stem.

‘Dat mijn ouders elkaar misschien wel echt haatten.’ Hij richtte zijn blik weer op zijn spectaculaire uitzicht op de haven. ‘Het was trouwens wederzijds. De haat was wederzijds.’

48

‘Ik heb de politie verteld wat er op eerste kerstdag is gebeurd.’

‘Hoe bedoel je? Er is niks gebeurd op eerste kerstdag.’

‘Ach kom nou toch, Brooke.’

‘Er is niets relevánts gebeurd.’

Jacob Azinovic kon stemmen horen, luid en duidelijk, toen hij langs de zijkant van het huis van de Delaneys liep met een lamsstoofschotel.

‘Ik wil dat je dit voor me naar Stan Delaney brengt,’ had zijn moeder gezegd toen hij daar langskwam om het mysterieuze ‘piepgeluid’ te horen dat haar auto maakte, hoewel die verdacht stil bleef toen Jacob erin reed.

‘Waarom moet ik hem brengen?’ protesteerde Jacob. Dat was de werkelijke reden dat hij was ontboden: om een ovenschotel af te leveren bij de overburen.

‘Jacob,’ zei Caro. ‘Het zou kunnen dat die man zijn vrouw heeft vermoord.’

‘Waarom kook je dan voor hem?’

‘Onschuldig tot het tegendeel is bewezen,’ zei Caro. ‘Stan is erg aardig voor me geweest sinds je vader is overleden. Joy zou van me verwachten dat ik hem een maaltijd breng.’

‘Niet als Stan haar vermoord heeft,’ zei Jacob, maar zijn moeders ogen stonden vol tranen, dus hij had een zucht geslaakt, de ovenschaal opgepakt en was de deur uit gegaan.

‘Ik heb hem te gaar laten worden,’ riep zijn moeder toen hij wegging. ‘Voor het geval dat.’

Niemand deed open toen hij op de voordeur van de Delaneys klopte, maar hij zag de oprit vol staan met auto's, dus was hij om het huis gelopen.

Alle vier de Delaney-kinderen zaten daar aan een tafel op de veranda achter het huis, druk en luid te praten. Jacob kreeg weer dat vertrouwde gevoel van ontzag en lichte angst dat hij altijd had als hij hen bij elkaar zag toen ze allemaal nog klein waren. Er hing een interessant soort intensiteit rond de broers en zussen Delaney. Alsof er elk moment een gigantische strijd kon losbarsten.

'Ze weten nu alles over Savannah,' zei Troy. Zijn weelderige, donkerbruine krullen zagen eruit alsof hij er met zijn vingers doorheen was gegaan. Troy was de eerste jongen van wie Jacob ooit had gehouden. Zijn eerste ervaring met een flirterige heterojongen. 'Ze weten nu waar pa en ma ruzie over hadden. Ze weten dat pa een motief heeft.'

Jacob schraapte zijn keel om zijn aanwezigheid kenbaar te maken en pakte de ovenschotel anders vast. Het was heet tegen zijn onderarmen.

'Dat woord moet je niet gebruiken, "motief",' zei Brooke. 'Het is geen motief! Heb je ze over Savannah verteld? Ik dacht dat we hadden afgesproken dat we niet zouden zeggen dat er een verband was met Harry Haddad.'

'Ik heb nooit ergens mee ingestemd, maar ze hebben het niet van mij. Het was mama's kapster,' zei Troy. 'Ze proberen nu in contact te komen met Harry.'

'Ik zou niet weten wat Harry hun zou kunnen vertellen,' zei Logan. Hij wreef met zijn knokkels in zijn ogen. 'Savannah had helemaal geen contact meer met hem.'

'Dachten jullie dat het mama was?' vroeg Amy. Ze sprak met een dromerige stem. 'Toen jullie op het nieuws hoorden over dat lichaam?'

O god, dit was een vreselijk gesprek om per ongeluk te horen. Nog steeds merkte niemand Jacob op.

‘Hallo, jongens,’ zei hij met gebroken stem. Lang niet hard genoeg. Hij was vergeten hoe hard je moest praten als alle Delaneys bij elkaar waren.

‘Nee, ik dacht niet dat zij het was,’ zei Logan. ‘Nog geen seconde. Er is niks aan de hand met haar.’

‘Het duurt te lang,’ zei Troy. ‘Ze is al te lang weg. Die hele theorie van “mama wil een punt maken” moeten we maar vergeten.’

‘Het enige wat we kunnen doen is papa steunen,’ zei Brooke.

‘Niet als hij onze moeder heeft vermoord,’ zei Troy.

Brooke zei: ‘Ssst!’ Ze wees naar de achterdeur van het huis. Vermoedelijk was Stan binnen. ‘Dat soort dingen moet je niet zeggen. Mensen hebben dóór dat je zo je verdenkingen hebt, of twijfels, of wat dan ook. Ze analyseren onze lichaamstaal online. Tijdens die persconferentie stapten jij en Amy weg van pa. Dat was niet goed.’

‘Ik stapte helemaal niet weg van pa,’ zei Amy. ‘Ik was duizelig. Ik dacht dat ik zou flauwvallen.’

‘Als je je zo’n zorgen maakt over hoe dingen overkomen, had je pa misschien moeten vragen om mee te zoeken,’ zei Troy tegen Brooke.

‘Dat vond hij tijdverspilling,’ zei Brooke. ‘Hij zei dat mama van haar levensdagen niet het reservaat in zou zijn gereden, omdat ze de gemeente had geschreven dat het de verkeerde plek was voor een fietspad en ze het hen nooit vergeven had dat ze niet naar haar hadden geluisterd.’

‘Mams is wel altijd beledigd als de gemeente niet naar haar aanbevelingen luistert, dat is zo,’ merkte Amy op.

‘Geef je überhaupt wel om mama?’ Troy keerde zich plotseling om naar Brooke, en Jacob kromp ineen bij de woede op zijn gezicht. ‘Maak jij je überhaupt zorgen?’

‘Natuurlijk geeft ze om mama,’ zei Amy. ‘Doe niet zo lelijk tegen haar.’

‘Ik maak me ongelooflijk veel zorgen om mama,’ zei Brooke

woest tegen haar broer. Ze leek totaal niet geïntimideerd door Troys boosheid.

'Het lijkt er anders op dat jij je eerder druk maakt om die vervloekte advocaat die je voor pa wilt regelen!'

'Voor het geval dat,' zei Logan tegen Troy. 'Pa wil niet eens een advocaat.'

'Voor het geval dat wát?' riep Troy. 'Voor het geval hij schuldig is aan moord?'

Jacob stond als verstijfd, zijn handen glibberig onder de ovenschaal.

'Ze is ook mijn moeder, hoor,' siste Brooke. Ze sloeg zo hard met haar vuist op de tafel dat die trilde en Logan hem bij de zijkant moest vastpakken om te voorkomen dat hij omviel. 'Je woont de helft van je leven in Amerika en belt haar wekenlang niet eens!'

'Ik bel haar zo vaak!'

'Niet waar!'

'Nou ja, de waarheid is dat níémand van ons haar de laatste tijd heeft gebeld,' mompelde Amy, terwijl Logan diep zuchtte en zei: 'Dit schiet niet op.'

Troy stond abrupt op. Hij schrok toen hij Jacob onnozel op het gazon zag staan. 'Ha, Jacob.'

'Sorry,' zei Jacob sullig. 'Ik wilde jullie niet storen. Mama vroeg me om deze ovenschotel naar je vader te brengen.' Hij hield de schaal als bewijs voor zich uit en de glazen deksel trilde alarmerend. *Mijn moeder heeft hem te gaar laten worden, voor het geval jullie vader een moordenaar is.*

'Wauw.' Troy stapte van de veranda af en nam de ovenschaal van hem over. 'Dat is ontzettend aardig van je moeder, bedank haar maar.'

'Ik haal papa wel even voor je,' zei Amy. 'We zitten hier te wachten tot hij zich omgekleed heeft. Hij was binnen, eh, de badkamer aan het schilderen.'

'Want zulke dingen doe je immers...' zei Troy. Hij hield de

ovenschaal ontspannen onder één arm, als een voetbal. '... als je vrouw vermist wordt. Mooi moment om te gaan klussen.'

'Jezus, Troy,' zei Logan binnensmonds.

'Stoor je vader maar niet. Ik laat jullie verder met rust.' Jacob deinsde snel achteruit. 'Ik hoop... Ik hoop dat er snel goed nieuws komt.' Hij hield twee strak gekruiste vingers op. Wat een hals was hij toch.

De vier broers en zussen Delaney keken hem ernstig aan. Ze zagen er niet uit als mensen die op korte termijn goed nieuws verwachtten. Ze zagen eruit als mensen die wachtten tot een begrafenis zou beginnen.

Toen hij terugliep naar het huis van zijn moeder, vroeg hij zich af wat er afgelopen kerst zou zijn gebeurd dat al dan niet relevant was voor de politie.

Hij was hier met de kerstdagen op bezoek geweest bij zijn moeder. Hij had niets ongepasts gehoord of gezien vanaf de overkant van de weg.

Zijn gedachten dwaalden af naar een kerstdag van lang geleden, toen hij een jaar of tien, elf was en hij op de een of andere manier bij de Delaneys thuis belandde, waar hij aan het eind van de middag umpire was tijdens een dubbelspelwedstrijd tussen de vier broers en zussen, die allerlei tennisspullen hadden gekregen voor kerst die ze wilden uitproberen.

'Laat die vreselijke kinderen van me geen misbruik van je maken, Jacob!' had Joy nog geroepen, maar Jacob vond het fijn om als umpire op te treden tijdens de wedstrijden tussen de Delaney-kinderen. Hij kende alle regels omdat zijn vader een sportfanaat was en dus was Jacob ook een sportfanaat. Hij voelde zich machtig als God daarboven op die hoge umpirestoel, waar hij overal zicht op had en elke fout kon zien. Hij zette een luide, ernstige stem op en imiteerde de umpires van tv en de Delaneys lachten hem niet eens uit. Ze waardeerden de moeite.

Logan en Brooke speelden tegen Troy en Amy, en in die tijd waren ze aan elkaar gewaagd, al was dat niet logisch, omdat Brooke, hoewel duidelijk getalenteerd, nog maar een klein kind was en Amy een tiener, een ongelooflijk goede speler. Maar Amy werd gehinderd door Troy, die domme fouten maakte tussen flitsen van genialiteit door, en ze moesten het opnemen tegen Logan, die op veertienjarige leeftijd de kracht en snelheid van een man had en de baan klein deed lijken.

De wedstrijd ging maar door, totdat Jacobs vader naar hem toe kwam om hem op te halen omdat het eten op tafel stond, maar toen raakte zijn vader ook geboeid door de wedstrijd, want zo was hij.

Joy en Stan zetten picknickstoelen neer. De twee grootmoeders trippelden naar buiten op hoge hakken met gin-tonics en sigaretten. Stan gaf Jacobs vader een biertje. De lucht werd roze. De vier kinderen speelden alsof er levens van afhingen.

Jacob kon zich niet herinneren wie er had gewonnen. Hij herinnerde zich alleen hun passie en hun talent. Hij vond het nog steeds heerlijk om getuige te zijn van de combinatie van passie en talent, waar dan ook, of het nu om sport of muziektheater ging. De volwassenen zwegen respectvol tijdens elke rally en applaudisseerden daarna alsof ze naar een grand slam keken. De Delaney-kinderen kregen vleugels van hun applaus.

Ze stompten met hun vuist in de lucht. Ze brulden van verrukking. Ze vielen op hun knieën. Het was alsof Jacob deel uitmaakte van iets groots en belangrijks.

'Uitzonderlijke familie,' zei Jacobs vader verbaasd op de terugweg over de straat naar het koude avondeten en een nogal boze moeder. 'Je was een top umpire, Jacob.'

Jacob bedacht dat een man die zoveel plezier kon beleven aan zien hoe andermans kinderen streden tijdens een tenniswedstrijd in de achtertuin waarschijnlijk liever ten minste één sportief kind van zichzelf zou hebben gewild dan de twee onhandige studiebollen die hij kreeg.

Het zei iets over zijn vader dat het Jacob vierendertig jaar had gekost voordat die gedachte bij hem opkwam.

Je was een top umpire, Jacob.

Net toen hij dacht dat hij grip had op dat rouwgedoe, kreeg hij het benauwd, alsof hij het nieuws nog maar net had gehoord. Hij drukte de rug van een hand die nog steeds naar lamsschotel rook tegen zijn mond en een kleine witte vlinder fladderde zo dicht langs hem heen dat hij de vleugels langs zijn wang voelde strijken.

Zijn moeder dacht dat elke passerende vlinder zijn vader was die even een groet kwam brengen, wat goed uitkwam, want er waren veel vlinders in deze lommerrijke buitenwijk.

Hoi pap, dacht Jacob. Hij geloofde niet echt dat de vlinder zijn vader was, maar toch. Voor het geval dat. Hij zag de vlinder omhoogvliegen bij de voordeur van zijn moeder. Hij bleef onder de dakrand hangen, vlak naast de kleine metalen beugel waar de beveiligingscamera van zijn moeder anders altijd hing. Die was een paar weken geleden tijdens een onweersbui vernield door een hagelsteen.

Ja, ik weet het, pap, fijn dat je me er even aan herinnert. Ik heb hem weggebracht om te laten repareren. Ik zal hem...

Toen bleef hij stokstijf stilstaan. Hij draaide zich om en keek achterom naar het huis van de Delaneys en vroeg zich af welke fouten die camera had gezien vanaf daarboven, met het overzicht van een tennisumpire.

49

Eerste kerstdag

'Dat is de engste Kerstman die ik ooit heb gezien,' zei Troy tegen Amy.

Ze zaten naast elkaar champagne te drinken op de donkerbruine leren driezitsbank in de zitkamer van hun ouders en keken naar een miniatuurkerstman op de salontafel die zijn heupen wiegde op 'Santa Claus Rock'.

'Hij loert naar me,' zei Amy.

'Niet uitzetten,' zei Logan terwijl hij een ladder onder een plafonnière zette om een lamp te verwisselen. 'Ik heb al gezegd dat de Kerstman waarschijnlijk wel even pauze wilde en toen noemde ma me een Grinch.'

Het was de eerste keer dat ze allemaal samen waren sinds de dramatische confrontatie met Savannah in oktober en het was ook de eerste keer in jaren dat de Delaneys kerst vierden met alleen de directe familie: geen schoonfamilie, geen partners, geen willekeurige vrienden of achternichten of -neven.

Geen vreemden die geen vreemden bleken te zijn.

Sterker nog, dacht Amy, terwijl ze haar tweede glas champagne achteroversloeg op een lege maag – een extreem lege maag – dit zou weleens hun eerste Delaney-kerst ooit kunnen zijn met hun zessen, want vroeger waren de twee grootmoeders er altijd tijdens de kerstlunch, die over en weer vriendelijk passief-agressieve complimentjes over tafel lobden.

Het voelde zinloos om het te vieren zonder andere mensen erbij, alsof het hele doel altijd was geweest om de festiviteiten uit te voeren voor een publiek. Waarom zou je nu nog die moeite doen? Niemand was religieus en er waren geen kinderen om volgestopt te worden met suiker en schattig opgewonden te raken over de Kerstman.

Maar Amy's moeder was blijkbaar op een gestoorde missie om dit de kerstigste kerstdag uit de geschiedenis van het gezin Delaney te maken. Ze had het toch al zo volle huis versierd met een onvoorstelbare hoeveelheid nieuwe kerstversieringen. Lange, glinsterende kerstslingers waren lukraak op de vensterbanken gegooid. Een reeks identieke, grijnzende sneeuwpopbeeldjes stond te wankelen boven op de verzameling gesigneerde tennisballen. Er was een kerststal midden tussen de tennistrofeeën gepropt, zodat Amy het verbaasde gezicht van het kindje Jezus weerspiegeld kon zien in een trofee van het Bundaberg Seniors Mixed Doubles Tournament. Aan de deurklinken hingen kerstballen. Er stond zeep in de vorm van een rendier in de badkamer. Steffi werd gedwongen om rinkelende gouden belletjes aan haar halsband te dragen, wat ze duidelijk vernederend vond. Op dit moment zat ze onder de salontafel met haar kop tussen haar poten, somber kauwend op een stuk kerstpapier waarvan het cadeaulabel nog zichtbaar was. Er stond: VOOR: TROY. VAN: PAPA EN MAMA. VEEL LIEFS!

Joy droeg een nieuwe rode jurk en flitsende kerstboomoorbellen en fladderde door de keuken terwijl ze een ongelooflijk uitgebreide warme lunch klaarmaakte die duidelijk te hoog gegrepen was voor haar. Niemand mocht haar ergens mee helpen, met wat dan ook. Ze hadden de opdracht gekregen om niets mee te nemen behalve zichzelf en alcohol. Ze waren 'drukke mensen met hun eigen levens'. 'Ik ben geen druk mens met een eigen leven,' had Amy geprotesteerd, maar ze had niet eens brownies mogen maken.

Toen ze drie uur geleden aankwamen, hadden ze te horen gekregen dat ze in de zitkamer moesten blijven, waar ze allemaal moesten gaan relaxen. Het was ongelooflijk stressvol.

'Waarom heb je je toyboy vandaag niet meegenomen?' Troy viste een stukje rode kerstslinger uit Amy's haar. Hij had zelf een beeldig laagje gouden glitter op zijn jukbeen, maar dat zei Amy niet tegen hem. Ze vond dat het hem wel stond. Hij zag eruit als een rockster.

'Hij is gewoon een vriend,' zei Amy.

'Tuurlijk,' zei Troy.

Simons ouders woonden op het platteland, op een veeboerderij maar liefst – kon het erger? – en Simon was daarheen om er de kerstvakantie met hen door te brengen. Hij had Amy uitgenodigd om mee te komen, maar als ze zijn familie met Kerstmis zou ontmoeten zou dat natuurlijk de indruk wekken dat ze een normale vriendin was en ze had al bijna een paniekaanval gekregen bij het idee aan al die eindeloze ruimte.

'Ik heb het gevoel dat we iemand missen.' Troy keek ontevreden om zich heen, terwijl hij zijn champagneglas vasthield bij de steel. 'Het voelt niet als kerst, ondanks al deze... horror.' Hij gebaarde naar de versieringen.

'Hou maar op,' zei Amy. 'Ik dacht net precies hetzelfde. Ik ben steeds op zoek naar wie er ontbreekt.'

'Volgens mij ontbreekt Indira,' zei Troy. 'Ik mis Indira.'

'Ik ook,' zei Amy. Indira was een geweldige kerstgast, omdat ze het zelf nooit had gevierd in haar jeugd en ze daarom geen regels of verwachtingen of bagage had wat kerst betrof. Ze werd altijd een beetje dronken en kon prachtig kerstliederen zingen. Geen van de Delaneys was toonvast, dus ze zaten altijd met open mond naar haar te luisteren. Bovendien zou zij wel een manier hebben gevonden om Joy toch te helpen in de keuken.

'Hoorde je dat?' riep Troy door de kamer naar Logan. 'We missen je vriendin!'

Logan negeerde hen terwijl hij de oude gloeilamp losschroefde.

'Zorg ervoor dat je Indira weer terugkrijgt!' riep Amy. 'Dat is mijn bevel, horige!'

Een van hun favoriete spelletjes toen ze kinderen waren, was dat Amy's broers en zus ermee instemden haar 'horigen' te zijn. Of nou ja, het was een van háár favoriete spelletjes. Ze moesten allemaal doen wat zij beval en haar spullen voor haar halen. Ze vond het altijd ongelooflijk dat ze ermee wegkwam. Ze kon zich nog steeds dat walgelijke, heerlijke gevoel van macht herinneren als ze Brooke gehoorzaam haar bed zag opmaken.

Logan nam niet eens de moeite om te reageren. Haar macht was allang verdwenen.

Troy dempte zijn stem. 'Grant mis ik dan weer niet zo erg.'

'Ik mis zijn gebakken aardappelen,' zei Amy.

'Hij was altijd zo fucking trots op die aardappelen,' zei Troy.

'En terecht,' zei Amy. 'Hé, is het je opgevallen dat Brooke weer...'

'Ik kan jullie gewoon horen, hoor,' zei Brooke vanaf de grond naast de bank, waar ze plat op haar rug op het paarse bloementapijt lag en een raar soort pretzelvormige stretchoefening deed. Brooke had een zomerjurk aangetrokken om hun moeder een plezier te doen, en die had gezegd: 'O! Dat ziet er mooi uit, al had ik gedacht dat je vandaag je mooie groene zou dragen.' Amy had in elk geval haar best gedaan om zich aan het kleurenschema te houden en had een vintage groene minirok en een rood hemdje aan. Haar moeder had gezegd: 'Mijn hemel, je ziet eruit als het vriendinnetje van een gangster!' De jongens droegen dezelfde kleren die ze altijd droegen en hun moeder had gezegd dat ze er allebei prachtig uitzagen.

'Je mag niet afluisteren, horige.' Amy schopte haar zus met haar voet.

'Je bent de revolutie vergeten.' Brooke rekte eerst haar ene hamstring en daarna de andere. 'Wij zijn je horigen niet meer.'

Ze was weer Brooke. Dat was wat Amy had willen zeggen. Is het je opgevallen dat Brooke weer gewoon Brooke is? Ze deed weer zomaar yogahoudingen en stretches op de grond. Ze snoof als ze lachte. Ze had het over weinig verheven dingen zoals *The Bachelor*. Ze leek wel groter. Misschien had ze zich onbewust klein gemaakt voor Grant. 'Meisjes, je moet je nooit kleiner maken voor een jongen!' riep hun moeder altijd, wat zij makkelijk kon zeggen.

Brooke kwam overeind, haar jurk omhooggeschoven rond haar knieën.

'Doe de billenschuifel,' beval Amy. 'Doe eens schattig. Zoals vroeger.'

'Ze is nog steeds schattig,' zei Troy.

Brooke probeerde op haar billen over de vloerbedekking te schuifelen, maar het lukte niet. 'Het schuurt,' zei ze. Ze legde haar handen plat op de monsterlijke vloerbedekking. 'Als papa doodgaat, hoe snel denk je dan dat mama dit aan flarden scheurt?'

'Als zijn lichaam nog warm is,' zei Troy.

Amy huiverde. 'Wat akelig.'

'Mama moet gewoon mensen laten komen om het voor haar te doen,' zei Troy. 'Stel je voor hoeveel beter deze kamer eruit zou zien met een mooie houten vloer.'

'Papa zegt steeds dat hij het met alle plezier aan flarden zou scheuren,' zei Logan. 'Dus dan zeg ik dat ik het wel voor hem doe, maar dan bedenkt hij zich altijd op het laatste moment.'

'Dat is omdat oma er zo trots op was,' zei Amy. 'Vroeger noemden ze dit de Nette Kamer. Ze heeft uren gewerkt om deze vloerbedekking bij elkaar te sparen nadat pa's vader was vertrokken en ze vond deze kleur zo modieus.'

'Oma heeft deze kleur gekózen,' zei Brooke verwonderd. 'Stel je voor dat je hier echt voor kiest.'

Ze strekte haar benen in een V-vorm en liet haar voorhoofd op het afschuwelijke tapijt vallen.

'Au.' Amy huiverde. 'Doe dat eens niet.'

'Jullie drieën moeten allemaal meer stretchen,' zei Brooke zonder haar hoofd op te tillen. 'Hé, had ik al verteld dat ik ben gaan basketballen?'

'Echt?' zei Logan vanaf zijn hoge plek.

'Ik dacht, laat ik eens een nieuwe sport proberen,' zei Brooke tegen het tapijt.

Amy en haar broers wisselden een blik. Er bestond geen andere sport dan tennis.

'Ik heb me altijd al afgevraagd hoe ik een teamsport zou vinden,' zei Troy. 'Tennis is eenzaam.'

'Ja, want je bent echt een teamspeler,' zei Logan.

'Ik ben goed in basketbal,' zei Brooke.

'Uiteraard,' zei Amy.

Er klonk een onheilspellend gekletter uit de keuken. 'Denk je dat we nog eens moeten proberen om mama te helpen?' vroeg Brooke, nog verder uitgerekt en haar stem gedempt door het tapijt. 'Ik heb best wel honger.'

'Ja, ik voel me eigenlijk ook wat flauwtjes.' Troy legde de rug van zijn hand tegen zijn voorhoofd.

'Ze schreeuwde tegen me, toen ik net de keuken in ging.' Logan sprong van de ladder af. 'Denk je dat ze het zou merken als we een pizza bestellen?'

'Ik deed alleen de oven open om de kalkoen te checken en toen gaf ze me een klap op mijn rug.' Brooke ging weer rechtop zitten, haar gezicht rood aangelopen. 'Ze heeft me letterlijk geslagen.' Ze wees naar Troy. 'Je hebt glitter op je gezicht.'

'Laat toch. Het ziet er leuk uit,' zei Amy.

'Wat is papa eigenlijk aan het doen?' vroeg Brooke.

'Hij zit in zijn werkkamer,' antwoordde Amy. 'Herhalingen van Harry's wedstrijden te kijken.' Ze had bij de deur gestaan en naar hem gekeken, zijn hoofd gebogen, zijn gigantische schouders gekromd, in zichzelf mompelend terwijl hij aantekeningen maakte, Joost mocht weten waarvoor.

'Die is duidelijk dolblij dat hij Kerstmis kan vieren met zijn geliefde gezin,' zei Troy.

'Het komt door Harry's comeback. Hij is geobsedeerd,' zei Amy.

'Dit is anders wel een heel nieuw niveau van obsessie,' zei Logan. 'Nu hij weet wat ma heeft gedaan.'

'Ja. Hij zal het haar nooit vergeven dat ze hem zijn successnummer heeft afgepakt,' zei Troy luchtig. Hij vulde zijn champagneglas nog eens en hield het tegen het licht.

'Ze praten niet met elkaar,' zei Brooke. 'Ze kijken elkaar niet eens aan.'

'Het is echt heel erg,' zei Amy en ze dacht dat ze zomaar wat zei, zoals iedereen dat deed als hun ouders op eerste kerstdag niet met elkaar praatten, maar ze zag haar broers en zusje gespannen rechtop gaan zitten. Er werden blikken gewisseld. Onuitgesproken waarschuwingen gedeeld. Zo was het altijd gegaan sinds het jaar van de zelfmoordgedachten. Ze was toen veertien. Op veertienjarige leeftijd had iedereen zelfmoordgedachten. Helaas had Amy lange, oprechte afscheidsbrieven geschreven aan al haar gezinsleden, die waren ontdekt, ronduit bespot en nooit, maar dan ook nooit waren vergeten. Brooke zei dat ze die van haar nog steeds 'in haar dossier' had, wat vernederend was. (Amy had het woord 'melancholie' verkeerd gespeld.) Dat was de paradoxale aard van relaties tussen broers en zussen: ze konden haar plagen met de sentimentaliteit en spelling van haar zelfmoordbriefjes terwijl ze tegelijkertijd doodsbang waren dat ze er weer eentje zou schrijven.

'Je moet je er niet druk over maken,' zei Brooke voorzichtig, alsof Amy op de rand van een brug stond te wankelen.

'Ik ben niet suïcidaal, het is gewoon verontrustend!' viel Amy naar haar uit.

Brooke hield haar handen omhoog. 'Oké, oké.'

'Ik ben geen tien! Als ze gaan scheiden, gaan ze scheiden!' Ze moest er niet aan denken. Haar ouders die in verschillende huizen woonden, nieuwe kapsels en hobby's uitprobeerden, nieuwe relåties? In feite voelde ze zich precies zoals ze zich zou hebben gevoeld als ze waren gescheiden toen ze nog tien was.

'Ze zijn toch zeker te oud om te scheiden,' zei Brooke. 'Wat zou dat voor zin hebben?'

'Zo oud zijn ze nou ook weer niet,' zei Logan. 'En die dingen gebeuren.'

'Ik had ze een cadeaubon voor relatietherapie moeten geven als kerstcadeau,' zei Troy peinzend.

Hij had hun moeder een fiets gegeven. Je kon zien dat het een fiets was, ook al was elke centimeter prachtig ingepakt in goudpapier. 'Een fiets!' had hun moeder uitgeroepen, met beide handen op haar hart gedrukt toen hij hem naar binnen droeg. 'Hoe wist je dat ik een fiets wilde?'

Troy wist op mysterieuze wijze altijd wat iedereen wilde.

'Ik moet echt iets eten,' zei Amy. 'Brooke, zeg tegen mama dat we nu iets moeten eten, omdat je anders migraine krijgt.'

'Zeg jij maar tegen haar dat je moet eten omdat je anders een paniekaanval krijgt,' kaatste Brooke terug.

'Zeg maar dat Logan honger heeft,' zei Troy. 'Ze wil echt niet dat Lógan honger heeft.'

'Ik heb haar een uur geleden al gezegd dat ik honger had,' zei Logan.

Steffi kwam onder de salontafel vandaan en legde haar kop op Amy's schoot.

'Is er nog nieuws over Claire?' vroeg Amy aan Troy terwijl ze Steffi's zachte oren streelde. Troys ex-vrouw was teruggekomen naar Australië om zwanger te worden van hun ingevroren embryo's en tot nu toe had ze één ronde zonder succes doorlopen.

'Ze heeft een pauze ingelast en probeert het in het nieuwe jaar nog een keer,' zei Troy. 'Er zijn er nog vier over.'

'Hoop je eigenlijk dat ze inderdaad zwanger wordt?' vroeg Amy. 'Of juist niet?'

'Ik wil het voor haar. Voor mezelf niet. Ik wil niet dat die man mijn biologische kind gaat grootbrengen. Dat wil ik echt absoluut niet.' Hij bleef even stil. 'Heb ik al eens verteld dat ik hem heb ontmoet?'

'De cardioloog?' vroeg Brooke. 'Hoe is hij?'

Ze keken allemaal naar Troy, wachtend op zijn antwoord, zonder meer aan zijn kant staand, ondanks hun bitse opmerkingen, ondanks zijn fouten in het verleden, plotseling, wonderbaarlijk genoeg, zo hecht als broers en zussen maar konden zijn. Amy dacht aan die vreselijke dag toen hun vader op de snelweg uit de auto stapte. Het ene moment hadden ze allemaal nog dikke ruzie en haatten ze elkaar zo intens als je een broer of zus maar kunt haten, en het volgende moment stond de auto ineens stil en pakte Troy Brookes hand vast en keken ze elkaar aan en wachtten ze tot hun moeder zou reageren, verenigd in hun afschuw.

'Hij is een arrogante eikel,' zei Troy.

'Dat heb je met chirurgen,' zei Brooke.

'Hij past niet bij haar,' zei Troy. 'Hij noemt Claire "baby". Ze probeert een baby te krijgen en dan noemt hij haar baby.'

Brooke zei: 'Nou ja, dat lijkt me een heel normale koosn...'

Het brandalarm in de keuken begon te piepen. Een scherpe stank vulde het huis en hun vader strompelde moeizaam de kamer binnen, één en al chagrijn. Een van de grijnzende sneeuwpoppen viel van de plank op het tapijt.

'Wat gebeurt hier?' vroeg Stan. Hij keek hen aan alsof ze een stel kleine kinderen waren.

'Niks aan de hand!' gilde Joy vanuit de keuken. 'Alles in orde! Relax! Blijf daar, allemaal!'

*

Joy wapperde met een theedoek naar de rookmelder aan haar keukenplafond om te proberen het piepen te stoppen. Had Logan dat stomme ding maar nooit geïnstalleerd. Het was zo gevoelig. Zo kritisch op haar kookkunsten.

'Er is helemaal geen brand,' zei ze tegen de rookmelder. Ze pakte de theedoek en gooide hem weer omhoog. Het was een slechte worp. Het ding landde midden in haar gezicht. Ze maakte er een bal van en gooide nog eens. 'Het is maar een beetje rook, stom ding! Overdrijf niet zo.'

Ze was bezig om walnoten in boter en bruine suiker te maken, wat Savannah had klaargemaakt op Vaderdag (ze had tegen Joy gezegd dat salade maken een 'makkie' was!) en toen werd ze afgeleid doordat ze die stomme klonten uit de jus probeerde te roeren en voor ze het wist waren de walnoten zwarte, rokende brokken nucleair afval geworden. Zomaar, zonder waarschuwing, van het ene op het andere moment!

De lunch glipte steeds meer uit haar handen. Haar kinderen bleven haar maar storen met de vraag of ze konden helpen en ze wilde hun hulp niet, want dan gingen ze zich overal mee bemoeien en irritante suggesties doen en kwamen ze haar de les lezen: laat die walnoten nou maar zitten, ma, wordt het geen tijd om de aardappelen op te zetten?

Het leek alsof ze vastzat in een van die nachtmerries, die ze nog steeds vaak had, waarin ze probeerde een van haar kinderen op tijd naar een wedstrijd te brengen terwijl haar auto in slow motion reed. Dan werd ze wakker terwijl ze met haar voet nog steeds wanhopig het denkbeeldige gaspedaal intrapte.

Ze gooide de koekenpan regelrecht in de vuilnisbak. Die was voorgoed verpest. Alles was voorgoed verpest. Wat wilde ze ook in vredesnaam bewijzen met deze uitgebreide lunch en al die chique, ingewikkelde bijgerechten? Niemand in haar gezin hield überhaupt van kalkoen. Of van walnoten. Ze had een beeld in haar hoofd van een glinsterend rode, gouden en groene eerste kerstdag die op de een of andere magische manier weer een gezin van hen zou maken.

'Gaan we vandaag nog wat eten, of hoe zit dat?'

Stan kwam de keuken in en keek haar kwaad aan. Het was voor het eerst in weken dat hij haar rechtstreeks aansprak en dan was dit dus wat hij zei.

'Dat is ook aardig, zeg,' zei ze. 'Niet: "Kan ik iets doen om te helpen?" maar: "Gaan we vandaag nog wat eten, of hoe zit dat?"'

'Iedereen heeft aangeboden om te helpen en je weigert hulp te aanvaarden,' zei Stan.

Ze zei: 'Niet iedereen heeft aangeboden om te helpen. Jíj hebt niet aangeboden om te helpen.'

'Ik wil graag dat er eindelijk een lunch op tafel komt. Ik sta tot je beschikking.'

Ik sta tot je beschikking.

Het was alsof je die vervloekte moeder van hem weer tot leven zag komen. Die zat vroeger altijd hier in deze keuken een eindeloze stroom sigarettenrook uit te blazen met geamuseerde, boosaardige ogen terwijl Joy kookte: dan voelde ze zich altijd zo dom en banaal en praatte ze te veel.

Joy had er pas erg in toen ze het deed.

Ze pakte de eerste van zijn moeders spottende porseleinen katten op en smeet hem met de kracht van een eerste service tegen de muur, waarbij ze hem keurig onthoofde. Ze pakte de tweede op en deed hetzelfde. Die raakte de rand van het keukenkastje en daalde in een glinsterende regen van handbeschilderd porselein neer op het aanrecht.

Er viel een stilte.

'Lucht dat op?' vroeg Stan lijzig, met de wrede minachting van zijn moeder in zijn stem. 'Of moet ik nog zo'n beeldje voor je pakken?'

De rookmelder begon weer te piepen: een ijle, snerpende, aanhoudende waarschuwing voor naderend gevaar.

50

Nu

'Dus toen beende mijn vader de keuken uit... Of nou ja, hij hink-beende vanwege zijn slechte knie, en hij ging weer terug naar zijn werkkamer en sloeg de deur dicht. Het bleek dat mama twee van die beeldjes van mijn vaders moeder stukgegooid had.'

'O jee. Hadden die emotionele waarde voor je vader?' vroeg Roger Strout.

'Spijker op z'n kop, Roger,' zei Amy.

Soms vermoedde hij dat ze hem een beetje plaagde. Roger Strout was een voormalige medewerker van een leasemaatschappij die twee jaar geleden een ontslagvergoeding had aanvaard, een diploma in counseling had behaald en nu zes dagen per week gesprekstherapie aanbood. Zijn ex-vrouw vond dat verschrikkelijk, want wie liet zich nou uitgerekend door Roger helpen, dan was je toch niet goed snik? Geen wonder dat er een geestelijkegezondheidscrisis was in dit land. Maar er waren veel mensen die niet goed snik waren die zich uitgerekend door Roger lieten helpen, want inderdaad, er was een geestelijkegezondheidscrisis in dit land en mensen uit alle lagen van de bevolking waren wanhopig op zoek naar hulp. Hij was steeds voor drie maanden volgeboekt. Hij was zich terdege bewust van de beperkingen van zijn kwalificaties en ervaring en waakte ervoor om zijn cliënten als zijn patiënten aan te duiden, omdat het geen artspatiëntrelatie was: het was een samenwerkingsverband.

Op dit moment zaten Roger en Amy tegenover elkaar in de bijpassende, extra grote, gestoffeerde fauteuils met de koperen siernagels op de armleuningen die alle cliënten met hun vingertoppen aanraakten als ze op het punt stonden hem iets belangrijks te vertellen.

Amy's blauwgeverfde haar zat in de strakste, netste paardenstaart die hij haar ooit had zien dragen, alsof dit een aspect van haar leven was waar ze controle over had.

Tijdens hun laatste afspraak had ze gezegd dat haar moeder een onverwacht appje had gestuurd waarin stond dat ze 'off-grid' ging. Amy had het die hele sessie gehad over dat ze zelf ook wel off-grid zou willen gaan, misschien naar een klein stadje op het platteland verhuizen, waar iedereen haar naam kende, alleen haatte ze het platteland juist. Voor de afspraak daarna was ze niet komen opdagen en toen, vorige week, kreeg Roger de schrik van zijn leven toen hij Amy met haar broers en zus op het regionieuws zag vragen om informatie over hun vermiste moeder.

'Dus toen weigerde mijn vader de kerstlunch met ons te eten die mijn moeder uiteindelijk rond vier uur 's middags opdiende, toen we allemaal uitgehongerd en behoorlijk dronken waren en, nou ja... het was een behoorlijk disfunctionele eerste kerstdag. Maar goed, dat gebeurt in zoveel gezinnen, toch?'

'De kerst kan stressvol zijn,' zei Roger, die eerste kerstdag al vroeg was begonnen met een schreeuwpartij met zijn ex-vrouw over het tijdstip waarop hun twee kinderen overgedragen zouden worden. Echt feestelijk.

'Niemand van ons had echt zin in nog een familiefeestje en we waren allemaal druk en afgeleid in januari. Ik zeg niet dat we helemaal geen contact meer met onze ouders hadden. Ik bedoel, hoe vaak bezoek jij jouw ouders, Roger?'

Roger maakte een vrijblijvend geluid. Amy hield zich liever niet aan de therapieregels en deed in plaats daarvan alsof ze oude vrienden waren die moesten bijkletsen. Ze probeerde hem erin te laten lopen door zomaar ineens persoonlijke vragen op hem af te vuren, die hij normaal gesproken wist te ontwijken. (Het antwoord was dat hij zonder uitzondering elke zondagavond met zijn ouders at.)

'Maar jij bent enig kind,' zei ze.

Hij kon zich niet herinneren dat hij die informatie met haar had gedeeld.

'Kijk, omdat we met z'n vieren zijn, gingen we er allemaal van uit dat er heus iemand daar thuis was geweest. Brooke en Logan komen er zo vaak, maar nu waren ze er blijkbaar een paar weken niet geweest, wat ze best even hadden kunnen vertellen.'

Ze zei het met de vrolijke, kinderlijke minachting waarmee broers en zussen vaak over elkaar spraken. Roger had een cliënt die een buitengewoon welbespraakte universitair docent was, behalve als ze het over haar oudere zus had. Dan veranderde ze in een sproetenkind met een staartje: 'Mijn zus krijgt altijd álles, Roger.'

'Normaal gesproken is mama degene die onze familiebijeenkomsten organiseert, of ze komt langs, of ze stelt voor om samen koffie te drinken, en dus duurde het even voordat we merkten dat ze geen contact meer zocht,' ging Amy verder. 'Het is ook niet zo dat mama en papa invalíde zijn, of zo. Ze zijn zo actief. Ze zijn actiever dan ik.' Amy plukte aan de stof van haar broek. 'Mama is nog geen zeventig. In de kranten beschrijven ze haar steeds als een "bejaarde" vrouw. Ze is helemaal niet bejaard! Ze moeten eens proberen haar eerste service terug te slaan, als ze in een slecht humeur is.'

Ze glimlachte bevend bij de gedachte aan de service van haar moeder.

'Mijn broers en zus en ik kwamen erachter dat toen we dat appje van mama kregen, het een hele week geleden was dat we nog contact met haar hadden gehad en dat was gek. Ik bedoel, ze is wel een klein béétje bejaard.'

Ze gebruikte haar vingertoppen om haar wangen te masseren. 'Mijn kaken doen pijn. Ik klem ze steeds op elkaar sinds we die aangifte van haar vermissing hebben gedaan.' Ze opende en sloot haar mond een paar keer. 'Ik moet steeds denken aan mijn konijnendroom.' Ze keek hem verwachtingsvol aan.

'Je konijnendroom?' zei Roger. Je moest echt heel goed opletten bij Amy.

'Je weet wel. Die konijnendroom die ik steeds heb?'

'O ja, ik weet het nog,' zei Roger. 'Waarin je vergeet je konijn te voeren.'

'Ik vergeet dat ik een konijn héb en in mijn droom herinner ik het me ineens weer: o mijn god, ik heb een konijn! En dan loop ik naar het konijnenhok in de achtertuin en ik weet dat het konijn dood zal zijn.' Ze rilde alsof het een echte herinnering aan een verschrikkelijke fout was.

Ze dempte haar stem en keek hem in de ogen. 'Soms is het geen konijn, maar een puppy, wat nog erger is, al weet ik niet waarom: het is zo oneerlijk tegenover konijnen.'

Ze legde een hand op haar sleutelbeen terwijl haar borst snel op en neer ging.

'Je ouders willen niet dat je ze te eten geeft, Amy,' zei Roger. 'Het zijn geen konijntjes of puppy's of kinderen. Het zijn volwassen mensen. Je moeder had er alle recht toe om off-grid te gaan.'

Ervan uitgaande dat ze dat appje daadwerkelijk zelf had verzonden. Roger had de nieuwsberichten gelezen. Hij wist dat de telefoon van haar moeder daar in huis was gevonden, wat wilde zeggen dat iemand anders dat appje had kunnen sturen.

Hij vroeg zich af of zijn beperkingen nu op de proef gesteld zouden worden, want het leek mogelijk, zo niet waarschijnlijk, dat Amy's vader haar moeder had vermoord. Zelfs voor iemand met de meest robuuste geestelijke gezondheid zou dat traumatisch zijn.

‘Trouwens, je zult wel blij zijn te horen dat het uit is met mijn huisgenoot,’ zei ze ineens. ‘Niet dat we ooit echt iets hadden. Het ging gewoon om de seks.’ Ze wierp hem een blik toe alsof ze hoopte hem te choqueren.

‘Waarom denk je dat ik daar blij mee zou zijn?’ vroeg Roger.

‘Hij is veel te aardig voor mij,’ zei Amy. ‘Hij is zo’n steun voor me geweest bij die vermissing van mijn moeder. Ik had het gevoel alsof ik een schuld opbouwde die ik nooit zou kunnen afbetalen. Een soort hypotheek. Ik zou nooit een hypotheek willen.’

‘Nou, weet je,’ zei Roger, ‘in een relatie gaat het erom dat...’

Amy zei: ‘Ik maakte me eerst geen zorgen. Over mama. Toen we niets van haar hoorden. Ik was juist blij! Ik dacht: goed zo. Nu ben jij aan de beurt.’

Roger dacht even na. Hij snapte het niet.

‘Hoe bedoel je: “Nu ben jij aan de beurt”?’

‘Dit was wat mijn vader vroeger deed. Toen ik nog klein was, dacht ik altijd: waarom loopt zíj niet gewoon weg?’

Roger schreef op: *vader: weglopen?*

Maar zei niets. Hij voelde hoe de woorden zich in haar ophoopten. ‘Elke keer als papa wegging, was ik boos.’ Ze masseerde haar kaak. ‘Maar ik was nog bozer op mama, omdat ze het tolereerde.’

Roger wachtte.

‘Ach, ik weet niet. Wat als papa inderdaad heeft gedaan... wat de mensen beweren?’ Ze keek hem smekend aan. ‘Wat als het een ongeluk was? Want mijn grootvader... Wat die mijn grootmoeder heeft aangedaan, zou misschien genetisch kunnen zijn! Want het wás ook verschrikkelijk wat mama heeft gedaan. Harry was een unieke kans voor mijn vader. Zo’n kans krijg je maar één keer! Ik heb altijd geweten hoeveel pijn het mijn vader deed dat Harry vertrok. Ik wist dat hij er nooit echt overheen was gekomen, dat kon ik zien als Harry’s naam weleens viel. En dan moesten we erachter komen dat mama het had gedaan! Al die tijd was het mama!'

Roger noteerde: *Grootvader? Harry? Unieke kans?*

Hij kon de draad van het gesprek niet vastgrijpen zodat hij het allemaal zou snappen.

'Maar als pa dat inderdaad heeft gedaan... ik bedoel, ik zou het hem niet kunnen vergeven. Wat als hij me vraagt om het hem te vergeven? Hoe kan ik hem dan vergeven? Aan de andere kant: hij is mijn vader! Hoe kan ik die in de steek laten? Wat als hij me vraagt om als karaktergetuige op te treden? Bij de rechtbank?'

Ze rolde van een steile, glibberige helling vol potentiële rampen. 'Wiens getuige moet ik dan zijn? Hoe moet ik nou een kant kiezen? Moet ik bij hem op bezoek in de gevangenis? Hoe kun je nou bij de moordenaar van je moeder op bezoek gaan in de gevangenis? Dat kan helemaal niet!'

De woorden droogden op. Het enige wat hij nu nog hoorde was hijgerige, wanhopige paniek. Haar ogen ontmoetten de zijne en ze was stom geslagen van angst. Iemand een paniekaanval zien krijgen was alsof je in de ogen keek van iemand die achter glas zat en recht voor je neus verdronk.

'Adem met me mee.' Roger legde zijn notitieblok neer en pakte de uit hout gesneden figuur van een olifant die naast de tissuedoos stond.

'Concentreer je hierop. Voel de ronding van zijn slurf. Focus op de gladheid, de ruwheid.' Hij zag hoe haar handen de textuur van het oppervlak van de olifant volgden.

'Tijger,' fluisterde Amy en even begreep hij het niet. Hij dacht: het is een olifant, geen tijger. Had het soms iets te maken met de konijnendroom? Maar toen herinnerde hij zich dat ze hem tijdens hun allereerste sessie had geplaagd dat iedere therapeut bij wie ze ooit was geweest over de tijger wilde praten als ze haar de vecht-of-vluchtreactie beschreven.

De sabeltandtijger. Ze probeerde hem te vertellen dat die hier nu was. En dat hij haar naar de keel sprong.

51

'Geen strafblad,' zei Christina. 'Geen bewijs van geweld of dreiging met geweld. Geen levensverzekering.'

'Maar toch wel een financieel voordeel,' merkte Ethan op. 'Ze hebben flink gecasht na de verkoop van de tennisschool. Hij zou op deze manier financieel beter af zijn dan wanneer ze zouden scheiden.'

'Ik heb het niet over de Delaneys. Ik zeg dat je dit allemaal zou kunnen zeggen over dit charmante heerschap.' Ze prikte met een vinger op de krant op haar bureau.

Het lichaam dat in het bushland was gevonden, was geïdentificeerd als dat van Polly Perkins. Polly was een vrouw die in een buitenwijk in de buurt van Joy Delaney had gewoond. Dertig jaar geleden vertelde Polly's man iedereen dat zijn vrouw hem had verlaten en terug was gegaan naar Nieuw-Zeeland. Ze had een 'kil, kwetsend' briefje achtergelaten. De buurvrouwen vonden het zo verdrietig voor hem. Ze hadden hem stoofschotels en worteltaart gebracht.

In werkelijkheid had professor Andrew Perkins zijn eerste vrouw, Polly, het hoofd ingeslagen met een nieuw Sunbeam-stoomstrijkijzer, nadat hij haar uitdrukkelijk had verboden dat te kopen omdat hij destijds 'aanzienlijke financiële stress had'. Zijn volledige, openhartige biecht omvatte de berouwvolle bekentenis dat hij 'echt niet van plan was geweest haar zo hard te slaan'. Hij had het lichaam van zijn vrouw begraven in het bushland, op korte rijafstand van zijn huis. Zonder de aardverschuiving die door de storm was veroorzaakt, zou Polly daar nog liggen.

Polly was vervreemd van een disfunctionele familie die over het hele land verspreid woonde, maar er was aangifte van haar vermissing gedaan door haar beste vriendin in Nieuw-Zeeland. Door de jaren heen had deze vriendin moedig geprobeerd de Australische politie geïnteresseerd te krijgen in haar vermiste vriendin, maar zonder succes. Uit de gegevens bleek dat er slechts één keer een bezoek was gepleegd door politieagenten aan het huis van de familie Perkins, drie jaar nadat Polly 'vertrokken' was. De twee agenten hadden genoten van een stuk worteltaart, gebakken door de aardige buurvrouw die de tweede vrouw van Andrew Perkins was geworden.

Die tweede vrouw had het moordwapen ruim twintig jaar lang gebruikt om de overhemden van haar man te strijken voordat ze toestemming kreeg om een nieuwe te kopen.

Ze had de politie deze week verteld over een doorlopend patroon van financiële, verbale en fysieke mishandeling waardoor ze thuis gevangenzat.

'Die vent genoot dertig jaar vrijheid nadat hij zijn vrouw had vermoord. Hij had gemakkelijk zonder gerechtigheid zijn graf in kunnen gaan.' Christina drukte haar duim op het moorddadige, wel gevoede gezicht van Polly's man. 'We hebben misschien het lichaam van Joy Delaney nog niet, maar...'

Haar telefoon ging. Dat was maar goed ook. Er klonk te veel emotie door in haar stem. Het was agent Pete Novak, de coördinator van het veldonderzoek. 'We hebben een kledingstuk gevonden in het bushlandreservaat achter het huis van de Delaneys dat je even moet zien. Ik stuur je nu een foto.'

Ze opende haar e-mail en klikte op de bijgevoegde foto. Het was een T-shirt met daarop een duidelijk zichtbare zeefdruk van drie bloemen: oranje, rood en geel. Gerbera's.

'Is dat...?'

'Ja,' zei Pete. 'Het zit onder het bloed.'

52

'Bedankt voor uw komst vandaag, meneer Delaney,' zei Christina.

Ethan merkte op dat haar manier van doen zakelijk was: helemaal niet agressief. Ze leek te spreken met de vriendelijke, afstandelijke autoriteit van een medisch specialist die om een ernstige reden een patiënt heeft gevraagd terug te komen voor een vervolgafspraak. 'U kent agent Lim, uiteraard.'

Ze wees naar Ethan. Stan keek Ethan aan en knikte, terwijl hij zijn armen over zijn brede borst vouwde. 'Yep.'

De vrouw van Stan Delaney werd nu negentien dagen vermist. De schrammen op zijn gezicht waren helemaal genezen. Het viel Ethan op dat Stan zich voor dit verhoor had geschoren en een zakelijk overhemd had aangetrokken. Geen stropdas. Het overhemd was gestreken. Hij zag eruit als een respectabel lid van de gemeenschap. Hij had geen advocaat bij zich. Het was moeilijk voor te stellen dat deze man iets te maken had met dat met bloed doordrenkte T-shirt.

Ze zaten in de kleine verhoorruimte zonder ramen van het politiebureau. Het verhoor werd opgenomen op zowel een audioband als op video. Ethan zat in een hoek, observeerde en hield de opnameapparatuur in de gaten.

'Wil je echt bij de politie?' had zijn broer aan hem gevraagd toen hij voor het eerst vertelde dat hij bij de politie ging. 'Het verkeer regelen?'

Ethans broer was actuaris. Hij zat nu ergens op een kantoor in de stad wiskundige problemen op te lossen terwijl Ethan hielp bij het oplossen van een mogelijke moord en dan vond zijn broer dat híj de betere carrièrekeuze had gemaakt.

Christina deed iets snel en ingewikkelds met haar haar zodat het strakker zat aan de achterkant. Ze zei: 'Meneer Delaney, ik wil de tijdlijn nog een keer doornemen.'

'Oké.' Stan knikte. Hij ging rechtop zitten, liet zijn armen vallen en legde zijn vuisten op zijn dijen. *Kom maar op*, leek hij te zeggen. 'Wat willen jullie weten?'

'Stan Delaney is ontzagwekkend op de baan,' had een van zijn medeclubleden tegen Christina en Ethan gezegd, een man die hun graag wilde laten weten dat Stan volgens hem het lichaam van zijn vrouw onder hun tennisbaan had begraven. 'Hij is meedogenloos. Berekenend. Woest. Dan krijgt hij zo'n blik in zijn ogen waar je het koud van krijgt.'

Christina keek naar haar aantekeningen alsof ze ze wilde controleren, hoewel Ethan zeker wist dat ze de tijdlijn uit haar hoofd kende.

'U werd die ochtend wakker, op Valentijnsdag, en toen zag u uw vrouw niet?'

Ethan voelde zich geïntimideerd door inspecteur Christina Khoury toen hij voor het eerst met haar moest werken. Hij dacht dat zij hem een sukkel vond. Ze keek naar hem alsof ze hem woog en te licht bevond. Maar inmiddels was hij aan die blik gewend. Ze keek elke dag met precies die blik naar haar koffie en ze was dol op koffie.

(Ethans tante zei dat hij en zijn broer zich geïntimideerd voelden door vrouwen, omdat ze onbewust doodsbang waren dat ze iets verkeerd deden vanwege het feit dat hun moeder was weggelopen toen ze nog klein waren. Ethan en zijn broer waren het erover eens dat dat totale onzin was. Wat ze natuurlijk niet tegen hun tante zeiden.)

'We sliepen in aparte kamers.' Stan beantwoordde Christina's vraag met een strakke blik.

'Was dat een nieuwe ontwikkeling?' vroeg Christina.

‘Relatief nieuw, ja.’

Ze controleerde haar aantekeningen. ‘En u ging die ochtend meteen weg om melk te kopen?’

‘Ja,’ zei Stan. ‘De melk was op. Ik heb toen ook meteen een krant gekocht.’

‘Juist,’ zei Christina. ‘En toen kwam u thuis, maar u hebt mevrouw Delaney daar niet gezien.’

‘Niet meteen. Ik was… iets aan het lezen, in mijn werkkamer.’

Dat was nieuw. Wat was hij dan aan het lezen?

Ethan leunde naar voren. Christina ook. ‘Wat was u aan het lezen?’

‘Gewoon wat paperassen.’

‘Wat voor paperassen?’

Stan haalde zijn schouders op. ‘Niks belangrijks.’

Ethan zag de leugen en hij wist dat Christina die ook zag. Hij zag haar wachten. Ze bleef stil. Hij vroeg zich af of haar hart even hard bonsde als het zijne. Stan zei niets. Misschien was hij wel degene met het snelst kloppende hart in deze kleine kamer.

‘Juist,’ zei Christina even later. ‘Dus u was die “paperassen” aan het lezen en toen hoorde u de voordeur.’

‘Ja,’ zei Stan. ‘Ik weet niet waar ze was geweest. Maar ik hoorde haar binnenkomen. En toen ging ik met haar praten, in de keuken. Ze dronk een glas water. Ze leek… zich ergens druk over te maken.’

‘En jullie kregen ruzie.’

‘Inderdaad.’

‘Waarover?’

Hij sloeg zijn armen weer over elkaar. Defensief. ‘Het was een doodgewone ruzie tussen man en vrouw.’

‘Gezien het feit dat uw vrouw het huis heeft verlaten en nu bijna drie weken vermist wordt, zou ik zeggen dat dit meer was dan een gewone ruzie tussen man en vrouw, meneer Delaney.’

Voor het eerst hoorde Ethan agressie in haar stem: een ondertoon van iets groters en dreigenders, als een snelle glimp van een haaienvin.

Maar Stan knipperde niet eens met zijn ogen.

Christina zei: 'Dus die ochtend, na die "doodgewone" ruzie, verliet u het huis en kwam u pas terug... hoe laat?'

'Rond tien uur die avond. Zoals ik u heb verteld. Al heel vaak, inmiddels.'

'En waar was u die dag?'

'Ik heb gewoon rondgereden. Zoals ik u heb verteld. Al heel vaak.'

'U hebt gewoon rondgereden.'

'Ik was kwaad.'

'Waarover?'

Ethan zag Stans frustratie omhoogkomen als kokend water en dat was precies wat Christina wilde. Ze schroefde de temperatuur langzaam op.

'Ik was van kwaad omdat ik ruzie had gehad met mijn vrouw.'

'Maar u weet niet meer waarover jullie ruzie hadden.'

Hij spreidde zijn armen nog een keer en boog zich naar haar toe. Hij was een grote man. 'Nee, dat klopt niet. Dat heb ik nooit gezegd. Ik weet nog precies waar we ruzie over hadden, maar het is persoonlijk. Mijn huwelijk is privé. Het gaat jullie niks aan. Het is niet relevant voor jullie onderzoek.'

Je moest wel lef hebben om tegen een inspecteur van de politie te zeggen: 'Het gaat jullie niks aan.'

Christina zei: 'Als u zich zorgen maakt om uw vrouw, moet u ons misschien laten bepalen wat relevant is.'

Stan haalde zijn schouders op, precies zoals zijn oudste zoon dat ook deed. Zei niets.

'Dus u kwam weer thuis en toen was ze weg.'

'Ja.'

'Maar u hebt niemand gebeld. U hebt geen van uw kinderen

gebeld. U hebt geen enkele vriendin gebeld. U hebt haar zelf niet gebeld.'

Hij hief zijn kin een fractie op. 'We hadden ruzie. Zoals ik u al zei. Ik wist dat ze kwaad op me was. Ik nam aan dat ze bij iemand was gaan logeren... en dat ze de volgende dag weer terug zou zijn.'

'Maar dat was ze niet.'

'Nee, dat was ze niet,' zei Stan.

'Was er sprake van ontrouw in uw huwelijk?' vroeg Christina.

Zijn neusvleugels trilden. 'Nee.'

Christina sloeg een bladzijde in haar notitieboekje om. Voor de show. 'Ik heb begrepen dat uw jongste dochter uw vrouw ooit op een feestje met een andere man heeft betrapt.'

'Dat was lang geleden. Joy had te veel punch gedronken en toen had ze met Dennis Christos gezoend. Bepaald geen meeslepende liefdesaffaire. En trouwens, die ouwe is al dood. Volgens mijn vrouw heb ik hem vermoord.' Stan fronste toen hij besefte wat hij zojuist had gezegd. 'Ik heb hem niet letterlijk vermoord. Hij kreeg een hartaanval.' Hij snoof. 'Hij had mijn vrouw trouwens ook nooit mogen kussen, maar zoals ik al zei, dat was een heel leven geleden.'

Wrok kan een heel leven lang duren, dacht Ethan.

Stan bewoog zijn kin naar Christina's notitieboekje. 'Heeft mijn dochter u dat verteld? Over dat Joy met Dennis had gezoend op dat feest?'

'Uw voormalige schoonzoon, Grant Willis.'

Zijn frons verdween. 'Aha. Nou ja, dan snap ik het.'

'U bedoelt omdat uw dochter u wil beschermen?'

Hij zei niets.

Christina zei: 'Ik neem aan dat al uw kinderen u willen beschermen.'

'Ik heb geen bescherming nodig,' zei Stan. 'Want ik heb niets misdaan.'

'De jonge vrouw die vorig jaar bij jullie logeerde,' zei Christina. 'Ik meen dat ze de jongere zus was van een voormalige tennispupil. De zus van uw beroemdste pupil.'

Zijn gezicht verhardde. 'Daar heb ik helemaal geen *affaire* mee gehad, als jullie dat soms denken. Ik weet dat mensen het daarover hebben. Het slaat nergens op.'

'Nu is ons onlangs ter ore gekomen dat toen Savannah bij jullie logeerde, ze bepaalde informatie heeft onthuld. Informatie die naar ik begrijp voor u nogal een schok was.'

Hij kneep zijn onderlip tussen zijn duim en zijn wijsvinger. 'Wie heeft jullie dat verteld?'

Christina antwoordde niet. Ethan zag dat hij probeerde te achterhalen wie van zijn kinderen een mogelijk motief voor moord aan hen had doorgespeeld.

'Uw vrouw heeft u verraden, nietwaar? Ze heeft tegen Harry Haddads vader gezegd dat hij beter af zou zijn met een andere coach.'

'Ik zou dat geen "verraad" willen noemen,' zei hij.

'O nee? Want ik heb gehoord dat dat precies het woord is dat u zelf hebt gebruikt.' Ze hielden elkaars blik vast. Het voelde pervers intiem, alsof ze op het punt stonden te zoenen. Stan Delaneys ogen, bruin, met zwarte wimpers, leken jeugdig en alert in het gezicht van een oude man. Was het de gewelddadige woede van een jonge man die verantwoordelijk was geweest voor de ondenkbare acties van deze oude baas?

'Wat bedoelt u?' Zijn stem trilde. Ze had hem te pakken. Eindelijk.

'U zei tegen uw vrouw dat u zich nog nooit zo verraden had gevoeld.'

'Wie heeft jullie dát verteld?' Stans kaak ging heen en weer alsof hij met zijn tanden aan het knarsen was. Ethan kon de jonge man nu niet meer zien, alleen nog de oude man. Een oude man die zich afvroeg wie van zijn kinderen dacht dat hij tot moord in staat was.

'Ik heb gehoord dat uw vrouw misschien niet trouw is geweest. Ik heb gehoord dat ze u professioneel heeft verraden.' Christina ging nu voor de winst. 'U hebt uw geduld verloren. Terecht. Harry Haddad had uw grootste professionele succes kunnen en moeten zijn. Uw vrouw heeft u van die kans beroofd en dat heeft ze geheimgehouden.'

Ze schoof de polaroid van het bebloede T-shirt over de tafel. 'Meneer Delaney, we hebben dit T-shirt gevonden, begraven in de bush, vlak achter uw huis,' zei ze. 'Hebt u dit al eens eerder gezien?'

De kleur trok weg uit zijn gezicht.

'Begraven,' herhaalde Stan Delaney. 'Denkt u dat ik Joys T-shirt heb begraven?'

'Hebt u dat?'

'Nee.'

'Herkent u het T-shirt?'

'Dat is een T-shirt van mijn vrouw. Dat weten jullie ongetwijfeld al,' zei Stan. Hij duwde de foto vol minachting van zich af, alsof het niets voor hem betekende. 'Het zit onder het bloed van mijn vrouw. Zoals u vast ook al weet.'

Christina's toon was nu bijna schertsend. 'Meneer Delaney, dit ziet er niet goed uit voor u. Ik denk echt dat het in uw eigen belang is om nog eens heel goed na te denken over uw laatste interactie met uw vrouw.'

Stan zuchtte. Hij hield zijn hoofd achterover, stak zijn duimen in zijn broekzakken en bestudeerde het plafond. 'Ik denk dat het in mijn eigen belang is om mijn mond te houden en een advocaat te nemen.'

53

Valentijnsdag

Het was zeven uur 's ochtends en Joy zag het nut er niet van in om uit bed te komen. Er was niets dringends te doen. Het zou gewoon weer een dag zijn zoals gisteren en de dag daarvoor. De rooknevel buiten haar raam was grijs en somber als een midwinterhemel, alleen brandde de bloedrode zomerzon als een sigarettenpeuk.

Joy had nooit last van astma gehad, maar ze had onlangs gemerkt dat ze steeds kleine, oppervlakkige, damesachtige hapjes lucht nam. Was het de rook of de staat van haar huwelijk?

Het was maanden geleden sinds Savannah was vertrokken en het voelde niet alsof de situatie minder heftig werd of verzachtte. Integendeel: hun woede verhardde en stolde steeds meer.

Zij en Stan hadden al eerder slechte tijden meegemaakt. Het verschil was dat er nu geen afleiding was: geen werk, geen kinderen. Toen ze jonger waren, was er geen tijd geweest om geobsedeerd te raken en te piekeren over hoe de ander je onrecht had aangedaan. Ze waren te moe om hun gekwetste gevoelens steeds maar weer aan te scherpen.

Nu zaten ze gevangen in dit grote, stille, lege huis en er was geen ontsnappen aan hun onzichtbare maar tastbare conflict. Joy had het gevoel dat ze met haar vinger de contouren van dat conflict in de lucht kon aangeven.

In januari was het helemaal vreselijk geweest, vanwege de Australian Open. De comeback van Harry Haddad was op een drama uitgelopen na een 'schokkend verlies' (sommigen gingen zelfs zo ver om te spreken van een 'beschamend verlies') in de eerste ronde, tegen een ongeplaatste Canadees van negentien. Tien dubbele fouten en meer dan tachtig ongedwongen fouten! Harry en zijn nieuwe coach, Nicole Lenoir-Jourdan, gingen uit elkaar. Joy had de wedstrijd niet gezien, maar ze was langs de woonkamer gelopen en had gezien hoe Stan de zijkanten van zijn stoel vastpakte, knetterend van zoveel woede en verdriet dat hij wel een stroomdraad leek. Als ze hem had aangeraakt, had ze waarschijnlijk een schok gekregen.

En nu, als een van hen de kamer binnenkwam en de ander daar zag, liep diegene weer weg. Ze spraken alleen als het nodig was. Ze hadden niet meer in dezelfde slaapkamer geslapen sinds Savannah was vertrokken. Stan sliep op een matras op de grond in Logans oude kamer.

Amy's slaapkamer zou comfortabeler zijn geweest, maar misschien wilde hij niet slapen waar Savannah had geslapen. Knap hoor, dat had hij haar even mooi ingepeperd. Joy durfde te wedden dat hij last van zijn rug had. Ze mocht het hopen. Betekende dat dat de liefde nu eindelijk op was? Het leek mogelijk dat er geen druppel meer over was. Ze was even droog en dor als het gazon voor hun huis dat wanhopig lag te wachten op regen.

Ze hoorde het geluid van stromend water ergens in huis. Na Kerstmis was ze gestopt met koken, bij wijze van test, om te zien of Stan zou aanbieden om iets klaar te maken, wat toast in de broodrooster te doen of afhaalmaaltijden te bestellen, maar hij had geen woord gezegd.

Ze aten stilletjes alsof ze kamerbewoners waren, glipten de keuken in en uit, poetsten het aanrecht, spoelden hun borden af en lieten zo min mogelijk sporen van hun aanwezigheid achter, alsof dat een van de spelregels was. Stan leek zich een weg te banen door de blikken spaghetti en witte bonen in tomatensaus uit de voorraadkast. Joy at vooral toast; soms kookte ze een ei.

Ze voelde zich breekbaar en trillerig, uitgeput en voortdurend op de rand van tranen. Het deed haar denken aan de weken nadat ze net een baby had gekregen of een dierbare had verloren.

Joy wist niet hoe Stan zijn dagen doorbracht. Blijkbaar was hij ergens mee bezig in zijn werkkamer. Als ze langsliep, ving ze weleens een glimp op van hoe hij fronsend over zijn bril keek terwijl hij zwaarwichtig de bladzijde van een of ander document omsloeg, al mocht Joost weten wat voor document dat dan kon zijn. Joy had altijd de administratie gedaan. Echtscheidingspapieren? En trouwens, waarom noemde ze het eigenlijk zíjn werkkamer? Toen de kinderen klein waren, noemden ze het altijd 'papa's werkkamer', al was Joy degene die alle zaken deed.

Toch moesten ze met z'n allen de mythe volhouden dat omdat Stan de man was, wat hij allemaal deed automatisch belangrijker was en prioriteit verdiende boven elke bijdrage van het vrouwtje.

Nou, fuck maar lekker op, Stan.

Het vloeken in haar hoofd was een nieuwe en bevredigende ontwikkeling. Toen ze dertig was, had ze aangenomen dat tegen de tijd dat ze zo oud zou zijn als ze nu was niets er nog echt veel toe zou doen, dat haar emoties gedempt en zacht zouden zijn, zo zacht als de huid van het gezicht van een oude dame. De hevigheid van haar gedachten deed haar schrikken en schudde haar wakker. Ze nam aan dat de woorden van haar hersenen nooit haar tong zouden bereiken, maar je wist maar nooit.

Stel je voor dat haar kinderen haar zo hardop hoorden praten. Net goed.

Ze was bezig met een experiment. Ze was gestopt met haar

kinderen bellen. Ze had genoeg van de gejaagde, ongeduldige manier waarop die haar telefoontjes beantwoordden. Ze was het zat om degene te zijn die elke familiebijeenkomst moest organiseren. Het was nu zeven dagen geleden dat ze met iemand van haar kroost had gesproken. Ze had gedacht dat haar meest plichtsgetrouwe kinderen, Logan dan wel Brooke, inmiddels wel iets van zich zouden hebben laten horen, maar nee.

Hypothese: het kan mijn kinderen niet schelen.

Conclusie: het kan mijn kinderen niet schelen.

Haar vrienden waren ook stil en druk met hun eigen leven. Caro had haar dochter Petra, uit Kopenhagen, met haar kinderen op bezoek. Kinderlachjes zweefden van Caro's tuin naar Joys raam. Caro zou die kinderen niet buiten moeten laten spelen in deze rokerige lucht.

Twee andere vriendinnen waren net voor het eerst grootmoeder geworden: de een van een jongetje, de ander van een meisje. Joy had hun kaartjes gestuurd: *Gefeliciteerd met je kleinzoon/kleindochter!* Ze had een stapeltje in een la liggen en koos elke keer dat ze weer zulk blij nieuws kreeg grimmig het juiste geslacht.

Ze probeerde te bedenken wat ze met haar dag moest doen. Haar ogen volgden een afschuwelijke bruinige vlek op het slaapkamerplafond. Die was haar nog nooit eerder opgevallen. Het leek wel bloed, maar ze wist dat het gewoon regenwater was van een storm van lang geleden. Het had al een eeuwigheid niet geregend. Ze moet opstaan. Ze verroerde zich niet. Haar handen grepen het hoeslaken vast. *Kom op, Joy.* Twee van haar nagels waren gescheurd en bleven irritant in het laken haken. Ze kon het nagelschaartje nergens vinden, ook al wist ze dat ze twee weken geleden een nieuwe had gekocht. Haar nagels scheurden tegenwoordig zo gemakkelijk. Broos als oude botten. Breekbaar als haar bejaarde hart. Ze was niet bejaard. Ze was nog geen zeventig. Voor Kerstmis had ze een vrouw van vijftig, een goede speelster, met 6-4, 6-2 verslagen, maar ze was dit jaar niet meer op de club geweest. Ze had er schijnbaar de fut niet meer voor.

Ze voelde zich niet suïcidaal of zo, absoluut niet, maar voor het eerst betrapte ze zichzelf erop dat ze er misschien klaar mee was. Het was de moeite niet meer waard. Ze wilde haar grootouders. Ze wilde haar moeder.

Ze stelde zich voor hoe hun gezichten zouden oplichten als ze door de toegangspoort van het hiernamaals liep. Het zou fijn zijn om hen weer te zien. Ze zou in hun armen vliegen. Ze zou iets leuks moeten aantrekken voor haar moeder.

Vandaag was het Valentijnsdag. Een dag waarop de liefde werd gevierd. Zij en Stan hadden nooit echt veel aandacht besteed aan Valentijnsdag. Het was een Amerikaanse feestdag, maar er leek elk jaar meer gedoe rond die dag te zijn: rode rozen en bonbons en teddyberen. Mannen in pakken met boeketten. Joy wilde geen rode rozen, maar ze zou wel een man willen die nog steeds het bed met haar deelde.

Ze rolde op haar buik en drukte haar gezicht in haar kussen. Als ze nu begon met huilen, zou ze misschien nooit meer stoppen.

'Sta op,' zei ze in het kussen. 'Sta nu op.'

Ze dacht aan haar moeder die een ochtend beschreef toen Joy nog een baby was. Die mooie, no-nonsense Pearl Becker werd op een ochtend wakker en kon niet uit bed komen. Ze kon amper haar hoofd van haar kussen optillen. 'Het was alsof er betonblokken aan me vastgebonden waren,' zei ze tegen Joy. Toen ze de melkboer bij de voordeur hoorde (dat waren nog eens tijden!) riep ze naar hem om alsjeblieft hulp te halen en dus kwam de dokter langs om haar te onderzoeken. Een dokter op huisbezoek: dat waren inderdaad nog eens tijden. De dokter zei dat ze waarschijnlijk een soort 'vitaminetekort' had en zei haar dat ze 'op moest staan en sterk moest zijn voor haar baby'.

Natuurlijk waren dat niet echt nog eens tijden, want erop terugkijkend zou elke leek kunnen vaststellen dat haar moeder aan een depressie leed, al weigerde Pearl dat te accepteren. 'Nee joh, het was iets lichámelijks. Ik had toch niets om verdrietig over te zijn!' zei ze. 'Ik had jou! Een prachtig kindje! Je was knapper geweest als je niet dat enorme ronde hoofd had gehad, zo kaal als een biljartbal, maar je was een lief klein ding.' Haar moeder was gespecialiseerd in vlijmscherpe opmerkingen verpakt in een donzig complimentje, zodat je het pas daarna voelde bloeden.

'En ik had een knappe man!' Dat was voordat de knappe man even wegging 'naar een vriend' en nooit meer terugkwam.

Joys ledematen voelden even zwaar aan als die van haar moeder die ochtend, lang geleden, maar haar hart bonsde. Waren dit de eerste tekenen van een depressie in combinatie met angst? Was dit waar Amy aan leed? Een doffe pijn kroop over haar voorhoofd. Ze had nog nooit hoofdpijn gehad. Het universum had blijkbaar besloten dat het tijd was dat ze eens meemaakte wat haar beide dochters moesten doorstaan.

Waarom moesten haar dochters toch aan die onzichtbare ziektes lijden die niemand leek te begrijpen?

'Mag ik voorstellen dat u wat steviger optreedt,' zei hun huisarts met een koddig wijzend vingertje richting Amy's gezicht. Gevolgd door: 'Is deze misschien een beetje een hypochonder? De baby van het gezin? Houdt ze van aandacht?' Hij knipoogde naar Joy over Brookes van pijn vertrokken, lijkbleke gezichtje heen. Alweer een dochter wier ogen Joy smeekten om een oplossing die ze niet kon bieden.

Als ze met de jongens bij hem kwam was het makkelijker. Hun ziektes waren mannelijk, zichtbaar en te genezen: hoesten en verstopte neuzen, huiduitslag en gebroken botten.

De huisarts wist niets over geestelijke gezondheid en migraine. Zelfs de specialisten leken niet veel meer te weten en die waren nog duurder en betuttelender. Maar waarom was

Joy zo beleefd gebleven, ondanks hun onwetendheid? Zo zachtmoedig en dankbaar? *Bedankt dokter. U hebt ongetwijfeld gelijk, dokter.* En dan stapte ze weer in de auto met een dochter naast zich die zich heel beroerd voelde en de meisjes interpreteerden haar frustratie over haar eigen onmacht ten onrechte als woede op hen en gaven zichzelf de schuld zoals zij zichzelf de schuld gaf.

Die huisarts was inmiddels dood. Hetzelfde gold voor minstens één van die specialisten, voor zover ze wist.

Nutteloze woede gericht tegen mannen die allen dood waren, dreef haar uit bed en onder de douche. Ze herpakte zich en stookte de woede nog verder op terwijl ze stond te douchen. In de douche stonden alleen nog haar shampoo en *body wash*. Geen spoor van een echtgenoot. Stan gebruikte de andere badkamer.

Misschien was het tijd om eindelijk de nederlaag van dit huwelijk te accepteren: samen naar het net komen, elkaar de hand schudden, elkaar respectvol op de schouder slaan, naar de fans zwaaien en weglopen.

Ze wreef stevig over haar hoofd. Haar gebroken nagels stak ze in haar hoofdhuid.

Ze dacht aan alle waarheden die zij en Stan aan hun kinderen en hun leerlingen hadden doorgegeven.

Ook al staat de ander op matchpoint, je kunt je altijd nog terugvechten.

Als je steeds verliest, moet je je spel opnieuw evalueren.

Ze was een vechter. Ze was een winnaar. Ze was Joy Delaney. Ze zou dit huwelijk niet opgeven. Ze zou vandaag doelgerichte, agressieve stappen zetten.

Ze zou een appelkruimel bakken, dat is wat ze zou doen. Stan mocht dan soms traag van begrip zijn, hij zou de symboliek begrijpen als Joy de specialiteit van zijn moeder zou maken. Ze zou de suggestie van Savannah uitproberen. Achter in de voorraadkast stond een fles whisky.

Ze nam twee Panadol tegen haar hoofdpijn. Ze poetste haar tanden twee keer zo lang als gewoonlijk. Ze föhnde haar haar met de grote ronde borstel waarvan Narelle zei dat ze die moest gebruiken, wat ze nooit deed omdat ze er pijn van aan haar pols kreeg. Ze trok een wijdvallende jurk aan, een jurk die Stan ooit royaal had omschreven als 'mooi, hoor'. Lippenstift.

Ze liep de slaapkamer uit en voelde zich merkwaardig zelfbewust. Het huis was stil. Was hij er überhaupt?

'Stan?' riep ze. Haar stem brak. Hij zou haar toch zeker wel antwoorden. 'Stan?'

Geen reactie. Ze liep naar de voorkamer, trok het gordijn opzij. De auto was weg. Wat was hij dan al vroeg op pad. Ze vroeg zich af waar hij heen was. Nou ja. Het was stom om gekwetst te zijn dat hij haar niet had verteld dat hij wegging, want zo leefden ze op dit moment, maar toch deed het haar opnieuw pijn in haar hart, dat zacht en kwetsbaar was als gekneusd fruit.

Ze ging naar de keuken, zette water op voor een kopje thee en opende de koelkast om de appels voor de kruimel eruit te halen.

Ze had donderdag vijf grote groene Granny Smith-appels gekocht toen ze in de winkel was, maar nu was er nog maar één over, die bedroefd door de groentelade rolde.

Dus Stan had binnen twee dagen víér appels gegeten.

Ze overwoog weer naar bed te gaan en de missie op te geven.

Nee. Ze vermande zich. Ze zou naar de minimarkt bij het treinstation gaan om er nog een paar te halen. Die ging altijd vroeg open.

Maar Stan had de auto en het zou een eeuwigheid duren om daarheen te lopen.

Ze maakte een laag, grommend geluid van frustratie.

Steffi, die op haar favoriete koele plek bij de achterdeur lag, hief vragend haar kop op en haar staart bonsde tegen de vloer.

'Ik doe mijn best, Steffi,' zei Joy. 'Hij heeft alleen alle appels opgegeten en de auto gepakt.'

Toen sloeg de inspiratie toe. Ze zou een korte broek aantrekken en op haar gloednieuwe fiets naar de minimarkt rijden! Tot nu toe had ze alleen nog maar een klein rondje over het pleintje gereden. Ze vond het idee van de fiets geweldig, maar ze was eigenlijk een beetje nerveus in het verkeer. Ze zou haar angsten onder ogen zien! Het was opwindend om je angsten onder ogen te zien. Tenminste, dat zei iedereen.

Een halfuur later stond ze met trillende benen in de minimarkt, geld over de balk te smijten aan vier te dure Granny Smith-appels. Ze was zoals gewoonlijk vriendelijk tegen de man van de minimarkt, ook al keek hij haar zoals gewoonlijk fronsend aan. (Waarom had hij toch zo'n hekel aan haar?) Ze legde de appels in haar rieten mand en begon aan de rit naar huis. Ze moest flink op de pedalen trappen om de heuvel op te komen. In al de jaren dat ze hier woonde, had ze de Mount Everest-achtige helling van deze specifieke straat nooit opgemerkt.

Iemand drukte op zijn claxon, waardoor ze schrok. De fiets zwenkte uit en het voorwiel sloeg hard tegen de goot. Ze draaide het stuur recht, sloeg de hoek om, keek omlaag en zag dat de voorband helemaal plat was.

'Allemachtig. En nú dan?'

Ze smeet de fiets hard op de grond, als een kind. Ze stond daar met haar handen in haar zij hijgend naar de fiets en de appels te kijken. Ze schopte tegen een van de appels als tegen een bal. Lusteloos rolde hij een stukje verder. Ze zou vandaag geen appelkruimel maken. Ze zou überhaupt nooit meer een appelkruimel maken.

Dus dat was dat.

Je kunt de juiste slag bedenken, je kunt een goede swing en een goede techniek hebben, je kunt alles goed doen en dan nog kan het fout gaan. Geen enkele speler, hoe goed ook, sloeg honderd procent van zijn ballen raak.

Soms verlies je. Dat hadden ze de kinderen ook ingeprent. Je kunt de nummer één van de wereld zijn, je kunt winnen en winnen en winnen, maar het is onvermijdelijk: uiteindelijk verlies je.

Ze liep de rest van de weg naar huis en droeg haar helm bij het riempje. De auto stond op de oprit. Ze zou teruggaan en de fiets ophalen als ze weer wat afgekoeld was.

Het was stil in huis, maar ze kon de sluipende, mokkende aanwezigheid van haar man voelen. Haar blouse plakte aan haar bezwete lichaam en haar slechte humeur laaide op, krabbend en blazend als Caro's afschuwelijke stelende kat. Ze ging naar de keuken, pakte een glas water en nam een flinke slok.

'Ik denk dat je dit moet lezen.'

Stans stem, die plotseling zo laag en luid achter haar klonk, liet haar opschrikken. Het glas kwam met een pijnlijke klap tegen haar tanden aan. Ze draaide zich om, om hem aan te kijken. Hij gooide een soort gebonden document op tafel.

'Wat is dat dan?' vroeg ze.

'De memoires van Harry Haddad,' zei Stan. 'Dit is een vooruitleesexemplaar, zo noem je dat, geloof ik. Hij heeft het naar ons gestuurd om te lezen. Ik sta erin. We staan er allebei in.'

'Aha,' zei ze.

Ze zei bijna: 'Whatever', als een puber. Ze was die verdomde memoires helemaal vergeten. Het maakte ook niet meer uit. Haar gruwelijke geheim was toch al bekend.

'Hij geeft toe dat hij als kind valsspeelde,' zegt Stan. Hij tikte met zijn vinger op het document. Ze las de titel: *Game voor Harry*.

'Hij geeft het tóé?' Ze zette het glas neer en zonk langzaam in een stoel aan de tafel, terwijl ze Harry's levensverhaal naar zich toe trok. Als Harry publiekelijk toegaf dat hij ooit vals had gespeeld, dan moesten het meer dan een paar uitballen geweest zijn die eigenlijk in waren.

'Ja,' zei Stan. 'Het is niet zo verwonderlijk...'

'Pardon?' Ze keek naar hem op. Ze kon niet geloven dat hij dat zei. 'Hoe bedoel je, het is niet verwonderlijk? Jij geloofde Troy niet. Jij beschuldigde hem van liegen.'

'Nee,' zei Stan. 'Ik heb nooit gezegd dat hij loog. Ik heb hem gezegd dat dit een ongelukkige realiteit van het spel was. Ik heb hem gezegd dat hij soms te maken zou krijgen met kinderen die onterecht riepen dat een bal in of uit was en dat hij zich niet op zijn tegenstander maar op zijn eigen spel moest concentreren.'

'Dat lieg je!' Ze wilde hem bij zijn achterhoofd pakken en hem dwingen in de goede richting te kijken, zodat hij zijn verleden duidelijk onder ogen kon zien.

'Je koos partij voor Harry! Je hebt je eigen zoon niet gesteund!'

'Mijn eigen zoon had een andere speler in elkaar geslagen! Natuurlijk steunde ik hem niet. Ben je gek of zo?'

'Waag het niet me gek te noemen.' Ze knetterde van woede: op haar man, op die dokters van lang geleden die haar dochters niet konden helpen, op de onbeschofte vent van de minimarkt. Haar haar zat inmiddels helemaal niet mooi meer, het was helemaal plat en zweterig, en haar benen trilden nog na van die fietstocht de Mount Everest op, van haar mislukte missie om appels te halen om die appelkruimel van die afschuwelijke moeder van haar vreselijke echtgenoot te maken. 'Troy verloor zijn geduld omdat hij jouw steun niet had!'

'Troy heeft volop kansen gekregen. Ze hebben allemáál volop kansen gekregen. Ze hebben geen idee hoeveel geluk ze hebben gehad.'

Ze voelde de kritiek op haar kinderen als een fysieke klap. 'Ze hebben altijd hun stinkende best gedaan!'

Hij luisterde niet. Zijn gedachten waren nog steeds bij Harry. Zijn gedachten waren altijd bij Harry geweest: Harry's talent, Harry's mogelijkheden. Harry, Harry, Harry.

'Wil je weten waarom die arme jongen de boel belazerde?' brulde hij. Hij pakte het ingebonden document op en schudde er heftig mee haar kant op. 'Omdat zijn vader tegen hem had gezegd dat zijn zusje kanker had.'

De woorden schokten Joy, alsof ze ineens zo plotseling een andere kant op stapte dat ze haar achillespees zou kunnen scheuren. Ze dacht dat ze alles al wist wat Stan in deze ruzie te zeggen had.

Ze zei zwakjes: 'Hij zei dat Savannah kanker had?'

'Zo vader, zo dochter.' Hij glimlachte met een grimmig soort tevredenheid, alsof hij precies deze bizarre uitkomst had voorspeld, en schoof het manuscript over de tafel naar haar toe. 'Hij had Harry verteld dat hij prijzengeld moest winnen zodat zijn zus een of ander medicijn kon krijgen dat haar leven zou redden. Die domme jongen dacht dat hij speelde om het leven van zijn zus te redden. Geen wonder dat hij valsspeelde. Als hij bij mij was gebleven, dan zou ik daar achter zijn gekomen en dan had ik er een einde aan gemaakt, maar die kans heb ik nooit gekregen omdat jij de eenzijdige beslissing hebt genomen om hem weg te sturen!'

Zijn handen waren gespreid als klauwen, alsof hij haar wilde wurgen.

Ze kon nu niet aan Harry denken. In plaats daarvan concentreerde ze zich op de informatie die ze toen had.

'Je eigen kinderen hadden je steun nodig!' riep ze terug. 'Ik had je steun nodig!'

'Je had het recht niet! Coachen was mijn vák!' Stan torende boven haar uit en ze was niet bang, ze was opgewonden omdat de gebarsten schil van hun huwelijk eindelijk openbrak, als een kokosnoot. Ze wilde het er allemaal uit gooien. Ze wilde eindelijk alles zeggen wat ze nooit had gezegd.

'En míjn vak, dan?' Ze sloeg met haar vuist op haar borst. 'En ik dan? Hoe zit het met mijn carrière? Mijn offers?'

'Jouw offers?' Zijn ongeloof voelde alsof ze publiekelijk aan de schandpaal werd genageld. Alsof zíj überhaupt dingen had moeten opofferen. Ze was niets waard: geen glimlach van de minimarktman, geen telefoontje van haar kinderen.

'Ik heb mijn tennis opgegeven voor jou,' zei ze. Eindelijk had ze het hardop gezegd. Al die jaren was het er geweest, nooit op het puntje van haar tong, nooit in haar achterhoofd, maar precies in het midden van haar borst, onder haar sleutelbeen, tussen haar borsten, precies waar ze nu met haar vuist bleef slaan, steeds maar weer.

En ik dan, en ik dan, en ik dan?

Ze had nooit zijn dankbaarheid gewild, alleen zijn erkenning. Eén keertje maar. Want wat had haar hele leven anders voor zin gehad? En al die lamskoteletten die ze had gegrild? En al die spaghetti bolognaise die ze had gemaakt? Mijn god, wat had ze een bloedhekel aan spaghetti bolognaise. Avond aan avond, bord na bord na bord. De was, het strijken, het dweilen, het vegen, het rijden. Ze had er destijds nooit een hekel aan gehad, maar nu haatte ze elk moment, elke vervloekte lamskotelet.

Hij zei rustig: 'Ik heb je nooit gevraagd iets op te geven, Joy.'

Maar dat was het punt. Hij hoefde het haar niet eens te vragen.

'Als je het had gewild, had je het wel gedaan,' zei hij. De woede was uit zijn stem verdwenen. Ze zag die vertrouwde doodse stilte over hem komen. Hij verdween uit de situatie: eerst mentaal, daarna fysiek.

Ze wist wat er daarna kwam, wat altijd daarna kwam. In een oogwenk zou ze alleen zijn in dit grote stille huis met haar gedachten en haar spijt.

Stan zei: 'Als je het echt had gewild, dan was er niets geweest wat je tegen had gehouden.'

Ze kon geen woord uitbrengen. Zag hij dan niet dat haar liefde voor hem het enige was wat haar wel degelijk tegengehouden had?

Toen velde hij zijn laatste vernietigende oordeel. 'Je had de top tien nooit gehaald, Joy. Als ik had gedacht dat je het in je had, had ik je nooit laten stoppen.'

De lucht verdween gierend uit haar, alsof ze een stomp in haar maag had gehad. Hij zou haar nooit hebben láten stoppen. Alsof haar offer zijn weloverwogen beslissing was geweest.

Als zij degene was geweest die geblesseerd was geraakt, zou het niet bij hem zijn opgekomen om zijn carrière op te geven.

Hij had het bij het verkeerde eind en ze kon op geen enkele manier terug in de tijd gaan om het te bewijzen, niet aan hem en niet aan zichzelf.

In plaats daarvan reageerde ze instinctief. 'Je was niet goed genoeg om Harry te coachen. Hij was beter af zonder jou. Je zou hem klein gehouden hebben! Hij had een betere coach nodig dan jij!'

Het was niet waar. Ze geloofde echt dat Stan een van de beste coaches van het land was, misschien wel van de wereld. Ze wist wat hij had kunnen worden, zonder de banden van een gezin, maar wist hij dan niet wat zíj had kunnen worden? Hoe hoog ze had kunnen vliegen?

Hij legde Harry's memoires weer op tafel. Hij klopte op de zak van zijn spijkerbroek en haalde de autosleutels tevoorschijn.

Ze diepte de meest glinsterende stukjes vitriool op die ze kon vinden. 'Ik was degene die Delaneys tot een succes heeft gemaakt. Iedereen weet het. Als ik er niet was geweest, dan had jij helemaal níks, dan was je alleen maar een mislukte, nutteloze... níksnut geweest!'

De woorden ketsten van hem af. Hij draaide zich om en wilde weglopen en ze kon het niet uitstaan. Het was niet eerlijk dat hij mocht vertrekken. Het was nooit eerlijk geweest. Het was nooit terecht geweest.

En toch had ze het doorstaan, keer op keer, en haar kinderen hadden het doorstaan, en het was onaanvaardbaar, onvergeeflijk gedrag en ze zou het niet langer accepteren, ze zou het niet langer goedkeuren. Deze keer zou hij blijven.

Ze rende achter hem aan en terwijl ze rende, registreerde een deel van zichzelf de schaamte, vernedering en ongepastheid van wat ze deed. Het was alsof ze naar het bovenlicht dreef en zichzelf daarvandaan observeerde: een kleine, zweterige, bejaarde vrouw die haar mooie keuken uit kwam en de gang door naar de voordeur achter haar man aan rende, onsamenhangend schreeuwend, naast een oude hond die verward blafte en probeerde te begrijpen wat precies het gevaar was omdat er geen vreemden in huis waren, dus wat viel er dan te vrezen?

Joy reikte naar het achterpand van het blauw-wit geruite overhemd van haar man, het overhemd dat ze zelf had gestreken, om hem terug te trekken, om ervoor te zorgen dat hij bleef. Steffi rende hijgend, door het dolle heen, in kringetjes om hen heen. Stan draaide zich om en struikelde over de hond. Hij schoot naar voren en viel bijna. Hij greep naar de muur, waardoor de ingelijste foto van Brooke met haar regionale trofee voor kinderen onder de acht begon te zwaaien en vervolgens stukviel op de grond. Joys uitgestoken hand, klauwend naar zijn overhemd, kraste in plaats daarvan over Stans wang, die meteen begon te bloeden door haar scherpe afgescheurde nagels.

Hij pakte haar vast en zijn greep deed pijn aan haar schouders.

Ze verstijfde omdat dit niet meer zijn gezicht was. Het was een onbekend masker van lelijke woede.

Haar hart stopte. De wereld stopte.

Voor het eerst in haar negenenzestig jaar voelde ze de angst: de angst waarvan iedere vrouw weet dat die op de loer ligt, de mogelijkheid die zich ophoudt in de schaduw van haar gedachten, zelfs als ze haar hele leven zo teer is bemind en beschermd door mannen die deugden.

54

Nu

'Laat nog één keer zien,' zei Christina.

Ethan drukte op 'play' en ze zaten zij aan zij aan zijn bureau, gefascineerd door de schokkerige maar heldere kleurenbeelden van de beveiligingscamera van mensen die tegenover de Delaneys woonden. Twee dagen nadat Joy was verdwenen was de camera stukgeslagen door een hagelsteen tijdens het enorme onweer en de zoon van Caro Azinovic, die de camera had geïnstalleerd voor zijn moeder, die weduwe was, had hem weggebracht voor reparatie. Hij was degene die de politie deze vernietigende video had bezorgd die zicht bood op de voorkant van het huis van zijn moeder en, per ongeluk, op een taartpuntvormige strook van de oprit van de Delaneys.

Christina en Ethan zagen Stan Delaney uit de voordeur van zijn huis komen, om twee minuten na middernacht op de dag nadat zijn vrouw was verdwenen, worstelend om een log, slap in een deken gewikkeld voorwerp naar zijn auto te dragen.

Hij opende de kofferbak van zijn auto, dumpte het voorwerp erin, leunde naar voren om het recht te leggen, reikte met beide handen omhoog om de kofferbak dicht te slaan en toen stond hij – precies drie minuten en zevenenveertig seconden lang – met beide handen plat op de auto, zijn hoofd gebogen, als een man in een plechtig, eerbiedig gebed verzonken, voordat hij uiteindelijk zijn hoofd ophief en van de camera wegliep.

Het was griezelig en indrukwekkend om te zien.

'Jezus,' zei Ethan. 'Zoals hij daar staat, al die tijd. Dat is zo... Mijn god.'

'Zeg dat wel,' zei Christina. Ze zou vandaag haar bekentenis krijgen. Ze kon het voelen. Ze zou deze beelden afspelen voor Stan Delaney en ze zou al die tijd geen woord zeggen en geen geluid maken. Ze zou kijken naar hoe hij zag dat hij zijn hoofd boog over het lichaam van zijn vrouw. Ze wist dat hij geen kerkganger was, maar ze wist dat hij katholiek was opgevoed, net als zij, en ze herkende de houding van een man in gebed, een man die ernaar verlangt zijn zonden te belijden.

Vanavond zouden zij en Nico naar hun pastoor gaan om het heilige sacrament van het huwelijk te bespreken en ze zou proberen niet te denken aan het feit dat Joy en Stan Delaney ooit dezelfde geloften hadden afgelegd die zij en Nico volgend voorjaar zouden afleggen. Ze zou niet denken aan een jonge Joy Delaney of Polly Perkins die hun echtgenoot beloofden om voor elkaar te zorgen in goede en slechte, rijke en arme tijden, bij ziekte en in gezondheid totdat de dood ons scheidt, totdat je mijn lichaam midden in de nacht naar buiten, naar de auto draagt en het ergens dumpt waar het nooit zal worden gevonden, totdat ik te hard praat, totdat ik te veel geld uitgeef aan een nieuw strijkijzer, totdat ik je afrem in je carrière in het belang van ons gezin, totdat ik een andere man kus op een feestje, totdat ik je ontstem door iets wat ik me nu nog niet kan voorstellen.

'Christina?' zei Ethan.

'Sorry,' zei Christina. 'Wat zei je?'

Hij zei: 'Eigenlijk niets. Alleen dat ik het niet had opgepikt. Die eerste dag dat we hem verhoorden, wist ik dat hij dingen voor ons verborg, maar toen hij naar die foto van zijn vrouw keek, dacht ik: hij heeft het echt niet gedaan. Hij houdt van haar.'

‘Ik heb ook nooit gedacht dat hij niet van haar hield.’ Christina draaide haar verlovingsring zo dat de diamant weer in het midden op haar vinger zat.

Maar ze had altijd geweten dat hij haar had vermoord.

Dat was de wrede wetenschap die ze op haar trouwdag door het gangpad zou dragen, samen met haar bruidsboeket van witte rozen en roze Kaapse jasmijn: die twee dingen konden hand in hand gaan.

55

Valentijnsdag

Stan Delaney had altijd geweten dat vrouwen de macht hadden met hun woorden heel veel ellende aan te richten. Het was de favoriete hobby van zijn moeder: om de softe, domme weerloze ego's van haar man en haar zoon aan flarden te snijden.

Zeg nou niet tegen die jongen dat hij ooit op Wimbledon gaat spelen, hij is dom genoeg om het te geloven. Jullie zijn echt een stel domme ganzen.

Niet elke dag, maar wel bijna elke dag. Niet als ze dronken was, maar als ze nuchter was. Dan werd ze vals.

Dan tikte ze met haar vinger tegen de zijkant van haar hoofd en glimlachte haar mooie glimlach naar haar man en zei: 'Je hebt ze hier niet helemaal op een rijtje, hè liefste?'

Stans vader had geen arsenaal aan slimme woorden om zich mee te verdedigen. Hij huiverde en deinsde terug. Hij glimlachte dom, alsof zijn vrouw een grap had gemaakt die te moeilijk voor hem was. Hij sloot zich af en viel stil. Hij pikte het, eindeloos.

Hij pikte het en pikte het, totdat hij het op een dag niet meer pikte. De veertienjarige Stan rende naar zijn moeder, die als een stil hoopje op de grond lag, en het was goed dat hij dat deed. Hij kon zichzelf altijd voorhouden dat zijn eerste instinctieve reactie was geweest om naar zijn moeder te rennen, om zijn lichaam tussen haar en zijn vader te gooien, maar hij kon ook nooit die eerste kleine, verschrikkelijke, verraderlijke gedachte vergeten die in zijn hoofd opkwam:

Ze vroeg erom.

Zo vaag, zo piepklein dat hij soms deed alsof hij maar dacht dat hij het dacht. Het gebeurde zo snel, maar het gebeurde ook zo langzaam, en het was al zo lang geleden, dus wie kon zeggen wat hij op dat moment echt had gedacht? Je kon niet vertrouwen op het geheugen. Het was een onbetrouwbare bron.

*

Stan was precies zijn vader. Hij had het altijd geweten. Niet slim en snel als zijn moeder. Niet slim en snel als zijn vrouw. Niet goed op school. Een domoor. Een kalfskop.

*

Op zeventigjarige leeftijd voelde hij het vlees van zijn vrouw onder zijn handen terwijl de kolossale woede en vernedering van zijn vader, zijn eigen pijn en gekwetstheid, in zijn borst opzwollen en achter zijn ogen explodeerden.

56

Nu

‘Ik denk dat ze mijn vader nu elk moment kunnen arresteren,’ zei Claire Geers ex-man, zijn blik gericht op het glinsterende blauw van Sydney Harbour in de vroege ochtend. Er zat een croissantschilfer op zijn onderlip en de manier waarop hij ‘mijn vader’ zei had iets kinderlijks en gekwelds.

Ze zaten naast elkaar, met afhaalkoffie en amandelcroissants in witpapieren zakken, op een bankje in het park met uitzicht op de veerboothalte waar Troy haar voor het eerst had gekust. Ze vroeg zich af of Troy zich dat nog herinnerde, of hij zelfs met opzet deze locatie om die reden had voorgesteld. Natuurlijk niet. Hij had nu grote, vreselijke dingen aan zijn hoofd.

Claire reikte naar hem en veegde met haar vingertop de schilfer van zijn lip. ‘Waarom denk je dat?’

‘We hebben gehoord dat de politie camerabeelden heeft van de overburen.’ Hij zweeg even. ‘Daar is blijkbaar iets... heel ergs op te zien. Ik wil er niet eens aan denken wat.’

Zijn stem trilde.

‘Jezus,’ zei Claire. De koffie smaakte zuur in haar mond. Ze zette de afhaalbeker naast zich neer op de bank en keek naar hun blote benen, zij aan zij voor zich uitgestrekt. Ze droegen allebei een korte broek. Hun benen leken op de benen van een stel met een zonnig weekend voor de boeg, niet op die van een echtpaar met achter zich hun scheiding wegens ranzige ontrouw en voor zich een mogelijke tragedie, om nog maar te zwijgen van een ongemakkelijke voortplantingsregeling.

Claire Geer was vierendertig jaar oud. Ze had lang krullend rood haar waar iedereen altijd iets over zei, een studie geschiedenis waar noch potentiële werkgevers noch iemand anders in geïnteresseerd was, behalve haar vader (hij was geschiedenisleraar), en een onverwacht bevredigende carrière in de vs in de directie van een ziekenhuis. Of misschien was dat toch niet zo onverwacht, want ze was het soort meisje dat er altijd het beste van maakte, wier schoolrapporten en werkreferenties altijd melding maakten van haar 'positieve houding'. 'Ik durf te wedden dat je cheerleader was,' had haar nieuwe echtgenoot gezegd toen ze elkaar voor het eerst ontmoetten, maar zoiets bestond natuurlijk niet in Australië en Claire kon niet eens een radslag doen, maar hij mocht haar wat haar betrof best zien als een opgewekt, lief Australisch meisje. Ze was ook bíjna het meisje dat hij in haar zag. Ze was een pleaser, zonnig en vriendelijk als een Australische zomer. De vochtigheid of de muggen, de bosbranden en hagelbuien liet ze maar even buiten beschouwing. Ze hield zielsveel van Geoff, maar niet op de hulpeloze, hopeloze manier waarop ze van Troy had gehouden. Het hele punt van geschiedenis was om ervan te leren, niet om haar te herhalen.

Ze zou er geen enkel probleem mee hebben gehad om Troy Delaney nooit meer te zien, of zelfs om nooit meer terug te keren naar Australië. De wonden waren mooi genezen, zonder zichtbare littekens, en ze had een nieuw leven gevonden, een nieuwe liefde, zodat ze weer romantische komedies kon kijken zonder daar honende geluiden bij te maken.

Maar hier zat ze nu, in Sydney, naast haar ex-man.

Ze wist dat Troy er alleen mee had ingestemd dat ze probeerde zwanger te worden van hun embryo's als een vorm van boetedoening. Ze had de onmiddellijke, instinctieve afschuw op zijn gezicht wel gezien toen ze het hem vorig jaar in New York voorlegde.

Ze wist ook dat haar man, Geoff, niet wilde dat ze zwanger zou worden van het kind van haar ex-man. Zo graag wilde hij nou ook weer geen gezin. Ze had precies dezelfde instinctieve reactie van afschuw op Geoffs gezicht gezien toen ze het hem voorlegde. Beide mannen deden het voor haar: de een uit schuldgevoel en de ander uit liefde. Het was de eerste keer in haar leven dat ze om meer vroeg dan iemand eigenlijk wilde geven, meer dan ze misschien verdiende, maar de waarheid was dat ze totaal niet had geaarzeld toen duidelijk werd dat dit haar enige optie was. Ze kon niet én verlangen naar haar eigen biologische kind én vijf kansen daarop voor eeuwig ingevroren laten.

Ze was nu sinds november vorig jaar in Australië om te proberen zwanger te worden, terwijl Geoff in Texas was gebleven, behalve voor een reisje van twee weken rond Kerstmis. Het was een vreemde, surrealistische tijd geweest: de langste periode in haar leven sinds ze was afgestudeerd dat ze geen fulltime werk had gehad. Ze was aan het lezen en veel aan het wandelen. Ze had haar ex-man een paar keer ontmoet: altijd voor een zakelijke kop koffie en ze leken een aanvaardbaar, gemoedelijk ritme te hebben gevonden. Ze had hem zelfs aan Geoff voorgesteld toen die in december op bezoek was – het leek haar beleefd en volwassen om dat te doen, gezien hun afspraak – maar het was vreemd en ongemakkelijk geweest, sterker nog: afschuwelijk. En ze zag meteen dat de twee mannen elkaar haatten. Ze waren allebei op hun slechtst geweest: opschepperig en onzeker.

Maar nu Troys moeder vermist werd, deed dat er allemaal niet toe.

'Ik geloof het gewoon niet,' zei ze. 'Ik weet dat ik je ouders al jaren niet meer heb gezien, maar het lijkt me gewoon niet mogelijk.'

Ze herinnerde zich de toost die Stan op hun bruiloft had uitgesproken.

'In mijn beroep betekent "love" nul,' had Stan gezegd, met een glas champagne in de hand, en hij had even gewacht om er zeker van te zijn dat iedereen de grap begreep, terwijl hij blij knikte en alle gasten kreunden. Toen zei hij: 'Maar in het leven betekent liefde alles. Liefde helpt je de wedstrijd te winnen. Ik ben niet de allerslimste, maar ik heb de slimste beslissing van mijn leven genomen toen ik met Troys moeder trouwde en ik denk dat Troy zojuist de slimste beslissing van zijn leven heeft genomen toen hij met dit mooie meisje hier trouwde. Laat haar nooit gaan, jongen, en welkom in de familie, lieverd.'

Toen hief hij zijn glas op naar Claire en ging zitten en kuste Joy, met zijn hand tegen de achterkant van haar hoofd, haar naar zich toe trekkend alsof zij de jonge bruid en bruidegom waren.

Ze kon zich met geen mogelijkheid voorstellen dat die man zijn vrouw iets aangedaan had – die man zou zijn leven gegeven hebben voor zijn vrouw – maar ja, ze had zich ook met geen mogelijkheid kunnen voorstellen dat zijn zoon, op wie ze zo stapelgek was geweest, Claire zonder goede reden zou bedriegen.

Dat was juist zo pijnlijk. Ze zaten helemaal niet in een sleur. Ze hadden geen 'problemen'. Hij was niet verliefd geworden op iemand anders. Hij was niet eens dronken of high. Hij brak haar hart gewoon zomaar, willekeurig, een beetje dom.

Elke dag gebeurden er onvoorstelbare dingen en daar was niet altijd een goede reden voor.

'Brooke heeft een goede strafpleiter voor pa gevonden. We weten precies wat we moeten doen als het zover is,' zei Troy. 'Brooke staat achter papa. Ze zei dat zelfs al heeft hij het gedaan, ze achter hem zal blijven staan. Brooke zegt dat één moment van waanzin een leven van liefde niet tenietdoet, maar volgens mij is dat wel zo, ik denk wel dat het dat tenietdoet, toch?'

Claire hief haar handen op. 'Dit is een onmogelijke situatie voor jullie, Troy.'

'Brooke en ik praten niet meer met elkaar,' zei Troy gepijnigd.

'Jullie komen er vast wel uit samen,' zei Claire. 'Het is nu allemaal nog te rauw.'

'Pa heeft me nooit ook maar iets vergeven.' Hij maakte een hard, schokkend geluid dat maar heel in de verte iets weg had van een lach. 'Hij kan moeilijk van me verwachten dat ik hem vergeef dat hij mijn moeder heeft vermoord.'

'Ik denk niet dat hij zou verwachten dat je hem vergeeft,' zei Claire. 'Als dit echt is gebeurd, als er echt een vlaag van waanzin was, zou hij het zichzelf ook nooit vergeven.'

Troy keek haar zijdelings aan. 'Hij was zo kwaad op mij. Om wat ik heb gedaan. Wat ik jou heb aangedaan.'

'Ouwe koeien,' zei Claire. Maar dat waren het niet. Technisch gezien waren het nog relatief nieuwe koeien. Ze verkreukelde haar lege croissantzakje tot een bal.

Een veerboot liet zijn sonore scheepshoorn horen terwijl hij over het water naar hen toe tufte.

'Daar heb ik je voor het eerst gekust,' zei Troy, zijn ogen op de halte van de veerboot gericht.

'Niet doen,' zei Claire fel.

'Sorry,' zei Troy. 'Ik wilde alleen niet dat je dacht dat ik het vergeten was.'

Ze keken toe terwijl de veerboot onhandig botsend tegen de kade tot stilstand kwam. De passagiers kwamen de loopplank over. Een woest uitziende zeemeeuw beende op hen af in de hoop op iets beters dan croissantschilfers.

'Deze is gelukt,' zei Claire zachtjes.

Hij zei niets. Ze dacht dat hij het niet snapte.

'Wist ik,' zei Troy ten slotte, zonder haar aan te kijken. 'Gefeliciteerd. Ik ben echt blij voor je.'

'Je wíst het.' Ze draaide zich met een ruk opzij om hem aan te kijken. 'Hoe wist je het dan?'

'Ik wist het gewoon. Meteen toen ik je zag. Iets in je gezicht. En je drinkt je koffie niet op.'

'Dat is niet de reden. Het smaakt gewoon heel vreemd vandaag.'

'Het smaakt vreemd vandaag omdat je zwanger bent,' zei Troy. 'Het is heerlijke koffie.'

Verbaasd keek ze naar het bekertje met afhaalkoffie. 'Niet te geloven dat jij dat eerder doorhad dan ik.'

'Ik ken je,' zei Troy zachtjes. Hij hief snel een hand op, alsof hij een terechte penalty van de scheids wilde accepteren. 'Sorry. Ik bedoel, ik kénde je. Ik heb je ooit gekend.'

Ze zaten er zwijgend bij en keken naar de veerboot die terugkeerde naar de horizon, en hun hoofd boog door het verdriet om wat had kunnen zijn en wat nu nooit meer zou kunnen zijn.

'Ik wou dat ik dit aan mijn moeder kon vertellen,' zei Troy.

'Ik wou ook dat ik het aan je moeder kon vertellen,' zei Claire. Ze wenste dat er zoveel dingen anders waren op dit moment, behalve de baby, die gekoesterd zou worden, die was ontstaan uit moderne geneeskunde en liefde, onwillige, schuldige, gecompliceerde liefde, maar toch: liefde.

Op de een of andere manier zou het allemaal goed komen. Daar zou zij wel voor zorgen.

57

‘Troy denkt dat papa vandaag wordt gearresteerd,’ zei Logan.

‘Wat weet Troy daar nou van?’ vroeg Indira Mallick en ze realiseerde zich dat ze automatisch in haar rol gegleden was om Logan te steunen in de voortdurende concurrentie tussen hem en zijn jongere broer, al liet Troy als enige duidelijk blijken dat hij wilde winnen.

Indira en Logan zaten aan de glazen tafel waaraan ze vroeger elke avond aten.

Ze had Logan verteld dat ze hier in Sydney was voor de babyshower van een vriendin en dat was waar, maar ze zou nooit helemaal hierheen zijn gevlogen voor zo’n vreselijke babyshower. Ze was gekomen voor Logan. ‘Je bent nog steeds verliefd op hem,’ zei een vriendin beschuldigend terwijl ze ‘zo schattig’ zaten te kirren telkens als de aanstaande moeder een cadeau openmaakte en het boven de trotse zwangere welving van haar buik hield. Indira had haar op strenge toon gezegd dat de moeder van haar ex-vriendje vermist werd. Ze was hier uit vriendschap.

‘Red Amy het allemaal wel?’ vroeg ze aan Logan.

‘Gaat wel, ja. Volgens mij heeft ze nu zelfs een sessie met haar therapeut, of coach, of hoe we hem ook maar moeten noemen,’ zei Logan.

‘Dat is fijn,’ zei Indira. ‘Ik denk dat het goed is als ze...’

Ze slikte de rest van de zin in. Ze behoorde niet langer tot de familie Delaney en had dus geen recht meer op een mening over hoe Amy met haar geestelijke gezondheid om moest gaan.

Amy had Indira ooit verteld dat ze in een hokje werd gestopt omdat ze als kind snel op haar teentjes getrapt was en nu ging iedereen ervan uit dat ze nog steeds snel beledigd was, wat op zich beledigend was. Indira had met haar meegeleefd, omdat ook zij door haar familie in een hokje werd gestopt als de 'onhandige', ook al was ze allang niet meer zo heel erg onhandig. Ze pakte een van de 'vermiste persoon'-flyers van Logans tafel. Hij was te druk, met te veel verschillende lettertypen. Het brak haar hart dat zij niet degene was geweest die hem had ontworpen. Op de foto was Joy te zien in een T-shirt dat Indira haar had gegeven. Er stond een zeefdruk op van drie grote gerbera's. Joy en zij hadden een gedeelde voorliefde voor die bloem. Ze kochten altijd kleine cadeautjes met gerbera-thema voor elkaar.

'Zal ik je helpen om deze flyers op te hangen?' vroeg ze aan Logan.

'Hoeft niet,' zei Logan. 'Ze hangen al overal. Ik heb het gevoel dat we alles hebben gedaan om het onder de aandacht te brengen. Ze is gewoon... verdwenen.'

Indira keek naar Joys lachende gezicht. Logans moeder zou nooit met opzet zo lang geen contact meer zoeken. Ze was zo iemand die moeiteloos met iedereen contact hield. Zelfs nadat Indira het uit had gemaakt met Logan, bleef Joy af en toe een niet-opdringerig appje of mailtje sturen, vol met uitroeptekens en emoji's.

Logan leek totaal niet op zijn moeder, maar hierin waren ze hetzelfde: hij was er ook goed in om met mensen in contact te blijven. Hij was de vriend die je hielp een veranda te bouwen of problemen met de afvoer op te lossen. Hij was de vriend die je belde als je jezelf buitengesloten had, of als er een apparaat ontploft was. Ze had hem nooit passief mogen noemen. Passieve mensen besteedden niet hele weekenden aan het helpen van hun vrienden bij het bouwen van een veranda.

Hij was een goed mens.

Ze voelde deze de waarheid als een fysieke wond. Een letterlijke kramp in haar hart.

'Gaat het?' vroeg Logan.

'Maak je om mij nou maar geen zorgen,' zei Indira. 'Ik maak me juist zorgen om jou.' Ze legde haar hand op die van hem. Hij zag er verschrikkelijk uit. Hij was altijd al een beetje sjofel; sjofelheid was een deel van zijn identiteit, het was waarin hij zich onderscheidde van zijn broer (dat was haar theorie, waar hij het niet mee eens was), maar dit was een stuk morsiger dan anders. Zijn ogen waren rood, zijn huid vlekkerig, zijn spijkerbroek hing om zijn middel als de broek van een oude man. Waarschijnlijk was hij afgevallen.

Zeven maanden geleden had ze het uitgemaakt met Logan omdat ze zich gevangen had gevoeld, prettig gevangen, maar niettemin gevangen in een prima leven, wonend in dit prima huis in de stad, waarin ze elke vrijdagavond naar hetzelfde prima Mexicaanse restaurant gingen. Het was niet dat ze zo dol was op verandering. Dat wat ze het minst leuk vond aan Logan, was datgene wat ze het minst leuk vond aan zichzelf. Ook zij hield van de verleiding van alles-z'n-gewone-gangetje.

Logan was niet als in een filmscène achter haar aan gekomen naar het vliegveld.

Natuurlijk niet.

Maar vervolgens gebeurde er helemaal níks. Haar leven werd niet op magische wijze anders. Ze was nog steeds Indira. Maar dan eenzaam en alleen. Ze miste hem. Ze miste de seks. Ze had aangenomen dat seks net zoiets was als chocolade: als je het niet in huis had, dacht je er helemaal niet aan.

Het begon tot haar door te dringen dat ze niet gevangen had gezeten vanwege Logan; ze zat gevangen in haar eigen Indira-zijn, zoals iedereen in zichzelf gevangenzat.

'Hoe zit het met Troy en Brooke? Hoe gaat het met hen?' Ze voelde de vraag die iedereen ongetwijfeld stelde onaangenaam en zuur op het puntje van haar tong liggen: *Denk je dat je vader het heeft gedaan?*

'Troy en Brooke praten niet meer met elkaar,' zei Logan. 'Volgens mij denkt Troy dat hij zo zijn loyaliteit aan ma bewijst en Brooke denkt dat ze zo haar loyaliteit aan pa bewijst.'

'En jij?' zei Indira. 'En jij dan? Hoe is het met jou?'

'Ik red me wel.' Hij draaide plotseling zijn hand om en hield die van haar vast. Ze keek naar zijn gezicht. Een spier bij zijn kaak trilde. Hij kneep één keer stevig in haar hand en gaf hem toen terug, hem voorzichtig over tafel schuivend.

Ze hield de losgelaten, afgewezen hand met haar andere hand vast alsof ze hem wilde troosten.

Logan trok hard aan zijn oorlel. 'Ben jij gelukkig?'

'Gaat best,' zei ze. 'Je hoeft het nu niet over mij te hebben. Niet nu je zoiets vreselijks doormaakt.'

'Ben je aan het schilderen?'

'Ben ik aan het schílderen?' Ze schoot half in de lach. 'Als het om schilderen gaat is het veel geblaat en weinig wol, dat weet je wel.'

'Dat komt doordat je een atelier nodig hebt,' zei Logan dringend.

'Tuurlijk, Logan,' zei Indira. 'Dat heb ik nodig.'

'Je hebt zoiets nodig als dit,' zei Logan. 'Gewoon als voorbeeld.'

Hij opende zijn laptop en klikte op de website van een makelaar.

'Wat is dit?' Indira trok de laptop naar zich toe, haar elleboog stootte tegen haar theekopje. Logan ving het op voordat de thee over de rand klotste, met geoefend gemak, alsof hij al wist dat dit zou gebeuren.

'Het is een huis met drie slaapkamers,' zei Logan. 'En achter het huis is een aanleunwoninkje. Het heeft heel mooi licht.'

Indira staarde naar het scherm zonder te begrijpen waar ze naar keek.

'Sorry, Logan, ik geloof niet dat ik het helemaal...'

'Ik heb hiernaar gekeken vlak voordat mama vermist werd.' Logan tikte met zijn vinger op het scherm. 'Het ligt een stukje buiten de stad, maar voor meer ruimte zou dat de moeite waard zijn.'

Was hij soms gek geworden van bezorgdheid om zijn moeder?

'Ik heb ook een ring voor je gekocht,' zei hij. 'Die ligt in mijn sokkenla.'

Ze staarde hem aan.

'Ik doe natuurlijk geen aanzoek. Niet nu. Niet als mijn vader op het punt staat te worden gearresteerd voor de moord op mijn moeder. Maar nou ja, je bent nu hier en je ziet er zo...'

Hij gebaarde naar haar lichaam alsof het wel duidelijk was wat hij wilde zeggen. Ze keek verbijsterd omlaag. Ze droeg een gemakkelijke jurk die hij al honderd keer gezien moest hebben. Haar neus was rood rond de neusgaten omdat ze vorige week verkouden was.

'Je ziet er zo verdomd mooi uit,' zei hij en zijn stem brak bij het woord 'mooi'. Indira was stomverbaasd. Ze had hem nog nooit zien huilen. Zelfs niet bijna.

Toen ze pas verkering kregen, zei hij altijd dat ze mooi was en dan katte ze hem af omdat het haar in verlegenheid bracht; het gaf haar het gevoel dat ze dringend naar een spottend publiek moest roepen: *Niet lachen, ik weet zelf heus wel dat het niet waar is!* Dus uiteindelijk hield hij ermee op.

Ze had haar prachtige geliefde met succes getraind om haar nooit meer mooi te noemen.

Logan legde zijn hoofd in zijn handen. Zijn stem klonk gedempt. 'Sorry. Ik weet niet waarom ik dat zei. Het floepte er gewoon uit. Ik ben zo moe.'

'Het geeft niet.' Ze legde haar hand op zijn nek en boog zich tot vlak bij zijn oor. 'Alles komt goed.'

Dat kon ze natuurlijk helemaal niet weten. Ze wist alleen dat ze hem op dit moment zou laten eten en slapen, en dat ze dan aan zijn zijde zou blijven bij alle afschuwelijke of wonderbaarlijke dingen die hun te wachten stonden.

58

'Mooi weer,' zei Ethan tegen Christina terwijl ze naar het huis van Stan Delaney reden om hem te arresteren voor de moord op zijn vrouw.

'Zeker.' Christina keek uit het autoraam naar de wolkeloze blauwe lucht.

'Hoe denk je dat hij zal reageren?' vroeg Ethan. Ethan droeg vandaag een prachtig blauwgroen overhemd. De kleur van een bruidsmeisjesjurk. Christina keek omlaag en zag een klein vlekje op haar eigen blouse, als opgedroogd bloed. Dat kreeg je als je je in het donker aankleedde om je partner niet wakker te maken. Het was waarschijnlijk tomatensaus.

'Hij zal wel kalm blijven,' zei Christina. 'Ik neem aan dat hij van zijn advocaat het advies heeft gekregen om geen woord te zeggen.'

Haar telefoon begon te rinkelen. Het was een onbekend nummer. 'Inspecteur Khoury,' antwoordde ze bruusk, voor de zekerheid. Nico had haar gezegd dat ze te boos klonk aan de telefoon. Hij zei dat niet iedereen een potentiële misdadiger was. Maar daar vergiste hij zich in. Iedereen was wel degelijk een potentiële misdadiger. Of een potentieel slachtoffer.

'Dag, inspecteur Khoury. Hoe is het met u?' Het was de bekakte, fluwelen toon van een man die ervan overtuigd was dat zijn sociale status superieur was aan die van de overgrote meerderheid van de bevolking.

Christina was geïrriteerd. 'Met wie spreek ik?'

'Dit is dokter Henry Edgeworth. Ik begrijp dat u geprobeerd hebt mij te bereiken. Ik ben net terug uit het buitenland.' De meeste mensen klonken nerveus als ze de politie moesten terugbellen, maar deze eikel dus niet.

'Ja, dat klopt,' zei Christina. *Daar heb je dan lekker lang de tijd voor genomen, maat.* 'Het gaat over een vermiste vrouw, Joy Delaney.'

'Delaney,' herhaalde hij. Zijn zijdezachte stem haperde.

'Er was een telefoontje naar haar vanaf uw appartement op veertien februari van dit jaar.'

Christina voelde Ethans aandacht voor haar helft van het gesprek. Hij had waarschijnlijk wel door dat het de plastisch chirurg was die eindelijk terugbelde.

'Ik ben bang dat ik u niet kan helpen,' zei hij. 'Ik ken niemand met die naam.'

'Kunt u dan uitleggen waarom uit onze telefoongegevens blijkt dat er op die dag een telefoontje van de vaste lijn in uw appartement is gepleegd dat veertig minuten heeft geduurd?'

'Misschien hebt u de verkeerde dokter Edgeworth.'

'Aha,' zei Christina. 'Of is het mogelijk dat iemand anders vanuit uw appartement heeft gebeld? Een familielid? Uw vrouw?'

Hij klonk ineens op zijn hoede. 'Mijn vrouw en kinderen verblijven nooit in het appartement. We hebben een woning in de oostelijke buitenwijken. Het appartement is een eenkamerappartement in de buurt van het ziekenhuis, voor als ik tot laat aan het werk ben. Dat is handiger.'

Ja, dat zal best, dat dat handiger is, dacht Christina.

'We twijfelen er niet aan dat het telefoontje is gepleegd vanuit uw appartement. We denken ook dat het waarschijnlijk is dat Joy Delaney het slachtoffer is geworden van een misdrijf,' zei Christina. 'Dus ik wil dat u hier nog eens heel goed over nadenkt.'

Het bleef weer even stil. 'Gaat dit om die oude dame? Ik zag de echtgenoot op het nieuws.'

‘Inderdaad,’ zei Christina.

‘Nou.’ Hij schraapte zijn keel. ‘Nou, oké, ik kan u zeggen dat ik een paar weken geleden wel iemand in het appartement had. Een... bekende van de familie.’

Je vriendinnetje, dus. Honderd procent zeker.

‘Dus als ik even terugdenk, dan vermoed ik dat zij degene was die deze dame heeft gebeld,’ zei dokter Edgeworth. Het vertrouwen in zijn stem groeide: ‘Ik zou zelfs zeggen dat ze dat zéker was. Volgens mij zijn ze familie van elkaar.’

Christina zei: ‘Waarom denkt u dat?’

‘Nou, toevallig heette dit meisje Savannah Delaney.’

‘Savannah Deláney,’ herhaalde Christina, terwijl ze Ethan aankeek. Zijn wenkbrauwen schoten omhoog.

Ze hadden meteen van het begin al geweten dat Savannah een centrale rol speelde in dit onderzoek en toch waren ze er nog steeds niet in geslaagd dat vervloekte mens te vinden.

‘Misschien is ze haar nichtje of zo? Ze zei dat haar moeder dood was.’

‘Wanneer hebt u voor het laatst contact met haar gehad?’

‘Al een tijdje niet meer,’ zei dokter Edgeworth. ‘Eigenlijk was de laatste keer dat we elkaar spraken waarschijnlijk... even denken... op Valentijnsdag.’

59

Simon Barringtons adem versnelde terwijl hij naar de woorden op zijn laptopscherm staarde. Was het toeval? Had hij de woorden in het appje van Amy's moeder verkeerd onthouden? Betekende dit niets of alles? Had hij zojuist per ongeluk de zaak van de verdwijning van Joy Delaney opgelost?

Hij zat aan de eettafel. Hij wist dat Amy thuis was. Ze was net binnen komen lopen en had zwijgend en stijfjes naar hem gezwaaid voordat ze de trap op rende naar haar kamer.

Ze was op het moment zo fragiel, als een dunne glazen versie van zichzelf.

'Je wist toch dat dit nooit echt iets zou worden?' had ze gezegd toen ze een paar dagen geleden 'uit elkaar gingen', al wist Simon niet of er wel iets uit elkaar te gaan viel. Ze liet het klinken alsof er overduidelijke ethische overwegingen waren op grond waarvan zij geen stel konden zijn, alsof ze gehuwde politici van tegengestelde partijen waren, in plaats van huisgenoten met een groter dan gebruikelijk leeftijdsverschil. Ze hadden het best een kans kunnen geven.

Maar hij zei: 'Natuurlijk, dat wist ik,' omdat hij het haar op dit moment niet moeilijk wilde maken en ze hem zo wanhopig had aangekeken.

'Ik ben een lastig type,' zei ze tegen hem. 'Zelfs als mijn moeder niet vermist wordt, ben ik een lastig type.'

Hij had zijn vaders favoriete liedje van Kris Kristofferson kunnen citeren en haar kunnen vertellen dat van haar houden gemakkelijker was dan alles wat hij ooit nog zou doen.

Hij had kunnen zeggen: 'Laat me je hierdoorheen helpen.' Hij had zoveel kunnen zeggen, maar hij zei alleen zachtjes: 'Ik hou van lastige types. Ik hou van alles wat lastig is.' Toen voelde hij zich rot omdat ze keek alsof ze op het punt stond te gaan huilen, dus had hij gezegd: 'Het geeft niet, Amy. Maak je om mij nou maar geen zorgen. Concentreer je op je moeder.'

Er klonken weer voetstappen op de trap. Ging ze meteen weer de deur uit?

'Amy?' riep hij.

Ze kwam naar de eetkamer.

'Hoi,' zei ze. Ze zag er bleek en moe uit, maar beheerst. 'Ik ga weer weg. Mijn broer haalt me zo op. Hij denkt dat mijn vader vandaag misschien gearresteerd wordt.' Ze glimlachte vreugdeloos. 'Gelukkig kon ik net nog even snel naar mijn therapeut. Dus ik ben er klaar voor.'

'Dat appje dat je moeder stuurde,' zei Simon, 'stond daar het getal eenentwintig in?'

Amy keek geschrokken. 'Volgens mij wel. Maar het waren gewoon willekeurige onzinwoorden. Dat gebeurde altijd als ze je appte zonder bril.'

Ze tikte op haar telefoon en liet hem het appje zien.

De bewoording was precies zoals hij het zich herinnerde.

'Nou, dit is misschien niks,' zei Simon. 'Maar ik zat net aan Savannah te denken en dat toen bleek dat ze de zus van Harry Haddad was, dus ik zat Harry te googelen en ik keek naar zijn liefdadigheidswerk en toen zag ik dit.'

Hij draaide de laptop zodat ze de woorden kon zien.

Ze keek naar het scherm, toen naar het appje van haar moeder en weer terug naar het scherm.

En hij zag haar adem stokken.

60

'Verandert dit iets aan de zaak?' vroeg Ethan fronsend. 'Dat Joy met Savannah heeft gesproken op de dag van haar verdwijning? En dat dat ook de laatste dag was waarop dokter Edgeworth contact heeft gehad met Savannah?'

Ze waren gestopt bij een kruispunt en hij keek Christina aan, zijn handen aan het stuur, vertrouwen en respect in zijn ogen, alsof dit een vraag was die je goed of fout kon beantwoorden, en dat Christina, met haar jarenlange ervaring, het goede antwoord wel zou weten; hij hoefde het haar alleen maar te vragen. Hij dacht dat ze een of ander speciaal soort kennis had en dat hij die op een dag ook zou verwerven en een duizelingwekkend moment lang voelde ze zich een kind dat speelde dat ze een door de wol geverfde inspecteur was. *Ik ben kleine Chrissie Khoury maar, Ethan, wat weet ik in godsnaam?*

'Wat denk jij?' zei ze. Goede training voor hem.

'Nou,' zei Ethan. 'Is het mogelijk dat Joy en Savannah samen ergens zijn?'

'Dat zou kunnen,' zei Christina. 'Alles is mogelijk zolang we geen lichaam hebben.'

'Bel ons als je een lichaam hebt,' zeiden de jongens van Moordzaken.

Accepteer niks. Beter te weinig dan te veel geloven. Controleer alles. Moesten ze weer omkeren?

'Het verandert niets aan het bewijs,' zei ze. 'De krassen, het bebloede T-shirt, de camerabeelden, het motief. We hebben genoeg.'

Hun gesprek met Savannahs beroemde broer had hun helemaal niets opgeleverd. Harry Haddad sprak met veel respect over zijn voormalige coaches, Joy en Stan Delaney, maar zei dat hij zijn zus al jaren niet meer had gesproken. Hij meende dat zijn vader ooit een e-mailadres van haar had, maar hij wist het niet zeker. Harry had geen contact meer met zijn moeder en van haar had hij ook geen contactgegevens. 'Mijn moeder is meerdere keren hertrouwd,' zei hij. 'Ik weet niet eens precies welke achternaam ze tegenwoordig gebruikt.' Zijn toon, die aanvankelijk warm en behulpzaam was, begon wat korzelig te worden toen hij zijn gecompliceerde familiegeschiedenis besprak.

Savannah was een optische illusie. Een bliksemafleider. Ze was alleen relevant omdat ze Stan een motief had gegeven voor de moord op zijn vrouw.

'Dus we gaan hem nog steeds arresteren,' zei Ethan.

'We gaan hem nog steeds arresteren,' zei Christina. 'En daarna gaan we die Savannah opsporen, wie ze verdomme ook is, en dan arresteren we haar ook.'

'Waarom?'

'Omdat ik pissig word van dat mens,' zei Christina.

Ethan grijnsde. 'Lijkt me redelijk.'

61

Caro Azinovic zat in de voorkamer van haar huis een kopje thee te drinken terwijl ze genoot van een telefoongesprek met haar dochter in Denemarken. Dat was alweer veel te lang geleden.

Ze zag een witte auto voor het huis van de Delaneys stoppen en een man en een vrouw uitstappen. Ze droegen allebei een kostuum. De manier waarop ze naar de voordeur liepen had iets doelgerichts en onheilspellends.

Ze dacht aan de bewakingscamerabeelden die zij en haar zoon aan de politie hadden gegeven.

'O mijn god,' had haar zoon gezegd terwijl ze er samen naar keken.

'Je kunt niet echt zien wat hij daar heeft,' had Caro gezegd.

'Op dat tijdstip?' zei Jakob. 'Dit is niet oké, mama.'

Caro en haar dochter hadden nog maar een paar korte e-mails uitgewisseld sinds ze vorige maand in Sydney was geweest, dus ze moest nodig bijgepraat worden. Petra was erg laat op, daar aan de andere kant van de wereld, omdat ze van streek was over een ingewikkelde kwestie – iets met de school van haar zoon – en Caro luisterde meelevend. Ze dacht altijd dat de Denen zo sociaal ontwikkeld waren dat er daar niet zoiets bestond als een schoolpleinpolitiek, maar blijkbaar was het iets universeels.

'Volgens mij is de politie nu bij Joy thuis,' zei ze tegen Petra toen die eindelijk klaar was met haar verhaal.

'Wat moet de politie daar in vredesnaam?'

Caro vertelde haar alle gruwelijke details.

Haar dochter klonk paniekerig. 'Maar mam, waarom heb je me dit niet eerder verteld?'

'Nou, dit is de eerste keer dat we elkaar weer echt spreken sinds je terug bent gegaan, dus het kwam niet eens bij me op. Om eerlijk te zijn was ik er zo gespannen door dat ik...'

'Mam, je moet me de naam vertellen van degene die de leiding heeft over het onderzoek. Nu meteen.'

'Maar waarom?'

'Omdat ik Joy Delaney op Valentijnsdag nog heb gezien.'

62

Het was doodstil in de straat toen ze de oprit op reden. Er klonk zelfs geen bladblazer in de verte.

Toen ze naar het huis liepen, begon Christina's telefoon te rinkelen, een schril geluid dat de stilte doorbrak. Ze zette hem op voicemail.

'Goedemorgen,' verzuchtte Stan Delaney toen hij de deur voor hen opendeed, alsof ze onwelkome maar verwachte bezoekers waren en Christina vermoedde dat ze dat ook inderdaad waren. Hij was vandaag ongeschoren, op blote voeten, in korte broek en een zwart T-shirt. 'Kom binnen.'

Hij ging hun voor door de gang, langs de ingelijste foto's. Er was een vage open plek waar de ingelijste foto had gehangen die ze in beslag hadden genomen. Het huis rook naar geroosterd brood.

Ze gingen naar de zitkamer, waar ze al hun eerdere gesprekken hadden gevoerd. Stan gebaarde naar de bank.

'Jullie hebben haar toch niet gevonden, hè?' zei hij plotseling.

Achteraf zou Christina terugdenken aan dat moment en zich afvragen of ze toen al had moeten weten dat er iets niet klopte, want hoewel zijn gezicht zonder meer angst toonde, wat ze wel had verwacht, sprak er ook hoop uit, en waarom zou hij hoopvol zijn?

Maar zelfs als ze was blijven twijfelen, zou het ijzersterke bewijs dat haar tot dit punt had geleid haar gerustgesteld hebben. Haar onderbuikgevoel werd ondersteund door het ene stuk overtuigende bewijs na het andere.

Dit was niet het moment om nog te twijfelen.

Ze sprak duidelijk. 'Stan Delaney, u staat onder arrest voor de moord op Joy Margaret Delaney.'

Hij deinsde niet terug. Zijn gezicht werd hard en uitdrukkingsloos, alsof hij langzaam maar zeker versteende.

'U hoeft niets te zeggen of te doen, tenzij u dat zelf wilt. Alles wat u zegt of doet zal...'

Ethan zei: 'Christina.' Hij hield zijn hoofd schuin alsof hij naar iets luisterde. 'Volgens mij...'

Ze negeerde hem en bleef tegen Stan praten. 'Alles wat u doet of zegt, wordt vastgelegd en kan later als bewijs tegen u worden gebruikt. Hebt u dat begrepen?'

'Ja,' zei Stan. 'Dat begrijp ik.'

'Inspecteur Khoury,' zei Ethan formeel, iets luider.

'Wat?' Ze voelde een vlaag van irritatie.

Ethan hief zijn kin op om naar iets te wijzen in de gang achter haar.

Christina draaide zich om terwijl een kleine vrouw met wit schouderlang haar de kamer binnenliep en een rugzak van haar schouders liet glijden. Aan haar vinger bungelde een set sleutels.

Christina had zoveel nagedacht over deze vrouw en haar leven en haar keuzes dat het was alsof ze een beroemde filmster in het echt zag, zo verwarrend.

Stan Delaney liep als een man die droomde naar zijn vrouw toe en tilde haar op. Haar sleutels vielen op de grond.

Stan huilde, terwijl hij met zijn hand het achterhoofd van zijn vrouw vasthield. Hij huilde zoals een man huilt als hij weinig of geen ervaring heeft met huilen: droge snikken die pijn deden aan zijn lichaam.

Het was de eerste keer dat Christina Stan Delaney, de man die ze had willen veroordelen voor de moord op zijn vrouw, zelfs maar een greintje emotie had zien vertonen.

'Wat is hier in vrédesnaam aan de hand?' zei Joy Delaney.

63

Valentijnsdag

Stan Delaney voelde zijn gigantische woede en vernedering, zijn pijn en gekwetstheid in zijn borst opzwellen en achter zijn ogen exploderen. Maar hij was zijn vader niet. Net zoals zijn vader die dag zijn vader niet was geweest, de dag dat diens lichaam eindelijk reageerde op de wreedheid die hij dagelijks over zich heen kreeg.

Die ene actie had de rest van zijn vaders leven en de rest van Stans leven bepaald.

Hij was misschien net zo dom als zijn vader, zo dom als het achtereind van een varken, maar hij zou nooit dezelfde fout begaan als zijn vader. Hij zou nooit een vrouw pijn doen, geen enkele vrouw, maar vooral deze vrouw niet, niet het blonde meisje met het huppelloopje dat al die jaren geleden als een wonder op dat feest was verschenen en naar hem had geglimlacht met die glanzende, strijdlustige ogen. Hij had geweten, nog voordat dat nummer was geëindigd met die laatste suffe synthetische beat, dat zij het enige meisje voor hem was.

Meer dan vijftig jaar later liet hij zijn hevig trillende handen vallen. Hij wendde zich af.

Hij sloeg niet met de deur. Hij trok hem met een zachte klik achter zich dicht.

64

Nu

'Uw familie was heel erg bezorgd om u, mevrouw Delaney.'

Christina slaagde erin rustig te praten terwijl ze dacht aan alle tijd en middelen die ze had besteed aan het bewijzen van de moord op deze vrouw. En aan het gezicht van haar baas, straks.

Accepteer niks. Beter te weinig dan te veel geloven. Controleer alles.

Ze had zich niet aan haar eigen regels gehouden. Ze hadden zich achter de oren moeten krabben toen die plastisch chirurg hun vertelde dat Savannah nog met Joy had gesproken op de dag van haar verdwijning.

'Maar ik snap het niet,' zei Joy Delaney. Ze stond naast haar man, hield zijn hand in die van haar en gaf daar afwezig klopjes op. Ze zag er uitgerust uit en had een lekker kleurtje. 'Waarom zou je de politie bellen, Stan? Je wist toch precies waar ik was? Ik heb een briefje voor je achtergelaten.'

'Ik heb helemaal geen briefje gekregen,' zei Stan met bevende stem. Hij was als een plant die weer tot leven kwam voor Christina's ogen: rug recht, schouders omlaag. 'Er was geen briefje, Joy.' Hij ademde hoorbaar uit. 'Eerst dacht ik dat je alleen een punt wilde maken, maar vorige week, nou ja, toen begon ik echt te denken dat er iets vreselijks met je was gebeurd.'

'Ik heb honderd procent zeker een briefje achtergelaten!'

hield Joy vol. 'Ik had het aan de deur van de koelkast gehangen zodat je het onmogelijk zou kunnen missen.'

'Er hing geen briefje aan de koelkast,' zei Stan. 'Waar wás je?'

'Maar ik had het daar toch echt gehangen! Het was een heel lief briefje! Ik had er heel goed over nagedacht.'

Stan zei: 'Heb je soms die magneet van de London Eye gebruikt, Joy?'

'O,' zei Joy. Ze maakte een grimas. 'Wat dom van me. O jee.'

'Die magneet is topzwaar,' zei Stan tegen Christina. Hij was nu bijna vriendschappelijk tegen haar. 'Slecht ontwerp. Hij glijdt de hele tijd van de koelkast af.'

'Jammer, want het is een mooie magneet,' zei Joy. 'Er staat een foto van ons op, in de London Eye.'

'Hebt u dan geen briefje op de grond zien liggen?' vroeg Christina aan Stan, die hem nog steeds behandelde als een man die iets te verbergen had.

'Niks gezien, nee,' zei Stan.

'Maar je hebt toch zeker de kinderen wel gebeld, Stan! Die heb ik nog geappt!' zei Joy.

'Maar aan dat appje was geen touw vast te knopen, Joy,' zei Stan. 'Het was wartaal.'

Joy keek naar Christina en Ethan. 'Heeft hij jullie überhaupt al een kopje thee aangeboden?'

'We kwamen niet voor een kopje thee,' zei Christina. 'We waren bezig hem te arresteren.'

De hond kuierde de kamer binnen en likte vrolijk aan Joys schoenen. Christina schuifelde opzij. Ze had Steffi nu een paar keer ontmoet en het dier leek ongevaarlijk en schattig, daar niet van, maar ze had niks met huisdieren en ze had zo het gevoel dat deze hond haar niet mocht.

Joy streelde de oren van de hond. 'Hallo, Steffi, heb je me gemist?'

Stan zei: 'O, ik heb al een idee wat er met dat briefje is gebeurd.'

'O, Stéffi,' zei Joy.

'De hond eet papier,' legde Stan uit aan Christina terwijl Joy zich vooroverboog om de sleutels op te rapen die ze had laten vallen en plotseling verrukt naar de vloer keek.

'Stán,' zei ze.

Ze legde haar handen plat op de vloer en keek naar hem op.

'Je vindt het mooi?' vroeg hij stralend.

'Het ziet er prachtig uit,' zei ze opgetogen. 'O mijn god, het ziet er prachtig uit.'

Joy richtte zich weer op, haar ogen nog steeds op de vloer gericht. 'We hadden hier foeilelijke paarse vloerbedekking liggen.' Ze verbeterde zichzelf snel. 'Nou ja, misschien niet foeilelijk, maar gewoon... niet echt mijn stijl.'

Stan zei: 'Geeft niet. Het was ook echt foeilelijk.'

'Hoe dan ook, terwijl ik weg was, heeft Stan die vloerbedekking er dus helemaal uitgetrokken en de vloerplanken in de beits gezet! Ziet het er niet schitterend uit?'

'Ik heb de vloerdelen zelf geschuurd,' zei Stan.

Christina keek naar Ethan en wist dat ook hij aan de camerabeelden dacht die ze hadden gezien. Niet van een man die het lichaam van zijn vrouw draagt, maar die van een man die met moeite een rol oude vloerbedekking in de auto weet te krijgen. Een man die eindelijk bezig was met een klus waar zijn vrouw hem waarschijnlijk al jaren om vroeg. Ze dacht aan de getuige die hem had gezien met bloeddoorlopen ogen en onder het stof, niet omdat hij zijn vrouw net had begraven, maar omdat hij een hardhouten vloer had opgeschuurd.

Joys glimlach verdween. 'Sorry, zei u nou dat u op het punt stond Stan te arresteren? Waarvoor?'

Het bleef een moment stil. Een moment waarop Stan Delaney er niet liever of onschuldiger uit had kunnen zien. Hij kon zijn glimmende ogen niet van zijn vrouw afhouden.

Christina herinnerde zichzelf eraan dat al haar collega's een arrestatie zouden hebben verricht op basis van de feiten die haar ter beschikking stonden.

‘Te hard gereden?’ raadde Joy. ‘Hij heeft een verschrikkelijke loden voet.’

‘Nee, niet voor te hard rijden,’ zei Christina op vlakke toon. Ze sloot haar ogen en tikte met een vingertop tegen haar voorhoofd. Haar moeder was onlangs begonnen met zo te ‘tikken’ om stress te verlichten. ‘We waren hem aan het arresteren voor moord. Op u.’

‘Moord?’ zei Joy. Haar ogen puilden uit. ‘Dachten jullie dat hij me vermoord had?’

‘Het bewijs was overtuigend,’ zei Christina, bijna alsof ze het tegen zichzelf had.

‘Maar hoe kon dat in vredesnaam overtuigend zijn?’ Joy spreidde haar armen wijd uit. ‘Ik lééf gewoon!’

‘Ja,’ zei Christina. ‘Dat blijkt.’

‘Maar jullie hebben toch zeker wel met onze kinderen gesproken?’ vroeg Joy aan Christina. ‘Ze hadden dat meteen kunnen ontzenuwen. Heeft Stan jullie hun telefoonnummers niet gegeven?’

‘Ze hadden dat T-shirt.’ Stan sprak tegen Joy alsof ze alleen waren. ‘Dat shirt dat we hebben gebruikt om je voet in te wikkelen toen je die dag op het strand in die oesterschelp trapte. Weet je nog? Dat lag achter het huis “begraven” en dat hadden ze gevonden. Ze dachten dat ik het daar had begraven.’

‘Natuurlijk weet ik dat nog,’ zei Joy. ‘Ik dacht dat ik het in de vuilnisbak had gegooid. Die vervloekte kat van Caro is er natuurlijk mee vandoor gegaan. Otis steelt altijd wasgoed, hier in de buurt.’ Haar stem stierf weg. ‘Ik snap het niet. Bedoelt u dat jullie dachten dat het...’ Ze keek Christina aan alsof ze zich niet goed voelde. ‘Dachten jullie dat het mijn bloed was?’

‘Nou ja, het wás ook jouw bloed,’ zei Stan in alle redelijkheid.

'Maar Stan, godallemachtig, je hebt het toch zeker úítgelegd! Het was heel eenvoudig te verklaren!'

'Natuurlijk wilde ik het uitleggen, maar tegen de tijd dat ze het shirt hadden gevonden, was het duidelijk dat ik in de problemen zat. Dus besloot ik niets te zeggen totdat mijn advocaat erbij was,' zei Stan.

'Je advocaat?' vroeg Joy sputterend. 'Welke advocaat? Je hebt helemaal geen advocaat!'

'Brooke heeft een strafpleiter voor me in de arm genomen. Leuke jonge kerel. Blijkt dat zijn vader die Ross Marshall was, die in de jaren tachtig bij de club speelde, weet je nog?'

Nu ze Stan zo zag praten, moest Christina vreemd genoeg aan zichzelf denken. Ze was geen grote prater. Nico was de prater. Maar als ze elkaar weer zagen nadat ze elkaar een poosje niet hadden gezien, ontpopte ze zich tot een ontzettende kletskous, omdat ze hem zo graag alles wilde vertellen wat ze had opgespaard.

'Die met de onderhandse opslag?' vroeg Joy vaag.

'Die ja!' zei Stan. 'Hij speelt tegenwoordig bowls. Past waarschijnlijk beter bij hem.'

'Jullie dachten toch niet serieus dat hij me vermoord had?' vroeg Joy aan Christina.

'Ik had die krassen op mijn gezicht,' zei Stan. 'Het leek alsof je me gekrabd had.'

'Maar ik had je ook gekrabd!' zei Joy. Ze spreidde haar rechterhand om haar vingernagels te laten zien. 'Daar voelde ik me nog zo schuldig over.'

'Dus dat kwam niet door een heg,' zei Christina tegen Stan. Op dat punt was haar instinct tenminste goed geweest.

Hij keek Christina in de ogen. 'Ik wist wel hoe u dit waarschijnlijk zou zien.'

Hij had gelogen in een strafrechtelijk onderzoek. Ze zou hem kunnen beschuldigen van het belemmeren van de rechtsgang. En zijn vrouw zou ze kunnen beschuldigen van openbaar wangedrag. Dan kon ze verdomme vandaag tenminste iemand nog iets ten laste leggen.

Joy plofte ineens op de bank. 'Dit is nogal schokkend.'

'Het was inderdaad behoorlijk schokkend, ja,' zei Stan droogjes. Hij ging naast haar zitten, zo dichtbij dat hun benen elkaar raakten. De hond zat kwispelend op de grond tussen hen in.

Joy trok een kussen achter haar rug vandaan en legde het op haar schoot. 'Ik hoop maar dat de mensen hier geen lucht van krijgen.' De hond rolde op haar rug en liet haar buik zien, die Joy met haar voet begon te aaien.

'Mensen hebben er allang lucht van, lieverd. Er is een persconferentie geweest,' zei Stan. 'Je bent een vermist persoon. Het was op het nieuws. Er waren helikopters. Mensen hebben door het reservaat naar je lopen zoeken.'

'Ze hebben mij lopen zoeken? Of ik me onder een struik verstopt had? O mijn god.'

'Even voor de goede orde. U zegt dus dat uw hond de brief heeft opgegeten die u had achtergelaten,' zei Christina. 'En de kat van de buren ging er met het bebloede T-shirt vandoor.'

'Er zijn wel veel huisdieren bij deze zaak betrokken, inspecteur Khoury,' merkte Ethan nuchter op.

'Kennelijk, agent Lim.' Christina keek hem vuil aan. Zijn ogen fonkelden. Ze boog haar hoofd en kneep in de brug van haar neus terwijl ze nadacht over de absurditeit van deze zaak.

Misschien zouden zij en Ethan op weg naar huis een kitten redden die vastzat in een boom, onder luid gejuich van de buurtbewoners.

'Waarom hebt u uw auto schoongemaakt, meneer Delaney?' vroeg Christina. 'Twee dagen nadat uw vrouw vermist werd?'

Waarom moest je er zo nodig alles aan doen om schuldig te lijken?

'Joy zegt al maanden dat de auto naar zure melk stinkt,' zei Stan.

'Ik had bananenmilkshake gemorst,' zei Joy.

'Dus ik wilde haar verrassen.' Hij keek Joy stralend aan. 'De auto ruikt weer alsof hij gloednieuw is.'

'O, Stan.' Joys handen schoten naar haar mond, het klassieke gebaar van een meisje wier vriend op één knie is gezakt voor een aanzoek. 'Je hebt iemand betaald om de auto schoon te maken? Was het heel erg duur?'

'Het was pure diefstal,' zei Stan. 'Ik heb ook een mobiele telefoon gekocht. Ook al zo'n belachelijk bedrag.'

'Echt waar?' vroeg Joy. Haar voet stopte met aaien. De hond keek hoopvol naar haar op.

'Ik zal je mijn nummer even geven,' zei Stan.

Ze keken elkaar recht in de ogen.

'Dan kun je me altijd bereiken,' zei Stan. 'Altijd. Ik zal hem nooit uitzetten. Ik zal altijd opnemen.'

Joy nam zijn hand in die van haar. 'Oké,' zei ze. 'Oké, dan.'

De woorden waren niet opzienbarend, maar het voelde op de een of andere manier alsof ze getuige waren van een verrassend intiem gesprek, en Christina keek beleefd weg van het paar en staarde naar de houten vloer. Nico zei dat er vast een mooie houten vloer lag onder de ranzige vloerbedekking in het huis dat ze net hadden gekocht. Verbazingwekkend om te bedenken dat er iets moois schuil kan gaan onder iets lelijks en dat je het alleen maar weg hoeft weg te trekken.

Ze voelde haar irritatie verdampen onder een langzaam op gang komende maar onverbiddelijke stroom van opgetogenheid. Joy Delaney werd niet langer vermist, was niet langer vermoedelijk dood: ze leefde en blaakte van gezondheid. Christina hoefde niet langer haar nachten op kantoor door te brengen met het voorbereiden van de bewijsstukken, zich verontwaardigd afvragend welke getuigenverklaringen het Openbaar Ministerie hun zou vragen opnieuw af te nemen, omdat het hun taak was om aan elk bewijsstuk te twijfelen.

Zoals zij ook had moeten doen.

Zij en Nico konden vanavond een fles wijn opentrekken en morgen uitslapen. Ze zouden vanavond en morgenochtend seks hebben, en waarschijnlijk morgenmiddag ook.

Dit was geen zaak waarmee ze de voorpagina van de krant zou halen. Het was een schattig verhaaltje voor tijdens een etentje dat ze zou vertellen met Nico's arm om de rugleuning van haar stoel. Of eigenlijk was de kans groter dat Nico het namens haar zou vertellen en dat zij alleen kleine feitelijke correcties zou aanbrengen in zijn verhaal.

Ze wierp een blik op Ethan, die sentimenteel naar Joy en Stan glimlachte alsof hij de vader was van de bruid, verdomme. Hij voelde haar kijken en trok meteen een ander gezicht.

'Misschien kunnen wij u even alleen spreken, mevrouw Delaney,' zei ze tegen Joy. 'Dan kunt u vertellen wat er allemaal gebeurd is en waar u al die tijd bent geweest.'

65

Valentijnsdag

Hij was weg. De lucht trilde van de vreselijke woorden die ze elkaar naar het hoofd hadden geslingerd. Joy liep verdwaasd de gang door, terug naar de keuken en keek om zich heen. Haar lege waterglas stond op het aanrecht. Ze zette het in de vaatwasser. Deed de vaatwasser dicht. Veegde een enkele druppel water van het aanrecht.

Goed dan.

Vroeger was het zo dat als Stan wegging, de snelle stroom van Joys leven haar meesleurde en haar erdoorheen sleepte tot hij weer terugkwam, maar nu waren er geen kinderen om haar af te leiden of te troosten, geen lessen te verzetten, geen bedrijf om te runnen. Ze had geen idee wat ze nu moest doen. Ze wist niet hoe ze haar dag moest vullen. Ze wist niet hoe ze haar leven moest vullen.

De stoffige fles whisky stond nog op de keukentafel. Ze schonk met trillende handen een borrelglas voor zichzelf in en dronk dat in één dramatische slok leeg, als iemand in een film. Ze huiverde. Whisky was vies, maar ze genoot van de langzame warmte die hij je schonk, als een elektrische deken die koude lakens opwarmt.

Ze zag een nagelschaartje onschuldig boven op de troepjes in de schaal op het dressoir liggen, alsof het er altijd al had gelegen, dus ging ze aan tafel zitten en knipte de twee gebroken nagels af waarmee ze Stan in zijn gezicht had gekrabd, terwijl ze zich afvroeg of ze hier ooit nog overheen zouden komen, of dat ze dan toch uiteindelijk het einde van hun vergevingsgezindheid, hun liefde, hun geduld hadden bereikt.

Ze bedacht dat ze wég wilde zijn als Stan weer terugkwam.

Voor de verandering wilde ze dat hij een keer thuis op háár wachtte. Maar waar kon ze heen?

Ze was zinloos aan het googelen naar de antwoorden op al haar problemen toen haar telefoon als een geschenk begon te rinkelen. Haar hart maakte een sprongetje. Ze nam op zonder zelfs maar naar de naam te kijken. Het was vast en zeker een van de kinderen die zich eindelijk had herinnerd dat hij of zij nog een moeder had. Ze gokte op Brooke.

'Hallo?'

'Joy?'

Ze herkende de stem meteen. 'Savannah.' Haar blik gleed naar Harry Haddads memoires die voor haar op de tafel lagen.

Moest ze ophangen?

Joy had een keer 's avonds een jonge man aan de telefoon gehad van wie ze wíst dat hij haar probeerde op te lichten, omdat hij haar vertelde dat ze een geweldige prijs had gewonnen waarvoor ze alleen een 'klein bedrag' moest betalen voor de 'verzending' en Joy had hem gewoon voor de gezelligheid eeuwenlang laten ratelen. Ze hadden uiteindelijk een interessant gesprek over klimaatverandering gehad, voordat ze hem vertelde dat hij echt een wat minder dubieuze baan moest zoeken, waarop hij ophing.

Zo dacht ze ook over Savannah. Ze wist dat ze op haar hoede moest zijn en ze wás op haar hoede, maar ze was ook eenzaam.

'Hoe gaat het, Savannah?' vroeg ze. Koeltjes maar niet kil. 'Waar ben je?'

'Het gaat super, Joy!' zei Savannah. 'Geweldig! Kon niet beter! En hoe is het met jou?'

O jee. Ze sprak met de energie van een gladde huis-aan-huis-verkoper die weet dat hij maar een paar seconden heeft voordat de deur voor zijn neus wordt gesloten.

Joy voelde een plotselinge golf van woede. 'Nou, met mij gaat het dus niet zo geweldig, Savannah. Ik heb niet echt een fijne dag en ik heb net een glas whisky genomen, in de ochtend, dus als je belt om ons nog een rondje af te persen dan...'

'Nee, daar bel ik niet voor,' zei Savannah.

'Ik mag hopen dat je zelf ook wel snapt dat wat je ons hebt aangedaan onaanvaardbaar was,' zei Joy. 'Als je die beschuldigingen over Stan openbaar had gemaakt, had je ons leven voorgoed naar de knoppen kunnen helpen...'

'Ik heb het geld teruggegeven,' zei Savannah. 'En dat zou ik nooit hebben gedaan.'

'Nou ja, hoe moet ik weten wat jij allemaal zou doen?'

Er kwam geen antwoord. Ze bleven even stil en Joy dacht terug aan de dag dat ze terugkwam uit het ziekenhuis en dat Savannah haar een dienblad op bed had gebracht met een kopje thee en kleine driehoekjes geroosterd brood met suiker en kaneel. Mijn god, wat was dat toen heerlijk.

'Oké dan,' zei ze op de sussende toon van 'laten we dit achter ons laten' die ze altijd tegen haar kinderen gebruikte als hun gedrag onaanvaardbaar was en er verder niets te zeggen viel. 'Maar goed. Wat ben je allemaal aan het doen?'

'Ik heb een soort van nieuwe relatie,' antwoordde Savannah. 'Met een dokter. Een plastisch chirurg. Rijk. Ik bel vanuit zijn appartement. Ik woon hier nu zo'n beetje.'

'Dat is geweldig nieuws!' zei Joy hartelijk. Dus ze had zichzelf bij de kladden gepakt! Ze had het roer omgegooid. 'Ik ben heel erg blij voor...'

'Hij is getrouwd,' viel Savannah haar in de rede. 'Het is meer een affaire dan een relatie.'

'O,' zei Joy verdrietig.

'Joy.'

Dit was Savannah echt. Zonder toneelspel. Ze klonk zoals Joys kinderen altijd klonken als ze belden en ze meteen als ze hen hoorde praten wist dat er wat loos was: een verloren wedstrijd, een gebroken hart.

Ze zette zich schrap zoals ze zich altijd schrap had gezet voor de stomp in de maag die het slechte nieuws van haar kinderen zou zijn. 'Wat is er aan de hand? Vertel maar.'

'Mijn broer heeft een autobiografie geschreven,' zei Savannah. 'Mijn vader heeft hem naar me gemaild. De uitgevers sturen het naar iedereen die in het boek wordt genoemd, om te factchecken.'

'Ik weet het,' zei Joy. 'Wij hebben er ook eentje.' Ze trok het manuscript naar zich toe en veegde met haar duim over de stapel pagina's. 'Stan heeft het gelezen. Ik nog niet.'

'Ik was eigenlijk niet van plan om het te lezen,' zei Savannah. 'Ik dacht: wat kan het mij verder schelen? Ik wil niet lezen over zijn geweldige, succesvolle leven. Maar toen... werd ik toch nieuwsgierig.'

'Ja, logisch,' zei Joy.

'Mijn vader heeft tegen mijn broer gezegd dat ik ziek was,' zei Savannah. Ze sprak inmiddels mechanisch. 'Zo motiveerde hij hem. Hij dacht dat hij speelde om mijn leven te redden.'

'Ja, dat heeft Stan me al verteld,' zei Joy. 'Hij vond het verschrikkelijk om te horen.' Toen vroeg ze voorzichtig: 'Ik neem aan dat je dat niet wist?'

'Natuurlijk wist ik dat niet! Ik dacht dat hij een geweldig leven had. Dat hij biefstuk at terwijl ik uitgehongerd werd. Ik haatte hem.'

'O, Savannah,' zei Joy. 'Ik mag toch hopen dat je snapt dat jij niet verantwoordelijk bent voor wat je vader heeft gedaan.'

'Weet je hoe het begon? Ik lag inderdaad in het ziekenhuis,' zei Savannah. 'Ik had op school een cupcake gegeten, dus toen had mijn moeder me gedwongen om zout water te drinken tot ik moest overgeven. Ik raakte uitgedroogd en stortte in nadat ik had opgetreden.'

Ze sprak alsof gedwongen worden om zout water te drinken iets was wat iedere moeder deed. Joy legde twee vingertoppen tegen haar voorhoofd. Allemachtig.

'Dus toen stuurde mijn moeder mijn vader een foto van mij in het ziekenhuis, met een infuus in mijn arm. Zodat hij zich schuldig zou voelen en meer geld zou sturen. Mijn vader liet Harry die foto zien om hem een slecht gevoel te geven, en toen is hij met deze... poppenkast begonnen.'

'Aha,' zei Joy. 'Dus wanneer besefte Harry dan dat je niet ziek was?'

'Zo te lezen was er niet ineens een grote openbaring. Het drong langzaam tot hem door dat er tegen hem gelogen was, maar tegen die tijd had zijn tenniscarrière een behoorlijke vlucht genomen en toen kreeg hij, ironisch genoeg, een kind dat wél echt ernstig ziek werd. Mijn nichtje.'

Joy hoorde Savannah sniffen.

'Ik had wel gehoord dat zijn dochter ziek was, maar ik deed niets. Ik voelde niets. Letterlijk niets. Ik ben geen haar beter dan al die mensen die mij links lieten liggen. Ik ben een verschrikkelijk mens, Joy.'

'Nee, dat ben je niet.'

'Ja, dat ben ik wel,' zei Savannah. 'Ik ben echt heel erg.'

Joy stond op van de tafel. Ze pakte een van de ingelijste foto's van haar kinderen. Hij was genomen op Amy's dertigste verjaardag. Ze stonden op een rij, armen om elkaar heen, glimlachend.

'Je moet je broer bellen,' zei Joy.

Er viel een lange stilte. Savannah snufte weer.

'Ik heb mijn vader gesproken. Hij zegt dat Harry nooit zo ver zou zijn gekomen als mijn vader hem in het begin niet zo'n goede stimulans had gegeven om te winnen. Mijn vader vindt het een goeie grap. Dat is toch ziek? Mijn familie is zo ziek.'

'Ja,' zei Joy. 'Dat is verschrikkelijk. Tennisouders kunnen... verschrikkelijk zijn.'

'Hoe dan ook, ik wilde je dus vertellen dat ik wegga,' zei Savannah.

Ze sloeg nu weer een andere toon aan. Bruusk.

'Ik heb me dus aangemeld voor een van Harry's liefdadigheidsacties voor kanker. Het is stom, ik weet het, en het gaat heus niks veranderen, maar ik wilde iets doen. Voor hem. Om boete te doen. Als ik me rot voel, dan wil ik graag... actie ondernemen.'

'Natuurlijk,' zei Joy. 'Dat begrijp ik wel.' Ze begreep het ook wel een beetje. Ze was niet iemand die zich in haar ellende wentelde.

'Vanavond begint het. Het heet de 21-Day Off-Grid Challenge om een Eind te Maken aan Kanker bij Kinderen. Je verblijft in zo'n kleine huisje met zonne-energie, in de *middle of nowhere*, zonder telefoons of wifi. Je krijgt niet eens het adres van waar je verblijft tot de dag dat je vertrekt. Ik dacht, nou, zo kan ik niet alleen Harry's goede doel steunen, maar kan ik er ook mijn hoofd leegmaken. Even... ontstekkeren.'

'Ik begrijp het niet. Hoe maak je daarmee dan een eind aan kanker bij kinderen?'

'O, dat doe je natuurlijk niet echt. Maar je betaalt er een fortuin voor en een percentage daarvan gaat naar kankeronderzoek,' zei Savannah. 'Mensen sponsoren je. Het is voor rijke lui. Ze posten erover op Instagram.' Ze zette een deftig accent op. '"Het feit dat ik mijn steentje kan bijdragen aan dit belangrijke doel stemt me zó ontzettend nederig." Je kent het type. Ik ben natuurlijk niet rijk, maar ik heb nu toevallig wel vrij veel geld.' Ze zweeg even. 'Vraag maar niet hoe ik daaraan kom.'

'Ik zal het je niet vragen,' zei Joy. 'Je zit daar toch hoop ik niet in de buurt van de bosbranden, hè?'

'Nee, het is precies de andere kant op,' zei Savannah. 'Het is vijf uur rijden. Het heet Orroroo Gully. Orroroo betekent “wind door de bomen” en dat vond ik wel leuk klinken. Er zijn daar watervallen en meren en wilde dieren en dat soort dingen.’

‘O, dat klinkt geweldig, Savannah,’ zei Joy.

‘Ja,’ zei Savannah. ‘Hoewel... Ik weet niet. Ik twijfel nu. Wat als ik daar heel eenzaam ben? Straks draai ik helemaal door.’

Joy legde de ingelijste foto neer. Ze keek naar de muren die haar gevangenhielden en dacht aan watervallen en meren en wilde dieren.

‘Zal ik met je meegaan?’

‘Ja,’ zei Savannah. ‘Ja, heel graag, Joy.’

*

Toen de beslissing eenmaal was genomen, was Joy een tornado van nerveuze energie. Ze wilde weg zijn voordat Stan terugkwam. Ze wilde dat hij terugkwam in een leeg huis. Ze had nog nooit zo’n grote beslissing genomen zonder eerst Stan te raadplegen. Het was opwindend. Het was doodeng. Het was zijn verdiende loon. Het was de kinderen hun verdiende loon. Iedereen zou van z’n stoel vallen. Haar vriendinnen ook. Het was weleens leuk om iedereen versteld te doen staan.

Even ontstekkeren. Ze vond het een geweldige uitdrukking van Savannah en ze bleef haar prevelen terwijl ze ging inpakken. Dit was precies wat ze nu nodig had. Even overal de stekker uit.

Stan zou haar missen. Of hij zou haar niet missen. Als ze elkaar niet zouden missen, dan was het duidelijk.

Ze kon haar telefoon nergens vinden, ook al had ze er net nog mee gebeld. Ze kon haar bril nergens vinden, ook al had ze hem een paar minuten geleden nog op. Ze kon haar portemonnee nergens vinden.

Haar telefoon vond ze weer terug. Ze appte de kinderen zonder haar bril, de woorden wazig op het scherm. Niemand appte of belde haar meteen, alsof het feit dat hun moeder drie weken off-grid ging er verder niet toe deed.

Ze vond haar portemonnee weer terug. Ze vond haar bril weer terug. Ze viste een oude rugzak met reclame erop onder uit de kast en propte er vrijetijdskleding in. Iets warms voor 's avonds. Shorts en T-shirts, zwemkleding en gympies, ondergoed en een pyjama, een gloednieuwe tandenborstel, nog in de verpakking. Savannah zei dat ze elke dag zouden zwemmen en boswandelingen zouden maken, zouden rusten en lezen. Geen chique kleren nodig. Sowieso niet veel nodig. Het ging blijkbaar om minimalisme. Het ging erom dat je je weer kon verbinden met je ware zelf. Het was misschien een hoop onzin, maar Joy kon altijd nog eerder naar huis als ze zich verveelde.

Ze ging zitten en schreef Stan een brief.

Lieve Stan,

Het spijt me dat ik al die vreselijke dingen heb gezegd. Delaneys zou niets zijn geweest zonder jou. Ik deed het zakelijke deel, maar jij was de zaak, Stan! Jij was 'het talent'. Er was niemand die zo goed kon coachen als jij. Niemand die het beste uit een speler kon halen zoals jij. Zelfs uit de hopeloze gevallen. Vooral uit de hopeloze gevallen!
Je hebt nog nooit een halfslachtige lesgegeven. (Ik wel! Ik geef het toe!) Ik vond het nog leuker om je te zien coachen dan om je te zien spelen. Het was alsof ik een kunstenaar aan het werk zag. Dat heb ik je waarschijnlijk nooit eerder verteld. Had ik wel moeten doen.
Het spijt me wat ik heb gedaan. Het spijt me dat ik Harry heb weggestuurd. Ik wilde dat onze kinderen de beste coach van heel Australië hadden en dat was jij. Het was voor jou niet goed, maar wel voor onze kinderen en ik koos voor hen. Je had gelijk toen je zei dat als ik het echt had willen

maken in mijn eigen tennis, ik dat wel zou hebben gedaan. Maar ik was wel goed genoeg, Stan. Ik was echt heel goed. Ik weet het. En jij weet het ook. Ik heb nooit spijt gehad van die beslissing en ik denk dat ik er gewoon erkenning voor wilde, maar ach, het doet er nu ook eigenlijk niet meer toe. Er is iets belangrijks wat ik moet zeggen. Het was zwaar om zo te leven, al die jaren, Stan, wetende dat je elk moment de deur uit kon lopen.

Elke keer dat het gebeurde, bevroor mijn hart een beetje meer totdat ik dacht dat het een grote ijsklomp zou worden. Dus nu is het mijn beurt om weg te lopen.

Ik ga weg met Savannah. Ik weet dat je nog steeds boos op haar bent en terecht, maar ze is gewoon een verward kind en ik vind dat we daar ook deels verantwoordelijk voor zijn. We gaan Harry's '21-Day Off-Grid Challenge om een Eind aan Kanker bij Kinderen te Maken' doen. Het kost ons niets. Zij heeft al betaald.

Het is voor het goede doel, dus dat is mooi. Ik logeer bij haar in een 'tiny house met zonne-energie, geheel klimaatneutraal'. (Ik hoop maar dat je altijd overdrijft wat mijn gesnurk betreft.) Er is een telefoonnummer dat je kunt bellen in geval van nood, maar verder ben ik dus echt 'OFF-GRID'.

Als ik thuiskom, kunnen we misschien een nieuwe strategie bedenken om gelukkig te zijn voor dit deel van ons leven. We zijn zo goed in strategieën bedenken. Ik denk dat het wel lukt.

Dus, mijn liefste, jij bent aan slag. Dat is een goede, hè?

Liefs, Joy

PS Mijn fiets heeft een lekke band en ik heb hem onder een boom achtergelaten voor het oude huis van O'Briens. Wil je die daar alsjeblieft voor me ophalen?

PPS Het spijt me dat ik je heb gekrabd. Mijn nagels breken steeds af. Ik denk dat ik meer calcium nodig heb.

Ze hing het briefje behoedzaam aan de deur van de koelkast met de London Eye-magneet, zo hoog dat hij het onmogelijk kon missen. Ze zou hem niet aandoen wat hij haar al die keren had aangedaan. Waar ze uithing was verder geen mysterie.

Nu was haar telefoon, die ze vijf minuten geleden nog had, weer zoek. Er gingen een paar kostbare minuten op aan de zoektocht en toen gaf ze het maar op. Ze had geen telefoon nodig. Dat was het punt van deze 'uitdaging'. Ze ging 'ontstekkeren'. Ze ging 'off-grid'.

Ze vulde de voer- en waterbakken van de hond en vertelde haar waar ze heen ging en vroeg haar om alsjeblieft goed voor Stan te zorgen. Steffi liet een diep afkeurend gegrom horen.

'Nee, Steffi, volgens mij is het juist een goed idee,' zei Joy en ze hing haar rugzak over haar schouder en voelde zich jong en avontuurlijk, alsof ze door Europa zou gaan backpacken.

*

Meteen toen ze de voordeur achter zich dichttrok, begon haar telefoon, die ze op de grond had gestoten toen ze haar rugzak oppakte en vervolgens onder het bed had geschopt bij het verlaten van de kamer, te zoemen en te trillen vanwege de appjes van haar verontruste kinderen. *Wat? Mam, dit bericht slaat nergens op!*

Ze was van plan om naar de bushalte te lopen en lijn 401 naar de stad te nemen, waar Savannah haar zou ophalen in een mooie auto die ze van haar getrouwde minnaar had geleend.

Caro's dochter reed weg van haar oprit precies op het moment dat Joy het huis verliet. Petra opende haar raam om hallo te zeggen en toen ze ontdekte dat Joy met de bus naar de stad wilde, bood ze Joy een lift aan omdat ze toevallig naar een literaire lezing in de State Library ging, wat een groot geluk was. Het was geen fijne dag om buiten te zijn. Op weg naar de stad hadden ze een heel leuk gesprek over Kopenhagen, waar Petra nu woonde en waar ze de volgende ochtend weer naar toe terug zou vliegen, met twee kleine kinderen. De kinderen waren nu met Caro naar de film, een laatste dagje uit met hun geliefde oma. Ze spraken over hoe iedereen in Denemarken fietste en platte, comfortabele schoenen droeg en Joy vroeg of Petra prinses Mary weleens had ontmoet (had ze niet) en ze vertelde Petra dat ze vanmorgen had geprobeerd net als zo'n mooie ontspannen Europese dame te zijn op de fiets, maar dat het niet zo goed was afgelopen.

Ondertussen gleed thuis de London Eye-magneet langzaam maar onverbiddelijk richting de keukenvloer en nam Joys brief met zich mee.

Steffi tilde haar kop van haar poten, sjokte over de vloer en verslond op haar gemak het heerlijke vel papier, in zijn geheel.

Vijf minuten nadat Caro's dochter Joy had afgezet, kreeg ze een paniekerig telefoontje van haar moeder dat haar zoontje was gevallen op weg naar de bioscoop en dat ze met hem naar het ziekenhuis ging omdat ze bang was dat hij zijn arm gebroken had.

Petra miste haar lezing en reed rechtstreeks naar het ziekenhuis. De arm van haar zoontje was niet gebroken, alleen gekneusd, en ze konden de volgende dag zonder problemen hun vlucht nemen, maar vanwege alle drama was het niet verwonderlijk dat ze helemaal vergat haar moeder te vertellen dat ze de buurvrouw een lift naar de stad had gegeven, en dat ze dat pas drie weken later deed, toen Petra terug was in Denemarken en haar moeder zei dat Joy Delaney al drie weken vermist werd.

66

Nu

Amy had geen aanleg voor talen, maar ze had wel Frans gehad op de middelbare school en ze kon zich de voldoening herinneren als ze naar een alinea met onzinnige woorden keek die op magische wijze veranderde in begrijpelijke zinnen en dat was precies wat er nu met haar gebeurde toen ze het onzinnige berichtje van haar moeder bestudeerde.

Even een piisje OFF-GRID! Ik doerry 21 dau champagne om een eind te maken aan lamler bok linseten! Spinder me! Liefs, mama. Hartje-emoji. Vlinder-emoji. Bloemen-emoji. Emoji met lachend gezichtje.

De woorden werden:

Even een poosje OFF-GRID. Ik doe Harry's 21-Day Challenge om Eind te Maken aan Kanker bij Kinderen. Sponsor me! Liefs, mama.

Ze las het bericht hardop voor. Eén keer. Twee keer.

'Denk je dat ze daar is?' vroeg Simon, in weer een van zijn intens witte T-shirts, gespannen naar haar opkijkend. 'Zou toch kunnen?'

Amy knikte. 'Het zou kunnen.' Het was best logisch. Het was zelfs volkomen logisch. Op dit moment was alles zo heerlijk en volmaakt logisch.

'Het is ook mogelijk dat ik van je hou,' fluisterde ze, zonder hem in de ogen te kijken of haar lippen te bewegen, alsof ze een buiksprekerspop bediende, alsof het misschien niet telde als ze het niet écht zei. Nog even en die schitterende helderheid was weer verdwenen.

Een andere man zou hebben gezegd: 'Wat zei je nou?' en dan zou ze het niet nog een keer hebben gezegd. Een andere man zou hebben geprobeerd haar te omhelzen of te kussen en dan zou ze zo stijf als een plank in zijn armen hebben gestaan, omdat ze op dat moment niet aangeraakt wilde worden.

Maar Simon Barrington was geen andere man.

Hij verroerde zich niet, glimlachte niet en probeerde geen oogcontact te maken. Hij keek recht voor zich uit naar zijn laptopscherm en zei, formeel en duidelijk en heel luid, alsof hij een juridisch bindende verklaring aflegde aan een ambtenaar in functie: 'Ik hou ook van jou, Amy.'

Het was niet de eerste keer dat ze die woorden van een man hoorde, maar het was wel de eerste keer dat zij ze geloofde.

*

Een paar minuten later pingden tegelijkertijd de telefoons van de vier Delaney-kinderen op verschillende locaties in Sydney en al die telefoons werden snel opgepakt door onhandige, angstige vingers terwijl ze een appje van vijf woorden van een onbekend nummer lazen.

Er stond:

Je moeder is thuis.
Pa.

Stans allereerste appje vanaf zijn gloednieuwe telefoon was meteen zijn meest gedenkwaardige.

67

Toen Joys kinderen haar weer zagen, omhelsden ze haar ieder zoals ze haar sinds hun kindertijd niet meer hadden omhelsd. Het waren de felle, wanhopige knuffels die ooit volgden op nachtmerries, toen ze het snelle hameren van fragiele hartjes in kleine borstkasjes kon voelen als ze zich aan haar vastklampten.

Haar beide zoons tilden haar van de vloer, net als hun vader.

Haar beide zoons huilden, net als hun vader.

Geen van haar dochters liet een traan. Ze lazen haar de les, zoals bange moeders verdwaalde kinderen de les lezen bij hun terugkeer. 'Je moet beloven dat je nooit meer zoiets doet, mam! Zet je bril toch op als je een appje stuurt! Je mag nooit meer de deur uit zonder je telefoon!'

Ze vond het heerlijk om door hen de les te worden gelezen. Ze hoorde de cadans van haar eigen stem, de stem van haar moeder, de stem van haar grootmoeder, iedere opgeluchte chagrijnige vrouw sinds het begin der tijden.

*

Het was fijn om de herinneringen aan die intense, wanhopige knuffels vast te houden toen het knuffelen stopte.

68

Joy kon zich nog herinneren dat mensen eind januari spraken over een of ander vreselijk virus dat over de wereld kroop, maar ze was te zeer afgeleid door haar afbrokkelende huwelijk om er veel aandacht aan te besteden en bovendien was ze toch nooit verkouden. Ze had een uitstekend immuunsysteem.

Tegen de tijd dat ze weer 'op de grid' was, was de wereld van zijn as gedraaid en het kostte haar moeite om zich er niet persoonlijk verantwoordelijk voor te voelen. Alsof chaos was toegeslagen op het moment dat zij stopte met toezicht houden. Het was net als toen ze even niet oplette toen Troy nog een peuter was: de chaos en vernietiging die daarop volgden!

Plotseling was iedereen aan het 'afstand houden', vooral rond Stan en Joy, die zogenaamd 'bejaard' waren en tot een 'risicogroep' behoorden. Als ze gingen wandelen, sprongen jongere mensen omstandig aan de kant, van voetpaden en in goten.

'Als het mijn tijd is, dan is het mijn tijd,' zei Stan tegen de kinderen, en de kinderen kreunden en zeiden dat de ouders van al hun vrienden soortgelijke debiele opmerkingen maakten, en Joy en Stan wisselden een glimlach en beloofden plechtig dat ze zich zouden gedragen.

Die eerste weken nadat Joy naar huis was teruggekeerd, waren alsof ze op huwelijksreis was midden in de apocalyps.

Ze konden niet stoppen met elkaar aan te raken of naar het nieuws te kijken, dat voor het eerst in Joys leven wereldwijd en gigantisch was en tegelijk persoonlijk en specifiek. Je kon het niet van je afschudden. Je kon niet zeggen dat het heel verdrietig was, maar dat het leven toch doorging, want het leven ging niet door.

Ze zeiden steeds maar weer dat ze het niet konden geloven. *Prins Charles* heeft het virus! Niemand was veilig. Zelfs de koningskinderen niet.

De 'lockdown' haalde de druk van hun pensioen. Nu was hun enige verantwoordelijkheid nog om veilig thuis te blijven, niet om deel te nemen aan een dagelijks repertoire van gezonde, verkwikkende activiteiten. Nu was niet alleen hún leven gestopt, maar dat van iedereen. Nu was het niet alleen háár voorheen zo bruisende huishouden dat stil was gevallen, maar voorheen bruisende steden over de hele wereld. Mensen hoorden vogels zingen op plekken waar ze vroeger alleen verkeer hadden gehoord. Luchten klaarden op. Ging deze prachtige wereldwijde pauze maar niet gepaard met dat meedogenloze lijden.

Joy moest steeds denken aan de eerste echtgenoot van haar grootmoeder, die honderd jaar geleden aan de Spaanse griep was overleden nadat hij 'zo dom was geweest om met zijn vriend af te spreken bij de haven'. Voor Joy had dat altijd als een sprookje geklonken en als iets wat bij haar geschiedenis hoorde. Natuurlijk moest die eerste echtgenoot zo dom zijn geweest om met zijn vriend af te spreken bij de haven, want dan kon Joys grootmoeder trouwen met Joys geweldige grootvader en dan kon Joy Joy worden.

Voor de eerste keer ooit drong het tot Joy door dat die eerste echtgenoot van haar grootmoeder waarschijnlijk liever niet aan de Spaanse griep was gestorven, net zoals Joy liever niet aan deze ziekte zou willen sterven. Ze wilde nog weten wat er hierna kwam. Haar grootouders en moeder moesten nog maar even wachten, daar bij de hemelpoort.

*

Het duurde even voordat het helemaal tot Joy doordrong wat haar gezin had meegemaakt terwijl ze weg was.

Stan vertelde haar dat alle vier de kinderen aanvankelijk informatie achterhielden voor de politie omdat ze wisten dat die Stan schuldig zou doen lijken. Hij had hun twijfel en angst exponentieel zien toenemen naarmate de dagen verstreken zonder dat hun moeder terugkwam. Hun vragen werden steeds feller.

'Ik begon me schuldig te voelen,' zei Stan. 'Ik kreeg het gevoel dat ik je pijn had gedaan. Ik droomde steeds dat...' Hij stopte. 'Ik droomde heel nare dingen.'

De kinderen maakten zowel verkapt als openlijk duidelijk waar hun loyaliteit lag.

Midden onder een hartstochtelijk lesje over handen wassen en mondmaskers, zei Brooke ineens zomaar: 'Ik heb die strafpleiter voor papa in de arm genomen omdat ik wist dat hij onschuldig was, mam. Niet omdat ik dacht dat hij schuldig was. Dat snappen jullie toch hoop ik wel?'

Ach lieveling, dacht Joy. Je kon altijd al zo slecht liegen.

Op een keer, nadat Troy een overdreven grootverpakking toiletpapier van vierentwintig rollen had afgeleverd, die hij natuurlijk weer had weten te bemachtigen tijdens die bizarre hamstertoestanden, en toen hij en Joy alleen op de veranda zaten, op veilige afstand van elkaar, zei hij: 'Ik dacht dat pa het misschien had gedaan, mam. Dat dacht ik echt. En ik was boos op Brooke omdat ze hem steunde.'

Hij klonk net als toen hij een kleine jongen was en iets vreselijks opbiechtte, en Joy zei: 'Het geeft niet, lieverd, zet het maar uit je hoofd.' Dingen uit je hoofd zetten was niet wat moderne mensen deden, maar waar moest hij het anders laten?

Troy en Brooke legden hun meningsverschillen, godzijdank, bij op de manier waarop broers en zussen en echtgenoten dat soms deden, met daden in plaats van woorden.

Brooke kocht een doos bonbons voor Troy.
Troy kocht een auto voor Brooke.

*

Joy en Stan hadden het helemaal niet over Harry Haddad, tot ze op een dag naar het nieuws keken, waar werd aangekondigd dat Wimbledon zou worden afgelast vanwege de pandemie, de eerste keer dat dat gebeurde sinds de Tweede Wereldoorlog.

'Ik begrijp waarom je het hebt gedaan,' zei Stan kalm. Hij zei niet dat hij het haar vergaf, maar zij vatte het toch op als vergiffenis.

Een jonger stel zou misschien maandenlang in relatietherapie gaan om het te bespreken, maar ze wist dat ze er nu klaar mee waren. Ga maar gewoon door. Als je eenmaal een bal hebt geraakt, heeft het geen zin om te kijken waar hij naartoe gaat. Je kunt de vliegroute toch niet meer aanpassen. Je moet nadenken over je volgende zet. Niet over wat je had moeten doen. Maar wat je nu gaat doen.

Ze had hem verraden. Hij had ervoor gekozen om toch nog van haar te houden.

Er viel niets meer te zeggen.

*

Er waren vreselijke mogelijkheden die haar 's nachts wakker hielden.

Wat als zij en Savannah bijvoorbeeld een ongeluk hadden gekregen en hun auto voorgoed was verdwenen in de troebele diepten van een meer en Stan gearresteerd was en beschuldigd van moord? Wat als hij de rest van zijn leven in de gevangenis was weggekwijnd en alleen Brooke hem had bezocht?

In het begin belde ze veel met die mooie, ongeduldige inspecteur Christina Khoury.

Joy was lichtelijk geobsedeerd door haar. 'Laat die vrouw toch met rust,' zei Stan. Steeds als haar naam viel zag je zijn trauma en daarom voelde Joy een vreemd verlangen om Christina te blijven overtuigen van Stans onschuld, ook al stond die onschuld buiten kijf.

Ze wilde per se dat de inspecteur wist dat haar man *honderd procent* onschuldig was. Dat hij haar absoluut niet vermoord had.

'We hadden sterk indirect bewijs, mevrouw Delaney,' zei Christina dan grimmig.

Maar dan werd Christina milder en herinnerde Joy aan alle redenen waarom haar angsten nooit uitgekomen waren. Om te beginnen, zei ze droogjes, waren Joy en Savannah tijdens hun rit geen meren overgestoken, dus het was onwaarschijnlijk dat ze op de bodem van zo'n meer zouden zijn beland. Bovendien zou Savannahs getrouwde minnaar of vriend of flirt of hoe je hem ook wilde noemen (haar doelwit?), dokter Henry Edgeworth, hen uiteindelijk naar Savannah hebben geleid en Savannah zou hen naar Harry's Off-Grid Challenge hebben geleid. Wat nog belangrijker was: ze zouden ook die beter-laat-dan-nooit-verklaring hebben gekregen van Caro's dochter in Kopenhagen. De zaak stoelde niet op de waarheid, dus hij zou onvermijdelijk als een kaartenhuis zijn ingestort.

'Uw man zou nooit zijn veroordeeld,' zei Christina tegen haar.

Toen vroeg Joy haar of de pandemie haar trouwplannen beïnvloedde en Christina zei dat haar bruiloft doorging, maar dan veel kleiner dan oorspronkelijk het plan was.

'Wat jammer!' zei Joy vol medeleven.

'Ja, ontzettend jammer,' zei Christina, maar het klonk alsof ze er misschien bij glimlachte.

*

'Wat hebben jij en Savannah eigenlijk gedáán al die tijd dat jullie weg waren?' vroeg Amy aan Joy. 'Dat is best veel tijd om met iemand door te brengen. Heb je je verveeld?'

'Hebben jullie spelletjes gespeeld?' vroeg Brooke, want dat is wat de Delaneys zouden doen. Er moest altijd een wedstrijd gespeeld worden. Er moest altijd iemand winnen en altijd iemand verliezen. 'Hebben jullie... ruziegemaakt?'

Joy begreep dat haar dochters het er moeilijk mee hadden dat ze tijd met Savannah had doorgebracht, omdat Joy nog nooit zoveel tijd alleen met een van hen had doorgebracht en ze wisten alle drie dat ze elkaar knettergek hadden gemaakt als ze dat wel hadden gedaan.

'O ja, het was soms heel erg saai,' zei Joy tegen haar dochters. 'En we irriteerden elkaar weleens, inderdaad.'

Dat was niet waar. Zij en Savannah konden het prima met elkaar vinden.

Waarschijnlijk omdat Savannah niet haar dochter was, hoewel ze moederlijke gevoelens voor haar had, en ze niet echt haar vriendin was, hoewel het voelde als een vriendschap. Ze was dol op Savannah, maar ze aanbad haar niet op die intense, complexe manier waarop ze van haar dochters hield, wat paradoxaal genoeg betekende dat ze het probleemloos drie weken met haar kon uithouden. Twee kleine vrouwen in een klein huisje.

Als ze terugkeek op die eenentwintig dagen, moest ze zich eerst een weg banen door gevoelens van schaamte om de vreselijke toestand die ze had veroorzaakt, maar als ze daar eenmaal overheen was, herinnerde ze zich die tijd als een zonovergoten droom, even weg van haar leven en even weg van zichzelf, dat wil zeggen, de zelf die ze was geworden. Het houten huisje waar ze verbleven was omgeven door een vierhonderd jaar oud regenwoud, watervallen en wandelpaden.

Kangoeroes en wallaby's flitsten regelmatig langs het grote raam, als passerende auto's in een rustige straat in een buitenwijk.

Joy sliep diep en droomloos in een eenpersoonsbed. Er waren geen spiegels in huis en zonder bewijs van haar eigen gezicht, of een echtgenoot of kinderen, voelde het vreemd genoeg alsof ze weer Joy Becker was, met het grootste deel van haar leven nog voor zich in plaats van achter zich.

Om de paar nachten kwam iemand een mand met eten aan hun deur bezorgen. Het was eenvoudig, vers voedsel: fruit en eieren en brood en groenten. Niet veel vlees. Allemaal met zorg uitgekozen om de rijke gasten hun rustieke 'back to basics'-ervaring te geven, maar de wetenschap dat iemand dat daarom zo had samengesteld leek er verder niet toe te doen.

Zij en Savannah maakten lange wandelingen alleen en soms samen. Ze lazen, uren achtereen. Het huis had een plank vol met heel oude paperbacks, allemaal uitgegeven vóór 1970. De tijd vertraagde en werd zachter, als een lange warme zomer uit je kindertijd.

Ze merkte dat Savannah nog maar één persoonlijkheid over had en het daarbij hield. Het leek de persoonlijkheid van een jong, bedachtzaam, stil meisje. Al die wonderlijke eigenaardigheden in haar spraak verdwenen. Soms vertelden ze elkaar verhalen over hun jeugd.

Gewoon, vrolijke verhalen. Savannah sprak over de tijd dat zij en Harry nog broer en zus waren, voor het tennis, voor het ballet, voor de scheiding van hun ouders, toen een middag in een fort gemaakt van lakens even lang kon duren als een vakantie. Joy vertelde over haar grootouders. Op een dag vertelde ze Savannah dat haar grootmoeder haar ondergoed altijd haar 'damesdingen' noemde en Savannah kreeg de slappe lach. Heerlijk.

Er waren dagen dat zij en Savannah niet meer dan een handvol woorden wisselden.

Joy genoot van de stilte. Ze wist dat ze niet het karakter had om dit alleen te doen – ze zou het niet hebben volgehouden – maar Savannah erbij hebben, half vreemdeling, half vriendin, was het perfecte compromis.

Voor het eerst in tientallen jaren stopte ze.

Ze dacht dat ze was gestopt toen zij en Stan met pensioen gingen, maar ze was helemaal niet gestopt. Ze was hopeloos blijven rennen, op weg naar een niet nader benoemd, onbereikbaar doel.

Ze ontdekte dat hoe minder ze nadacht, hoe vaker zich er simpele waarheden aandienden.

Zo had ze precies geweten wat ze deed toen ze haar droom van een professionele tenniscarrière opgaf. Niemand had haar daarvan kunnen weerhouden, zelfs als ze een manier had gevonden om terug in de tijd te reizen en zichzelf op de schouder te tikken en te zeggen: 'Hij is maar een jongen.'

Hij was nooit zomaar een jongen geweest. Hij was Stan. Ze wilde hem en ze wilde zijn kinderen. Ze geloofde dat Stan het succes van zijn vrouw niet zou hebben aangekund. Daar zat ze waarschijnlijk naast, want dat was voordat Stan ooit gecoacht had. Ze kende de man die hij zou worden nog niet, noch het plezier dat hij zou beleven aan het succes van andere spelers. Ze was een meisje van haar tijd en ze was een meisje wier vader was weggelopen en nooit meer was teruggekomen. Ze geloofde dat het ego van mannen zo kwetsbaar was als eieren. Ze geloofde dat je al het mogelijke moest doen om ervoor te zorgen dat je man naar huis terugkeerde.

Ze had de juiste keuze gemaakt voor het meisje dat ze toen was.

Op een dag zou Joy misschien een kleindochter hebben die tennis speelde – al haar kleinkinderen zouden tennis spelen, ze kon zich onmogelijk iets anders voorstellen – en het zou niet bij dat geliefde toekomstige meisje opkomen om haar dromen over competitief tennis of wat dan ook op te geven voor een jongen.

Dat zou Joy haar ook nooit toestaan.

*

Op een ochtend, toen Savannah nog sliep en Joy op de veranda zat en een kopje thee dronk en de zon zag opkomen – het was dezelfde zon, maar hij leek zoveel trager en eleganter te bewegen dan thuis – dacht ze: ik heb Harry niet alleen weggestuurd omwille van de kinderen, ik heb hem weggestuurd omdat ik boos was op Stan voor de keren dat hij wegliep en ik was boos omdat ik moe was en omdat ik me overal verantwoordelijk voor voelde: van Troys drugshandel tot Brookes hoofdpijn tot het eten van vanavond en de was van morgen. Het was stiekem een kleinzielig puntje dat ze in haar huwelijk wilde scoren en ze zou dat nooit toegeven aan Stan, want hij kon haar alleen vergeven als hij dacht dat ze alleen maar moederlijke motieven had gehad, maar het was een opluchting om het aan zichzelf toe te geven.

Joys slimme kleindochter zou wel weten dat ze het allemaal kon hebben zonder het allemaal zelf te hoeven doen.

*

'Waarom ben je uitgerekend met háár weggegaan?' vroeg haar gezin. 'Na wat ze je heeft aangedaan? Hoe kon je het haar vergeven?'

Joy zei: 'Ze belde toevallig op het juiste moment.'

Dat was waar, maar het was ook waar dat Joy niet alleen genoot van haar kookkunsten maar ook van haar gezelschap, en dat Savannahs bedoelingen misschien niet zuiver waren toen ze die avond bij hen aanklopte, maar dat ze bijna altijd vriendelijk voor hen was geweest, met uitzondering van haar uiteraard onaardige chantage van die arme Troy. Maar als Joy dat afzette tegen Savannahs jeugd en het gedrag van haar gezin die dag van lang geleden, toen ze allemaal zo achteloos gemeen waren geweest tegen een kind in nood, voelde ze dat ze het haar kon vergeven en dat ze het misschien zelfs kon vergeten.

Vergeving komt gemakkelijker met de jaren, legde Joy hun uit, vol van haar eigen wijsheid en genade, maar haar kinderen lachten haar uit en waren zo vriendelijk de vele mensen te noemen die Joy tientallen jaren na een gebeurtenis nog steeds niet had vergeven, zoals dat ene onbeschofte gemeenteraadslid en die leraar die Joy maar een zeventje gaf voor de opdracht over de Chinese Muur die ze voor Troy had gedaan.

Het verschil was dat geen van die mensen ooit minestronesoep of geroosterd brood met kaneelsuiker voor Joy had gemaakt.

Er was maar één keer in al die eenentwintig dagen dat Joy zich plotseling afvroeg waarom ze tijd met deze persoon doorbracht en dat was toen Savannah andere kleine, eigenaardige wraakacties op Joys familie toegaf.

Ze had bijvoorbeeld Logans school gebeld en over hem geklaagd.

'Ik heb hem niet écht beschuldigd van seksuele intimidatie,' zei ze en ze zei dat ze er vrij zeker van was dat ze er verder niet echt aandacht aan hadden besteed. Ze had ook een paar online boekingen gedaan bij Brookes fysiotherapiepraktijk, zodat die met allerlei patiënten zat die nooit kwamen opdagen.

Joy was woest namens haar beide kinderen. 'Je riskeerde hun baan!' riep ze uit.

'Ik had veel ergere dingen kunnen doen,' zei Savannah. 'Ik heb ook veel ergere dingen gedaan.'

'Nou, knap van je hoor, Savannah!' viel Joy naar haar uit. 'Moet ik je soms bedanken dat je niet nog veel ergere dingen hebt gedaan?'

Savannah boog haar hoofd terwijl Joy verderging: 'Je hebt Troy natuurlijk gechanteerd. Hoe zit het met Amy? Wat heb je haar aangedaan?'

'Niks bijzonders. Ik heb alleen brownies gebakken op Vaderdag,' zei Savannah, alsof dat al duidelijk zou moeten zijn.

'Maar hoe kon jij nou weten dat dat haar van streek zou maken?'

'Je had me verteld dat het haar specialiteit was,' zei Savannah. Dat wist Joy niet meer. Ze had erop los gekwetterd terwijl Savannah alles zorgvuldig in zich opsloeg. Ze kon Savannah niet aankijken, omdat ze heel even zin had om haar een klap te geven.

'En ik?' Joy dacht opeens aan zichzelf, want was zij niet de ergste geweest, die dag? Zij was de enige volwassene geweest.

'Ik heb geprobeerd je man te verleiden,' zei Savannah. 'Toen jij ziek in het ziekenhuis lag.'

'O,' zei Joy. 'Dat. Maar dat zou je toch niet écht hebben gedaan...'

'Jawel, dat zou ik echt hebben gedaan,' zei Savannah. 'Zoals ik al zei, ik heb wel ergere dingen gedaan, Joy. Ik heb veel ergere dingen gedaan. Ik ben geen aardig mens.' Het schemerde en ze zaten op het balkon en keken naar honderden zwarte vleermuizen die door een enorme oranje lucht scheerden. Joy ademde uit en voelde haar woede groeien en afzwakken, en toen ze weer wat gekalmeerd was, zei ze: 'Ik vind je wel een aardig mens. Je bent een aardig mens dat wat minder leuke dingen heeft gedaan. Zoals wij allemaal.'

'Ik had je huwelijk stuk kunnen maken,' zei Savannah.

'Nou ja,' zei Joy. 'Dat was inderdaad verschrikkelijk. Je moet beloven nooit meer zoiets te doen, want sommige huwelijken overleven zo'n beschuldiging niet. Maar weet je, ik heb geen seconde geloofd dat Stan jou lastigviel.'

'Dat bedoelde ik niet,' zei Savannah. 'Ik heb het over dat ik hem heb verteld dat jij Harry hebt weggestuurd.'

Het was waar dat Savannah met die openbaring een eind aan haar huwelijk had kunnen maken. 'Nou ja, maar niemand heeft jou ooit gevraagd om dat geheim te houden,' zei Joy tegen haar. 'Dat was iets wat ik zelf heb gedaan. Eerlijk gezegd had ik nooit verwacht dat het zo lang geheim zou blijven.'

Savannah zuchtte alsof Joy haar niet begreep. 'Oké, maar ik ben dus geen aardig mens.'

Het voelde alsof ze Joy meer duidelijk probeerde te maken dan wat ze zei, alsof er een verborgen boodschap in haar woorden zat die Joy zou kunnen ontcijferen als ze zich maar genoeg concentreerde. Maar het enige wat Joy zag was een heel erg beschadigd jong meisje dat vreselijk veel pech had gehad in het leven en dat naar haar huis was gekomen en voor haar had gekookt en schoongemaakt.

Joy wachtte tot Savannah haar zou vertellen wat ze haar te zeggen had. Ze kon Savannahs verlangen om te spreken voelen zoals ze ooit het verlangen van haar kinderen had gevoeld om een wandaad of vreselijke gedachte te bekennen en meestal, als ze geduldig was en hun de ruimte gaf, vertelden ze haar uiteindelijk wat ze te zeggen hadden.

Maar Savannah zat daar maar, met de sleutel aan de ketting om haar nek stevig in haar hand, en keek naar hoe de lucht donker werd tot de vleermuizen verdwenen in de inktzwarte duisternis. En toen ze eindelijk haar mond opendeed, zei ze alleen maar: 'Ik denk dat ik een frittata van tomaat en basilicum ga maken voor ons avondeten.'

Ergens was Joy opgelucht. Savannah was niet haar kind. Ze wilde haar geheimen niet weten. Ze hoefde ze niet te weten.

Toen de eenentwintig dagen voorbij waren en ze afscheid namen van hun tiny house in de wildernis, reed Savannah hen terug naar Sydney.

'Wat ga je nu doen?' vroeg Joy.

'Misschien ga ik mijn broer bellen,' zei Savannah. 'Om hem

te vertellen dat ik zijn "challenge" heb gedaan, voor wat het waard is, en daarna weet ik niet wat ik ga doen. Ergens een nieuw leven opbouwen? En jij dan?'

'O,' zei Joy, 'ik denk dat ik gewoon maar naar huis ga.'

Voor het eerst begreep ze wat een voorrecht het was om dat te kunnen zeggen.

*

'Wie heeft er voor je gekookt toen ik weg was?' vroeg Joy een keer aan Stan, toen ze aan het eten waren.

'Caro stuurde me een afschuwelijke, taaie lamsstoofschotel. Brooke heeft een paar maaltijden gebracht,' zei Stan. 'Maar ik heb haar gezegd dat ik wel voor mezelf kon koken. Ik begrijp eigenlijk niet waar dat "Stan kan nog geen ei koken" vandaan komt. Ik heb jóú nog geleerd hoe je eieren moet koken.'

'Niet waar,' zei Joy.

'Wel waar,' zei Stan.

De herinnering dreef naar de oppervlakte van haar geest, perfect bewaard gebleven, als een eeuwenoud artefact.

Hij had haar inderdaad geleerd hoe ze het perfecte zachtgekookte ei moest koken en hij had haar toen verteld dat hij als kind vaak voor zichzelf had moeten koken nadat zijn vader was vertrokken en zijn moeder aan het 'dutten' was, en Joy werd overmand door een meisjesachtig, sensueel verlangen om haar man te eten te geven, hem te voeden zoals een echte vrouw dat zou doen, hem te bemoederen op de manier waarop hij nooit bemoederd was en ze had hem uit de keuken weggehouden, hem weggejaagd totdat hij wegbleef en naarmate de jaren verstreken, voelde het koken niet meer sensueel, vrouwelijk en liefdevol en werd het een sleur.

'Misschien kunnen we om de beurt koken,' zei ze. 'Tijdens de lockdown.'

'Tuurlijk,' zei Stan.

'Je weet niet wat je je op de hals haalt,' waarschuwde Debbie Christos, die nog steeds slechte herinneringen had aan het jaar dat Dennis besloot Cordon Bleu-kok te worden en uren in de keuken stond om verontrustend ingewikkelde Franse gerechten te bereiden, vaak met onschuldige kleine eendjes als ingrediënt.

Stan was niet geïnteresseerd in eendjes, godzijdank, maar het bleek dat hij perfect vlees kon braden.

Toen hij het bord voor haar neerzette, speelde hij 'You Ain't Seen Nothing Yet' uit 1974 af op zijn nieuwe telefoon, een jaar waarin ze nog compleet andere mensen waren en ook precies dezelfde.

'O nee, heb ik nog niks gezien?' vroeg Joy.

'Nee,' zei Stan.

*

Soms, om twee uur 's nachts – het was om de een of andere reden altijd om twee uur 's nachts – zat Joy rechtop in bed omdat er iets afschuwelijks in haar dromen was doorgesijpeld en ze ineens moest denken aan Stan met handboeien om en aan de rijen doodskisten op het nieuws, en aan Polly Perkins, die niet lang en gelukkig in Nieuw-Zeeland was blijven wonen zoals Joy altijd had gedacht, maar wier lichaam was ontdekt terwijl Joy weg was, en dat mensen even hadden gedacht dat het Joys lichaam zou kunnen zijn. En dan moest ze ineens denken aan alle vrouwen die dachten dat hun leven net als het hare was, veel te gewoon om te eindigen met geweld dat interessant genoeg was voor op het nieuws, en dat dat toch was gebeurd, en aan alle gewone mensen, precies zoals zij en Stan, die van plan waren geweest om van alles te doen na hun pensioen en van wie het leven nu wreed, abrupt en veel te vroeg eindigde.

Ze probeerde de 'technieken' die Amy voorgesteld had, die

de lockdown veel beter aankon dan haar vrienden, omdat die nooit die permanent sudderende existentiële angst hadden gekend die Amy al sinds haar achtste voelde.

Acht jaar oud! Joy wist niet precies wat existentiële angst was, maar het klonk niet best.

Eerst probeerde ze Amy's ademhalingsoefeningen, maar die deden haar steeds aan haar bevallingen denken en omdat haar bevallingen allemaal erg agressief en snel waren geweest – die vier kinderen van haar stórmden de wereld in – was dat niet bepaald ontspannend.

Amy had ook geopperd om 'dankbaar' te zijn, een techniek waarbij je alle dingen opsomde waarvoor je dankbaar was, en daar was Joy goed in.

Er waren veel dingen om dankbaar voor te zijn. Zo waren Indira en Logan niet alleen weer bij elkaar, maar ook verloofd. De ring was spuuglelijk! Maar Indira vond hem blijkbaar mooi en de meisjes zeiden dat Joy er absoluut geen woord over mocht zeggen, dus hield ze haar mond erover. Ze hoopte alleen wel dat Indira op een dag, over een paar jaar, wanneer ze even een slechte periode in hun huwelijk hadden, niet plotseling zou roepen: 'Ik heb altijd al een hekel gehad aan deze ring!' Die arme Logan zou zo gekwetst zijn als dat zou gebeuren. Joy moest er niet aan denken. 'Ik denk dat hij het wel overleeft, mam,' zei Troy.

De praktijk van Brooke was nog open, godzijdank, omdat fysiotherapie als een essentiële dienst werd beschouwd en Brooke zei dat mensen de vreselijkste verwondingen opliepen door thuis zelf aan het trainen te slaan en aan veel te ambitieuze doe-het-zelfprojecten te beginnen, dus dat was geweldig nieuws.

Troys ex-vrouw, Claire, was zwanger van Troys kind en vanwege de pandemie had ze besloten dat ze een leven wilde opbouwen in Australië en haar Arme Man had met tegenzin ingestemd met hierheen verhuizen. Troy had besloten dat hij de voogdij over zijn kind wilde delen en Claire had daarmee ingestemd. Daar was die Arme Man van haar niet zo blij mee.

'Hou nou eens op hem steeds die Arme Man te noemen, mam,' zeiden haar kinderen met vrolijke partijdige wreedheid. 'Het is Troys biologische kind.'

(Joys eerste kleinkind zou op kerstavond komen. Die zoon van haar gaf altijd de allerbeste cadeaus.)

Joy had de Arme Man nog niet ontmoet, maar als dat ging gebeuren zou ze heel aardig tegen hem zijn, want ze had een vreselijk geheim vermoeden.

Ze herinnerde zich een bepaalde wedstrijd toen Troy speelde tegen zijn aartsvijand, Harry Haddad, en Harry een bal zo onmogelijk breed speelde dat een andere speler hem zou hebben laten gaan, maar Troy ging ervoor. Hij moest bijna de ernaast gelegen baan ervoor op rennen, maar hij haalde die onmogelijke bal niet alleen, hij won ook dat onmogelijke punt en de kleine menigte toeschouwers juichte alsof ze in een achtbaan waren beland. Zelfs Harry klapte met tegenzin met één hand tegen zijn racket.

Troy ging altijd voor de onmogelijke ballen.

Nou ja, Claire was natuurlijk geen tennisbal.

Ze was een verstandig, intelligent meisje dat haar eigen keuzes in het leven zou maken en als Troy haar op de een of andere manier uit haar huwelijk zou lokken, dan was dat toch zeker niet Joys schuld?

Er was niets wat Joy kon doen om de levensloop van haar kinderen te veranderen, zoals ze ook de uitkomst van hun wedstrijden nooit had kunnen veranderen, hoe hard ze ook op haar lip beet, wat ze altijd deed, soms tot bloedens toe, en hoeveel instructies Stan ook mompelde die ze toch niet konden horen.

Soms deden hun kinderen alles precies zoals ze hun hadden geleerd en soms deden ze alle dingen die ze hun hadden verboden, en het was soms pijnlijker te zien hoe zij leden onder de kleinste teleurstellingen dan om zelf grote verliezen te lijden. Maar soms deden ze iets zo buitengewoons, zoiets onverwachts en moois, zo helemaal naar eigen keuze en op eigen initiatief, dat het net een plens koel water was op een warme dag.

Dat waren de glorieuze momenten.

Zo viel ze eindelijk weer in slaap: door zich alle glorieuze momenten te herinneren, het een na het ander, de extatische gezichten van haar kinderen op zoek naar hun ouders op de tribune, op zoek naar hun goedkeuring, op zoek naar hun liefde, in de wetenschap dat die er zou zijn, in de wetenschap – dat hoopte ze, tenminste – dat die er altijd zou zijn, zelfs lang nadat zij en Stan er niet meer waren, want zulke liefde was oneindig.

69

Eerst dacht Brooke dat ze zich de zoete geur die als een herinnering doordrong tot haar bewustzijn, terwijl ze haar fitnessapparatuur stond schoon te maken met antibacteriële spray, maar inbeeldde.

Ze was nog wanhopiger aan het schoonmaken dan gewoonlijk, omdat haar laatste patiënt aan het einde van zijn sessie had gezegd dat hij vanmorgen met een zere keel wakker geworden was, 'maar ik weet vrij zeker dat het geen covid is'. Toen had hij gehoest. Recht in haar gezicht.

Mensen waren zo dom. Mensen waren *helden* – ze had vrienden die op dit moment op de intensive care werkten, waar ze wel ergere dingen meemaakten dan af en toe een hoestje recht in je gezicht – maar mensen waren ook heel dom. Ze had geleerd, toen haar moeder vermist werd, dat het mogelijk was om tegengestelde overtuigingen te hebben op hetzelfde moment. Ze had in het midden van een Venn-diagram gestaan. Ze hield van haar vader. Ze hield van haar moeder. Als haar vader verantwoordelijk was geweest voor de dood van haar moeder, zou ze hem bijgestaan hebben. Ze wist dat zij de enige van haar broers en zus was die rechtstreeks naar de zonsverduistering van deze mogelijkheid had gestaard. Troy dácht dat hij het onder ogen had gezien, maar hij had alleen maar gedaan alsof hij niet van hun vader hield.

Het was niet zo dat Brooke meer van haar vader hield, of dat ze minder van haar moeder hield. Het lichaam kon evenwicht vinden tussen tegengestelde krachten. De geest kon dat ook.

Ze kon haar tien jaar met Grant als een mislukking zien, of ze kon het zien als een succes. Het was een relatief kort huwelijk dat nu eindigde in een licht bittere echtscheiding. Maar het was ook een langdurige relatie met veel gelukkige herinneringen die precies eindigde op het moment dat die moest eindigen.

Ze snoof. Wat was dat voor een geur? Hij was zo vertrouwd. Zo overduidelijk. En toch ook weer niet, want ze kon er geen naam aan geven. Ze bestudeerde het etiket op de fles. Het was hetzelfde merk dat ze altijd gebruikte, maar over die geruststellende antiseptische geur heen kwam nog iets anders: een baklucht.

Kwam die van het restaurantje hiernaast? Die verkochten nu alleen nog maar afhaalkoffie. Geen bediening aan tafel. Het was treurig om te zien hoe de tafels en stoelen op elkaar gestapeld in de hoek stonden en de rode tape kruislings op de vloer was geplakt om iedereen uit elkaar te houden.

'Hé, hebben jullie je moeder ooit nog gevonden?' vroeg een van de jonge serveersters vanmorgen aan Brooke toen die haar koffie overhandigde.

'Ja, die is er weer,' zei Brooke. 'Het gaat goed met haar. Geweldig, zelfs.' Er had maar een klein stukje in de krant gestaan over Joys terugkeer. Er was een vleugje ergernis in de toon van de berichtgeving. Niet dat de mensen wilden dat de oude dame dood zou zijn, maar dat ze nog leefde was toch een tikkeltje teleurstellend.

'O, wat fijn om dat te horen!' De ogen van de serveerster fonkelden boven haar masker, wat Brookes theorie volledig weerlegde. 'Zo heerlijk om voor de verandering eens een keer goed nieuws te horen. Zorg goed voor jezelf!'

'Dank je,' zei Brooke. Mensen waren verschrikkelijk. Mensen waren geweldig. 'Jij ook.'

Brooke was een zelfstandige alleenstaande vrouw die zich door een pandemie heen sloeg. Ze kon niet daten. Ze kon niet basketballen. Ze kon niet uit eten gaan met vrienden. In plaats daarvan waren er Zoom-borrels en plotselinge, intense, mooie momenten van menselijke verbinding zoals dit moment. (Al was het ook ongemakkelijk. Zouden ze nu elke dag 'Zorg goed voor jezelf!' tegen elkaar blijven zeggen?)

Nee, ze verbeeldde zich die geur niet. Dit was een geur uit haar jeugd.

Zoals vers gemaaid gras. Een geur die toen altijd gepaard ging met sigarettenrook en Chanel N°5.

Ze zette haar spray neer en liep naar de receptie als in een droom en daar stond hij, boven op haar bureau.

Een appelkruimel. Nog warm uit de oven. Alsof hij uit een andere dimensie kwam. Uit de hemel of de hel of het verleden. Hij was stevig ingepakt in aluminiumfolie. Aan de folie was een vel papier geplakt. Het handschrift erop was netjes en kinderlijk. Er was geen titel. Het begon met: *Vier middelgrote appels, geschild, klokhuis verwijderd, in blokjes gesneden.*

Ze opende de deur van haar kantoor om naar buiten te kijken, maar zag niemand, behalve een oudere dame met een mondmasker voor die een winkelwagentje voortduwde en woest fronsend in Brookes richting keek met een blik van 'waag het niet om dichterbij te komen'.

Brooke ging weer naar binnen. Ze trok de folie terug en snoof diep. Ze hoefde geen hap te proeven om te weten dat Savannah het recept had gekraakt.

70

Het was een koude, blauwe, zonovergoten ochtend in augustus. Moeilijk om je een dodelijk virus voor te stellen in deze kristalheldere lucht.

Stan Delaney deed ijverig de rekoefeningen die zijn dochter had voorgeschreven om zijn slechte knieën te beschermen voordat hij de baan op ging. Hij en zijn vrouw zouden een balletje slaan. Gewoon voorzichtig een balletje slaan.

'Jullie hebben in jullie hele leven nog nooit voorzichtig een balletje geslagen,' zei Brooke.

Joy zat naast hem en deed haar eigen door Brooke voorgeschreven oefeningen toen zijn mobiele telefoon ging.

'Jemig.' Joy rolde met haar ogen. Ze klaagde dat hij te gehecht was aan zijn telefoon. Hij had hem de hele tijd op zak en legde hem onder het eten naast zijn bord. Ze zei dat dat onbeleefd was. Hij dacht dat het de bedoeling was van dat vervloekte ding.

Stan tuurde naar het scherm. 'Het is Logan.'

'Snel, snel, neem dan op!' Joy zou nooit een telefoontje van een van hun kinderen onbeantwoord laten, zeker niet nu, na alles wat er was gebeurd. Op een dag zouden ze er misschien om kunnen lachen, maar er zou altijd een ondertoon van ontzetting in hun lach zitten.

'Pa,' zei Logan. Stan klemde de telefoon stevig vast. Logan klonk een beetje vreemd. 'Ja, jongen?' Hij zette zich schrap voor dood of rampspoed.

'Herinner jij je mijn vriend Hien nog?'

‘Natuurlijk herinner ik me die nog.’ Een auto-ongeluk? Had Hien het virus?

‘Hij heeft een zoon. Zes jaar oud. Hien vraagt me al maanden om te komen kijken hoe hij tennis speelt en dat heb ik steeds uitgesteld, maar vanmorgen dacht ik: ach, verdomme, die jongen zit maar thuis en volgt online les van school. Nou ja, hoe dan ook, ik ben dus eindelijk gaan kijken, en pa...’

Hij zweeg even en in die stilte stroomde de hoop als kwik door Stans aderen.

Logan zei: ‘Ik heb nog nooit zoiets gezien.’

Stan zag het haar op zijn armen overeind komen. ‘Dus is hij best goed, hè?’

‘Ja, pap, hij is verdomd goed.’

De eerste keer dat Stan Harry Haddad zag spelen – een jongen die nog nooit een voet op een tennisbaan had gezet – was het alsof hij natuurwonder zag. Alleen een coach kon dingen zeggen zoals Logan op dit moment zei en Stan wist allang dat Logan een geboren coach was, ook al leek die domme jongen dat zelf niet te weten.

‘Dus, ik weet dat het lang geleden is,’ zei Logan aarzelend.

Vraag het niet aan mij.

Vraag het me alsjeblieft niet.

Doe het zelf, jongen, doe het zelf, zeg alsjeblieft dat je het zelf wilt doen.

Logan dempte zijn stem alsof hij een beschamend geheim deelde en zei: ‘Ik denk dat ik hem wil coachen.’

Het was als de high na een ace of een perfect uitgevoerde smash. Stan stompte zwijgend met zijn vuist in de lucht.

‘Wat?’ zei Joy. ‘Wat is er?’

Stan gebaarde dat ze stil moest zijn. Hij klonk beheerst. ‘Hij mag in zijn handjes knijpen met jou,’ zei hij.

Het bleef stil en toen Logan weer sprak klonk zijn stem steviger. ‘Denk je dat ik het kan?’

'Ik weet dat je het kunt.'

'Hij luistert echt,' zei Logan.

'Ja,' zei Stan. 'Het geeft voldoening als ze luisteren.'

De echte talenten waren hongerig naar alles wat je hun te bieden had. Ze luisterden en deden wat je hun opdroeg. Ze bloeiden op voor je ogen.

'Ik denk dat hij een heel grote kan worden, pa.'

'Misschien,' zei Stan. 'Je weet maar nooit. Het zou kunnen.'

Hij wilde zeggen dat het er niet toe deed of het kind wel of niet een heel grote zou worden, dat het enige wat er echt toe deed was dat Logan weer echt zijn leven ging leven. Hij wilde zeggen dat coach zijn niet het op één na beste was of een stapje terug of een compromis en dat Logan nog steeds deel kon uitmaken van die prachtige tenniswereld, dat iedereen daarin telde, niet alleen de sterren maar ook de coaches en umpires, de weekendspelers en gezelligheidsspelers, de gekke ouders en de schreeuwende fans wier gebrul van waardering de sterren naar hoogten tilde die ze anders nooit zouden bereiken.

Maar dat zou hem meer woorden hebben gekost dan hij in zich had, dus hing hij op en zei tegen Joy, die veel woorden in zich had over Hien en Hiens moeder, die voor zover Joy wist nooit tennis had gespeeld, maar die wel heel atletisch was, dus het zou Joy niet verbazen als de kleinzoon zijn talent van haar had geërfd en ze hoopte dat de jongen niet stout was, want Hien was als kind heel stout geweest.

Uiteindelijk had Joy ook geen woorden meer en ze gingen de baan op en begonnen zich op te warmen en Stans rotknie voelde prima. Ze gingen naar de baselines, kwamen in een ritme dat zo gemakkelijk en vertrouwd was als seks en Stan moest denken aan zijn eigen vader en aan hun geheime wedstrijdjes op vrijdagmiddag, die ze jarenlang hadden gespeeld, als de geheime opdracht van een dubbelspion.

Ze hadden natuurlijk niet kunnen spelen op de baan achter

het huis die zijn vader met zijn eigen handen had aangelegd. Na zijn vertrek was zijn vader nooit meer over de drempel van zijn eigen huis gekomen.

In plaats daarvan spraken ze af bij een aftands buurtbaantje, omringd door struikgewas in de buurt van een krot van de padvinders. Er zaten barsten in de baan, het net zakte door, maar het tennis was prachtig.

Stans vader zei dat hij op een dag zijn zoon op Wimbledon zou zien spelen. Hij zei het alsof hij voorkennis had.

Toen Stan zestien was stierf zijn vader op een perron waar hij stond te wachten op de trein naar Centraal van kwart voor vijf 's ochtends. Hij was op slag dood. Net als zijn oude maat Dennis Christos. 'Geen groot verlies,' zei zijn moeder, die meende dat Stan zijn vader al jaren niet had gezien en haar zoon sowieso niet zou hebben getroost om zijn verlies, zelfs al had ze de waarheid geweten. Ze was geen moeder die troost bood. Toen zijn jongens nog klein waren en koorts kregen en Joy voor hen zorgde en ze met haar hand over hun haar streek, voelde Stan soms een steek van jaloezie, wat natuurlijk heel erg was. Zijn zonen accepteerden de liefde van hun moeder op zo'n achteloze manier, alsof het hun geboorterecht was en misschien was hij soms strenger voor hen, vooral voor Troy, vanwege die jaloezie.

Jarenlang dacht hij zelden aan zijn vader en sprak hij nooit over hem, tot de dag dat hij en Joy naar Wimbledon gingen en hij de stem van zijn vader hoorde, glashelder, alsof hij vlak naast hem zat: 'Dit is heel wat voor een jongen uit de bush.'

Dat was voor het eerst in Stans leven dat hij zich kon herinneren dat zijn lichaam overdreven reageerde op een emótie, op een gedachte in zijn verdomde kop. Hij had Joy nooit verteld wat hij die dag voelde. Ze deden allebei alsof het een vreemde, niet nader genoemde ziekte was die hem had getroffen. Hoe kon hij haar ook vertellen dat hij op Wimbledon niet alleen rouwde om zijn eigen verloren carrière en die van zijn kinderen, maar ook om het verlies van de aardige, liefhebbende man, al zo lang geleden, die zo berucht was omdat hij zijn moeder had aangevallen?

Het was zijn vader die hem leerde op zijn hoede te zijn voor het afschuwelijke plotselinge opdoemen van je drift.

'Dit is wat je moet doen,' zei hij meer dan eens tegen Stan, als ze na elke vrijdagmiddagwedstrijd gezellig in de schaduw zaten te zweten. 'Als je ooit je geduld verliest met een vrouw of kind, dan moet je weggaan. Loop de deur uit. Verder niet over nadenken. Zeg geen woord. Kom pas terug als je weer rustig bent. Loop gewoon weg. Zoals ik had moeten doen.'

Stan vatte dat advies letterlijk en dodelijk ernstig op. Hij geloofde echt dat de drift van een man zijn weerzinwekkendste gebrek was. Toen Troy over het net sprong en Harry Haddad aanviel, al die jaren geleden, wist Stan dat hij gefaald had, en toen Troy de ene na de andere domme beslissing nam, trok Stan zijn handen van hem af. Hij had gedaan wat hij zijn kinderen en studenten opdroeg nooit te doen: hij had het opgegeven. Je geeft nooit op. Je vecht tot de laatste bal. De wedstrijd is pas afgelopen als het laatste punt is gespeeld. Maar hij had zijn zoon opgegeven.

Onlangs was hij begonnen te luisteren naar een van Joys podcasts over handel op de beurs. Joy zei dat het saai was en ze had gelijk, maar Stan hield vol en gisteren had hij Troy gebeld en gevraagd: 'Hoe gaat het met je werk?'

'Met mijn werk gaat het prima, pa,' zei Troy kortaf.

Stan haalde diep adem, vatte moed en zei: 'De markt is volgens mij net een soort tegenstander. Klopt dat? Ben je een wedstrijd aan het spelen tegen de markt? Dat je probeert te voorspellen wat zijn volgende zet gaat zijn?'

Het was zo lang stil gebleven dat Stan voelde dat hij rood aanliep. Had hij zoiets ongelooflijk doms gezegd dat Troy over de grond rolde van het lachen? Omdat zijn vader zo dom was als het achtereind van een varken?

Maar toen zei Troy langzaam: 'Inderdaad, pa, zo is het precies.'

'Aha,' zei Stan. 'Dus...'

Troy viel hem in de rede. Hij zei: 'Weet je wanneer ik hier heel goed in ben geworden, pa?' en hij wachtte niet tot Stan antwoordde. Hij vertelde het allemaal heel snel. 'Toen ik stopte met een showbink te zijn. Toen ik mijn ego opzijzette. Toen ik consistent werd en strategieën ontwikkelde.'

Hij zei, en hij was moeilijk te verstaan omdat zijn stem even een beetje onvast werd: 'Alles wat je me op de baan hebt geleerd, gebruik ik elke dag van mijn leven, pa.'

Hij had de jongen nooit geleerd dat hij naar die vervloekte pedicure moest gaan, maar toch was het leuk om te horen.

Het was verdomd leuk om dat te horen.

Er vloog een vliegtuig over en Stan keek omhoog en zag hoe het een streep door de lucht trok. Het zou kunnen dat hij nooit meer aan boord van een vliegtuig zou stappen en dat vond hij prima, hij was gelukkig hier beneden.

Joy kwam naar het net. Als ze speelde, droeg ze haar haar in een paardenstaart, als een jong meisje. Ze had nog steeds de mooiste benen die hij ooit had gezien.

Aan haar volley viel nog altijd wat te schaven, maar ze wilde niet luisteren. Haar wangen waren rood van inspanning en de koude lucht. Ze hield net zoveel van de sport als hij, net zoveel als hij van haar en dat was meer dan zij ooit zou weten. Hij had geen interesse in dubbelspel gehad totdat hij haar ontmoette. Samen waren ze betere spelers dan apart.

Elke keer dat zij niet meer van hem hield, zag hij het gebeuren en wachtte hij af. Zelf hield hij nooit op van haar te houden, zelfs niet op die momenten dat hij zich diep gekwetst en verraden voelde door haar, zelfs in dat slechte jaar waarin ze het hadden over uit elkaar gaan, had hij gewoon rustig afgewacht tot ze weer bij hem terugkwam en dan dankte hij elke keer weer God en zijn vader als hij haar inderdaad weer terugkreeg.

Joy schermde haar ogen af en zag het vliegtuig verdwijnen aan de horizon. Ze liet haar hand vallen en keek weer naar Stan.

Ze zei: 'Laten we beginnen.'

71

'Als u het cabinepersoneel hoort zeggen: "Evacueren, evacueren, evacueren",' zei de stewardess, 'controleer dan eerst of het gebied buiten het vliegtuig veilig is.'

Ze sprak 'evacueren, evacueren, evacueren' uit met zo'n verveelde, bureaucratische monotone stem. Grappig. In haar woorden was de verschrikking ver te zoeken.

Het meisje in stoel 12F luisterde al niet meer naar wat ze moest doen bij het verlaten van de rij. Er zou toch geen enkel vliegtuig neerstorten tijdens een pandemie. Dat zouden te veel rampen zijn voor het avondnieuws. Hoe dan ook, in het onwaarschijnlijke geval van een noodsituatie zou de gespierde man die naast haar zat haar opzijduwen en de nooduitgang opengooien.

Ze trok aan haar mondmasker. Het jeukte.

Iedereen prutste onophoudelijk met zijn masker en probeerde zich aan deze vreemde nieuwe wereld aan te passen. Alleen hun vermoeide ogen waren zichtbaar. Beslagen brillenglazen. Sommige mensen trokken hun masker steeds maar omlaag tot onder hun neus om wat verfrissende, maar mogelijk van ziektekiemen vergeven lucht op te snuiven. Twee vrouwen aan de andere kant van het gangpad poetsten hun klaptafeltjes en armleuningen met desinfecterende doekjes alsof ze een crime scene aan het schoonmaken waren.

Het meisje zag eruit als een lid van een meidengrungeband uit de jaren negentig. Haar haar was pikzwart geverfd en aan één kant opgeschoren. Ze droeg een gescheurde zwarte spijkerbroek, biker boots met gespen en dikke zolen en veel rammelende sieraden die de metaaldetectoren op het vliegveld hadden doen afgaan: een armband waar slangen omheen krulden, een ketting met een doodshoofd eraan.

Het meisje vloog naar Adelaide om haar moeder te bezoeken.

Haar vlucht was meerdere keren vertraagd om iedereen gegarandeerd een slecht humeur te bezorgen. Tegen de tijd dat ze haar huurauto ophaalde en naar haar moeders huis reed, zou het over negenen zijn. Ze ging ervan uit dat haar moeder nog in bed zou liggen, warm en gezellig tussen de bedwantsen, precies zoals ze haar maanden eerder in het gouden ochtendlicht had achtergelaten.

'Dag, mama!' had ze geroepen. 'Hou van je!' Er was geen reactie gekomen.

De avond voor die ochtend had ze voor haar moeder gekookt, zoals ze altijd deed als ze op bezoek was. Een piepkleine, exquise maaltijd met nauwelijks calorieën op een groot wit bord. Twee lamskoteletjes met een kruidenkorstje (alle vet met chirurgische precisie weg gesneden). Acht sperziebonen. Een klein, perfect gevormd bolletje aardappelpuree. Haar moeder lette nog steeds op wat ze at. Je moet alert blijven! Verraderlijke calorieën kunnen op je bord en in je lichaam kruipen. Soms weten de calorieën je in je dromen te vinden.

Haar moeder, gekleed alsof ze naar de kerk ging, al was ze nog nooit naar de kerk geweest, had dat grote witte bord helemaal leeggegeten. Vervolgens pulkte ze met een tandenstoker aan de stukjes vlees tussen haar tanden en beoordeelde de maaltijd als 'best lekker'.

Daarna was haar moeder een hele poos onder de douche gegaan, poetste haar tanden en trok haar nachtjapon en kamerjas aan, waarna ze op de bank televisie ging kijken met een klein glaasje wodka (de alcohol met de minste calorieën en geen koolhydraten, vet of suiker) en twee gele slaaptabletten. De dokter had gezegd dat ze maar één tablet moest innemen, dertig minuten voor het slapengaan, maar wat wist hij daar nou van? De moeder van het meisje zei: 'Je moet je eigen beslissingen nemen als het om je gezondheid gaat.' Ze nam elke nacht twee tabletten en sliep als een blok.

Het meisje had lange tijd in de keuken naar haar moeders bord staan staren voordat ze de afgekloven botten in de vuilnisbak schraapte.

Toen was ze naar de zitkamer gegaan en sprak tegen de achterkant van haar moeders hoofd. 'Je hebt me toch geleerd om nóóit alles op mijn bord op te eten?'

Haar moeder zei: 'Nee, precies andersom! Je moet je kinderen leren om altijd hun bord leeg te eten.'

Het meisje zei: 'Jouw regel was het tegenovergestelde. Nooit maar dan ook nooit alles op je bord opeten.'

Ze keek naar de planken waar al haar prijzen, medailles en trofeeën lagen uitgestald. Ze pakte een trofee op. Het was een van haar minst prestigieuze – slechts de tweede prijs in een regionale competitie voor 'jonge danseresjes' – maar het was wel een van de grootste en meest indrukwekkende om te zien: een vergulde ballerina die een pirouette maakte op een stevige witmarmeren voet.

Het meisje herinnerde zich nog dat ze voor die trofee had gedanst, omdat ze zich alles herinnerde. Ze herinnerde zich het glimlachje van haar moeder naar haar kleine ballerina. Dat glimlachje was de kleine beloning dat het meisje kreeg voor de blaren op haar tenen en de gekneusde teennagels, de pijn in haar scheenbeen, enkels, rug, maar vooral de pijn van haar voortdurende honger.

Ze zei tegen haar moeder: 'Weet je het niet meer? Als ik vergat iets op mijn bord te laten liggen, sloot je me op in mijn kamer. Goede dansers moeten hun calorie-inname leren beheersen.'

Haar moeder bleef naar de flikkerende televisie kijken. 'Ik

snap niet waarom we het daar nu over hebben.'

Het meisje wist ook niet waarom ze erover begonnen was. Ze was het niet van plan geweest. Ze was hier om afscheid te nemen. Ze ging verhuizen naar een andere staat, met haar nieuwe vriend. Hij was Iers, een schilder. Hij dacht dat ze normaal was. Hij vond het schattig dat ze vroeger ballerina was. Zijn zus deed ook ooit aan ballet. Het meisje wist dat de balletervaring van zijn zus compleet anders was geweest dan die van haar.

Het meisje zei: 'Soms sloot je me op in mijn kamer met alleen wat water. Ik moest het water rantsoeneren. Het was verschrikkelijk om een klein meisje zoiets aan te doen. Ik dacht dat ik daar voor altijd zou zitten. Ik dacht dat ik dood zou gaan. Ik denk ook dat ik misschien bijna dood ben gegaan. Een paar keer.'

Niks.

'Ik heb een eetstoornis,' zei het meisje. 'Ik heb problemen met mijn schildklier, mijn ijzergehalte, mijn tanden, mijn spijsvertering, mijn hersenen, mijn persoonlijkheid. Ik ben niet... in orde.' Ze zweeg. 'Je hebt me kapótgemaakt.'

Ingeblikt gelach kwam in golven uit de televisie.

Eindelijk zei haar moeder iets. Ze klonk een tikje ongeduldig en ook een tikje geamuseerd. 'Je bent altijd zo'n leugenaar geweest, Savannah. Je had een televisie in je kamer. Als een kleine prinses in een kasteel! Kijk dan naar al die trofeeën! Dacht je soms dat ik niks beters te doen had dan met jou het hele land af te rijden naar je balletoptredens? Ik had zelf ook een leven, hoor!'

Dus zo kon ze ermee leven. Door te doen wat zoveel mensen deden om met hun spijt en fouten te leven. Ze herschreven gewoon hun geschiedenis. Haar moeder had zichzelf herschapen in een toegewijde moeder: alsof ballet de favoriete buitenschoolse activiteit van haar dochter was geweest, niet haar eigen obsessie.

'Je was maar matig getalenteerd,' zei haar moeder na een lange stilte. Haar woorden begonnen steeds onvaster te klinken zodra de twee slaaptabletten hun werk begonnen te doen. 'Je was geen wonderkind zoals je broer. Dat wist ik meteen al.'

Je vader kreeg het wonderkind.

Het meisje vouwde zichzelf op. Netjes. Geometrisch. Als origami.

Ze ging terug naar de keuken en maakte met snelle harde sierlijke beweginkjes schoon. Ze boende een gestold vetplekje van het fornuis met een strak over haar duim getrokken vaatdoek tot het weg was. Ze veegde de vloer. Ze maakte de gootsteen schoon tot hij blonk.

Ze ging terug naar haar liefhebbende moeder en trof haar diep in slaap op de bank, haar hoofd achterover, haar mond open in een perfecte ovale vorm, als een prullenbak in een pretpark.

Haar moeder had eerder die dag gezegd dat de slaaptabletten soms te snel werkten en dat ze dan op de bank in slaap viel en wakker werd met een pijnlijke onderrug. Ze zei het alsof het op de een of andere manier de schuld van het meisje was.

Dus nam meisje het heft in handen. Ze pakte de afstandsbediening en zette de televisie uit. 'Naar bed jij, slaapkop! Straks heb je weer een pijnlijke rug!'

Ze moest haar onder haar oksels meeslepen, maar haar moeder was zo licht als een veertje, zo licht als een kleine ballerina. Ze sleepte haar naar de dichtstbijzijnde slaapkamer, die toevallig de slaapkamer was die ooit van het meisje was geweest, die met het ouderwetse slot op de deur.

Tegenwoordig was het verboden om slaapkamerdeuren te hebben die van buitenaf konden worden afgesloten. Een veiligheidskwestie.

Er leken geen veiligheidsproblemen te zijn toen het meisje opgroeide.

Het meisje hees haar moeder op haar oude bed. Ze trok de lakens strak en glad over haar borst en onder haar moeders kin.

Toen ze klaar was, merkte ze dat ze snel ademde, maar met een beheerst soort opwinding, alsof ze iets uitzonderlijks en toch iets doodgewoons had gepresteerd, bijzonder maar noodzakelijk, zoals tweeëndertig keer een *rond de jambe fouetté* draaien op je spitzen.

'Slaap lekker.' Ze kuste haar moeder op haar voorhoofd. Ze voelde haar adem warm tegen haar wang. Bij de deuropening zei ze: 'Ik moet deze deur wel op slot doen, dat weet je. Dat is de regel. Je hebt die botten afgekloven als een weerzinwekkend biggetje!'

Het meisje vond de sleutel van de slaapkamerdeur daar waar haar moeder hem altijd had bewaard, in het kleine snuisterijenschaaltje dat een ex-man haar cadeau had gedaan. Er stond een afbeelding op van een man en een vrouw die elkaar omhelzen. Boven hun hoofden zweefden een paar hartjes. De tekst eronder luidde: *Liefde is... liefde terugkrijgen.*

Hij was een van de aardigere echtgenoten geweest, hij had het meisje leren koken, en toen was hij weg en nam zijn achternaam en zijn kookgerei weer mee. Als hij was gebleven, had hij nooit laten gebeuren wat er met haar was gebeurd.

Er waren zoveel mensen die er een eind aan hadden kunnen maken, als ze het hadden geweten, als ze wat beter hadden opgelet of de moeite hadden genomen om een vraag te stellen of te luisteren.

Er waren leraren en andere balletouders en artsen die het hadden kunnen zien. Zoals de plastisch chirurg bij wie ze als kind was geweest. Dokter Henry Edgeworth. Haar moeder was met haar naar hem toe gegaan om te zien hoeveel het zou kosten om haar 'mislukte oren' te fatsoeneren. (Het was te duur.) 'Ik heb honger,' fluisterde het meisje tegen de dokter terwijl hij haar mislukte oorlellen bestudeerde en hij grinnikte alsof het grappig was dat hij een ondervoed kind onderzocht.

Hij had onlangs een hoge prijs betaald voor dat goedmoedige gegrinnik, hoewel hij het zelf een spotprijs vond voor een affaire met een ordinair jong ding dat hij in een nachtclub had ontmoet. Hoe dan ook, het was niet meer dan redelijk.

Terwijl haar moeder die nacht sliep, ging het meisje naar de supermarkt. Ze kocht zes dozen Optimum Nutrition Protein Crunch Bars. Wat zagen die er heerlijk uit! Ze kocht een in krimpfolie verpakte tray met flessen water. Ze droeg de spullen naar de slaapkamer en zette ze op de grond naast het bed. Haar moeder ademde rustig door haar mond.

Ze schreef haar moeder een vriendelijk briefje. *Dit lijkt misschien veel, maar je moet het zorgvuldig rantsoeneren. Onthoud: zelfdiscipline!*

Ze draaide de deur weer op slot.

Die avond vertrok het meisje naar Sydney. Dat was nog toen de grenzen niet dicht waren, toen je nog met je nieuwe Ierse vriend zonder enig probleem naar de andere kant van het land kon verhuizen.

Ze had niet verwacht dat ze zo lang weg zou blijven. Ze kreeg het druk! Ze leefde! Haar relatie liep op niets uit, maar ze ontmoette nieuwe mensen en bezocht oude vrienden en kennissen. Ze knoopte wat losse eindjes aan elkaar. Ze had een paar financiële meevallers. Ze deed zelfs liefdadigheidswerk. Ze zocht weer contact met haar beroemde, succesvolle broer en hij was aardig en ze spraken af dat ze elkaar zouden zien zodra deze gekke wereld weer normaal zou worden. Hij zei dat hij hun psychotische, gestoorde ouders nooit meer wilde zien en dat begreep ze. Zij wilde het liever ook niet, maar ze was een toegewijde dochter, zoals haar moeder een toegewijde moeder was geweest.

Ze droeg de sleutel aan een ketting om haar nek. Het leek belangrijk, cruciaal zelfs, om die dicht bij zich te houden. Het was een blijk van liefde.

'Ga je naar huis?' vroeg haar gespierde medepassagier toen het vliegtuig naar de startbaan begon te taxiën. Het was een tijd waarin overal mensen terug naar huis gingen. De man had vriendelijke hondenogen boven zijn masker.

De stewardess demonstreerde wat ze moesten doen als er een zuurstofmasker uit het plafond viel. Verwijder eerst je mondmasker. Het virus zal niet langer uw grootste zorg zijn!

'Ik ga naar mijn moeder,' zei het meisje.

Er waren waarschijnlijk allerlei manieren waarop een vindingrijke bejaarde zichzelf misschien uit een afgesloten slaapkamer had kunnen bevrijden. Een deur intrappen. Op het raam bonken. Roepen naar de buren. Schrééuwen naar de buren – de slaapkamer was op de tweede verdieping en keek uit op een bakstenen muur, maar goed, het zou kunnen. Een kind kon een raam van dik glas bestuderen dat niet meer open kon door ondoordringbaar dikke lagen oude verf tussen het kozijn en de vensterbank en kon geen manier vinden om het te breken of te openen, maar een volwassene zou best met een slimme oplossing kunnen komen. *Als ik een volwassene was, zou ik hier wel uit kunnen komen*, dat had het kleine meisje ooit gedacht. Ze had er zo naar verlangd om een volwassene te zijn, met geld en eten en keuzevrijheid, maar ze was een kind, gewoon een kind dat droomde van een bonenstaak waar ze in kon klimmen om uit die kamer de lucht in te komen. Ze hoefde het goud van de reus niet. Ze wilde het eten van de reus.

Ze voelde zich nog steeds hulpeloos en gevangen, wat ze ook ondernam in haar steeds wanhopiger wordende pogingen om de pijn te laten stoppen. Ze wist dat haar herinneringen niet vervaagden zoals die van andere mensen en dat accepteerde ze, maar ze begreep niet waarom de pijn steeds erger werd naarmate ze ouder werd en ze steeds verder van die tijd verwijderd raakte.

'Ik ook,' zei de man naast haar. 'Staat je moeder er alleen voor?'

'Ja,' zei het meisje. Ze wist wat hij bedoelde, maar ze dacht: we staan er allemaal alleen voor. Zelfs als je omringd bent door mensen of het bed deelt met een liefhebbende minnaar, dan nog ben je alleen.

Een vriendelijke buurvrouw zou misschien na een week of twee, drie bij haar moeder kunnen komen kijken, maar als je de zorg van vriendelijke buren nodig had, hielp het om zelf een vriendelijke buurvrouw te zijn.

Dus misschien toch niet.

Het zou ook kunnen dat haar moeder op dit moment in bed lag en vredig haar laatste heerlijke voedzame proteïnereep uitpakte, nippend van haar laatste fles water, wegdrijvend op een woelige eindeloze zee van televisie, zoals haar verwende dochter ooit ook had gedaan toen die zich losmaakte van de wrede hongerpijnen: ontsnappen naar andere werkelijkheden en andere levens.

Misschien had haar moeder een sitcomversie van zichzelf gemaakt.

Het meisje stelde zich een mollige, glimlachende versie van haar moeder voor die op haar af vloog om haar te begroeten, haar handen aan haar schort afveegde en haar naar zich toe trok. 'Ik heb toch zo gelachen toen ik die ochtend wakker werd! Je had me opgesloten, stoute meid!'

Misschien zou het huis naar suiker en boter en liefde ruiken. Misschien ook niet.

'Mijn moeder en ik gaan samen in quarantaine,' zei de man. 'Ze heeft een auto-immuunziekte, dus ze moet voorzichtig zijn. Heel eng.'

'Ja,' zei het meisje. 'Ontzettend eng.' Ze raakte de sleutel om haar nek aan. 'We moeten onze ouders achter slot en grendel houden.'

Een krankzinnig lachje steeg op in haar borst en bleef hangen in de lucht tussen haar mond en haar masker. Ze ademde de stof in en uit, wat haar deed denken aan een plastic zak die strak om haar hoofd was getrokken. Haar medepassagier merkte het niet. Hij kende de waarheid niet over het meisje dat naast hem zat en dat samen met hem verantwoordelijk was voor de nooduitgang. Maskers waren echt geweldig. Zo nuttig en beschermend. Niemand wist wat erachter gebeurde. Ze kon zijn wie ze wilde zijn, wat hij ook maar van haar wilde.

De stem van de piloot klonk krakend over de intercom. '*Cabin crew, prepare for take-off.*'

Ze trok haar veiligheidsgordel strakker, zoals een nerveuze vliegtuigpassagier doet, en ze voelde dat hij het opmerkte en ze voelde dat hij bezorgd om haar was, zoals aardige, welopgevoede jongens bezorgd waren om kwetsbare, bange meisjes. Hij had kwetsbaarheid nodig. Ze zou hem kwetsbaarheid geven. Ze was er niet echt op gekleed – een lief onschuldig type zou beter zijn geweest – maar het ging erom hoe je het bracht.

De motoren bulderden. Dat moment vlak voor het opstijgen leek altijd zo onmogelijk. Het druiste in tegen de natuurwetten. Maar er gebeurden de hele tijd dingen die op het oog tegen de natuurwetten ingingen.

Het vliegtuig steeg op.

Het meisje keek neer op de lappendeken van de buitenwijken onder zich: miniatuurhuisjes met kleine achtertuintjes en zwembaden, luciferdoosjes die door kronkelende straatjes reden langs sportvelden en tennisbanen.

Vanaf hier, boven de wolken, zag het leven er zo vredig en beheersbaar uit: *spring in je luciferdoosje en rijd naar dat schattige stadje om je brood te verdienen! Ga naar die lieve winkeltjes en doe je boodschappen! Houd van je kinderen en geef ze te eten! Volg je dromen en betaal je belastingen!* Waarom was het zo ongelooflijk moeilijk voor sommige mensen om die dingen te doen en zo gemakkelijk voor anderen?

Haar buurman beschreef zijn moeder. 'Ze is een huismus. Niet bepaald actief.'

'Mijn moeder is het tegenovergestelde,' zei het meisje.

Ze zag een vrouw die precies op haar leek, die een bad voor haar liet vollopen, de temperatuur checkte en met haar hand door het water bewoog tot het precies warm genoeg was. Ze zag haar 's avonds laat voor haar slaapkamerdeur staan met een extra deken omdat het 'ineens zo fris was'. Ze zag hoe ze een jurk van een rek trok die 'precies haar kleur' was en vervolgens verrukt in haar handen klapte toen ze de kleedkamer uit kwam. Ze zag een vrouw die haar woedend de huid vol schold om haar gedrag, maar die daarna de draad weer oppakte, alsof het mogelijk was om zelfs de meest verschrikkelijke daden te vergeven.

Het meisje zei: 'Mijn moeder speelt tennis.'

Dankwoord

Als altijd dank aan Cate Paterson in Australië, Amy Einhorn in de VS en Maxine Hitchcock in het VK, al jarenlang mijn ongelooflijk goede redacteuren. Dank ook aan Danielle Walker, Brianne Collins, Kathleen Cook, Conor Mintzer, Joel Richardson en Alex Lloyd voor jullie waardevolle redactionele opmerkingen en suggesties.

Dank aan mijn zussen en collega-auteurs Jaclyn Moriarty en Nicola Moriarty voor het lezen van de allereerste versie van dit boek en aan mijn zussen Katrina Harrington en Fiona Ostric voor het lezen van de allerlaatste versie. Speciale dank aan Jaci voor het appen van de aansporing waarmee deze roman begon.

Tijdens het schrijven van *Appels vallen niet* moest ik van alles leren over competitief tennis, tenniscoaching, politieonderzoek, beurshandel, fysiotherapie, het leven in de jaren zeventig, boekhouden en ballet. Ik ben de volgende mensen enorm dankbaar omdat zij zo genereus en geduldig hun tijd en expertise hebben geschonken: Matthew Futterman, Mike Lowers, James Harb, Paul Francis (steun alstublieft zijn geweldige goede doel, The Humpty Dumpty Foundation), Rob die-weet-wie-hij-is, Mark Davidson, Kim Ivey, Rob Collins, Elina Reddy en Yan Levinski, Elina DeCinque (via Marisa Colonna), dr. Teresa Lee, Cameron Duncan, Scott Harrington en Julie en George Gates. Met dank aan Beau Loughhead, die absoluut niets heeft bijgedragen aan dit boek, maar ik voel me elke keer als ik hem zie schuldig omdat ik vergat hem te bedanken voor een anekdote uit het echte leven die ik in een eerdere roman heb gebruikt.

Er zijn van die attente mensen met een geweldig netwerk die je, als ze horen dat je een onderzoek doet naar een bepaald onderwerp, de volgende dag een appje sturen om je in contact te brengen met iemand met precies de achtergrond die je nodig hebt. Bedankt Lisa Cuddy, Jackie Aloisio en Charles Anderson omdat jullie zulke mensen zijn.

Bedankt Molly (de hond van Cherie Penney) en Daisy (de chocolate labrador van ons gezin), die de inspiratie waren voor het karakter van Steffi.

Ondanks al deze genereuze expertise, weet ik dat er fouten zullen zijn en dat zijn allemaal mijn fouten. Voordat je me erop wijst, weet dat ik enige artistieke vrijheid heb genomen wat betreft de echte wereld, vooral met betrekking tot timing. (Het nummer 'Popcorn' werd bijvoorbeeld uitgebracht toen Joy negentien was, niet zeventien.) Er was echter niets fictiefs aan de catastrofale branden in Australië begin 2020. De *Authors for Fireys Campaign* zamelde geld in voor hulp bij bosbranden en Sulin Ho en Nicole Jourdan Lenoir hebben beiden gedoneerd aan dit prachtige initiatief en daarom worden hun namen door personages in dit boek gedragen. Simon Barrington was ook de winnende bieder op een veiling voor Rural Aid Charity, dus ook naar hem is een personage in dit boek vernoemd. Bedankt Sulin, Nicole en Simon voor jullie donaties en jullie namen.

Bedankt Caroline Lee voor de geweldige stem die je aan mijn audioboeken geeft.

Dank aan mijn fantastische vertalers over de hele wereld. Dank aan mijn Australische collega-auteurs Ber Carroll en Dianne Blacklock omdat ze nu al meer dan tien jaar mijn 'kantoorgenoten' zijn. Dank aan mijn geweldige publicisten, Tracey Cheetham in Australië, Gaby Young in het VK en Pat

Eisemann in de VS. Dank aan mijn grandioze literaire en filmagenten: Fiona Inglis en Benjamin Paz in Australië, Faye Bender in de VS, Jonathan Lloyd en Kate Cooper in het VK en Jerry Kalajian in LA.

Met heel mijn hart bedank ik jullie, mijn lezers, onbetwistbaar de liefste lezers ter wereld. Ik ben jullie elke dag dankbaar voor jullie steun. Door de pandemie kan ik helaas niet zoveel van jullie ontmoeten als anders bij de lancering van een nieuw boek. Ik zal nooit meer klagen over reizen en ik zie jullie de volgende keer graag in het echt.

Dank aan mijn familie voor alles. Bedankt Adam voor de koffie die elke dag wordt geserveerd voordat ik zelfs maar mijn ogen open, dank aan mijn mooie dochter Anna DE BESTE DOCHTER VAN DE WERELD EN MIJN LIEVELINGSKIND LEKKER PUH GEORGE (dit is dus wat er gebeurt als je een document open laat staan op je computer en er een elfjarig kind mee aan de slag gaat. Ik besloot dat ik haar woorden voor het nageslacht zou laten staan, omdat ze me wel gepast leken voor een boek over rivaliteit tussen broers en zussen) en mijn lieve zoon George (pak haar de volgende keer maar terug, George).

Dank aan een verlegen maar spraakzaam meisje genaamd Diane, het enige kind dat op haar klassenfoto een pop in haar handen heeft, dat opgroeide tot een prachtige blonde dame, moeder van zes, grootmoeder van twaalf, pleegmoeder van nog veel meer. Deze is speciaal voor jou, met veel liefde en dankbaarheid dat ik jou als moeder heb gekregen. Tot slot wil ik mijn vader bedanken. Het is mijn eerste boek zonder dat jij er was, maar je zult voor altijd in mijn dankbetuiging blijven, Dad-Man.

*

De volgende referenties hebben me geholpen bij het schrijven van dit boek: *Late to the Ball* van Gerald Marzorati, *Rafa*

My Story van Rafael Nadal met John Carli, *Unbreakable* van Jelena Dokic met Jessica Halloran, *The Golden Era* van Rod Laver met Larry Writer, *Margaret Court: The Autobiography* door Margaret Court, *Home: The Evonne Goolagong Story* door Evonne Goolagong Cawley & Phil Jarratt, *A Spanish Love Affair* door Susan Joy Alexander (ik gaf Joy een soortgelijke ervaring als Susans echte ervaring tijdens een bepaalde wedstrijd met een bevooroordeelde umpire in White City), 'Counselling: Recognising Our Profession in its Own Right' (2019), een artikel van Fiona Griffith, met dank aan Melissa Shadworth voor het doorgeven.

The Migraine Guy Podcast is de naam van een echte podcast, maar alles wat Joy heeft gehoord is fictief. *This Dementia Life* en *Chat with Traders* zijn ook de namen van echte podcasts.